Wald
Kieferberge
Egar

MIX
Papier aus verantwortungsvollen Quellen
FSC® C014496

Die amerikanische Originalausgabe ist im Verlag
Tyndale House Publishers, Carol Stream, Il 60188, USA erschienen
unter dem Titel „Provenance".

1. Auflage 2022
Bestell-Nr. 817906
ISBN 978-3-95734-906-4

Umschlaggestaltung: Hanni Plato
Umschlagmotive: Mauritius Images, Alamy Stock Photos / Dave Newman
(Verlagsausgabe); Getty Images, Denis Tangney Jr (Clubausgabe)
Übersetzung: Antje Balters
Satz: Vornehm Mediengestaltung, München
Druck und Verarbeitung: GGP Media GmbH, Pößneck
Printed in Germany

www.gerth.de

Regine Leisner

UNTER DEM RABENMOND

Regine Leisner

UNTER DEM RABENMOND

Historischer Roman

Marion von Schröder

Marion von Schröder ist ein Verlag
der Ullstein Buchverlage GmbH

ISBN 978-3-547-71118-9

Gesetzt aus der Bembo
Satz: Pinkuin Satz und Datentechnik, Berlin
Druck und Bindearbeiten: Bercker Graphischer Betrieb, Kevelaer
Printed in Germany

Für Leonhard

FREMDE

Raghna traute ihren Augen nicht. Einen solchen Mann hatte sie nie zuvor gesehen. War das überhaupt ein gewöhnlicher Mensch? Vorsichtig bog sie die Haselruten zur Seite und beobachtete durch das junge Laub den Reiter, der, gefolgt von einem Knecht, zwischen Birkenstämmen und lichtem Buschwerk langsam auf sie zukam. Aufrecht sitzend, passte er sich geschmeidig jeder Bewegung seines Pferdes an, das sich auf dem moosigen Waldboden vorsichtig den Weg suchte.

Die sehnige Gestalt, der schmale, unnatürlich lange Schädel, die langen Haare wirkten fremdartig. Das Gesicht des Fremden war rotbraun, wie aus poliertem Holz geschnitzt. Über der gebogenen Nase und den geraden Brauen wölbte sich eine auffallend hohe Stirn, die durch den rasierten Haaransatz noch betont wurde. Glatte schwarze Haare, nur von einem geflochtenen Band gehalten, fielen auf die Schultern. Der Reisende trug eine schlichte helle Tunika, aber sein weiter, dunkelblauer Umhang verriet Reichtum. Was für eine Verschwendung von Leinen und kostbarer Farbe! An einem Riemen, der schräg über seine Brust lief, hing ein Köcher mit gefiederten Pfeilen. Der dazugehörige Bogen steckte in einer der ledernen Hüllen, mit denen das Pferd bepackt war.

Ein verirrter Strahl der Nachmittagssonne ließ Gold aufblitzen: schwere goldene Pflöcke in den verlängerten Ohrläppchen des Fremden, eine vergoldete Mantelspange, ein dreircihiges Halsband. Raghna hielt dcn Atem an, als sie plötzlich begriff: Das musste ein Glockenbechermann sein! Sie kannte natürlich die Geschichten, die über die geheimnisvollen Wanderer erzählt wurden, aber noch nie hatte sie einen von ihnen zu Gesicht bekommen.

Der Fremde wandte sich um und rief ein paar Worte über die Schulter zurück, in einer klangvollen Sprache mit dunklen Vokalen und weichen Zischlauten, die Raghna noch niemals gehört hatte.

Jetzt sah sie auch seinen Begleiter deutlicher. Der Angesprochene hob unschlüssig die Achseln und setzte zu einer längeren Antwort an. Sie waren jetzt ganz nah, beinahe auf gleicher Höhe mit dem Haselstrauch, hinter dem die junge Frau sich verbarg.

Gespannt beugte Raghna sich noch etwas weiter vor. Sie musste nicht befürchten, dass die Reiter auf sie aufmerksam wurden. Der Anflug eines Lächelns kräuselte ihre Mundwinkel.

Niemand kann mich sehen, wenn ich es nicht will.

Sie hatte den Gedanken kaum zu Ende gedacht, als der Fremde sein Pferd zügelte und die Hand hob. Eine bronzene Armschutzplatte funkelte im Sonnenlicht. Mitten im Satz verstummte der Knecht. Der Wanderer murmelte etwas, sein suchender Blick war plötzlich scharf und durchdringend. Raghna verstand die Worte nicht, doch der Sinn war klar: »Jemand beobachtet uns.«

Sie erstarrte. Hielt sich regungslos, löschte ihr Denken aus, verschmolz mit der Umgebung, wie sie es gelernt und tausendfach geübt hatte. Atmete tief aus. Gut so! Ihre Ruhe kehrte zurück. Sie war nun nahezu unsichtbar. Niemand würde sie finden.

»Da drüben«, sagte der Reiter und wies mit dem Kinn in ihre Richtung. Er stieg ab, gab dem anderen die Zügel und kam mit langen Schritten auf ihr Versteck zu.

Wie kann das sein?

Raghnas Herz begann zu hämmern. Der Schweiß brach ihr aus allen Poren.

Der Mann kam näher. Er war sehr groß.

Dunkle Erinnerungen drohten die Frau zu überfluten. Ihre Fingernägel gruben sich in die feuchten Handflächen. Mit angehaltenem Atem kämpfte sie gegen die aufsteigende Panik an.

Bloß nicht wegrennen. Sie sind stärker und schneller als ich. Was auch immer der Kerl von mir will – er kann mir nichts tun! Und ich werde nichts von mir preisgeben.

Blitzartig legte sich ein veränderter Ausdruck über Raghnas Gesicht wie eine Maske. Der hellwache Blick ihrer braungrünen Augen wurde trübe und unstet, die feinen, von Intelligenz und Willenskraft geprägten Züge erschlafften. Sie zog die grobe Kapuze tiefer in die Stirn, ließ die Schultern nach vorn sinken und nahm eine unbeholfene, scheu geduckte Haltung an.

Da war er schon, der Fremde. Einen Schritt vor ihr blieb er stehen. Ängstlich schaute sie zu ihm auf, sorgfältig darauf bedacht, ihre Gedanken vor ihm zu verbergen.

Forschend blickte er sie an.

Für einen Moment schienen die Geräusche des Waldes zu verstummen.

Aus der Nähe wirkte das braune, bartlose Gesicht des Wanderers noch eigenartiger. Zwischen den schwarzen Brauen war ein dreieckiges blaues Zeichen eintätowiert. Ein paar graue Fäden zogen sich durch sein dunkles Haar, die Stirn zeigte feine Furchen. Er schien älter zu sein, als er auf den ersten Blick ausgesehen hatte. Oder war auch das Täuschung?

Noch nie hatte sie Augen von einer solchen Farbe gesehen. Sie waren blau – blau wie die Federn des Eisvogels, wie der Sommerhimmel … nein, dunkler, tiefblau wie ein grundloser See, in dessen Fluten man versinken könnte …

Plötzlich konnte Raghna sein eindringliches Starren nicht mehr ertragen. Warum sagte er nichts? Im nächsten Augenblick würde ihre Maske abbröckeln, das fühlte sie.

Sie wich vorsichtig einen Schritt zurück und wandte sich ab. Nur weg hier!

»Warte! Ich tue dir nichts«, sagte der Fremde. Er sprach jetzt die gewohnte Herrensprache, zwar mit starkem Akzent, aber verständlich und fehlerlos. »Du hast uns belauscht. Was machst du hier?« In seiner Stimme lag Autorität, aber keine Bedrohung. Raghnas Anspannung ließ unmerklich nach.

»Nichts, Herr, ich … nur Kräuter sammeln, siehst du, Löwenzahn«, stammelte sie und hielt ihm den Sammelkorb hin.

»Vielleicht kannst du uns helfen«, fuhr der Mann fort, ohne den Korb zu beachten, »wir suchen jemanden. Eine alte Frau, Haelgunn ist ihr Name. Sie haust allein in der Wildnis, irgendwo hier in diesen Wäldern. Du kennst sie wahrscheinlich?«

Raghna schluckte. Sie holte tief Luft und stieß hervor: »Nein, Herr, ich weiß nichts. Bitte lass mich gehen.«

Die beiden Männer tauschten einen Blick. Der Begleiter sagte wieder etwas in jener fremden Sprache, es klang ungeduldig und etwas abschätzig. Doch der Glockenbechermann runzelte nachdenklich die Stirn. Erneut heftete sich sein forschender Blick auf die Frau.

»Du kannst uns wirklich nicht sagen, wo wir sie finden?«, fragte er.

Raghna schüttelte nur stumm den Kopf. Ihre Hände umkrampften den Griff ihres Korbes.

Wieder äußerte der Jüngere etwas, sein Ton war jetzt drängend. Nun schien der Wanderer sich zu fügen, er wandte sich seufzend ab und stieg wieder auf sein Pferd. Mit einem kurzen Nicken in Raghnas Richtung ritt er davon, gefolgt von seinem Begleiter.

Die Frau stand da und sah ihnen nach, die Hand auf der Brust. Als der Hufschlag verklungen war und ihr pochendes Herz sich langsam wieder beruhigte, atmete sie tief durch, drehte sich um und schlug den kürzesten Rückweg zu Haelgunns Hütte ein. Rasch und sicher folgte sie kaum erkennbaren Pfaden, durchquerte den dichten Haselwald, umrundete die Felsblöcke. Schon lag die Lichtung vor ihr, ihr verborgenes Heim. Die niedrige Pforte des Gatters versperrte den Zugang. Sie blieb stehen und legte die Hand auf die rissigen Birkenstangen, ließ den Blick über Grasflächen und Beete zu der altersgrauen, festgefügten Hütte wandern und empfand tiefe Dankbarkeit.

Meine Welt, meine allein.

Sie betrat den Garten. Wie immer, wenn sie von ihren Gängen zurückkam, empfand sie den wohltuenden Frieden, der über dem Ort lag. Die Ziege kam herbeigelaufen und drängte sich meckernd an sie. Raghna kraulte ihr den Hals, ging hinüber zur Hütte, zog den Pflock aus dem Riegel und drückte die schwere Holztür auf. Mit einem Seufzer der Zufriedenheit betrat sie den vertrauten Raum, nahm das Tier mit hinein, ließ die Tür hinter sich zufallen. Den halb gefüllten Korb stellte sie auf ein Wandbrett. Dann schichtete sie Reisig und trockene Scheite auf die Herdstelle, pustete vorsichtig auf den Rest Glut unter der Asche und sah zu, wie das Feuer knisternd aufflammte. Als es gut brannte, hängte sie den Kessel an den Haken, rührte den Inhalt um und zog die Kette etwas höher. Sie schüttete frische Streu in die Ecke, band die Ziege fest, setzte sich auf den niederen Sitzblock, den Kübel zwischen den Knien, und begann zu melken, während die Suppe im Kessel sich erwärmte und herrlich zu duften begann.

Langsam fand sie ihre Ruhe wieder.

Nach dem Essen blieb sie noch eine Weile sitzen, an die Wand gelehnt, einen Becher Ziegenmilch vor sich. Immer wieder kehrten ihre Gedanken zurück zu der Begegnung, die der Tag ihr gebracht hatte. Selten genug traf sie andere Menschen. Was hatte den Fremden wohl ausgerechnet zu Haelgunn geführt? Nun, sie würde es nie erfahren, und sie wollte es auch gar nicht wissen. Sie hatte wahrlich andere Sorgen! Stirnrunzelnd versuchte sie die Erinnerung an den forschenden Blick der blauen Augen zu verscheuchen und ihre Gedanken auf die bevorstehende Nacht zu richten.

Durch den schmalen Spalt zwischen den Fensterläden drang ein heller Schimmer. Der Vollmond ging auf, es wurde Zeit. Sie vergewisserte sich, dass die Ziege fest angebunden war, nahm den Umhang vom Haken, ergriff den bereitgestellten Tonkrug und ein kleines Bündel, öffnete die Tür und trat hinaus.

Am Gatter blieb sie stehen, schaute sich um und sog tief die kalte Frühlingsluft ein. Der Himmel war klar bis auf ein dunkles Wolkenband dicht über dem östlichen Horizont, von dem sich soeben die aufsteigende Mondscheibe löste. Die ersten Sterne glitzerten. Raghna zog die Kapuze über den Kopf und machte sich auf den Weg in den Wald, der hinter ihrer Hütte begann und sich, je weiter sie kam, mehr und mehr in dichte Wildnis verwandelte. Lautlos schritt sie dahin, umgeben von den Geräuschen und Gerüchen der einbrechenden Nacht. Das strahlende Mondlicht erhellte die Umgebung, es wob unter den Bäumen eine magische Schattenwelt aus Schwarz und Silber.

Dann stand Raghna am Rand ihrer Waldwiese. Helle, unregelmäßig geformte Steine leuchteten zwischen Farnbüschen und Gräsern hervor. Sie kannte die Lage jedes einzelnen; den Kreis, den sie bildeten, hätte sie im Schlaf abschreiten können. Viermal dreizehn Schritte betrug sein Umfang. Harte Arbeit hatte es sie gekostet, die richtigen Blöcke zu finden und herbeizuschleppen, dann geduldig nach dem Sonnenstand die Richtungspunkte zu bestimmen und schließlich aus Ästen und runden Bachkieseln die gekreuzten Achsen auszulegen, die von Nord nach Süd und von Ost nach West führten. Das war in ihrem ersten Lehrjahr gewesen. Ein Schatten von Trauer glitt über ihr Gesicht, doch sie schüttelte die Stimmung ab und konzentrierte sich auf ihre Aufgabe.

Leise vor sich hin murmelnd umrundete Raghna einmal den Kreis, bevor sie von Norden her eintrat und zu der flachen, sandbedeckten Mulde in der Mitte ging. Sie schlug ihren Umhang zurück und setzte sich neben die graue Steinplatte, die dort lag. Der Platz war so gewählt, dass sie den schimmernden Mond im Blick hatte. Sie öffnete ihr Bündel und holte zwei Schalen aus bemaltem Ton heraus, die sie auf die Platte stellte. Eine davon füllte sie mit Met aus dem Krug, die andere mit geschälten Haselnüssen.

»Ich grüße dich, Holde, unter dem Rabenmond! Du bist die Herrin über alles, was auf und was unter der Erde ist. Nimm meine Gaben freundlich an. Steh mir bei auf allen Wegen, leite mich, lehre mich dein machtvolles Wissen und Wirken. Wenn es dein Wille ist, dann mach mich zur Hagsitzerin und weisen Frau. Lass mich vollenden, was ich von Mutter Haelgunn gelernt habe. Sende mir deinen geflügelten Boten und gib mir die Zeichen für Prüfung und Weihe. Lass mich nicht länger in Ungewissheit warten!«

Die junge Frau hatte leise, aber mit großer Inbrunst gesprochen. Bei den letzten Worten bebte ihre Stimme.

Es war jetzt völlig dunkel. Der Abendwind spielte mit dem Laub der Bäume. Unbeirrt, unmerklich, schweigend stieg der Mond empor und wurde immer kleiner, kühler, ferner.

Vielleicht hört sie mich nicht.

So wird es sein. Sie hat mich vergessen. Ohne Haelgunn kann ich nicht zu ihr gelangen. Ich kann die Zeichen nicht erkennen. Niemals werde ich den Eingang zu ihrer Höhle finden.

Haelgunn, warum hast du mir das angetan? Warum hast du mich so kurz vor dem Ziel alleingelassen?

Kräftiger Flügelschlag zog Raghnas Aufmerksamkeit zu der alten Eiche, die den Norden des Steinkreises bewachte. Auf einem der niederen Äste saß ein Rabe. Sein Kopf mit dem starken, schwarzen Schnabel, den glänzenden Augen war der Frau zugewandt.

Sie nickte ihm zu: »Du bist da. Sollen wir gleich aufbrechen?«

Er spreizte die Schwingen und ließ sie wieder sinken. »Wir fliegen nicht ins andere Land. Es gibt heute Nacht anderes für dich zu tun, Rabenfrau. Du musst dich aufs Weggehen vorbereiten.«

»Ich? Wohin sollte ich wohl gehen? Du weißt doch, dass ich hier auf Holls Zeichen warten muss. Wie soll ich sonst jemals in die Totenhöhle gelangen?«

»Du hast dein Zeichen bereits erhalten.«

»So? Habe ich etwas übersehen? Was für ein Zeichen war es denn – Erde, Wasser, Feuer oder Luft?«

»Keines davon, und von allem etwas. Es war ein Mensch.«

»Aber ich habe, bis auf diesen Fremden heute Nachmittag, schon lange keinen Menschen mehr gesehen.«

Schweigend putzte der Rabe sich das Gefieder.

Raghna überlief plötzlich ein Frösteln. »Du willst mir doch nicht sagen, diese Begegnung war das Zeichen, um das ich seit Monden verzweifelt bete?«

Der Vogel hüpfte herunter auf die Felsplatte, untersuchte die Opferschälchen und nahm sich mit dem Schnabel vorsichtig eine Haselnuss. Er schien die Worte der Frau gar nicht zu hören.

»Und was …«, begann Raghna erneut und räusperte sich, weil ihr die Stimme versagte, »was soll dieses Zeichen, falls es eines war, deiner Meinung nach bedeuten?«

Ernst äugte der Rabe zu ihr herüber. »Es besteht ein Band zwischen dir und ihm. Eure Begegnung ist lange vorbereitet. Ein ganzes Leben lang habt ihr euch aufeinander zubewegt. Ihr habt einen gemeinsamen Auftrag. Er muss ebenfalls in die Totenhöhle, und dazu braucht er deine Hilfe.«

Raghna schloss die Augen.

Nein! Das kann nicht sein.

Einen Mann in Holls unterirdisches Reich führen?

Das letzte Stück meines eigenen Weges mit ihm teilen?

Unmöglich!

»Du musst dich irren!«, sagte sie heiser.

»Ich bin der Bote, und ich irre mich nicht. Du wirst mit ihm fortgehen, zurück in die Welt der Menschen. Einerseits. Andererseits werdet ihr auch zusammen in der anderen Welt unterwegs sein, im Alten Land – auf der Suche nach Holls Totenhöhle, ihrem Teich und ihrem Garten.«

Mit ungläubigem Auflachen, das ihr einen missbilligenden Blick eintrug, schüttelte Raghna den Kopf: »Aber das kann nicht sein, Rabe! Seit wann interessiert sich denn ein Glockenbechermann für die Holde und ihr Reich? Das ist doch blanker Unsinn. Ich werde bestimmt nicht die Geheimnisse der Hagfrauen an einen Fremden verraten. Nein: Hier in meinem Steinkreis muss ich warten, bis Holl mir den Weg zeigt und die Weihe gibt. Und falls ich das überlebe, werde ich mein Leben als weise Frau in der Wildnis verbringen, genau wie Mutter Haelgunn. Ich gehe nicht zurück in die Dörfer!«

»Doch, das tust du. Du kannst dich nicht für immer in deiner kostbaren Einsamkeit verstecken. Dort draußen warten Aufgaben auf dich. Du hast viel gelernt bei Haelgunn, aber um eine echte Hagfrau zu werden, musst du nur noch deine Bitterkeit, die Furcht und den Hass überwinden.«

»Ach – und warum? Für eine Hagsitzerin gibt es keine Regeln.«

»Bis auf eine: frei zu sein. Du bist jetzt stark genug, um dich gegen jede Bedrohung zur Wehr zu setzen. Deshalb kannst du endlich die Fesseln der Vergangenheit abstreifen. Meinst du nicht?«

Die Rabenfrau presste die Lippen zusammen und schwieg.

Der Bote sah sie listig von der Seite an. »Es hat dir nicht gefallen, dass dieser Wanderer dich so mühelos entdecken konnte, wie? Ja, ja, die rätselhaften Glockenbecherleute … sie haben auch ihre Fähigkeiten und Geheimnisse, genau wie wir, das Volk der Holden.«

Raghna ging darauf nicht ein. »Ich will nicht in der Nähe der Menschen leben«, sagte sie. »Wo viele Menschen zusammenkommen, herrscht immer Unfrieden.«

»Ein Mann wartet da draußen auf dich.«

»Ich hatte einen Mann. Er ist tot. Ich werde keinen anderen nehmen.«

»Dieser Wanderer, hat er dir gefallen?«, fragte der Rabe.

»Der? Daran solltest du nicht einmal *denken*!« Ärgerlich zuckte sie die Achseln. »Schon diese weibische Haartracht und die Art, wie er einen anstarrt, ohne ein Wort zu sagen! Als wollte er einem die Gedanken aus dem Kopf saugen. Ich fand ihn abstoßend – jawohl: abstoßend! Na schön, ich muss ihn ja auch nicht wiedersehen. Bestimmt hat er das einfältige Bauernmädchen längst vergessen.«

»Das bezweifle ich. Nein, Rabenfrau, mach dir nichts vor. Es gibt kein Ausweichen, es sei denn, du verzichtest auf die Prüfung. Dieser Fremde hat damit zu tun, glaub mir.«

Ein langes Schweigen folgte. Nichts war zu hören als die heftigen Atemzüge der jungen Frau.

»Worin besteht die Prüfung?«, wollte sie schließlich wissen. »Kannst du es mir nicht endlich sagen?«

»Holl selbst wird es dir enthüllen, wenn du bereit bist. Nutze diese Nacht unter dem Lichtmond, um in dein Inneres zu schauen. Rufe dir alles in Erinnerung, was geschehen ist. Denk an die Männer und Frauen, mit denen du verbunden warst, in Liebe oder Hass – und dann entscheide, welchen Schritt du als nächsten tun willst!«

Sie maßen sich mit Blicken, bis Raghna ihren Widerstand aufgab und den Kopf senkte.

»Bleibst du bei mir … die ganze Nacht?«, fragte sie leise. Statt einer Antwort flog der Rabe hinüber zu der Eiche und suchte sich mit Sorgfalt einen angenehmen Platz aus. Er pickte ein wenig an der Rinde herum und machte es sich dann in einer Astgabel gemütlich. Raghna wusste: Wenn sie ihn brauchte, würde er da sein.

UNTER DEM RABENMOND

Das Erste, was sie sah, waren Gesichter. Vertraute Züge, einige geliebt und geschätzt, andere verhasst und gefürchtet. Manche der Gestalten, die das Mondlicht in den Steinkreis zauberte, waren schon lange tot, andere wohl noch am Leben. Sie wandten sich ihr zu, ernst, schweigend. In den schattendunklen Augen sah sie ihr eigenes Bild gespiegelt. Jeder von ihnen kannte eine andere Raghna.

Tränen der Freude traten in ihre Augen, als sie Ethomirs graubärtiges Gesicht erkannte, sie lächelte ihm zu. Schräg hinter ihm trat sein Neffe Jord aus dem Dunkel. Jord mit den breiten Schultern im abgewetzten Lederkittel, mit den harten, kampfgewohnten Fäusten, ihr brüderlicher Freund. Wie lange war er für sie der Inbegriff von Zuverlässigkeit und Schutz gewesen! Er kam näher, schien etwas von ihr zu fordern. Sein dringlicher Blick erstaunte Raghna. So hatte der schweigsame Einzelgänger sie früher auf dem Herrenhof niemals angeschaut!

Leicht verwirrt wandte sie sich ab. Eine hagere, dunkle Gestalt mit grauen, straff nach hinten gebundenen Haaren zog ihre Aufmerksamkeit auf sich. Raghna nickte ihr zu.

Ich grüße dich, Großmutter. Ja, mit dir fängt es an. In deinen Augen sehe ich das kleine Mädchen, das ich einmal war, dünn, blass, mit dunklen Haaren und einem eigensinnigen Zug um den Mund. Enttäuschend! Ich war nicht die blonde, stämmige, arbeitswillige Enkeltochter, die du dir gewünscht hättest. Seit Jahren weilst du nun schon in Holls Totenhöhle. Aber dein Geist schaut mich an wie damals, kalt und streng. Du warst die mächtigste Person in unserem Dorf und die wichtigste in meinem Leben.

Es war ein bitterkalter Hungerwinter, in dem ich geboren wurde. Tante Ricke erzählte mir davon, als ich alt genug war, um sie zu verstehen. Die Holde hatte das Dorf in diesem Jahr mit Trockenheit, Dürre und einer Mäuseplage gestraft und den Menschen nur eine kümmerliche Ernte geschenkt. Großmutter, die Dorfälteste, trug eine schwere Sorgenlast, doch sie konnte wenig tun. Schon vor Mittwinter begannen die Leute zu hungern. Dabei lag die kälteste Zeit noch vor ihnen.

In der längsten und dunkelsten Nacht jenes Winters vor dreiundzwanzig Jahren kämpfte ich mich ins Leben, und meine Mutter starb. Großmutter Moghan hörte den rauen Schrei eines Raben, der über das Dach flog. Er nahm Mutters Geist mit sich. Keine der Frauen glaubte, dass ich am Leben bleiben würde, doch das tat ich. Zwei stillende Frauen aus den anderen Hütten versorgten mich abwechselnd und hielten mich warm, so gut sie konnten. Als ich nach einem Jahr immer noch lebte, gab mir Großmutter meinen Namen: Raghna, die Rabenfrau.

In normalen Jahren fehlte es uns in Moghans geräumiger Hütte an nichts. Sie war eine wohlhabende Bäuerin und die Anführerin der Gemeinschaft. Vier Kinder hatte sie großgezogen. Die beiden Söhne kannte ich kaum, sie lebten bei den Familien ihrer Ehefrauen, während die Töchter natürlich bei der Mutter geblieben waren. Tante Ricke mit ihrem Mann Bram und ihrer Tochter Farna. Und Lani, ihre Schwester, deren einziges Kind ich war. Mein Vater ging bald nach Mutters Tod fort. Wir hörten nie wieder von ihm. Ich weiß nicht, wie er aussah oder was für ein Mensch er war. Eving hieß er, glaube ich.

Männer wandern, sagten die Frauen immer und lächelten so eigen dabei. Das muss ein sehr alter Spruch sein.

Tante Ricke erzählte mir, Mutter habe ihr und den anderen Frauen geglichen, mit hellen Zöpfen, einem runden Gesicht und kräftiger Gestalt. Sie konnte sich nicht erklären, warum ich so anders aussah als sie. Ihre Bemerkungen taten mir weh.

Leingarten, mein Heimatdorf. Dort hat sich bestimmt bis heute nichts geändert. Es liegt geschützt in den bewaldeten Hügeln, dort wo der Riedbach nach Süden abbiegt, dem großen Strom

Maian zu. Ein Dorf, wie es viele gibt in den Haselbergen: Lehmverputzte Hütten, in denen die Bäuerinnen mit ihren Familien leben, scharen sich um das große Gemeinschaftshaus mit den prächtig bemalten Wänden. Etwas abseits, aber noch innerhalb der Umzäunung, lagen zwei kleine Katen; eine bewohnte die wunderliche alte Frunn ganz allein, die andere hatte mit Großmutters Erlaubnis ein zugewanderter Jäger für sich und seinen Sohn errichtet. Ulmo, zwei Jahre älter als ich, wurde später mein bester Freund.

Ein mannshoher Zaun aus jungen Eichenstämmen umschloss die ganze Siedlung, er wurde von den Männern gewissenhaft instandgehalten und gab uns ein starkes Gefühl der Sicherheit. Schon von weit her, wenn man vom Ufer des Riedbachs aus den Hügel hochstieg, sah man die hohe Wand mit dem befestigten Tor, dahinter die Rindendächer der Hütten. Der Anblick verhieß dem Wanderer menschliche Gesellschaft, Nahrung, ein warmes Feuer, einen gesicherten Schlafplatz.

Unser Dorf: eine in sich geschlossene Welt. Wir Kinder waren überall zu Hause, kannten jede Hütte, jeden Schuppen, die Holzstöße und Vorratsgruben, die eingezäunten Gemüsegärten und Gatter für das Kleinvieh. Am liebsten erkundeten wir die Orte, von denen wir uns eigentlich fernhalten sollten, das Gemeinschaftshaus, den Brunnen und die bemalte Lehmkuppel des großen Backofens, um den sich in hellen Mondnächten die Frauen versammelten.

Außerhalb der Palisadenwand lagen die von Schlehdornhecken eingefriedeten Felder, dazwischen Koppeln und Ställe für Schafe und Ziegen, und dann kam der lichte Wald, in dem die struppigen Schweine weideten. Unten am Bach und an den Hängen, die zum Maian hin abfielen, erstreckten sich die Grasweiden für die Pferde und Rinder des Großherrn.

Doch nach Norden und Nordosten hin begann hinter dem Land, das wir bestellten, bereits die undurchdringliche Wildnis der Wälder. In ihnen wohnten Bären und Wölfe, Wisente und Auerochsen, Wildkatzen, Luchse und andere reißende Tiere, vor denen man auf der Hut sein musste. Auch Zwerge, Feen und friedlose Geister gab es, die einsame Wanderer in Felsenhöhlen lockten, aus denen sie niemals wieder in die Welt der Lebenden zurückfanden. An den Winterfeuern erzählten die Leute sich gruselige Geschichten und schärften uns Kindern ein, niemals allein in den Wald zu laufen.

Solange ich klein war, fiel es mir nicht schwer, mich an dieses Verbot zu halten, denn das Dorf und die nähere Umgebung boten zu jeder Zeit des Jahres schier unerschöpfliche Reichtümer: Da waren die fein abgestuften Grüntöne der Blätter und Gräser, an denen ich mich im Frühling nie sattsehen konnte, dann das frühsommerliche Blau der blühenden Flachsfelder, das Gold des Weizens, der süße Duft von Klee und Heu, der Geschmack von frischem Brot, Ziegenmilch und Lauchsuppe, das freundliche Murmeln des Riedbachs, das glühende Rot des Herdfeuers …

Wie sehr ich diese sichere, vertraute Welt liebte, wie tief ich in der Geborgenheit meiner Sippe wurzelte, wusste ich erst, als ich aus ihr herausgefallen war.

Obwohl ich erst dreiundzwanzig Winter alt bin, kommt es mir vor, als läge zwischen damals und heute ein ganzes Leben.

»Raghna, Raaaghna! Wo steckt sie denn nur wieder?«

Der Sommerwind trug die Worte von Tante Ricke davon. Den Kittel über die Knie gezogen, kauerte ich regungslos in meinem geheimen Winkel hinter dem Holzstoß und sann über den Klang meines Namens nach. Gaben diese Laute dem, der sie aussprach, Macht über mich? Ich nahm mir vor, meinen unsichtbaren Freund, den Raben, danach zu fragen. Als hätte mein Wunsch ihn herbeigerufen, tauchte er neben mir auf, und ich hörte seine vertraute, knarrende Stimme, die niemand außer mir vernehmen konnte.

»Worte und Klänge haben Kraft, manche mehr, manche weniger«, sagte er, »aber niemand hat Macht über dich, außer du gibst sie ihm.«

Ich wollte noch mehr wissen, wollte selbst die Macht der Worte ausprobieren, aber er breitete die Schwingen aus und flog einfach davon. Mir blieb nichts anderes übrig, als mich in einen Vogel zu verwandeln und ihm zu folgen. Um diese Zeit, ich war vielleicht acht Jahre alt, ahnte ich bereits, dass meine Flüge in das andere Land etwas Ungewöhnliches waren. Für die anderen, nicht für mich! Ich vertraute dem Raben völlig. Alles, was ich mit ihm erlebte, kam mir ganz natürlich vor, aber etwas hinderte mich daran, den anderen davon zu erzählen.

Tante Ricke sagte oft, ich sei ein eigenartiges Mädchen. Verschlossen, eigenbrötlerisch, schweigsam. Nur manchmal, wenn ich gereizt wurde, konnte der Zorn wie eine Stichflamme in mir emporlodern. Hin und wieder schloss ich mich den Spielen der anderen Kinder an, was meistens damit endete, dass ich die Anführerin war. Mit Ulmo, dem Sohn des Jägers Brand, war ich viel unterwegs. Er zeigte mir, wie man auf Bäume klettert, und machte mir eine Flöte aus Holunderrohr. Immer wieder aber geschah es, dass ich plötzlich die Geduld mit ihnen allen verlor und mir meine eigenen, verschwiegenen Wege suchte.

Doch man ließ mir nicht allzu viel Zeit für Träumereien und einsame Streifzüge. Es gab immer viel Arbeit, auch für uns Kinder, vor allem im Sommer. Meine wichtigste Aufgabe war es, die Ziegen am Waldrand zu hüten. Frik, der Hund, half mir dabei. Manchmal spielte ich ihm auf der Flöte vor. Er saß dann ganz still, den Kopf zur Seite geneigt, und verfolgte aufmerksam jede Bewegung meiner Finger. Zu lange durfte es allerdings nicht dauern, sonst wurde ihm die Sache langweilig. Dann ging er Mäuse jagen, oder er rollte sich zu meinen Füßen im Gras zusammen und schlief ein.

Unsere Welt wurde von den Frauen beherrscht, ihnen gehörten die Hütten und Gärten, das Land und das Kleinvieh. Während die Männer und Kinder stets einfache, ungefärbte Leinenkittel und grobe Umhänge trugen, sahen die Frauen in ihren rot und gelb gemusterten, knöchellangen Leinenkleidern, die mit Kupferperlen und Röllchen benäht, mit Kreisen, Spiralen, Blättern und Wellenlinien bestickt waren, wunderschön aus. Jede besaß als Amulett ein Hollesiegel, das sie als Anhänger auf der Brust, am Gürtel oder auf der Stirn trug. In meinen sehnsüchtigen Kleinmädchenträumen war ich eine von ihnen: eine erwachsene Frau mit geflochtenen, hochgesteckten Haaren.

Meine Großmutter Moghan wurde um ihres Wohlstands, ihrer Weisheit und Erfahrung willen von der ganzen Sippe hoch geachtet. Bei uns Kindern war sie wegen ihrer Strenge gefürchtet. Sie wusste alles über das Säen und Ernten, das Herstellen von Kleidern und Geräten und das Heilen von Krankheiten und Verletzungen. Zu jeder Geburt wurde sie als Hebamme gerufen, und die Sterbenden schickte sie auf den Pfad zu Holls verborgener Höhle in der Unterwelt, wo sie auf ihre neue Geburt warteten. Sie kümmerte sich um die Ahnenhütte im Wald, in der die Toten bestattet wurden, und leitete die großen Begräbnisfeiern an.

Die Alte Moghan und die anderen Großmütter bewahrten die überkommenen Bräuche und das Wissen der Ahnfrauen. Es gab so vieles zu beachten, um die Unsichtbaren zufriedenzustellen! Beim Backen und Brauen mussten die Frauen größte Sorgfalt darauf verwenden, dass jeder Handgriff in der vorgeschriebenen Weise geschah und von den passenden Sprüchen begleitet wurde, damit die Holde alles gelingen ließ. Am wichtigsten aber war das Spinnen. Allein an der Feinheit und Haltbarkeit ihres gesponnenen Fadens konnte man erkennen, ob eine Frau tüchtig war und Holls Segen besaß. Der richtige Umgang mit Spindel und Spule setzte Kenntnisse voraus, die den Frauen Macht verliehen und sorgfältig vor den Männern geheimgehalten wurden.

Es verging kein Tag, an dem Großmutter nicht von den Frauen um Rat und Auskunft gebeten wurde. Auch die Männer kamen zu ihr, wenn sie krank oder verletzt waren oder wenn sie neue Köderspeise für den Angelhaken brauchten. Wenn es allerdings um die Waldarbeit, den Hausbau, die Jagd oder den Schutz der Felder ging, dann wandten sie sich an Elkh, den Kupferschmied, der ebenfalls manche Geheimnisse kannte. Neben der Hütte seiner Frau hatte er sich eine gesonderte Werkstatt errichtet. Jäger Brand saß dort oft mit ihm zusammen. Auch Tante Rickes Mann und andere gingen abends manchmal hinüber, wenn die Frauen sich am Backofen trafen.

Er trug den Kopf recht hoch, dieser Elkh. Großmutter runzelte die Stirn über sein selbstbewusstes Auftreten. Vor noch gar nicht so langer Zeit, sagte sie oft, habe es weder Kupfer noch Schmiede noch einen männlichen Anführer gegeben. Das alles gehörte zu den Neuerungen, die die Herrensippen mit ins Land gebracht hatten. Im Gegensatz zu den Bäuerinnen nahmen ihre Männer bereitwillig neue Gedanken, Sitten und Gebräuche von den Streitaxtleuten an.

Sommer folgte auf Winter, Holls Jahresrad drehte sich immer weiter. Ich merkte kaum, wie die Jahre vergingen. Wir jungen Mädchen hatten von der ersten Morgenfrühe bis zum Sonnenuntergang den Frauen zur Hand zu gehen, und die Arbeit ging nie aus. Wenn es sonst nichts zu tun gab, dann mussten wir Getreide mahlen oder Garn spinnen. Schon mit fünf, sechs Jahren bekamen wir die erste kleine Kinderspindel in die klebrigen Fingerchen gedrückt und wurden angehalten, sie fleißig zu drehen. Spinnen, spinnen, immerzu spinnen – ein gutes Mädchen ließ nie die Hände untätig im Schoß ruhen! Jede Frau trug ihre Spindel stets griffbereit am Gürtel, und wann immer sie die Hände frei hatte, im Gehen und Stehen, von morgens bis abends, drehte sie sie, fast ohne hinzusehen. Es war ja auch nicht leicht, die ganze Sippe mit Kleidung zu versorgen. Außer in der Erntezeit saßen ständig ein paar Frauen an den Webstühlen, und immer war der Vorrat an Leinen- und Wollgarn knapp.

Ich war wohl kein besonders gutes Mädchen. Als ich älter wurde, packte mich von Zeit zu Zeit der unwiderstehliche Drang, aus dem umfriedeten Bereich wegzulaufen. Ganze Nachmittage konnte ich in den ausladenden Ästen einer alten Weide am Bach liegen und, versteckt im silbrigen Laubgewirr, meinen Gedanken nachhängen. So war die Anzahl der aufgewickelten Spulen, die ich am Abend abliefern konnte, meistens zu gering, um mir auch nur einen anerkennenden Blick einzutragen. Ermahnungen nutzten nichts, und mit der Zeit bekam Großmutters Stimme einen ungeduldigen Klang, wenn sie mit mir sprach.

Als ich zwölf Winter alt war, überraschte sie mich eines Spätsommernachmittags mitten in der Erntezeit bei der Ahnenhütte im

Wald, ein gutes Stück außerhalb des Dorfes. Sie ging regelmäßig dorthin, um den Toten Speise und Trank zu bringen. Ich hätte an jenem Tag eigentlich beim Ährenlesen auf Tante Rickes Weizenacker sein sollen.

Doch Großmutter fand mich dort auf der Lichtung, mit geschlossenen Augen im Gras sitzend, an den Stamm der alten Eibe gelehnt, die die Hütte bewachte. Der Rabe hatte mich mit auf Reisen genommen, sodass ich Moghan nicht einmal bemerkte und auch keine Antwort gab, als sie mich ansprach.

»Raghna, hörst du nicht? Du sollst aufwachen!«

Ich spürte, dass mich jemand unsanft an der Schulter rüttelte, und kehrte widerstrebend in meinen Körper zurück. Langsam öffnete ich die Augen und erschrak fürchterlich, als ich Großmutter erkannte. Ich fühlte, wie ich erst rot wurde vor Scham und dann blass vor Furcht.

Sie schien zunächst erleichtert, als ich zu mir kam. Doch der besorgte Ausdruck schwand und machte einer tadelnden Miene Platz. »Hier bist du also, wenn wir dich suchen«, stellte sie fest.

»Meistens, ja«, gestand ich verlegen.

»Junge Mädchen haben bei der Ahnenhütte nichts verloren, schon gar nicht allein. Und erst recht nicht, wenn auf den Feldern Arbeit auf sie wartet.«

»Ja, Großmutter.«

»Wo warst du mit deinen Gedanken? Es hat eine Weile gedauert, bis du aufgewacht bist.«

»Ich war … im andern Land … mit dem Raben.«

»Wo? Mit wem?« Sie runzelte verständnislos die Stirn.

Vergeblich suchte ich nach Worten, um zu beschreiben, was ich mit dem Raben erlebte. Ich merkte, wie schwierig es war, und fühlte mich plötzlich so allein wie nie zuvor in meinem Leben. Das tat so weh, dass ich trotz allem einen Versuch wagte, nur um diese entsetzliche Kluft zu überbrücken.

»Großmutter, es tut mir leid … ich wollte mich nicht vor der Arbeit drücken. Nur, an manchen Tagen, da zieht es mich einfach mit aller Kraft hierher zur Hütte. Das ist ein besonderer Platz, ich meine, ein besonders guter Platz. Und wenn ich hier unter der Eibe sitze, dann kommt meistens der Rabe, mein Freund, den sonst niemand sehen kann. Er spricht zu mir, und oft nimmt er mich mit in ein anderes Land …«

»Wie nimmt er dich mit?«

»Wir … äh … fliegen.«

»So, so, ihr fliegt.«

Ich kam mir unsäglich dumm vor, aber ich konnte jetzt einfach nicht mehr aufhören.

»Ja, Großmutter, und dort treffen wir auch manchmal die Ahnfrauen, die ganz alten Urgroßmütter, noch viel älter als du, und die reden dann mit mir.«

»Aha. Und was sagen sie?«

»Sie sagen, dass die Holde mich gerufen hat und dass ich sie suchen soll … auf dem alten Pfad der weisen Frauen und Hagsitzerinnen … Ich habe keine Ahnung, was das heißen soll. Weißt du es nicht? Du weißt doch alles!«

Langes Schweigen. Etwas raschelte in den Zweigen der Eibe. Der Wind natürlich – oder war es der Rabe? Großmutter hatte wohl den gleichen Gedanken, denn sie meinte: »Und was sagt dein unsichtbarer Freund dazu?«

»Er sagt, ich soll ruhig immerfort Fragen stellen und nachdenken, über alles, was ich sehe. Aber er gibt selten Antworten. Er sagt, auf die Antworten kommt es gar nicht an, sondern darauf, wie sich die Fragen im Lauf der Zeit verändern.«

»Du meine Güte.«

»Ja, es ist schwer zu verstehen, nicht wahr? Und ich möchte doch so vieles wissen … zum Beispiel von der Holden. Wir beten zu ihr und bringen ihr Gaben. Aber wer sagt uns, dass sie uns hört und dass unsere Gaben die richtigen sind? Wie haben unsere Ahnfrauen das herausgefunden? Vielleicht haben sie sie einfach gefragt? Kann man ihr denn begegnen? Es muss so sein, denn von ihr selbst haben die Ahnfrauen ja vor langer Zeit gelernt, welche Sprüche und Kräuter das Brot aufgehen und das Bier gelingen lassen! Und woher wüssten wir sonst, dass die Holde von schwarzen Hunden begleitet wird? Oder auch, was die Farben und die uralten Muster auf den Tonwaren bedeuten … ach, es gibt so viele Fragen … ich weiß gar nicht, wo ich anfangen soll …«

Die Worte waren wie ein Sturzbach aus mir herausgeströmt,

aber nun verstummte ich und biss mir auf die Lippen. Auch Großmutter schwieg. Hatte sie mir überhaupt zugehört? Ihr Blick ging über meinen Kopf hinweg ins Weite. Sie sah anders aus als sonst, die Züge nicht ganz so hart, eher nachdenklich und bekümmert.

Mein Mund war trocken. Ich wagte kein weiteres Wort mehr, saß nur still da, mit den Armen meine hochgezogenen Knie umklammernd. Mein Gefühl sagte mir, dass dies ein wichtiger Augenblick in meinem Leben war. Was würde geschehen? Würde Großmutter mich an ihrem Wissen teilhaben lassen?

»Kind«, begann sie endlich, »was du mir da erzählst, erinnert mich an die alten Geschichten von den Pfadsucherinnen, die gefährliche Reisen zurücklegten oder als Hagfrauen Jahre allein in der Wildnis verbrachten, um etwas zu finden, etwas Bedeutsames … für sich selbst und für ihre Sippen. Wenn es ihnen gelang, kehrten sie irgendwann als weise Frauen in ihre Dörfer zurück. Aber das war einmal, es ist lange, lange her. Heute gibt es das nicht mehr. Die Zeiten haben sich geändert. Wir bewahren nur noch getreulich die alten Überlieferungen, die Bräuche und Sprüche. Wenn du aber fragst, woher unser Wissen kommt, dann kann ich nur sagen, das haben wir schon immer so gemacht. Den Pfad ins Reich der Holden, von dem die Alten sprachen, gibt es nicht mehr. Er ist verloren und vergessen.«

»Aber du kennst doch den Weg zu Holls Höhle unter der Erde, wo die Geister der Toten wohnen?«

»Ja, das sagen die Leute. Ich bin mir nicht sicher, ob es wirklich so ist. Ein paar Mal, vor langer Zeit, da hatte ich sonderbare Träume …« Sie versank in Erinnerungen und schien vergessen zu haben, dass sie zu einem Kind sprach. Ich lauschte atemlos und musste mich anstrengen, ihre gemurmelten Worte zu verstehen.

»Es gab eine Zeit, da waren wir die einzigen Menschen hier im Land. Wir, die Bäuerinnen mit ihren Sippen. Unsere Großmütter waren weise und wirkmächtig, ja, so nannte man das damals, und wir hatten ein gutes, zufriedenes Leben in den Dörfern. Mit harter Arbeit, das schon, aber Feld und Wald und Ziegen und Schafe gaben uns alles, was wir brauchten. Holl sorgte für uns. Nur in ganz schlechten Jahren oder langen Wintern kam es manchmal vor, dass sie uns hungern ließ.

Aber dann fielen die anderen hier ein, die Herrensippen mit ihren Pferden und Rindern, ihren Wagen und Streitäxten. Gegen ihre Krieger konnten wir nichts ausrichten, gar nichts, das merkten wir ganz schnell. Sie sind eine andere Art Menschen als wir, mit eigenen Sitten und mit ihrem allmächtigen Blitz- und Sturmgott … *Inthram*!«

Sie spie den Namen aus wie einen Fluch. Auch die nächsten Worte klangen böse.

»*Männer* … – bei ihnen dreht sich alles um die Männer. Ihre Frauen gehören ihnen wie ihr Vieh. Den meisten von uns erscheint das heute schon selbstverständlich, aber früher wäre der Gedanke unvorstellbar gewesen. Meine Urgroßmutter konnte noch davon erzählen, wie ganz anders es in ihrer Kindheit war … Aber unsere alte Welt ist zerbrochen. Wir leben heute in der Welt der *Herren*. Etwas hat uns verlassen, eine Art Kraft oder … Gewissheit. Ja, wir sind müde geworden. Das Land spricht nicht mehr zu uns. Das alte Wissen ist Stück für Stück verloren gegangen. Unsere Lieder und Sprüche, die wir so sorgsam hüten, sind nur noch ein kläglicher Rest.«

»Aber warum …?«, wagte ich zu flüstern.

»Keiner weiß, warum die Holde das alles zugelassen hat. Wir müssen sie einmal sehr erzürnt haben. Wie es scheint, ist sie immer noch zornig auf uns Bäuerinnen, vielleicht sogar auf alle Menschen. Das muss der Grund dafür sein, dass sie uns immer wieder den Regen verweigert und diese furchtbaren Dürrezeiten schickt. Die Alten sterben vor der Zeit, das ist schlimm. Aber auch die Kinder sterben, wenn es in den Hütten an Nahrung fehlt, und das ist noch schlimmer.

Und ich kann nichts anderes tun, als die alten Bräuche und Sprüche zu bewahren – in der Hoffnung, dass sie vielleicht doch von ihr gehört werden.«

In ihrer brüchigen Stimme lag so viel Trauer, dass es mir die Kehle zuschnürte. So hatte ich die Alte Moghan noch nie erlebt. Ich wartete ehrfürchtig, doch es kam nichts mehr. Schließlich nahm ich all meinen Mut zusammen, holte tief Luft und wiederholte meine Frage.

»Großmutter … du kennst aber doch die Höhle der Toten und den alten Pfad, der zu der Holden führt? Oder?«

Wie erwachend wandte sie sich mir zu, ihr herbes Gesicht verschloss sich wieder.

»Ein für alle Mal, Raghna: Es gibt keinen Pfad mehr. Die alten Zeiten kommen nicht zurück. Holl zürnt uns, sie hat sich von uns abgewandt, und wenn wir uns ihr dreist aufdrängen, kann alles nur noch schlimmer werden. Nicht einmal ich alte, erfahrene Frau würde den Versuch wagen! Deshalb sage ich dir nun ganz im Ernst, und ich sage es nur einmal: Schlag dir alle diese Gedanken aus dem Kopf! Ich will nie wieder erleben, dass du von unsichtbaren Vögeln redest oder deinen Geist auf Reisen schickst. Hast du mich verstanden?«

Ich presste die Lippen zusammen und schwieg.

»Raghna, sei nicht trotzig. Du bist nur ein Kind und verstehst zu wenig von diesen Dingen. Wenn du damit herumspielst, kannst du krank werden oder den Verstand verlieren. Dann bist du für den Rest deines Lebens deiner Sippe nur noch eine Last. Möchtest du das etwa?«

Zögernd schüttelte ich den Kopf.

»Eben. Wenn du erwachsen bist, bringen wir dir die Sprüche und alles Nötige bei. Bis dahin gib Ruhe und tu deine Arbeit. Wir haben genug damit zu tun, die Unseren zu ernähren, zu kleiden und gesund zu erhalten … und zusätzlich noch Herrendienste zu leisten. Kein Mensch in Leingarten hat Zeit übrig für Geisterflüge. Ich verbiete dir, das jemals wieder zu tun. Hast du mich verstanden? Antworte, Enkeltochter!«

»Ja, Großmutter.« Ich wich ihrem Blick aus.

Doch sie nahm mich am Kinn und drehte mein Gesicht zu sich. »Versprich mir, mein Verbot zu befolgen!«

Mir war übel. In Gedanken flehte ich den Raben an, mir beizustehen und mich wegzubringen, doch er griff nicht ein.

»Raghna, ich warte! Es muss sein. Nun?«

Ich hatte keine Wahl. »Ich … ich verspreche es.«

»Gut. Dann lauf jetzt zu Tante Rickes Feld und hilf den anderen beim Ährenlesen, Kind.«

Tränenblind stolperte ich los. Als ich außer Sicht war, warf ich mich am Waldrand zu Boden, grub meine Finger in die kühle, feuchte Erde, presste mein Gesicht in den Klee und schluchzte verzweifelt. Ich weinte, bis ich keine Tränen mehr hatte. Der Rabe war bei mir, ich fühlte seine tröstende Gegenwart, aber er sagte nichts.

Von da an fühlte ich, dass Großmutters Augen oft auf mir ruhten, wenn sie glaubte, ich würde es nicht bemerken. Sie trug mir langwierige, schwere und unbeliebte Arbeiten auf. Ich fand kaum noch Gelegenheit, allein in den Wald zu gehen. Manches Mal beschwerte ich mich bitterlich bei dem Raben, aber er mahnte mich zu Gehorsam und Geduld. Auch er verstand mich also nicht mehr, ich war tatsächlich verraten und verlassen. Umso besser, dann würde es mir wenigstens leichtfallen, mein Versprechen zu halten! Ich schenkte ihm keine Beachtung mehr, wenn er zu mir sprach, gab keine Antwort und tat, als würde ich ihn nicht hören – so lange, bis er endlich davonflog und sich nicht mehr zeigte.

Nun war ich völlig allein.

Mit abwesender Miene erfüllte ich meine Aufgaben im Dorf so gut ich konnte und gab mir nach außen hin Mühe, Großmutters Befehlen zu folgen. Doch mein Inneres war erfüllt von Trotz, Bitterkeit und mühsam unterdrückter Empörung. Es war nicht richtig, was da geschah, dessen war ich mir sicher.

Schlag dir alles aus dem Kopf, hatte sie gesagt. Stell keine Fragen.

Wie oft nahm ich mir das vor! Aber es ging einfach nicht. Meine Gedanken machten sich selbstständig. Immer wieder zog ich durch vorwitzige Bemerkungen die tadelnde Aufmerksamkeit der Frauen auf mich. Ich bekam mit, dass sie die Augenbrauen hoben und Blicke tauschten, wenn ich wieder einmal, ohne nachzudenken, mit einer unpassenden Frage herausgeplatzt war. Und oft genug, wenn die Antwort ausblieb, lief ich aus der Hütte und schlug die Tür hinter mir zu. Ich hätte unbedingt schweigen lernen müssen, aber das war mir unmöglich.

Der Herbst verging, bald würde der Winter da sein. Wir feierten im Gemeinschaftshaus das Ahnenfest. Ich sehe alles so deutlich vor mir, als wäre es gestern gewesen. Großmutter, in ihrem kostbaren gewebten Wollumhang, thronte auf dem runden Hocker aus bemaltem Ton. Der kupferne Reif mit dem Hollesiegel glänzte im Schein der Fackeln auf ihrer Stirn. Um den Hals trug sie das uralte geflochtene Lederband mit den hell schimmernden Anhängern aus Muscheln und heiligen Hundezähnen. Sie stammten, so hieß es, von jenen schwarzen Hunden, die die Holde selbst auf ihren Gängen durch die Unterwelt begleiteten. Mich überlief jedes Mal ein Schauer, wenn mein Blick darauf fiel.

In der linken Hand hielt Großmutter den beinernen Lochstab mit dem geschnitzten Hundekopf, mit der rechten schlug sie langsam die mit Ziegenleder bespannte Tontrommel, die sie zwischen den Knien hielt. Der feierliche, getragene Rhythmus ließ uns verstummen und unsere Herzen in Andacht öffnen.

Die ganze Dorfgemeinschaft lagerte auf Matten und Fellen rings um die erloschene Herdstelle, die mit hoch aufgeschichteten Holzscheiten auf das neue Lebensfeuer wartete. Die Frauen saßen auf der einen Seite, auf der anderen die Männer, um Elkh geschart. Ich kauerte schräg hinter Tante Ricke und beobachtete Großmutter Moghan gespannt.

Mit geschlossenen Augen und heiserer Stimme sang sie die Anrufung der Ahnengeister. Aufmerksam folgte ich jeder ihrer Regungen. Wenn überhaupt jemals, dann musste sie doch jetzt Zutritt zur Totenhöhle haben!

Der Gesang war lang und ermüdend. Als er endete, öffnete sie die Augen und schaute zufrieden in die Runde. Ganz kurz trafen sich unsere Blicke, mein Herz setzte aus. Da war – nichts. Ich las in ihrer Seele und sah klar und deutlich, dass sie nirgendwo gewesen war. Nicht in der anderen Welt, die ich von meinen Flügen mit dem Raben kannte. Nicht in der Höhle, nicht auf dem Pfad. Sie kannte ihn tatsächlich nicht. Und nun, einen einzigen, unseligen Lidschlag lang, las sie in meiner Miene, dass ich es wusste. Und noch etwas las sie darin: Meine kindliche Ehrfurcht vor ihr war im gleichen Moment erloschen.

Ihr Gesicht verwandelte sich, wurde hart wie Eibenholz. Plötzlich bekam ich Angst, wandte den Kopf ab und versuchte so zu tun, als wäre nichts geschehen. Das Fest nahm seinen Fortgang mit der Darbringung der Gaben und dem feierlichen Entfachen des neuen Feuers, das Elkh auf Großmutters Wink auf die alte Art mit dem Bohrer zeugte: aus dem männlichen Eschenstab, der sich in der vorbereiteten Höhlung eines Birkenscheits drehte und rieb, bis unter dem freudigen Gemurmel aller ein Rauchfaden aufstieg und die Hitze den Zunder in Brand setzte. Noch im vergangenen Jahr hatte mich die bedeutungsvolle Handlung zutiefst ergriffen – heute blieb mein Herz leer.

Seit diesem Tag konnte ich Großmutter nichts mehr recht machen. Sosehr ich mich auch anstrengte: Mit nichts, was ich tat oder sagte, war sie zufriedenzustellen. Meist übersah sie mich, und wenn sie mich doch einmal anredete, dann hatte ihre Stimme einen harten Klang. Ich bekam Angst, sie würde mich verstoßen. Wohin hätte ich gehen sollen? Leingarten war meine Welt. Eine andere gab es nicht für mich.

Die anderen Frauen richteten sich natürlich in ihrem Verhalten nach der Alten Moghan. Nun lernte ich auf einmal zu schweigen. Niemand hörte mehr ein freches Wort von mir. Doch es war zu spät. Einsamkeit und Ablehnung umschlossen mich so dicht, dass ich sie fast mit Händen greifen konnte. Es gab keine offenen Feindseligkeiten, nur diesen Abstand. So verbrachte ich fast zwei Jahre.

Der nächste Winter war mild, wir überstanden ihn leidlich. Auf einen trockenen Sommer und eine karge Erntezeit folgte jedoch wieder ein langer Hungerwinter, den einige Männer, Frauen und Kinder nicht überlebten. Dann, im nächsten Frühjahr, erhörte die Holde unser verzweifeltes Flehen und sandte uns endlich den bitter benötigten Regen. Die Saaten gingen auf und reiften goldgelb heran. Nun lag das Land unter der schwülen, spätsommerlichen Glut. Bald würden wir mit der Getreideernte beginnen. Die Hoffnung auf bessere Zeiten war allgegenwärtig.

Meine Einsamkeit war jedoch unverändert. Manchmal vergingen Tage, ohne dass ich mit jemandem mehr als ein paar Worte über die Arbeit wechselte. Hin und wieder traf ich mich mit Ulmo, aber auch mit ihm war es nicht mehr so unbeschwert wie früher. Er hatte jetzt manchmal so eine seltsame Art, mir in die Augen zu sehen, und griff beim Gehen immer nach meiner Hand. Am besten war es noch, ganz allein zu sein. Deshalb hatte ich mich freiwillig dazu gemeldet, im Milchschuppen den Quark zuzubereiten. Das war eine der unbeliebteren Arbeiten. Während ich die weiße Masse durch das Sieb strich, entrang sich mir ein tiefer Seufzer. Ich fühlte, ich würde langsam verrückt werden, wenn ich nicht endlich einmal wieder hier herauskam.

Bilder vom schattigen Grün des Waldes kamen mir in den Sinn. Das dichte Laub der Buchen, die Eibe bei der Ahnenhütte …

Die Vorstellung war verlockend. Aber Großmutter würde mich nicht gehen lassen, und der Begräbnisplatz war mir streng verboten. Doch gab es nicht auch andere schöne Plätze? Der Kittel klebte mir am Leib, und meine Gedanken gingen ihre eigenen Wege, während ich die Geräte spülte und zum Trocknen aufstapelte.

Meine Arbeit hatte ich getan, es wurde ohnehin bald Abend. Vor meinem inneren Auge erschien der blinkende Spiegel eines im grünen Dämmerlicht dahinträumenden Waldsees, über den sich Erlen- und Weidenzweige neigten.

Der Schilfweiher, ja. Einsam gelegen und von verwunschener Schönheit, ein Ort, den ich besonders liebte. Wie lange war ich nicht mehr dort gewesen? Schon glaubte ich zu fühlen, wie das kühle Wasser über meine Handgelenke rieselte.

Ich stellte das saubere Sieb auf das Bord, ging zur Tür und schaute mich vorsichtig um. Niemand war zu sehen. Mit ein paar Schritten hatte ich die Ecke des Schuppens erreicht und lief zur Schlehenhecke hinter Brands Hütte. Dort gab es eine morsche Stelle im Zaun, einen versteckten Durchschlupf, den außer Ulmo und mir niemand kannte.

Als die tiefe Stille mich umfing, die über dem Teich lag, fiel alle Last von mir ab. Lustvoll grub ich die nackten Zehen in den Ufersand und ließ kleine Wellen meine Füße umspielen. Nicht weit von mir platschte ein Frosch ins Wasser, eine Amsel flötete ihr süßes Abendlied. Ich suchte ein Wort für das, was diesen Ort so greifbar umwob. Frieden? Nein, es war noch etwas anderes, ich konnte es nicht benennen.

Die Sonne stand schon tief, zu lange durfte ich hier nicht verweilen. Mit einem raschen Griff streifte ich meinen verschwitzten Kittel ab und ließ mich ins Wasser gleiten, achtete aber darauf, in der Nähe des flachen Ufers zu bleiben, das zu beiden Seiten von Schilf und Rohrkolben gesäumt war. Es hieß, der kleine See werde aus einer unterirdischen Quelle gespeist und sei grundlos tief. Ein Sog könne einen packen und hinunterziehen, wenn man sich zu weit hineinwage. Ich wusste nicht recht, wie viel ich davon glauben sollte. Die meisten Frauen mieden den Platz, aber mir gefiel gerade das Geheimnisvolle.

Das Wasser war klar und frisch, noch kälter, als ich es in Erinnerung hatte. Ich schöpfte es über meine verschwitzten Schultern, tauchte unter, schwamm ein paar Züge. Bald begann ich zu frösteln. Zitternd verließ ich den Teich, streifte mir die Tropfen von der Haut und aus den Haaren, rieb mich mit meinem Kittel trocken und schlüpfte hinein. Schnell wurde mir in der Abendsonne wieder warm. Nach kurzem Suchen fand ich meinen Lieblingsplatz wieder, einen Steinblock mit dicken Moospolstern. Tief hängende Weidenzweige umgaben ihn wie ein natürlicher Vorhang. Ich ließ mich nieder, umschlang meine Knie mit den Armen und war, zum ersten Mal seit langer Zeit, nahezu glücklich.

Im Laub zwischen den Bäumen knackte und raschelte es. Rehe, vermutete ich. Doch nein, es waren Schritte. Menschenschritte, ein zögerndes Tappen und Schlurfen. Erschrocken lugte ich zwischen den schmalen Blättern hindurch. Eine gebeugte Gestalt mit weißen Zottelhaaren näherte sich, auf einen Stock gestützt. Sie trug einen groben Rock aus ungefärbtem Werg und ein geflicktes Umschlagtuch. Überrascht erkannte ich die alte Frunn.

Die wunderliche Alte hauste allein in ihrer windschiefen Kate am Rand des Dorfes. Sie sprach manchmal laut mit sich selbst, ging ihrer eigenen Wege und war oft tagelang verschwunden. Da sie nicht viel zum Leben brauchte und willig ihren Anteil an den gemeinsamen Arbeiten verrichtete, kümmerte sich niemand groß um sie. Was mochte sie hier am Teich suchen?

Mühsam tastete Frunn sich zwischen den Steinblöcken durch. An einem sandigen Uferstreifen, dessen Saum von den bräunlichen Wellen bespült wurde, ließ sie sich ächzend nieder. Ich konnte sie von meinem Versteck aus gut beobachten. Nach kurzem Verschnaufen begann sie, leise vor sich hin murmelnd, mit ihrem Stab etwas in den Sand zu zeichnen, einen großen Kreis. Bedächtig unterteilte sie ihn mit zwei gekreuzten Linien. Der Sonnenkreis – Holls Zeichen! Mein Herz begann zu klopfen.

Gespannt verfolgte ich weiter, wie Frunn einen Lederbeutel von ihrem Gürtel nestelte, die Verschnürung aufknüpfte und mehrere Gegenstände herausholte. In jedes Viertel des Kreises legte sie einen davon: einen schwarzen Stein, eine weiße Muschel, eine schwarze Feder, eine weiße Blüte. Schließlich wickelte sie etwas Bleiches, Knochiges aus einer Stoffhülle und legte es genau in die Mitte. Ja, es war ein Hundeschädel.

Jetzt hob die Alte die Hände und strich mit ihnen durch die Luft, so als würde sie die Wasserfläche streicheln. Sie fing an, lauter zu reden. Ich beugte mich vor, so weit es ging, konnte aber nur einzelne Worte verstehen: »... hergekommen ... Wasserfrau, weiße Nebelfrau, schwarze Moorfrau ... geb ich dir, gibst du mir ...«

Unverwandt waren Frunns Blicke auf den Teich gerichtet, während ihr zahnloser Mund Unverständliches murmelte. Meine Nackenhaare sträubten sich, als ich plötzlich wahrnahm, wie sich das Wasser in der Mitte kräuselte und ein feiner Nebelschleier aufstieg – an einem warmen, windstillen Sommerabend! Er zerfloss nach allen Seiten und hatte sich bald spurlos aufgelöst.

Ich ließ kein Auge von der blinkenden Fläche, doch nichts regte sich mehr. Glatt und unbewegt lag der Teich da, fast spöttisch die Weidenzweige spiegelnd.

Wieder schaute ich hinüber zu Frunn, die mehrmals zufrieden nickte. Behutsam nahm sie jetzt die Gegenstände aus dem Kreis und ließ sie, einen nach dem anderen, ins Wasser gleiten. Die weiße Feder schaukelte eine Weile auf den Wellen, bevor sie verschwand, als hätte sie jemand hinuntergezogen. Zuletzt zog die Alte ihr Messer aus dem Gürtel, ritzte sich in den Unterarm und ließ etwas Blut in den Sand tröpfeln. Dann schöpfte sie dreimal mit den Händen Wasser und goss es über den Hundeschädel.

Nun war anscheinend alles getan. Sie blieb noch einige Zeit reglos sitzen, die verkrümmten Hände im Schoß. Endlich wickelte sie den Schädel wieder ein, verstaute ihn in ihrem Beutel, beugte sich vor und verwischte mit den Fingern die Zeichnung im Sand. Dann griff sie nach ihrem Stab, zog sich umständlich hoch und wandte sich zum Gehen. Rohr und Binsen schlugen hinter ihr zusammen.

Der Schilfweiher lag wieder ruhig und unbewegt im goldenen Abendlicht, als wäre nichts geschehen.

Ich sprang auf die Füße und rannte der Alten nach.

»Frunn! Warte!«

Die gebeugte Gestalt blieb stehen und drehte sich nach mir um. Kurzsichtige, fahlblaue Augen blinzelten mich misstrauisch an, die knotige Hand hielt den Haselstecken fest umklammert. Umgeben vom Glanz der tief stehenden Sonne, wirkte die Alte fremdartig wie eine Botin aus einer anderen Welt.

»Wer bist du?«

»Aber Frunn, du kennst mich doch! Ich bin Raghna.«

»Ach ja, Moghans Enkeltochter. Ich sehe nicht mehr gut, und hier unter den Bäumen ist es schon fast dunkel. Was machst du hier draußen? Bist du allein?«

»Ich habe dich beobachtet, dort am Teich.«

Wieder traf mich ein argwöhnischer Blick.

»Hat jemand dich geschickt, mir nachzuspüren?«

»Wieso? Wer sollte mich denn schicken?«

Frunn ging darauf nicht ein. Ihr Gesicht blieb abweisend.

»Frunn, ich habe gesehen, wie du Holls Siegel in den Sand gemalt und … Gaben dargebracht hast.«

»Na und? Ist das vielleicht verboten? Was willst du von mir?«

Aufgeregt trat ich einen Schritt näher. »Ich will doch nur von dir wissen, warum du das getan hast, was es bedeutet und – da war etwas in dem Teich, was sich bewegt hat, oder? Was war das? Vorher, als ich im Wasser war, war davon nichts zu merken.«

»Du warst im Wasser? Im Schilfweiher?«

»Ja, sicher. Mir war so warm. Es war nicht das erste Mal. Aber ich bleibe immer nah am Ufer, wo es ganz flach ist.«

In den Zügen der Alten malte sich Erstaunen. Ich spürte, dass es mir gelungen war, ihr Interesse zu wecken, und fuhr ungestüm fort: »Frunn, bitte, du musst mir erzählen, was du da gemacht hast und warum du das Zeichen verwendet hast. Niemand erklärt mir etwas oder gibt mir Antwort auf meine Fragen. Nicht auszuhalten ist das!«

»Was für Fragen?«

»Na, wegen der Holden und wie man ihr begegnen kann oder etwas über sie herausfinden kann.«

»Mit wem hast du darüber geredet?«

»Mit Großmutter Moghan, als sie mich an der Ahnenhütte erwischte.«

»Und?«

»Sie hat mir streng verboten, weiter darüber nachzudenken. Es ist schon lange her.«

Ein hässliches Krächzen kam aus ihrem zahnlosen Mund. Ich schrak zusammen, aber Frunn hatte nur gelacht. »Ja, das kann ich mir denken«, höhnte sie. Sonst hatte ich immer Schwierigkeiten gehabt, ihr undeutliches Nuscheln zu verstehen, aber nun kamen ihre Worte von Satz zu Satz klarer.

»Aber warum, Frunn? Warum?«

Sie schien mich nicht zu hören. Finster starrte sie vor sich hin. Dann brach es plötzlich aus ihr heraus: »Diese Gänse! Sie plappern ihre Sprüche am Braukessel und am Backofen, sie feiern die Feste im Jahreskreis, weil es so Brauch ist, aber die Macht der Holden, die sie mit den Frauen geteilt hat, die haben sie vergessen, einfach verloren, wie man eine Gewandnadel verliert.«

Ich hielt die Luft an. Sprach sie tatsächlich so respektlos von Großmutter und den anderen Frauen? Mir fiel nichts ein, was ich hätte antworten können, doch sie achtete ohnehin nicht auf mich. Zornig schüttelte sie die geballte Faust.

»Die Ethomkrieger haben uns unser Land genommen. Aber sie hätten uns nicht besiegen können, wenn die Bäuerinnen sich nicht selbst aufgegeben hätten.«

»Was … was haben sie denn aufgegeben?«, fragte ich unsicher.

Brüsk wandte sie sich mir zu: »Alles haben wir verloren. Alles. Unsere Lebensweise, unseren Glauben, unseren Stolz, unser Vertrauen in die Macht der Holl, unsere Frauenmacht. Kein Wunder, dass uns die Holde zürnt.«

Ihre lästerlichen Reden lösten in mir den Wunsch aus davonzulaufen, aber etwas bannte mich an die Stelle. Zwang mich, dieses unerhörte Gespräch fortzusetzen.

»Aber was hätten wir denn gegen die Herren tun können?«, flüsterte ich atemlos.

Frunn sah mich wieder an, in ihren fahlblauen Augen flimmerte etwas Tödliches. Unwillkürlich wich ich einen Schritt zurück.

»Sie hätten alles in die Hände der Holden legen müssen – und dann in ihrem Namen kämpfen bis zum letzten Atemzug. Sie hätten Holl anrufen, ja, mit ihren Gaben und Gebeten zwingen müssen, die Kraft ihrer göttlichen Wut zu entfesseln und auf die verfluchten Eindringlinge loszulassen, um sie und ihren lächerlichen Blitzeschleuderer aus diesem Land zu treiben. Dann hätte sie selbst wieder in all ihrer Macht und Schönheit auf dem tönernen Sitz Platz nehmen können.«

»*Das* hätte sie gekonnt?«

Wieder dieses erschreckende Lachen.

»Man merkt, dass du von ihr keine Ahnung hast. Weißt du überhaupt, warum wir sie die Holde nennen?«

»Natürlich. Weil sie gütig ist und liebevoll für uns sorgt.«

»Ja, das tut sie, wenn es ihr gefällt. Aber sie hat auch noch ein anderes, ein fürchterliches Gesicht. Wir sprechen sie als ›die Holde‹ an in der Hoffnung, dass sie uns diese Seite nicht zeigt. Um ihre Freundlichkeit zu beschwören, verstehst du?«

»Also hast auch du Angst vor ihr, Frunn?«

Sie schüttelte den Kopf: »Die der dunklen Holl dienen, brauchen vor ihr keine Angst zu haben. Darüber sind wir hinaus. Wir zittern – ja, wir zittern – aber nicht aus Furcht, sondern aus Ehrfurcht. Unser Leben gehört ihr bereits. Was sollten wir fürchten?«

Wir starrten einander an, die Alte und ich. Weit mehr, als die gesprochenen Worte enthielten, wurde zwischen uns ausgetauscht. Keine von uns beiden wunderte sich mehr über die Seltsamkeit dieser Unterhaltung.

Ich kann mich noch heute an jede Einzelheit erinnern. Im Buchenlaub über unseren Köpfen sang immer noch die Amsel.

Dämmerdunkel lag zwischen den Stämmen des Waldes. Es war höchste Zeit, sich auf den Rückweg zu machen, aber noch war nicht alles gesagt.

Ich begann von Neuem: »Dort am Teich, der Nebel auf dem Wasser … war sie das?«

»Was? Wo?«, Frunn runzelte die Stirn, als müsste sie sich erst besinnen. »Ach so, nein, das war die Nebelfrau im Schilfweiher. Sie gehört zu Holls Geschöpfen, und ich bringe ihr von Zeit zu Zeit Gaben. Sie gibt mir dafür, was ich erbitte.«

»Worum bittest du sie?«

»Sie kann das Wetter ändern, wenn auch nur für kurze Zeit. Sie kann Mensch und Tier Heilung senden … oder einen Krankheitsfluch. Sie kann jedes Lebewesen, das in die Wellen des Teichs eintaucht, als Opfer zu sich hinabziehen, das ist ihr Recht.«

»Mich hat sie nicht hinabgezogen.«

»Nein.« Frunn kniff die blassen Augen zusammen und musterte mich eindringlich. »Sie hat das Mädchen Raghna am Leben gelassen und sogar erlaubt, dass es mir zuschaut.«

Grauen berührte mich zwischen den Schultern, auf meiner Stirn stand kalter Schweiß. Doch gleichzeitig schoss eine lodernde Kraft in mir hoch, die mich ihr standhalten ließ.

»Jawohl, ich bin am Leben. Und ich will mehr über sie wissen. Über die Nebelfrau und über Holl. Ich will alles wissen, was du weißt, Frunn. Wirst du es mir beibringen?«

Darum war es von Anfang an gegangen, das wussten wir beide. Wir maßen uns mit Blicken, nicht wie eine alte Frau und ein junges Mädchen, sondern wie zwei gleich starke Gegner.

»Du willst das Verbot deiner Großmutter übertreten. Wenn das herauskommt, wird man uns beide aus der Sippe verstoßen und aus dem Dorf jagen. Ist es dir das wert?«

»Die Holde wird uns schützen, Frunn. Glaubst du nicht?«

»Möglich. Aber wenn sie das tut, verlangt sie einen Preis dafür.«

»Ich zahle ihn, ganz gleich, was es ist.«

»Du bist wirklich noch ein Kind, mit Worten schnell bei der Hand. Du hast keine Ahnung, worauf du dich einlässt.«

»Ich bin kein Kind, schon lange nicht mehr. Wenn du jetzt

nein sagst, kehre ich um und gehe in den Teich. Ich werde in die Mitte schwimmen, wo er am tiefsten ist. Dann soll die Nebelfrau entscheiden, was aus mir wird. Ich werde ihr sagen, dass du dich weigerst, mir von ihr zu erzählen. Es ist mein Ernst, Frunn! So wie bisher kann ich nicht weiterleben.«

Mit einem raschen Schritt, den ich der gichtkrummen Alten gar nicht zugetraut hätte, trat Frunn an mich heran und starrte mir aus nächster Nähe ins Gesicht. Aus ihren Kleidern strömte ein strenger Geruch. Ich erwiderte ruhig ihren Blick, ohne mit der Wimper zu zucken.

Schließlich murmelte sie: »Ja, ich sehe es. Es ist dein Ernst. Du bist gerufen worden, und ich darf dir das Wissen nicht verweigern. Komm immer, wenn du dich wegschleichen kannst, morgens vor Sonnenaufgang in meine Hütte. Vom Zaun her, sodass dich niemand sieht. Ich werde dir … einiges zeigen.«

»Danke, Frunn.«

Sie nickte. »Und nun lass uns heimgehen.«

Erschrocken bemerkte ich, wie spät es war: »Aber – es ist ja schon ganz finster! Wie sollen wir jetzt ohne Fackeln aus dem Wald herausfinden?«

»Mach dir darüber keine Sorgen. Hier, halt dich an meinem Rock fest und komm einfach mit.«

In der Nacht schlief ich kaum. Fieberhafte Aufregung brannte in mir. Sobald der Morgen graute, stand ich auf und huschte geräuschlos aus Großmutters Hütte. Es musste bald hell werden, aber die Wolken verdeckten die aufgehende Sonne, und nach einem nächtlichen Gewitter regnete es ruhig und stetig. Meine nackten Füße machten glucksende Geräusche im Morast. Ich fürchtete, einer der Hunde könnte anschlagen, doch ich hatte Glück und gelangte ungesehen durch die Brennnesselbüsche entlang des Palisadenzauns zu Frunns Hütte. Schon zeichnete sich ihr Binsendach im trüben Dämmerlicht ab. Ich pochte vorsichtig an die rohe Brettertür, die schief in den Angeln hing. Drinnen regte sich nichts.

»Frunn?« Ich klopfte etwas lauter. Keine Antwort. Entschlossen hob ich den Riegel an und drückte die Tür auf. Dichte Stille umfing mich.

»Frunn, bist du da? Schläfst du noch?«

Der Raum lag im Dunkeln, ich konnte nichts erkennen. Nur auf der Herdstelle glomm schwaches Rot. Ich ging hinüber, tastete nach einem Holzscheit neben dem Herd und rührte damit im Glutbett. Das aufflammende Scheit gab ein wenig Licht, gerade genug, dass ich mich in der Hütte umschauen konnte. Frunn musste erst vor Kurzem weggegangen sein, vielleicht hatte sie ein Zeichen für mich hinterlassen.

Der flackernde Schein irrte über fellbedeckte Sitzpolster und eine zersprungene Essplatte, Holzbord und Weidenkorb, alles ärmlich und verwahrlost. Auf dem Strohlager in der Ecke lag ein Bündel Kleider. Nein, kein Bündel, ein Mensch. Ein fahles Gesicht, weiße Haare, offene, leblose Augen, über die eine Fliege kroch. Frunn lag da, und sie war tot. Ich presste die Hand auf den Mund, um meinen Aufschrei zu ersticken. In dem ungewissen Licht schien es, als würde die Tote sich unmerklich bewegen, mir zuwenden, nach mir greifen …

Ein unsägliches Grauen erfasste mich. Schritt für Schritt wich ich zurück bis zur Tür. Erst draußen, als ich den Regen auf meiner Haut spürte, bekam ich wieder Luft. Mit einem keuchenden Schluchzen wirbelte ich herum und rannte los, nach Hause, in die Sicherheit von Moghans Hütte.

Dann, ohne zu wissen, wie ich dorthin gekommen war, kniete ich an ihrem Lager und packte sie am Arm: »Wach auf, Großmutter, wach auf, die alte Frunn ist tot!«

»Raghna, bist du's? Was sagst du da, Frunn ist tot? Woher weißt du das? Wo ist sie?«

»In ihrer Hütte. Sie … sie hat versucht, sich zu bewegen. Sie wollte mich mitnehmen. Du musst sie bannen, Großmutter, sonst wird sie zur Wiedergängerin!«

Den ganzen Morgen, während Moghan und die Frauen damit beschäftigt waren, den Leichnam für die Bestattung in der Ahnenhütte vorzubereiten, kauerte ich, von Frost geschüttelt, in der

Ecke. Gegen Mittag hörte ich Großmutter und Tante Ricke zurückkommen. Es war so weit.

»Raghna? Komm mal her zu mir.«

Ich rührte mich nicht.

Moghan trat zu mir, ihr strenges Gesicht beugte sich über mich. »Was hattest du vor Sonnenaufgang in der Hütte der verrückten Frunn zu suchen?«

Ich bewegte die Lippen, brachte aber keinen Laut heraus.

Eine harte Hand packte mich an der Schulter. »Ich hab dich was gefragt. Antworte!« Das Strafgericht begann. Diesmal würde sie mich fortjagen. Ich hatte nichts mehr zu verlieren.

Da hob ich den Kopf, und mein Blick bohrte sich in die Augen der alten Frau.

»Lass – mich – in – Ruhe!«, sagte ich langsam, jedes Wort einzeln betonend. Ich hörte Tante Rickes unterdrückten Ausruf und spürte, wie Großmutter die Luft anhielt. Gleich würde es losbrechen, das Unwetter. Aber seltsamerweise war es mir jetzt egal. Wir schauten uns immer noch an.

Dann ließ Moghan mich los, wandte sich ab und begann mit meiner Tante über alltägliche Dinge zu reden.

Ich fiel zurück auf mein Lager und zog mir die Decke über den Kopf.

Kurz danach wurde ich schwer krank. Viele Tage und Nächte lag ich fieberglühend in wilden Angstträumen. Immer wieder erschien mir die alte Frunn, im Tode viel mächtiger als zu Lebzeiten. Sie kam auf mich zu, immer näher, und lachte ihr schreckliches Lachen. Verzweifelt versuchte ich wegzurennen, konnte aber kein Glied rühren. Dann wieder entfernte sie sich und winkte mir mit ihrem bleichen Knochenfinger, ihr zu folgen.

Die Frauen fürchteten, ich würde den Verstand verlieren. Sie erzählten mir später, ich hätte oft stundenlang wirres Zeug geflüstert oder geschrien, bis mir die Stimme versagte. Alle hatten Angst vor Frunns ruhelosem Geist, der allen Bannsprüchen zu widerstehen schien.

Doch auch diesmal überlebte ich und wurde gesund.

Es dauerte jedoch lange, bis ich wieder halbwegs bei Kräften war, und auch, als ich schon wieder arbeiten konnte, blieb ich geistesabwesend, blass und still. Niemand stellte mir je wieder Fragen wegen Frunn. Sie wurde einfach nicht mehr erwähnt. Ich blieb im Dorf, setzte das gewohnte Leben fort und hielt mich vom Wald fern. Keine der Frauen tat mir etwas, doch in meinem Herzen wusste ich: Großmutter hatte mir nicht verziehen. Der Abstand zwischen mir und den anderen blieb unverändert bestehen.

In meinem vierzehnten Winter bekam ich meine Blutungen, und im darauffolgenden Frühjahr sorgte Tante Ricke dafür, dass ich in den Kreis der Frauen aufgenommen wurde.

DAS GOLDENE SIEGEL

Kalt und windig war es, tags zuvor hatte es sogar etwas genieselt. Über unseren Köpfen trieben Wolkenfetzen rasch dahin, aber die Hoffnung auf mehr Regen für die Saaten erfüllte sich nicht. Tante Ricke, Farna und ich waren den ganzen Morgen am Waldrand damit beschäftigt, junge Haselzweige als Futter für die Schafe zu schneiden. Die Sträucher waren dicht mit den länglichen Kätzchen behangen, sie überpuderten Arme und Kittel mit gelbem Blütenstaub. Tief sog ich den frischen, leicht bitteren Frühlingsgeruch der zartgrünen Blätter ein. Ein heftiges Gefühl der Sehnsucht stieg plötzlich in mir auf – nach Weite, nach Veränderung, nach irgendetwas Neuem, Beglückendem.

»Heute Abend treffen wir uns beim Backofen«, sagte Tante Ricke, während sie einen weiteren Zweig niederbog.

Farna verknotete die Enden einer Bastschnur, legte den fertigen Bund zur Seite und griff nach dem nächsten. »Haben wir denn schon wieder Vollmond?«

»Ja, diese Nacht. Und du, Raghna, kommst diesmal auch mit.«

»Ich?«

»Ja, natürlich. Es ist an der Zeit, dass du in den Kreis der Frauen aufgenommen wirst. Hat etwa die Großmutter noch nicht mit dir darüber gesprochen?«

»Nein.«

Einen Augenblick zeigte sich auf Tante Rickes flächigem Gesicht ein Anflug von Mitleid. Sie legte Farna ein weiteres Bündel Ruten in den Arm und schob sich eine lose Haarsträhne in den graublonden Nackenknoten. »Nun gut, heute abend ist es jedenfalls soweit. Du bist alt genug und hast seit dem Winter ein paarmal geblutet. Sehr viel größer, als du jetzt bist, wirst du wohl nicht mehr werden.«

Farna lächelte mich von der Seite an: »Du fragst dich doch

bestimmt schon dauernd, wann es endlich so weit ist? Ich habe jedenfalls noch kein Mädchen gekannt, das nicht ungeduldig auf diesen Tag gewartet hat. Das geht uns allen so.«

Nachdenklich schaute ich sie an. Farna war genau so, wie eine junge Frau sein sollte: groß gewachsen, stämmig, mit breiten Hüften, starken Händen und einem rotwangigen, runden Gesicht, umrahmt von hellbraunen, zum Kranz gesteckten Zöpfen. Und nun war sie auch noch schwanger mit ihrem zweiten Kind. Jedes Mitglied der Sippe musste seine Freude an ihr haben.

Ich dagegen – in allem das Gegenteil. Großmutter meinte, ich sähe aus wie eine Wilde mit meinen welligen dunklen Haaren, dem trotzigen Mund und den braunen Augen mit ihren grünen Einsprengseln. Früher hatte ich zu allem Überfluss auch noch eine schwarze Feder im Haar getragen, das war allerdings lange her. Doch zu ordentlichen Zöpfen hatte ich es immer noch nicht gebracht. Dazu kamen noch meine seltsamen Ideen und mein Ungehorsam. Kein Wunder, dass sie alle nicht gerade glücklich über mich waren.

Farna schien auf irgendeine Antwort zu warten. Ich wunderte mich fast über so viel Freundlichkeit und meinte zweifelnd: »Wenn ich ehrlich bin, daran habe ich eigentlich noch gar nicht gedacht. Natürlich hab ich mir als Kind immer gewünscht, eine Frau zu sein, aber jetzt … kann ich mir kaum vorstellen, ein gelbrotes Kleid zu tragen.«

Kopfschüttelnd und fast amüsiert verzog Farna das Gesicht, und ich begriff, dass ich wieder einmal das Falsche gesagt hatte. Einen Seufzer unterdrückend wandte ich mich an meine Tante: »Muss ich mich irgendwie vorbereiten?«

»Ich gehe am Nachmittag mit dir zum Riedbach hinunter, du musst in fließendem Wasser baden. Vorher werden wir aus Birkenzweigen einen Kranz für dich winden, und du kannst als Gabe für die Holde einen schönen Strauß pflücken. Es gibt ja jetzt schon blühende Kräuter. Tu auch Zweige von der Birke, der Linde und dem Haselstrauch dazu. Alles andere wird dir gesagt, wenn es so weit ist. Wir sind hier sowieso fertig, und es ist gleich Mittag. Packt die Bündel auf und lasst uns heimgehen.«

Ich hatte einen Kloß im Hals, als ich nach Sonnenuntergang im flackernden Schein der Kienfackeln vor Großmutter und die Frauen trat. Ich hatte nicht gewagt, viel zu erwarten, umso mehr war ich nun berührt von der Mühe, die sie sich an diesem Tag trotz der fortdauernden Fremdheit zwischen uns gemacht hatten. Selbst wenn es dabei wieder nur um die hergebrachte Form und Sitte ging – ich empfand plötzlich sehr stark, was es bedeutete, in meiner Sippe feierlich zu einem Mitglied der weiblichen Linie gemacht zu werden.

Großmutter hatte ihren bemalten Sitz eingenommen, rechts und links von ihr saßen auf Matten und Fellen die anderen Frauen. Hinter ihnen wölbte sich die Kuppel des Backofens. Vor Moghan stand das niedrige Tischchen mit der sandgefüllten Schale und dem heiligen Stein, der Holls goldenes Zeichen trug. Jede der Frauen hatte eine Gabe hinzugefügt: Blumen, frisch gebackenes Fladenbrot, Schalen mit Honig und Quark, Mehl und Linsen, getrocknete Früchte, ein Bröckchen Salz, Nüsse und Kräuter, sodass der Stein ganz von guten Dingen umgeben war.

Es war ein merkwürdiges, ungewohntes Gefühl, dass alle Notiz von mir nahmen und mich freundlich lächelnd anschauten. Da stand ich nun, sauber gebadet, die offenen Haare ordentlich gekämmt, in neuen Bastschuhen und meinem ersten knöchellangen Kleid aus gelbem Leinen, dessen roter Fransensaum mit Kupferröllchen besetzt war. Wenn ich mich rasch bewegte, berührten sie sich, das gab einen feinen, fraulichen Klang. Nie wieder würde ich den alten Kinderkittel tragen, der gerade herunterhing und mir nur bis zum Knie reichte!

Zu meinem neuen Kleid gehörten ein grün und rot gemusterter Webgürtel und ein knöchellanger Ziegenlederumhang, den eine beinerne Nadel auf der Brust zusammenhielt. Bisher hatte ich mich wenig um Kleidung gekümmert, aber an diesem Abend fühlte ich mich reich beschenkt – und wunderschön.

Auf dem Kopf trug ich den Birkenkranz, und in meinem Arm lag, mit Waldreben zusammengebunden, der schönste Blumenstrauß, den ich je gepflückt hatte. Sonst hatte ich keinerlei Schmuck an mir – bis auf Holls Zeichen, das die Tante mit roter Farbe auf meine Stirn gemalt hatte.

Im Licht des aufgehenden Vollmonds stand ich erwartungsvoll da und fühlte mich plötzlich froh und unbeschwert. Was auch kommen mochte, ich war bereit.

Schon stimmte Großmutter Moghan das Begrüßungslied an, und alle fielen ein. Der Ruf »Holl, Holl, Holl« war jedes Mal von Trommeln, Rasseln und Klatschen begleitet.

Holl, Holl, Holl.
Erde, Wasser, Feuer, Luft.
Holl, Holl, Holl.
Osten, Süden, West und Nord.
Holl, Holl, Holl.
Morgen, Mittag, Abend, Nacht.
Holl, Holl, Holl.
Winter, Frühjahr, Sommer, Herbst.
Holl, Holl, Holl.
Jugend, Reife, Alter, Tod.
Holl, Holl, Holl.
Leben, Tod und Wiederkehr.
Holl, Holl, Holl.
Blätter, Knospe, Blüte, Frucht.
Holl, Holl, Holl.
Spule, Kessel, Stein und Kamm.
Holl, Holl, Holl.
Komm herbei und sei bei uns!
Komm herbei und sei bei uns!
Komm herbei und sei bei uns!

Die letzte Zeile wurde wieder und wieder gesungen. »Sei bei uns! Sei bei uns!«, klang es durch die Nacht. Bald waren wir dem Alltag weit entrückt. Ich verspürte ein Kribbeln im Nacken. Unverwandt hing mein Blick an dem Hollezeichen auf dem heiligen Stein.

Als die Töne verklungen waren, stand Tante Ricke auf. In der Hand hielt sie ein Birkenrindengefäß, das mit grünen Blättern ausgelegt und mit glimmender Holzkohle gefüllt war. Sie streute eine Handvoll getrocknetes Beifußkraut darüber. Der leichte Abendwind verwirbelte die Schwaden, trug herbwürzigen Duft davon. Leise vor sich hin murmelnd ging sie um mich herum, Rauchspiralen umhüllten mich. Dann kehrte sie zu ihrem Platz zurück und reichte das Gefäß der am nächsten sitzenden Frau. Nacheinander ließ jede sich vom Rauch reinigen und atmete etwas davon ein.

Großmutter kam als Letzte an die Reihe. Sie stellte das Gefäß ab und sagte: »Schwestern und Töchter, wieder sind wir unter dem Lichtmond zusammengekommen, um die Holde zu ehren. Heute wollen wir, bevor wir ihren Trank trinken und ihren Tanz tanzen, die Tochter meiner Tochter Lani in den Kreis der Frauen aufnehmen. Hat eine von euch etwas dagegen einzuwenden?«

Die Frage wurde nur der Form halber gestellt, trotzdem erfüllte mich das verneinende Murmeln der Frauen mit Erleichterung.

»Raghna, bist du bereit?«, fuhr Moghan fort.

»Ich bin bereit.« Ich legte meine Blumen auf den Tisch vor die Schale, hob die Hände und betete, wie Tante Ricke es mich gelehrt hatte: »Große Göttin Holl, Gebieterin von allem, was auf der Erde und was unter der Erde ist, ich bitte dich um deinen Segen. Lass mich in meiner Sippe eine gute Frau und Mutter sein und dir in allem folgen.« Meine Stimme war rau vor Ergriffenheit.

Großmutter nickte zufrieden. »Die Holde ist dir wohlgesonnen«, sagte sie, »und zum Zeichen, dass du zu ihren Töchtern gehörst, bekommst du Spule und Spinnwirtel, Flachskamm und Hundezahn.« Feierlich überreichte sie mir die heiligen Gegenstände und gab mir ein besticktes Leinenbeutelchen, in dem ich sie aufbewahren konnte.

»Als junge Frau hast du noch viel zu lernen«, fuhr Großmutter fort, »deshalb hör nun genau zu, was die Älteren dir sagen!«

Ich wurde von einer zur anderen weitergereicht, bekam von jeder einen Kuss auf die Wange und ein Geschenk: eine kupferne Gürtelschließe, zwei polierte Hornlöffel, einen Nadelbehälter mit Knochen- und Geweihnadeln, eine durchbohrte Bernsteinperle, einen Satz Birkenrindendosen, wunderschön verziert mit aufgeprägten Mustern, eine geflochtene Tasche, ein Messer in einer ledernen Scheide, einen Satz Webbrettchen, eine neue Flöte aus Schwanenknochen, eine kleine Handtrommel, einen Beutel mit getrockneten Heilkräutern, einen bemalten Becher, eine Kette aus Knochenperlen, eine Sichel und viele andere nützliche Dinge. Von Tante Ricke bekam ich sogar einen blitzenden Kupferkessel! Glückstrahlend fiel ich ihr um den Hals.

Jede der Frauen sagte mir einen Satz, den ich mir fest einprägen musste:

»Ab heute kannst du einen Mann nehmen, mit ihm leben und Kinder haben.«

»Ab heute kannst du dein Stück Acker selbst bebauen und den Backofen mitbenutzen.«

»Ab heute hast du wie jede Frau Anspruch auf einen eigenen Platz in der Hütte deiner Großmutter.«

»Ab heute steht dir ein Anteil am geschlagenen Holz und an der Beute der Jäger zu.«

»Ab heute nimmst du an den Versammlungen der Sippe und an den Mondfesten, Geburten und Totenwachen teil.«

»Ab heute erfährst du die Sprüche und Bräuche, Lieder und Gebete, die zum Backen und Sieden, Spinnen und Weben nötig sind.«

»Ab heute lernst du alles, was du noch wissen musst, über das Mahlen, Kochen, Brauen, Flechten, Töpfern und Färben.«

»Und über das Heilen von Verletzungen und Krankheiten bei Mensch und Tier.«

»Ab heute darfst du an der Ahnenhütte Gaben niederlegen und die Holde mit Gebeten ehren.«

»Ab heute musst du deinen Anteil an den Gemeinschaftsarbeiten und am Herrendienst leisten.«

Zuletzt stand ich wieder vor Großmutter. Feierlich sagte sie: »Nun bist du eine Frau unseres Dorfes, Glied einer langen Kette. Die Holde möge dir ein langes Leben und viele Kinder schenken. Zum Zeichen, dass du für immer mit ihr verbunden bist, trägst du von heute an ihr Zeichen.« Mit diesen Worten streifte sie mir ein fein geflochtenes Lederband mit einem funkelnden Radkreuz-Anhänger über den Kopf.

Ich wagte kaum, ihn zu berühren.

»Ist das … Gold?«, fragte ich atemlos. Keine der Frauen, nicht einmal Moghan selbst, besaß einen so kostbaren Schmuck; die Anhänger bestanden gewöhnlich aus Kupfer oder Holz, aus Horn,

Knochen oder poliertem Stein. Jeder wusste, dass Gegenstände aus Gold und Bronze allein den Angehörigen der Herrensippen vorbehalten waren.

»Jawohl, Gold.« Großmutter nickte. »Unser Großherr Ethomir schenkte ihn einst deiner Mutter. Sie hatte ihn eines Tages schwer verletzt und halb verdurstet im Wald gefunden, mit einem verrenkten Bein, gebrochenen Rippen und hohem Fieber. Sein Blut hatte sich vergiftet, er war dem Tode näher als dem Leben. Seine Leute hatten ihn vergeblich gesucht, er hatte sogar sein Pferd zurückgelassen und war über Stock und Stein einem Bären gefolgt, allein, obwohl er damals schon kein ganz junger Mann mehr war. Deine Mutter holte Hilfe und pflegte ihn gesund. Ich glaube, er hätte sie gern zu seiner Nebenfrau gemacht, aber sie hatte im Jahr zuvor deinen Vater zum Mann genommen und war bereits schwanger. Da gab er ihr für ihr ungeborenes Kind diesen goldenen Anhänger. Die Herrensippen kennen dieses Zeichen ja auch, aber für sie ist es kein Hollesiegel, sondern das Schutzzeichen ihres Sonnengottes. Nun ja, sie verstehen es nicht besser. Ich habe es natürlich der Holden geweiht.«

»Und ich darf es wirklich tragen?«, flüsterte ich.

Moghan wiegte den Kopf. »Es gehört dir. Sicherlich ist es ein mächtiger Schutz, sowohl von der Holden wie auch von diesem fremden Gott. Aber wenn jemand von den Herrensippen Gold an einem Bauernmädchen sieht, gibt es Ärger, das weißt du. Ethomir wusste das natürlich auch, aber so sind sie nun einmal, die Herren. Sie tun, was ihnen gefällt, ohne an die Folgen zu denken. Am besten und sichersten wäre es, wenn wir dieses wertvolle Stück auch weiterhin für dich in der Hütte verwahren würden. Als Anhänger für alle Tage könntest du dir ein gewöhnliches Siegel aus Horn oder Stein machen.«

»Nein!«, sagte ich schnell und legte die Hand auf das Amulett. »Nein, ich will es tragen. Ich verstecke es unter meinem Kleid, niemand wird es sehen. Danke, Großmutter! Und – ich danke euch allen von ganzem Herzen.«

An den Rest des Abends habe ich nur noch verschwommene Erinnerungen. Wir aßen mit Honig gesüßtes, zu Zöpfen geflochtenes Brot, und zum ersten Mal durfte ich das mit Hanf und

Mohnsaft versetzte Bier aus Holls Kessel kosten, das nur für die Feste der Frauen bestimmt war.

Bald wurde alles durchsichtig und löste sich in Bewegung auf. Wir tanzten im silbernen Glanz des Vollmonds, trommelten, sangen und fühlten uns eins mit der Holden, die mitten unter uns war. Endlich gehörte ich dazu.

Im Glanz des Vollmonds verblassten die Bilder der Vergangenheit, und Raghna fand sich im Steinkreis wieder, umgeben von schattenhaften Gestalten und Gesichtern.

Großmutter.

Wir hatten es nicht leicht miteinander.

Heute verstehe ich dich etwas besser als damals.

Immerhin, ich hatte meinen Platz gefunden, die Zeit der Auflehnung war vorbei. Aber in meinem Inneren herrschte alles andere als Frieden.

Meine Hoffnung, dass nach dem Fest alles anders würde, erfüllte sich nicht. Gewiss, ich war erwachsen, war ein voll gültiges Mitglied der Gemeinschaft und würde nun endlich von den Älteren alle Geheimnisse der Frauen lernen. Sie brachten mir auch wirklich viel bei, eine Unmenge von Regeln und Sprüchen für alle erdenklichen Gelegenheiten.

Aber es war nicht das, was ich ersehnte.

Seit ich das Siegel trug, war der Wunsch, mehr über die Holde zu erfahren, wieder leidenschaftlich aufgeflammt. Wer war sie? Wo wohnte sie? Wie konnte man zu ihr gelangen? Gab es denn nirgendwo befriedigende Antworten?

Ich verglich unser Wissen mit dem Wenigen, was ich vom Glauben der Herrensippen wusste. Sie dienten nicht der Holden, trotzdem fehlte es auch ihnen keineswegs an Nahrung, Wohlstand und Fruchtbarkeit. Ihr höchster Gott war Inthram, den sie den allmächtigen Blitzeschleuderer nannten. Sie behaupteten, er habe ihnen die Haselberge geschenkt. Dabei wusste doch jedes Kind, dass das gar nicht sein konnte, weil seit Anbeginn der Zeiten alles Land der Holden zu eigen war; sie hatte unseren Ahnfrauen erlaubt, es mit ihren Sippen zu bewohnen. Land zu *besitzen*, wie man eine Streitaxt besaß – was für eine verrückte Vorstellung!

Ich zermarterte mir das Hirn mit Grübeleien, und die Lehren der Frauen halfen mir nicht weiter. Ein ungestillter Durst brannte in mir. Ich versuchte, ihn zu verbergen, aber ich war rastlos, kurz angebunden und mit meinen Gedanken weit weg von Arbeit und Alltag.

Tante Ricke und die mittlerweile hochschwangere Farna lächelten einander verständnisvoll zu und meinten, meine Unruhe würde sich bald geben, wenn ich mir einen Mann nähme. Also schlief ich mit Ulmo, der sich schon lange um mich bemühte, aber mehr aus Neugier als aus Verlangen. Die ersten Male waren eher unangenehm, danach fühlte es sich ganz gut an, aber meine innere Unruhe löschte es nicht.

»Wann nimmst du mich zum Mann, Raghna?«

»Ach, Ulmo, musst du schon wieder damit anfangen? Es ist doch ganz gut so, wie es ist.«

Mein Kopf ruhte auf seiner Schulter. Es war angenehm, nach dem Abklingen der Leidenschaft einfach nur so dazuliegen. Unsere schweißnassen Körper waren ineinander verschlungen. Ich fuhr mit den Fingerspitzen durch die krausen Haare auf seiner Brust.

»Nein, ist es nicht. Wir sind schon bald ein Jahr zusammen, und ich hab genug von diesen kurzen Treffen im Wald oder hier in Vaters Hütte, wenn er zufällig mal für ein paar Tage auf der Jagd ist. Wenn wir Mann und Frau wären, würden wir in Moghans Hütte leben, jede Nacht zusammen schlafen, tagsüber unser Feld bestellen, und du könntest Kinder aufziehen …«

»Bis jetzt bin ich noch nicht schwanger. Und du denkst beim Heiraten doch hauptsächlich an mein Stück Land. Oder?«

»Auch. Natürlich. Irgendeinen Mann musst du nehmen, der dir dein Feld bebaut. Warum also nicht mich?«

»Und damit bekämst du endlich einen Platz in der Gemeinschaft der Ansässigen und wärst nicht mehr nur ein Jäger und der Sohn eines Jägers, der heute kommt und morgen geht. Ja, ja, ich verstehe dich schon, Ulmo.«

»Ist daran irgendwas verkehrt?«

»Nein, überhaupt nicht. Aber das ist für mich kein Grund, dich zum Mann zu nehmen.«

»Warum nicht? Du magst mich doch. Oder gibt es einen anderen, den du lieber siehst als mich?«

»Es gibt keinen, das weißt du ganz genau.«

»Na also. Bald ist Mittsommer, die beste Zeit zum Heiraten. Lass uns morgen zu deiner Großmutter gehen und fragen.«

»Nein, das geht mir viel zu schnell.«

»Ich versteh dich nicht. Wie bald wird der nächste Winter kommen, und wenn er vorbei ist, dann bist du schon sechzehn und solltest längst verheiratet sein. Auf was willst du denn warten?«

»Wenn ich das nur wüsste! Mir ist immer, als müsste irgendetwas geschehen, eine große Veränderung … etwas ganz anderes als unser Leben hier. Hast du nicht manchmal Lust, einfach aufzubrechen und neue Dinge zu sehen?«

»Ich? Bestimmt nicht! Du vergisst, dass ich schon als kleiner Junge mit meinem Vater auf Wanderschaft war. Das Leben ist in jedem Dorf ungefähr gleich. Man vertut nur seine Zeit, wenn man durch die Gegend zieht, weil man denkt, dass es anderswo besser wäre. Ich habe keine Erinnerung mehr an den Ort, wo ich geboren wurde. Hier in Leingarten am Riedbach will ich mein Leben verbringen, nicht als Jäger, sondern als Bauer. Ist das so schwer zu verstehen?«

Ich schloss die Augen und überlegte. Vielleicht sollte ich ihm den Gefallen tun. Was er wollte, war ganz natürlich. Die Gemeinschaft erwartete ohnehin, dass ich mir einen Mann nahm. Warum konnte ich nicht einfach ja sagen? Ich wusste es nicht, aber irgendetwas in mir ließ es nicht zu.

»Hör zu, mein Lieber: Wenn die Holde mir ein Kind schenkt, dann überlege ich es mir ernstlich. Wenn nicht, dann lassen wir erst einmal alles, wie es ist.«

»Aber …«

»Ulmo, Schluss jetzt! Hör auf, mich zu drängen.«

Sein Gesicht verfinsterte sich, und ich seufzte. Er tat mir leid. Es gab im Dorf keine andere junge Frau, mit der er die ersehnte Verbindung hätte eingehen können, es sei denn, er wäre der zweite Ehemann irgendeiner verheirateten Frau geworden. Aber das gab es heute nur noch selten, und er wäre dann auch nicht viel mehr als ein Knecht gewesen.

Mit mehr Zärtlichkeit, als ich empfand, drückte ich einen Versöhnungskuss auf seine kratzige Wange. Er gab sich Mühe, die Verstimmung zu überwinden, zog mich an sich, streichelte meine Schenkel und versuchte sie zu öffnen.

»Dann müssen wir also tun, was wir können, damit du schwanger wirst«, sagte er lächelnd. Doch etwas an seiner Berührung, am gepressten Klang seiner Stimme gefiel mir nicht. Ich wich aus und schob seine Hand weg.

»Nicht schon wieder. Für heute haben wir genug getan, denke ich.«

»Ach, Raghna, komm schon, stell dich nicht so an!«

Zorn schoss in mir hoch. Plötzlich war mir der Schweißgeruch seines Körpers unerträglich. Mit einer entschiedenen Bewegung wand ich mich aus seinen Armen, stand auf und streifte mein Kleid über.

»Blitz und Donner, was ist denn nun wieder los?«

»Nichts … nichts, Ulmo. Ich bin nur müde und will heim. Morgen brauen wir Bier, da gibt es heute Abend noch viel zu tun.«

»Wann treffen wir uns wieder?«

»Bald. Ich geb dir Bescheid.«

Ungeduldig strich ich meine Haare nach hinten und nestelte sie flüchtig zusammen. Dann drückte ich die Tür auf, trat hinaus und hielt mein heißes Gesicht in die kühle Abendluft. Der Sichelmond stand am Himmel. Ich grüßte die Holde mit erhobenen Händen. Bevor ich die Tür zufallen ließ, sah ich noch einmal zurück.

Auf den Unterarm gestützt, schaute Ulmo mir finster nach. Als unsere Blicke sich trafen, ließ er sich auf den Rücken fallen und starrte zum Dach der Hütte empor. Sein Gesicht war bleich.

»Gute Nacht, Ulmo.« Er gab keine Antwort. Ich seufzte und schlug den Weg zu Großmutters Hütte ein.

Mittsommer kam heran, ohne dass ich mit Großmutter über Ulmo gesprochen hatte.

Zum Mittsommertanz würden auch Besucher von anderen Dörfern kommen. Wir jungen Frauen hatten die Aufgabe, den Festplatz vor dem Gemeinschaftshaus herzurichten und zu schmücken.

Farnas Wangen glühten vor Aufregung. Sie zog mich an der Hand mit sich. »Los, komm, Raghna. Es gibt noch so viel zu tun bis heute Abend: Feuerholz aufschlichten, die Gaben für die Holde herrichten, Wasser holen, Sitzpolster und Essplatten vorbereiten, den Backofen und alle Pfosten mit Birkenzweigen schmücken …«

Die Männer halfen uns bereitwillig. Bemerkungen flogen hin und her, es gab viel Gelächter. Einige junge Paare arbeiteten gemeinsam und zeigten so ihre Zusammengehörigkeit. Auch Ulmo bemühte sich, in meine Nähe zu gelangen. Einmal hatte er mich direkt aufgefordert, ein langes Brett mit ihm zu tragen, aber ich war ihm ausgewichen. Mein Benehmen ärgerte ihn, das sah ich, obwohl er sich zu beherrschen versuchte. Zwischen seinen Augenbrauen stand eine senkrechte Falte, seine Schultern wirkten angespannt. Ich überlegte, ob ich hinübergehen sollte, um ihn mit einer freundlichen Geste zu versöhnen, aber etwas in mir ließ es nicht zu. Wenn ich mich jetzt neben ihn stellte, würden alle darin eine Ankündigung unserer bevorstehenden Heirat sehen. Nein, das wollte ich nicht. Etwas in mir war wie versteinert.

Zwei Frauen brachten einen Korb mit üppig gebundenen Blütenkränzen. Auch ich bekam in diesem Jahr erstmals einen. Die Feier würde erst bei Einbruch der Dunkelheit beginnen, aber wir jungen Frauen trugen schon unsere Kronen aus dunkelgrünen, silbrig schimmernden Beifußzweigen, zwischen denen gelbe Johanniskrautsterne und die milchweißen Dolden des duftenden Mädesüß hervorleuchteten. Ich tat, als merkte ich nicht, dass Ulmos Blicke wie gebannt an mir hingen. Ich begriff selbst nicht, warum ich es ihm und mir so schwer machte, aber ich konnte einfach nicht anders.

Am späten Nachmittag begannen sich die Menschen auf dem Festplatz zu versammeln. Es war den ganzen Tag über kühl und windig geblieben – kein gutes Zeichen für ein Mittsommerfest. Besorgte Blicke gingen immer wieder zum Himmel. Immerhin, bisher regnete es wenigstens nicht.

In mir war keine Festfreude, nur diese sonderbare Unruhe und Anspannung. Am liebsten wäre ich dem ganzen Trubel entronnen und davongelaufen, irgendwohin. Der Schilfweiher mit seiner verzauberten Stille erschien vor meinem inneren Auge. Kopfschüttelnd verscheuchte ich das Bild.

Vom Eingangstor her klang auf einmal Klirren und Stampfen in meine Gedanken. Hufschlag dröhnte auf den Bohlen, ein Pferd schnaubte nervös. Reiter? Das konnte nur bedeuten, dass jemand von der Herrensippe unser Fest mit seinem Besuch beehrte. Ich kletterte auf einen Holzblock und spähte zum Tor hinüber.

Wie erwartet, war es Tholik, der zweite Sohn des Großherrn Ethomir, begleitet von seinen Freunden. Sie besuchten gern von Zeit zu Zeit die Dorffeste, nicht immer zur Freude der Bauern. Offenbar in bester Stimmung stiegen sie ab, banden ihre Pferde draußen an und schritten auf den Festplatz zu. Prachtvoll sahen sie aus mit ihren spitzen Mützen, den kurzen Reiterkitteln, schwarzweiß bestickten Fellwesten und hohen Schnürstiefeln. Kupferdolche und steinerne Streitäxte hingen in Lederscheiden oder steckten in den Gürteln, die mit glänzenden Beschlägen verziert waren. In ihrem Auftreten lag die ganze Großartigkeit von jungen Kriegern edler Herkunft. Tholik hätte man auch ohne seinen goldenen Halsring sofort als ihren Anführer erkannt, seine selbstbewusste Haltung schloss jeden Zweifel aus. Er war unter seinen Freunden der Einzige, dessen Gesicht glattrasiert war.

Moghan ging den Gästen entgegen, um sie höflich zu begrüßen und ihnen für die Ehre ihres Besuches zu danken. Ihre Stimme klang flach. Ich sah den besorgten Seitenblick, den sie mit Tante Ricke tauschte, als sie Tholik den Becher reichte.

Vorläufig schien jedoch keine Gefahr von ihm auszugehen, er

gab sich heiter und leutselig. Während er mit Großmutter sprach, glitt sein Blick über die Umstehenden und ruhte kurz auf mir. Seine Augen verengten sich leicht, die Andeutung eines Lächelns kräuselte seine Mundwinkel. Mein Herz schlug rascher, doch zugleich warnte mich eine innere Stimme vor seiner Aufmerksamkeit. Gerade wollte ich mich unauffällig zurückziehen, als ich merkte, wie jemand von hinten unsanft meinen Oberarm packte. Ich schaute mich um, es war Ulmo. Seine Miene war verdrossener denn je. Er machte nicht einmal den Versuch, seine schlechte Laune zu verbergen.

»Du verschwindest besser von hier«, knurrte er, »und zwar sofort!«

»Was soll denn das? Lass los, Ulmo, du tust mir weh!«

»Komm mit, wir gehen zum Tanz ins Kerbäckerdorf.«

Noch heute habe ich den rauen Klang seiner Stimme im Ohr. Wilde Empörung über seine Grobheit loderte in mir auf. Ich hörte aus seinen Worten nur die Unverschämtheit heraus, nicht die Besorgnis. Wütend versuchte ich mich aus seinem eisernen Griff zu befreien.

»Brauchst du Hilfe, Mädchen?«

Tholik war stehen geblieben. Ich funkelte ihn an und stieß hervor: »Nein, Herr.« Vielleicht missdeutete er meinen Blick, denn er lächelte gewinnend.

»Dein Mann?«, fragte er und zeigte auf Ulmo.

Ingrimmig schüttelte ich den Kopf.

»Na dann: Lass die Frau los, Bauer!«

Es war ein unmissverständlicher Befehl. Ulmo zuckte zusammen. Sein Griff lockerte sich so weit, dass ich einen Schritt zur Seite treten konnte, aber er ließ mich nicht los. Ich stand jetzt zwischen beiden.

Der Ethomssohn hob leicht das Kinn. Wieder ertönte seine helle Stimme: »Hast du nicht gehört? Du sollst sie loslassen! Oder muss ich erst nachhelfen?«

Einen Atemzug lang maßen sich die beiden Männer mit Blicken – Tholik, herrschaftlich gekleidet, die Hand an der Streitaxt, und Ulmo in seinen Bastschuhen und dem groben Leinenkittel, unbewaffnet, aber größer und schwerer als der andere. Gewalt lag in der Luft. Keiner von beiden bewegte sich, keiner gab nach.

Konnte es das überhaupt geben? Dass ein Bauer sich einem Streitaxtkrieger widersetzte? Unvorstellbar!

Das schien nun, nach einem endlosen Augenblick, auch Ulmo zu begreifen. Ich hörte, wie seine Zähne vor Anstrengung knirschten, aber er schaffte es, sich zu beherrschen. Schwer atmend ließ er mich los, wich einen Schritt zurück, öffnete langsam die geballte Faust.

»Verschwinde!«, fauchte Tholik.

Ohne ein Wort drehte Ulmo sich um und ging steifbeinig davon. Bitternis im Herzen, schaute ich ihm nach. Das hatte ich nicht gewollt! Diese Demütigung vor den Augen aller würde er mir nie vergessen. Niemals. Warum musste er es auch so weit treiben! Zornig biss ich mir auf die Lippen.

»Lass ihn laufen, meine Schöne. Hier, trink einen Schluck von meinem Bier, das bringt dich auf andere Gedanken! Du kannst doch bestimmt auch lächeln, oder?« Tholik hielt mir seinen Becher an die Lippen, doch ich wich zurück. Ich hatte nun genug von diesem Spiel.

»Verzeih mir, Herr, ich … meine Großmutter braucht mich … bei den Vorbereitungen für das Festmahl …«

Ohne seine Antwort abzuwarten, drängte ich mich zwischen den Umstehenden hindurch und verschwand in der Menge. Als ich sicher war, dass mich keiner der Ethomkrieger mehr sehen konnte, wechselte ich die Richtung, huschte hinter den Hütten zum Tor und verließ das Dorf.

Draußen lehnte ich mich schwer atmend an die rauen Palisaden. Meine Knie zitterten, als wäre ich einer drohenden Gefahr entronnen.

Nur weg von hier! So viel stand fest: Das Fest würde ohne mich weitergehen. Etwas zwang mich förmlich, so viel Abstand wie möglich zwischen mich und die gefährlichen Huldigungen von Tholik zu legen. Zu viel wurde unter den Frauen geflüstert – über ihn und seine Freunde.

Wenn es hin und wieder Schwierigkeiten zwischen den Ethomleuten und den Bauern gab, dann vor allem wegen der jüngeren Männer der Herrensippe, und es ging meistens um Frauen. Die hochgeborenen Töchter der Sippe wurden sorgsam gehütet. Ein unverheirateter Mann, der mit einer Frau schlafen wollte, musste sich unter den Sklavinnen und Mägden bedienen. Zu denen, die damit nicht zufrieden waren, gehörte der zweite Sohn des Großherrn. Er und seine berittenen Kumpane zogen durch die Dörfer, tranken, prügelten sich und stellten den Frauen nach. Das war allgemein bekannt.

Ich seufzte.

Was nun? Wohin sollte ich gehen? Zum zweiten Mal an diesem Tag dachte ich an den Schilfweiher. Seit Frunns Tod war ich nicht mehr dort gewesen. Plötzlich empfand ich ein überwältigendes Verlangen nach der verzauberten Stille und dem Anblick des blinkenden Wasserspiegels, über den vielleicht wieder ein Nebelschleier ziehen würde.

Entschlossen strich ich mir die Haare aus der Stirn und merkte, dass ich immer noch den Mittsommerkranz trug. Ich nahm ihn ab und behielt ihn in der Hand, als ich mich auf den Weg machte. Bald nahm der kühle Schatten des Waldes mich auf.

Ich fühlte mich völlig sicher. Leise summend strich ich am Seeufer entlang, ließ Weidenblätter durch meine Hände gleiten und spürte, wie der Druck allmählich von mir abfiel. Es war gut, wieder einmal hier zu sein! Die Wolken hatten sich zu einem dunkelgrauen Band aufgelockert, unter dem die tief stehende Abendsonne ein fast unwirklich goldenes Licht hervorsandte. Wie immer war der Wald voller Geräusche. Ich hörte ein Knacken hier, ein Rascheln da, ohne besonders darauf zu achten.

Zum Baden war es zu kühl, aber ich wollte wenigstens meine Hände in das Wasser tauchen – und eine Gabe für die Nebelfrau zurücklassen. Der bräunliche Spiegel gab mein Bild zurück, ich studierte es aufmerksam. Zum ersten Mal hatte mich heute ein Mann schön genannt. Und es stimmte, ich war schön, wenn auch auf eine ganz andere Art als Farna.

Behutsam setzte ich meinen Mittsommerkranz auf die Wellen, gab ihm einen kleinen Stoß und flüsterte: »Für dich, Nebelfrau! Für dich, Holl!«

Ein leichter Windhauch kräuselte die Wasserfläche, der Kranz trieb langsam davon. Zufrieden sah ich ihm nach.

Nichts warnte mich. Nichts.

»Schön, nicht?«, sagte eine Stimme hinter mir. Ich fuhr erschrocken herum.

Mit gekreuzten Armen lehnte Tholik am Stamm einer Erle und beobachtete mich. Wie lange schon?

»Herr?« Die Anrede wollte mir kaum über die Lippen. »Was … äh …«

»Was ich hier tue, meinst du? Nun, ich bin dir gefolgt. Das wolltest du doch, oder?« Bei seinem Lächeln lief es mir eiskalt über den Rücken.

Entgeistert schüttelte ich den Kopf. Flucht war mein einziger Gedanke. Meine Blicke irrten umher, auf der Suche nach einem Ausweg. Weiter hinten zwischen den glatten Buchenstämmen sah ich ein angebundenes Pferd, nein, mehrere. Und ein paar Männer, die uns den Rücken zukehrten. Sie saßen auf Baumstümpfen und reichten eine Kragenflasche herum.

»Wie ist eigentlich dein Name, Mädchen?«

»Raghna. Aber ich muss jetzt gehen, Herr. Man wartet auf mich.«

Sein amüsiertes Lächeln vertiefte sich.

»Du wirst doch nicht etwa Angst vor mir haben, Raghna?« Genüsslich spielte er mit seiner Macht. Ich sprang auf und rannte los. Ein Fehler. Schon nach ein paar Schritten packte er mich und warf mich zu Boden. Er hielt meine Hände fest, sein Gesicht war jetzt dicht über meinem. Jäher Zorn verzerrte seine glatten Züge, aber mehr als alles andere erschreckten mich seine Augen, sein kalter, fast lebloser Blick.

»Du enttäuschst mich, mein Kind. Ich hatte etwas mehr Entgegenkommen von dir erwartet. Schade. Ich wollte freundlich zu dir sein, aber du zwingst mich zu einer härteren Gangart.«

»Lass mich!«

Statt einer Antwort zerrte er an meinem Rock und schob ihn hoch. Ich schrie und schlug um mich, versuchte zu kratzen und zu beißen, stieß mit den Füßen nach ihm. Es war natürlich sinnlos. Er schlug mir ins Gesicht, bis mir schwarz vor Augen wurde, und riss meine Schenkel auseinander. Als er in mich eindrang, dachte ich, der Schmerz würde mein Becken zersprengen. Er bewegte sich keuchend, stieß wieder und wieder zu, während ich, starr daliegend, die Fingernägel in den Erdboden grub.

Ein Teil meines Wesens verließ meinen Körper und beobachtete das Geschehen aus großem Abstand. Gleichzeitig nahm ich jedoch aus nächster Nähe jede Einzelheit seines schweißnassen, bösen Gesichts in mich auf, die gerunzelte Stirn, die zusammengezogenen Augenbrauen, die hochgezogene Oberlippe, die spitzen, gelblichen Zähne; sein Körpergewicht, den Klammergriff und den ekelerregenden Geruch nach Leder, Schweiß, Bier, Schweinefleisch und ranzigem Fett; den Klang seiner Stimme, sein Schnaufen, die kurzen Ausrufe. Ich verzeichnete alles, fror es gleichsam ein, unverlierbar für immer.

Er brauchte nicht lange, bis er fertig war. Trotz des Entsetzens, das mich erfüllte, registrierte ich, dass er beim Beischlaf offenbar weniger Befriedigung empfand als Ulmo. Mich zu erniedrigen, mir Schmerz zuzufügen, darin lag die Quelle seiner Lust. Als er sich nach einem flüchtigen Höhepunkt auf mich fallen ließ, schloss ich die Augen, aber immer noch stand vor mir sein Gesicht. Ich wusste, der Hass, den ich empfand, würde mich von nun an begleiten, solange ich – oder er! – lebte. Was für eine Wonne müsste es sein, ihn sterben zu sehen!

Als er sich von mir löste, rutschte ich auf dem Boden ein Stück von ihm weg, setzte mich auf und zog meinen Rock über die Knie. Weg hier! Nur weg! Würde er mich jetzt gehen lassen? Durch wirre Haarsträhnen lugte ich zu ihm hinüber.

Er stand auf und zog seinen Kittel glatt. Das war offenbar das Zeichen für seine Männer, sich zu nähern.

»Und? Wie schaut's aus? Können wir sie jetzt haben?«

Mein Herz setzte aus. Was ich vorher empfunden hatte, war Abscheu gewesen, aber erst jetzt geriet ich in blinde Panik. Diese Bestien würden mich, einer nach dem anderen, vergewaltigen … verwüsten, zerstören, schließlich tot liegenlassen. Hier im Wald, allein, würde ich mein Ende finden.

»Nein … nein! Bitte nicht!« Nur tonloses Gestammel kam von meinen trockenen Lippen. Ich war nahe daran, schluchzend um

Gnade zu winseln, obwohl ein Teil von mir wusste, dass es sinnlos war. Meine Peiniger würden nur darüber lachen.

Das ist es, was ich an jenem Tag lernte: wie schnell ein Mensch dahin gebracht werden kann, dass alles zerbricht – seine Stärke, sein Mut, sein Selbstvertrauen, sein Stolz. Alles.

Mit bebenden Gliedern stand ich auf, drückte mich haltsuchend gegen die Erle, schaute den Männern entgegen, gelähmt vor Grauen. Wer würde der Nächste sein, der über mich herfiel? Der Betrunkene dort mit dem schmierigen Grinsen? Schon kam er herüber und griff nach dem Halsausschnitt meines Kleides.

»He, Freunde, hört lieber auf mit dem Unsinn!« Gab es tatsächlich in dem verkommenen Haufen einen, der noch so nüchtern sprechen konnte? Die anderen verzogen die Gesichter und tauschten Blicke, hörten aber immerhin zu, als der Kraushaarige, der deutlich älter war als der Rest der Gruppe, fortfuhr: »Ihr wisst, was passiert, wenn die Bauern sich schon wieder beim Alten über uns beschweren. Noch ist er schließlich Großherr. So ein Mädel mal kurz im Vorbeigehn vögeln, dagegen kann keiner was sagen. Aber die ganze Rotte, das ist was anderes, dann stirbt sie womöglich oder bringt sich um, das gibt doch nur Ärger.«

»Hörthört«, lallte der, der mein Kleid gepackt hatte, »der w… weise Bossil und seine guten Ratschläge! Du gönnsuns doch bloß den Sch… Spaß nich. Kriegs wohl selber kein mehr hoch, Alter, he?«

»Ach, Zennak, kümmer dich lieber um deinen eigenen Schwanz, besoffen wie du bist …«

»Waaas? Dir wer'ch gleich mal …«

»Schluss jetzt, verdammt noch mal! Gib Ruhe, Zennak.« Tholik rieb sich das Kinn. »Bossil hat recht. In der letzten Zeit haben wir es vielleicht ein bisschen übertrieben. Bei der nächsten Klage ist mein Vater imstande und schickt mich tatsächlich zu den Köhlern. Also kommt, lasst uns von hier verschwinden. Reiten wir nach Hause. Musst dir halt eine von den Mägden schnappen, Zennak.«

»Mist!« Unsanft stieß mich der Betrunkene zurück. Mein Kleid riss am Halsausschnitt ein. Schnell legte ich die Hand über meinen goldenen Anhänger, doch es war zu spät. Bossil, dem nichts entging, hatte es gesehen.

»Moment mal! Was haben wir denn da?« Er griff nach dem Hollesiegel und hielt es hoch, sodass alle es sehen konnten.

»Gold?« Tholik war verblüfft. »Sieh mal an! Wo hast du denn das her? Los, rede! Sag uns, wo du es gestohlen hast!«

»Nicht gestohlen. Es gehört mir.«

Wieherndes Gelächter war die Antwort.

Bossil wandte sich mir zu, in seinen Augen funkelte jetzt das Vergnügen an der Szene: »Du weißt doch, was mit Dorfleuten geschieht, die sich an Herrenbesitz vergreifen, Mädchen?«

Ich brachte kein Wort hervor.

Auch Tholik begriff jetzt und schlug ihm begeistert auf die Schulter: »Sie werden Sklaven auf dem Herrenhof, bis sie den Wert des Gestohlenen abgedient haben. So bestimmte es unser mächtiger und weiser Großherr, mein edler Vater Ethomir. Tja, dann müssen wir dich nun wohl mitnehmen, meine Hübsche. Ich werde dich meiner gestrengen Mutter übergeben, die weiß genau, wie man mit einer diebischen Elster zu verfahren hat.«

»Aber das war ein Geschenk von …« Ein harter Schlag mit dem Handrücken brachte mich zum Schweigen. Blut tropfte aus meiner geplatzten Lippe auf mein Kleid. Mit stockendem Atem sah ich, dass Tholik sein Messer zog. Doch er brauchte es nur, um mein ledernes Halsband durchzuschneiden. Zufrieden grinsend steckte er den Anhänger in seinen Beutel und nickte mir zu: »Das merkst du dir am besten gleich: Sklaven reden nur, wenn sie gefragt sind.«

Einer brachte die Pferde herüber, die Männer saßen auf. Ohne weitere Umstände zog mich Tholik vor sich auf die schweißdurchtränkte Filzdecke, setzte sich an die Spitze seines Trupps und ritt los.

Das kann doch alles nicht wahr sein!

Es ist ein Alptraum.

Wann werde ich aufwachen?

Halb bewusstlos gegen Tholiks Brust gepresst, warf ich an seiner Schulter vorbei einen letzten Blick auf den Schilfweiher, der unergründlich und unbewegt unter dem Abendhimmel lag. Über der Wasserfläche stand ein hauchdünner Nebelschleier. Ich presste die geschwollenen Lippen zusammen und wandte den Blick ab.

Im Schritt ging es durch den dämmrigen Wald. Wie oft hatte

ich früher versucht mir vorzustellen, wie es wohl sein mochte, auf dem Rücken eines Pferdes zu sitzen! Nun, da ich es zum ersten Mal erlebte, fand ich es schrecklich. Jede Bewegung sandte eine neue Schmerzwelle durch meinen verkrampften Körper.

Als wir den Wald verließen und der Wiesenpfad zum Eichelsberg offen vor uns lag, ließen die Reiter ihre Pferde in Trab fallen, dann in Galopp. Wenn ich nicht herunterfallen wollte, blieb mir nichts anderes übrig, als mich mit aller Kraft an Tholik zu klammern, obwohl ich dabei meinen Brechreiz unterdrücken musste. In unfassbar kurzer Zeit gelangten wir zu dem breiten Bohlenweg, der zum Herrenhof hinaufführte. Nie zuvor war ich dem Wohnsitz der Mächtigen so nahe gekommen.

Als der hohe, doppelt befestigte Palisadenzaun in Sicht kam, hielt Tholik an, ließ mich absteigen und wies mich mit einer knappen Geste an, dicht neben seinem Pferd herzugehen.

Die überdachten Torflügel standen weit offen. Das Klappern der Hufe klang hart von den Eichenbohlen wider, wurde dann vom Grasboden des Innenhofes abgedämpft. Die Männer saßen ab. Knechte liefen herbei und übernahmen die Pferde, neugierige Blicke streiften mich. Vier, fünf grauzottige, magere, derbknochige Hunde mit beängstigenden Gebissen stürzten auf uns zu, scharten sich schwanzwedelnd und eifersüchtig knurrend um Tholik, schnupperten misstrauisch an mir herum. Ein barscher Befehl scheuchte sie zurück.

Der knapp über dem Horizont stehende Sonnenball tauchte den weiträumigen Hof in rötliches Abendlicht. In diesem Moment wurde mir klar: Seit ich am späten Nachmittag das Dorf meiner Sippe verlassen hatte, war tatsächlich nicht mehr Zeit vergangen, als man benötigte, um ein Gartenbeet umzugraben.

Vor meinen staunenden Augen erhob sich hinter dem Grasplatz die große Halle mit dem pferdekopfgeschmückten Firstbalken, zu beiden Seiten flankiert von kleineren Gebäuden, die aber immer noch größer waren als jede Hütte, die ich bisher gesehen hatte. Ich stand in stumpfem Elend und starrte, ohne zu denken, dieses Bild an, als etwas Seltsames geschah. Es war, als ob sich in meinem Inneren etwas zurechtrückte. Als hätte ich diesen Moment schon einmal erlebt. In mir erwachte plötzlich die unzweifelhafte Gewissheit, dass ich hierhergehörte und an diesem Ort eine bedeutsame Zeit meines Lebens verbringen würde – und zwar keineswegs als Sklavin! Einen Augenblick lang sah ich mich selbst, ein paar Jahre älter, wie ich in einem langen bestickten Umhang die Stufen vor der Halle herabschritt, gefolgt von einer Magd; meine Haare waren geflochten und hochgesteckt, ein schmaler kupferner Reif schimmerte auf meiner Stirn.

War es schon so weit, dass ich vor lauter Verzweiflung den Verstand verlor? Stirnrunzelnd schüttelte ich den Kopf, die Vision verblasste. Mein Leben in den folgenden Monaten sorgte dafür, dass ich sie für lange Zeit gründlich vergaß.

Ich hatte bei Großmutter und Tante Ricke arbeiten gelernt, aber das war nichts im Vergleich zu dem, was mir nun abverlangt wurde. Tholik hatte mich als überführte Diebin seiner Mutter Bendriga übergeben, und auf Befehl der gestrengen Herrin musste ich mich vom Morgengrauen bis zum Einbruch der Dunkelheit in den Ziegengattern schinden. So sehr ich mich abmühte, es war immer zu wenig. Tinkar, ein wortkarger Knecht in mittleren Jahren, dessen schmutzige Kleidung selbst schon wie ein Ziegenfell roch, war ein harter Mann, der seine kleine Gruppe unfreier Knechte und Mägde mit derben Worten, Flüchen und Schlägen antrieb. Immerhin machte er wenigstens keinen Versuch, mich auf sein Lager zu zerren.

Anscheinend hatte Tholik ihm gesagt, dass er mich für sich beanspruche. Er holte mich, wann immer ihm danach war, von der Arbeit weg, um mich in irgendeinem Winkel zu vergewaltigen. Manchmal brachte er mich sogar in seine Kammer im Haus der Krieger und behielt mich die halbe Nacht lang bei sich. Dabei mochte er mich gar nicht leiden, dessen war ich mir sicher. Ich war zu dieser Zeit keineswegs eine anziehende Frau. Mir lag nichts mehr an Sauberkeit, meine Haare verfilzten, und da ich kaum genug aß, um mich am Leben zu erhalten, wurde ich mager wie ein Gerippe. Nein, ich konnte ihm unmöglich gefallen. Ich begriff nicht, warum er so zäh an mir festhielt. Vielleicht gefiel es ihm, dass ich ihn so offensichtlich verabscheute. Ich war tatsächlich nicht imstande, meine Gefühle zu verbergen, und er weidete sich an meiner Ohnmacht. Allerdings nur, wenn er mit mir allein war. Wenn die anderen jungen Männer über meine Abneigung Witze rissen, konnte er in mörderische Wut geraten, und in seine Augen trat jener unmenschlich kalte Blick. Dann musste ich zusehen, dass ich aus seiner Nähe kam, doch das gelang mir nicht immer.

Die Einzige, die Nacht für Nacht mein verzweifeltes Schluchzen hörte, war Berata, mit der ich in der zugigen Kammer über dem Ziegenstall den Schlafplatz und eine zerrissene Decke teilte. Sie war keine Sklavin, sondern von ihrer Großmutter als Magd für sieben Jahre zum Herrenhof geschickt worden. Von herber, schroffer Wesensart, ließ sie sich nicht einmal von Tinkar viel gefallen. Doch zu mir war sie freundlich, nahm mich in Schutz, wo es ging, versuchte mich auf ihre wortkarge Art zu trösten, und wenn Tholik mich wieder einmal verprügelt hatte, rieb sie mir die Striemen und Blutergüsse mit Beinwellsalbe ein.

»Man gewöhnt sich an alles«, sagte Berata mitleidig, wenn sie sah, wie ich mich quälte. Aber ich gewöhnte mich nicht.

In den Nächten lag ich oft wach und dachte an zu Hause, obwohl mich auch diese vertrauten Bilder marterten. War ich überhaupt noch Raghna, eine geachtete Frau mit Grundbesitz aus einem gesicherten Dorf? Oder war ich gar nichts mehr, ein namenloses Geschöpf, weniger wert als ein Tier? Ich fand keine Antwort.

Ob meine Angehörigen wussten, wo ich war? Falls Großmutter versuchte, mich zurückzufordern, erfuhr ich es nicht. Zweimal gab ich Knechten, die mit Aufträgen weggeschickt wurden, Botschaften mit, doch nichts geschah. Es war, als gäbe es keinen Ort namens Leingarten mehr.

Immer wieder träumte ich davon, Tholik zu töten. Ja, mehr als alles andere half mir die Kraft des Hasses, diese Zeit zu überleben.

Monde vergingen. Ich wartete auf eine Gelegenheit zu fliehen. Der Gedanke daran gab mir die Kraft, das tägliche Elend zu ertragen. Und bevor ich ging, würde ich mir mein goldenes Siegel zurückholen!

Die Gelegenheit bot sich erst, als der Winter in den Vorfrühling überging. Ich hatte mir Mühe gegeben, Tinkar mit meiner Arbeit und meinem Benehmen zufriedenzustellen, er erwartete von mir wohl keine Unbotmäßigkeiten mehr.

Eines Abends, als wir frierend um die qualmende Feuerstelle saßen und die dünne Linsensuppe schlürften, warf er einen Blick unter seinen struppigen Brauen hervor zu mir herüber und brummte: »Die Herrin schickt mich mit einer Last Ziegenkäse zum Nesselsteiner Ethomhof. Morgen früh. Du gehst mit. Lass dir von Berata die kleine Trage geben und pack sie voll mit Kräuterlaiben.«

Ich nickte, ohne eine Miene zu verziehen. Doch in meinem Innern tobte wilder Aufruhr. Ich biss die Zähne zusammen, damit niemand es merkte. Das war der Tag, auf den ich gewartet hatte! Aber wie sollte ich nun an mein Hollesiegel kommen? Ohne den Anhänger würde ich nicht fliehen, das stand fest. Fieberhaft dachte ich nach. Inzwischen wusste ich, wo Tholik ihn verwahrte: in einem Ebenholzkasten in seiner Kammer, zusammen mit seinen wertvollsten Besitztümern.

Es gab nur einen Weg, ich wusste es.

Ich leerte meine Suppenschale und wischte sie aus. Dann wusch ich mir das Gesicht, kämmte meine Haare und flocht sie zum Zopf, zog meinen besseren Kittel an, nahm mein grobes Umschlagtuch und verließ den Stallbau. Blicke folgten mir, doch niemand hielt mich auf.

Ich strich um das Haus der Krieger und beobachtete den Weg, der hinüber zur Halle führte. »Hilf mir, Holl!«, flehte ich im Stillen. Zum ersten Mal, seit mein Leben auf dem Eichelsberg begonnen hatte, nannte ich an diesem Tag wieder ihren Namen. Ich war so aufgeregt, dass ich die Kälte kaum spürte. Von den Kriegern und Knechten, die vorüberkamen, beachtete mich keiner.

Dann, nach einiger Zeit, kam tatsächlich Tholik im Dunkeln auf mich zu. Ich stolperte ihm in den Weg, sodass er mich fast umrannte.

»Was machst du denn hier?«, fragte er ungeduldig.

»Ich … äh …« Ich räusperte mich und verstummte. Nicht einmal jetzt war es mir möglich, ihm ein freundliches Gesicht zu zeigen.

Unwillkürlich wich ich zurück. »Verzeihung, Herr. Ich dachte … du wolltest …«

Wider Erwarten grinste er: »Hast wohl Sehnsucht nach mir gehabt, wie? Na gut, warum nicht. Geh schon mal rauf in meine Kammer, ich komme dann nach. Viel Zeit hab ich aber nicht für dich!« Er gab mir einen Klaps, wandte sich ab und schritt eilig weiter.

Ich rannte zum Haus der Krieger, huschte die Treppe hinauf und betrat Tholiks Schlafraum. Er war eng und muffig, wies nur ein schmales, fellbedecktes Lager, eine Truhe und einen Hocker auf, dazu ein paar Geweihhaken an der Wand für Kittel, Umhang und Gürtel, aber dennoch: Wer außer dem Sohn des Großherrn hatte schon eine Kammer ganz allein für sich!

Das Kästchen stand auf dem Wandbrett in der Nische. Ich öffnete es mit fliegenden Fingern. Es war bis zum Rand gefüllt mit Nadeln, Amuletten, Ringen und losen Schmucksteinen. Ganz unten, in ein Stück Leinwand gewickelt, lag das Siegel. Ich nahm es heraus. Wohin nun damit? Kein Versteck im Raum erschien mir sicher genug. Zitternd vor Angst und Aufregung lief ich hinaus, die Treppe hinunter in den Pferdestall und verbarg das Päckchen unter einem Stapel Filzdecken.

Nun kam noch das Unvermeidliche. Tief ausatmend begab ich mich zurück in Tholiks Kammer und legte mich auf sein Bett, eng in mein Tuch gewickelt. Bald hörte ich seine Stimme, seine verhassten Schritte, die Tür ging auf, er war da. Ich schloss die Augen, stellte mich tot, versuchte nur an das Siegel und an meine Freiheit zu denken. Mit zusammengebissenen Zähnen zahlte ich den Preis dafür.

Ich wusste, es war das letzte Mal – so oder so …

Nichts und niemand würde mich von diesem Ausgang lebend auf den Herrenhof zurückbringen!

Doch genau das geschah.

Tinkar unterwegs zu überlisten war nicht einfach, doch es gelang schließlich, als ihm am Abend in Nesselstein ein großer Becher Met vorgesetzt wurde. Ich drückte mich durch den Eingang, schlich vorbei an den Hütten, lief los und erreichte ein Gehölz, in dem ich mich bis zum Abend verstecken konnte. Aber das war auch das Einzige, was mir gelang. Ein eiskalter Nordwestwind wehte, Regen- und Schneeschauer wechselten sich ab, ich hatte die grausame Kälte der Nächte völlig unterschätzt. Und den Hunger. Und die Feindseligkeit der Menschen, die sich nicht wegen einer entlaufenen Sklavin mit dem Herrenhof Ärger einhandeln wollten.

Und die Spürnasen der Hunde.

Es dauerte nicht länger als zwei schreckliche Tage, bis ich – verdreckt, zerkratzt, ausgehungert, durchnässt und halb erfroren – von den ausgesandten Knechten durch das Tor gestoßen und über den Grasplatz geschleift wurde. Tholik kam uns entgegen. Bei meinem Anblick lächelte er befriedigt.

»Überlasst sie mir«, sagte er.

»Aber die Herrin hat befohlen …«

»Habt ihr nicht gehört?« Seine Stimme klang gefährlich sanft. Die Knechte ließen mich los, ich sackte auf dem durchweichten Boden zusammen.

»Ihr könnt gehen.« Sie trotteten durch den Regen davon.

Ich sah nicht auf, nahm nichts wahr außer Tholiks prächtigen Fellstiefeln. Er stand nur da, schweigend. Nach einiger Zeit hob ich dann doch den Kopf. Ich vermochte mich immer noch nicht zu verstellen, trotz meiner hoffnungslosen Lage, und er las den nackten Hass in meinen Augen. Ohne Vorwarnung trat er mir in die Rippen. Ich fiel zur Seite in den Schlamm und blieb liegen. Blut füllte meinen Mund. Übelkeit wallte auf, mein Atem ging flach, meine Lider flatterten.

Aus den Augenwinkeln bemerkte ich, dass ein stummer Kreis grauer Schatten den Hofplatz umgab. Krieger, Halbwüchsige und Kinder, Frauen und Dienstleute hatten wohl den Befehl erhalten, dem Strafgericht beizuwohnen. Nun, so etwas gab es ja auch nicht alle Tage zu sehen. Ich spürte weder Schmerz noch Hunger noch Kälte mehr, nichts als das Grauen vor einem furchtbaren Tod.

Tholik stand mit verschränkten Armen da und schaute auf mich herunter. »Was mache ich nun mit dir?«, murmelte er stirnrunzelnd.

Dann kam ihm ein Gedanke: »Krasko! Frisko!«, rief er laut. Einen Augenblick später sah ich die Hunde, einen nach dem anderen, um die Ecke der Halle biegen. Hechelnd vor Eifer kam das ganze Rudel angerannt.

»Da! Fass! Packt sie! Zerreißt sie!«

Die Welt brach auseinander, fühllose Leere breitete sich in mir aus. Alle Bewegungen schienen verlangsamt, als die grauzottigen Körper heranglitten, sich über mich warfen und knurrend nach meiner Kehle schnappten. Seltsamerweise verspürte ich keinen Schmerz. Aber noch heute, wenn ich an jenen Moment denke, ist er da, der penetrante Gestank schmutziger, nasser Felle …

Die Zeit war eingefroren. Wo war das Jetzt?

Der Vollmond hatte gerade den höchsten Punkt seiner Bahn überschritten. Ruhig zog er über den nächtlichen Himmel.

Ich habe es überlebt.

Ich sitze hier im Steinkreis.

Ich bin sicher.

Niemand kann mir etwas antun.

Doch da war Tholiks schattenhaftes Gesicht. Seine leblosen Augen fixierten die Rabenfrau unbewegt, Grauen kroch ihr vom Rücken hoch in den Nacken.

Seine Lippen bewegten sich nicht, doch sie glaubte seine helle, kalte, nüchterne Stimme zu vernehmen, deren Klang noch immer ihren Magen verklumpen ließ: »Ich bin noch nicht fertig mit dir, Mädchen.«

Raghna schluckte hart, ihr Mund war trocken. Mit tiefen, regelmäßigen Atemzügen kämpfte sie gegen Schwindel und aufsteigende Übelkeit an.

Ja, Tholik lebte, und er hatte sie nicht vergessen, sie hatte es die ganze Zeit gewusst. Er saß auf dem Eichelsberg, auf seinem Herrenhof, reich, mächtig, hochgeachtet, unangreifbar. Und hier, unter dem Lichtmond, gestand sie sich erstmals ein, dass er allein es war, vor dem sie sich all die Jahre versteckt gehalten hatte.

Der Rabe drüben im Baum schlug mit den Schwingen, um ihre

Aufmerksamkeit auf sich zu ziehen. »Eines Tages musst du dich ihm stellen, wenn du von den Schatten der Vergangenheit frei werden willst«, sagte er.

Ich kann nicht. Ich kann nicht.

»Niemand wird dich zwingen. Die Nacht ist noch lang. Und du bist nicht allein. Schau!«

Ein anderes Gesicht erschien, graubärtig und müde. Kluge, dunkel umränderte Augen, von Fältchen umgeben, sahen sie an. Freundlichkeit und Güte strömten Raghna zu.

Ihre Augen füllten sich mit Tränen. »Ethomir! Ich bin so froh, dich zu sehen!« Sie streckte dem Mann die Hände entgegen, aber er kam nicht näher. Dennoch, allein seine Gegenwart gab ihr die Kraft, sich Tholiks verblassender Gestalt noch einmal zuzuwenden.

»Verschwinde aus meinem Steinkreis, du Scheusal!«, fauchte sie und schrieb mit der Hand ein starkes Bannzeichen in die kühle Nachtluft.

Tholiks Gestalt wich zurück und zerging. Raghna atmete auf. Dann seufzte sie.

Ich weiß. Das war noch kein wirklicher Sieg.

»Was ist hier los? Kusch!«, donnerte eine befehlsgewohnte Stimme. Augenblicklich ließen die Hunde von mir ab. Die Schreie – meine Schreie? – verstummten. Ich war kaum noch bei Bewusstsein, aber nun stützte ich mich mit den Händen vom Boden ab und kroch halb blind in die Richtung, die Rettung zu verheißen schien. Da waren die Beine eines Pferdes, und auf seinem Rücken, hoch über mir, eine männliche Gestalt. Dahinter andere Reiter. Dann lief mir Blut in die Augen, und ich konnte nichts mehr erkennen. Aber ich wusste ohnehin, dass nur der Großherr selbst auf dem Eichelsberg so auftreten konnte. In all den Monaten hatte ich ihn immer nur von fern gesehen. Er kannte mich wahrscheinlich gar nicht.

»Nun, Tholik? Ich habe etwas gefragt.«

»Vater, sei gegrüßt. Gut, dass du da bist. Wir halten hier Gericht über ein diebisches Sklavenmädchen, das vor ein paar Tagen weggelaufen ist. Mutter hat gesagt, ich solle mich um die Bestrafung kümmern. Wir haben dich und Ethelm erst morgen zurückerwartet, sonst hätten wir es natürlich aufgeschoben, obwohl es ja keine wichtige Angelegenheit ist.«

»Seit wann lassen wir unsere Leute von Hunden zerreißen?«

»Sie hat Strafe verdient, und ich … äh … dachte, ein warnendes …«

»Genug!«

Ich rang röchelnd nach Luft, wischte mir mit dem Saum meines Kittels das Blut aus den Augen und blinzelte nach oben. Der Großherr Ethomir schaute mit gerunzelter Stirn auf mich herunter. Mit dem Rest meiner Kraft versuchte ich aufstehen, aber es ging nicht. Zitternd blieb ich auf den Knien liegen, die Hände auf den Boden gestemmt. Hoffentlich gewährte er mir einen schnellen, gnädigen Tod!

Eintönig plätscherte der Regen in die Pfützen.

Worauf wartete der Großherr noch?

»Was ist das da?«, fragte Ethomir und zeigte auf meine Brust. Ich sah an mir herunter. Mein Kittel war bis zum Gürtel aufgerissen, zwischen meinen blut- und lehmverschmierten Brüsten blinkte das Gold des Anhängers. Wie so oft legte ich schützend die Hand darüber.

»Ah, das Sonnenrad! Das ist ja mehr als dreist! Sie muss es mir wieder gestohlen haben, bevor sie verschwand. Du siehst, Herr Vater«, triumphierte Tholik, »sie ist unverbesserlich. Gib sofort das Ding her, du diebische Schlampe!«

»Halt den Mund, Sohn! Nun, Mädchen? Woher hast du das?«

»Ich bekam es als Geschenk«, brachte ich mühsam heraus. »Es hat früher meiner Mutter gehört. Der Großherr … du selbst … hast es ihr vor langer Zeit gegeben.«

»Wer ist deine Mutter?«

»Sie hieß Lani, Herr, aus dem Dorf Leingarten.«

»Hieß? Ist sie tot?«

»Ja, Herr, schon lange. Sie starb bei meiner Geburt.«

»So. Lani, ja. Ich erinnere mich. Sie hat mir das Leben gerettet, damals. Ich schulde ihr Dank.«

Ich wagte meinen Ohren kaum zu trauen. Konnte das etwa bedeuten, dass ich diesen Tag tatsächlich überleben würde? Plötzlich hatte ich nicht mehr die Kraft, mich aufrecht zu halten. In den roten Wirbeln, die vor meinen Augen tanzten, sank ich zusammen. Das Letzte, was ich hörte, bevor mein Bewusstsein schwand, waren Ethomirs Worte: »Jord, lass die Magd da zu den Schäfern bringen, sie sollen sie gesundpflegen. Kümmere dich um sie und pass auf sie auf! Wenn sie wieder auf den Beinen ist, will ich noch mal mit ihr reden. Und du, Tholik …«, die Stimme hob sich drohend, »du lässt die Finger von ihr! Ich verbiete dir, sie je wieder anzurühren. Es gibt genug Weiber hier, mit denen du es treiben kannst. Hast du mich verstanden?«

»Aber, Vater, sie ist doch auch nur eine …«

»Ob du mich verstanden hast, will ich wissen.«

»Ja, Herr.«

»Gut. Dann kann ich nun vielleicht endlich meine Halle aufsuchen und meine müden Knochen am Feuer wärmen.«

Die strohgedeckten Lehmkaten der Schäfer lagen zusammengeduckt am Fuß des Eichelsberges, da, wo seine nördlichen Abhänge in Weideland übergingen. Der Heiler Waghal legte um meine gebrochenen Rippen einen festen Verband, wusch und salbte die eiternden Bisswunden. An der Lungenentzündung wäre ich fast gestorben. Jord erzählte mir später, Waghal sei mit seiner Weisheit am Ende gewesen und habe durch einen Boten die alte Hagsitzerin Haelgunn um Hilfe gebeten. Sie schickte ihm eine Tinktur, die er mir mehrmals täglich einflößen sollte.

»Haelgunn? Die gibt es wirklich, Jord? Ich dachte immer, sie wäre nur eine alte Sagengestalt, mit der man die Kinder erschreckt.«

»Nein, es gibt sie. Sie lebt allein in einer unwirtlichen Einöde. Niemand kann sie finden, wenn sie nicht gefunden werden will. Aber ein paar von den Alten in den Dörfern kennen den Weg zu ihr. Sie wenden sich aber nur an sie, wenn sie keine andere Wahl mehr haben, denn sie fürchten sie auch.«

»Ist sie wirklich eine böse, gefährliche Zauberin? Was meinst du, Jord?«

»Ich weiß es nicht, Raghna. Es gibt viele seltsame Geschichten über sie. Dir hat sie jedenfalls geholfen, als Waghal dich schon beinahe aufgegeben hatte.«

Jord, der Neffe des Großherrn, hatte die Aufsicht über die Schafherden. Er kam alle paar Tage, um nach mir zu sehen, brachte mir oft eine Kleinigkeit mit, saß eine Weile auf der Bank neben meinem Lager und schnitzte an einem Stück Holz herum. Trotz seines wortkargen Wesens fühlte ich mich wohl in seiner Gegenwart. Wenn ich ihn so ansah, mit seinen widerspenstigen, rötlichblonden Haaren, dem kurzen Bart, den breiten Schultern und den sehnigen Händen, war mir manchmal, als hätte ich einen Bruder. Ich konnte dann geradezu gesprächig werden, obwohl er stets nur kurze Antworten gab und mir kaum jemals in die Augen sah.

Auch Berata kam ein paarmal zu Besuch, sonst traf ich niemanden, vermisste auch keinen. Mehrere Monde lag ich vor mich hindämmernd in einem geschützten Winkel. In meinen Fieberträumen wehrte ich große, graue Bestien ab. Dann schrie ich, bis Waghal kam und mich weckte. Manchmal sah ich auch ein Paar leblose Augen, die mich unbeteiligt musterten, bis mir ganz schlecht wurde vor Angst.

Doch langsam, ganz langsam besserte sich mein Zustand. Die Wunden heilten, die Schwellungen im Gesicht gingen zurück, und Waghal meinte, ich würde nur eine sichelförmige Narbe auf der Wange zurückbehalten.

Zur Zeit der Holunderblüte konnte ich endlich wieder aufstehen, in der Sonne sitzen und leichte Arbeiten verrichten. Als ich hörte, wie die Leute vom bevorstehenden Mittsommerfest redeten, verkroch ich mich unter meine Schlafdecke und weinte. Ein ganzes Jahr meines Lebens war vergangen, seit Tholik mich verschleppt hatte, und ich war immer noch hier! An Flucht dachte ich nicht mehr, obwohl es ein Leichtes gewesen wäre, von den Schäferhütten wegzulaufen, vor allem jetzt in der warmen Jahreszeit. Aber ich wusste nun, sie würden mich überall finden; selbst in der Hütte meiner Großmutter gab es keine Sicherheit mehr für mich. Ich musste mich damit abfinden, mein Leben als unfreie Magd auf dem Herrenhof zu verbringen. Ethomir hatte mich natürlich längst vergessen, aber immerhin verdankte ich ihm mein Leben, was auch immer es wert sein mochte.

Doch am nächsten Morgen überraschte Jord mich mit der Mitteilung, der Großherr wolle mich sehen.

»Hat er gesagt, warum?«

»Er will mit dir reden.«

»Worüber denn?«

»Das weiß ich doch nicht. Aber ich würde ihn an deiner Stelle nicht warten lassen.«

Waghals Frau brachte mir einen sauberen Kittel und half mir, meine Haare in Ordnung zu bringen. Dann saß ich hinter Jord auf dem Pferd und ließ mich den Berg hinauftragen. Mit ihm machte das Reiten sogar Spaß!

Als wir durch das Tor auf den Grasplatz gelangten, begann ich zu zittern und drückte meine Stirn an Jords Rücken. Ich war froh, dass er neben mir war, als ich zum ersten Mal die Große Halle betrat. Als Ziegenmagd hatte ich den riesigen Raum nie von innen gesehen.

In der Mitte befand sich eine quadratische Feuerstelle. Entlang der Wände standen fellbedeckte Holzbänke statt der Heu- und Strohpolster, die ich aus den Hütten kannte. Die Rückwand war von einem gewebten, farbenfrohen Vorhang bedeckt, aufgespannt zwischen den bemalten Pfosten, die die Decke stützten. Davor standen auf einem Podest zwei aus schwerem Holz geschnitzte hohe Stühle mit breiten Armlehnen. Es roch nach Leder, Rauch und gebratenem Fleisch. Durch die weit oben angebrachten Fensterluken fiel in schrägen Streifen helles Vormittagslicht, in dem goldene Stäubchen tanzten. Die beeindruckende Pracht schüchterte mich ein.

Bis auf ein paar Hausmägde, die den Boden fegten und frisches Stroh auslegten, war die Halle leer. Die Krieger würden sich erst gegen Abend versammeln. Jord ergriff meine Hand, durchquerte den Raum zielstrebig und führte mich zu einer schmalen Treppe hinter dem Vorhang.

Ich zögerte. Die einzige Treppe, die ich bisher betreten hatte, war die zu Tholiks Kammer gewesen.

Jord warf mir einen Blick zu. »Komm nur, hier passiert dir nichts«, sagte er. Er ging voran, ich folgte ihm. Die Stufen führten zu einer Diele im Obergeschoss. Jord pochte mit dem Griff seines Messers an die schwere Eichenholztür in der Mitte, lauschte kurz, öffnete sie und schob mich allein über die Schwelle.

Die Tür schloss sich hinter mir. Mein Herz klopfte. Haltsuchend lehnte ich mich an das raue Holz. Ich bekam einen flüchtigen Eindruck von einem aschebedeckten Feuerplatz links an der Wand, zwei Holzstühlen an einem niedrigen Tisch, einer davon mit einem Bärenfell bedeckt, weiter hinten Truhen, Matten, ein breites Schlaflager. Der Raum war mäßig groß, aber überraschend hell. Ethomir stand an einem in die Giebelwand gebrochenen Fenster, dessen geschnitzte Läden offenstanden. Er trug ein einfaches Gewand, seine grauen Haare waren im Nacken zusammengebunden.

»Lanis Tochter. Wie ist dein Name?«

»Raghna … Rabenfrau, Herr.«

Ich hatte ihn mir größer vorgestellt. Aus der Nähe sah ich die Runzeln und Falten um seine Augen. Wie alt mochte er sein? Er wirkte müde. Jetzt gewahrte ich den Anflug eines Lächelns um seine Lippen, denn er hatte natürlich meine Neugier bemerkt. Ich senkte den Blick, mein Gesicht fühlte sich heiß an.

»Bist du wieder ganz gesund, Raghna?«

»Das bin ich, Herr. Ich verdanke dir mein Leben.«

»Ja, ich kam gerade noch rechtzeitig. Eigentlich hatte ich erst einen Tag später zurückkehren wollen. Ich glaube, das Sonnenkreuz hat dich beschützt. Hast du es noch?«

»Ja, Herr. Hier ist es. Ich trage es immer, Tag und Nacht.«

Ethomir nickte versonnen. Dann meinte er nachdenklich: »Ich habe dich kommen lassen, weil ich mich frage, was ich nun mit dir machen soll. Hier auf dem Eichelsberg wärst du vor Tholiks Rache niemals sicher. Er hat deinetwegen vor den Augen aller eine Niederlage erlitten, das verzeiht er dir nie. Du möchtest wahrscheinlich zurück in dein Dorf, zu deiner Großmutter?«

»Nein!«

»Nein? Warum nicht?«

»Dort wäre ich auch nicht sicher vor Thol…« Erschrocken brach ich ab. Ich konnte doch nicht vor dem Großherrn seinen Sohn anklagen!

»Nun, Mädchen? Ich kenne meinen zweiten Sohn gut genug. Sag mir also ruhig die Wahrheit.«

Und ich erzählte ihm tatsächlich meine ganze Geschichte: von der falschen Anklage und Verschleppung, Tholiks Vergewaltigungen, dem gescheiterten Fluchtversuch – alles. Mit unbewegter Miene hörte Ethomir zu, ohne mich zu unterbrechen. Auch als ich geendet hatte, schwieg er. So lange, dass ich wieder Angst bekam.

»Herr, wenn ich etwas Unerlaubtes gesagt habe …«

Mit einer Handbewegung schnitt er mein Gestammel ab.

»Tholik ist ein übler Bursche, ich weiß es schon lange«, murmelte er vor sich hin und rieb sich das Kinn.

Unversehens fuhr mir die Antwort heraus: »Wenn er nur niemals Großherr wird, dann ist alles gut.« Überrascht blickte Ethomir auf, unsere Blicke begegneten sich.

»Über solche Dinge machst du dir Gedanken?«

»Nein, Herr, natürlich nicht, es tut mir leid, ich hätte das nicht sagen dürfen.«

»Rede, Mädchen! Ich will hören, was du denkst.«

Immerhin, er wirkte weder zornig noch sonstwie bedrohlich. Also, es musste gewagt werden! Ich holte tief Luft und fing an, zuerst vorsichtig nach Worten tastend, dann immer flüssiger: »Ich denke, Herr, dass dein ältester Sohn Ethelm ein guter Nachfolger für dich ist, wenn du einmal in die Totenhöhle – Verzeihung: zu deinen Ahnen gehst. Aber auf der Jagd oder beim Kampf kann viel passieren, und wenn Ethelm sterben würde, dann wäre Tholik der nächste Großherr. Er würde die Bauern in den Dörfern schlecht behandeln und quälen, vielleicht so lange und so schlimm, dass die Leute sich gegen ihn erhöben. Natürlich würden die Ethomkrieger schnell mit ihnen fertig werden, aber es würde Blut fließen und neuer Hass entstehen. Und es gibt immer noch Alte in den Dörfern, die nicht vergessen können, dass die Bauern einmal frei waren. Das sollte man bedenken. Aber zum Glück lebst du ja noch, Herr, und bist auch noch nicht *so* alt.«

Bei meinen letzten Worten lachte er kurz auf. Hatte ich etwas Dummes gesagt?

»Ich danke dir für deine gute Meinung, Raghna, und stelle fest, dass du eine kluge Frau bist. Ja, du hast in vielem recht. Aber ich kann nur versuchen, für die Zeit nach meinem Tod vorzusorgen, so gut es eben geht. Über Leben und Tod meiner Söhne habe ich keine Macht. Das ist Sache der Götter. Wenn Inthram sich für Tholik entscheiden würde …«

In meinem Eifer fiel ich ihm ins Wort: »Aber Tholik wäre bestimmt der Falsche. Die Bauern hassen ihn. Und die Bäuerinnen noch mehr, mit gutem Grund.«

»Ja, und das ist auch verständlich. Aber Tholik ist noch jung. Ich kann nur versuchen, ihn zu zähmen und gleichzeitig die Umtriebe der Bauern im Auge zu behalten. Manche von ihnen warten nach den Missernten der letzten Jahre tatsächlich nur auf einen Anlass, sich gegen uns aufzulehnen.«

Mir lag eine lebhafte Antwort auf der Zunge, aber ich hielt plötzlich inne. Was geschah hier eigentlich? Die Ziegenmagd unterhielt sich mit dem Großherrn – von Gleich zu Gleich – über die Lage in den Haselbergen. Staunend schaute ich ihn an und fand in seinen Augen nichts als Nachdenklichkeit und wache Klugheit. Noch nie hatte jemand so mit mir gesprochen. Ich hatte bis heute nicht gewusst, dass Männer auch so sein konnten!

Etwas Seltsames geschah mit mir. In meinem Inneren verwandelte sich Härte in Weichheit. Ich empfand ein Gefühl des Zuhauseseins, wie ich es nie zuvor erlebt hatte.

Ethomir las mir die Gedanken vom Gesicht ab, und im gleichen Moment wurde wohl auch ihm bewusst, wie ungewöhnlich dieses Gespräch war. Er wandte sich zur Seite und räusperte sich.

»Nun, Raghna, lass uns zu der Frage zurückkommen, die dich viel unmittelbarer angeht: Was soll aus dir werden? Hier bist du nicht sicher, in deinem Dorf auch nicht. Hm. Die nächsten Orte, zu denen ich dich schicken könnte, sind entweder der Herrenhof auf dem Steinsberg oder die Siedlung der Glockenbecherleute an der nordöstlichen Grenze. Dort könnte er dir wohl nichts mehr anhaben. Also, wo möchtest du hin?«

»Ich … würde lieber hierbleiben«, hörte ich mich sagen.

»Wo, hier?«

»Hier auf dem Eichelsberg.«

»Kind, du weißt doch, dass dein Leben hier keinen Pfifferling wert ist. Ich kann doch eine Sklavin nicht ständig bewachen lassen.«

»Eine Sklavin nicht.«

»Was meinst du damit? Wenn ich dich freilasse, ist deine Lage noch schlechter.«

»Du könntest mich zu deiner Nebenfrau machen.«

Ich hatte es tatsächlich ausgesprochen! Nie in meinem ganzen Leben werde ich begreifen, woher ich den Mut zu diesem Satz genommen hatte. Doch es wäre mir unmöglich gewesen, die Worte zu unterdrücken.

Die Stille, die eintrat, war erfüllt von ungesagten Worten. Ich wagte ich nicht, den Blick zu heben.

Ethomirs Stimme klang belegt, als er schließlich antwortete: »Um Sicherheit und Wohlstand zu finden, solltest du dich nicht an einen alten Mann hängen. Das würdest du bald bereuen.«

»Es geht mir nicht um Wohlstand und Sicherheit«, sagte ich leise.

»Sondern?«

Ich schwieg, mein Blick blieb hartnäckig auf den Boden geheftet. Die Arme verschränkt, stand ich da und kämpfte wortlos um ein Glück, das ich plötzlich mit jeder Faser meines Herzens ersehnte.

»Raghna, schau mich an! Ich gehöre nicht zu den alten Männern, die unbedingt junge Frauen für ihr Bett brauchen. In all den Jahren bin ich nie auf den Gedanken gekommen, der Herrin Bendriga eine Nebenfrau zu geben, obwohl ich sie seit Langem nur noch bei den Festen abends in der Halle sehe. Vielleicht stellst du es dir schön vor, drüben bei ihr im Frauenhaus eine Kammer zu bewohnen, aber glaub mir, meine Gemahlin würde dir das Leben nicht leicht machen.«

Ich sagte noch immer nichts.

»Und was mich selbst angeht, mit meiner Gesundheit steht es nicht zum Besten. Ich habe höchstens noch ein paar Jahre, und die will ich nutzen, um mein Werk hier zu Ende zu bringen und meinem Sohn die Herrschaft geordnet zu übergeben.«

Er hielt inne, schien auf eine Regung von mir zu warten.

Nach einer Pause fuhr er fort: »Ein vollkommen verrückter Gedanke ist das. Ich will mich nicht lächerlich machen. In meinem Leben ist wirklich kein Platz für eine Nebenfrau, das siehst du doch ein, oder? Raghna?«

Ich hob den Kopf, wir schauten uns an.

Dann war ich in seinen Armen. Alles war gut.

»Bist du fertig, Raghna?«

»Ja«, brachte ich erstickt hervor. Ethomir drückte ermutigend meine eiskalten Hände.

»Hab keine Angst. Du wirst schon zurechtkommen. Das Schlimmste hast du bereits hinter dir.«

Das Schlimmste – damit meinte er unseren gemeinsamen Besuch im Frauenhaus, wo er mich am Morgen seiner Gemahlin als Mitfrau vorgestellt hatte. Seinen Anweisungen folgend hatte ich mich ehrfurchtsvoll vor ihr verneigt. Mir war beklommen zumute. Würde sie mich, ihre ehemalige Sklavin, nun als nahezu Gleichgestellte akzeptieren? Ich konnte es mir kaum vorstellen.

Sie war wie versteinert. Ungläubig blickte sie von mir zu Ethomir: »Soll das ein Scherz sein?«

»Es ist mein Ernst, Bendriga«, sagte er.

»Nebenfrau? Dieses Geschöpf, mit dem sich schon dein eigener Sohn – und wer weiß, wer sonst noch alles – vergnügt hat? Das kann doch nicht wahr sein! Es sei denn, du hast den Verstand verloren … oder jedes Gefühl für Sitte und Anstand!«

»Mäßige dich, Herrin! Ich habe über alles nachgedacht, und mein Entschluss steht fest.« Noch klang Ethomirs Stimme gelassen, aber es lag ein gefährlicher Unterton darin. Ich stand da, die geballten Fäuste in den Falten meines Umhangs versteckt, und wünschte verzweifelt, der Erdboden würde sich unter mir auftun!

Auf Bendrigas blassem Gesicht erschienen rote Flecken. Sie holte tief Luft, dann ging es weiter: »Ich fasse es nicht! Ich meine, kein Mensch sagt etwas dagegen, wenn du dir ein Sklavenmädchen ins Bett holst. Das ist deine Sache. Aber du wirst mir doch nicht zumuten wollen, in der Großen Halle meinen Platz mit einer diebischen, verlausten Viehmagd zu teilen, die nach Ziegenstall riecht? Und was ist, wenn sie Kinder kriegt? Brauchen wir auf diesem Hof noch mehr Halbgeburten und überflüssige Herumdrücker wie deinen bevorzugten Neffen Jord? Oder, falls sich überhaupt feststellen lässt, dass ihre Bälger von dir sind: Sollen die etwa erbberechtigt sein?«

»Lass das, Bendriga. Jord ist alles andere als überflüssig. Und die Abkömmlinge von Bauernmädchen sind in der Sippe niemals erbberechtigt, das weißt du so gut wie ich. Aber es ist ohnehin unwahrscheinlich, dass …«, er brach ab, räusperte sich und sprach weiter: »Jedenfalls musst du meine Entscheidung hinnehmen und Raghna gut behandeln. Das ist deine Pflicht. Ich habe nie mehr von dir verlangt, als recht und billig ist, das wirst du zugeben.«

»Ich bin ja schließlich auch die älteste Tochter des angesehenen Großherrn auf dem Betzenberg und kann erwarten, dass du mich behandelst, wie es mir zukommt.«

»Sprich lieber nicht von deinem Vater, oder muss ich dich daran erinnern, wie er es mit seinen Nebenfrauen und den unzähligen anderen Weibern gehalten hat? Hast du das Schicksal deiner Mutter schon vergessen?«

Bendriga biss sich auf die Lippen. Sie wandte sich ab, ihre Finger umklammerten krampfhaft die Lehne des geschnitzten Stuhls.

Begütigend fuhr Ethomir fort: »Raghna nimmt dir nichts weg, sie wird dir überhaupt wenig unter die Augen kommen. Niemand tastet deinen Rang an. Du bleibst die Herrin hier und die … Mutter meiner Söhne. Ich werde allerdings nicht dulden, dass du Unfrieden auf dem Eichelsberg säst, Bendriga! Ich denke, du verstehst mich?« In seiner Stimme hatte etwas gelegen, was Raghna nicht zu deuten vermochte, Bendriga jedoch offenbar schon.

Sie senkte den Kopf und schwieg. Wortlos wartete Ethomir ihre Antwort ab. Raghna spürte etwas wie einen stummen Kampf, den er gewann. Nach einer drückenden Pause fuhr sich die Herrin mit der Zunge über die Lippen und murmelte heiser: »Was muss ich tun?«

»Nur den alten Brauch befolgen: ihre Begrüßung heute und in Zukunft freundlich entgegennehmen, ihr als Willkommenszeichen ein Schmuckstück schenken und eine Kammer hier im Frauenhaus für sie einrichten. Die wird sie allerdings kaum brauchen.«

»Warum?«

»Sie wird die meiste Zeit drüben bei mir sein.«

Die grauhaarige Frau schloss kurz die Augen. Mit erloschenem Gesicht sah sie an ihrem Ehemann vorbei und sagte leise: »Mich wolltest du nie in deiner Nähe haben.«

»Bendriga, wir wollen doch nach all den Jahren nicht aufrechnen. Es gibt Dinge, die lassen sich nicht erzwingen, das wissen wir beide, nicht wahr? Kannst du dich wirklich über mich beklagen?«

Nun, als wäre schon zu viel geredet worden, fand die Herrin zu ihrer gewohnten Haltung zurück. Sie hob das Kinn und hatte sich offenbar dazu durchgerungen, das Unvermeidbare mit Fassung zu tragen. Ich konnte in diesem Moment nicht anders, als sie bewundern. Gleichzeitig tat sie mir leid, wenn ich auch wusste, dass sie von nun an meine unversöhnliche Feindin sein würde.

Sie kramte etwas aus einer Truhe hervor, wandte sich dann halb zu mir und sagte, während ihre Augen durch mich hindurchsahen: »Frau Raghna, ich heiße dich willkommen als Nebenfrau meines Gemahls. Diese bronzene Spange schenke ich dir. Ich lasse noch heute hier in meinem Haus eine Kammer für dich herrichten.«

»Ich danke dir, Herrin.«

Sie nickte, und ich war entlassen. Es war das erste Mal in meinem Leben, dass mich jemand Frau Raghna genannt hatte.

DIE NEBENFRAU

Beklommen folgte ich Ethomir die Treppe hinunter in die Große Halle, wo sich die Sippe vollzählig zum Festmahl versammelt hatte, um den Mittsommer zu feiern. Gedämpftes Tuscheln empfing uns. Natürlich hatte sich die Neuigkeit bereits herumgesprochen.

Mit wenigen Worten gab der Großherr bekannt, dass die Sklavin Raghna freigelassen und zu seiner Nebenfrau erhoben sei. Sofort brachen die Krieger in Hochrufe aus. Einer nach dem anderen brachte Ethomir seine Glückwünsche dar.

Neugierige Blicke ruhten auf mir – und auf seiner engsten Familie. Wie würde die Herrin, wie würden ihre Söhne sich zu mir stellen?

»Sie sieht ganz anders aus als früher!«, hörte ich es hinter mir flüstern. O ja, ich hatte mich sehr verändert seit jenem Tag, an dem ich blutend, verdreckt und mehr tot als lebendig im Schlamm vor der Halle gelegen hatte.

Heute war ich schön, das hatte Ethomir mir erst vorhin gesagt. Ich trug ein langes, ärmelloses Kleid aus gebleichtem Leinen, einen grünen, mit bestickten Borten besetzten Umhang und einen kupfernen Stirnreif. Meine Haare hingen offen herunter, nur zwei Schläfenzöpfe umrahmten mein Gesicht. In einen davon hatte ich eine schwarze Feder gebunden. So gab ich zu erkennen, dass ich in der neuen Stellung meine dörfliche Abstammung nicht verleugnete. Aber ich war jetzt auch ein Glied der Ethomsippe, das zeigte das goldene Siegel, von ihnen Sonnenrad genannt, das ich nun sichtbar auf der Brust trug.

So geschmückt saß ich auf einem etwas niedrigeren Sitz zur Linken des Großherrn, während die Herrin mit gelassener Miene auf ihrem geschnitzten Stuhl zu seiner Rechten Platz genommen hatte. Auch Ethomir sah prachtvoll aus in seinem scharlachroten

Umhang. Die Farbe kam von weit her und war sehr kostbar. Bendriga dagegen war auffallend einfach, fast alltäglich, gekleidet.

Neben ihr hatte sich Tholik postiert, ihr verwöhnter Liebling. Vor der Begegnung mit ihm hatte ich mich bis in meine Träume hinein gefürchtet. Doch er beherrschte sich, wenn auch nicht ganz so meisterhaft wie seine Mutter. Seine fahle Blässe verriet, was an diesem Abend in ihm vorgehen mochte. Auf einen Wink der Herrin begrüßte er mich höflich, mied jedoch meinen Blick. Ich dankte ihm mit einem Nicken und der Andeutung eines Lächelns, das war alles. Während ich ein paar Worte mit Ethomir wechselte, schlenderte er hinüber zu seinem älteren Bruder und unterhielt sich scheinbar gut gelaunt mit ihm.

Ethelm, der Erbe des Großherrn, war ein ruhiger, nicht mehr ganz junger Mann von achtundzwanzig Wintern. Er und seine Ehefrau, Korthala aus der mächtigen Steinsbergsippe, waren vermutlich nicht begeistert von der Zweitehe des Vaters, nahmen sie aber gefasst hin.

Nur Ethomirs jüngster Sohn, der zwölfjährige Perko, kam mir ganz unbefangen entgegen. Als Sklavin hatte er mich kaum gekannt, denn im Haus der Jungkrieger ließ man ihm und seinen Freunden wenig Zeit, auf dem Hof herumzulungern. Er war ein schlanker, hochaufgeschossener, sommersprossiger Junge von gewinnendem Wesen, und ich stellte mir vor, dass Ethomir ihm als Junge geglichen haben könnte. Perko mochte mich, wir verstanden uns sofort.

Dann war da noch Jord, der Sohn von Ethomirs verstorbenem Bruder. Jetzt wusste ich, warum er auf dem Hof eine so seltsame Stellung einnahm: Seine Mutter war ein Bauernmädchen gewesen. Er galt zwar als ernst zu nehmender Krieger, in allen anderen Belangen aber als nicht ganz vollwertig. Das warf einen Schatten über sein Leben, vor allem Tholik ließ ihn den Makel der niederen Geburt bei jeder Gelegenheit spüren.

Nun, schweigsamer Einzelgänger, vielleicht ist das der Grund, warum ich in dir einen Bruder sehe.

Auch Ethrun gehört zu denen, die Licht in mein neues Leben brachten. Die sechsjährige Tochter von Ethelm und Korthala war ein ernsthaftes kleines Ding mit einem spitzen Gesichtchen und einer Fülle aschblonder Locken. Hinter ihrer Stirn verbargen sich eigenwillige Gedanken und eine ungewöhnlich scharfe Beobachtungsgabe. Später, als sie merkte, dass sie sich mit mir ernsthaft unterhalten konnte, suchte sie oft meine Nähe und brachte mich mit ihren trockenen, altklugen Bemerkungen zum Lachen.

Ihre Mutter sah nur ein unwissendes Kind in ihr, und vor ihrer Großmutter hatte Ethrun regelrecht Angst. Das kam wohl daher, dass Bendriga – enttäuscht darüber, dass das erste Kind ihres ältesten Sohnes nur ein Mädchen war – ihre Enkeltochter stets kühl behandelte. Doch wem außer Tholik schenkte sie überhaupt wärmere Gefühle?

Ethomir sagte, dass ich auch eine Magd haben müsse, die persönliche Dienste für mich verrichtete. So nahm ich Berata zu mir, die bald meine engste Vertraute wurde. Sie war mir unendlich dankbar, dass ich sie von den Ziegengattern weggeholt hatte, nicht nur wegen der angenehmen Stellung, sondern auch, weil sie dadurch mit Feirut nähere Bekanntschaft schloss. Der hagere Nordländer war zwar ein kriegsgefangener Sklave, aber Ethomir hatte ihn wegen seiner Gewandtheit und Stärke unter die bewaffneten Hofknechte aufgenommen, die fast schon als Krieger galten. Die verschlossene Berata blühte auf in ihrer Liebe, ihr herbes Gesicht strahlte und wurde beinahe schön.

»Feirut und ich sind uns einig«, vertraute sie mir an. »Wenn meine Zeit hier um ist und ich in mein Dorf zurückkehre, bitte ich Großmutter, ihn freizukaufen.«

»Wird sie das denn tun?«

»Bestimmt. Sie hat mich gern, und einen tüchtigen Arbeiter können wir immer gebrauchen. Ich nehme ihn dann zum Mann, und wir bebauen mein Stück Land.«

»Das freut mich für dich, Berata! Und weißt du was? Ich werde den Großherrn bitten, dass er ein Paar Rinder bei euch einstellt.«

Sie vergaß für einen Augenblick, dass ich ihre Herrin war, und fiel mir um den Hals.

Ethomir und ich waren unzertrennlich. Tag und Nacht war ich bei ihm und teilte sein Leben. Das war etwas so Ungewöhnliches, dass die Leute nicht aufhören konnten, darüber zu reden. Es gab sogar

Geflüster, ich hätte mir von der alten Haelgunn im Wald einen Liebestrank geben lassen und den Großherrn damit verhext. Aber in Wirklichkeit gab es keinen anderen Zauber als den: Ich liebte ihn von ganzem Herzen, und er liebte mich.

Es gab nichts, was er nicht mit mir besprach. Bei unseren langen Unterhaltungen – und auch sonst – spielte es keine Rolle, dass er bereits achtundvierzig Winter zählte und ich erst sechzehn. Ich genoss es unbeschreiblich, dass da endlich jemand war, mit dem ich reden, reden, reden konnte, der mich in allem verstand wie ich ihn. Was mir an Wissen fehlte, erklärte er mir in einfachen Worten. Nie ließ er mich seine Überlegenheit spüren. Nur in einem Punkt machte er mir Vorschriften: Er bestand darauf, dass ich in kurzer Zeit die vollständige Erziehung einer Herrentochter nachholte. So lernte ich denn alles, was dazugehörte: feine Web- und Flechtarbeiten herstellen, Bänder besticken und mit bunten Perlen besetzen, Lieder singen, Tischgäste bewirten, Knechte und Mägde anleiten, Besuchern zu Begrüßung und Abschied die passenden Worte sagen, kostbare Kleidung und Schmuck tragen und selbst ein Pferd reiten, damit ich ihn auf seinen Reisen begleiten konnte.

Er hatte seinen Spaß an meinen täglichen Fortschritten und fragte mich abends oft darüber aus. Indem ich ihn begleitete, lernte ich im Lauf der Zeit auch die meisten Dörfer der Haselberge kennen und erfuhr, welche Aufgaben und Sorgen zu den Obliegenheiten eines Großherrn gehörten. Als Sippenoberhaupt, oberster Verwalter, Gerichtsherr und Anführer der Krieger war er dafür verantwortlich, die hergebrachte Ordnung zu erhalten. Die Leute wandten sich an ihn, wenn es darum ging, große Jagden oder das gemeinschaftliche Holzfällen zu planen. Die Schlichtung von Streitigkeiten und die Verteilung von Gütern, besonders in Notzeiten, lagen in seiner Hand, ebenso der Schutz der Reise- und Handelswege, die durch die Haselberge führten und sich am Eichelsberg kreuzten. Er war Eigentümer sämtlicher Pferde und Rinder, die auf die Höfe der Ethomleute verteilt waren und von ihnen zum Ziehen der Pflüge und Wagen genutzt werden durften. Die Aufsicht über die Rinder hatte sein Sohn Ethelm, während Tholik sich um die Pferde zu kümmern hatte und Jord um die

Schafzucht. Die Verantwortung für alles Kleinvieh lag in den Händen der Herrin Bendriga.

Durchziehende Händler und Reisende mussten sich beim Großherrn vorstellen, ihre Absichten darlegen und Abgaben in Form von Salz oder Kupfer entrichten. Es lag Ethomir auch am Herzen, die Freundschaft mit den benachbarten Sippen zu pflegen, insbesondere mit den Steinsbergleuten im Norden. Er hatte ferner seine Krieger anzuführen, wenn es galt, die Haselberge gegen Angriffe zu verteidigen oder neues Land zu erobern; aber das kam heutzutage nicht mehr vor, da alles Land im weiten Umkreis bereits unter den Herrensippen verteilt war. Er war es auch, an den die Landleute aus den Bauerndörfern sich mit ihren Fragen, Wünschen und Klagen wendeten. Und bei den großen Festen der Herrensippen im Sommer, Herbst und Winter leitete er als oberster Priester die Opferfeiern an, stand dem Bund der Krieger vor, der Inthram geweiht war, und hütete dessen Geheimnisse.

Das alles erfuhr ich nach und nach, und es wunderte mich nicht mehr, dass er so manche Nacht keinen Schlaf fand. Sein Sohn Ethelm war ihm zwar eine starke Stütze, aber ihm fehlte es manchmal an Verständnis und Vorstellungskraft. Er war unfähig, den weitläufigen Gedankengängen seines Vaters zu folgen.

Ich dagegen hatte damit keine Schwierigkeiten, und so erzählte mir Ethomir bereitwillig, was ich wissen wollte. Ich glaube, er war glücklich, nach all den Jahren der Einsamkeit eine Vertraute zu besitzen, mit der er über alles, was ihn bewegte, sprechen konnte. Und auch ich war zutiefst glücklich. Er war die Sonne, um die sich mein Leben drehte.

Gern hätte ich ihm auch ein Kind geboren, aber die Monde vergingen, und ich wurde nicht schwanger. Ethomir und ich grämten uns jedoch deswegen nicht; er hatte ja bereits drei große Söhne von seiner Hauptgemahlin.

So gab es wenigstens nichts, was mich am Reiten hinderte. Der Großherr war wie früher häufig in seinem Herrschaftsbereich unterwegs, in seinem Gefolge ein halbes Dutzend Krieger und nun auch seine junge Frau mit ihrer Magd. Meine Kenntnis des Dorflebens war ihm dabei oft von Nutzen. Ich erzählte ihm auch, was ich von Großmutter und der alten Frunn über die vergangenen

Zeiten erfahren hatte, schilderte unser Dorfleben, den Glauben an die Holde und die Feste im Jahreskreis. Immer wieder kam er darauf zurück und stellte weitere Fragen. Daran erkannte ich, dass er sich wirklich über alles Gedanken machte.

Die Monde schienen in diesem ersten Jahr nur so dahinzufliegen. Der Sommer kam und ging, die Ernte war größtenteils eingebracht, schon färbten sich die Blätter rotgolden.

»Morgen reite ich zum Riedbach«, sagte Ethomir eines Morgens. Das Frühstück war die einzige Stunde des Tages, die uns beiden allein gehörte. Er brach ein Stück vom Einkornbrot ab, tauchte es in den Kräuterquark und schob es sich in den Mund. »Du kannst mich begleiten. Der Ritt durch den Herbstwald wird dir gefallen.«

Ich griff hastig nach meinem Becher und trank einen Schluck Ziegenmilch. Er wartete auf meine Antwort. Um Zeit zu gewinnen, nahm ich noch ein Bröckchen Brot und träufelte Honig darauf.

»Kannst du nicht Jord schicken?«

»Nein, ich muss mir die weißen Pferde auf den Kerbäckerweiden anschauen und eins davon für das große Herbstopfer auswählen, das kann mir niemand abnehmen.«

Widersprüchliche Gefühle zerrten an mir. Ich beugte mich über die schnurverzierte Schale mit den Äpfeln, wählte umständlich einen aus und biss hinein, immer wieder aufs Neue entzückt von dem säuerlichen Aroma dieser fremdartigen Frucht, die ich erst hier auf dem Hof kennengelernt hatte.

Da ich nichts sagte, fuhr Ethomir fort: »Wir nehmen den Weg durch Leingarten, ich war lange nicht mehr dort. Du kannst deine Großmutter und deine Sippe begrüßen. Sie wissen zwar, dass du hier bei mir in Sicherheit bist, aber sie werden sich freuen, dich zu sehen. Nun, Raghna, was ist? Würde dir das nicht gefallen?« Er nahm meine Hand und zog mich an sich.

Ich legte den Apfel weg und schlang die Arme um seinen Hals. »Ich weiß nicht. Sie haben damals nichts getan, um mir zu helfen. Ich kann das nicht einfach vergessen.«

Ethomir strich sich nachdenklich über den Bart. »Du kennst doch Tholik. Er kann alles mögliche unternommen haben, um deine Spuren zu verwischen und Botschaften abzufangen. Ich denke, es wäre gut für dich, dein Dorf zu besuchen und mit deinen Leuten Frieden zu schließen. Oder ist es dir peinlich, dich als meine Nebenfrau zu zeigen?« Er sah mich forschend von der Seite an. »Vielleicht würdest du lieber allein gehen?«

»Nein, wieso denn? Ich bin froh, wenn du dabei bist. Also gut, vielleicht hast du recht. Reiten wir nach Leingarten.«

»Gut. Und ich will, dass du dich besonders fein anziehst und Schmuck trägst, damit deine Großmutter sieht, dass es dir bei mir nicht schlecht geht. Hier, nimm noch diesen Armring dazu. Es sieht bestimmt schön aus, wenn das Kupfer in der Herbstsonne funkelt.«

Und dann standen wir vor dem Zaun und dem Eingangstor, das dem hohen Besuch zu Ehren weit offen stand. Zwei Frauen und ein Mann traten vor, um den Großherrn feierlich zu begrüßen. Es war Großmutter Moghan, die ihm den Begrüßungsbecher reichte, ein leichter Wind wehte ihr eine dünne weiße Haarsträhne ins Gesicht. Hinter ihr erkannte ich Tante Ricke und Elkh, den Kupferschmied. Mit feierlichen Mienen sahen sie zu, wie Ethomir etwas von dem Met auf die Erde goss, einen Segensspruch murmelte und einen Schluck aus dem Becher nahm, bevor er ihn zurückgab. Ich war früher im Dorf oft beim Empfang von Gästen dabeigewesen und hatte zugesehen; heute stand ich zum ersten Mal auf der anderen Seite.

Da waren sie, meine Verwandten, und schauten mir mit großen Augen entgegen.

Eineinhalb Jahre …

Nicht viel, und dennoch kam ich mir einen Moment lang vor wie ein Geist, der die Stätte seines vergangenen Lebens aufsucht.

Jetzt nahm Ethomir mich an der Hand und führte mich zu Moghan: »Hier ist deine Enkeltochter Raghna, Großmutter. Gesund und wohlbehalten.«

Hatte Moghan tatsächlich Tränen in den Augen? Mit brüchiger Stimme erwiderte sie: »Ich bin froh, dass ich diesen Tag noch erleben darf. Nimm meinen Dank, Großherr.«

Ethomir lächelte ihr zu, stieg wieder auf sein Pferd und gab seinen Männern das Zeichen zum Aufbruch.

»Ich komme heute Abend und hole dich ab«, rief er mir im Davonreiten zu.

Das Klappern der Hufe verklang zwischen den Bäumen, dann war ich mit meinen Verwandten allein.

Großmutter. Eine uralte Frau, gebeugt und gleichsam eingeschrumpft, viel kleiner als früher, mit dünnen weißen Haaren, lückenhaften Zähnen, knotigen Händen, das lederne Gesicht voller Runzeln, und dennoch: in ihrem dunklen Leinengewand immer noch eine ehrfurchtgebietende Gestalt.

Sie umarmte mich. »Raghna«, sagte sie heiser, »du lebst, hast deinen Platz gefunden, bist beschützt und geachtet. Das hast du gut gemacht.«

Ich brachte keinen Ton hervor, beugte mich nur hinunter und küsste ihre Hand. Sie strich mir leicht übers Haar, dann wurde ich von Tante Ricke umarmt und von den anderen begrüßt. Bald redeten ein Dutzend Menschen auf mich ein. Sie geleiteten mich zu Großmutters Hütte. Mit den Fingerspitzen berührte ich die farbigen Zeichnungen auf den Lehmwänden. Im Kessel brodelte die Linsensuppe, es roch nach Holzrauch und Sauermilch und den Ausdünstungen vieler Menschen.

War das nun eine Heimkehr? Ja und nein. Die unerwartete Stärke meiner Gefühle überraschte mich, die vertrauten Bilder und Gerüche trieben mir Tränen in die Augen, und doch empfand ich nicht den Wunsch zu bleiben. Es war schön, hier zu sein, aber es war auch gut zu wissen, dass Ethomir mich bald wieder abholen würde.

Ich erfuhr, dass tatsächlich keine meiner Botschaften angekommen war. Großmutter hatte von sich aus alles Menschenmögliche getan, um etwas über meinen Verbleib herauszufinden. Als die Spur zum Herrenhof führte, hatte sie sogar der Herrin Bendriga angeboten, mich auszulösen. Tholik hatte das jedoch nicht zugelassen. Heute musste ich fast lächeln bei dem Gedanken, wie sehr er und seine Mutter es mittlerweile bereuen dürften, mich auf dem Eichelsberg festgehalten zu haben.

Bis auf Großmutter, die in dem Jahr meiner Abwesenheit stark gealtert war, fand ich die anderen nahezu unverändert. Ulmo war nirgends zu sehen, aber das war mir ganz recht. Er sei mit seinem Vater auf der Jagd, erzählte jemand. Und Bram fehlte, Tante Rickes Ehemann. Er war vor einigen Monden an der Wurmkrankheit gestorben.

»Wie lebt es sich denn dort oben auf dem Eichelsberg?«, fragte Farna und ließ den Blick über meine kostbare Ausstattung gleiten. Auf dem Herrenhof galt ich als einfach gekleidet, aber hier wirkten mein feines besticktes Kleid, der gefärbte Umhang, der kupferne Armring und das mit Bernstein besetzte Stirnband fast übertrieben kostbar. Nur das goldene Siegel auf meiner Brust fühlte sich immer noch richtig an.

»Es geht mir gut«, sagte ich zögernd, »alle behandeln mich freundlich. Der Großherr besonders.«

»Und wie ist es jetzt mit diesem … Tholik? Er war doch ursprünglich derjenige, welcher …«

Mit einem Ruck wandte ich das Gesicht ab und biss mir auf die Lippen.

»Lass sie in Ruhe, du neugieriges Ding!«, sagte ihre Mutter tadelnd. »Sie kommt schon zurecht, wahrscheinlich besser als wir.« In ihren Worten lag ein eigenartiger Unterton.

»Wieso? Fehlt es euch an etwas?«, fragte ich, mein Unbehagen unterdrückend.

Tante Ricke wechselte einen Blick mit Großmutter. »Im Augenblick nicht, es ist ja erst Herbst«, meinte sie, »aber die Ernte war nicht gut, es hat wieder zu wenig geregnet im Frühjahr. Die Holde zürnt uns immer noch, wenn wir auch nicht wissen, weshalb. Und wenn der Winter hart wird …«

Ich verstand. »Wenn es nötig ist, will ich versuchen, euch zu helfen. Aber der Großherr hilft ohnehin allen, die in Not geraten, so gut er kann.«

»Natürlich, Kind. Es war nur so ein Gedanke. Wenn du doch schon mal da oben wohnst.«

Es war nicht mehr wie früher und würde nie wieder so sein. Trotz aller Wiedersehensfreude war da etwas Fremdes, eine Befangenheit auf beiden Seiten. Der Wunsch, dass meine Verbindung mit dem Großherrn auch meiner Sippe Nutzen bringen sollte, war aus der Sicht der Mütter völlig verständlich, und dennoch verletzte er mich.

Ich war eine andere Frau geworden, sah alles mit anderen Augen. Großmutters Hütte erschien mir viel kleiner als früher, dunkel und verräuchert. Nein, ich war nicht mehr Raghna, das Bauernmädchen. Wahrscheinlich erschien ich meinen Verwandten hochmütig, aber das war ich gar nicht. Ich freute mich ja, sie alle wiederzusehen, aber es gab keinen Weg zurück in die Gemeinschaft. Ich lebte ein anderes Leben.

Auf dem Weg nach Hause lenkte ich mein Pferd neben das von Ethomir, fasste hinüber und ergriff seine Hand.

»Bist du zufrieden?«, wollte er wissen.

»Ja. Es ist gut, dass ich dort war. Du hattest recht.«

Tatsächlich, meine Bitterkeit war verschwunden. Etwas in mir, was immerzu wehgetan hatte, war geheilt.

Das blieb mein einziger Besuch in Leingarten. Ich kam seitdem nie wieder dorthin.

Großmutter starb bald darauf. Ich besuchte zu dieser Zeit mit Ethomir eine Sippe weit im Norden und bekam die Nachricht erst, als Moghan schon in der Ahnenhütte bestattet war. Wie froh war ich nun, dass wir uns wenigstens noch einmal gesehen und umarmt hatten! Tante Ricke ließ anfragen, was ich mit meinem Anteil an Großmutters Feldern machen wolle. Ich besprach mich mit Ethomir und schenkte ihn Farna.

Die Zeit glitt dahin, und in meinem Leben lief alles nach Wunsch. Ich war zufriedener, als ich es mir je hätte vorstellen können.

Nur um Jord machte ich mir Sorgen. Er wurde mehr und mehr zum Außenseiter. Tholik ließ keine Gelegenheit aus, ihn mit anzüglichen Bemerkungen zu verspotten. Er gefiel sich in witzigen Andeutungen und Sticheleien – auf jene niederträchtige Art, gegen die man sich nicht wehren konnte, ohne wie ein Tölpel dazustehen. Einmal bat ich Ethomir, doch endlich einzugreifen, aber er meinte, das könne er nicht. Mit seinen persönlichen Schwierigkeiten müsse jeder Mann selbst fertig werden, wenn er nicht die Achtung der anderen verlieren wolle.

Trotzdem nahm ich mir vor, gelegentlich selbst mit Jord darüber zu reden, denn er stand mir immer noch nahe wie ein Bruder. Es kam jedoch nie zu diesem Gespräch. Geschickt wich er mir aus, und es dauerte eine Weile, bis ich begriff, dass das Absicht war. Und dass es an dem Tag angefangen hatte, als ich Ethomirs Nebenfrau wurde.

Der Großherr bemerkte natürlich, wie sehr mich Jords Wohlergehen beschäftigte. Er zeigte deswegen sogar einen Anflug von Eifersucht, aber ich fiel ihm nur um den Hals und küsste sein Stirnrunzeln fort.

Eines Nachmittags, als es schon dämmerte und die ersten Schneeflocken durch die Luft wirbelten, kam Jord herauf und bat den Großherrn um Erlaubnis, den Eichelsberg verlassen zu dürfen. Ich hatte es kommen sehen! Und obwohl ich es verstehen konnte, wehrte sich alles in mir dagegen, dass er wegging.

Auch Ethomir gefiel der Gedanke nicht.

»Du willst fort? Warum?« Er lehnte sich in seinem geschnitzten Stuhl zurück und wies einladend auf die Bank neben der Feuerstelle.

»Weil … es besser so ist.« Ihre Blicke trafen sich kurz. Unausgesprochenes stand im Raum. Der Großherr hob leicht die Brauen, aber Jords Gesicht blieb unbewegt. Er nahm nicht Platz, sondern blieb an den Türpfosten gelehnt stehen.

Sein Onkel musterte ihn forschend. »Hm. Ich lasse dich nur ungern gehen. Gibt es nicht einen anderen Weg, das zu bewältigen, was dich davontreibt?«

»Nein, Herr, ich glaube nicht.«

»Und wo willst du hin?«

»Zum Steinsberg, vorläufig jedenfalls.«

Eine lange Pause entstand. Ich flocht die Finger ineinander und hoffte wider alle Vernunft, Ethomir würde ihm die Zustimmung verweigern. Doch das tat er natürlich nicht.

»Wenn es denn sein muss, dann ist das sicherlich die beste Lösung. Ich gebe dir eine Botschaft für den Großherrn Korthom und Geschenke für seine Sippe mit. Und du, Jord, musst mir versprechen, dass du unverzüglich zurückkommst, falls ich dich eines Tages rufen lasse! Ja? Also gut. Wie lange willst du dort bleiben?«

»Ein paar Jahre. Ich würde auch gern eine Zeit lang in der Glockenbechersiedlung leben, falls sie mich dort aufnehmen.«

Überrascht hob Ethomir den Kopf. »Was erhoffst du dir davon?«, meinte er. »Ich lege dir natürlich nichts in den Weg, Neffe, aber diese Leute sind bekanntlich ein wenig … seltsam, nicht?«

»Ja, das sagt man. Aber ich möchte mehr über sie herausfinden, wie sie sind. Bisher weiß ich nur, dass sie anders leben als wir, obwohl ihr Dorf noch zu deinem Gebiet gehört. Der Händler Olwo hat mir letztes Jahr beim Wein einiges erzählt. Dabei war die Rede von einem geheimen Wissen, das hat mich neugierig gemacht. Und dann ist mir aufgefallen, dass sie immer erwähnt werden, wenn es um Bronze geht. Jedenfalls dachte ich, wenn ich nun schon mal von hier weggehe, dann kann ich ja den Versuch machen, sie etwas besser kennenzulernen. Das könnte auch für unsere Sippe einmal von Nutzen sein.«

Ethomir rieb sich das Kinn. »Ja, das mag sein«, meinte er nachdenklich. »Du bist ein kluger Bursche, Jord. Also zieh los mit meinen guten Wünschen, aber reite zuerst zum Steinsberg! Und schick uns von Zeit zu Zeit Nachricht, wie es dir geht. Wann willst du aufbrechen?«

»Morgen früh.«

»So bald schon?«, rief ich erschrocken aus. Der Gedanke, dass er nicht mehr da sein würde, war kaum zu ertragen. »Ich werde dich vermissen«, fügte ich mit erstickter Stimme hinzu.

Jord warf mir einen rätselhaften Blick zu. »Ich …«, er stockte und fuhr dann fort: »… ich hab nicht viel einzupacken.« Er war blass geworden und sah mich nicht mehr an.

»Recht so, mein Junge«, meinte Ethomir und stand auf. »Was notwendig ist, soll ein Mann ohne Zaudern ausführen. Ich würde an deiner Stelle genauso handeln. So, jetzt geh und such auf der Koppel ein gutes Pferd aus, als Geschenk für Korthom. Bendriga soll dir warme Fellstiefel und einen neuen Umhang aus Schafwolle geben. Und das hier ist auch für dich, damit du auftreten kannst, wie es sich für meinen Verwandten gehört.« Er überreichte Jord einen kupfernen Armring und einen makellos geschliffenen Steindolch.

»Danke, Herr. Ich hoffe, dich – euch beide – gesund wiederzusehen.«

Er nickte knapp und ging. Einfach so. Ich starrte die Tür an, die sich hinter ihm geschlossen hatte, und kämpfte mit den Tränen. Als Ethomir mich tröstend in die Arme nehmen wollte, machte ich mich los und wandte mich ab.

An den langen Winterabenden erschien oft Jords Bild vor mir, während ich träumerisch ins Feuer starrte. Wie es ihm wohl ergehen mochte, dort bei den Steinsbergleuten? Auf dem Eichelsberg entstand durch sein Weggehen eine Lücke, die nicht nur ich spürte. Es fiel mir auf, wie oft von den Männern in der Halle sein Name genannt wurde, allerdings nie im Beisein von Tholik.

Das Leben auf dem Eichelsberg floss dahin, drei Jahre gingen ins Land. Niemand versuchte mir Schaden zuzufügen, und ich fühlte mich allmählich sicher, sogar vor Tholik. Der Herrin Bendriga begegnete ich zuweilen in der Halle oder auf dem Hof, dann nahm sie meinen höflichen Gruß mit kühler Würde entgegen. Ich hatte erwartet, dass sie mir das Leben absichtlich schwer machen würde, doch sie tat nichts dergleichen. Bald nach unserer Vermählung hatte Bossil vom Großherrn die Aufgabe erhalten, sich fortan auch um die Angelegenheiten des Frauenhauses zu kümmern. Seitdem begleitete er Bendriga oft bei ihren Ausritten. Zu meinem Erstaunen wirkte sie ruhiger und zufriedener als früher.

Perko war nun schon ein junger Krieger, der den Bronzedolch im Gürtel und ein goldenes Halsband trug. Er hatte den Schnurbecher erhalten, war in der Welt der Männer zu Hause und nahm an den Feiern zu Ehren Inthrams teil. Ständig war er von Freunden, Pferden, Hunden umgeben, mit Waffen beschäftigt, erfüllt von Plänen für Jagdausflüge und Wettkämpfe. Für anderes blieb ihm kaum noch Zeit, aber wenn wir uns begegneten, hatte er immer ein Lächeln und ein paar freundliche Worte für mich.

Enger schloss sich Ethrun mir an. Sie war jetzt neun und versprach ein hübsches Mädchen zu werden. Doch das kümmerte sie ebensowenig wie die schönen Kleider und Schmuckstücke, die sie auf Anordnung ihrer Mutter zu tragen hatte.

»Manchmal wünsche ich mir, ich wäre einfach ein Bauernmädchen, so wie du früher«, seufzte sie, wenn sie stillsitzen musste, damit Berata ihr die Zöpfe ordentlich flechten konnte.

»Wünsch dir das nicht, kleine Wildgeiß«, war dann stets meine Antwort. »Dir geht es hier viel besser, glaub mir!« Aber Ethrun zog nur eine Grimasse. Hin und wieder durfte sie uns begleiten, wenn Ethomir mit mir über Land ritt. Das waren herrliche Tage.

Mit Berata verstand ich mich ohne viele Worte, wir waren eher Freundinnen als Herrin und Magd. Sie war von morgens bis abends um mich und verrichtete ihren Dienst mit Liebe und Sorgfalt. Ihre Nächte teilte sie mit Feirut, vermied es jedoch, schwanger zu werden. Ein Kind wollte sie erst, wenn sie wieder in ihrem Dorf lebte. Doch das ließ sich abwarten. Ja, wir waren beide glücklich in jener Zeit.

Wieder kam ein früher Winter mit klirrendem Frost, endlosen Schneestürmen und Tagen, an denen es kaum richtig hell wurde. Um die Zeit der rauen Nächte fiel mir auf, dass Ethomir schlecht aussah. Seine Augen waren von dunklen Ringen umgeben. Er ging schleppend, mit hängenden Schultern, und er schlief schlecht. Zuerst dachte ich, es wäre nur Erschöpfung. Ich wusste nur zu gut, was ihn alles beschäftigte und worüber er sich Sorgen machte!

Da waren die nachlassenden Bodenerträge; wo früher fette schwarze Krume gewesen war, wiesen die Äcker jetzt nur mehr braune Erde auf, die weniger fruchtbar war. Die heißen und trockenen Sommer der letzten Jahre hatten zu Missernten geführt. Infolgedessen hielten die Menschen mehr Kleinvieh, das sie im Wald weiden ließen. Dadurch wurde dieser jedoch ausgedünnt und lieferte weniger Laubfutter. Um einige der besseren Waldweiden hatte es in letzter Zeit mehrmals böse Streitereien gegeben. Durch die Auslichtung des Waldes fehlte es an Holz, das wir brauchten, um Holzkohle zu erzeugen und von den Händlern Kupfer einzuhandeln, denn wir hatten keine Erzvorkommen. Aber das drängendste Problem aller Großherren war, dass es nicht genug Land gab für die nachwachsenden Söhne der Sippen, sie wurden unzufrieden und angriffslustig wie Tholik. Das führte wiederum zu Ärger mit den Bauern. Einige von ihnen warteten nur darauf, sich gegen die Ethomleute zu erheben.

Nachts lagen wir jetzt oft beide wach und hingen unseren Gedanken nach.

Ich seufzte.

»Woran denkst du?«, fragte Ethomir.

»An die Bauern. Waghal sagt, das Wiesel trägt schon seit dem Herbst sein weißes Fell. Es gibt also einen langen und harten Winter. Die Leute werden wieder hungern.«

Er rieb sich die rotumränderten Augen. »Wenn wenigstens die Ernte besser ausgefallen wäre, aber das letzte Jahr war noch schlimmer als das vorletzte. Erst die furchtbare Trockenheit im Frühling und dann, viel zu spät, die endlosen Regenfälle vor dem Kornfest. Die Scheunen und Gruben sind höchstens zu einem Drittel gefüllt.«

»Was können wir tun, Ethomir?«

»Was wir immer tun: die Vorräte einteilen und bewachen, etwas von unserem eigenen Getreide verteilen, getrockneten Fisch vom Fluss Maian einhandeln, große Jagden veranstalten. Obwohl das wenig bringt, wenn tiefer Schnee liegt …«

»Was ist mit deinen Herden?«

Der Großherr schüttelte den Kopf. »Die Pferde gehören Inthram, ihr Fleisch kann man nicht essen. Und meine Rinderherden würden nicht ausreichen, um die ganze Gegend zu ernähren. Es hilft nichts, die Leute müssen Vögel und Kleinwild jagen, und gegen Ende des Winters werden sie nach und nach die Schafe und Ziegen und Schweine schlachten müssen, dann ihre Hunde. Und dann …«

»… dann sterben sie. Die Alten zuerst, dann die Kinder. Nur hier auf dem Herrenhof verhungert niemand.«

»Ja, Raghna. So ist es nun mal. Ich tue, was ich kann. Aber wenn die nächste Ernte nicht endlich wieder reichlich ausfällt, dann weiß ich auch nicht mehr weiter …«

Mit einer resignierten Geste hob er die Hand und ließ sie auf die Felldecke fallen. Mein Herz krampfte sich zusammen. »Was kann schlimmstenfalls passieren?«, fragte ich.

»Es wird Unruhen unter den Bauern geben. Die Krieger nehmen zwar solche Aufstände nicht ernst, aber das ist unklug. Verzweifelte Menschen, deren Kinder verhungern, sind zu allem fähig. Es brauchen nur ein paar auf den Gedanken zu kommen, sich mit den Bronzeleuten im Südosten zu verbünden, dann stecken wir in echten Schwierigkeiten.«

»Aber die Bronzekrieger sind doch Leute von eurer Art, ich meine …«

»… du meinst, sie verehren Inthram und gehören zu den Völkern der heiligen Schnur. Ja, das stimmt schon. Aber dieses Band ist nicht so eng, wie du denkst. Wenn einer von diesen landgierigen Sippenhäuptlingen eine Möglichkeit wittert, sich hier in den Haselbergen festzusetzen, wird er nicht zögern, uns anzugreifen. Ich denke nur an den gerissenen Tjulek und seinen Stamm der schwarzen Pferde, gleich hinter den Kieferbergen. Heute noch geachtete Freunde, morgen vielleicht schon entschlossene Feinde.«

»Sind sie denn stärker als ihr … als wir?«

»Sie haben die Bronze, Raghna. Wir müssen unsere Bronze teuer einhandeln, Barren für Barren. So ein Barren reicht dann gerade mal für ein paar Schmuckstücke und ein, zwei Dolche. Nie und nimmer könnte ich alle meine Krieger mit bronzenen Äxten, Langdolchen und Speerspitzen bewaffnen. Aber die Bronzekrieger haben das alles. Es ist ihnen anscheinend gelungen, ein Bündnis zu schließen mit den Glockenbecherleuten dort unten in der Gegend von Boima. Und die wiederum kennen die Geheimnisse der Bronzeherstellung, sie wissen überhaupt alles über die Bearbeitung von Erzen. Sollten die Bronzekrieger jemals beschließen, die Haselberge anzugreifen, dann hätten wir einen schweren Stand.«

»Erzähl mir mehr über diese Glockenbecherleute, Ethomir. Vieles, was man über sie hört, widerspricht sich. Die einen sagen, sie kommen von weit her aus dem Westen, die anderen, nein, sie kommen von Osten. Sie ziehen durch alle Länder und leben ohne Frauen, aber andererseits haben sie doch auch Siedlungen und Familien, Äcker und Vieh, genau wie wir …«

»Ja, und das alles trifft gleichermaßen zu, Raghna. Sie kommen ursprünglich von Westen, vom Ende der Welt, wo die Erde an das riesige Wasser grenzt, das die ganze Welt umschließt. Der Ort heißt Lis. Manche meinen sogar, sie stammen eigentlich von einer Insel im Meer, die unterging. Falls das stimmt, muss es sehr lange her sein. Sie ziehen überall umher. Keiner weiß genau, warum. Mein Großvater war der Erste, der einem von ihnen erlaubte, das Gebiet der Haselberge zu durchqueren. Zur Zeit meines Vaters Ethrak gründete eine große Gruppe von ihnen weit im Südosten einen zweiten großen Ort, Boima. Dort lebt eine Gemeinschaft von fünfhundert Männern, genau wie in Lis. Sie sagen, sie streben nach dem dreifachen Wissen, was auch immer das sein mag. Andererseits sind sie aber auch ganz ordentliche Krieger. Mit Pfeil und Bogen verstehen sie sogar besser umzugehen als wir, das muss ich zugeben. Ihren Namen haben sie von ihrem heiligen Becher, den sie hoch in Ehren halten. Fast wie wir unsere Schnurbecher – aber davon darf ich zu einer Frau nicht sprechen.«

»Ist das bei den Glockenbecherleuten genauso?«

»Das weiß ich eben nicht, Raghna, niemand weiß es. Sie verraten ihre Geheimnisse ebensowenig wie wir. Jedenfalls: Diejenigen, die umherziehen und ohne Frauen leben, das sind die Wanderer oder Glockenbecher*männer*. Überall, wo sie hinkommen, erzählen sie den Menschen etwas von ihrem seltsamen Wissen. Manche von den Zuhörern entschließen sich dann, gemeinsam Siedlungen zu gründen und mit ihren Familien nach den Lehren von Lis zu leben. Die nennen sich dann Glockenbecher*leute* und leben ansonsten als ganz gewöhnliche Bauern. Allerdings bleiben sie am liebsten unter sich, halten sich getrennt von den anderen Dörfern und vor allem von den Herrensippen. Eine solche Siedlung gibt es ja auch bei uns in den Haselbergen, Hohenfeld heißt sie, wo Jord hinwollte …«

»Wer hat ihnen erlaubt, sich dort anzusiedeln?«

»Mein Vater Ethrak, kurz vor seinem Tod. Sie sind brauchbare Bauern, diese Leute, und sie erklärten sich bereit, kargen Boden zu beackern, den sonst keiner wollte. Und bis jetzt haben sie sich da oben ja auch ganz tapfer gehalten.«

»Das klingt doch alles ganz alltäglich. Was ist denn nun so seltsam und gefährlich an ihnen?«

»Vielleicht gar nichts. Wir wissen eben nur nicht, welche Geheimnisse sie hüten, vor allem die echten Glockenbechermänner, die alle paar Jahre durchs Land ziehen. Allerdings war schon lange keiner mehr hier in der Gegend.«

»Woher weißt du das?«

»Weil jeder von diesen Wanderern natürlich zuerst hier auf dem Eichelsberg einkehrt und sich mir vorstellt. Hast du überhaupt schon mal einen von ihnen gesehen, Raghna?«

»Nein. Was sind sie denn für Menschen?«

»Ihr Aussehen ist fremdartig und sonderbar. Alles an ihnen ist lang und schmal. Sie haben unnatürlich hohe Schädel und glatte, offene Haare, sogar ihre Ohrläppchen sind durch goldene Pflöcke verlängert. Jeder trägt ein dreifaches goldenes Halsband. Auch ihre Kleider sind ungewöhnlich. Sie haben kostbare blaue Mäntel, kein Mensch weiß, wie diese Farbe hergestellt wird. Stolz und selbstbewusst sind sie, aber auch klug und gewandt. Sie wissen zu reden und sich zu benehmen, aber niemand schaut hinter ihre Maske. Und wenn ich dann höre, dass die angriffslüsternen Bronzeleute Waffen von ihnen bekommen, dann denke ich, wir hätten uns schon längst näher mit ihnen befassen sollen.« Er brach ab und starrte schweigend an mir vorbei. Der Schein des flackernden Lämpchens warf unruhige Schatten über sein Gesicht.

»Ist es das, was dich krank macht?«, fragte ich ängstlich.

Er lächelte. »Nein, Rabenmädchen. Hör auf, dich um mich zu sorgen. Ich denke nur, wir von den Herrensippen haben etwas versäumt. Wir haben uns zu sicher gefühlt auf unserem ererbten Besitz. Jeder erwartet, dass das Leben immer so weitergeht, wie wir es gewohnt sind, aber die Welt kann sich ändern. Manchmal sogar ganz schnell.«

Sanft strich ich über seine gerunzelte Stirn. »Jetzt verstehe ich jedenfalls, warum Jord zu den Glockenbecherleuten gehen wollte.«

»Ja, damit hat er mehr Weitblick bewiesen als ich. Inzwischen ist mir das klar. Hoffentlich hat er es getan, und sein Wissen nützt irgendwann wenigstens meinem Nachfolger.«

»Sprich nicht so! Du darfst dich mit diesen Dingen nicht so quälen, Ethomir!«

»Hab keine Angst, meine Liebe. Mir geht es gut.«

Es ging ihm nicht gut. Die versteckte Krankheit zehrte seine Kräfte rasch auf. Die Furchen in seinem stoppelbärtigen Gesicht wurden tiefer, er hatte oft Fieber und wollte nichts mehr essen. Wenn ich ihn fragte, ob er Schmerzen habe, wehrte er ab. Aber nachts hörte ich ihn neben mir leise stöhnen, und seine Stirn war von kaltem Schweiß bedeckt. Meine Hoffnung, dass der Frühling ihm die Gesundheit zurückbringen würde, war vergeblich.

Um die Zeit der Schneeschmelze konnte er sein Lager nicht mehr verlassen. Ich wollte der Wahrheit nicht ins Gesicht sehen und kämpfte wie besessen um sein Leben, war Tag und Nacht um ihn, pflegte ihn mit Kräutertränken und Heilsprüchen, doch er verfiel vor meinen Augen. Ethelm übernahm seine Aufgaben, erstattete ihm täglich Bericht, führte seine Befehle aus und fragte um Rat. Ich hörte kaum hin, mein Sinnen und Trachten war einzig auf Ethomirs Befinden gerichtet.

Eines Abends, kurz vor dem Frühjahrsvollmond, fühlte er sich endlich etwas wohler. Er setzte sich auf, ließ sich von mir ein Polster in den Rücken schieben, nahm meine Hand und zog mich neben sich.

»Ich muss mit dir reden, Raghna. Du weißt, worüber. Mein Leben geht zu Ende …«

»Hör auf, Ethomir! Ich will davon nichts hören!«

»Sei nicht kindisch, Mädchen, sondern benimm dich wie die starke, kluge, mutige Frau, die du bist! Ich werde sterben, und zwar sehr bald. Das ist nicht schlimm, denn ich hatte ein gutes Leben und gehe zu meinen Ahnen in Inthrams Halle. Meine Söhne können mein Werk fortführen, und du hast meine letzten Jahre mit Sonne erfüllt. Dafür danke ich dir. Komm, Raghna, hör auf zu weinen. Wichtige Dinge müssen zwischen uns besprochen werden. Du weißt, was geschehen wird, wenn ich tot bin?«

»Natürlich. Sie … werden dir ein großes Begräbnis ausrichten und Ethelm zum Großherrn ausrufen.«

»Richtig, sie werden mich bestatten, im heiligen Hain auf dem Hügel bei den Kerbäckerweiden, wo die Gräber unserer Krieger liegen. Ich habe dort schon vor langer Zeit einen Platz ausgesucht und meine Grabkammer bauen lassen, mit festen, starken Eichenbalken … Und der Bildstein, den Inthram im Traum von mir forderte, ist auch fertig. Ethallak, der Steinhauer, hat die heiligen Linien und Zeichen hineingeritzt und ihn auf der Spitze des Hügels aufgestellt. Für alle Zeiten wird er über unsere Gräber wachen. Ja, es ist alles vorbereitet. Dort wird mein Körper ruhen. Aber nicht allein, Raghna! Du kennst den Brauch: Sie werden mir nicht nur Waffen, Schmuck und meinen Becher mit ins Grab geben, sondern auch mein Pferd, meine Hunde … und?« Er drehte mein Gesicht zu sich und sah mir auffordernd in die Augen.

»… und deine Nebenfrau«, vollendete ich in plötzlichem Begreifen. Natürlich! Wieso hatte ich niemals daran gedacht?

»So ist es. Nichts und niemand kann dich vor diesem Schicksal retten, falls du hierbleibst. Und deshalb werde ich dich noch vor meinem Tod fortbringen lassen.«

»Was sagst du da?«

»Ich lasse dich von zwei bewaffneten Hofknechten zum Steinsberg geleiten. Falls Jord sich dort aufhält, wird er einen Ort finden, weit von hier entfernt, wo du sicher bist. Du weißt doch, dass er wegging, weil er dich liebt?«

»Ethomir, was soll das? Er ging wegen Tholik!«

»Nein, mein Kind. Mit Tholik wäre er schon fertig geworden. Aber mit dir nicht.«

»Ich schwöre dir …«

»Still, Raghna, das brauchst du nicht. Du hast es nicht gewusst, das war mir klar, und er ging – zur rechten Zeit. Ich habe ihm vor einiger Zeit eine Botschaft gesandt, um ihn zurückzuholen, denn er würde dich sicher mit seinem Leben schützen, aber bisher hat er nichts von sich hören lassen. Möglich, dass er schon zu den Glockenbecherleuten gegangen ist. Dann sollen die Knechte dich dort hinbringen.«

Von Jord und seiner angeblichen Liebe wollte ich nichts hören, schob den Gedanken weit von mir. Es ging mir jetzt nur um Ethomir, meinen Gemahl, mein Bollwerk gegen alle Verfolgungen. Ich sah ihn an, sah die strähnigen Haare, die tiefen Falten, das kantige Kinn. Ruhig erwiderte er meinen Blick. Ja, er würde sterben. Ich hätte es längst sehen müssen. Und er erwartete von mir, dass ich seinen Tod mit der gleichen gelassenen Würde akzeptierte wie er selbst.

Doch das konnte ich nicht. Verzweifelt lehnte ich mich gegen das Unabwendbare auf. Wühlende Angst erfasste mich, unerträgliche, marternde Qual. Als ich mir das Leben ohne ihn vorzustellen versuchte, tat sich ein dunkler Abgrund vor mir auf. Wenn er die Augen für immer schloss, würde ich hineinfallen, den schwarzen Schatten von Chaos, Finsternis, Bedrohung schutzlos ausgeliefert. Die Erinnerung an gefletschte Hundezähne und Tholiks Lederstiefel blitzte kurz auf. Nein, ich wollte und konnte mich dem nicht stellen! Ethomirs unantastbare Grabkammer war tatsächlich der einzige Rückzugsort, der mir noch blieb.

Bis zu dieser Stunde hatte ich mir nie klargemacht, wie vollständig ich mich auf ihn stützte. Wie sehr ich von einem Tag zum anderen Kraft und Sicherheit aus seinem Dasein bezog. Erschreckend – aber so war es.

Entschlossen nahm ich seine Hand, und meine Stimme klang rau, aber fest: »Ich werde mit dir gehen, in dein Grab.«

Er schüttelte missbilligend den Kopf: »Ich will aber nicht, dass für einen alten Brauch dein Leben ausgelöscht wird. Schon damals, als ich dich zur Frau nahm, dachte ich daran, was dir über kurz oder lang drohen würde.«

»Aber ich will es doch so!«

Zum ersten Mal, seit wir zusammen waren, fuhr Ethomir mich ungeduldig an: »Hör auf damit! Ich lasse nicht zu, dass du für die Verbindung mit mir einen so hohen Preis zahlst. Unsere Welt ist dabei, sich zu ändern. Ich glaube nicht mehr an alles, was mein Vater noch für selbstverständlich hielt. Jedenfalls nicht genug, um eine junge Frau, die ihr ganzes Leben vor sich hat, in den Tod zu schicken.«

»Aber nach dem Tod …«

»Unterbrich mich nicht! Natürlich geht es nach dem Tod irgendwie weiter, und ich verspreche dir, dass ich in der anderen Welt auf dich warten werde, wenn es auch eine Weile dauern wird, bis auch du eine weißhaarige Alte geworden bist.« Er lächelte versonnen, fast zärtlich. Ungläubig starrte ich ihn an. Konnte er tatsächlich in diesem Moment Scherze machen?

Wieder ernst geworden, fuhr er fort: »Aber bis dahin will ich, dass du dein Leben lebst. Glaub mir, Raghna, du bist stärker, als du denkst! Und was mich angeht: Ich kann meine letzten Stunden und Tage auch ohne dich vollenden, dessen sei gewiss. Ich sterbe viel friedlicher, wenn ich weiß, dass du bei Jord in Sicherheit bist. Die beiden Knechte soll Korthom bei sich behalten, sonst würde Tholik an ihnen Rache nehmen. Deshalb schicke ich auch keine Ethomkrieger mit, ich will die Sippe nicht spalten. Kundt und Feirut sind zwei gute, erfahrene Männer, sie werden dich begleiten. Das ist kein Verrat an mir, Raghna. Du erfüllst damit nur meinen letzten Wunsch.«

Der Großherr war nie der Mann gewesen, der viel über seine Gefühle sprach. Erst in diesem Augenblick begann ich zu ahnen, wie sehr er mich liebte. Dennoch machte ich noch einen letzten Versuch.

»Ethomir, deine Sippe wird mir nie verzeihen! Wenn ich weggehe, werden sie es eine feige Flucht nennen.«

»Sie werden wissen, dass es auf meinen Befehl geschah.«

»Aber sie werden denken, dass es *mein* Wunsch war – und von dir ein Zeichen von Schwäche, mir nachzugeben. Was sagt denn überhaupt Ethelm dazu? Du hast doch sicher schon mit ihm darüber gesprochen?«

Jetzt wich Ethomir meinem Blick aus. »Er … nun, er respektiert natürlich meine Entscheidung.«

»Ach. Aber er ist derjenige, der die Fragen der Leute beantworten muss, wenn ein Schatten auf dein Handeln fällt. Das ist ein schwerer Anfang für deinen Nachfolger. Hast du daran gedacht?«

Er seufzte.

»Ich kann es ihm nicht ersparen. Denn da ist noch etwas, Raghna: Glaub ja nicht, dass Tholik dich friedlich in der Grabkammer den Todesbecher trinken lassen würde! Er hat die Niederlage, die er dir verdankt, nicht vergessen und hasst dich bis aufs Blut, einerseits.

Andererseits will er dich unbedingt besitzen, aber nur, um dich zu zerstören. Anfangs wird Ethelms Macht noch nicht so gesichert sein, dass er dich wirksam schützen könnte. Du darfst aber auf keinen Fall wieder in Tholiks Gewalt geraten! Ich mag mir nicht ausmalen, was er dir antun würde. So, und deshalb befehle ich dir – hörst du, zum ersten Mal, seit wir zusammen sind, gebe ich dir einen strengen Befehl: Übermorgen früh reitest du mit Feirut und Kundt zum Steinsberg – Raghna?«

»Ethomir, bitte … gib mir wenigstens Bedenkzeit bis morgen früh! Ich könnte doch den Becher vorher … gleich neben deinem Lager …«

»Raghna!«

Kein Ausweg. Keine Wahl. Kein Schlupfloch.

Ich schluckte. »Also gut. Richtig ist es nicht. Ich gehe nur, weil du es willst.«

»Ich will es. Jetzt bin ich zufrieden. Komm und leg dich ein wenig zu mir, ich bin sehr müde.«

Nun war ich mit den beiden Knechten unterwegs. Nachdem ich jeden kostbaren Augenblick der letzten beiden Tage mit Ethomir verbracht hatte, hatte er mich heute morgen nach einer letzten, innigen Umarmung weggeschickt. Tränenblind war ich aus der Kammer gestolpert. Verwischte Bilder, die mich nichts angingen, zogen vorüber. Da war Berata, sie legte mir den Umhang um und küsste weinend meine Hand. Jemand hob mich auf mein Pferd.

Ein Kommando ertönte. Wir brachen auf. Noch immer halb betäubt, überließ ich es der Stute, den anderen zu folgen und im Morgennebel ihren Weg zu finden. An den steilen Nordhängen des Eichelsberges lagen noch Reste von verharschtem Schnee, aber die Bäume und Büsche zeigten schon pralle, braunglänzende Knospen.

Bevor wir das Tal erreichten, drang vom Herrenhof her der dumpfe Klang des Totenhorns an mein Ohr. Meine Hand krampfte sich um den Zügel, das Pferd blieb stehen. Alles stand still. Der unheilvolle Ton hing zwischen den kahlen Zweigen und wollte nicht verklingen.

Er ist tot. Ethomir ist tot.

Ich vergrub mein Gesicht in den Händen.

Einer der Knechte, Feirut war es, kehrte um und lenkte sein Tier neben meines. Er hatte selbst feuchte Augen, doch er ließ mir keine Zeit zum Weinen. »Wir müssen weiter«, sagte er rau und rückte seine lederne Kappe zurecht, »sie werden uns bald jagen. Ich denke, wir sollten den Hauptweg verlassen und uns an die Wildpfade halten.«

Es kostete Mühe, seine Worte zu erfassen und zu antworten. »Und wenn wir uns verirren? In diesen Wäldern kann man tagelang umherstreifen.«

»Ich bin hier geboren und kenne mich aus, Frau Raghna. Wir verirren uns nicht«, versicherte der zweite Knecht, Kundt, ein gedrungener, wendiger Mann, über dessen Stirn eine gezackte Narbe lief.

»Gut.« Wir lenkten die Pferde zwischen die Stämme und ritten weiter, so schnell der dichte Wald es zuließ.

Meine Kehle war wie zugeschnürt, meine Brust wie mit Lederriemen umwickelt. Das Atmen fiel mir schwer. Das Wissen, dass Tholik mir vielleicht schon auf den Fersen war, drängte nun sogar den Gedanken an Ethomir zurück. Ich geriet in einen traumartigen Zustand, in dem ich jede Einzelheit der Umgebung, jedes Blatt und jeden Zweig gestochen scharf, aber wie aus weiter Ferne wahrnahm. Ich sah und hörte und verstand alles, nur von meinen Gefühlen spürte ich nichts mehr, keinen Schmerz, keine Trauer, nicht einmal Angst. So blieb es lange Zeit.

Splitter von Worten und Bildern trieben zusammenhanglos durch meinen Sinn. Später … später würde ich … mich mit allem, was mich anging, beschäftigen, nur jetzt nicht … erst, wenn ich … wenn ich in Sicherheit war.

Mittags nahmen wir uns nicht die Zeit für eine längere Rast, ließen nur an einer Quelle die Pferde kurz verschnaufen und Wasser trinken. Am Nachmittag begann es zu regnen, leise und stetig. Meine Kleider fühlten sich klamm an, ich fror. Der Regen ging in nassen, klebrigen Schnee über, der wegschmolz, sobald er den Boden berührte. Gegen Abend waren wir alle, Menschen und Tiere, gleichermaßen erschöpft, aber Kundt war zufrieden und meinte, wir hätten schon mehr als die Hälfte des Weges zurückgelegt. Er schien sich seiner Sache sicher zu sein.

Als es dunkel wurde, schlugen wir im Schutz einer alten Eiche unser Lager auf. Ein Feuer anzuzünden wagten die Männer nicht. Kundt packte Brot und Speck aus. Mir wurde bei dem Anblick übel, aber Feirut drängte mich hartnäckig, etwas zu essen. Schließlich würgte ich ein paar Bissen hinunter, obwohl ich kaum zu schlucken vermochte. Ich konnte immer noch nicht weinen. In meinem Hals saß ein dicker Kloß.

Berata fehlte mir. Es wäre gut gewesen, ihre schweigende Teilnahme zu spüren. Unsere Freundschaft brauchte nicht viele Worte. Wenn ich etwas auf dem Herzen hatte, über das ich nicht sprechen konnte, begriff sie es sofort und zeigte mir ihr Verständnis mit einer kleinen Geste, einem Blick, einem raschen Händedruck. Umgekehrt wusste sie, dass auch ich immer für sie da war. Das genügte.

Aber Berata hatte noch nie auf einem Pferd gesessen, sie hätte uns zu sehr aufgehalten. Ethomir hatte mir versprochen, sie in ihr Heimatdorf zurückschicken zu lassen. Von dort sollte sie so bald wie möglich zum Steinsberg kommen, wo sie mit Feirut leben würde. So hatten wir es geplant.

Den Knechten und mir war nicht nach Reden zumute. Bald nach dem Essen wickelten wir uns in unsere Umhänge. Kundt und ich legten uns nieder, Feirut übernahm die erste Wache.

Obwohl ich todmüde war, konnte ich lange nicht einschlafen. Ethomirs bleiches Gesicht schwebte vor mir in der Dunkelheit. Doch es blieb schattenhaft, wesenlos. Noch immer war die Flut in mir gestaut. Um mich war nichts als Leere. Irgendwann glitt ich in einen unruhigen Halbschlaf.

Stimmen, Klirren von Metall, Flüche, dumpfes Poltern, Knacken, Ächzen, ein schrilles Pferdewiehern, ein kehliger Schrei. Übergangslos war ich hellwach, fuhr hoch, tastete nach dem Kupferdolch in meinem Gürtel. In der grauen Morgendämmerung konnte ich die Umrisse kämpfender Männer erkennen. Einer lag nur ein paar Schritte entfernt von mir in einer Blutlache, regungslos, mit weit aufgerissenen Augen und klaffender Kehle. Vier oder fünf weitere, voll bewaffnete Krieger, drangen auf meine Begleiter ein.

Dort drüben trat einer nach Kundts Beinen und holte mit der Keule aus, um ihm den Schädel einzuschlagen. Ohne nachzudenken sprang ich auf, stürzte mich auf ihn und stieß ihm den Dolch in den Oberarm. Brüllend ließ er von Kundt ab und fuhr herum, doch bei meinem Anblick verwandelte sich sein wütendes Zähnefletschen in ein breites Grinsen.

»Ich hab sie!«, schrie er und packte meine Schulter. Sein Griff brach mir fast die Knochen. Ich riss mich los und wollte wieder zustechen, doch der Mann bog mit einer fast lässigen Bewegung mein Handgelenk nach hinten, bis ich vor Schmerz aufschrie und die Waffe fallen ließ. Er lachte. Jetzt erkannte ich ihn: Zennak war es, einer von Tholiks Männern.

Feirut blickte auf, schüttelte die zwei Krieger, die ihn zu überwältigen suchten, mit fast übermenschlicher Kraft ab, rammte Zennak die Faust ins Gesicht, warf sich auf ihn und umklammerte mit beiden Händen seine Kehle. Im Fallen schrie er mir zu: »Lauf weg, rette dich! Ethomir hat es …« Eine Keule krachte auf die Lederkappe, die seinen Schädel bedeckte. Er sackte zusammen.

Und ich rannte, rannte blindlings um mein Leben, durch Gebüsch und Dornendickicht, während Zweige mir ins Gesicht schlugen, Ranken an mir rissen. Zum ersten Mal erlebte ich: Wenn Angst und Entsetzen den höchsten Siedepunkt erreichen, können sie einen Menschen hellsichtig machen. Irgendetwas lenkte meine Schritte, ließ mich den engsten Durchschlupf in der Hecke finden, durch den ich mich schlangengleich hindurchwand, während jeder Schlag meines hämmernden Herzens mich vorwärts jagte, weg von Tholik und seinen Kreaturen.

Es war natürlich sinnlos, gleich würden sie mich schnappen. Aber ich schlug Haken wie ein Hase, kroch auf allen Vieren durch Sträucher und Buschwerk, nutzte jede Deckung aus, ohne zu denken. Endlich einmal war es von Vorteil, dass ich klein und schmal war. Ich verlor jedes Zeitgefühl. Der wilde Drang zu entkommen, löschte alles andere aus. Für eine Ewigkeit bestand die Welt nur aus vorwärtshastender Bewegung und einer unablässigen Folge von Bildern, Gerüchen, flüchtigen Berührungen, keuchenden

Atemzügen. Meine Hände und Füße bluteten, doch ich verspürte keinerlei Schmerz.

Es dauerte lange, bis die Welt wieder zu einem Ganzen wurde: Wald im Vorfrühling, braun, weiß gesprenkelt, ein wenig Grün, die gelben Blütenkelche der ersten Winterlinge. Knospen und junges Birkenlaub. Eine helle Morgensonne hoch am blauen Himmel. Kein Regen mehr. Vogelgezwitscher.

Alles war da, und ich lebte noch.

Doch ich war am Ende meiner Kraft. Jeder Atemzug tat weh. Mein gepeinigter Körper wollte nur noch eins: zusammensinken und liegen bleiben. Doch immer noch hetzte die Angst mich vorwärts. Waren sie nicht schon hinter mir? Ich wagte nicht stehen zu bleiben und auf den Hufschlag zu lauschen. Jeden Augenblick meinte ich die kehligen Stimmen zu hören, den harten Griff im Nacken zu spüren. Schweiß rann mir den Rücken hinab.

Da vorne, eine Gruppe von Kalkfelsen! Zwischen ihnen ein schmaler Pfad, den kein Pferd bewältigen konnte.

Wenn ich es bis dorthin schaffe, kann ich mich vielleicht irgendwo verkriechen.

Taumelnd vor Erschöpfung zwängte ich mich zwischen zwei mannshohen Blöcken durch. Dahinter lag ein steiler Hang, bei dessen Anblick ich fast aufgab. Doch etwas zwang mich, den Aufstieg in Angriff zu nehmen. Weiter! Noch einen Schritt, und noch einen! Auf halber Höhe richtete ich mich auf, legte den Kopf in den Nacken, presste hustend die Hand in die Seite. Da oben, wo der Hang flacher wurde, das sah nach einem dichten Haselgebüsch aus. Gut, dort würde ich mich verstecken und ausruhen.

Mag dann kommen, was will. Ich kann nicht mehr.

Die letzten Kräfte zusammenraffend, arbeitete ich mich auf Händen und Füßen das letzte steile Stück hoch, vorbei an kleineren, bizarr geformten Felsbrocken.

Der Boden war frei von Schnee, aber nass. Weicher, nach Moos und Pilzen riechender Morast unter einer Schicht glitschiger brauner Blätter – nichts, was sicheren Halt bot. Wo es ging, versuchte ich auf die moosbedeckten Steine zu treten, die hier und da aus dem Laub ragten.

Fast hatte ich es geschafft, als der Letzte von ihnen unter meinem

Gewicht nachgab und wegkollerte. Ich knickte um, spürte einen reißenden Schmerz im Knöchel, schrie auf und stürzte, rutschte hangabwärts, krallte die Hände in den Boden, fand keinen Halt, versuchte eine Wurzel zu fassen und verfehlte sie. Mein Kopf schlug an etwas grausam Hartes, Sterne blitzten auf, erloschen, und ich fiel – tief und immer tiefer, in bodenlose Schwärze.

GEHEIME PFADE

Tiefschwarze Unendlichkeit, besetzt mit funkelnden Sternen – das war die Gegenwart, die Vollmondnacht, der Steinkreis im Wald. Die Rabenfrau atmete tief auf. Langsam löste sich der Bann der Erinnerungen, sie fand zurück ins Jetzt.

Das Schreckliche liegt hinter mir. Es ist Vergangenheit. Ich bin hier in meiner eigenen Welt. In Sicherheit.

Tief sog Raghna die von Frühlingsdüften gesättigte Nachtluft ein. Mitternacht war vorüber, der Vollmond stand über den Wipfeln im Südwesten.

Doch sie war noch nicht am Ende ihrer Rückschau angelangt. Und sie war nicht allein. Immer noch waren geisterblasse Gesichter ihr zugekehrt. Sie schaute von einem zum anderen, suchte nach einem ganz bestimmten. Ja, da war sie, ihre Lehrmeisterin und Pflegemutter. Sie, die die Rabenfrau zu dem gemacht hatte, was sie heute war.

Ich grüße dich, Haelgunn! Du warst es, die mich vor meinen Verfolgern rettete. Drei Jahre ist das nun her. In deiner Hütte war ich sicher vor der Welt da draußen. Du hast mich auf den alten Pfad der Holden geleitet und zu deiner Pflegetochter gemacht. Niemandem schulde ich mehr Dank als dir. Und doch hast du mich am Ende verraten.

Mit der Empfindung von etwas Kühlem auf meiner Stirn kam ich langsam wieder zu mir. Der starke Geruch nach feuchtem, modrigem Laub brachte mir die Erinnerung zurück: Ich lag auf dem Waldboden. Das Leinen meines Kleides fühlte sich klamm an.

Überall in meinem zerschlagenen Körper tobte der Schmerz,

am schlimmsten im Kopf. Mit Mühe gelang es mir, die verklebten Augen einen Spalt weit zu öffnen. Ich sah wirre Schatten tanzen und gleißend helle Funken aufsprühen, die wie glühende Nadeln in mein Hirn stachen. Stöhnend schloss ich die Lider wieder.

Ich werde … nie wieder … aus eigener Kraft … von hier wegkommen. Das ist das Ende.

Etwas berührte mich, nicht einmal unsanft. Eine Menschenhand.

Sie hatten mich also gefunden und waren gerade dabei, mich zu fesseln. Egal, ich wollte nichts mehr sehen, nichts mehr wissen. Dass Zennak zu ihnen gehörte, reichte mir schon. Ich wusste, was mich erwartete, und hoffte nur, sie würden mich dieses Mal hinterher umbringen.

Vielleicht schaffe ich es aber auch selbst. Ich muss nur irgendwie an meinen Dolch herankommen. Nochmal wird mich dieses Scheusal Tholik nicht in die Finger kriegen, das schwöre ich beim Siegel der Holden!

Mit aller Kraft versuchte ich jetzt, meine Augen geschlossen zu halten und Bewusstlosigkeit vorzutäuschen, doch ich konnte nicht verhindern, dass mein Atem schneller ging und meine Lippen zuckten.

»Ah, endlich wirst du wach.«

Was war das? Die Worte waren nicht in der Herrensprache gesprochen worden, sondern im weichen, verschliffenen Bauerndialekt. Nicht von einem Krieger, sondern von der ruhigen Stimme einer Frau.

Großmutter? Bin ich etwa schon gestorben und in Holls Totenreich?

Unwillkürlich riss ich nun doch die Augen auf. Hämmerndes Pochen überall – in meinem Kopf, im Herzen, in jeder meiner Adern. Erst verschwommen, dann klarer nahm ich ein rundes, braunes, zerknittertes Gesicht wahr, das sich über mich beugte. Wache, von einem Netz von Fältchen umgebene Augen, die mich forschend betrachteten. Graue Zöpfe, im Nacken zusammengebunden, ein von Runzeln umgebener Mund über einem ausgeprägten Kinn. Immer wieder wollte das Bild zerfließen, es festzuhalten kostete Anstrengung.

Sprachlos starrte ich die Unbekannte an.

»Verstehst du mich?«, hörte ich sie fragen. Ich brachte ein leichtes Nicken zustande.

»Gut. Kannst du dich bewegen? Den Kopf, die Hände, die Füße? Ja? Sehr gut. Versuch jetzt, dich ganz langsam aufzurichten, ich helfe dir.«

Gehorsam drehte ich mich zur Seite, um mich vom Boden wegzustemmen. Sofort wurde mir schwindlig, der Kopfschmerz nahm mir die Luft. Dann stieg eine Welle von Übelkeit in mir hoch. Ich würgte, aber mein leerer Magen gab nur gallebittere, schaumige Flüssigkeit von sich, die ich auf den Waldboden erbrach. Rote Nebel umwaberten mich.

Die Alte stützte mich und wischte mir mit ihrem Rocksaum das Gesicht ab. Langsam beruhigte sich mein Magen. Ich atmete ein paarmal tief durch, mein Blick klärte sich.

»So. Du kannst jetzt aufstehen. Halt dich an mir fest.«

Ich versuchte es, fiel aber gleich wieder kraftlos zurück und brach vor lauter Elend in Tränen aus.

»Es geht nicht. Ich kann nicht. Lass mich einfach liegen.«

»Wenn du hier liegen bleibst, werden sie dich bald gefunden haben.«

Ein schneller Blickwechsel.

Was weiß sie?

Die Fremde fuhr fort: »Du musst mir schon vertrauen, etwas anderes bleibt dir nicht übrig. Ich kann dich aber nicht tragen, obwohl du so ein dünnes Ding bist. Du musst selber laufen. Es ist nicht weit bis zu meiner Hütte. Da oben, hinter den Haselbüschen, geht es noch ein kurzes Stück durch den Wald, dann sind wir da. Ein sicherer Ort, gut versteckt hinter Felswand und Hecken. Dort kannst du liegen und dich ausruhen, bis du wieder gesund bist. Es geht dir schlecht, ich weiß, aber du kannst es schaffen.«

»Wer … wer bist du? Wie heißt dein Dorf?«

»Nicht alle Menschen wohnen in Dörfern. Manche leben lieber allein im Wald.«

»Allein im Wald wie eine Hagsitzerin? Dann … dann musst du Haelgunn sein …«

»Willst du nun mitkommen, oder hast du zu viel Angst vor mir?«

Sie streckte mir die Hand entgegen, und nach kurzem Zögern ergriff ich sie und ließ mich von ihr hochziehen.

Es war, als müsste ich mich aus dem Schlaf der Erschöpfung wie aus einem tiefen Brunnen emporhangeln. Ich brauchte eine ganze Weile, bis ich halbwegs wach war. Ganz entfernt gab es etwas, worauf ich mich hätte besinnen sollen, aber es ging nicht. Träge schlug ich die Augen auf und genoss das unendlich süße Gefühl, einfach dazuliegen, auf einem bequemen Lager von Laub und duftendem Heu, zugedeckt mit einer warmen Pelzdecke. In einer Hütte.

Sich sicher fühlen. Nichts denken, nichts tun müssen.

Von draußen drang der süße Gesang einer Drossel herein. Es musste früher Morgen sein, durch den Türspalt fiel ein Streifen Sonnenlicht auf die Binsenmatten, die den Boden bedeckten. Goldene Stäubchen tanzten darin.

Langsam ließ ich meine Blicke umherwandern, und was ich sah, war die vertraute Welt meiner Kindheit: Lehmverputzte, bemalte Wände umschlossen einen Raum von etwa sechs auf acht Schritten Größe. Zwei Pfosten, an deren Querstreben Kräuterbüschel hingen, trugen das Schindeldach. Auf der Rückseite war durch eine halbhohe Flechtwand ein schmaler Vorratsraum abgeteilt. Entlang der Wände zogen sich die Sitz- und Schlafplätze hin, auf denen sich auch mein Lager befand: Schichten von Laub, Stroh und Heu, vorn mit schmalen Brettern verschalt und reich mit Fellen, Matten und Wolldecken belegt. Davor, etwas erhöht auf Klötzen, lagen Platten aus poliertem Holz, auf denen Becher und Schüsseln standen. Tische, wie es sie auf den Herrenhöfen gab, hatten wir Bauern damals noch nicht.

In der Ecke rechts neben dem Eingang befand sich der Platz für die Ziege, ein Graslager und ein Haken zum Festbinden, auch ein Hackklotz mit einer kleinen Steinaxt und ein Bündel Reisig. An der Längsseite mir gegenüber, neben dem Brennholzstapel, die gemauerte Herdstelle, sogar mit einem Rauchabzug. Ein blanker Kupferkessel hing über der Glut. Nein, die Frau, die hier lebte, war sicher nicht arm!

In der hinteren Ecke standen Spinnrocken und Webstuhl, dort gab es noch ein weiteres Schlaflager.

In die Pfosten und Wände waren Pflöcke eingeschlagen, an denen Kleidungsstücke, Riemen und Stricke hingen. Ich lächelte, als mein Blick über Wasserkrug und Mahlstein, das Butterfass und den aus Weidenruten geflochtenen Tragekorb glitt. Täglich hatte ich früher in Großmutters Hütte diese Dinge in der Hand gehabt!

Wandbretter, mit Stricken befestigt, trugen Tongeschirr und Gerätschaften aus Holz und Stein. Auch hier nichts Ungewöhnliches: Messer, Sichel, Mörser, Sieb. Auf einem Sims ein Holzteller mit Brot, zwei mit Stoff bedeckte Schüsseln, die vielleicht Butter oder Quark enthielten, ein Brocken Käse, ein Häufchen Nüsse, ein Stück Schinken, ein Bund Lauch, eine Kragenflasche, zwei Becher.

Mein Magen meldete sich mit vernehmlichem Knurren.

Ich wechselte vorsichtig die Stellung und drehte mich zur Seite. Wieder begann pochender Schmerz mich zu peinigen. Stöhnend drückte ich die Handflächen an die Schläfen und fand meinen Kopf mit Leinwandstreifen verbunden. Wie war ich überhaupt hierhergekommen? Ich wusste noch, dass ich mich mit zusammengebissenen Zähnen am Arm der Alten zwischen Bäumen dahingeschleppt hatte. War das gestern gewesen? Irgendwann musste ich wohl ohnmächtig geworden sein. Und nun war ich hier. Hatte Haelgunn mich schließlich doch getragen?

Haelgunn!

Die volle Erinnerung kehrte mit einem Schlag zurück.

Mit neuem Interesse schaute ich mich in der Hütte um. Nichts, gar nichts deutete darauf hin, dass hier ein gefährliches Zauberweib wohnte. Es gab, so viel ich sehen konnte, keine seltsamen, geheimnisvollen Gegenstände, alles sah ganz alltäglich aus.

Fast ein wenig enttäuscht legte ich mich wieder zurück und versuchte mich auf die Geschichten zu besinnen, die ich über die Hagsitzerin gehört hatte.

Viel war es eigentlich nicht. Die Bauern in den Dörfern nannten sie eine weise Frau, brachten ihr scheue Ehrfurcht entgegen, hielten sich aber von ihr fern. Nur wenn sie in echter Not waren, schickten sie ihr durch eine ihrer alten Vertrauten Botschaften in ihre Einsiedelei, um Rat und Hilfe zu erbitten.

Auf dem Herrenhof sprach man dagegen schlecht von Haelgunn. Sie sei eine finstere, schmutzige Wilde, vor der man sich in Acht nehmen müsse. Es hieß, sie könne sich in einen Habicht oder Raben verwandeln und durch die Luft fliegen, ihr böser Blick lasse Leute zu Stein erstarren. Mit ihren Sprüchen könne sie den weiblichen Schoß unfruchtbar machen, die Kraft eines Mannes versiegen lassen, Krankheiten über Mensch und Vieh bringen. Die Frauen und Mägde der Herrensippe fürchteten sie. Die Männer taten zwar, als lachten sie darüber, aber sie sahen es nicht gerne, wenn in der Halle oder im Haus der Herrin über die unbegreiflichen Kräfte der Alten geschwatzt wurde.

Ein Schauer überrieselte mich.

Niemand will freiwillig mit ihr zu tun haben.

Obwohl … zu mir war sie freundlich.

Und hat sie nicht damals geholfen, als ich todkrank war und sogar Waghal sich keinen Rat mehr wusste?

Trotzdem, ich muss auf der Hut sein. Ich werde sie genau beobachten.

Während ich noch versuchte, meine widersprüchlichen Gedanken zu ordnen, schwang knarrend die Tür auf, und Haelgunn trat ein, ein Bündel Reisig im Arm, das sie neben dem Hackklotz fallen ließ. Sie wischte sich die Hände am Rock ab, sah prüfend zu mir herüber und nickte zufrieden. Leise vor sich hin summend schöpfte sie aus dem Kessel, der über dem Herd hing, etwas Dampfendes in ein Schüsselchen, tat Honig und einen Klecks Butter dazu und brachte es mir. Es war Emmergrütze, und sie schmeckte wunderbar! Dankbar löffelte ich die ganze Schale leer. Haelgunn stellte noch einen Becher Wasser neben mein Lager, ging leise hinaus, und ich schlief wieder ein.

Erst am Abend redeten wir miteinander. Haelgunn hatte uns Kräutertee gekocht. Den Becher in der Hand, saß sie neben meinem Lager, an die Flechtwand zum Vorratsraum gelehnt, und genoss sichtlich die Ruhe nach der Arbeit des Tages. Das Halbdunkel der Hütte war durch das glosende Herdfeuer und eine Steinlampe spärlich erhellt.

Mir fiel auf, dass Haelgunn ihre grauen Zöpfe jetzt zum Knoten geschlungen und im Nacken festgesteckt hatte, was ihr ein würdevolles Aussehen verlieh. Sonst unterschied sie sich in nichts von einer gewöhnlichen Bäuerin. Sie trug einen erdbraunen Kittel aus grobem Leinen, ihre kräftigen Füße waren nackt.

Sie drängte mich nicht, aber ich wusste, es war Zeit, ihr meine Geschichte zu erzählen. Vorsichtig lehnte ich den noch immer schmerzenden Kopf an das Heupolster in meinem Rücken. Wo sollte ich anfangen? Und wie viel durfte ich ihr sagen?

Unsicher sah ich hinüber. Aber angesichts der wachen Augen, die meinen Blick aufmerksam erwiderten, begriff ich plötzlich, dass es unmöglich war, dieser Frau etwas anderes zu erzählen als die volle Wahrheit.

Tief luftholend begann ich also: »Ich heiße Raghna Rabenfrau und komme vom Herrenhof auf dem Eichelsberg.«

Haelgunn zeigte keinerlei Überraschung. »So. Dann bist du also die junge Nebenfrau von Ethomir, dem Großherrn.«

»Die war ich. Er ist … tot.« Eine Faust umklammerte mein Herz, drückte langsam zu. Meine Hände wurden feucht.

»Oh. Er ist gestorben? Ich wusste zwar, dass er krank war …«

»Ja. Vorgestern früh, bei Sonnenaufgang.«

Da – jetzt kam es, unaufhaltsam. Die dunkle Flut, der unsägliche, unerträgliche Schmerz. Ich fühlte, wie sich mein Inneres zusammenzog. Alles Blut schien aus meinem Körper fortzuebben.

Wie von weit her hörte ich Haelgunns Stimme: »Deshalb bist du also geflohen. Sie wollten dich bestimmt mit ihm zusammen begraben und haben dich scharf bewacht, oder?«

Die Welle brandete heran, umspülte mich, stieg höher und höher. Ich schloss die Augen, atmete mühsam, presste die Worte heraus.

»Ethomir hat nicht erlaubt, dass ich mit ihm sterbe. Er wollte mich in Sicherheit bringen lassen, deshalb hat er mich kurz vor seinem … Tod … weggeschickt, zum Steinsberg, mit zwei bewaffneten Knechten … Aber wir kamen nicht weit.« Mit wenigen Worten schilderte ich der Alten meine Flucht, den nächtlichen Überfall und mein knappes Entkommen.

»Dann schlug mein Kopf an einen Stein, ich verlor das Bewusstsein. Das war das Ende.« Der letzte Satz war nur mehr ein heiseres Flüstern.

»Armes Kind. Du hast viel durchgemacht.«

Da barst der Damm, die dunklen Wasser schlugen über mir zusammen und raubten mir die Besinnung – Trennung, Verlust, Kummer, Angst, Ohnmacht, Verlorenheit und völliges Verlassensein, das an immer ältere, tiefere Krusten von Schmerz rührte …

Haelgunn war da, legte den Arm um mich und hielt mich fest, während ich meine verzweifelte Qual herausschrie: »Warum hast du mich alleingelassen? Auf der ganzen Welt gibt es nirgendwo einen Platz für mich – außer bei dir in deinem Grab … das hättest du mir nicht verweigern dürfen, was soll ich ohne dich? Warum bin ich nicht auch tot?«

Von Schluchzen geschüttelt, warf ich mich herum und vergrub das Gesicht in der Decke. Ich wusste nichts mehr von dem Strom von Klagen und Anklagen, die unaufhaltsam aus mir herausbrachen, bis am Ende nur noch der Klang des einen Namens übrig blieb, der mein ganzes Leben ausgefüllt hatte: Ethomir.

Nach langer Zeit, als keine Tränen mehr kamen, fühlte ich, wie Haelgunns Hände meine Schultern umfassten und mich behutsam herumdrehten. Der Rand eines Bechers wurde an meine Lippen gedrückt. Ich schmeckte Bitteres und wandte den Kopf ab. Doch der Becher folgte, und mir blieb nichts anderes übrig, als den Trank zu schlucken. Ein Gedanke durchzuckte mich: Und wenn sie doch mit Tholik im Bunde ist und mich vergiften will?

Ach, und wenn schon …

Ich trank den Becher aus bis zur Neige.

»Schlaf jetzt, Rabenfrau, schlaf dich gesund. Du kannst mir später alles in Ruhe erzählen.« Haelgunn sprach weiter, doch ich erfasste den Sinn nicht mehr. Beim tröstlichen Klang der dunklen Stimme wich meine Anspannung, und der bodenlose Brunnen nahm mich wieder auf.

Nachdem ich tagelang abwechselnd geweint, wortlos vor mich hin gestarrt, geschlafen und wieder geweint hatte, ging der tobende Schmerz allmählich in tiefe Trauer über, immer noch eine schwere Last, die mich schier zu Boden drückte. Aber ich wusste nun, dass ich sie tragen konnte. Tragen musste.

Ich lag halb aufgerichtet an ein leinenbespanntes Heupolster gelehnt. Der Verband von meinem Kopf war entfernt. Es ging mir besser. Ich konnte sogar dann und wann kurz aufstehen und auf Haelgunns Stock gestützt ein paar Schritte humpeln.

»Du willst also tatsächlich meine ganze Lebensgeschichte hören, Haelgunn?«

»Ja. Ich frage nicht aus Neugier, Kind«, gab die Alte zur Antwort. »Du wirst bald wieder gesund sein und musst dann entscheiden, wie es mit dir weitergehen soll.«

Ich wandte mich ab und murmelte, um einen gleichmütigen Tonfall bemüht: »Ja, es wird Zeit, dass ich mich wieder auf den Weg mache. Ich habe deine Gastfreundschaft schon zu lange in Anspruch genommen. Ich fühle mich auch schon viel kräftiger. Ohne dich wäre ich überhaupt nicht mehr am Leben …«

»Davon reden wir nicht, Rabenfrau. Du kannst hierbleiben, solange es dir gefällt. Aber es gibt etwas, was ich herausfinden möchte. Ich habe dich beobachtet, seit du hier bist. Du bist eine ungewöhnliche Frau mit einem eigenen Schicksal. Dass es dich hierher zu mir verschlagen hat, ist vielleicht kein Zufall. Doch ich muss mehr über dich und dein Leben wissen, bevor ich …« Haelgunn brach ab.

»Bevor du – was?«

»Nichts. Erzähl einfach. Fang am besten ganz von vorn an, bei deiner Geburt, und lass nichts aus.«

»Also gut«, ich blies über den heißen Holunderblütentee und nahm einen Schluck, »aber es ist eine lange Geschichte. Heute abend werde ich damit bestimmt nicht fertig.«

»Das macht nichts. Wir haben Zeit.«

Und so berichtete ich ihr alles, woran ich mich erinnerte, bis zu jenem Tag, als sie mich bewusstlos fand und vor meinen Verfolgern rettete.

»Ja, Haelgunn, so war das«, schloss ich endlich. »Es wundert mich noch immer, dass Tholiks Männer mich nicht erwischt haben. Ich muss doch in meiner Angst überdeutliche Spuren hinterlassen haben.«

»Das hast du auch, Raghna. Sie waren gar nicht mehr weit entfernt, als ich dich fand, und sie hatten bestimmt den strengen Befehl, nicht ohne dich zurückzukehren. Deshalb hätten sie nicht so bald aufgegeben und dich früher oder später auch gekriegt. Dich durch die Felsen zu zwängen, war ein guter Gedanke, das hat sie eine Weile aufgehalten. Mit ihren Pferden mussten sie das Gebiet umrunden und auf der anderen Seite deine Spur erst wiederfinden.« Haelgunn kicherte. »Sie haben ganz schön geflucht, das kann ich dir sagen!«

»Hast du sie etwa gesehen?«

»Natürlich. Nachdem ich dich hierhergebracht und versorgt und dir einen Schlaftrunk eingeflößt hatte, ging ich noch einmal zurück und habe sie auf eine falsche Fährte gelockt. Und ihnen ein bisschen Angst eingejagt … Da sind sie dann doch lieber umgekehrt.«

Sie lächelte zufrieden. Mir stockte der Atem, ich schaute sie mit großen Augen an.

»Du kannst also wirklich zaubern?«

»Es kommt darauf an, was du dir darunter vorstellst«, sagte die Alte, und ihr Gesicht wurde wieder ernst. Eine Pause trat ein. Etwas Fremdes stand auf einmal zwischen uns.

Haelgunn war offenbar mit ihren Gedanken weit weg. Dann, plötzlich, sah sie mich an mit einem Blick, der in mein Innerstes zu dringen schien, und sagte: »Ich werde dir jetzt ein paar Fragen stellen. Überlege dir gut, was du antwortest. Zuerst möchte ich wissen: Hat sich dein Rabe, seit du ihn als kleines Mädchen weggeschickt hast, jemals wieder bei dir gezeigt?«

»Nein, Haelgunn. Ich denke heute, der Rabe hat ohnehin nur in meiner Einbildung existiert. Ein Freund, den ein einsames Kind sich ausgedacht hatte.«

Darauf ging sie nicht ein, sondern forschte weiter: »Und hast du seit damals, als die alte Frunn starb, jemals wieder einen Versuch gemacht, den Weg zur Holden zu finden?«

»Nein. Damals am Schilfteich, als Tholik mich misshandelte und dann wegschleppte, da ist etwas zerbrochen. Die Holde hat mich im Stich gelassen, als ich sie am nötigsten gebraucht hätte. Seitdem habe ich nur noch halbherzig zu ihr gebetet. Und was diesen alten Weg angeht, so hat Großmutter wahrscheinlich doch recht gehabt. Es gibt ihn nicht mehr.«

»Wenn es ihn aber noch gäbe und du die Möglichkeit bekämst, ihn zu finden, wenn auch unter großen Mühen und Anstrengungen – was würdest du dafür geben? Wie viele Jahre deines Lebens wäre es dir wert?«

»Wie meinst du das? Was willst du damit sagen?«

»Wie viele Jahre, Rabenfrau?« In Haelgunns Stimme lag etwas Zwingendes. Und da war noch etwas anderes … ein vertrauter, unsagbar lockender Klang …

Das Kinn auf die Hand gestützt, fuhr ich mit dem Zeigefinger über den gebrannten Ton meines Bechers, ohne etwas zu sehen. Einen Spalt weit öffnet sich in meinem Inneren eine Tür, die viele Jahre lang verschlossen gewesen war. Etwas Hartes taute auf und schmolz. Es tat weh, und gleichzeitig war da eine Verheißung, ein süßes, zitterndes Glücksgefühl.

Über den Becher hinweg schaute ich Haelgunn an und sagte: »Wenn es das wirklich gäbe, dann … dann würde ich *alles* dafür geben. Mein ganzes Leben. Alles.«

»Drei Jahre sind genug. Aber bevor wir das entscheiden können, musst du eine Prüfung bestehen.«

»Eine Prüfung?«

»Ja. Du musst den Raben zurückrufen und ihn bitten, wieder dein Freund zu sein.«

»Aber … aber … meinst du denn, es gab ihn wirklich, Haelgunn?«

»So sicher, wie es dich gibt! Er gehört zu dir. Du musst ihn wiederfinden.«

Ich schluckte. »Und – wie soll ich das machen?«

»Finde es heraus, Rabenfrau. Morgen ist Dunkelmond. Bis zum nächsten Vollmond hast du Zeit.«

Geistesabwesend tauchte ich den beinernen Löffel in die Schüssel, die vor uns stand, und schob mir das Rübenmus in den Mund, ohne darauf zu achten, was ich aß. Ich seufzte schwer. Dunkelmond war vorbei, die junge Mondsichel hatte sich schon wieder zum Halbmond gerundet, und noch immer war ich der Erfüllung meiner Aufgabe keinen Schritt nähergekommen. Tag für Tag hatte ich versucht, mir den Raben meiner Kindheit vorzustellen und ihn herbeizurufen, aber ich erreichte damit nur, dass ich mir lächerlich vorkam. Wenn es sich dabei wirklich um einen Vogel aus der Geisterwelt gehandelt hatte, dann gab es jedenfalls keine Verbindung mehr zwischen uns.

Gereizt sah ich der Alten zu, die mir gegenüber in aller Ruhe ihr Brot kaute.

Haelgunn hat gut reden: Du musst den Raben zurückrufen und ihn bitten, wieder dein Freund zu sein.

Wenn ich sie frage, wie ich das machen soll, scheint sie taub zu sein.

Die Gedanken drehten sich, drehten sich im Kreis. Ich mochte nichts mehr essen, wischte den Löffel ab und legte ihn zurück auf das Brett.

»Hast du nicht noch etwas im Haus oder im Garten für mich zu tun, Haelgunn?«

Aber ich bekam immer die gleiche Antwort: »Das bisschen Arbeit schaffe ich bis zum Abend schon allein, geh lieber in den Wald und suche Kräuter für die Ziege.«

Was blieb mir übrig! Lustlos stand ich auf, nahm meinen Umhang um, verließ die Hütte und schlug den Weg zu meinem Lieblingsplatz ein, einer grasbewachsenen Lichtung, von Kiefern, Eichen und Buchen umsäumt. Halbe Tage lang konnte ich hier sitzen, auf einem umgestürzten Baumstamm, stets nach schwarzen Schwingen Ausschau haltend, aber natürlich vergeblich.

Die Schatten wurden länger. Auch dieser Tag war fast vorbei. Nur zu bald würde der Vollmond am Himmel stehen.

Dann ist meine Zeit um, und ich muss fortgehen. Wohin? Natürlich zum Steinsberg. Dort werden sie schon einen Platz für mich haben, falls mich Tholik nicht vorher erwischt.

Aber diese Gefahr war nicht mehr groß. Haelgunn hatte von den Bauern erstaunliche Dinge erfahren: Ethelm war tot, seine Witwe lebte mit ihrer Tochter wieder bei ihrem Vater Korthom auf dem Steinsberg. Tholik war jetzt Großherr. Er musste seine Herrschaft sichern und hatte wahrscheinlich anderes zu tun, als die entlaufene Nebenfrau seines Vaters zu jagen.

Ich wunderte mich, dass mich das alles so wenig anzugehen

schien wie eine alte Geschichte aus vergangenen Zeiten. Wollte ich denn überhaupt auf dem Steinsberg leben? Nein. Es gab nur eines, was ich wirklich wollte, mehr als alles andere auf der Welt: hier in Haelgunns Hütte bleiben und den Weg zur Holden finden. Verrückt, gewiss, aber so war es nun einmal. Jedes andere Leben erschien mir dagegen schal und sinnlos.

Doch dann wieder konnte ich ein bitteres Lächeln nicht unterdrücken.

Wie albern ich doch bin! Alles, was ich gehört habe, sind ein paar gemurmelte Worte von Haelgunn. Woher weiß ich, dass sie die Wahrheit sagt? Dass es den Weg wirklich gibt? Dass sie ihn kennt? Ich zermartere mir hier den Kopf über diesen Raben, und vielleicht sind das alles nur Hirngespinste einer alten Frau, die zu lange allein war.

Doch tief in meinem Inneren wusste ich: Es war kein Hirngespinst. Es gab den Weg, es gab den Raben – es musste ihn einfach geben! Mit der geballten Faust schlug ich auf den borkigen Stamm.

»Ich werde nicht aufhören, dich zu suchen, und wenn es den Rest meines Lebens dauert, das schwöre ich!«, sagte ich zornig.

»Ein hoher Einsatz – falls du es diesmal ernst meinst.« Ich fuhr zusammen. Diese spöttische, etwas knarrende Stimme, woher kam sie? Fieberhaft tasteten meine Blicke die Waldwiese ab, suchten in das Halbdunkel der Zweige einzudringen. Da war niemand. Ich stand auf, drehte mich um mich selbst. Nichts. Mein Mund war trocken. Vorsichtig räusperte ich mich.

»Rabe? Bist du das?« Meine eigene Stimme klang krächzend in meinen Ohren.

Schweigen. Da, ein Windhauch, ein leises Rascheln ganz oben im Wipfel der alten Eiche. Ich legte den Kopf in den Nacken, beschattete mit der Hand die Augen.

Nichts. Nirgendwo zeigte sich auch nur der Schatten einer schwarzen Feder. Aber dieser vertraute Tonfall?

Nein, es war doch alles nur Einbildung! Wahrscheinlich wurde ich langsam verrückt. Ich sollte heimgehen, es würde bald dunkel werden. Nur ein letztes Mal wollte ich es noch versuchen.

»Rabe! Wenn du hier bist und mich hörst …«, rief ich – und brach ab, kopfschüttelnd. Nein, es ging nicht, beim besten Willen nicht. Meine Stimme klang unnatürlich, gepresst, albern. Es war einfach nur peinlich.

»Also, dann geh ich jetzt«, murmelte ich leise, nur zu mir selbst. Doch nach ein paar zögernden Schritten blieb ich am Rand der Lichtung stehen und drehte mich um. Irgendetwas zwang mich, noch einmal tief Luft zu holen. »Rabe!«, sagte ich eindringlich, »wenn du da bist: Hör bitte auf, mit mir Verstecken zu spielen. Zeig dich und rede mit mir!«

Keine Antwort. Natürlich nicht. Meine Augen füllten sich mit Tränen der Enttäuschung. Dann schoss Wut in mir hoch. Seit Jahren hatte ich nicht solch eine weißglühende Flamme in mir verspürt. Ich schüttelte meine Haare nach hinten und hob das Kinn.

»Dann lass es doch bleiben!«, schrie ich, »bleib in der Geisterwelt, ich brauch dich nicht. Ich bin so lange allein zurechtgekommen, da wird es auch in Zukunft ohne dich gehen.«

»Fein. Dann ist ja alles in Ordnung.«

Mit geballten Fäusten stand ich da, zitternd vor Zorn.

»Was soll dieses verdammte Versteckspiel? Ich hab genug davon. Ich gehe jetzt zurück zu Haelgunns Hütte. Und morgen breche ich auf zum Steinsberg.«

»Ja, natürlich, sei nur beleidigt und lauf weg wie ein trotziges Kind. Genau wie damals. Vielleicht solltest du mal darüber nachdenken, wer von uns beiden mehr Ursache hätte zu grollen.«

»Wie meinst du das? Du bist schließlich derjenige, der mich damals verlassen hat! Genau wie alle anderen: Frunn, die Holde, Großmutter, Ethomir …«

»Raghna, das bildest du dir ein. Ich jedenfalls habe dich nicht verlassen.«

»So? Und wo warst du dann die ganze Zeit?«

»Ich war immer in deiner Nähe.«

»Das ist nicht wahr!«

»Es ist wahr.«

Meine Knie gaben nach, ich ging zurück und setzte mich zitternd wieder auf den Stamm. Schwingen rauschten. Der Rabe landete neben mir, fest gruben sich die starken Krallen in die zerbröselnde Rinde. Die klugen glänzenden Augen über dem schwarzen

Schnabel waren auf mich gerichtet. Ich hatte ganz vergessen, wie groß er war!

Ich schaute ihn lange an, sprachlos. Mit den Fingerspitzen strich ich über sein glattes, warmes Gefieder. Er legte den Kopf leicht zur Seite. Ja, er war real und lebendig – keine Spur von Einbildung! Tränen rannen über mein Gesicht. Dann berührte ich meine eigene Hand, fühlte das Leinen meines Kleides. Auch das war wirklich. Dies war kein Traum!

»Wie ist das möglich?«, schluchzte ich.

»Vieles ist möglich in dieser und der anderen Welt. Du hattest es lange vergessen. Es war nur deine Entscheidung, mich nicht mehr zu sehen.«

»Aber … wenn das stimmt … warum hast du mir dann nicht geholfen, damals, als es mir so schlecht ging? Als Tholik mich vergewaltigte und fast umbrachte, hast du da auch zugesehen?«

»Ja.«

»Und doch willst du mein Freund sein?«

Er nickte. »Das bin ich auch. Aber ich darf nicht in dein Leben eingreifen. Ich begleite dich nur und helfe dir – zu verstehen. Mit allem, was dir widerfährt, musst du jedoch selbst fertig werden. Und du hast ja gezeigt, dass du das kannst. Was wirfst du mir also vor?«

Ich kaute an meiner Unterlippe. »Dann hab ich mich wohl ziemlich kindisch benommen?«

»Du warst ja auch noch ein Kind. Aber jetzt bist du erwachsen und musst deine Wahl treffen. Willst du weiterhin zurückschauen und jammern, weil du verlassen und misshandelt wurdest, oder willst du die Kraft in dir erwecken und dich in eine Hagfrau verwandeln?«

»Ich will … bei Haelgunn lernen und den Weg zur Holden finden!«

»Gut. Ich werde dir dabei helfen.«

Ich atmete tief aus. Eine Last fiel von mir ab. »Danke!«, sagte ich heiser. Es gab sonst nichts zu sagen.

Der Rabe hüpfte auf den Boden hinunter und pickte spielerisch zwischen ein paar Borkenstückchen herum, die im Gras lagen. Er wirkte mit sich und der Welt zufrieden.

Ich sah ihm zu und war glücklich.

»Ich muss gehen«, sagte ich endlich und stand auf, »Haelgunn wird schon auf mich warten. Wann sehe ich dich wieder?«

Ein Lächeln lag in seiner Stimme: »Unter dem Rabenmond, falls du das Fliegen nicht verlernt hast …«

Er breitete seine Schwingen aus, stieg mit ein paar kraftvollen Flügelschlägen hoch in die Luft und zog über die Baumwipfel davon. Die untergehende Sonne hing als Glutball zwischen den Ästen und tauchte die Welt in rotgoldenes Licht. Etwas Schwarzes lag vor meinen Füßen, eine schimmernde Feder. Ich bückte mich, hob sie auf und befestigte sie an meinem Zopf.

Als ich die Hütte betrat, saß Haelgunn am Herdfeuer und drehte die Handspindel. Vom warmen Schein der Flammen rötlich überhaucht, wirkte ihr Gesicht seltsam jung. Sie musterte mich forschend und nickte befriedigt, als ihr Blick auf die Feder in meinem Haar fiel.

»Ein kostbares Geschenk«, murmelte sie. »Rabenfeder und Hollesiegel schützen dich, sie werden dereinst die Sinnbilder deiner Macht sein.«

Ich legte den Umhang ab und setzte mich zu ihr.

Sie drehte die Spindel weiter, ohne hinzusehen. Ihr Blick ruhte auf mir, und als sie weitersprach, schien sie durch mich hindurch in weite Fernen zu schauen: »Die Pforte ist geöffnet, du stehst vor der ersten Schwelle. So frage ich dich nun, Raghna Rabenfrau: Willst du drei Jahre deines Lebens bei mir bleiben, mir dienen und von mir lernen?«

Ohne zu zögern gab ich mit fester Stimme zur Antwort: »Ja, das will ich.«

Da ließ sie die Spindel ruhen, legte ihre Hände auf meine Schultern und sagte in tiefem, fast feierlichem Ernst: »Im Namen der Holden, die dich mir gesandt hat, nehme ich dich als meine Tochter und Erbin an. Alles, was ich habe, teile ich mit dir. Alles, was ich weiß, gebe ich an dich weiter.«

Die drei Jahre ihrer Lehrzeit glitten wieder durch Raghnas Sinn. Unendlich viel hatte Haelgunn ihr beigebracht, auf ihre wortkarge, fast beiläufige Art.

Zwei Bereiche gab es, die die Schülerin meistern musste: Wissen und Wirken, beide gleich wichtig. Zum Wissen einer Hagfrau gehörten Kenntnisse über die Erde mit ihren Pflanzen und Kräutern, Tieren und Gesteinsarten und über den Himmel mit den Sternbildern, den Wetterzeichen und dem Jahreskreis unter dem Einfluss von Sonne und Mond. Damit hatte sie das erste Jahr verbracht, das Jahr des Kessels. Sie hatte den Bergkristall als Verbündeten gewonnen und gelernt, die Holde in all ihren Erscheinungsformen zu erkennen.

Im zweiten Jahr, dem Jahr des Stabes, unterrichtete Haelgunn sie in den vier Arten des Wirkens: Von den vier Elementen gehörten zwei, Erde und Wasser, allen Frauen gemeinsam, und Raghna erfuhr unendlich viel mehr über das Töpfern, Backen und Brauen, Spinnen und Weben, Säen und Ernten, als sie je zuvor von den Müttern ihres Dorfes gehört hatte. Die beiden anderen Elemente, Luft und Feuer, gehörten speziell den Hagsitzerinnen; unermüdlich übte sich die Rabenfrau in Geistreisen, Innenschau und Vogelflug, in Traumdeutung und Zeichenkunde, Vorausschau und Wandlung, Heilen und Wetterzauber, sie wurde kundig im Sammeln, Bewahren, Bündeln und Freisetzen von Kräften.

Das dritte Jahr gehörte den geheimen Übungen des Siegels, die zum vollendeten Zusammenwirken aller Fähigkeiten führten: Rufen und Bannen, Binden und Lösen, Fördern und Hemmen, Segnen und Heilen, vor allem aber das Durchschreiten der geheimen Tore, die durch Geburt und Tod, Liebe und Lust, Rausch und Opfer geöffnet wurden. Sie wurde eingeweiht in die Schlangenweisheit der Tiefe und erlangte das Wissen um die heilige Begegnung von Mann und Frau. So wurde sie ein bis an den Rand gefülltes Gefäß der Macht. Was aber ihre äußere Erscheinung und ihr Verhalten betraf, zeigte sie eine natürliche Einfachheit, die sie in jeder Umgebung unauffällig, ja nahezu unsichtbar erscheinen ließ und die nach Haelgunn das wahre Kennzeichen einer weisen Frau war.

Schließlich fehlte nur noch die letzte, entscheidende Prüfung: die Todesverwandlung. Raghna wusste darüber nur so viel, dass sie der Holden ihren Körper und ihr Leben als Gabe anbieten musste und dass es zwei Arten gab, wie das Opfer angenommen werden konnte. Entweder starb die Anwärterin noch während des Rituals, oder sie ging lebend, aber gänzlich verändert, daraus hervor und wirkte fortan in ihrem Volk als mächtige Hagsitzerin und Tochter Holls, die nur zum Teil noch der Menschenwelt angehörte.

Ja, und dann, während die Rabenfrau sich mit ihrer ganzen Kraft auf die große Prüfung vorbereitete, hatte sie ihre Pflegemutter eines Morgens tot auf ihrem Lager gefunden. Haelgunn war einfach gegangen, ohne Ankündigung, ohne Abschied. Ein strahlender Wintermorgen war es gewesen, zwei Tage nach dem Mittwintervollmond. Nie würde Raghna diesen Tag vergessen.

Starr vor Entsetzen saß sie neben dem Leichnam. Sie wollte weinen, aber es kamen keine Tränen. Gegen Abend fing sie an, die Tote für die Bestattung vorzubereiten, die ganze Nacht über hielt sie Totenwache. Den nächsten Tag verbrachte sie damit, aus ihren Holzvorräten einen großen Scheiterhaufen zu errichten, auf den sie den Leichnam ihrer Pflegemutter bettete, umgeben von ihren persönlichen Besitztümern. Dann goss sie an allen vier Seiten Öl über die Scheite und zündete sie an. Wie im Traum führte Raghna die nötigen Riten aus, rezitierte Gesänge und Gebete. Sah zu, wie Haelgunns Körper im Feuer aufloderte, sich krümmte und von den Flammen verzehrt wurde, bis nur noch verkohlte Reste übrig waren. Wieder saß sie die ganze Nacht, in einem Zustand zwischen Wachen und Schlaf. Am nächsten Tag, als die Glut abgekühlt war, barg sie den Schädel und die Knochen aus der Asche und legte sie in einen großen Tonkrug, den sie mit Lehm und Wachs sorgfältig versiegelte und in einer Vorratsgrube lagerte.

Als im Frühling die Erde auftaute, begrub sie ihn an Haelgunns Lieblingsplatz im Wald.

Monde waren seitdem vergangen, und noch immer verharrte Raghna in ihrer Erstarrung. Tat mechanisch das Nötigste, um von einem Tag zum anderen weiterzuleben.

Jetzt saß sie erstmals wieder hier im Steinkreis, unter dem Rabenmond, da der Rabe es nun einmal so wollte. Sie wusste immer noch nicht, wie es weitergehen sollte. Waren alle Anstrengungen der letzten drei Jahre umsonst gewesen?

Auch sie hat mich verlassen.

Bitterkeit schnürte ihr die Kehle zusammen.

»Warum bist du gegangen – ohne ein einziges Wort?«, sagte sie in die Stille hinein. Doch es kam keine Antwort. Haelgunns Gesicht war nirgendwo mehr zu sehen, sie musste schon vor einiger Zeit verschwunden sein. Raghna wusste, dass ihre Kraft nicht ausreichte, um sie gegen ihren Willen herbeizurufen.

Ein anderes Gesicht schob sich auf einmal vor ihre Augen, zog ihre Aufmerksamkeit auf sich, blickte sie mit bohrender Eindringlichkeit an.

Raghnas Gesicht leuchtete auf. »Bist du es wirklich, Jord? Wie schön, dich zu sehen! Du lebst noch, nicht wahr? Dein Geist kommt doch nicht aus dem Totenreich, oder?«

Nichts schien plötzlich wichtiger als die Antwort auf diese Frage.

»Ich träume von dir … wir brauchen dich … du musst zu mir kommen … schnell …!«

»Jord! Hörst du mich? Wo bist du denn? Wo finde ich dich?«

Das Bild verblasste jedoch, jetzt wurde es von einem anderen überlagert. Raghna erkannte das Gesicht des Glockenbechermannes und begann unkontrolliert zu zittern.

»Was willst du von mir? Ich habe dich nicht gerufen«, flüsterte sie heiser.

Die blauen Augen strahlten eine zwingende Macht aus.

»… komm zu mir … ich warte auf dich … ich brauche dich … vertraue mir!«

War das noch Jords Stimme, oder war es der Fremde, der da sprach?

Die lang nachhallenden Sätze verklangen in unverständlichem Wispern.

Dann war es vorbei, sie saß im Steinkreis, allein. Da war niemand mehr außer ihr. Es war kalt, und sie fror.

Die Nacht war vorüber, irgendwo hinter den Bäumen ging der Mond unter. Der Rabe war verschwunden. Eine blasse Welt ohne Farben schälte sich aus den Nebeln der Morgendämmerung. Raghna zog fröstelnd die Schultern hoch, die Kühle kroch durch ihren wollenen Umhang und drang ihr bis in die Knochen. Sie rieb sich die müden Augen, strich ihre Haare zurück, blickte um sich. Es wurde langsam hell, doch die Sonne war nicht zu sehen. Der Himmel hatte sich mit einer dichten Wolkenschicht überzogen, ein feuchter Wind brachte Regen. Schon begann es fein zu tröpfeln.

Es war Zeit heimzugehen. Doch zuvor wollte sie sich darüber klar werden, was die Nacht unter dem Rabenmond ihr gebracht hatte. Sie zog die Knie hoch und legte den Kopf darauf. Ihr Kopf kam ihr so leer vor wie die Nussschalen, die der Rabe zurückgelassen hatte.

So viele Bilder, Begegnungen, Erinnerungen.

Aber noch mehr offene Fragen und Rätsel.

Welchem Zeichen soll ich folgen?

Jords Ruf? Ich weiß ja nicht einmal, wo er ist.

Und dieser Fremde, der nach Haelgunn fragte? Ich traue ihm nicht. Der Rabe drängt mich, mit ihm fortzugehen. Aber ich will nicht!

Doch noch während sie sich wehrte, wusste sie, dass es kein Ausweichen gab. Die Zeichen, die sie erhalten hatte, waren deutlich genug. Es half nichts, die Augen davor zu verschließen.

Seufzend begann sie die leeren Gefäße in ihrem Beutel zu verstauen. Die Reste der Gaben verteilte sie im Gras und fegte mit der flachen Hand die Steinplatte sauber. Dann stand sie auf, sang einen Segensspruch, löste mit einer Handbewegung den Schutzbann, der auf dem Ort lag, und entließ die herbeigerufenen Kräfte.

Die Kapuze über den Kopf gezogen, den Beutel in der Hand, schritt sie langsam durch den Regen auf ihre Hütte zu.

Also gut. Ich koche mir jetzt eine Schüssel Grütze und einen schönen heißen Kräutertee. Wenn ich etwas gegessen habe und mir wieder warm ist, dann schlafe ich ein wenig, und am Nachmittag gehe ich diesen Wanderer suchen. Er ist bestimmt noch in der Nähe. Ich werde mit ihm reden, und dann sehen wir weiter.

Der Glockenbechermann zügelte sein Pferd. »Lass uns hier Rast machen«, sagte er.

Erstaunt gab sein Begleiter zurück: »Aber es ist doch erst Nachmittag, wir könnten noch ein ganzes Stück vorankommen!«

»Wozu? Wohin? Nein, Ushkaf. Ich hab keine Lust mehr.«

Er stieg ab, nahm sein Tier am Zaum und sah sich nach einem geeigneten Lagerplatz um. Es regnete schwach, aber beständig. Sein blauer Mantel war so mit Wasser vollgesogen, dass er fast schwarz wirkte. Missmutig prüfte Caidan den grauen Himmel. Nebel, Regen, Schnee und wieder Regen, etwas anderes gab es nicht in diesem trostlosen Land der endlosen Wälder, armseligen Hütten und klotzigen Herrenhöfe.

Er war ungerecht, und er wusste es.

Vielleicht wäre es anders, wenn ich freiwillig hier wäre. Aber für einen verbannten Flüchtling ist die Welt nirgendwo schön.

Er wies mit dem Kinn auf eine Baumgruppe: »Schlag das Zelt da drüben auf, zwischen den Birken.« Auf dem nassen Gras machte jeder seiner Schritte ein quietschendes Geräusch.

»Na schön, eine längere Ruhepause wird uns guttun, damit wir wieder trocken werden und etwas Wärme in die Knochen kriegen«, meinte Ushkaf und saß ebenfalls ab. »Aber wie soll es morgen weitergehen? Willst du zurückkehren nach Hohenfeld?«

Der Wanderer streifte seine Umgebung mit einem gleichgültigen Blick. Müde schüttelte er den Kopf. »Nein. Es bleibt uns nichts anderes übrig, als weiterzureiten, bis wir wieder auf jemanden stoßen, den wir nach dieser Haelgunn fragen können«, sagte er und führte sein Pferd hinüber zu den Bäumen. Gehorsam setzte es sich in Bewegung und trottete zwischen den weißen Stämmen hindurch.

Plötzlich scheute es und machte einen Satz zur Seite. Blitzschnell nahm Caidan die Zügel kürzer und klopfte dem Tier beruhigend auf den Hals. Eine menschliche Gestalt trat hinter einem Holunderstrauch hervor. Caidans Augen verengten sich, als er Raghna erkannte. Ihr braunwollener Umhang hob sich kaum von der Umgebung ab.

»Also doch!«, murmelte er und blieb stehen. Auch sein Freund begriff jetzt, wen sie vor sich hatten. »Das Mädchen von gestern«, rief er überrascht, »aber jetzt sieht sie ganz anders aus.«

Das stimmte. Woran lag es nur? Es war doch das gleiche ovale, etwas flächige Gesicht; Wellen dunkelbrauner Haare, teils offen, teils geflochten, mit einer schwarzen Feder im Zopf; braungrüne, von dichten Wimpern umsäumte Augen, die den Reitern ernst entgegenblickten. Zwischen den Brauen der jungen Frau stand eine Falte, ein abweisender Zug lag um ihren Mund. Obwohl sie heute auffallend blass und müde aussah, mit dunklen Schatten unter den Augen, zeugte ihre Haltung von Selbstsicherheit und beherrschter Kraft. Als sie einen Schritt auf die Männer zutrat, öffnete sich der Umhang ein wenig. Ein helles Kleid kam darunter zum Vorschein – und ein goldener Anhänger, der sich beim Näherkommen als Sonnenrad erwies.

Wie konnte ich sie auch nur einen Augenblick lang für ein einfaches Bauernmädchen halten?

Die Fremden hoben höflich grüßend die Hände. Raghna dankte mit einem Nicken.

»Es ist gut, dass wir uns noch einmal treffen«, sagte Caidan. »Das lässt mich hoffen, dass du uns vielleicht doch den Weg zur alten Haelgunn zeigen kannst.«

Diesmal war er es, der von einem wachsamen Augenpaar forschend angeblickt wurde. Erst nach einer Weile kam die Antwort: »Niemand kann eine Hagsitzerin finden, wenn sie nicht gefunden werden will.«

Der Wanderer erlaubte sich ein Lächeln. »Nun, sie muss doch irgendwo wohnen, in einer Hütte oder Höhle. Selbst wenn der Ort noch so versteckt liegt, gibt es sicher einen Weg dorthin.«

»Was willst du von ihr?«, fragte Raghna kühl.

Caidan runzelte die Stirn. Eine solche Behandlung war er nicht gewohnt. Ushkaf merkte, dass ihm eine zurechtweisende Antwort auf der Zunge lag, und berührte warnend seinen Arm. Der Wanderer beherrschte sich. »Warum willst du das wissen?«, gab er zurück.

»Wenn große Herren einfache Leute suchen, bedeutet das meist nichts Gutes. Deshalb sind die einfachen Leute vorsichtig und fragen lieber einmal mehr nach. Die Menschen auf den Herrenhöfen nennen Haelgunn ein gefährliches Weib, das den bösen Blick hat. Sie hätten sie schon vor Jahren am liebsten totgeschlagen, wenn sie es nur gewagt hätten.«

»Ich bin keiner von den Streitaxtleuten, sondern ein Glockenbechermann. Wir können zwar auch kämpfen, wenn es nötig ist, aber mit dem Totschlagen von Frauen sind wir nicht so schnell bei der Hand.«

Wieder entstand eine Pause. Schließlich fuhr sich Caidan mit der Zunge über die Lippen. Seine Stimme klang gepresst: »Ich komme mit einer wichtigen Botschaft aus Lis, das kannst du ihr ausrichten. Alles weitere darf ich nur Haelgunn selbst sagen.«

»Haelgunn ist tot.«

Entgeistert starrte er sie an: »Was sagst du da?«

»Sie starb im vergangenen Winter. Außer mir und ein paar von den alten Großmüttern in den Dörfern weiß es noch niemand.«

»Und wer bist du?«

»Ich bin ihre Pflegetochter … und Nachfolgerin. Mein Name ist Raghna, genannt die Rabenfrau. Wenn du bereit bist, mir zu sagen, was du von ihr wolltest, bin ich bereit, dich anzuhören.«

»Und wenn nicht?«

»Dann wünsche ich dir eine gute Heimkehr, Atal!«

Aus dem Gesicht des Wanderers war bei diesen Worten jede Spur von Farbe gewichen. Er wandte sich ab, machte zögernd ein paar Schritte und blieb mit verschränkten Armen stehen. Hinter seiner Stirn arbeitete es.

Raghnas Gesicht verriet nichts von dem, was in ihr vorging. Ihre Hand strich behutsam über die Knospen und das junge Laub des Holunderstrauchs, während sie auf die Entscheidung wartete.

Für einen Augenblick ließ der Regen nach. Die Sonne zeigte sich kurz zwischen aufgerissenem Gewölk und ließ die Tropfen auf den Gräsern und Moospolstern aufblitzen. Vogelstimmen erfüllten die Luft. Der tiefe Frieden des Waldes wusste nichts von der Unruhe und den Kompliziertheiten der Menschen.

Der Glockenbechermann rang sich zu einem Entschluss durch. Er sah Raghna an und sagte fest: »Mein Name ist Caidan von Lis, Priester der Himmlischen und Wahrer des Wissens, mein Rang ist der eines Wanderers; und das hier ist mein Freund und Begleiter Ushkaf, der aus dem fernen Land Ägypten stammt. Ich würde gerne über einige Dinge in Ruhe mit dir reden, Ehrwürdige.«

Raghna nickte. »Nicht weit von hier ist Haelgunns Hütte, die jetzt mir gehört. Begleitet mich dorthin. Wir werden zusammen essen, und dann kannst du mir deine Geschichte erzählen, Caidan von Lis.«

DER MANN VON LIS

Sie kamen immer zu zweit. Auch diese hier: Zwei hagere, hochgewachsene Gestalten mit langen, schmalen Schädeln, ein junger Mann und ein älterer mit grauen Haaren, die ihm offen auf die Schultern fielen. Ohne Eile schritten die Wanderer durch den glühenden Nachmittag, bei jedem Schritt bedächtig ihre Stäbe auf den staubigen Pfad setzend. Bald würden sie das Bauerndorf in den Hügeln erreicht haben.

Der Hirtenjunge duckte sich tiefer hinter die Ginsterbüsche, kniff die Augen zusammen und nahm begierig jede Einzelheit der ungewöhnlichen Erscheinungen in sich auf. Natürlich kannte er seine Pflicht: Er musste sofort zurücklaufen in den Ort und den Alten Bescheid sagen! Aber noch konnte er sich nicht losreißen.

Zwei Männer aus Lis. Er hatte zwar noch nie welche gesehen, dennoch bestand kein Zweifel. Alles stimmte: Sie trugen weiße, gegürtete Leinentuniken, dunkelblaue Mäntel, Sandalen und dreireihige goldene Halsbänder, die in der Sonne funkelten.

Langsam kamen sie näher. Schon konnte Caidan ein paar Worte der leisen Unterhaltung verstehen.

»Dieser Junge vorgestern, der hatte einen wachen Blick«, sagte der Jüngere.

»Ja, aber er war zu alt. Bestimmt schon zehn Jahre. Horch!« Der Grauhaarige hob die Hand und wandte lauschend den Kopf in Caidans Richtung. Der Junge verharrte regungslos in seiner Deckung, er wagte kaum zu atmen. Warum er solches Herzklopfen hatte, wusste er selbst nicht. Die Männer würden ihm bestimmt nichts tun, wenn er sich zeigte, sondern ihn höchstens freundlich nach dem Weg fragen. Trotzdem rührte er sich nicht.

Erst als die beiden langsam weiterschritten, kam wieder Bewegung in ihn. Mit einem Handzeichen wies er den Hund an, auf die Ziegen aufzupassen, und kroch lautlos rückwärts, jede Deckung nutzend. Als er glaubte, hinter Gestrüpp und trockenem Buschwerk genügend Sichtschutz zu haben, drehte er sich um und rannte los.

Keuchend stand Caidan kurz darauf vor dem weißhaarigen Paar, das auf der Bank im Schatten der größten Hütte saß. Schweißnasse Haarsträhnen klebten auf seiner geröteten Stirn.

»Zwei Männer von Lis – auf dem Weg hierher – sie sind schon bei der Ziegenweide!«, rief er atemlos.

»Was sagst du da? Bist du sicher?«

Caidan nickte. Seine Brust hob und senkte sich heftig.

Der Alte tauschte einen raschen Blick mit seiner Gefährtin, beide erhoben sich.

»Ich gehe Brot und Wein holen«, sagte die Frau, »kümmere du dich um den Becher und die Feuerstelle. Und lass eine Ziege schlachten. Caidan, lauf, sag allen Bescheid, sie sollen die Wege fegen und dann zum Dorfplatz kommen, gewaschen und in sauberen Kleidern. Und schick mir ein paar Frauen mit Krügen.«

Während der Junge davonstob, hörte er noch, wie die Großmutter zur Nachbarhütte hinüberrief: »Kommt schnell, wir müssen den Weg mit Wasser besprengen und Blumensträuße binden. Zwei Männer von Lis besuchen uns, sie werden bald hier sein.«

Kurze Zeit später trat das alte Paar den Wanderern am Dorfrand entgegen. Mit beiden Händen hob der Mann den weingefüllten Glockenbecher: »Seid gegrüßt hier in Serpa, verehrungswürdige Atal! Ihr erweist unserem Dorf eine hohe Ehre.«

Die Besucher neigten höflich die Köpfe. Der Ältere brach von dem harten Fladenbrot, das die Frau ihm auf einer Platte anbot, ein kleines Stück ab, tauchte es in den Wein und steckte es in den Mund. Dann nahm er den Becher aus den Händen des Mannes und trank einen Schluck. Sein Begleiter tat es ihm nach.

»Wir danken euch für den freundlichen Empfang und würden gerne bis morgen bei euch bleiben.«

Tiefschwarz wölbte sich der sternenfunkelnde Nachthimmel über dem Dorfplatz, der durch ein loderndes Feuer und zahlreiche Fackeln hell erleuchtet war. Die Gäste saßen in aufrechter Haltung auf prächtigen blauen Matten, neben ihnen hockten die beiden Alten und um sie im weiten Kreis die versammelten Dorfleute. Die Bauern und Hirten hatten anfangs kaum gewagt, beim Festmahl zuzugreifen, aber nach einigen Bechern Wein hatte sich ihre Befangenheit etwas gelegt, und nun genossen sie das wunderbare, viel zu seltene Gefühl angenehmer Sättigung. Sie unterhielten sich gedämpft, wobei sie die Männer von Lis nicht aus den Augen ließen.

Als der Ältere sich an den Großvater wandte, trat sofort Stille ein. Obwohl er die Stimme nicht erhob, waren seine Worte klar vernehmbar: »Wie stehen die Dinge hier in Serpa? Seid ihr zufrieden mit eurem Leben hier, oder fehlt es euch an etwas?«

»Wir sind zufrieden, Atal. Die Getreidesendungen für Lis konnten wir im letzten Jahr aufbringen. Wir denken, dass es uns auch dieses Jahr gelingen wird, obwohl die Trockenheit uns sehr zu schaffen macht. Hoffentlich seid ihr auch mit uns zufrieden und gebt uns euren Segen, bevor ihr uns wieder verlasst.« Seine Frau machte ihm ein erschrockenes Zeichen. Der Alte stotterte hastig: »Verzeihung – ich wollte nicht unhöflich sein, als ich von eurer Abreise sprach …«

»Keine Sorge«, wehrte der Gast lächelnd ab. »Gibt es etwas, was wir für euch tun können?«

»Nun, Atal, wir haben eine kranke Frau, die seit mehreren Monden auf ihrem Lager liegt und nicht mehr aufstehen kann. Sie hat zwei kleine Kinder, es ist ein Elend. Wenn ihr sie vielleicht heilen wolltet?«

Die Großmutter beugte sich vor: »Und im Frühjahr haben wir einen kleinen Schrein für die Schlangengöttin gebaut, nicht weit von hier. Wir wären glücklich, wenn ihr ihn weihen würdet, Atal.«

Der Besucher nickte: »Wir werden morgen früh den Schrein weihen und die kranke Frau besuchen. Und dann möchten wir, bevor wir weiterwandern, gern einen Blick auf eure Kinder werfen.«

Ein verhaltenes Seufzen ging durch die Runde.

»Ja, Atal. Selbstverständlich«, sagte der Großvater.

Die kleinen Jungen unter vier Jahren bekamen kurz die Hand aufgelegt und wurden dann zu ihren Müttern zurückgeschickt, ebenso alle Mädchen. Dann winkte der Dorfvorsteher die größeren Jungen, ein knappes Dutzend, näher heran und bedeutete ihnen, sich im Halbkreis um die beiden Besucher auf dem Boden niederzulassen. Caidan versuchte, sich auf die Verhaltensregeln zu besinnen, die sein Vater ihm eingeschärft hatte, aber in seiner Aufregung konnte er sich an nichts mehr erinnern. Verstohlen betrachtete er den älteren Mann von Lis, von den Leuten »der Erste« genannt. Nie zuvor hatte der Junge ein so beeindruckendes Gesicht gesehen, ein Gesicht so voller Willenskraft, Sicherheit und Autorität. Ob es an der hohen Stirn lag? Die abnorme Kopfform der Männer hatte von Anfang an Caidans Aufmerksamkeit erregt. Kamen diese Leute schon so auf die Welt? Er hatte gehört, ihre Schädel und die dreifachen goldenen Halsbänder machten sie den Himmlischen ähnlich. Aber niemand wusste Genaueres darüber.

Das Faszinierendste jedoch waren für ihn die schlanken, schmalen Hände des Ersten. Meist ruhten sie still auf seinen Oberschenkeln, doch manchmal unterstrichen sie einen gesprochenen Satz mit einer leichten Bewegung, deren fließende Eleganz dem Jungen einen Stich ins Herz gab. Alle Erwachsenen, die er sonst kannte, besaßen knochige, schwielige, verkrümmte, narbenbedeckte Arbeitshände, gezeichnet von schwerer Plackerei auf den Feldern. Dass es schlanke und doch kraftvolle Hände gab, die so viel Ausdruckskraft und biegsame Feinheit aufwiesen, erschien Caidan wie ein Wunder.

Auch die Stimme des Ersten unterschied sich von allen, die er bisher gehört hatte. Die einfachen, altbekannten Worte wurden in seinem Mund zu einer ganz neuen, wohlklingenden Sprache.

»Nun, meine Söhne«, sagte er, »erzählt mir etwas von euch, der Reihe nach. Sagt mir eure Namen, wie alt ihr seid, was ihr am liebsten habt, wovor ihr euch fürchtet und was ihr euch am meisten wünscht.« Er nickte seinem Begleiter zu.

Der wandte sich an die Gruppe: »Du da, mein Kleiner, fang an. Wie heißt du?«

»Sveren, und ich bin sechs Jahre alt, äh … Atal.«

»Was hast du am liebsten?« Der Junge blieb stumm.

»Nun?«

»Ziegenbraten«, platzte Sveren heraus und sah sich erstaunt um, als er das Lachen der anderen hörte, das sich in unterdrückten Wellen über den Dorfplatz fortpflanzte, bis nach hinten zu den Eltern, die in atemloser Spannung dem Geschehen folgten.

Auch die Besucher lächelten, aber schon ließ der Jüngere seinen Blick zum nächsten Kind wandern.

»Wie heißt du, mein Junge?«

»Karvo.«

»Wie alt bist du?«

»Fünf.«

»Was hast du am liebsten?«

»Weiß nicht.« Der Kleine sah aus, als würde er jeden Moment anfangen zu weinen. Er sah sich nach seiner Mutter um.

»Gut, das reicht. Du darfst gehen, Karvo.« Das rundliche Kerlchen sprang erleichtert auf und rannte davon, nach hinten, zu den Erwachsenen.

»Der nächste dort. Wie ist dein Name?«

»Caidan, Atal. Ich bin acht Jahre alt.«

»Was hast du am liebsten?«

»Vögel.«

»Was für Vögel? Gebratene?«

»Nein, lebende. Wenn ich die Ziegen hüte, dann liege ich manchmal im Gras und schaue hinauf und sehe den Vögeln beim Fliegen zu. Sie zeichnen Linien in den Himmel.«

»Was gefällt dir daran?«

»Es ist schön. Und sie sind so … frei.«

Das letzte Wort mussten ihm die Besucher von den Lippen ablesen.

Eine seltsame Stille entstand, die Blicke aller ruhten auf ihm. Es war ein besonderer Augenblick, das spürte Caidan, wenn er auch nicht genau wusste warum. Gleichzeitig schämte er sich in Grund und Boden.

Was ist bloß in mich gefahren?
So was erzählt man doch nicht!
Die müssen mich ja für blöd halten …

Der Grauhaarige beugte sich vor: »Sag mir, Junge, hast du dir schon einmal gewünscht, selbst ein Vogel zu sein und dort oben im Blau des Himmels deine Kreise zu ziehen?«

Wie unter Zwang hob Caidan sein brennendes Gesicht und schaute trotz der peinlichen Verlegenheit dem Mann in die Augen: »Ja, Atal. Viele Male.«

»Danke, Caidan.« Mit einem Kopfnicken überließ der Ältere es seinem Begleiter, die Befragung fortzusetzen.

Caidan starrte wieder zu Boden, seine Ohren glühten. In seinem Inneren war ein Wirbel unbegreiflicher Empfindungen. Irgendetwas Wichtiges war soeben entschieden worden, aber er wusste nicht, was und wodurch. Die weiteren Fragen und Antworten rauschten an ihm vorbei, ohne dass er ihnen Beachtung schenkte.

»Ich heiße Tarin, bin neun …«

»Ich mag am liebsten … meine Mutter … meinen Vater … unser Dorf Serpa …«

»Er ist der Einzige, der in Frage kommt.«

»Aber er ist schon acht, Mella!«

»Etwas alt, ich weiß, aber ich denke, es geht gerade noch. Hast du seine Augen gesehen? Sehr ungewöhnlich. Er ist geeignet.«

»Wenn du meinst, Erster. Du musst es wissen.«

»Ja, ich bin mir sicher. Sag dem Großvater, er soll den Jungen und seine Eltern herbringen.«

Kurz darauf stand Caidan erneut vor den beiden Besuchern, diesmal im Schatten von Großvaters Hütte, der Schutz vor der vormittäglichen Glut bot. Die Eltern waren hinter ihm, er fühlte die schwere Hand des Vaters auf seiner Schulter.

Der Erste lehnte sich in Großvaters geflochtenem Stuhl zurück und sah Caidan forschend ins Gesicht.

»Du weißt, woher wir kommen, nicht wahr?«

»Ja, Atal, von Lis.«

»Was weißt du über Lis?« Seltsamerweise verspürte Caidan jetzt kaum noch Scheu, sich mit dem hohen Gast zu unterhalten.

»Es ist ein Ort am Meer, weit weg von hier, im Nordwesten. Dort leben viele solche Männer wie ihr in großen, weißen Hütten aus Stein.«

»Was tun wir dort?«

»Ich weiß nicht, Atal. Manche sagen, es hat mit den Himmlischen zu tun.«

»Es hat vor allem mit Wissen zu tun, Caidan. Zum Beispiel damit, dass ein Mann auch lernen kann, wie ein Vogel durch die Luft zu fliegen. Es gibt bei uns einige Jungen in deinem Alter, die wir ausbilden und zu dem machen, was wir sind: Männer von Lis, die von den Menschen ehrfürchtig ›Atal‹ genannt werden. Eines Tages könntest du einer von ihnen sein. Möchtest du mit uns kommen?«

Natürlich, das war es. So hatte es kommen müssen. Stirnrunzelnd sah Caidan zu Boden. Er spürte, wie die Hand des Vaters seine Schulter umkrampfte, hörte seine Mutter leise aufschluchzen. Das tat weh, doch gleichzeitig wusste er, dass nichts ihn halten würde.

Lis. Das Neue, Unbekannte. Das Wissen. Etwas in ihm erwachte – eine Art Heimweh, eine überwältigende, brennende Sehnsucht. Er fand kein Wort dafür, wusste nur: Nichts anderes zählte mehr. Der Junge schluckte hart, drängte entschlossen die Gefühle zurück, bevor sie ihn überfluten und vor den Gästen zum Weinen bringen konnten.

Vorsichtig räusperte er sich und hob den Kopf.

»Ja«, sagte er.

Es dauerte fast einen Mond, bis sie nach Lis kamen, denn Mella und sein Gehilfe besuchten eine Reihe von Dörfern und prüften zahlreiche Jungen. Doch es waren nicht mehr als vier Schüler, die die Wanderer schließlich mit nach Lis brachten, und Caidan war der Älteste von ihnen.

An einem dunstigen Nachmittag, der schon das milde Gold des Herbstes ahnen ließ, erblickte er von einem Höhenrücken aus zum ersten Mal das westliche Meer, das sich in atemberaubender Unendlichkeit vor seinen staunenden Augen ausbreitete. Mella nickte ihm lächelnd zu.

»Siehst du das Weiße dort am Horizont, wo Himmel, Meer und Land sich treffen?«

»Ja, Atal.«

»Nun, was meinst du, was das ist?«

Fragend sah Caidan zu ihm auf. »Lis?«

»So ist es. Lis – das letztendliche Ziel aller Wanderungen. Dieser Platz hier, von dem aus ich bei jeder Rückkehr unsere heilige Heimat zum ersten Mal erblicke, ist mir besonders lieb. Wir rasten hier, dann schaffen wir auch das letzte Stück noch. Heute Nacht schlaft ihr schon im Haus der Schüler.«

Aufgeregt, voller Erwartung, aber auch beklommen starrten die vier Jungen auf die glatten weißen Flächen, die das Sonnenlicht reflektierten. Die Ansammlung von Würfeln verschiedener Größe war eingebettet in sattes Grün, das einen scharfen Kontrast bildete zu dem von der Sommerhitze versengten Land ringsumher. Eine hellbraune Mauer, von Torbögen unterbrochen, umgab die ganze Anlage. Nie zuvor hatten die Kinder Bauwerke von solcher Großartigkeit gesehen.

»In diesen Hallen werdet ihr die Jahre des Lernens verbringen«, fuhr Mella fort. »Und dann, wenn ihr selbst Wanderer geworden seid, werdet ihr Lis in euren Herzen tragen und von euren Reisen immer wieder hierher zurückkehren.«

Am nächsten Tag wurden die Ankömmlinge gebadet, geschoren und in die kurze Tunika des ersten Lehrjahres gesteckt. Sie bekamen dünne Ledersandalen, das Barfußlaufen wurde ihnen verboten. Kleinlaut ließen sie sich von einem Lehrer zum anderen weiterreichen. Sie wurden freundlich behandelt, aber niemand hatte viel Zeit für Erklärungen. Alle waren sehr beschäftigt in dieser fremden Welt.

Als die Jungen nach dem Frühstück in einen anderen Bau gebracht wurden, atmeten sie auf, als sie das vertraute Gesicht von Mella sahen. Er lächelte angesichts ihrer Verwirrung.

»Ich werde euch jetzt zu Nxerri bringen. Er ist der Erste der

Ersten, der Anführer unserer Gemeinschaft, der Wahrer des Wissens und Hüter des heiligen Steins.«

Er führte die Jungen durch einen Gang, öffnete eine Tür und schob sie in einen lichtdurchfluteten Raum.

»Sei gegrüßt, Erster! Wenn du erlaubst, stelle ich dir hier die neuen Zöglinge vor.«

Zunächst wagte Caidan kaum aufzuschauen, aber dann war auf einmal alles ganz einfach. Der weißhaarige Mann, vor dessen Stuhl sie standen, sah zwar ehrfurchtgebietend aus mit seiner hohen Stirn und dem überlangen Schädel, aber er verhielt sich den Schülern gegenüber so harmlos und freundlich, dass sie sich in seiner Gegenwart sofort wohlfühlten. In der heiteren Art, wie er mit ihnen sprach, lag fast etwas Kindliches, sodass sie bald ihre Befangenheit verloren. Es dauerte eine ganze Weile, bis Caidan merkte, dass der Alte blind war.

Während der Erste mit den Neulingen plauderte und sie von ihren Heimatdörfern und der langen Reise erzählen ließ, fühlte Caidan plötzlich, dass in seinem Kopf etwas Sonderbares geschah. Es war, als würde jemand – Nxerri! – auf unbeschreibbare Weise mit ihm in Kontakt treten, als würde er höflich an eine unsichtbare Tür klopfen und fragen, ob er eintreten dürfe. Erstaunt, ohne an Widerstand auch nur zu denken, öffnete der Junge seinen Geist für die Begegnung. Dass so etwas möglich war, hatte er nicht gewusst!

»Aber was geschieht da?«, dachte er überrascht.

»Erkennst du mich nicht?«

»Doch, Erster. Aber wieso kann ich dich gleichzeitig mit meinen Ohren und in meinen Gedanken hören?«

»Erschreckt es dich?«

Caidan überlegte. »Nein, aber … ich verstehe es nicht.«

»Du wirst hier noch vieles erleben, was dich anfangs verwirrt. Mella sagte mir, du würdest gern wie ein Vogel fliegen können. Wenn du dir mit den Übungen Mühe gibst, wirst du es bald lernen.«

Damit endete das Gedankengespräch, die Tür schloss sich wieder. Die anderen Jungen hatten nichts davon bemerkt. Caidan blinzelte, er musste sich erst wieder sammeln.

Die Audienz war beendet. Nxerri entließ die Neulinge mit einer segnenden Geste, die auch ein freundliches Winken sein konnte. Sie verbeugten sich mit erhobenen Händen, wie man es ihnen gezeigt hatte. Einem unwiderstehlichen Impuls folgend kniete Caidan nieder und berührte den Fuß des Alten mit seiner Stirn. Eine Hand legte sich federleicht auf seinen Scheitel. Dann war es vorbei, sie waren entlassen.

Draußen verabschiedete sich Mella freundlich von den Jungen, sein Helfer führte sie zurück in das Haus der Schüler. Caidan ignorierte die fragenden Seitenblicke, und so verlor niemand ein Wort über sein eigenartiges Verhalten.

Am nächsten Tag bekamen die Neulinge zum ersten Mal ihre Köpfe mit schmalen Holzbrettchen und festen Leinenbändern eng umwickelt. Man erklärte ihnen, das sei notwendig, um einen langen, schmalen Schädel zu formen, als Voraussetzung für das Erlangen besonderer geistiger Fähigkeiten. Sie müssten sich für die nächsten Jahre daran gewöhnen. Es tat weh, aber Caidan ertrug den Schmerz tapfer, stolz darauf, dem Beispiel Nxerris und Mellas nachzueifern. Sein Lehrer Srian meinte, mit acht Jahren sei er eigentlich schon zu alt dafür, aber man könne immerhin das Bestmögliche versuchen.

Raghna hatte während der langen Erzählung den Blick kaum von Caidan gewandt. Sie war tief in seine Welt eingetaucht und hatte mehr wahrgenommen, als er in Worten ausdrückte.

»So kamst du also nach Lis«, sagte sie jetzt nachdenklich, »und wurdest zu dem, der du heute bist. Wie ging es dann weiter, Atal? Ich würde gern etwas über eure Ausbildung hören, wenn das erlaubt ist.«

Der Wanderer trank seinen Kräutertee aus und setzte den Becher ab. Er saß Raghna schräg gegenüber. Das leise knisternde Herdfeuer verlieh ihren dunklen Haaren einen rötlichen Glanz. Es war tiefe Nacht, Ushkaf schlief längst draußen im Reisezelt, nachdem er die Pferde versorgt hatte. Doch der Wanderer war hellwach, und auch die Rabenfrau verspürte trotz der vorangegangenen durchwachten Nacht keine Müdigkeit.

Gespannt blickte sie Caidan an, der jetzt bedauernd die Schultern hob: »Über einiges darf ich reden, aber nicht über alles. Die tieferen Erklärungen zur dreifachen Wahrheit sind geheim und nur den Glockenbechermännern vorbehalten.« Raghna hob die Augenbrauen, hielt sich jedoch zurück. Caidan bemerkte es gar nicht. Sorgfältig die Worte wählend fuhr er fort: »Es sind acht Stufen: der Jäger, der Schamane, der Verwandler, der Händler, der Krieger, der Lehrer, der Priester und schließlich der Wanderer. Für jede von ihnen braucht der Schüler ein bis drei Jahre, je nachdem, wie fleißig und geschickt er ist. Auf jeder Stufe erwirbt man Wissen, legt einen Schwur ab, bekommt eine Ausrüstung und erhält einen bestimmten Gegenstand, ein Werkzeug.«

»Du hast es in der kürzestmöglichen Zeit geschafft, nehme ich an?«

»Im Gegenteil, Ehrwürdige, ich brauchte sehr lange, weil ich nicht nur mit meinen Kameraden lernte, sondern außerdem viel Zeit bei Nxerri verbrachte, der mich zu seinem persönlichen Diener und Helfer gemacht hatte.«

»Das war bestimmt keine leichte Aufgabe!«

»Nein, aber eine große Ehre. Es machte mich glücklich, denn je besser ich Nxerri kennenlernen durfte, desto mehr bewunderte und verehrte ich ihn. Es erscheint mir bis heute unfassbar, wie ein einzelner Mensch so viel Weisheit in sich anhäufen – und trotzdem so einfach und natürlich bleiben konnte.«

»Waren die anderen Schüler nicht neidisch auf dich?«

»Manche schon, auch ein paar von den Älteren. Andere begannen schon damals Nxerris Nachfolger in mir zu sehen, obwohl ich an dergleichen überhaupt nicht dachte. Nun, ich war ohnehin nie einer von denen, die viele Freunde haben, deshalb fühlte ich mich nicht sonderlich einsam.«

»Worin besteht denn nun eure dreifache Wahrheit, und woher kommt sie?«

»Sie wurde uns von Atal Paseadan geschenkt, dem Herrscher des höchsten Himmels und der Meerestiefen, der der mächtigste aller Götter ist. Er landete vor langer, langer Zeit mit seinem Sonnenboot an unserer Küste. Unter den Fischern, die dort lebten, wählte er einige aus und offenbarte ihnen drei große Wahrheiten:

wie die Wirklichkeit beschaffen ist, woraus sie entsteht und wie sie verwandelt werden kann. Er ließ sie Hütten erbauen und verbrachte Jahre mit ihnen, bis er sie alles gelehrt hatte. So entstand Lis.

Bevor er die Erde wieder verließ, gab er seinen Schülern den Auftrag, ihr Wissen beständig zu vermehren und die dreifache Wahrheit immer tiefer zu verstehen. Und er wies sie an, sie an andere Männer weiterzugeben, die bereit wären, sich ebenfalls zu ihm zu bekennen. Um diesen Auftrag auszuführen, werden seitdem die besten Männer von Lis als Wanderer in alle Länder ausgesandt. Eines Tages, wenn wir das vollkommene Verständnis der Wahrheit erlangt haben, wird Atal Paseadan, der Höchste der Himmlischen, zu uns zurückkehren. So lautete sein Versprechen beim Abschied, als er hinter die Sonne zurückkehrte.«

Raghna hatte Mühe, den komplizierten Erklärungen zu folgen, aber ihr fiel auf, wie tief Caidan davon berührt war. In seinen Augen lag ein eigenartiger Glanz. Sie ahnte, dass hier der Schlüssel zum Verständnis seines Wesens lag. Doch etwas daran blieb ihr unzugänglich, irritierte sie sogar. Nachdenklich meinte sie: »Du wirst mir noch viele Fragen beantworten müssen, damit ich verstehe, was euch an dieser Geschichte so begeistert.«

Doch jetzt verschloss sich Caidan wieder. Bedauernd schüttelte er den Kopf. »Hier ist die Grenze, Ehrwürdige. Es tut mir leid, mehr darf ich dir nicht sagen. Es war ohnehin fast schon zu viel.«

Deutlich spürte Raghna jetzt die undurchdringliche Mauer hinter seinen Worten. »Eure Gemeinschaft besteht nur aus Männern, richtig?«, erkundigte sie sich gleichsam tastend.

»Ja, Ehrwürdige. Fünfhundert sind wir in Lis, und ebensoviele gibt es in Boima, unserem jüngeren Zweig im Osten.«

»Aber in den kleineren Glockenbechersiedlungen, die unseren Dörfern gleichen, leben auch Frauen und Kinder?«

»Das schon, aber die dreifache Wahrheit ist allein den Männern vorbehalten. Nur sie erhalten den Glockenbecher als Zeichen des Bundes. Das hat Paseadan so bestimmt.«

Die Rabenfrau zog die Augenbrauen zusammen und sah eine ganze Weile an Caidan vorbei ins Feuer. Schließlich nahm sie den Faden wieder auf: »So ist das also. Und du bist ebenfalls auf Reisen gegangen, nachdem deine Ausbildung beendet war. Ist das auch geheim, oder kannst du davon berichten?«

»Das muss ich sogar, Ehrwürdige!«

»Nenn mich nicht ehrwürdig. Ich bin einfach nur Raghna. Sprich weiter!«

»Gut. Ich werde dir von den Inseln und Ländern im Osten des Mittleren Meeres erzählen … Dort besuchte ich abseits der bekannten Glockenbecherwege Tempel mit stolzen Priesterinnen, die uralten, mächtigen Göttinnen dienen.« Gedankenverloren starrte er vor sich hin. »Es gibt Orte auf dieser Welt, die einen Mann zutiefst verwirren können. Höhlen, Schlangenheiligtümer, Labyrinthe – sehr seltsame Orte, das kannst du mir glauben!«

Die Rabenfrau lauschte gebannt. »War es Zufall, dass du dorthin kamst?«

»Nein, Ehrw… äh … Raghna, ich habe diese Plätze absichtlich aufgesucht. Mein Lehrer Nxerri gab mir den Auftrag, bevor er … doch davon später. Jedenfalls entdeckte ich auf diese Weise eine ganz andere Welt, als ich sie kannte, und ich hatte natürlich unendlich viele Fragen.«

»Ja, und?«

Caidan zögerte und sagte schließlich mit einem fast verlegenen Lächeln: »Diese Frauen sind genauso zurückhaltend wie wir, wenn es um ihre geheimen Überlieferungen und Riten geht. Deshalb weiß ich längst nicht so viel darüber, wie ich mir wünschen würde. Aber dann, in Ägypten, hatte ich das Glück, die ehrwürdige Aneith kennenzulernen, eine hohe Priesterin der Göttin Hathor. Mit ihr gelangte ich tatsächlich bis nach Oberägypten. So weit war vor mir noch kein Glockenbechermann gekommen.«

Es war kurz nach Einbruch der Dunkelheit. Die Sichel des neuen Mondes hing über dem westlichen Horizont und spiegelte sich in den Wellen des Nils. Caidan trat an die niedrige Lehmziegelbrüstung, die die Terrasse vor seinen Räumen einfasste. Ein willkommener Hauch von Kühle ging von der schwach gekräuselten Wasserfläche aus. Tagsüber war die gnadenlose Glut der ägyptischen

Sonne fast unerträglich gewesen. Wie musste Mont erst leiden! Sein Reisebegleiter war bei ihrer Ankunft in Dendera bewusstlos vom Pferd gesunken, er hatte seit fünf Tagen sein Lager nicht verlassen. Stunde um Stunde wälzte er sich stöhnend von einer Seite auf die andere.

Durch die Tür warf Caidan einen besorgten Blick in den stickigen Raum. Nein, es ging dem Freund nicht besser, im Gegenteil. Das Fieber zehrte Monts Kraft auf, er vergoss Ströme von übelriechendem Schweiß und litt an quälenden Gliederschmerzen, häufigem Erbrechen und blutigen Durchfällen. Die Priesterinnen der Hathor pflegten ihn mit Sorgfalt, aber sie waren offenbar nicht imstande, ihn zu heilen. Man könne nur abwarten, so hatten sie dem Gast erklärt, ob der Körper aus eigener Kraft in der Lage sein würde, die Krankheit zu überwinden. Alles, was sie für seinen Freund tun konnten, war, ihn regelmäßig mit kaltem Wasser abzureiben und dafür zu sorgen, dass er viel trank.

Sogar die weltberühmte ägyptische Heilkunst hatte also ihre Grenzen … Nun, er selbst war ja ebenfalls als Heiler ausgebildet und wusste nur zu gut, dass in manchen Fällen jede medizinische Kunst versagte.

Die bevorstehende Nachtwache hatte Caidan selbst übernommen. Seufzend ging er hinein, hob Monts Kopf und setzte ihm die Schale mit dem Kräutersud an die Lippen. Der Kranke öffnete die Augen und starrte den Freund ohne ein Zeichen des Erkennens an. Immerhin schluckte er ein wenig von der Flüssigkeit. Doch schon kurze Zeit später gab er würgend alles wieder von sich. Während der Wanderer Monts Gesicht abwusch, gestand er sich erstmals ein, dass sein Begleiter sterben würde. Tiefe Trauer ergriff ihn. Wozu hatte er all sein Wissen angesammelt, wenn es in Augenblicken wie diesem nutzlos war? Er hatte Mont gern, sie waren schon in Lis befreundet gewesen. Sie wussten beide, der mäßig begabte Junge würde nie über die Stufe eines Händlers oder Kriegers hinausgelangen, aber gerade deshalb war er für Caidan ein angenehmer, bescheidener Reisebegleiter und Diener gewesen. Zwei Jahre lang waren sie zusammen gereist und stets gut miteinander ausgekommen. Ihn zu verlieren, würde bitter und schmerzlich sein.

Der Vorhang vor der Tür, die zum Innenhof führte, wurde zur

Seite gezogen, und eine schlanke Frau mit klugen, alterslosen Zügen trat ein. Sie trug ein glatt herabfallendes, rotes Gewand aus glattem Leinen und einen schimmernden Halskragen. Die kurzen, silbergrauen Haare, die nach dem allmonatlichen Scheren bereits wieder nachwuchsen, ließen ihr Gesicht seltsamerweise jung erscheinen.

»Aneith!« Erfreut stand Caidan auf und begrüßte die Vorsteherin des Tempels nach ägyptischer Sitte mit erhobenen Händen.

Sie lächelte ihm freundlich zu. »Ich werde heute Nacht mit dir wachen.« Der Wanderer begriff: Sie wusste, wie es um Mont stand, und wollte ihren Gast mit dem Sterbenden nicht alleinlassen. Er murmelte seinen Dank, zog einen geflochtenen Stuhl für die Priesterin neben das Lager und stellte ihn so, dass sie über den Kranken hinweg auf den glitzernden Strom hinausblicken konnte. Er selbst nahm den Platz auf der anderen Seite ein. Schweigend und tief in Gedanken versunken saßen sie und lauschten auf das stoßweise Atmen des Fiebernden.

Caidan fühlte sich Aneith nah wie einer älteren Schwester. Dabei kannte er sie noch nicht einmal zwei Monde. Er war ihr in Unterägypten begegnet, im berühmten Sonnentempel von Iunu im Nildelta, einer der wichtigsten Stationen seiner Reise. Der höflichen Einladung des Hohepriesters folgend hatte er am großen Fest des Re teilgenommen und dem heiligen Benben-Stein seine Verehrung erwiesen. Dabei war ihm die prachtvoll geschmückte Priesterin aufgefallen, die in vollendeter Haltung, kühl und fast statuenhaft, den Zeremonien beigewohnt hatte – offenbar ein Ehrengast wie er selbst. Er erkundigte sich nach ihr und erfuhr, sie sei eine weit aus dem Süden hergereiste hohe Würdenträgerin, die oberste Priesterin des berühmten Hathor-Tempels von Dendera.

Caidan ließ sich ihr vorstellen und war beeindruckt von der kultivierten Dame, die sich sogar in der Sprache der Glockenbecherleute mit ihm unterhalten konnte. Die Gespräche mit ihr faszinierten ihn, er suchte häufig ihre Gesellschaft und befragte sie über den Kult ihrer Göttin. Schließlich lud sie ihn ein, sie auf der Heimreise nach Dendera zu begleiten und ihren Tempel kennenzulernen. Was für eine Gelegenheit, Wissen zu erwerben!

Die Reise mit dem prächtigen Boot stromaufwärts dauerte

länger als einen Mond. In allen Gauen, die sie passierten, wurde Aneith von Menschenmengen begrüßt und gefeiert. Kurz vor dem Ziel war Mont dann erkrankt, und Caidan war froh gewesen, dass er ihn den heilkundigen Frauen anvertrauen konnte.

Er selbst hatte seine Tage damit verbracht, unter der Führung des Jungpriesters Ushkaf den riesigen Säulentempel von Dendera und das weitläufige Gelände mit seinen gepflegten Gärten, Teichen und Kapellen, Magazinen und Werkstätten zu erkunden. Aneith sah er jeden Abend, aber immer nur kurz, denn sie war nach der langen Abwesenheit mit Pflichten überhäuft. Aber der junge Priester, ein glühender Verehrer der Hathor, ging bereitwillig auf alle Wünsche des Wanderers ein und beantwortete begeistert dessen zahlreiche Fragen. Caidan hatte allerdings Mühe, seinem raschen Ägyptisch zu folgen.

»Weißt du, Atal, sie hat viele Gesichter: Sie ist die nährende Mutterkuh im Schatten der Sykomore, die die Sonnenscheibe zwischen ihren Hörnern trägt. Und dann erscheint sie wieder als die göttliche Tänzerin, die Schöne, Verführerische, Strahlende, die ihren Verehrern Liebe und Freude, Rausch und Verzauberung schenkt. Aber wir fürchten sie auch als die Löwin aus der Wüste, die Gefährliche, Brennende, Versengende. Sie ist die Herrin der Beiden Länder, Himmel und Erde sind von ihrem Glanz erfüllt.«

»In Iunu nannte man sie auch ›die Tochter des Re‹«, bemerkte Caidan höflich.

Ein Schatten glitt über Ushkafs Gesicht. »Das sagen die Sonnenpriester dort, aber es stimmt nicht. Sie ist nicht die Tochter von irgendwem, sondern sie selbst steht am Anfang und am Ende von allem. Sie schenkt Nahrung und Fruchtbarkeit, lässt Kinder zur Welt kommen und das Korn reifen, aber sie kann sich auch in einem Augenblick wandeln zur Kriegerin, Zerstörerin, Todbringerin. Die Männer dort in Iunu haben Angst vor ihrer Allmacht und möchten sie deshalb gerne unter der väterlichen Gewalt ihres Gottes sehen. Sie behaupten sowieso, dass Re der Höchste ist, das sieht man schon an den Pyramiden, die sie erbauen ließen. Früher gab es das alles nicht.«

»Die Männer? Aber du bist doch auch ein Mann …«, wagte Caidan vorsichtig einzuwenden.

Ushkaf nickte ernst. »Das bin ich, aber Hathor ist gut zu mir, sie lässt mich sein, wie ich bin. Nicht nur mich, uns alle. Wir erfreuen sie mit Gaben, Gebeten, Tänzen und Liedern, bringen ihr Halsbänder, Kränze und Spiegel, opfern Antilopen, Sumpfgänse, Bier, Wein, Milch, Brote. Dann ist sie besänftigt, segnet uns und gibt uns ihre Geschenke.«

Die Worte des jungen Priesters übten eine eigenartige Wirkung auf Caidan aus. Er empfand eine Mischung aus Sehnsucht und Abwehr, die er sich selbst kaum eingestand. Diese fremdartige Welt, die sich mehr erahnen als begreifen ließ, berührte ihn auf unerklärliche Weise.

»Was für Geschenke?«, fragte er, nur um etwas zu sagen.

»Gesundheit, Reichtum ... was du willst. Aber das Beste von allem ist ... Liebe – dass sie uns mit dem einen, einzigen Menschen zusammenbringt, dem unser ganzes Herz gehört. Für immer.« Ushkaf schaute Caidan in die Augen, eine Hitzewelle durchströmte den Wanderer. Verwirrt bedankte er sich und ging davon.

Das war am Nachmittag gewesen. Nun saß er, tief in Gedanken versunken, am Sterbebett seines Reisegefährten. Die Priesterin murmelte Gebete, die hin und wieder vom leisen Gestammel des Kranken unterbrochen wurden.

Caidans Blick fiel auf die kleine Hathorstatue in der Altarnische. Ihr Sockel war mit heiligen Schriftzeichen bedeckt. Eine nützliche Sache, das Schreiben. Dem Wanderer war schon in Iunu klar geworden, dass die ägyptischen Tempelarchive mit ihren zahlreichen Aufzeichnungen eine wichtige Quelle priesterlicher Macht waren, deshalb verwandten die Kahlgeschorenen auch so viel Mühe und Sorgfalt darauf. Er lächelte. Nein, die Glockenbechermänner brauchten keine Schrift. Sie hatten den heiligen Stein von Lis, gestiftet von Atal Paseadan selbst, in dem all ihr gemeinsames Wissen gespeichert war. Zu jeder Zeit, wo immer sie auch gerade sein mochten, konnten sie darauf zugreifen. Und jeder von ihnen betrachtete es als seine vornehmste Aufgabe, dem alten Wissen neues hinzuzufügen.

Nun, ihm selbst war das bereits gelungen. Die Bilder, Gedanken, Erfahrungen und Erkenntnisse, die er hier in Dendera und schon vorher bei den Schlangenpriesterinnen von Kreta gewonnen hatte, waren keineswegs nur persönliche Erinnerungen geblieben. Alle seine Brüder hatten schon jetzt Anteil daran, wenn sie ihren Geist auf den Kristall richteten. Ja, diese Reise hatte bereits reichen Lohn gebracht!

Aneiths ruhige Stimme drang in sein Bewusstsein: »Das Geheimnis von Lis liegt in eurem Wissen, nicht wahr? Ihr sammelt es auf euren Reisen und bewahrt es auf unbekannte Weise. Solange ihr es besitzt, seid ihr stark und frei. So ist es doch, oder?«

Betroffen blickte Caidan sie an. Las sie seine Gedanken? Die Priesterin lachte leise. »Glaub mir, ich will dich nicht aushorchen. Aber ich habe viel über euch nachgedacht und hatte seit Langem die Absicht, einen Glockenbechermann hierher einzuladen. Deshalb …« Sie hielt inne und beugte sich über Mont, der sich ächzend aufbäumte. Seine Hände fuhren suchend durch die Luft. Aneith griff danach und hielt sie behutsam fest. Langsam sank er wieder zurück.

»Es geht zu Ende«, sagte sie. »Dein Freund geht zu seinem Ka. Ich rufe die Göttin, damit sie ihn beschützt.«

Caidan sah, dass sie recht hatte. Das Fieber schien gesunken, ein Schweißfilm bedeckte Monts wachsbleiches Gesicht, aus dem die Nase spitz hervortrat. Sein Atem ging flach. Der Wanderer holte seinen Glockenbecher und füllte ihn aus dem langhalsigen Krug, der auf dem Opfertisch vor der Altarnische stand, mit dunkelrotem Wein. Er stellte sich neben das Lager des Freundes und hielt den Becher mit beiden Händen hoch.

»Paseadan …« Leise sang er den heiligen Namen, auf jeder Silbe lange verweilend. Ein vibrierendes Echo von weit her schien ihm zu antworten. Mehr war für die Anrufung nicht nötig. Eine machtvolle Präsenz breitete sich im Raum aus. Mit seinen inneren Sinnen nahm Caidan Monts Seele wahr, die, einem flackernden Flämmchen gleich, danach strebte, sich von dem sterbenden Körper loszuringen. Er kniete nieder und benetzte Monts Lippen mit einem Tropfen Wein. Dann hielt er den Becher so, als nähme er ihn aus den Händen des Freundes entgegen, und trank selbst daraus.

»Paseadan, Höchster der Himmlischen, in deinem Namen reichen wir einander den heiligen Becher. Mein Bruder Mont ist auf dem Weg zu dir. Nimm ihn in deine Obhut.«

In diesem Moment stieß Mont mit einem zitternden Seufzer seinen letzten Atem aus. Es folgte eine Stille, die fast mit Händen zu greifen war. Caidan sah, wie die kleine Seelenflamme über die Grenze des Todes davontrieb und von einer unendlichen Weite aufgesogen wurde. Dann war nichts mehr zu spüren als tiefer, raum- und zeitloser Frieden.

Ein feines Klirren holte ihn zurück in die Gegenwart. Aneith stand vor der Nische mit dem vollendet geformten Standbild der Göttin Hathor, die zwischen geschwungenen Kuhhörnern die rote Sonnenscheibe trug. Auf dem blumengeschmückten Opfertisch brannte eine Öllampe. Die Priesterin betete mit erhobenen Händen. Wieder schüttelte sie das goldene Sistrum und legte ein Bröckchen Harz auf die Räucherkohle. Kostbar duftende Schwaden durchzogen das Gemach.

»Ich danke dir«, flüsterte Caidan und legte die Hand über die Augen des Toten. In tiefem Schweigen gedachte er ihrer gemeinsamen Erlebnisse.

Endlich sah er auf, sein Blick begegnete den klugen Augen der Priesterin, die still in ihrem Sessel saß, die Hände gefaltet im Schoß. »Gehst du nicht schlafen, ehrwürdige Hemet? Du hast uns schon so viel Zeit geschenkt, aber jetzt gibt es hier nichts mehr zu tun.«

Aneith schüttelte den Kopf. »Ich werde mit dir die Totenwache halten. Du kannst mir dabei, wenn du willst, von deinen Reisen berichten. Es gibt vieles, was ich dich gern fragen würde, und vielleicht auch einiges, was ich dir erzählen könnte. Warum also nicht diese Nacht nutzen? So ungestört werden wir nie wieder sein. Es sei denn, du möchtest lieber mit deinem Freund allein bleiben, Atal?«

»Nein, Hemet. Ich bin froh, dass du hier bist.«

Diese Nacht, angefüllt mit Erinnerungen und Gesprächen, würde er nie vergessen. Wann immer er daran dachte, glaubte Caidan wieder den Dunft des Weihrauchs zu riechen. Nur mühsam fand er in die Gegenwart von Haelgunns Hütte zurück.

»Weißt du, Raghna, sie war eine ganz besondere Frau, diese hohe Priesterin. Ich wünschte, ich könnte dir ein Bild von ihr geben.«

»Worüber habt ihr gesprochen? Hast du ihr von deiner Kindheit in Lis berichtet, so wie mir?«

»Nein, wir tauschten Reiseerfahrungen aus. Ich konnte ihr natürlich nicht alles erzählen, dafür hätte ich viel mehr Zeit gebraucht, aber ich versuchte ihr ein paar der Orte und Gegenden zu beschreiben: das Vaskonenland mit seinen eigentümlichen, hellhäutigen Menschen und das Land der großen Steine – Felsblöcke, Grabhügel und Steinreihen aus uralter Zeit, die dem Betrachter Rätsel aufgeben. Zwischen ihnen verlaufen kraftvolle Linien ...«

Und wieder tauchte Caidan ein in seine Erinnerungen. Noch einmal erlebte er die eisigen Regengüsse seiner ersten langen Reise, die heftigen, niemals nachlassenden Winde auf dem langen und beschwerlichen Weg zur Bernsteinküste im Nordosten, die gefährliche Überfahrt zu den Kreidefelsen der großen Insel mit ihren heiligen Steinkreisen und waldigen Hügeln und die stürmische Bootsfahrt nach Westen zur grünen Insel, von der das Kupfer kam.

Schon bald hatte er verstanden, warum das Reisen so wichtig war. Obwohl er am gemeinsamen Wissen von Lis Anteil hatte, beeindruckte ihn die Flut neuer Eindrücke tiefer, als er je erwartet hätte. Wie groß und vielgestaltig war doch die Erde, und wie unterschiedlich die Menschen, die sie bewohnten! Bisher war seine Heimat für ihn alles gewesen, das würde nun nie wieder so sein.

Überall war der Wanderer mit der größten Hochachtung empfangen worden, vor allem natürlich in den zahlreichen Glockenbechersiedlungen. Caidan bemerkte, dass diese Dörfer sich in einigem unterschieden, je nachdem, ob es sich um eine Gründung von Lis oder von Boima handelte. Doch stets begegneten ihm die Bewohner mit tiefer Verehrung. Ihr gläubiges Vertrauen rührte ihn an, und er nahm sich die Zeit, zu heilen und zu segnen und ihre zahlreichen Fragen zu beantworten. Deshalb kam er nur langsam voran, aber er hatte ja auch keine Eile. So viel seine männlichen Zuhörer vom dreifachen Wissen aufzunehmen vermochten, versuchte er ihnen zu geben.

Hin und wieder war er mit anderen reisenden Glockenbechermännern zusammengetroffen. Die Männer von Lis kannte er natürlich, man begrüßte sich freundschaftlich und tauschte Neuigkeiten aus. Doch er lernte auch einige Wanderer aus Boima kennen und feierte mit ihnen, wie die gemeinsame Tradition es vorschrieb, das Ritual, bei dem sie einander zu Ehren Paseadans den Becher reichten. Diese Begegnungen gaben ihm sehr zu denken, denn er sah, dass die Männer zwar die überlieferten Worte und Gesten kannten und die Himmlischen gebührend ehrten, aber sie schienen dabei mehr an die glanzvolle Vergangenheit zu denken als an Paseadans lebendige Gegenwart. Sie zelebrierten die Feier mit einer glatten, fast beiläufigen Eleganz, die Caidan zwar beeindruckte, ihn aber nicht darüber hinwegtäuschte, dass diese Glockenbechermänner nicht mit ganzem Herzen bei der Sache waren.

Überall, wohin er kam, sprach Caidan ausführlich mit den Männern, und er war ein aufmerksamer Zuhörer. Mit den Großherren der Streitaxtleute redete er über Pferde und Rinder, Wagen und Waffen, über ihre Götter und Ahnen, Sippen und Kriegszüge, über Verbindungswege und den Handel mit Gold, Bernstein, Salz und Feuerstein. Mit den Bauern über das Wetter, die Schafzucht, die Bearbeitung von Holz und die Verbesserung der Ackerböden. Mit den Fischern über die Wasserwege, die Mondgezeiten und das Knüpfen von Netzen. Mit den Heilern über Kräuter und Salze, mit den Schamanen über Rauschtränke, Pilze und Räuchersubstanzen.

Und alle, alle wollten mit ihm über Erze sprechen. In jeder größeren Ansiedlung gab es einen Kupferschmied, um den sich die Männer scharten. Sie brannten auf die Neuigkeiten der Wanderer und Händler. Der Bedarf an Barren und Ringen, aber auch an bereits geformten Metallgegenständen wie Dolchen, Äxten und Schmuckstücken war ungeheuer, er überstieg das Angebot bei Weitem. Nun, das war das Übliche. Aber die Hartnäckigkeit, mit der die Männer immer wieder auf Zinn, Arsen, Bronze zu sprechen kamen, erstaunte Caidan. Er wich den Fragen aus, denn in Lis wünschte man nicht, dass die gefährlichen Geheimnisse der Schmiedekunst allzu weit verbreitet wurden; es gab ein Sprichwort, das lautete: »Der Mann verwandelt das Erz, aber das Erz verwandelt auch den Mann.« Aber nun musste er erleben, dass die Männer unzufrieden waren mit seinen zurückhaltenden Antworten.

»Du weißt mehr, als du uns sagen willst, Atal«, hatte ein stämmiger Schmied mit buschigen weißen Augenbrauen ihm fast vorwurfsvoll entgegengehalten. »Die Männer aus Boima sind viel großzügiger mit ihrem Wissen!« Zustimmendes Gemurmel der Umstehenden bestätigte seine Worte.

Dass im Zusammenhang mit Bronze ständig von Boima die Rede war, beunruhigte Caidan zutiefst. Er beschloss, sich künftig in Lis eingehender als bisher mit Metallen und ihrer Verwendung zu befassen.

Während er sprach, war es ihm bisweilen, als würden die Gestalten von Raghna und Aneith verschmelzen. Er wusste wirklich nicht, warum er dieser Hagsitzerin hier in den Haselbergen von dem Gespräch mit der ägyptischen Hohepriesterin so ausführlich berichtete. Zweifelnd schaute er Raghna an: »Willst du das wirklich alles hören?«

Sie nickte entschieden. »Ja, es ist wichtig. Ich muss herausfinden, was für ein Mensch du bist – was dich bewegt und antreibt. Außerdem möchte ich gern noch mehr über Aneith erfahren. Sie muss eine sehr weise Frau sein. Ich empfinde eine Art Verwandtschaft mit ihr, so seltsam das für dich vielleicht klingen mag.«

Caidan schüttelte den Kopf. »Gar nicht seltsam. Mir kam schon der gleiche Gedanke …«

Ein Aststückchen zischte und sprühte Funken. Raghna stand auf, stocherte in der Glut und legte neue Scheite auf.

»Mein Gefühl sagt mir«, meinte sie nachdenklich, »dass vieles, was damals zwischen euch gesprochen wurde, eine Bedeutung hat für – etwas, was vor uns liegt. Ich versuche mir ein Bild zu machen und mir möglichst viel zu merken. Erzähl mir also alles, worauf du dich noch besinnen kannst.«

»Also gut. Ich beschrieb Aneith die Siedlungen der Glockenbecherleute und die Herrenhöfe der Streitaxtmänner, und sie fragte mich natürlich auch nach den Bronzekriegern.«

»Ich habe gehört, die Männer von Boima sind mit den Bronzekriegern des Umlands verbündet und stellen ihnen ihre Kenntnisse zur Verfügung«, sagte Aneith.

Caidan verzog das Gesicht. »Ich kann nur hoffen, dass das nicht stimmt, Hemet. Glockenbechermänner verbünden sich mit niemandem. Sie sind nur dem Wissen verpflichtet, und ihre Kenntnisse dienen niemals äußeren Zwecken, schon gar nicht kriegerischen.«

»So sollte es sein. Wenn es aber dennoch ein solches Bündnis gäbe, dann wäre das sehr bedrohlich, es könnte sich sogar bis hierher auswirken.«

»Bis nach Ägypten? Das kann ich mir nicht vorstellen. Die Entfernungen sind doch riesig!«

Aneith schüttelte den Kopf: »Nicht, wenn man anfängt, große, starke Boote zu bauen und die Ströme hinunterzufahren …«

Eine Ahnung künftigen Unheils drang von irgendwoher auf Caidan ein, das ferne Echo von Kampfgetöse und Schwerterklirren – ein kalter Hauch, der durch den Raum zog und verwehte.

Welchen Weg ging die Gemeinschaft von Boima? Gab sie tatsächlich das Glockenbecherwissen den Streitaxtmännern preis? Quälende Besorgnis stieg in ihm auf. Ein solcher Verrat musste unweigerlich zum Untergang der gesamten Linie führen.

So weit darf es nicht kommen. Niemals!

Das Gespräch stockte. Aneith hatte die Arme um ihren Körper geschlungen, als wäre ihr kalt. Sie starrte ins Leere, auf ihrer Stirn stand eine steile Falte.

Fast gewaltsam lenkte Caidan seine Gedanken in andere Bahnen und begann von seiner Fahrt durch die Inselreiche des Mittleren Meeres zu erzählen.

»Auf Malta und dem unvergleichlichen Kreta habe ich Priesterinnen kennengelernt, die mächtigen Göttinnen dienen. Ebenso wie hier in Ägypten. Das war ganz neu für mich«, sagte er versonnen.

»Merkwürdig, nicht wahr?« Ein Hauch von Schärfe lag in Aneiths Stimme. »Früher herrschte die Göttin in ihren vielfachen Gestalten überall. Bevor es die Himmlischen gab, ihre Geheimnisse und besonderen Wahrheiten, die der Alleinbesitz der Männer sind!«

Caidans Antwort kam schnell: »In Lis hat ganz sicher nie eine Göttin geherrscht, Hemet! Unser Wissen, das Paseadan uns schenkte, reicht Jahrtausende zurück.«

Aneith schüttelte den Kopf. »Glaub mir, du irrst dich. Ihr alle irrt euch. Dass Lis sehr alt ist, weiß ich. Aber es war auch dort nicht immer so, dass Frauen vom Wissen ausgeschlossen waren. Das gibt es erst seit ein paar Hundert Jahren, und wie es scheint, fast überall auf der Welt.«

»Aber, falls es so ist – warum?«

Bitter lachte Aneith auf: »Das musst du die Männer fragen, nicht mich. Ich sage dir nur eins: Seltsame Dinge geschehen überall auf der Welt.

Hast du von den jüngsten Ereignissen im Zweistromland gehört? Nein? Wir bekommen regelmäßig Berichte aus den Städten zwischen Euphrat und Tigris. Lugalanda von Lagasch war dort bis vor Kurzem der mächtigste Herrscher. Schon vor Jahren bekam er Streit mit den Priestern seines Stadtgottes Ningirsu. Und es gelang ihm, was niemand geglaubt hätte: die führenden Priester davonzujagen und sich selbst und seine Verwandten an ihre Stelle zu setzen. Die gesamte Tempelverwaltung lag von da an in ihren Händen, und natürlich wurde seine Sippe in kurzer Zeit unermesslich reich. Doch damit endet die Geschichte nicht. Kürzlich bekamen wir die Nachricht, dass Lugalanda von einem ehrgeizigen Mann niederer Herkunft namens Urukagina gestürzt und ermordet worden ist. Einem einzelnen Mann ohne starken Rückhalt wäre das nie gelungen. Er hatte offenbar die Unterstützung des Volkes und, was noch viel wichtiger ist, der abgesetzten Priesterschaft. Lugalanda hatte diese Leute offenbar unterschätzt, Urukagina ist klüger. Er hat sie nach seiner Krönung alle wieder in ihre Ämter eingesetzt, baut noch größere Tempel, und sie erweisen sich dankbar und nennen ihn Gottkönig. Nun, wie denkst du darüber, Atal?«

Vorsichtig sagte Caidan: »Man muss erst abwarten, wie lange er sich in dieser Stellung behaupten kann.«

»Das hängt davon ab, wie viel Zeit ihm der nächste Herausforderer lässt«, meinte Aneith trocken. »Lugalzagesi von Umma wartet bereits auf seine Gelegenheit, und er ist ein starker Gegner. Aber das ist nur ein Beispiel unter vielen. Ich frage dich, den Mann von Lis: Was haben die Himmlischen und ihre ehrgeizigen Priester in Ost und West wohl im Sinn? Was wollen sie erreichen? Überall auf der Erde versuchen sie die Frauen zu entmachten und zu verdrängen. Es geht ihnen um die Macht, natürlich. Aber wo liegt der Sinn? Was ist ihr letztendliches Ziel?

Auch hier in Ägypten geschehen seltsame Dinge. Es ist noch nicht einmal zweihundert Jahre her, da war der Hathortempel von Dendera das bedeutendste Heiligtum am Nil. Doch dann wurde Re zum höchsten Gott, und von da an war jeder Pharao sein geliebter, unsterblicher Sohn. Dem Gott zu Ehren wurden die riesigen Pyramiden errichtet und die prunkvollen Sonnentempel, deren goldblitzende Obelisken in das Himmelsblau stechen. Die Priesterschaft des Re beherrscht und lenkt alles, auch unseren gegenwärtigen Pharao Asosi, der sich stolz Djed-Ka-Re nennt …« Aneith war blass geworden, ihre Stimme zitterte.

»Kennst du ihn? Ich meine, den Pharao. Bist du ihm persönlich begegnet?«

»Ob ich ihn kenne?« Die Priesterin lächelte bitter. »War ich denn nicht Hathor für ihn, die ihn im nächtlichen Tempel zum Horus machte, bevor man ihm die Doppelkrone aufs Haupt setzte? Die Göttin ist es, die ihm das Leben gibt. Aus ihren Händen, aus ihrem Schoß empfängt er die übermenschliche Kraft … Raserei und Trunkenheit und göttliche Lust …« Sie biss sich auf die Lippen und verstummte. Caidan erschrak über den wilden Ausdruck in ihren Augen.

Tief atmend zwang sich Aneith zur Ruhe. Nach einer Weile fuhr sie mit ihrer alltäglichen Stimme fort: »Ohne die Priester des Re kann dieses Reich nicht mehr verwaltet werden, so weit sind wir heute. Von Jahr zu Jahr ziehen die Kahlköpfigen mehr Macht an sich. Sogar über unsere uralten heiligen Stätten, die Tempel der großen Göttin, haben sie ihren Stab erhoben. Sie nennen sie

Tochter oder Gattin des Re, und wie zum Hohn erbauen sie am Fuß eines jeden neuen Sonnenheiligtums eine lächerliche kleine Hathorkapelle. Wir können nichts dagegen tun.« Sie presste die Lippen zusammen. »Ja, die Männer ruhen nicht eher, als bis sie alles beherrschen, und am schlimmsten von allen sind die Priester! Und wo immer sie ihr Ziel erreicht und sich den höchsten Rang gesichert haben, da fangen sie an, untereinander zu streiten. Sie erheben sich sogar über die Herrscher und Häuptlinge. Sag mir doch, Atal, was bezwecken sie damit? Was haben sie davon? Du bist doch ein allwissender Glockenbechermann – wie lautet deine Antwort?«

Caidan fühlte, wie ihm der Schweiß ausbrach. Vor seinem inneren Auge erschien das faltige Gesicht des alten Nxerri, aber nicht blind wie sonst, sondern sehend – mit beschwörendem Blick: *Wichtig! Das hier ist wichtig! Du musst es unbedingt verstehen!*

Kopfschüttelnd drängte Caidan die Vision zurück. Etwas Bedrohliches lag in der Luft, schien von allen Seiten auf ihn einzudringen. Instinktiv wehrte er sich dagegen.

»Nein, es … ich glaube nicht, dass es wirklich so ist, wie du sagst. Du meinst, es gibt eine … eine Art Verschwörung der Männer gegen die Frauen? Das ist doch Unsinn, verzeih das harte Wort! Es mag sein, dass hier und da ein paar Priester sich zu viel Macht anmaßen, aber das sind bestimmt Einzelfälle. Ich bin überzeugt, die meisten dienen ihren Göttern, so gut sie können. Und – es hat ja auch Vorteile, wenn die Verwaltung gut geordnet ist, nicht wahr? Du sagst ja selbst, ohne die Priester würde das Chaos hier im Reich ausbrechen. Sicher, die Welt ist nicht vollkommen, und Menschen machen Fehler, aber diejenigen, die damit nicht einverstanden sind, müssen erst mal sagen, wie sie es besser machen würden.«

Aneith hob die Hand und wollte etwas einwerfen, aber Caidan ließ sie nicht zu Wort kommen: »Nur eins noch, Hemet: Du meinst, dass die Frauen in alten Zeiten mehr Macht und Einfluss und … ja, Wissen … hatten als heute. Ich glaube nicht, dass es so war, zumindest nicht bei uns im Westen, aber *falls* das stimmen sollte, warum habt ihr es dann verloren – und was hindert euch daran, diesen Zustand wiederherzustellen?«

»Wenn wir das wollten, müssten wir gegen die Priester Krieg führen«, kam es leise von Aneith.

»Jetzt übertreibst du aber, Hemet! Niemand würde doch Gewalt gegen euch anwenden.«

Sie sagte nichts mehr, sah ihn nur müde an und stand auf. Das Gespräch war zu Ende. Die hohe Priesterin verneigte sich höflich, grüßte die Statue in der Nische mit erhobenen Händen und zog sich zurück. Betroffen starrte der Wanderer auf den Vorhang, der sich hinter ihr geschlossen hatte.

Er sah sie nur noch einmal, nach Monts Bestattung, als er sich vor seiner Abreise im großen Saal von ihr verabschiedete. Aneith war umgeben von ihrem Gefolge und nahm seinen Dank und die Geschenke mit kühler Würde entgegen.

Hartnäckig hielt sich in Caidan das unbehagliche Gefühl, dass er etwas Wichtiges verfehlt, eine Prüfung nicht bestanden hatte. Er war gereizt und unzufrieden mit sich selbst.

Den Blick, mit dem die Priesterin ihn angesehen hatte, vergaß er nie. Hoffnungslosigkeit, Resignation, Furcht, Trauer, eine Spur Verachtung, das alles lag darin. Während die Erinnerung noch in ihm nachschwang, kehrte er langsam in die Gegenwart zurück – und gewahrte, peinlich berührt, dass ihn Raghna schweigend musterte, auf genau die gleiche Art wie damals Aneith.

Er wandte den Blick ab, räusperte sich und fuhr fast hastig fort mit seiner Erzählung.

Gefolgt von einem Sklaven, der seine Gaben trug, betrat der Wanderer zum letzten Mal die Halle des großen Hathortempels. Er sah sich suchend um und fand Ushkaf im Gespräch mit einem älteren, offensichtlich wohlhabenden Ehepaar. Der junge Priester lächelte zu Caidan hinüber, als hätte er ihn erwartet, verabschiedete die Besucher mit ein paar Worten und kam ihm entgegen. Eifrig klapperten seine Sandalen über die kühlen Steinfliesen.

»Sei gegrüßt, Atal. Ich sehe, du kommst, um der Göttin ein Opfer darzubringen. Ich stehe dir zur Verfügung. Oder soll ich eine von den höheren Priesterinnen rufen?«

»Nein, Ushkaf, es ist mir recht, wenn gerade du die Gebete für mich sprichst. Das ist mein Abschied vom Tempel, ich reise ab. Ich möchte dir danken, dass du mir so viel Zeit gewidmet hast.«

»Schon?« Ushkafs unglückliches Gesicht rührte Caidan. »Und wer wird dich nun begleiten und bedienen, Atal?«

»Niemand. Ich werde schon zurechtkommen, die Fahrt den Strom hinunter ist ja nicht beschwerlich. Und in Iunu, wo sich so viele Reisende treffen, finde ich vielleicht einen neuen Begleiter.«

»Nimm mich mit!«, platzte Ushkaf heraus.

Caidan hatte die Zuneigung und Anhänglichkeit des jungen Mannes von Tag zu Tag wachsen sehen. Ein prickelnder Schauer überlief ihn, und einen Augenblick war er in Versuchung, den Vorschlag ernstlich in Erwägung zu ziehen, aber sofort rief er sich zur Vernunft.

»Ja, das wäre schön«, meinte er lächelnd, »aber du weißt selbst, die ehrwürdige Aneith würde es niemals erlauben, dass du dich deinen Pflichten hier entziehst. Sie ist deine Tante, nicht wahr? Nein, ich fürchte, wir müssen Abschied nehmen, mein Freund.«

»Du wirst mir fehlen, Atal. Ich werde dich nie vergessen!« Caidan erschrak, als er in Ushkafs Augen Tränen schimmern sah. Taktvoll drehte er sich um, nahm dem Sklaven das Tablett mit den Geschenken ab und entließ ihn.

Der Hathorpriester und der Mann von Lis traten zum Altar und vollzogen gemeinsam das Opfer. Anschließend wurde Ushkaf von einer Priesterin für eine andere Aufgabe abgerufen. Es ergab sich keine Gelegenheit mehr zu einem persönlichen Gespräch.

Die Rückfahrt erschien Caidan langweilig und öde. Dendera zu verlassen war ihm trotz des Schattens, der über den letzten Tagen lag, unerwartet schwergefallen. Geistesabwesend saß er jetzt unter dem Sonnendach des Segelboots, ließ die braunen Ufer mit ihren Dörfern und Feldern an sich vorüberziehen und versuchte vergeblich, sich über seine widerstreitenden Empfindungen klar zu werden. Am zweiten Tag wurde es noch schlimmer. Er versank in tiefe Schwermut.

Als die Abendsonne den Strom in flüssiges Gold verwandelte, wurde das Boot am Ufer vertäut. Das Nachtmahl, das eine Sklavin ihm brachte, rührte der schweigsame Reisende kaum an. Bald zog er sich hinter die geflochtenen Wände seiner Kabine zurück, warf sich auf sein Lager und versuchte zu schlafen.

Ein Rascheln und leises Scharren riss ihn aus seinem unruhigen Halbschlaf. Die Steinlampe flackerte im Luftzug.

Der Wanderer richtete sich auf. »Wer ist da?«, fragte er auf Ägyptisch.

»Ich bin's. Ushkaf.« Eine schlanke, braune Gestalt, nackt bis auf einen Leinenschurz, glitt herein, kniete vor seinem Lager.

»Du!«

Überrascht, ungläubig starrte Caidan den anderen an, und im nächsten Moment durchströmte ihn eine Welle der Freude.

»Hast du nicht gewusst, dass ich komme, Atal?«

»Nein. Doch. Vielleicht. Aber ist es nicht ...«

Ushkaf beugte sich rasch vor und berührte mit den Fingerspitzen Caidans Lippen. »Sch! Sag nichts. Ich bleibe bei dir, Atal. Für immer. Es gibt für mich keinen Weg zurück.«

Das stimmte, sie wussten es beide. Forschend sahen sie sich an. Dann lächelte Ushkaf glücklich, in seinen dunklen Augen stand seine ganze Hingabe, Bewunderung, Liebe – und eine unerschütterliche Entschlossenheit. Unsichtbar schwebte die Feder der Maat zwischen ihnen, Wahrheit fordernd.

Ein tiefer, zitternder Atemzug kam von dem Wanderer. »Nenn mich nicht Atal, das tun nur Fremde. Für dich bin ich Caidan. Heute und für immer.«

»Caidan.« Ein geflüsterter Hauch.

Gedanken schossen durch den Kopf des Wanderers. Er würde einen Weg finden müssen, den Freund bei sich zu behalten. Gleich morgen früh musste er dem Bootsführer Gold geben, damit er den unangemeldeten Passagier übersah. In Iunu durfte niemand Ushkaf als entlaufenen Jungpriester erkennen. Es würde nicht ganz einfach sein, mit ihm das Land zu verlassen. Aber das war jetzt alles nicht wichtig ...

»Komm her zu mir«, murmelte er heiser und streckte die Hand aus.

Was er nicht in Worten sagte, verriet der Wanderer durch den Ausdruck in seinen Augen, die Wärme seiner Stimme. Raghna erfasste, dass die beiden Männer mehr als nur Freundschaft verband.

Nachdenklich ruhten ihre Blicke auf Caidan, als er fortfuhr: »Wir verließen also Ägypten und gingen nach Boima. Ich überbrachte Yo Katum, dem Wahrer des Wissens von Boima, eine Grußbotschaft von Nxerri. Wir blieben eine Weile dort« – er stockte kurz, um dann fast hastig weiterzusprechen – »danach wollten wir eigentlich nach Mykene, weißt du, das ist eine mächtige …«

Raghna runzelte die Stirn.

Er verschweigt etwas Wichtiges.

»Warte, Atal!«, unterbrach sie ihn. »Was hast du in Boima erlebt?«

Caidan senkte den Blick. »Warum fragst du?«

Hart setzte Raghna ihren Becher ab. »Warum wohl?«, entgegnete sie schneidend. »Gleich hinter den Kieferbergen beginnt das Land der Bronzekrieger, die uns bedrohen. Die ganze Welt verlangt nach Bronze. Und wer Bronze sagt, meint heutzutage Boima – das weißt du so gut wie ich.«

»Das sind Angelegenheiten, die nur uns Glockenbecherleute etwas angehen …«

»Nein!«

Der Wanderer biss sich auf die Lippen. Unvermittelt stand er auf. Er war so groß, dass sein Scheitel fast das Dach der Hütte streifte.

»Entschuldige mich kurz«, murmelte er, »ich muss etwas frische Luft schöpfen.« Raghna sah ihm nach, als er hinausging, und kämpfte darum, ihre Ungeduld zu zügeln.

Es ist schwer für ihn, über diese Dinge zu sprechen, noch dazu mit einer Frau. Er kennt mich ja kaum. Wäre ich umgekehrt bereit, ihm so viel von mir preiszugeben?«

»Ich kann dein Zögern verstehen, Atal!«, sagte sie, als er ihr wieder gegenübersaß. »Aber ich glaube, es ist wichtig, dass du mir von Boima erzählst. Ich verspreche dir jedoch, dass ich mit niemandem darüber reden werde. Und dass ich auch offen zu dir sein werde, wenn es um meine Geheimnisse geht. Wir sollten einander vertrauen, meinst du nicht?«

Er seufzte schwer: »Wahrscheinlich hast du recht. Vor dir kann man ohnehin nicht viel verbergen, wie?«

Ein Lächeln flog über Raghnas Gesicht, das Caidan fast verlegen erwiderte, bevor er schnell weitersprach: »Also gut, Boima: Es ist Lis ähnlich in der Anlage der Gebäude. Sie haben die gleichen Wohnhäuser und Hallen wie wir. Die Gemeinschaft der Fünfhundert besteht aus fähigen, gut ausgebildeten Männern, die ihrem Anführer Yo Katum völlig ergeben sind. Er ist noch jung für sein Amt, in den Vierzigern, schätze ich.«

Der Wanderer schloss die Augen. Die Erinnerung kam zurück, stark und beunruhigend. Konnte er wirklich diesem Rabenmädchen erklären, was er selbst nicht verstand – den Unterschied zwischen seiner Heimat Lis und der äußerlich fast gleichen und doch so ganz anderen Welt, die er in Boima angetroffen hatte?

Wie so oft erschien Yo Katum vor seinem inneren Auge: die mittelgroße, gedrungene Gestalt, das glatte, undurchdringliche Gesicht, die unpersönliche Stimme, die entschlossene, zupackende Art zu handeln. Er hatte den gleichen überlangen Schädel wie Nxerri, trug aber sein langes, noch kaum ergrautes Haar nicht offen herabhängend, sondern meist zurückgebunden wie ein Streitaxtmann. Auch seine Kleidung bestand, wenn er nicht von Amts wegen die weiße Tunika und den Mantel trug, aus Reitkittel und Beinkleid, Stiefeln und einer ledernen Weste, was einen seltsamen Kontrast bildete zu dem dreifachen goldenen Halsband und den goldenen Ohrpflöcken.

Caidan hatte sein Erstaunen kaum unterdrücken können, als er zum ersten Mal vor ihm stand, doch das schien der Hüter des Wissens nicht zu bemerken. Er nahm Nxerris Botschaft höflich entgegen und lud den Besucher ein, am Leben der Gemeinschaft teilzunehmen, solange es ihm gefiele.

Zusammen mit Ushkaf wohnte Caidan fast zwei Monde lang im Gästehaus der Wanderer. In gewisser Weise war es wie eine Heimkehr. Nach der langen Zeit des Reisens genoss er das Eintauchen in die vertrauten Abläufe und Gewohnheiten der Glockenbecherwelt.

Und doch, etwas war anders als in Lis. Die Männer in Boima waren auf eine schwer zu beschreibende Art verschlossen, sie bildeten eine Gemeinschaft, die ihn nicht aufnahm. Immer wieder fing er Blicke auf, kleine Gesten, Untertöne in scheinbar beiläufig dahingesagten Nebensätzen, deren Bedeutung er nicht zu enträtseln vermochte. Obwohl es widersinnig war, begann er sich allmählich inmitten dieser fünfhundert Glockenbechermänner fremd zu fühlen.

Irritierend fand er auch die Unruhe und Geschäftigkeit, die in Boima herrschte. Pausenlos kamen und gingen Händler, Boten und Besucher, die meisten davon Krieger vom Schwarzpferdestamm. Besonders lebhaft war das Treiben bei den Schmiedewerkstätten.

Yo Katum sah er selten, der Hüter war oft tagelang mit einigen seiner Männer zu Pferde unterwegs. Caidan erfuhr davon meist nur aus den Unterhaltungen der anderen beim Essen, und ihm entging nicht die begeisterte, fast schwärmerische Art, in der sie von ihrem Ersten redeten. In Lis herrschte ein ganz anderer Ton, dort gab es zu viele verschiedene Gruppierungen und Strömungen, die einander zwar das Leben oft schwer machten, aber auch für eine Atmosphäre der geistigen Anregung und Wachheit sorgten. Hier jedoch schienen alle der gleichen Meinung zu sein: dass Boima der beste Platz auf Erden und Yo Katum der großartigste aller Hüter sei.

Wenigstens die Ausbildung war gleich, sie führte in den vorgeschriebenen acht Stufen vom Jäger bis zum Wanderer. Doch gab es auffallend viele Männer, die offenbar schon seit Jahren auf der fünften Stufe, der des Kriegers, standen und damit ganz zufrieden waren. Offenbar war nur ein kleiner Teil der Gemeinschaft dazu bestimmt, voranzuschreiten bis zu den Graden des Lehrers und des Priesters. Gar die letzte Stufe zu meistern und als Wanderer auf Reisen zu gehen, war anscheinend für die wenigsten ein erstrebenswertes Ziel.

Seine Beobachtungen gaben Caidan sehr zu denken. Er hoffte jedoch, dass sich in einem ausführlichen Gespräch mit Yo Katum alle Fragen und Zweifel auflösen würden. Immerhin konnte er nirgendwo auch nur das geringste Anzeichen von Schlendrian und Verfall entdecken, im Gegenteil: Sämtliche Riten und Feiern, Bräuche und Vorschriften wurden mit größter Sorgfalt und Disziplin beachtet – fast noch genauer als in Lis selbst.

Es dauerte Wochen, bis Yo Katum sich endlich für ihn Zeit

nahm. Caidan fand das befremdlich. Gewiss, der Hüter von Boima war stark beschäftigt, doch schließlich war Nxerris Abgesandter ein Gast von hohem Rang. Doch dann war es so weit. Yo Katum ließ ihn für den nächsten Morgen in die Halle der Wanderer bitten. Anlass dazu war ein Besuch von Tjulek, dem reichen und mächtigen Häuptling des Schwarzpferdestammes, der die umliegenden Gebiete beherrschte.

Der Alte war ein Streitaxtkrieger, wie Caidan inzwischen schon viele kennengelernt hatte. Er fand ihn beeindruckend, aber wenig sympathisch. Was Caidan sofort auffiel, war eine merkwürdige Ähnlichkeit zwischen ihm und Yo Katum, die weniger in ihrem Aussehen als im Auftreten lag. Sie hatten die gleichen entschiedenen Gesten, die gleiche knappe, bestimmte Art zu reden, wirkten befehlsgewohnt und selbstsicher.

Tjulek, dessen Kleidung einen durchdringenden Pferdegeruch ausströmte, war hochgewachsen, sehnig, bärtig, weißhaarig – ein alter Bär. Er sprach laut und mit Nachdruck, sein Blick war hart.

Das Zusammentreffen mit den wenigen Wanderern von Boima, die sich wie Caidan zu Ehren des Alten eingefunden hatten, empfand der Mann von Lis ebenfalls als wenig angenehm. Es bestätigte nur die Kluft zwischen ihnen. Gelangweilt ließ er die Gespräche an sich vorüberziehen, es ging um irgendwelche Pferdeweiden und um Abgaben. Einmal horchte er auf, als das Wort Bronze fiel, aber es war nur die Rede von Beschlägen am Zaumzeug. Als Tjulek schließlich aufbrach, verbeugte Caidan sich wie alle anderen, verließ jedoch nicht mit den Wanderern zusammen den Raum, sondern blieb und wandte sich in betont erwartungsvoller Haltung Yo Katum zu. Der Hüter stutzte kurz, dann winkte er den Gast zu sich.

»Ich sehe, du möchtest mit mir reden, Atal. Komm mit nach hinten in meine Kammer«, sagte er.

Das Gespräch, von dem Caidan so viel erhofft hatte, begann durchaus vielversprechend. Yo Katum bot ihm einen Hocker an und stellte eine Schale mit Nüssen vor ihn hin.

»Wie gefiel dir der alte Tjulek?«, fragte er aufgeräumt.

»Nun, er ist zweifellos ein kluger Mann und großer Anführer«, meinte Caidan vorsichtig. »Du kommst gut mit ihm aus, das sieht man.«

»Er ist mein Onkel.« Angesichts der Überraschung in Caidans Gesicht lächelte der Hüter. »Ja, so ist es. Mein Vater war sein jüngster Bruder. Ich wurde schon als ganz kleiner Junge nach Boima berufen und hier erzogen.«

Caidan begriff.

Dann, in einem fast irrsinnigen Anfall von Ehrlichkeit sprach er offen aus, was er dachte: »Verzeih meine Dreistigkeit, aber findest du es nicht gefährlich, dass die Verbindung zwischen diesen Leuten und Boima so eng ist? Die Leute sprechen sogar von einem Bündnis. Aber das kann wohl nicht wahr sein.«

Yo Katum blieb erstaunlich ruhig. »Du musst das richtig verstehen«, sagte er. »Wir verbünden uns nicht wegen der Blutsverwandtschaft mit ihnen – du weißt, dass dergleichen für Glockenbechermänner keine Bedeutung mehr hat. Nein, mir geht es nur darum, für unsere Tradition die Zukunft zu sichern.«

»Die Zukunft? Ich verstehe nicht.«

Der Hüter warf ihm einen Blick zu. »Die Zeiten ändern sich, Wanderer. Das dürftet sogar ihr da hinten in eurem schönen, altehrwürdigen Lis schon gemerkt haben. Den Streitaxtkriegern gehört alles: das Land, die Reichtümer, die Macht, die Zukunft. Wir leben hier mitten unter ihnen und haben keine andere Wahl, als uns mit ihnen zu verbünden oder unterzugehen.«

Ungläubig schüttelte Caidan den Kopf, auf seiner Stirn erschien eine steile Falte. Er wollte antworten, aber Yo Katum sprach schon weiter: »Doch, es ist so, glaub mir! Würde ich mit Tjulek nicht auf so gutem Fuß stehen, dann hätte er das Gebiet von Boima schon längst in Besitz genommen, mit all seinen Gebäuden und Anlagen, den Gärten, Viehweiden und Bächen. Onkel oder nicht, er hätte es getan, doch ich konnte ihn auf bessere Gedanken bringen.«

»Indem du ihm für seine Krieger Bronzewaffen gegeben hast!«

»Richtig. Und die werden unter anderem dazu benutzt, um uns, um Boima zu schützen. Damit sorge ich dafür, dass unser Wissen auch in hundert, ja, in tausend Jahren noch existiert, wenn Lis vielleicht längst vergessen ist.«

»Aber siehst du denn nicht, Erster, dass gerade dadurch dieses Wissen verzerrt und verfälscht und zerstört …« – wird, wollte er sagen, schwächte es aber im letzten Augenblick ab zu: »… werden könnte?«

»Nein, Atal. Das sind fromme Ideen, wie sie in einem fernen, friedlichen Land am Meeresstrand vielleicht noch bewahrt werden können. Noch! Hier bei uns gelten jedoch andere Gesetze. Die Welt ändert sich, sehr schnell sogar, und wir müssen mit der neuen Zeit gehen. Darum: Wenn ihr vernünftig seid, macht ihr es wie wir. Wissen nur um des Wissens willen, das sind edle Träume, für die heutzutage kein Platz mehr ist. Das Wissen dient einem Zweck, es dient meinem Volk und meiner Gemeinschaft, und so soll es auch sein.«

Caidan geriet in einen Zustand heller Verzweiflung, er war im Begriff, Yo Katum ernsthaft herauszufordern. Doch so weit ließ dieser es gar nicht kommen.

Er verabschiedete seinen Gast mit entwaffnender Gewandtheit: »Ich weiß, dass diese neuen Gedanken dir fremd sind, du hast ja dein Leben lang nichts anderes gehört als die Lehren von Lis. Aber wenn du deine Reisen fortsetzt und dich mit offenen Augen umschaust, wirst du sehen, dass ich recht habe. Du kannst übrigens zu Hause gern berichten, worüber wir gesprochen haben. So, aber nun musst du mich verlassen, mein Pferd steht schon bereit, ich habe einen langen Weg vor mir. Ich nehme an, du wirst bald abreisen? Ja, das dachte ich mir. Falls wir uns nicht mehr begegnen: Geh mit Paseadans Segen, Wanderer, und grüße den alten Nxerri von mir!«

Dann fand sich Caidan draußen wieder. Wie betäubt schritt er über die gepflegten Sandwege.

Was kann ich tun? Gar nichts. Es ist bereits zu spät. Er hat alles verraten, woran Glockenbechermänner jemals glaubten!

In seiner Unterkunft angekommen, rief er Ushkaf zu: »Pack unsere Sachen, wir reisen ab.« Der Ägypter riss erstaunt die Augen auf und wollte Fragen stellen, doch nach einem Blick auf Caidans Gesicht verzichtete er darauf und ging die Packtaschen holen.

Der Wanderer warf sich auf sein Lager, schloss die Augen und konzentrierte sich auf den Kristall von Lis.

Am nächsten Morgen waren sie unterwegs nach Westen.

Schwer atmend hielt Caidan inne und starrte Raghna an.

Ihr Himmlischen, was habe ich getan? Ich habe tatsächlich dieser Frau alles erzählt, die ganze Geschichte, ohne irgendetwas auszulassen.

Er biss sich auf die Lippen. Doch dann sah er, dass Raghna alles verstand.

Sie lehnte den Kopf zurück an die Wand und kaute nachdenklich auf einem Strohhalm.

Immer noch trommelte Regen auf das Dach der Hütte. In der Ecke raschelte eine Maus.

»Es besteht tatsächlich Grund, sich Sorgen zu machen«, sagte sie endlich. »Diese Priesterin in Ägypten hatte also recht.«

»Sie hat auf jeden Fall mehr gesehen als ich damals. Soll ich jetzt weiterberichten?«

»Bitte, Atal.«

»Nenn mich Caidan, Raghna.«

Sie lächelte. »Erzähl weiter, Caidan.«

»Boima lag hinter uns. Ich überlegte, wie viel von den Vorgängen dort meinem Lehrer Nxerri wohl bereits bekann sein mochte. Und dann wurde mir klar: Er wusste alles! Das war der Grund, warum er mich auf diese ungewöhnlichen Pfade geschickt hatte. Plötzlich empfand ich das unüberwindliche Verlangen, auf dem kürzesten Wege nach Lis zurückzukehren. Mein nächstes Ziel wäre eigentlich Mykene gewesen, aber das ließ ich fallen. Ich wollte nur noch zu Nxerri und mit ihm über alles reden!«

»Wann war das?«

»Im letzten Herbst. In mir war eine solche Unruhe, dass ich Ushkaf und die Pferde ständig zur Eile antrieb. Um die Wintersonnenwende erreichten wir Lis.«

Caidan tauchte ein in die Geschehnisse seiner Rückkehr und nahm seinen Bericht wieder auf. Er machte sich jetzt keinerlei Gedanken mehr darüber, was er Raghna erzählen durfte und was nicht.

Der Heimkehrende erschrak, als er seinen alten Lehrer wiedersah. Wie alt Nxerri geworden war! Mager, gleichsam geschrumpft, nur noch aus Haut und Knochen bestehend, lehnte er in seinem Stuhl und wandte dem Eintretenden sein blindes Gesicht zu. Sein strahlendes Lächeln hatte etwas fast Unirdisches, das die Hinfälligkeit des Körpers vergessen ließ.

»Caidan, mein lieber Junge!« Er streckte seinem Schüler die Hand entgegen, berührte kurz mit den Fingerspitzen sein Gesicht. »Das ist schön, dass du rechtzeitig zurückgekommen bist!« Nxerris Stimme klang heiser, aber überraschend fest; sein Verstand schien unverändert scharf und klar zu sein, wie Caidan mit Erleichterung feststellte.

»Rechtzeitig wofür, Erster?«

»Das erkläre ich dir später, vorher möchte ich hören, wie es dir ergangen ist. Aber zuerst willst du sicher den heiligen Stein grüßen. Geh nur hinein.«

Caidan ging zur rückwärtigen Wand des Raumes, schob den Vorhang vor einem schmalen, bogenförmigen Durchgang zur Seite und trat in den Schreinraum. Das leere, runde Gemach aus grob behauenem Felsgestein, nicht größer als drei, vier Schritte im Durchmesser und bis auf einen Luftspalt fensterlos, war erfüllt von den langwelligen Schwingungen einer fast mit Händen zu greifenden Kraft. Gegenüber der Tür befand sich eine beleuchtete Nische, und da lag er, der Stein von Lis, der heilige Stein des Wissens. Es war das Vorrecht der Wanderer, ihn nach der Heimkehr von jeder Reise anzuschauen, und wie immer stand Caidan zutiefst ergriffen vor dem eiförmigen, teils milchig, teils klar ausgebildeten, von feinen Adern durchzogenen Bergkristall, der im Licht der Öllampen sanft schimmerte. Wer ihn einmal gesehen hatte, vergaß den Anblick nie mehr. Es war, als ob alle Schönheit und Reinheit der Welt in ihm gesammelt wären.

Mit ehrfürchtig erhobenen Händen murmelte Caidan die vorgeschriebenen Worte: »Dank sei euch, ihr Himmlischen, die ihr uns den Stein als Zeichen unseres Bundes gegeben habt. Mit vollkommener Hingabe hüten wir das kostbare Kleinod, damit unser heiliges Lis unter eurem Schutz in Ewigkeit blühen und gedeihen möge!« Er kniete nieder und drückte die Stirn an das Sims, dann erhob er sich rasch und kehrte zu Nxerri zurück.

Er brauchte lange für seinen Bericht. Immer wieder unterbrach der Alte ihn mit Fragen, und so wurde es später Abend, bis Caidan endlich zum Abschluss kam: »Die Erfahrungen auf den Inseln, in Ägypten und vor allem in Boima lassen mich nicht mehr los, ehrwürdiger Nxerri. Auf der ganzen Rückreise habe ich unausgesetzt darüber nachgedacht. Falls es stimmt, was Aneith sagte, dass die Männer, die Krieger, vor allem aber die Priester, alles daransetzen, überall auf der Welt nach der alleinigen Macht und Herrschaft zu streben – was wird dadurch gewonnen? Und wo in dieser veränderten Welt ist der Platz der Glockenbecherleute? Boima hat, so viel ich sehe, unter Yo Katum einen Irrweg eingeschlagen. Aber welchen Weg soll Lis gehen? Wie sieht unsere Zukunft aus?«

Nxerri gab keine Antwort. Im schwachen Licht der Steinlampen, die auf den Simsen brannten, war der Ausdruck seiner Züge nicht zu enträtseln. War der alte Mann am Ende eingeschlafen?

»Ich habe dich zu sehr angestrengt, Ehrwürdiger«, murmelte Caidan schuldbewusst. »Erlaube mir, mich für heute zu verabschieden.«

»Ich bin nicht müde«, kam es endlich von Nxerri. »Ich denke nur nach. Hör zu, mein Junge, ich werde dir jetzt etwas erzählen, worüber ich noch zu keinem Menschen gesprochen habe. Pass gut auf, denn dieser Bericht ist zugleich mein Vermächtnis an dich. Wenn du mich angehört hast, werden wir gemeinsam darüber nachdenken, welchen Weg Lis gehen soll. Bist du bereit?«

»Ja, Erster«, erwiderte Caidan, aufs Höchste gespannt.

Der Hüter des Wissens strich sich über die Stirn. »Beginnen wir mit einem Blick in die Vergangenheit«, sagte er. »Was diese ägyptische Priesterin dir sagte, ist die Wahrheit. Ich habe dich über entlegene Routen zu den ältesten Tempeln geschickt, damit du es hörst und siehst und selbst erlebst: Früher – vor keineswegs unendlich langer Zeit – gab es fast nur weibliche Gottheiten und weibliche Priesterschaften, die Frauen und Mütter führten die Stämme und Dörfer an. Auch hier, wo sich heute die große Anlage von Lis ausbreitet, stand einmal einen kleiner runder Tempel der Mond- und Meeresgöttin.«

Er machte eine Pause. Ein Lächeln glitt über sein faltiges Gesicht, als er spürte, dass Caidan ihn sprachlos anstarrte. »Also doch«, hörte er ihn flüstern.

»Ja, mein Sohn. Den Männern ging es damals gar nicht mal schlecht, sie waren Fischer und Bauern und Jäger. Die meisten waren ganz zufrieden, aber nicht alle. Die Unzufriedenen brachten etwas Neues in die Welt, eine Art Ehrgeiz, ein rastloses Streben nach ... ja, wonach? Nach Macht, nach Bedeutung, nach Ansehen. Sie trafen sich regelmäßig an einem verborgenen Ort. Wie es genau vor sich ging, kann ich dir auch nicht sagen, aber es kam dazu, dass sie eine Vision erlangten. Ein geheimer Trank spielte dabei eine Rolle. Die Himmlischen offenbarten sich, so wurde später berichtet, und Paseadan schloss den geheimen Bund mit den Männern. *Nur* mit den Männern, Caidan! Verstehst du? Keine Frauen! Darum ging es die ganze Zeit, das war der wichtigste Punkt überhaupt. Der bemalte Becher, aus dem sie den Trank getrunken hatten, wurde zum Zeichen dieses Bundes. Danach ging alles ganz schnell. Innerhalb von nur zwei Generationen entstand die erste Anlage von Lis und die Gemeinschaft der Fünfhundert, die sich Glockenbechermänner nannten.«

»Was wurde aus dem alten Tempel der Göttin?«

»Du kannst es erraten, nicht wahr? Die Felsenkammer mit der Nische hier hinten ist alles, was davon geblieben ist. Es gab früher noch ein paar Platten mit eingeritzten Spiralen, die ließ mein Vorgänger in den abgelegenen Teil hinter den Gärten schaffen, dort, wo früher die Vorratsgruben waren.«

»Und unser ... heiliger Stein?« Caidan brachte die Frage kaum heraus, so sehr schnürte atemlose Spannung ihm die Kehle zu.

»Nun, du weißt ja, Paseadan hat ihn uns gegeben, so heißt es.«

»Und was glaubst du, Nxerri?«

Die Antwort kam zögernd, sie fiel dem alten Mann sichtlich schwer. »Ich glaube, dass er schon da war. Er hat den Frauen gehört. Unsere Vorgänger haben ihnen den Stein geraubt, als sie den Tempel übernahmen und sie vertrieben, wenn nicht sogar töteten. Da war eine geheime, zugemauerte Kammer mit ... Schädeln und Knochen ...« Die letzten Worte waren fast geflüstert. Erschüttert schloss Caidan die Augen.

»Es ist kaum zu ertragen, ich weiß«, murmelte der Alte.

Der Wanderer atmete schwer. »Sprich weiter«, bat er, »ich will alles hören.«

»Gut. Die Glockenbechermänner begannen zu wandern und Wissen anzusammeln. Nun, das alles kennst du ja. Was du aber nicht weißt, was keiner weiß, ist: Das Wandern ist nicht die Folge unseres Bundes mit dem höchsten Gott, sondern es ist der Ausdruck unserer Unruhe und Heimatlosigkeit. Unser Besitz an Wissen soll uns über einen Mangel hinweghelfen. Soll uns vergessen lassen, dass wir das Wichtigste verloren haben; nicht einmal die Erinnerung daran ist uns erlaubt.«

»Was, Nxerri? Sag es mir!«

»Diese Frauen hatten etwas, was wir nicht haben und trotz aller Bemühungen nie erlangen konnten. Ein Wissen um das Leben und die Quellen des Lebens, das einzigartig ist. Eine Verbundenheit mit allem, eine … eine Erkenntnis, die sich nicht in Worte fassen lässt. Der Weg dorthin stand auch den Männern einmal offen, aber wir haben ihn verloren aus eigenem Verschulden, denn er führte über sie, über die … die Frauen.« Er stockte und fuhr dann fort: »Wenn Paru mich jetzt hören würde, würde er sofort dafür sorgen, dass meine Zeit als Hüter des Wissens beendet ist.«

Mit einer fahrigen Bewegung griff Caidan nach seinem Weinbecher, trank ihn leer, drehte ihn zwischen zitternden Fingern.

Der Alte hatte die Bewegung wahrgenommen. Leise sagte er: »Der Becher, weißt du, unser Glockenbecher, der ist in Wahrheit ein Sinnbild des Weiblichen. Und auch der Stein war seit unvordenklichen Zeiten immer das Zeichen dieser Göttin, die alle Menschen gemeinsam verehrten. Das alles haben wir vergessen und umgedeutet. Jetzt bezeichnen wir den Becher als Zeichen des Bundes mit Paseadan, und im heiligen Stein sehen wir unser sogenanntes Wissen gespeichert. Aber seine Kraft stammt aus einer Zeit vor der unseren, als die Welt noch ein Ganzes war. Wir waren es, die sie spalteten, und deshalb sind wir dazu verurteilt, rastlos umherzuwandern, zu suchen, zu streben und doch nie unser Ziel zu erreichen. Doch keiner von uns darf darüber nachdenken, noch weniger darüber reden. Diese Erinnerungen sind mit dem tödlichsten aller Tabus belegt. Sprich nur einmal zu Paru, dem Frauenhasser, oder etwa zu einem Streitaxtmann über die weibliche Weisheit, dann rötet sich sofort sein Gesicht, seine Stimme wird laut, seine Augen beginnen zu glitzern vor Zorn – und du musst auf alles gefasst sein.«

Die Lampe auf dem Sims hinter Nxerri flackerte auf und erlosch. Caidan holte eine neue vom Wandbrett, entzündete sie und stellte sie hin.

»Aber …«, begann er, seinen Platz auf dem Hocker wieder einnehmend, »… wenn es so streng verboten ist, wie kommt es dann, dass du das alles weißt und sogar wagst, es auszusprechen?«

»Weil ich das Glück hatte, schon vor einer Reihe von Jahren auf meinen Visionsreisen eine weise Frau zu treffen und mich mit ihr zu verbinden.«

»Eine Geistfrau?«

»Nein, eine Menschenfrau, eine Frau der Wälder, die in die andere Wirklichkeit zu reisen versteht, ähnlich wie wir.«

»Sie hat dir von diesen Dingen erzählt?«

»Viel mehr als das, Caidan! Sie hat sie mir gezeigt, hat mich mitgenommen und mich alles selbst erleben lassen. Ich verehre sie als Lehrerin und liebe sie mit meiner ganzen Seele als das außergewöhnliche Wesen, das sie ist. Wir haben im Geheimen viele Jahre lang unser Leben miteinander geteilt und einander geschworen, uns auch im Tode nicht zu trennen. Nun sind wir sind alt geworden – und hoffentlich bald vereint für immer.«

»Wohnt sie hier in der Nähe, in einem der Fischerdörfer?«

»Nein, nein, sie lebt weit entfernt, im kalten und nebligen Waldland am großen Strom Maian, du hast von ihm gehört.«

»Warst du jemals dort?«

»Nein. Als ich mit ihr in Verbindung trat, hatte ich die Jahre des Reisens schon hinter mir und war Hüter des Steins geworden. Deshalb habe ich sie nie in ihrer Menschengestalt erblickt …«

Nxerri hing seinen Gedanken nach; Caidan wagte nicht, ihn zu unterbrechen. Es dauerte eine Weile, bis der Alte in die Gegenwart zurückfand. Doch plötzlich wandte er sich seinem Schüler wieder zu: »Du hast mich gefragt, wie es mit Lis weitergehen soll. Nun, wie lautet die Antwort? Was meinst du?«

Caidan fühlte sich überrumpelt, doch er begriff, dass es kein Ausweichen gab. »Wenn alles so ist, wie du gesagt hast, dann gibt es nur zwei Wege, die wir gehen können. Entweder, wir tun es Yo Katum gleich und wählen den Weg der Macht. Oder wir verändern die Glockenbecherlinie und öffnen uns für die Frauen und ihr Wissen. Das ist es doch, worauf du hinauswillst, oder? Du willst dich dem, was überall auf der Welt geschieht, widersetzen und einen anderen Weg gehen.«

»So ist es. Die Zeit lässt sich nicht zurückdrehen. Aber unser Weg sollte in eine Zukunft führen, die den Frauen und Männern gemeinsam gehört. Ich muss dir wohl nicht sagen, dass allein schon der Gedanke daran aus der Sicht der Himmlischen Verrat ist. Paru, der verbissenste unserer Traditionsbewahrer, traut mir ohnehin nicht ganz. Aus gutem Grund, wie ich zugeben muss.«

Nxerri kicherte in sich hinein. Einen Moment lang zweifelte Caidan an seinem, an ihrer beider Verstand. Waren sie nicht irrsinnig? Fast gewaltsam unterdrückte er den spontanen Impuls, aufzuspringen und hinauszulaufen. Zwang sich, dem Ersten weiter zuzuhören.

Dessen heisere Stimme wurde allmählich schwächer, die Erschöpfung war ihm jetzt anzumerken: »Niemals werden die Bewahrer dieser Veränderung zustimmen. Folglich wird sich die Gemeinschaft der Fünfhundert teilen. Das ist schmerzlich, aber nicht zu vermeiden. Ich rechne damit, dass wir einige der Wanderer von unseren Plänen überzeugen können. Mit einer kleinen Gruppe können wir dann von hier fortgehen und einen neuen Ort schaffen, einen Ort, wo wir das Wissen, das *wirkliche* Wissen, bewahren und weitertragen können. Ich habe nur deine Rückkehr abgewartet, Caidan, um hier in Lis den ersten Schritt zu tun, nicht heimlich, sondern ganz offen. Wenn alles gut geht, werde ich einige Priesterinnen aus dem Osten einladen. Mella ahnt bereits etwas von meinen Absichten, glaube ich. Er wird sich uns wohl anschließen.«

»Bist du dir eigentlich darüber im Klaren, wie gefährlich das ist, was du da vorhast, Ehrwürdiger?«

»Das bin ich. Es ist durchaus möglich, dass es mich das Leben kostet. Nun, es ist ohnehin nur noch ein Rest davon übrig, um den ist mir nicht bange. Aber du, Caidan, du musst, falls sich die Dinge gefährlich zuspitzen, unbedingt zusehen, dass du lebendig von hier wegkommst! Ich habe vorgesorgt, so gut ich konnte: Als ich kürzlich die Nachricht erhielt, dass du auf dem Heimweg bist, habe ich die ältesten Wanderer zusammengerufen und dich feierlich zu meinem Nachfolger ernannt. Es wird daher nicht möglich sein, dich und mich gleichzeitig zu beseitigen, ohne größeres Aufsehen zu erregen. Morgen werde ich deine Ernennung im Angesicht der vollzähligen Gemeinschaft bestätigen. Du bist der Erbe meines Wissens. Und jetzt – schenke ich dir meinen eigenen Glockenbecher. Hier ist er, nimm ihn, Junge!«

»Aber das kannst du doch nicht …«

»Nimm ihn, sage ich! So. Gut. Und jetzt das Wichtigste, präge dir jedes Wort ein und vergiss nichts davon: Sollten unsere Pläne scheitern und die Traditionsbewahrer mich unschädlich machen, dann musst du dorthin gehen, wo diese weise Frau lebt, von der ich gesprochen habe. Du musst von ihr das verlorene Wissen erlangen, es ist wie ein Schatz unter der Erde verborgen. In einer Höhle oder einem Grab. Und dann musst du unter ihrer Leitung mit einer Gruppe von Frauen und Männern an einem anderen Ort ganz von vorn anfangen. Eine neue Linie begründen. Hast du das verstanden?«

»Ja, Nxerri. Wie heißt die Frau, und wo finde ich sie?«

»Sie heißt Haelgunn und lebt in den Haselbergen. Du sollst dich, wenn du dort ankommst, auf mich berufen und nach der Rabenfrau fragen, sagt sie. Der Rabe ist wohl der Geistvogel dieser Hagsitzerinnen, so nennt man dort die weisen Frauen. Präge dir alles gut ein, Caidan! Du darfst es auf keinen Fall vergessen. So, und nun musst du gehen, ich bin sehr müde. Morgen sehen wir uns in der großen Halle bei der Versammlung. Gute Nacht, mein Junge. Vergiss den Becher nicht.«

Unvermittelt riss Raghnas Ausruf Caidan aus seinem Erzählfluss: »Rabenfrau? Hast du Rabenfrau gesagt? Aber das bin doch ich!«

»Wieso? Nennt man euch denn nicht alle so? Es heißt doch, ihr könnt euch in Raben verwandeln …«

»Nein, das stimmt nicht ganz. Jede von uns hat ihren eigenen Verbündeten im Reich der Luft. Haelgunn war zum Beispiel mit dem Habicht verbunden, ihre Großmutter flog mit der Wildgans. Die Rabenfrau – das ist *mein* Name, Caidan!«

»Das würde bedeuten, ich wurde nicht zu Haelgunn geschickt, sondern zu dir. Aber warum? Verstehst du das?«

Verwirrt strich sich Raghna über die Stirn. »Nein. Haelgunn hat mir niemals auch nur ein Wort darüber gesagt. Ich frage mich, was das alles zu bedeuten hat …« Grübelnd starrte sie ins Herdfeuer. Legte dann seufzend zwei neue Holzscheite auf und stocherte in der Glut, bis sie knisternd und zischend aufflammten. Dann verschränkte sie die Arme vor der Brust und wandte sich wieder Caidan zu: »Erzähl mir jetzt auch noch den Rest deiner Geschichte, und dann sehen wir weiter, ja?«

Caidan glaubte, ein Huschen und leises Tappen zu hören, als er durch die verlassenen Gänge zu seinen Räumen zurückging. Wahrscheinlich einer von den Novizen, der von einem unerlaubten nächtlichen Ausgang zurückkam. Er kümmerte sich nicht weiter darum. Nach allem, was er von Nxerri gehört hatte, schwirrte ihm ohnehin der Kopf.

Dankbar trank er den Wein, der neben seinem Lager bereitstand. Ushkaf hatte offenbar dafür gesorgt, bevor er sich in seine eigene Kammer zurückzog. Caidan überlegte kurz, ob er ihn zu sich holen sollte, entschied sich aber dann, in dieser Nacht allein zu bleiben, um in Ruhe nachdenken zu können. Auf Schlaf brauchte er ohnehin nicht zu hoffen, er würde wohl die ganze Nacht wachliegen.

Aber das Gegenteil geschah: Nachdem er den Becher geleert hatte, fiel er auf das Lager und schlief wie ein Stein bis weit in den Morgen hinein.

»Wach auf, Caidan! Bitte, wach doch endlich auf! Etwas Schreckliches ist geschehen: Der Hüter des Wissens ist tot.« Ushkaf rüttelte an seiner Schulter, und während die schreckliche Nachricht langsam in das schmerzende Gehirn des Erwachenden eindrang, kehrte auch die Erinnerung an das Gespräch des vergangenen Abends zu ihm zurück.

Sein Herzschlag setzte aus.

Sie wussten, was er vorhatte.

Sie haben ihn getötet.

Aufstöhnend schlug er die Hände vors Gesicht.

»Wie?«, stieß er hervor.

»Ich weiß es nicht«, sagte der Ägypter. »Ich hörte, sie lassen niemanden zu ihm.

Ushkaf legte den Arm um ihn. Caidan schaute in das bekümmerte Gesicht des Freundes und überließ sich für ein paar Augenblicke dem grimmigen Schmerz.

»Wie geht es jetzt bloß weiter?«, murmelte der Ägypter. Das brachte den Wanderer zur Besinnung. Pflichten. Er hatte Pflichten, er trug Verantwortung! Sanft schob er Ushkaf von sich, strich sich über die Augen und überlegte.

Zunächst galt es festzustellen, auf welche Weise der alte Mann ums Leben gekommen war. War er wirklich umgebracht worden, dann wusste das bis jetzt niemand außer ihm selbst und den Mördern. Allerdings war es gewöhnlich so, dass ein Hüter sein Sterben ankündigte und in den letzten Stunden seinen Nachfolger um sich hatte, als Begleiter und Zeugen. Nxerris Tod wich von diesem Muster ab, das musste Befremden auslösen.

Caidan warf die Decke zurück und stand auf. »Was hast du von den anderen gehört?«, fragte er, während er die Tunika überstreifte.

»Anscheinend hat Mella den alten Mann heute Morgen tot auf seinem Lager gefunden. Er hat sofort die Wanderer zusammengerufen, nur du hast ausgerechnet heute länger geschlafen als sonst. Die Männer der Gemeinschaft stehen überall in Gruppen herum und tuscheln aufgeregt miteinander.

»Mhm. Hör zu, Ushkaf. Ich gehe jetzt hinüber. Du bleibst hier in diesem Raum und rührst dich nicht von der Stelle, bis ich wieder hier bin, verstanden?«

»Soll ich nicht lieber mit dir gehen?«

»Nein, bleib hier und warte.«

Caidan legte dem Freund kurz die Hand auf den Nacken und ging. In Nxerris Räumen fand er die Gruppe der ältesten Lehrer und Wanderer versammelt. Sie starrten ihm aus bleichen Gesichtern entgegen. Nxerris Leichnam war nicht mehr da, sie hatten ihn wohl schon in die große Tempelhalle bringen lassen. Mit einer Verneigung wollte Caidan sich zurückziehen, doch der alte Mella hielt ihn auf.

»Warte, Caidan. Du weißt, dass Nxerri dich vor seinem Tod zu seinem Nachfolger ernannt hat?«

»Ja. Er wollte es heute der ganzen Gemeinschaft verkünden.«

»So ist es. Bist du bereit, deine Pflichten sofort zu übernehmen und die Begräbnisfeierlichkeiten anzuleiten?«

Noch bevor Caidan antworten konnte, schaltete Paru sich ein: »Einen Augenblick! Ich möchte ihm zuerst gern ein paar Fragen stellen, wenn du erlaubst, Mella.« Und zu Caidan gewandt: »Nxerris Herz stand einfach still, er ist ganz plötzlich und ohne ein Wort gestorben, was äußerst ungewöhnlich ist. Aber noch ungewöhnlicher ist es, dass er dabei allein war. Nach unserer heiligen Tradition müsste zumindest sein Nachfolger bei ihm sein und den Hüter mit Gebeten begleiten, wenn sein Geist zu den Himmlischen geht. Deshalb frage ich dich, Caidan: Wo warst du in der vergangenen Nacht? Wenn ich recht unterrichtet bin, hast du auf deinem Lager gelegen und geschlafen.«

Der Gefragte nickte beschämt. »Das stimmt. Ich kann es mir selbst nicht erklären.«

Paru fixierte ihn kalt. »Du wirst verstehen, dass mich das bezweifeln lässt, ob der ehrwürdige Nxerri tatsächlich den geeigneten Nachfolger für sein hohes Amt gefunden hat. Und ich darf hinzufügen, dass ich nicht der Einzige bin, der so denkt.«

Während Caidan fieberhaft nach einer passenden Antwort suchte, fiel sein Blick auf den Durchgang zum Schreinraum. Der Vorhang war ein wenig zurückgezogen, der Faltenwurf wirkte unordentlich. Caidans Augen wurden plötzlich groß. Mit zwei Schritten war er bei der Tür, riss den Stoff zur Seite und starrte fassungslos in die runde Kammer. Die Lampen waren erloschen, aber von außen fiel genug Licht hinein, um das Ungeheuerliche erkennen zu lassen: Der Stein war verschwunden. Die Nische war leer.

»Verschwunden? Der Stein?«, rief Raghna. »Das hat tatsächlich jemand gewagt?«

Der Wanderer nickte düster. »Mutig, nicht wahr? Du kannst dir vorstellen, dass wir jeden einzelnen Mann befragten und jeden Stein auf dem Gelände zehnmal umdrehten, aber es kam nicht das Geringste dabei heraus. Keiner von uns wusste, wie es nun weitergehen sollte. Ich versuchte, einen klaren Kopf zu behalten, ließ Ushkaf kommen und begann mit den Wanderern Nxerris Bestattung vorzubereiten. Mella war mir eine große Hilfe, während Paru sich ausgesprochen feindselig verhielt. Die Gemeinschaft war in zwei Lager gespalten, doch zu diesem Zeitpunkt glaubte ich noch, meinen Amtsantritt durchsetzen zu können. Ich dachte, damit würde ich am besten Nxerris Plänen dienen.

Als ich am späten Abend dieses endlosen Tages in meine Räume kam, vollkommen erschöpft, fand ich auf dem Boden vor meinem Schlaflager die Scherben von Nxerris Glockenbecher.« Caidans Augen füllten sich mit Tränen, er presste die verschränkten Finger an die Lippen und rang um Fassung. Raghna empfand den Wunsch, ihn tröstend zu berühren, doch sie wagte es nicht.

Nach einer Pause fuhr er mit belegter Stimme fort: »In Lis bleibt nichts geheim. Es sprach sich sofort herum, dass der Becher zerbrochen war, und am nächsten Tag gab es eine Versammlung der ganzen Gemeinschaft. Allen war klar, dass es schlimmere Vorzeichen als diese für die Zukunft der Gemeinschaft nicht geben konnte. Und natürlich wurde ich dafür verantwortlich gemacht.«

»Du? Wieso du? Dachten sie denn, du hättest es selbst getan?«

»Nein, das nicht. Aber ich war nicht in der Lage, es zu verhindern, verstehst du? Von einem Hüter wird aber genau das erwartet. Zu Recht, selbstverständlich. Es gab eine große Beratung, alle diskutierten aufgeregt, stundenlang. Paru übernahm die Führung. Am Ende sagte er klar und deutlich, dass ich als Nachfolger von Nxerri unter diesen Umständen nicht in Frage käme. Die Himmlischen selbst wären dagegen, wie jeder sehen könne. Mir blieb nicht anderes übrig, als das Urteil anzunehmen. Ich sagte, ich würde Lis verlassen und nie mehr zurückkehren. Doch da meldete sich Mella zu Wort und bestand auf einer Befragung des heiligen Orakels. Diese Forderung konnte nicht abgelehnt werden, denn

Orakelbefragungen gehörten zu seinem Amt. Er bestimmte auch den Priester, der den heiligen Rauch einatmen und seinen Geist für die Botschaft der Himmlischen öffnen sollte.«

»Und was kam dabei heraus?«, flüsterte Raghna atemlos.

»Das Orakel gab nach einer ungewöhnlich langen Visionsreise folgenden Spruch bekannt:

Geh in dein Grab.

Kehre zurück, wenn du kannst.

Bring den Stein in die Kammer.

Hast du diese drei Taten vollbracht, dann bist du gereinigt und kannst den Sitz einnehmen, der dich erwartet.«

Caidan schloss gequält die Augen. Er war totenbleich.

»Und dann?«, kam es von der Rabenfrau.

»Nach der Sitzung kam Mella und riet mir, Lis für eine Weile zu verlassen. Mein Leben sei in Gefahr. In diesem Moment fielen mir Nxerris Worte wieder ein, und ich beschloss, Haelgunn zu suchen.«

»Und jetzt bist du hier.«

»Jetzt bin ich hier. Du kannst dir nicht vorstellen, wie erleichtert ich war, als ich hierherkam und herausfand, dass es eine Hagfrau namens Haelgunn tatsächlich gab.«

»Du hast an Nxerri gezweifelt?«

»Ja, Raghna. Jeden einzelnen Tag, seit Beginn meiner Flucht. Der Gedanke marterte mich, dass ich vielleicht wegen irgendwelcher Hirngespinste eines verrückten alten Mannes die Tradition verraten und meinen Platz in Lis verloren hatte. Verstehst du, es gab ja keine Beweise, ich hatte nichts als seine Erklärungen …«

»… und die von Aneith!«

»Ja, das stimmt.«

»Wie haben die Männer in Lis den Orakelspruch gedeutet?«, fragte Raghna und füllte Caidans Becher mit Brombeerwein aus einem Krug.

»Dass ich wirklich den Stein finden und zurückbringen könnte, glaubte niemand, auch ich nicht. Diese Bedingung diente wohl nur dazu, mir und den anderen meine Ohnmacht vor Augen zu führen. Die meisten dachten wohl, der Spruch sei mein Todesurteil. Die Himmlischen verlangten von mir, den Anspruch auf

Nxerris Nachfolge aufzugeben und als eine Art Menschenopfer für die Zukunft von Lis in den Tod zu gehen.«

»Und was denkst du?«

»Dasselbe.«

Schwer atmend lehnte Raghna sich zurück. Der Wanderer wirkte jetzt erschöpft, seine Schultern waren nach vorn gesunken, dunkle Haarsträhnen hingen ihm ins Gesicht.

Das Feuer war heruntergebrannt, die Steinlampen erloschen bis auf eine, die die Hütte noch mit ihrem schwachen Flackern erhellte. Durch die Luken sickerte das erste Grau der Morgendämmerung.

Leise drang Raghnas Stimme durch das Halbdunkel: »Ich habe noch eine letzte Frage, Caidan.«

»Ja?«

»Wann genau starb Nxerri?«

»Zwei Tage nach dem Mittwintervollmond.«

Sie nickte. »In der gleichen Nacht wie Haelgunn. Sie gingen zusammen.«

Müde rieb sich der Wanderer das Gesicht. »Mag sein. Das ist alles so rätselhaft. Warum hat mich Nxerri hierhergeschickt? Es macht mich ganz krank zu wissen, dass dieser Paru und seine Getreuen Lis jetzt im Griff haben. Vielleicht hätte ich es doch auf einen Kampf ankommen lassen sollen. Obwohl das undenkbar ist innerhalb der geheiligten Mauern.« Er schüttelte den Kopf. »Je länger ich über alles nachgrüble, desto weniger verstehe ich. Bis auf das eine, dass ich Fehler gemacht habe – zu viele Fehler …«

»Hör auf, dich zu quälen, Caidan. Lass uns darüber schlafen«, sagte die Rabenfrau sanft. »Morgen früh werden wir wissen, was wir zu tun haben. Geh nun. Es wird ohnehin bald hell. Ushkaf fragt sich bestimmt, wo du so lange bleibst.«

Über Nacht hatte der Regen aufgehört, eine strahlende Morgensonne sog die Feuchtigkeit aus dem Boden. Raghna hatte die Fensterläden weit aufgemacht, um Licht und Luft und Vogelgesang hereinzulassen. Sie dachte zurück an das Gespräch der vergangenen Nacht. Am Ende war alles, was geschehen war, ihr selbst ebenso wie Caidan nur noch trüb, düster, rätselhaft und gefährlich erschienen. Jetzt, nach kurzem Schlaf, sah es schon ganz anders aus, die Rabenfrau fühlte sich zuversichtlicher als seit Langem und von Tatkraft erfüllt.

Sie hängte den Kessel mit der Emmergrütze, die noch vom Vortag übrig war, über das Feuer und schnitt Bärlauch hinein, dessen kräftiger Geruch den Raum erfüllte. Als die Männer erschienen, schickte sie Caidan zum Wasserholen, Ushkaf zum Holzspalten und kniete sich selbst vor den Mahlstein. Mit Hirseklößchen und frischem Fladenbrot würde der Eintopf für drei Leute reichen. Brot, Käse und Speck konnten sie mitnehmen. Die Ziege musste auch hereingeholt und gemolken werden, dann gab es für jeden noch eine Schale Milch.

Als das Essen fertig war, schöpfte Raghna die Grütze in eine Holzschüssel, stellte sie auf die niedrige Platte und legte die Fladenbrote, ein Schälchen mit Salz, einen Teller mit Käse und drei beinerne Löffel dazu. Alle drei aßen schweigend, jeder mit seinen eigenen Gedanken beschäftigt. Als die Schüssel geleert war, schlürften sie mit Genuss die würzige, honiggesüßte Ziegenmilch. Dann ging Ushkaf hinaus, um das Zelt abzubauen, und Raghna wandte sich an den Wanderer, der ihr mit gespannter Aufmerksamkeit entgegenblickte.

»Weißt du, wer die Holde ist, die auch Holl genannt wird?«

Überrascht runzelte er die Brauen, nickte zögernd: »Ja, ich glaube, sie ist die alte Fruchtbarkeitsgöttin der Bauern hier im Land. Sie wurde verehrt, bevor Inthram hierherkam.«

Raghna warf ihm einen strengen Blick zu: »Sie ist die Große Herrin über alles Wissen und Wirken, sowohl diesseits wie auch im anderen Land. Die Herrscherin über Leben, Tod und Wiederkehr. Sie hält die Welt und alle Wesen in ihrer Hand. Zu ihrem Reich der Fülle gehört alles, was auf der Erde und unter der Erde ist. Unter der Erde aber liegt Holls Totenhöhle. Dorthin werden wir gehen, du und ich. Du erfüllst damit deinen Orakelspruch und wirst, wenn dir die Holde gnädig ist, einen Weg finden, die Tradition von Lis zu retten.«

Schweigen. Der Wanderer rieb sich das Kinn.

»Und du, Rabenfrau?«, meinte er schließlich.

»Ich muss auch dorthin. Mich erwartet eine Prüfung, auf die ich mich lange vorbereitet habe. Ich dachte immer, ich würde sie hier in meinem Steinkreis erleben. Aber die Zeichen sind eindeutig: Ich soll mit dir gehen, und wir beide werden zusammen zu jenem Ort hinabsteigen. Dort werden wir finden, was wir suchen. Du deine Antworten und ich die meinen.«

»Holls Totenhöhle …«, murmelte Caidan vor sich hin. Dann, nach kurzem Nachdenken meinte er: »Doch, das könnte passen. Das Orakel hat ja gesagt: Geh in dein Grab. Vielleicht ist das wirklich das Einzige, was mir noch zu tun bleibt. Einverstanden, ich folge dir.«

Irgendetwas störte sie an seiner glatten, schnellen Zustimmung. Sie war sich nicht ganz sicher, ob er sie richtig verstanden hatte, aber sie wollte jetzt nur eines: unverzüglich aufbrechen.

Raghna überlegte, was sie mitnehmen sollte. Den verzierten Knochenstab in seiner rehledernen Hülle natürlich; das goldene Siegel trug sie wie immer als Anhänger. Das waren die wichtigsten Dinge. Und sonst nur das Nötigste an Kleidung und Geräten, um sich möglichst wenig mit Gepäck zu beschweren. Wasser und Nahrung fand sich zu dieser Zeit überall in Feld und Wald. Nur ein Säckchen Getreide musste auf jeden Fall mit in den Reisebeutel. Das leichte Traggestell war in gutem Zustand, sie hatte es erst im letzten Herbst aus Zweigen und Lederriemen angefertigt. Die Ziege würden sie ein Stück weit mitnehmen bis zum Einödhof der Großmutter Hinna.

Als sie alles gepackt und vor die Tür gebracht hatte, blieb nichts mehr zu tun übrig, als die Hütte mit einem Balken gut zu verschließen und ein Hollsiegel daraufzuzeichnen.

»Holde, segne meinen Aufbruch, meine Wege und meine Wiederkehr!«, flüsterte Raghna und griff nach dem Leitseil der Ziege.

Die Männer hatten ihre kleinen Pferde schon beladen. Sie würden vorläufig alle zu Fuß gehen, bis sich irgendwo die Gelegenheit ergab, ein weiteres Tier zu kaufen oder zu leihen. Raghna öffnete das Ziegengatter, sie machten sich auf den Weg. Caidan sprach leise mit Ushkaf in der Glockenbechersprache und beantwortete ihm, wie es schien, einige skeptische Fragen.

»Wo liegt eigentlich der Eingang zu diesem Totenreich?«, wandte er sich plötzlich an Raghna. »Du warst mit Haelgunn sicher öfter dort?«

»Nein, nie. Sie hat, glaube ich, überhaupt nur einmal davon gesprochen.«

»Aber du weißt, wo er ist?«

»Nein.«

Die beiden Männer blieben stehen und starrten sie sprachlos an.

Raghna ging ruhig weiter. Zwischen ihren Brauen stand eine steile Falte. »Zweifelt nicht daran, dass ich ihn finden werde, nachdem mein Entschluss einmal gefasst ist!«

»Gut, aber ... wohin gehen wir dann jetzt überhaupt?«, fragte Caidan.

Sie überlegte. »Zuerst muss ich jemanden suchen, einen – Verwandten. Er heißt Jord. Ich habe keine Ahnung, wo er steckt und was aus ihm geworden ist, aber ich muss mit ihm reden.«

»Jord? Ist das ein breitschultriger Streitaxtmann mit hellen Haaren und einem kantigen Kinn, der nie ein Wort zu viel über die Lippen bringt?«

Nun war es an Raghna, überrascht die Augen aufzureißen: »Du kennst ihn?«

»Allerdings. Er lebt in Hohenfeld bei den Glockenbecherleuten, etwas weniger als einen halben Tagesritt von hier entfernt. Von dort aus habe ich meine Suche nach Haelgunn begonnen. Ich besitze dort eine eigene Hütte.«

Die Rabenfrau strich über das Siegel auf ihrer Brust. »Siehst du, Caidan, da haben wir schon unser erstes Wegzeichen! Lass uns also zuerst in dein Dorf gehen.«

Großmutter Hinna übernahm die Ziege und willigte ein, ihnen eines der Pferde zu leihen, die die Ethomsippe bei ihr eingestellt hatte. Auf solche Vergünstigungen konnte ein Mann von Lis immer Anspruch erheben.

Nun kamen sie rasch voran und gelangten schon am frühen Nachmittag in das Gebiet von Hohenfeld. Eingezäunte Waldweiden und von Hecken umgebene Felder, über die der Wind strich, erinnerten Raghna an ihre Kindheit. Das wogende Blau der Flachsblüten, die sich nach den sanften Regenfällen der letzten Tage geöffnet hatten, erwärmte ihr Herz. Doch je näher sie der Siedlung kamen, desto unbehaglicher fühlte sie sich. Der Gedanke, nach Jahren der Einsamkeit wieder unter vielen Menschen zu sein, löste eine zunehmende Beklommenheit in ihr aus, die sogar die Vorfreude auf die Begegnung mit Jord überlagerte. Als sie zwischen Caidan und Ushkaf im Schritt auf den Palisadenzaun zuritt, musste sie mit geballten Fäusten ihren Drang niederkämpfen, abzusteigen und zu Fuß zu ihrer Hütte zurückzulaufen. Sie grub die Fingernägel in die Handflächen, bis der Schmerz sie wieder zur Besinnung brachte.

Ich habe meine Entscheidung getroffen.

Es gibt kein Zurück.

Schon von Weitem waren die Geräusche des alltäglichen Lebens zu vernehmen: Rufen, Klopfen, Hämmern …

Als die Ankömmlinge das Tor passierten und die Leute den Wanderer erkannten, ließen sie alles liegen und stehen und kamen herbeigelaufen. Willkommensrufe ertönten. Immer mehr Menschen scharten sich um die drei Reiter. Hastig zog Raghna das wollene Tuch, das sie um den Hals geschlungen trug, über ihre Haare.

Sie stiegen ab, Ushkaf führte die Pferde weg. Neugierige Blicke trafen die Frau. Sie versuchte, das eine oder andere Lächeln zu erwidern, doch alles verschwamm vor ihren Augen zu einem wogenden Gewirr von Farben und Formen. Mit schweißnassen Händen hielt sie ihren Umhang vor der Brust zusammen.

Der Wanderer nickte den Menschen, die von allen Seiten auf ihn einredeten, freundlich zu und grüßte mit erhobener Hand einen rothaarigen Hünen, der sich mit beiden Ellbogen eine Gasse bahnte und lachend auf sie zukam. Ein Schmied offenbar; er trug eine narbengesprenkelte Lederschürze und einen schweren Anhänger aus Eberzahn und Bärenklaue auf der Brust.

»Laukher, mein Freund!«, rief Caidan gut gelaunt. »Ich habe einen Gast mitgebracht, eine Frau aus den Wäldern«, sagte er. »Kann dein Weib sie für eine Nacht bei sich aufnehmen? Wir wollen morgen schon weiterreiten.«

»Gewiss doch!«, rief der Riese. »Mirra wird glücklich sein über den Besuch. Aber sprich nur nicht gleich wieder vom Weiterreiten, Atal! Wir sind froh, dass du endlich wieder da bist. Oder?« Die Umstehenden stimmten eifrig zu.

Laukher wandte sich an die Dorfbewohner: »So, aber nun zurück an eure Arbeit! Die neue Hütte muss bis heute abend gedeckt sein, aber nach Sonnenuntergang treffen wir uns zum Festmahl im Langhaus. Ja? Also los!«

Die Menge zerstreute sich rasch. Der Schmied warf der Rabenfrau einen prüfenden Blick zu.

»Laukher, das hier ist Raghna«, sagte Caidan, und zu ihr gewandt: »Der Schmied ist der gewählte Anführer dieser Siedlung ...«

»... solange kein echter Glockenbechermann unter uns weilt!«, ergänzte Laukher und musterte die Besucherin mit zusammengekniffenen Augen. »Raghna, sagst du? Eine Frau Raghna war die zweite Gemahlin unseres verstorbenen Großherrn Ethomir. Nach seinem Tod verschwand sie spurlos. Großherr Tholik ließ sie überall suchen, doch vergeblich. Alle hielten sie für tot.«

Aus den Augenwinkeln nahm Raghna wahr, dass Caidan kaum merklich die Brauen hob, sonst verriet nichts in seiner Miene, wie diese Neuigkeit auf ihn wirkte. Als sie sprach, wählte sie ihre Worte mit großer Vorsicht: »Gesetzt den Fall, sie würde noch leben, Schmied: Würde Tholik sie heute immer noch jagen und töten wollen, was meinst du?«

Laukher schnaufte hörbar durch die Nase. »Möglich wäre es. Wir hören hier oben nicht viel Gutes von ihm.«

Raghna nickte, als hätte sie nichts anderes erwartet. Beredtes Schweigen stand zwischen ihnen; der Schmied stellte keine Fragen mehr. Raghna senkte den Blick und betrachtete ihre schlammigen Schuhspitzen.

»Ist eigentlich dieser Streitaxtmann noch hier?«, wandte sich nun Caidan an den Schmied.

»Jord? Ja, natürlich, Atal. Er war auf der Jagd, müsste aber schon zurück sein. Soll ich ihn rufen lassen? He, Junge!« Laukher winkte einem Halbwüchsigen. »Lauf mal rüber zu Jord und sag ihm, dass Herr Caidan ihn in seiner Hütte sehen möchte.«

»Danke, mein Freund. Ich möchte nicht gestört werden, solange ich mit Frau Raghna und Jord rede. Dich und die anderen sehe ich heute Abend beim Festmahl. Dann können wir uns in Ruhe unterhalten, und deine Ehefrau kann ihren Gast in Empfang nehmen. Und wenn du an der Pferdekoppel vorbeikommst, sag bitte Ushkaf, er soll alles vorbereiten, damit wir morgen beizeiten aufbrechen können.«

Caidans bescheidenes Haus war so einfach eingerichtet wie alle Dorfhütten. An zwei Wänden entlang liefen über Eck niedrige, lehmverputzte Podeste, mit Fellen bedeckt, davor war eine hölzerne Tischplatte auf Steine gelegt. Auf der anderen Seite befand sich die Herdstelle. Bunte Webtücher bedeckten das Schlaflager. Eine halbhohe Flechtwand, hinter der Vorräte und Gepäck untergebracht waren, unterteilte den mäßig großen Innenraum.

Erst nachdem die Tür sich hinter ihnen geschlossen hatte, streifte Raghna das Kopftuch zurück und legte den Umhang ab. Mit einer Handbewegung lud Caidan sie ein, Platz zu nehmen. Erschöpft sank sie auf die Felle, lehnte sich zurück, lehnte den Kopf an die Wand und schloss die Augen. Sie war unnatürlich blass.

Caidan setzte sich nicht. Unruhig ging er auf und ab.

»Warum hast du mir nichts davon erzählt?«, sagte er ärgerlich. »Wenn ich gewusst hätte, dass dich diese Reise in Lebensgefahr bringt, hätte ich dich nicht mitgenommen, das kannst du mir glauben!«

Raghna lächelte müde. »Es war meine Entscheidung, Wanderer, nicht die deine. Für dich ist diese Reise ja auch nicht ungefährlich!«

Seufzend schüttelte er den Kopf: »Warum hasst dich dieser Tholik so?«

»Das ist eine lange Geschichte, ich werde sie dir unterwegs erzählen. Ich war einmal ein Menschenopfer, zum Tod verurteilt, aber ich lebe noch – genau wie du …«

Caidan wollte antworten, da ging die Tür auf, und ein breitschultriger Mann in abgewetzter Fellweste, kurzem Reitkittel und Beinlingen trat ein. An seinem Gurtriemen hing ein geschäftetes Steinmesser in verzierter Lederscheide. Seine immer noch herrenmäßige Erscheinung passte schlecht in diese bäuerliche Umgebung.

»Jord!« Raghna sprang auf und streckte ihm die Hände hin. »Sag, kennst du mich noch?«

Einen Moment starrte er sie an wie einen Geist, dann leuchtete sein Gesicht auf.

»Raghna …?!« Lachend ergriff er ihre beiden Hände und drückte sie fest. »Du lebst. Ich wusste es! Inthram sei Dank!«

Die Rabenfrau lächelte ebenfalls, obwohl sie Tränen in den Augen hatte. »Wie lange ist es her, Jord? Fünf Jahre?«

»Sechs.« Immer noch hielt Jord ihre Hände. »Lass dich anschauen … du siehst ganz anders aus als früher! Aber so, als wäre es dir nicht schlecht gegangen. Wo warst du denn nur, als alle dich für tot hielten?«

»In der Wildnis«, brachte sie mit erstickter Stimme heraus, »versteckt vor Tholik. Es ist viel geschehen in dieser Zeit. Ach, Jord, ich bin so froh, dich wiederzusehen! Weißt du noch, damals auf dem Hof, wie schön es war … als Ethomir noch lebte …«

»Ethomir … ja. Ja, natürlich.« Der Mann nickte, ließ ihre Hände los und wandte sich rasch dem Wanderer zu: »Verzeihung, ich habe dich noch gar nicht begrüßt, Atal.«

Sein forschender Blick ging von Caidan zurück zu Raghna, doch er stellte keine Fragen.

Dann saßen sie auf den Fellen. Ushkaf kam herein, stellte Becher und einen Teller mit Brot und Haselnüssen auf die Tischplatte, goss Kräutertee ein, wechselte einen Blick mit Caidan und ging wieder.

»Vor Kurzem habe ich dein Gesicht in einer Vision geschaut, Jord«, begann Raghna. »Dein Geist hat mich gerufen.«

Er hob den Kopf. »Wirklich? Wann war das?«

»Vorletzte Nacht. Du wolltest mir etwas Wichtiges mitteilen. Deswegen bin ich jetzt hier.«

»Ja, das stimmt tatsächlich. Ich hatte etwas von Inthrams Rauschtrank getrunken und habe dich im Traum gesucht. Es hat also wirklich geklappt. Du fragst dich bestimmt, was ich von dir wollte. Weißt du, die meisten Leute hielten dich für tot, nachdem du verschwunden warst. Aber ich konnte und wollte das nicht glauben. Diese Vollmondreise war so etwas wie ein letzter Versuch, dich zu finden. Wir brauchen nämlich deine Hilfe.«

»Wofür? Und wen meinst du mit ›wir‹?«

Jord überlegte offenbar, wie er alles in die kürzestmögliche Form bringen könnte, als Raghna ihm lächelnd die Hand auf den Arm legte: »Hör zu, Freund, ich weiß, du redest nicht gern viel. Aber heute lasse ich mich nicht mit ein paar Brocken abspeisen. Tut mir leid, ich kann's dir nicht ersparen: Du musst mir alles erzählen, was du erlebt hast, seit du damals vom Eichelsberg fortgingst. Alles!« Und, als läse sie seine Gedanken: »Dem Glockenbechermann kannst du ebenso vertrauen wie mir selbst!«

INTHRAMS GABEN

Als ich damals den Eichelsberg verließ, ging ich zuerst zum Steinsberg und überbrachte Ethomirs Geschenke. Der Großherr Korthom nahm mich freundlich auf. Er übertrug mir ehrenvolle Aufgaben, es gab immer etwas zu tun. Ich war ganz zufrieden dort und merkte kaum, wie die Zeit verging. Schließlich wurden drei Jahre draus.

Dann kam ein Bote von Ethomir, der mich zum Eichelsberg zurückrief. Zu der Zeit war ich gerade mit einem Auftrag unterwegs, deshalb erreichte mich die Nachricht, dass ich kommen und dich holen sollte, ein paar Tage zu spät.« Er fuhr sich durch die Haare.

»Das war Pech«, murmelte Raghna leise.

»Kann man wohl sagen! Als ich zurückkam, war der Bote schon wieder weg. Ich ritt sofort los, langte aber erst am letzten Tag von Ethomirs Begräbnisfeierlichkeiten in den Haselbergen an. Die dauerten ja volle drei Tage. Das Prachtvollste, was das Land je gesehen hatte. Nun, er hatte es auch verdient.«

»War er ein so großer Kriegsherr?«, warf Caidan ein.

Jord schüttelte den Kopf. »Kriegsherr? Nein, Atal, das nicht gerade. Nur zu Beginn seiner Herrschaft führte Herr Ethomir ein paar kurze Beutezüge nach Westen an. Die Männer waren damit zufrieden und besangen ihre Siege an den Feuern. Wir Jungen, die wir noch keine Waffen trugen, grinsten insgeheim über die Prahlereien, obwohl wir natürlich trotzdem beeindruckt waren. Aber die Sippe verändert sich unter der Führung meines Onkels, aus stolzen Kriegern wurden wohlhabende, waffentragende Bauern. Sie selbst merkten es kaum, und auch mir wurde es erst klar, als ich sie nach Jahren der Trennung mit Korthoms Leuten verglich.

Ethomir war sehr klug, Atal. Er sorgte dafür, dass viele Händler durchs Land zogen. Wir Ethomleute hatten unsere Pferde, die Schafe und das Holz, und dafür bekamen wir Kupfer, Salz und Bernstein.

Der Großherr sicherte die Wege und erhob dafür Abgaben von allen Durchreisenden. So wurde die Sippe ohne weitere Eroberungen reich. Auch den Dörfern ging es gut, alles blühte und gedieh. Zusätzliches Ansehen gewannen wir, als er seinen ältesten Sohn Ethelm mit Korthoms Tochter Korthala verheiratete. Ja, er war ein großer Mann, mein Onkel Ethomir, und die Leute trauerten zu Recht um ihn, als er starb. Mit ihm ging eine gute Zeit zu Ende.«

Raghna hatte mit glänzenden Augen zugehört. Jetzt beugte sie sich vor und bat: »Erzähl mir von seinem Begräbnis!«

»Nun, du weißt ja, ich kam viel zu spät. Aber Perko hat mir später haarklein geschildert, was ich versäumt hatte.«

Die erwachsenen Männer der Sippe waren vollzählig versammelt. Sie würden den toten Großherrn zu seinen Ahnen geleiten und seinen ältesten Sohn als neues Oberhaupt anerkennen. Ethelm, ein besonnener Mann in den Dreißigern, dessen Schläfenzöpfe schon die ersten grauen Fäden zeigten, folgte als Erster dem roten Prunkwagen, Ethomirs Pferd am Zügel führend. Er wirkte noch ernster als sonst. Außer dem goldenen Halsband trug er keinerlei Schmuck. In seinem grün und braun gemusterten Kittel und der Fellweste erschien er wie eine jüngere Ausgabe des Vaters.

Hinter ihm schritten Tholik und Perko. Der Junge bemühte sich trotz seines Kummers um eine würdevolle Haltung und hoffte, niemand würde seine rot umränderten Augen bemerken.

Tholiks Haltung war ebenfalls gemessen, doch sein Gesicht war gelblich-blass, der Ausdruck finster. Perko ahnte den Grund. Am Vortag waren seine Männer von ihrer Verfolgungsjagd zurückgekehrt – ohne Raghna! Die Frau war ihnen entkommen, und zum Überfluss hatten sie auch noch einen guten Mann verloren. Tholik hatte geschäumt vor Wut. Perkos Gefühle waren zwiespältig. Er verstand zwar, dass Raghnas Flucht eine Schande war, aber im Grunde seines Herzens war er froh, dass sie nicht sterben musste.

Einen ihrer Knechte, Kundt, hatten Tholiks Leute erschlagen, den anderen hatten sie gefesselt mit zurückgebracht.

Feirut war ein zäher Bursche und ein guter Kämpfer. Perko

hatte ihn gemocht. Nun war er tot, nachdem Tholik eine ganze Nacht lang vergeblich versucht hatte, Raghnas Versteck aus ihm herauszuprügeln.

Langsam folgten sie dem feierlich dahinschreitenden Ethelm. Perko hörte, wie Tholik mit hasserfüllter Stimme etwas vor sich hinmurmelte, es klang wie: »Früher oder später ...!«

Stirnrunzelnd warf er seinem Bruder einen Blick zu und berührte warnend seine Arm. Tholik zuckte zusammen, biss sich auf die Lippen und richtete seine Aufmerksamkeit wieder nach vorn, auf den roten Wagen und auf die breiten Schultern Ethelms, des Erben und künftigen Großherrn.

Der Zug wand sich den Eichelsberg hinab durch die dicht gedrängte, stumme Menge. Männer, Frauen und Kinder, die von den umliegenden Dörfern herbeigeströmt waren, streuten Frühlingsblumen und grüne Zweige vor die Hufe der weißen Rinder, die den Wagen zogen. Mit ihren ausladenden, rot gefärbten Hörnern und den kupferbeschlagenen Geschirren, die in der Sonne blitzten, sahen die Tiere aus wie Boten aus Inthrams Reich.

Jeder versuchte einen Blick auf den Toten zu erhaschen. Bleich, goldgeschmückt und in seinen kostbaren roten Umhang gehüllt ruhte der Großherr auf dem Bärenfell, verschwenderisch geschmückt mit Kupfer- und Goldfibeln, polierten Knochennadeln, Ketten mit Bernsteinperlen und Anhängern aus Eberzähnen, Muscheln und Beinschnitzereien. Seine Waffen lagen griffbereit neben ihm, ebenso ein einfacher, schnurverzierter Becher. Um den Hals des Toten schlang sich das zur Schnur gedrehte Halsband aus Gold, das seinen Rang anzeigte.

Aus den Reihen der Krieger, die Ethomirs Söhnen folgten, erschallten rhythmische Gesänge, von weiter hinten war das Schluchzen und Wehklagen der Frauen zu hören. Offenen Mundes bestaunten die Dörfler die unfassbare Prachtentfaltung.

Es war ein sonniger Tag, aber unangenehm kalt und windig. Der Trauerzug bewegte sich langsam und feierlich, er würde fast den ganzen Tag brauchen für den Weg zum Begräbnishügel.

Die ausgedehnten, sanft hügeligen Kerbäckerweiden gehörten zum Eichelsberg. Dort, auf den saftigen grünen Koppeln, wurden

Inthrams weiße Pferde gehalten. Und dort erhob sich auch der bewaldete Hügel mit dem umfriedeten Begräbnisplatz der Ethomkrieger. Ein niedriger Steinwall umgab den heiligen Hain, den nur die Männer der Sippe betreten durften. Die Gräber gewöhnlicher Krieger waren als grasbewachsene Buckel zwischen den Buchen- und Eichenstämmen zu erkennen; jeder Häuptling und Großherr hatte jedoch beizeiten dafür gesorgt, dass ein prächtiges Kammergrab sein Andenken lebendig hielt. Dafür war keine Mühe, kein Aufwand zu groß. Tief in die Erde getriebene Gruben wurden mit Balken gestützt und mit Steinplatten verkleidet, in die neben Dreiecken und Sonnenkreisen endlos fortlaufende Zickzacklinien geritzt waren, die die blitzeschleudernden Arme von Inthram darstellten, den stärksten Schutz, den es gab. Grasbewachsene Erdhügel wölbten sich darüber, auch sie mit geritzten Steinen markiert. Aus den Dämmerschatten der ältesten Bäume starrten Augen, drohten strenge Münder. Geschnitzte Geisterpfähle hüteten dort ihre Geheimnisse, manche ganz neu und hell, andere dunkel, rissig und verwittert; ihr bloßer Anblick jagte jedem der Krieger Schauer über den Rücken, ließ ihn scheu den Blick abwenden. Tief in der Erde, unter dicken Schichten von Laub und Humus, ruhten bauchige Tongefäße mit den Weihegaben, die Inthram geopfert worden waren: Beile, Waffen, kostbare Perlen und Schmuckstücke aus Bein und Kupfer, manche sogar aus Gold und ägyptischem Glas.

Ein verzauberter Ort, dieser Begräbnishügel, ein Ort des Gedenkens und der angesammelten Macht. Kein Mann konnte sich dort aufhalten, ohne das unzerreißbare Band zu spüren, das ihn mit seinen Ahnen verknüpfte.

Als der Trauerzug endlich die steinerne Umfriedung des Hügels erreichte, war es später Nachmittag. Die erschöpften Stiere wurden ausgespannt und an Ort und Stelle von Ethelm eigenhändig getötet, ebenso der wertvolle Rappe des Großherrn. Jungkrieger fingen das strömende Blut in Kesseln auf.

Auf den angrenzenden Weiden hatte Bossil einen weiträumigen Versammlungsplatz mit Zelten, Fellsitzen und Tischplatten vorbereiten lassen, der nicht nur den Angehörigen der Sippe, sondern auch der versammelten Volksmenge genügend Platz bot. In der Mitte stand der rote Wagen mit dem Toten, flankiert von einer Ehrenwache. Ihm gegenüber waren Stühle für Ethelm, Tholik, Perko und ihre Mutter, die Herrin Bendriga, vorbereitet.

Sobald sie Platz genommen hatten, wurde für die Götter ein gewaltig in den Abendhimmel loderndes Feuer entzündet. Unter Ethelms Vorsitz und nach seinen Anweisungen opferten die Männer weitere zwölf Rinder und zwölf Pferde. Gebete und erregte Rufe aus der Menge begleiteten das Geschehen. Schließlich türmten sich Berge von Fleisch am Rand des Platzes, aufgeschichtet in drei gleich großen Haufen. Die Männer hatten hart gearbeitet, im Schein des Feuers glänzten ihre Gesichter von Schweiß. Blutgeruch hing wie eine Wolke über dem Platz.

Nun stand Ethelm auf und trat zu dem Totenwagen. Die anderen Opferer bildeten einen Halbkreis um ihn. Gespannt beobachtet von den Zuschauern, schienen sie auf etwas zu warten.

Eine junge Frau wurde hergeführt, eher noch ein Mädchen. Ihr Blick war glasig, der Gang schleppend. Sie trug den bändergeschmückten Blumenkranz einer Braut. Ihr fleckenloses helles Kleid stand in scharfem Kontrast zu den blutbespritzten Kitteln der Opferer. Atemlose Stille legte sich über die Menge. Jedes Wort, das Ethelm sprach, war auf dem ganzen Platz deutlich zu vernehmen: »Als Nebenfrau, Gefährtin und Begleiterin sende ich dich zu Ethomir, dem Großherrn, Ethraks Sohn.« Mit einer raschen Bewegung trieb er die scharfe Klinge seines Steinmessers in die Kehle der jungen Frau, deren entsetzter Aufschrei in einem Gurgeln erstarb, während sie sich aufbäumte und verzweifelt im Klammergriff der Opferer wand. Ethelm musste ihr in die Haare greifen und ein zweites Mal zustechen, bevor sie zusammensackte. Ihr Kranz fiel zu Boden. Die Männer trugen sie weg, eine Blutspur blieb zurück.

Mit gerunzelter Stirn schaute Ethelm ihnen nach, dann wandte er sich wieder dem Feuer zu und hob die Arme zum abschließenden Gebet.

»Warte, Bruder!« Klar vernehmbar unterbrach Tholiks Stimme das beklommene Schweigen, das auf der Menge lastete. »Bevor du die Feier beendest, erlaube mir, den Göttern noch eine Gabe darzubringen.«

Er stand auf und trat nach vorn. Mit beiden Händen hielt er einen bauchigen Tontopf hoch, dessen Wölbung im Feuerschein rotgolden glänzte. »In diesem Weihegefäß befinden sich Schmuckstücke und der kostbare Stirnreif unserer Mutter, ich selbst habe einen Kupferdolch hinzugefügt, dessen Griff mit Bernstein und Kristall besetzt ist. Im Auftrag der Herrin Bendriga soll diese Gabe im Begräbnishain vergraben werden. In ihren Träumen hat sie schlimme Vorzeichen für die Sippe gesehen. Warum? Nun, ihr alle habt gesehen, dass diese junge Sklavin keineswegs freiwillig in den ehrenvollen Tod ging, der ihr bestimmt war. Das ist ja auch verständlich, denn in Wahrheit war sie keineswegs Ethomirs Nebenfrau. Nein, sie war nur ein minderwertiger Ersatz. Sie hat sich nach Sklavenart würdelos gewehrt, das Opfer ist also misslungen. Kein Zweifel: Die Götter zürnen uns. Und mit Recht! Unsere alten Bräuche wurden missachtet durch Frau Raghnas Verrat und feige Flucht. Aber die Götter akzeptieren keine halb betäubte Sklavin! Sie verlangen die Nebenfrau als Begleiterin des Großherrn, wie es von alters her Sitte ist. Jedoch, meine Freunde, es lag nicht in unserer Macht, ihnen dieses Opfer zu geben. Wir können daher nur versuchen, sie zu besänftigen und ihren berechtigten Zorn von uns abzuwenden, indem wir ihnen unsere wertvollsten Besitztümer als Sühnegabe darbringen.«

Aufgeregtes Stimmengewirr beantwortete seine Rede. Während Ethelm unschlüssig zögerte, ergriff Bossil nun das Wort: »Ich gehöre nicht zur engsten Familie des Großherrn, aber doch zur Ethomsippe, deshalb sei es mir erlaubt, im Namen von uns allen meine Hochachtung auszusprechen für euer großzügiges und weitblickendes Verhalten. Die edle Herrin Bendriga erweist sich als wahre Mutter unserer Sippe. Ihr und Herrn Tholik ist es zu verdanken, wenn das Unheil, das leider durch Frau Raghna und die alte Herrschaft heraufbeschworen wurde, von den Haselbergen abgewendet wird.«

Die alte Herrschaft? Nun, da sein Vater ins Spiel kam, musste Ethelm die Herausforderung annehmen: »Bossil!«, donnerte er, »Wie kannst du es wagen, so über den dahingegangenen Großherrn zu reden? Ich verlange, dass du dich augenblicklich entschuldigst, hier vor seinem Leichnam und im Angesicht der Götter.«

Die Menge hielt den Atem an. Während die bäuerlichen Zuschauer kaum begriffen, worum es eigentlich ging, tasteten die Krieger stirnrunzelnd nach ihren Waffen. Ein offener Zwist in der Sippe am Begräbnistag des Großherrn – das war allerdings noch weit schlimmer als die Sache mit dem geopferten Mädchen! Alle Blicke richteten sich auf Bossil. Würde er einlenken? Wenn nicht, dann war ein Kampf unvermeidlich.

»Verzeih mir, Bruder, wenn ich mich einmische«, sagte jetzt Tholik, das Gefäß immer noch im Arm. »Du zweifelst sicher nicht an unserer guten Absicht, wenn auch Bossil versehentlich die falschen Worte wählte. An einem Tag wie diesem sollten wir allerdings Frieden halten, schon aus Respekt vor dem verstorbenen Großherrn, unserem Vater. Wenn er kurz vor seinem Tod eine … Entscheidung getroffen hat, die nicht von allen verstanden wurde, so müssen wir bedenken, dass er ja durch lange Krankheit – und andere Einflüsse – geschwächt war. Aber du hast natürlich vollkommen recht, Ethelm, wenn du ihn verteidigst. Außerdem wirst du nach seinem Willen ab morgen unser neuer Großherr sein, deshalb gebührt dir unsere Ehrerbietung. Also, Bossil, entschuldige dich sofort und lass uns nie wieder ein unbedachtes Wort gegen den Großherrn hören!«

Erleichtertes Gemurmel und Beifallsrufe zeigten an, dass Tholiks Vorschlag gut aufgenommen wurde. Sofort neigte auch Bossil den Kopf, bat höflich um Vergebung wegen seiner schlecht gewählten Worte und bekräftigte seine Ehrfurcht vor Ethomir. Ein kaum merkbarer Hauch von Ironie lag in seiner Stimme. Ethelm nickte zögernd.

Damit war die Auseinandersetzung beendet, doch allgemein herrschte das unbehagliche Gefühl, dass Ethelm eine Niederlage erlitten hatte.

Er sprach nun die abschließenden Gebete und gab sich, als wäre alles in Ordnung. Doch wer ihn besser kannte, sah ihm an, dass er bedrückt war. Tholik dagegen war plötzlich in aufgeräumter Stimmung. Er ging umher, unterhielt sich freundschaftlich mit Bossil und den anderen Männern und trank mit ihnen auf Ethomirs ruhmreiches Andenken.

Die Feier nahm ihren Fortgang. Ein Teil des Fleisches wurde für Inthram verbrannt, ein weiterer Teil in Ethomirs Grabkammer gebracht, der Rest gebraten und verteilt. Wein und Met flossen in Strömen, erschöpfte Mägde schleppten Brot in großen Henkelkörben herbei. Die Bauern, die noch an den Folgen des schlimmen Hungerwinters litten, waren von dem Überfluss wie geblendet.

Das Festmahl dauerte die ganze Nacht. Keiner, der es miterlebte, vergaß es jemals. Immer wieder wurden Ethomir zu Ehren die Becher gehoben, Sprüche ausgebracht, Lieder gesungen und Geschichten erzählt.

Bei Sonnenaufgang kehrten die Bauern, mit den Resten von Fleisch und Brot beladen, in ihre Dörfer zurück. Die Frauen und Kinder der Ethomsippe machten sich mit ihren Knechten und Mägden ebenfalls auf den Heimweg zum Eichelsberg.

Nur die Krieger blieben. Als der Platz vollständig geräumt war, spannten sie sich selbst vor den roten Wagen, schoben ihn durch die Öffnung der Steinmauer, die außer ihnen kein menschliches Wesen passieren durfte, und zogen ihn den Hügel hinauf bis zu Ethomirs Grab. Sie arbeiteten bis zum Nachmittag, bis alles in der Kammer seinen Platz gefunden hatte: der Wagen, das tote Mädchen zu Füßen des Großherrn, der abgetrennte Kopf des Rappen, auf dem sich alsbald schwarze Fliegen sammelten, die ausladend geschwungenen Rinderhörner, Fleisch und Wein, Met und Brot und zahlreiche weitere Beigaben, die die Krieger aus ihrem Besitz beisteuerten, um den Geist des Toten zu erfreuen. Entlang der Wände reihten sich Krüge und Kessel aneinander, Teller mit getrockneten Früchten, Brot und Käse, dazwischen Schalen, Näpfe und Dosen aus Birkenrinde, gefüllt mit Kräutern und Pulvern.

Endlich war alles getan. Die Männer gingen zurück zu den Kerbäckerweiden, um zu essen und sich etwas Ruhe zu gönnen, denn vor ihnen lag eine weitere lange Nacht.

Perko hatte trotz seiner Jugend die ehrenvolle Aufgabe erhalten, am offenen Grab seines Vaters Wache zu halten.

Jord wusste, dass er zu spät kam. Auf einem Ethomhof, wo er am Nachmittag sein lahmendes Pferd gegen ein anderes eingetauscht hatte, hatte er erfahren, dass Ethomir an seiner Krankheit gestorben war. Das große öffentliche Begräbnis hatte bereits stattgefunden. Ein bitteres Lächeln lag um seinen Mund.

Gestern.

Nur einen einzigen Tag hätte ich noch gebraucht.

Nun hatte er plötzlich alle Zeit der Welt. Geistesabwesend änderte er die Richtung und ritt zum Begräbnishügel.

Als er zu Fuß die Steinmauer passierte, merkte er plötzlich, wie tief ihm die Müdigkeit in den Knochen saß. Dennoch, die Magie des Ortes ergriff ihn, genau wie früher. Obwohl er ja, wie er oft genug zu hören bekommen hatte, nur ein halber Ethomkrieger war, hatte er sich dem starken Eindruck nie entziehen können.

Auf einem Baumstumpf hockend ließ er die geisterhafte Atmosphäre tief auf sich wirken, schöpfte Atem, hing seinen Gedanken nach. Die Versuchung, einfach sitzen zu bleiben, war verlockend. Doch die Sonne stand schon tief. Wenn er noch vor Einbruch der Dunkelheit an Ethomirs Grab sein wollte, durfte er sich nicht zu lange aufhalten.

Jord stand auf, schulterte seinen Reisebeutel und überprüfte gewohnheitsmäßig den Sitz der geschäfteten Streitaxt, die er, zusammen mit den Dolchen, im Gürtel trug. Mit wacher Aufmerksamkeit suchte er sich dann seinen Weg zwischen den Stämmen hindurch, sorgfältig darauf bedacht, nicht fehlzutreten. Wenn die Götter einen Mann im Gräberwald stolpern ließen, kam das fast einem Todesurteil gleich!

Seine Augen verengten sich, als er auf den einfachen Pfad stieß, den Hufe, Stiefel und die Räder des Wagens gebahnt hatten. Die langen Gräser waren geknickt, hatten sich jedoch teilweise schon wieder aufgerichtet.

Schneller folgte er den Spuren und erspähte kurz darauf zwischen den Zweigen einer Buche den mit Stoff verhängten Zugang der neuen Grabkammer, auf deren Schwelle ein bewaffneter Wächter saß. Jords Herzschlag setzte aus.

Da drin liegen sie, in dieser Kammer.

Mein Onkel Ethomir. Und Raghna, seine Nebenfrau.

Unwillkürlich machte er einen stolpernden Schritt rückwärts und griff nach einem Ast, um das Gleichgewicht zu halten. Ein Zweig knackte unter seinen Füßen. Der Mann am Grab hob lauschend den Kopf, griff nach der Streitaxt und erhob sich.

»Wer da? Ist da jemand?«, rief er.

Jord erkannte die Stimme und trat aus der Deckung.

»He, Perko! Ich bin's, dein Vetter!«

»Jord, du? Wie gut, dass du doch noch kommst! Vaters Geist wird sich freuen.« Perko wandte den Kopf ab und räusperte sich. »Er hat dich erwartet, bis zuletzt«, fügte er hinzu.

»Ich war unterwegs, Vetter, weit im Norden. Der Ruf erreichte mich zu spät. Hätte ich nur schon eher gewusst, dass er so sterbenskrank war! Ich hätte ihn gern noch einmal gesehen.«

»Wissen die anderen schon, dass du da bist?«

Jord schüttelte den Kopf. »Ich bin quer durch die Wälder gekommen, Junge. Es schien mir das Sicherste, solange ich nicht wusste, wie hier die Dinge stehen.« Forschend sah er Ethomirs Jüngsten an. »Dein Vater wollte, dass ich Frau Raghna wegbringe, nicht wahr?«

»Ja«, sagte Perko einsilbig und wandte das Gesicht ab. »Er wollte nicht, dass sie geopfert wird.«

Grimmig presste Jord die Lippen zusammen.

Aber es hat nichts genützt.

Nun liegt sie trotzdem da drin.

Wie von fern drang Perkos Stimme zu ihm: »Heute Nacht ist die Kriegerfeier. Du kannst wenigstens dabei sein, wenn wir Vaters Geist zu Inthram geleiten.«

Sie ist tot. Sie ist tot. Sie ist tot.

»Jord? Hörst du mich überhaupt? Fehlt dir was, Mann?«

»Wie? Nein, nein, Perko, alles in Ordnung. Hast du was dagegen, wenn ich in die Kammer gehe und dem Großherrn noch eine Gabe bringe?«

Der Junge errötete vor Stolz über die höfliche Anerkennung seines Wächteramtes. »Nein, geh ruhig«, sagte er würdevoll, »ich bleibe hier draußen und passe auf.«

Drei Steinlampen erfüllten den Raum mit dem Geruch nach verbranntem Fett und Kräutern. Jord versuchte flach zu atmen. Obwohl der Eingang nur verhängt war, roch es in der geräumigen rechteckigen Kammer dumpf und ekelhaft süßlich.

Er trat an das Fußende des Wagens und schaute auf Ethomirs wächsernes, fleckiges Gesicht unter der hohen Fellmütze. Zu Füßen des Toten lag die junge Frau. Man hatte sie auf die Seite gebettet, das Gesicht dem Alten zugekehrt.

Jord starrte ihren Rücken an. Dann, wie unter einem Zwang, nahm er sie an den Schultern und drehte sie zu sich herum.

Eine klaffende Wunde. Aufgerissene Augen voller Schrecken. Ein Gesicht, das er nie zuvor gesehen hatte.

Seine Erleichterung war so groß, dass es ihm die Füße wegzog. Er bettete vorsichtig die tote Frau zurück und ließ sich schwer auf den nächstbesten Holzklotz fallen.

Eine Fremde. Nicht sie. Nicht Raghna.

Also hat sie es geschafft zu fliehen.

Sie kann noch am Leben sein.

Danke. Inthram, ich danke dir!

Aus dem Beutel, der an seinem Gürtel hing, nahm Jord ein Klümpchen Kiefernharz und hielt es an eine der Steinlampen. Wohlriechende Schwaden zogen durch den Raum, zu Ehren des Großherrn Ethomir und einer namenlosen Sklavin. Der Streitaxtkrieger blieb auf dem Klotz neben dem Eingang sitzen, den Blick auf den roten Wagen gerichtet, und hing seinen Betrachtungen nach, bis das Harzklümpchen aufgezehrt war. Dann ging er hinaus und befragte Perko eingehend über die Geschehnisse auf dem Eichelsberg. Ihr Gespräch dauerte an, bis es Abend wurde und die anderen Krieger sich zur Feier einfanden. Überrascht und erfreut begrüßten sie Jord, die meisten begegneten ihm freundschaftlich. Zahlreiche Fragen und Antworten flogen hin und her. Nur von Raghnas Verbleib wusste niemand etwas, und keiner wollte über sie reden. Schlimm genug, dass sie Schande über die Sippe gebracht hatte und ihretwegen ein Krieger hatte sterben müssen, abgesehen von dem Knecht und der jungen Sklavin!

Der übermannsgroße Ritzstein, den Ethomir vor seinem Tod hatte aufstellen lassen, thronte auf dem abgeflachten Gipfel des Hügels, als hätte er schon immer dort gestanden. Er ähnelte in groben Umrissen einer menschlichen Gestalt, die dem Betrachter mit runden, weit offenen Augen entgegensah. Der Kopf war nur durch die eingeritzten Rillen eines mehrreihigen Halsbandes vom Körper abgesetzt, auch einen angedeuteten Gürtel mit Behängen hatte Ethallak in den Kalkstein gemeißelt, dazu mehrere Dolche, eine Streitaxt, ein Sonnenkreuz. Aber was die Figur erst wirklich göttlich machte, was sie als einen vollgültigen, furchterregenden Ausdruck von Inthram erscheinen ließ, waren die acht gezackten Blitzarme auf jeder Seite.

Die Männer, die zu seinen Füßen einen Kreis bildeten, vermieden es, den Stein direkt anzusehen. Sie saßen auf Fellen, die über das feuchte Gras gebreitet waren, ihre Streitäxte griffbereit neben sich, und unterhielten sich gedämpft.

Als die rote Sonnenscheibe hinter den Baumwipfeln versunken war, stand Ethelm auf und ergriff das Wort: »Lasst uns mit unserer Feier beginnen. Krieger der Ethomsippe, meine Verwandten, wir haben uns hier vollzählig versammelt, fünfundvierzig an der Zahl, um von unserem Großherrn Ethomir Abschied zu nehmen. Wir werden den Trank der Unsterblichkeit, das heilige Shuma, trinken und ihn bis zu den äußeren Pforten von Inthrams Hallen begleiten. Im Angesicht des Blitzeschleuderers begrüße ich euch!«

»Ho!«, erschallte es beifällig von den bärtigen Gestalten, die um das Feuer saßen. In ihren Reiterkitteln und Fellwesten, den ledernen Beinlingen und geschnürten Schuhen boten sie einen wilden Anblick. Steindolche steckten in kupferbeschlagenen Gürteln, breite Armringe und Halsbänder mit Tierzähnen und geschnitzten Anhängern wurden nachlässig zur Schau getragen. Ihre spitzen, pelzgesäumten Kappen hatten die Männer abgenommen und neben sich gelegt, zu den Waffen. Vor jedem von ihnen stand ein großer, grob geformter Tonbecher, verziert mit einem schlichten Schnurmuster.

Die Nacht war vorfrühlingshaft kühl. Der regenfeuchte Wind hatte sich gelegt, es war gegen Abend zu immer mehr aufgeklart. Das Feuer brannte lebhaft, es knackte und prasselte.

Das zuckende Licht der Flammen verlieh dem Steinbild eine

unheimliche Lebendigkeit, ließ Ethelms goldenes Halsband aufblitzen und warf unruhige Schatten über sein ernstes Gesicht. Als Nachfolger des toten Großherrn übte er das Priesteramt aus, unterstützt von dem weißbärtigen Werna zu seiner Rechten, der die alten Bräuche und Lieder kannte. An Ethelms linker Seite saß Tholik in gesammelter Haltung, neben ihm Perko, dann Jord.

Vor Ethelm, auf einem Fundament von Grassoden und Feldsteinen, stand ein bauchiger Kupferkessel von beeindruckenden Ausmaßen, Jord sah ihn zum ersten Mal. Das wertvolle Gefäß war mit gepunkteten Linien überzogen, die sich zu komplizierten Mustern ordneten. In vielfachen Abwandlungen tauchten die Zickzackformen des Blitzgottes, von Strahlen umgebene Sonnenkreise und Radkreuze auf. Mit seinem verzierten Steindolch rührte Ethelm im Uhrzeigersinn die hell schimmernde Flüssigkeit um, die den Kessel bis zum Rand füllte.

»Shuma, der Trank der Unsterblichen, ist bereitet – nach den Worten der Alten – aus den östlichen Steppen und von den grünen Weiden am Strom – aus vergorener Milch und Stiersamen – Gerstenmehl und Honig – Früchten und Birkensaft – heiligen Kräutern, zerstoßenem Rauschpilz – gemischt, gerührt, gewürzt, gesiebt – wir trinken und durchwandern den unendlichen Himmelsraum bis an die Pforten von Inthrams Halle, begegnen den Göttern, denen unser Leben gehört, mit offenem Herzen, erlangen ihre Macht, empfangen ihr Licht, sterben als Krieger, um ihnen gleich zu sein … unerschütterlich, unzerstörbar, todlos … auf ewig …«

Ethelms Stimme verriet seine starke Bewegung. Er hörte auf zu rühren, trocknete den Dolch an seiner Fellweste ab und steckte ihn in die Scheide. Dann griff er nach dem bereitliegenden Schöpfer, einem uralten, aus Bein geschnitzten Gerät, tauchte ihn in den schäumenden, milchig weißen Trank und füllte sorgsam, während die Männer der Reihe nach vortraten, Becher um Becher. Zuletzt goss er das Shuma in den Schnurbecher des Großherrn, der nun der seine war. Er unterschied sich von den anderen durch seine schwarz-rote Bemalung und ein doppeltes Band eingekerbter Zickzacklinien.

Mit beiden Händen hob er den gefüllten Becher hoch und rief laut in die Nacht: »Dir zu Ehren, allmächtiger Inthram, und dir zum Gedenken, ruhmreicher Ethomir, der du ihm nun gleich bist!« Er goss etwas von dem Trank auf die Erde vor dem Ritzbild und nahm dann einen tiefen Zug.

Als Nächster hob Werna seinen Becher und sagte mit seiner heiseren Altmännerstimme: »Zu Ehren der Ahnen, die uns lehrten, dass wir stark sind, wenn wir ein einfaches Leben führen, und unbesiegbar, weil der Blitzgott mit uns ist.« Auch er opferte Inthram etwas von seinem Shuma und trank dann selbst. Die anderen taten es ihm nach.

»Auf Ethomir und seine Söhne!«

»Auf Ethrak den Harten, unvergessen soll er sein!«

»Auf die grünen Weiden unseres Ursprungs!«

»Auf die Haselberge, unsere schöne Heimat!«

»Auf Inthram und die Macht der Blitze!«

»Auf den Glanz der Sonne!«

»Auf die siegreichen Kämpfe unserer Ahnen!«

»Auf unsere unüberwindlichen Waffen!«

»Auf Ethomir!«

»Auf Ethomir und seine Brüder!« Das kam von Jord, der dabei seines Vaters gedachte.

Als die Reihe an Tholik kam, lautete sein Trinkspruch: »Auf die tapferen, ruhmreichen Ethomkrieger, damals wie heute! Ich bin stolz, zu ihnen zu gehören.«

Die Becher wurden noch zweimal gefüllt, die Sprüche wiederholten sich irgendwann, aber das machte nichts. Schon bald unterschieden die Trinkenden nicht mehr, was ihre Ohren hörten und was in ihrem wirbelnden Geist widerhallte.

Nach der dritten Runde hob Ethelm mithilfe von Werna und Tholik den Kessel, der noch zu einem Drittel gefüllt war, hoch. Gemeinsam gossen sie mit einer schwungvollen Bewegung den Rest des Shuma über die Stele des Blitzgottes. Die Flüssigkeit rann über den grauen Stein und versickerte im Erdreich.

»Ehre dir, Inthram«, rief Ethelm mit donnernder Stimme, und die ganze Versammlung brüllte ihm aus voller Kehle die Worte nach.

»Das Kostbarste, was wir haben, geben wir dir!«

»Nimm deinen Sitz in diesem Bildstein!«

»Wache über unsere Gräber!«

»Sei mit uns!«

»Unser Leben ist dir geweiht!«

»… issdiiir … gewweeeiieiht …« Jord hörte die Klänge nur noch wie ein in der Ferne verhallendes Echo. Alles verschwamm. Die Götter waren nah, und er war bereit, ihnen zu begegnen. Entschlossen hob er seinen Becher und leerte ihn bis zur Neige. Der unvergleichliche Geschmack des Shuma, zusammengesetzt aus der Süße vergorenen Honigs und herb-krautigen, bitteren, salzig-fischigen und leicht modrigen Anteilen, füllte seinen Mund. Das Letzte, was er sah, bevor er nach hinten kippte, war Tholik, der seinem Bruder Ethelm freundschaftlich den Arm um die Schultern gelegt hatte und ihm seinen Becher an die Lippen hielt.

Frierend erwachte Jord im ersten Morgengrauen. Er öffnete blinzelnd die verschwollenen Augen und verzog das Gesicht. Unter seinem Schädeldach hämmerte der Kopfschmerz, rasender Durst quälte ihn, seine Zunge fühlte sich dick und pelzig an.

Doch der Traum, aus dem er kam, war noch ebenso lebendig, klar und gegenwärtig wie die äußere Welt, in die der Krieger nur mühsam zurückfand. Die Bilder wollten nicht verblassen. Immer noch sah er sich selbst, klein wie eine Ameise, nackt auf einem Hügel stehen, mit ausgebreiteten Armen, um sich das Toben der entfesselten Elemente. Blitze und fauchende Sturmböen, niederstürzende Wasserfluten und Inthrams Stimme wie rollender Donner:

Ich bin grenzenlose Macht in allen Welten. Was sich mir in den Weg stellt, wird weggefegt. Reicher Lohn, Stärke und Macht werden dem zuteil, der mich verehrt. Doch verlange ich viel. Treue, Mut und Todesverachtung. Wer seiner Angst nachgibt, wird in meinem Angesicht verbrennen. Wer mir jedoch mit ganzer Hingabe dient, wird das tiefe Geheimnis entdecken. Das Geheimnis, dass er und ich eins sind. Er lernt, Zerstörer und Schöpfer zu sein im rasenden Tanz des Werdens. Er erfährt, was es heißt, mit unbändiger Kraft Blitz, Feuer, Sturm, den Samen, der Welten gebiert, zu schleudern. Ich bin die Macht, der Herr über alles, und ihr seid untrennbar eins mit mir.

Jord presste die Hand auf sein unregelmäßig schlagendes Herz und atmete ein paarmal tief durch, bis das eigentümliche Flattern sich legte. Auf seiner Stirn stand kalter Schweiß. Wahrhaftig, Inthrams Geschenke waren fast mehr, als ein Mann zu ertragen vermochte! Schon so mancher war aus dem heiligen Rausch nie mehr erwacht.

Gegen den Schwindel ankämpfend, richtete er sich auf und schaute sich um. Alle anderen Krieger lagen noch auf ihren Fellen und schliefen. Eine Welle von Übelkeit stieg plötzlich in Jord auf, doch er presste die Lippen zusammen und unterdrückte den Brechreiz mit aller Kraft. Auf keinen Fall durfte er sich übergeben, das käme einer Missachtung des Shuma gleich. Vielleicht gab es dort drüben, wo Ethelm, Werna und Tholik lagen, irgendwo einen Schlauch mit Wasser, das würde seinen Magen beruhigen und ihm helfen, den Kopf klar zu bekommen. Ächzend stemmte er sich hoch und ging hinüber, vorbei an der mit weißer Asche bedeckten Feuerstelle, sorgsam darauf bedacht, keinen der Schlafenden zu berühren. Niemals durfte ein Mann aus dem heiligen Rausch aufgeweckt werden, denn von den Träumen und Botschaften, die Inthram schickte, durfte nicht das Geringste verloren gehen.

Zwischen Ethelm und Werna lag ein enghalsiger Krug im Gras, leer. Jord seufzte. Er würde wohl doch die Quelle aufsuchen müssen, die irgendwo da hinten auf der Nordseite des Hügels entsprang. Mit einem flüchtigen Blick streifte er das Gesicht von Ethelm, der auf dem Rücken lag, und wollte sich schon abwenden, als er plötzlich innehielt und genauer hinsah. Ethelms Augen waren halb geöffnet und starrten blicklos in den grauen Morgenhimmel.

Unausweichlich drang die Erkenntnis in Jords umnebeltes Hirn: Tot. Dieser Mann war tot. Der Blitzgott hatte sich ein weiteres Opfer geholt.

Jord stöhnte auf, kauerte sich auf den Boden und berührte Ethelms eiskalte Hand. Kummer und Entsetzen schnürten ihm die Kehle zusammen, als er mit zitternden Fingern seinem Vetter und Freund die Augen zudrückte. Doch plötzlich stutzte er und schüttelte verständnislos den Kopf. Der Tote glich durchaus nicht einem, der an Shuma gestorben war. Sein Gesicht war nicht wachsbleich, sondern fleckig gerötet, verquollen und verzerrt, die Lippen geöffnet und angeschwollen. Mund und Nase hatten bläulichen Schleim abgesondert, der längst eingetrocknet war, ein schwarzglänzender Käfer kroch darauf herum. Jords Blicke wanderten über Ethelms Körper, prüfend sog er die Luft ein. Dann sah er die Flecken: Durchfall und blutiger Urin. Er kannte nur eine Substanz, die einen solchen Tod bewirkte: die fein gemahlene Rinde des Blutbeerenstrauchs.

Jords Herz begann erneut in schmerzhaften Stößen zu pochen. Er griff nach dem schwarz-roten Schnurbecher, der neben Ethelm im Gras lag. Vor seinem innerem Auge tauchte ein Bild auf: Tholik, wie er dem Bruder den Becher fast gewaltsam an die Lippen setzte, kurz bevor sie alle das Bewusstsein verloren. Hatte er das wirklich gesehen, oder war es bereits Teil seines Traumes gewesen?

Sorgfältig untersuchte Jord das Gefäß. Es war nicht nur leer, sondern sauber gespült. Keine eingetrockneten Flüssigkeitsreste, keine Spur vom Unsterblichkeitstrank. Oder von etwas anderem. Keine. Irgendjemand hatte diesen Becher gründlich gereinigt und neben den Toten gelegt.

Während Jord zu begreifen versuchte, was geschehen war, wälzte sich Tholik, der schnarchend neben Ethelm gelegen hatte, mit einem Ächzen herum und erwachte. Mühsam setzte er sich auf und rieb sich stöhnend den Nacken. Sein Blick glitt gleichgültig über die liegenden Gestalten, blieb an Ethelm hängen, seine Augen wurden schmal.

»Was ist das? Ethelm ist doch nicht etwa … tot?«

Jord hielt ihm den gereinigten Becher hin. »Dafür wirst du sterben, Tholik«, sagte er gepresst.

»Ich? Weil Inthram sich ein Opfer geholt hat?«

»Inthram holt sich seine Opfer nicht auf diese Weise.«

»Willst du dem Blitzgott Vorschriften machen?«

»Ich habe dich gestern Abend dabei beobachtet, wie du Ethelm etwas eingeflößt hast.«

»So?« Tholik lächelte geringschätzig. »Unter dem Einfluss von Shuma kann ein Mann Wahn und Wirklichkeit nicht unterscheiden. Das ist allgemein bekannt, nicht wahr, Vetter? Du willst mich beschuldigen, wie? Aber wenn du sonst nichts hast, worauf du eine Anklage gründen kannst, dann würde ich an deiner Stelle lieber schweigen.«

Nun erst verstand Jord, wie sorgfältig Ethelms Ermordung geplant war. Er durfte nicht einmal seinen Verdacht offen äußern, ohne sich der schweren Beleidigung eines Verwandten schuldig zu machen. Tholiks Freunde würden ihm vorwerfen, dass er sich damit nur für vergangene Demütigungen zu rächen versuche. Man würde ihn als Unfriedenstifter vom Eichelsberg verbannen, wenn der Beleidigte es nicht vorzog, ihn im Zweikampf zu töten.

Jord hatte einen bitteren Geschmack im Mund. Vorläufig waren ihm tatsächlich die Hände gebunden. Wenn Wut, Empörung und Ohnmacht ihn nicht um den Verstand bringen sollten, dann musste er jetzt diesen Ort verlassen. Grimmig biss er die Zähne zusammen. Er durfte Tholik nicht länger ansehen, sonst würde er ihn auf der Stelle töten – hier auf dem heiligen Hügel! Er atmete tief aus.

Das war es dann also.

Betont vorsichtig legte er den Becher wieder neben die Leiche und stand auf. Wandte Tholik ohne ein weiteres Wort den Rücken zu, ging zurück zu seinem Platz, steckte den eigenen Schnurbecher in den Beutel und hängte ihn sich um, nahm seine Waffen auf und stieg steifbeinig den Begräbnishügel hinab zur Steinmauer. Unbewegt schaute Tholik ihm nach, bis er zwischen den Büschen verschwand.

»Verzeih mir, Inthram, wenn ich dieses Mal die Morgenfeier versäume«, murmelte Jord vor sich hin, »aber ich glaube ohnehin, dass das Ende der Feier heute nicht dem alten Brauch entsprechen wird.«

Kurz darauf trieb er sein Pferd zur schnellsten Gangart an und galoppierte durch den sich lichtenden Frühnebel davon, der Morgensonne entgegen. Als der Eichelsberg vor ihm auftauchte, kam ihm plötzlich ein Gedanke. Er hatte auf dem kürzesten Wege zum Steinsberg zurückkehren wollen, aber nun änderte er seine Absicht und schlug den Bohlenweg ein, der zum Herrenhof hinaufführte.

Tholik und die anderen waren mit Ethelm beschäftigt, keiner würde ihm folgen. Jord hatte einen Vorsprung, und den würde er nutzen.

»Ich muss auf der Stelle mit Frau Korthala sprechen!«

»Aber, Herr, sie schläft noch in ihrer Kammer. Alles schläft noch hier im Haus der Herrin. Nur ich bin wach, weil ich das Wasser in die Küche tragen muss. Kannst du vielleicht später wiederkommen?«

»Nein, kann ich nicht. Geh und weck sie auf, Mädchen. Frag nicht lange – tu, was ich dir sage!«

Kurz darauf öffnete sich knarrend die Tür zur Halle, und Ethelms Gemahlin erschien. Jord starrte sie einen Moment verblüfft an. Sie hatte offenbar in der Eile das erstbeste Kleidungsstück übergeworfen und bot, obwohl sie mit ihren fast dreißig Jahren keine junge Frau mehr war, in dem grünen Wollgewand und mit der Flut hellbrauner Haare, die ihr offen über den Rücken fiel, einen unerwartet reizvollen Anblick. Sofort schob er die unpassenden Empfindungen von sich und neigte respektvoll den Kopf.

»Sei gegrüßt, Jord! Wir haben dich hier lange nicht gesehen. Du bist also zu Ethomirs Begräbnis gekommen. Doch was führt dich zu mir um diese Zeit?«

»Etwas Schreckliches, Frau Korthala. Ethelm, mein Vetter, dein Gemahl … er ist tot. Sie werden bald kommen und ihn bringen.«

Die Frau schrie auf und schlug die Hände vors Gesicht. Haltsuchend lehnte sie sich an den Türstock. Rasch griff Jord nach ihrem Arm und geleitete sie zu einem Lehnstuhl.

»Wie …?«, flüsterte sie mit blutleeren Lippen.

»Er ist aus dem Shumarausch bei Ethomirs Abschiedsfeier nicht wieder aufgewacht. Ein ehrenvoller Tod. Inthram hat ihn zu sich gerufen. Das ist es jedenfalls, was sie dir erzählen werden.«

Korthala starrte vor sich hin, die Hände auf den Mund gepresst. Nichts war zu hören als ihre heftigen Atemzüge. Dann wandte sie Jord ihr bleiches Gesicht zu.

»Und?«, fragte sie, »Ich sehe dir an, dass das noch nicht alles ist. Du bist doch nicht allein im Morgengrauen hierhergeritten, nur um mir als Erster die Nachricht zu bringen?«

»Nein, Frau Korthala. Nur … es fällt mir schwer, die richtigen Worte zu finden. Für das, was ich dir sagen wollte, gibt es keinerlei Beweise, deshalb …«

Die Augen der Frau wurden groß. »Beweise? Was heißt das? Ist etwas Unrechtes geschehen? Oh, ich verstehe. Du meinst, dass mein Ehemann umgebracht wurde! Bei der Abschiedsfeier seines Vaters, im Kreis seiner Verwandten, die Götter seien uns gnädig! Sag mir alles, Jord. Wer war es?«

»Erlass es mir, Herrin, auf diese Frage zu antworten. Ich darf es nicht aussprechen, jedenfalls nicht heute. Aber ich will dir einen Vorschlag machen: Ich kehre von hier aus sofort zum Steinsberg zurück. Und du solltest mit mir kommen, Frau Korthala. Du und deine Tochter. Ethrun kann doch schon ganz gut reiten, nicht wahr? Gut. Nur wir drei auf Pferden. Kein Wagen, keine Magd, wenig Gepäck, so kommen wir am schnellsten voran.«

Ungläubig starrte die Frau ihn an: »Und was soll ich den Ethomleuten sagen?«

»Gar nichts. Erst wenn wir unterwegs sind und sie nach dir fragen, soll deine Magd ihnen sagen, dass du zu deinem Vater gereist bist, der dich schon erwartet. Mich hat er geschickt, um euch zu begleiten. Nur das – kein Wort mehr. Dann mag sich jeder denken, was er will.«

Korthala schüttelte verständnislos den Kopf. »Warum das alles, Jord?« »Weil wir hier bald einen neuen Großherrn haben werden. Und weil ich glaube, dass das Leben deiner Tochter dann möglicherweise hier nicht mehr sicher ist.«

Korthala begriff plötzlich und schloss einen Moment die Augen. »Tholik also. Er war es.« Und nach einer Pause: »Er wollte Großherr werden, schon immer. Und seine Mutter hat ihn unterstützt, sie hat ihn in seinem Ehrgeiz und seiner Eitelkeit bestärkt. Sie hat wohl nicht damit gerechnet, dass er so weit gehen würde, den eigenen Bruder zu beseitigen … Hat er ihn vergiftet?«

»Ich habe nichts dergleichen behauptet.«

»Nein, das hast du nicht.« Sie überlegte. »Wenn er nun die Herrschaft übernimmt, hat er doch sein Ziel erreicht. Warum sollte er dann dem Kind nach dem Leben trachten?«

»Korthom könnte im Namen deiner Tochter die Herrschaft über die Haselberge beanspruchen, nicht wahr? Er müsste nur einen seiner Männer mit ihr verheiraten, sobald sie alt genug ist. Und sie ist schon zehn.«

»Aber daran würde mein Vater nie denken! So gierig ist er nicht, dass er auch noch die Haselberge beherrschen will.«

»Nein, gierig ist er nicht. Die Freundschaft zwischen den Korthomleuten und der Ethomsippe war ja auch fest gegründet und durch deine Ehe bekräftigt. Jetzt aber könnte er doch daran zweifeln, dass beim Tod seines Schwiegersohnes und bei Tholiks Nachfolge alles mit rechten Dingen zuging. Du weißt, wie er ist: Wenn er etwas für seine Pflicht hält, kann nichts ihn aufhalten. Jedenfalls hängt der Anspruch allein an deinem Kind, an Ethrun. Ein Unglück kann schnell passieren, wie wir gesehen haben, und bis ein junges Mädchen heranwächst, ist es mancherlei Gefahren ausgesetzt.«

»Ich … muss in Ruhe darüber nachdenken, Jord. Einstweilen danke ich dir sehr für deine Fürsorge. Du und Tholik, ihr seid nie Freunde gewesen. Vielleicht war Ethelms Tod doch ein Unglück oder Inthrams Wille, und du hast dir das alles nur eingebildet. Ich brauche etwas Zeit, aber ich gebe dir Nachricht. Falls ich gehe, soll es nicht wie eine überstürzte Flucht aussehen. Auf einen Tag mehr oder weniger wird es ja nicht ankommen. Außerdem muss ich natürlich bei Ethelms Begräbnis anwesend sein.«

Das stimmte. Jord begriff, dass er gegen diese Verzögerung nichts ausrichten konnte. Aber danach …

»Bitte glaub ihm, Mutter. Ich bin sicher, er hat recht.« Eine helle Stimme ertönte aus dem Halbdunkel der Ecke hinter dem geschnitzten Stuhl.

Die Herrin drehte sich um: »Ethrun! Wo kommst du denn her so früh am Morgen?«

Die schmale Gestalt im zerknitterten Hemd, mit bloßen Füßen, kam heran und schmiegte sich an Korthala.

»Ich habe gelauscht, Mutter. Es tut mir leid. Nein, es tut mir nicht leid. Mein Vater ist tot. Tholik hat ihn umgebracht. Ich werde nie wieder Onkel zu ihm sagen. Wir sollten so schnell wie möglich von hier weggehen. Gut, dass Jord da ist. Lass uns mit ihm gehen!«

»Aber, Kind, wir wissen doch gar nicht genau, ob uns hier wirklich Gefahr droht!«

»Ich weiß es, Mutter. Bitte sag ja. Vater hat manchmal zu lange gewartet, bevor er einen Entschluss fasste, das hast du selbst gesagt. Mach jetzt nicht den gleichen Fehler!«

»Deine Tochter hat recht«, schaltete sich Jord ein, »obwohl ich es nicht gern ausspreche. Ethelm war ein guter Mann, aber er hing zu sehr an den alten Zeiten. Er hat blind an die Ehre eines jeden Kriegers seiner Sippe und an die Bindung zwischen Brüdern geglaubt. Er und sein Vater haben Tholiks Machenschaften viel zu lange tatenlos zugesehen.«

Eine lange Pause entstand. Jord biss sich auf die Lippen. Es gelang ihm nur schlecht, seine Ungeduld zu verbergen.

Die Frau seufzte. Ethruns bange Blicke hingen an ihr. Korthala strich dem Kind über die Wange und hob dann entschlossen den Kopf. »Also gut. Wir kommen mit dir. Wann brechen wir auf?«

»Am Morgen nach dem Begräbnis. Werdet ihr bis dahin bereit sein?«

»Ja. Aber nun geh, Jord. Bevor die Krieger kommen, will ich eine Weile allein sein und um meinen Mann weinen.« Sie legte eine Hand über ihre Augen. Ethrun schlang die dünnen Arme um den Hals ihrer Mutter und drückte das Gesicht in ihre Haare.

Jord wandte sich zum Gehen. An der Tür drehte er sich noch einmal um: »Verzeihung – eine Frage noch, Frau Korthala: Du weißt auch nicht zufällig, was aus Raghna geworden ist?«

Das tränennasse Gesicht kehrte sich ihm zu: »Nein. Sie ist einfach verschwunden, keiner weiß wohin. Warum fragst du?«

»Nur so«, meinte Jord, nickte dankend und zog leise die Tür hinter sich zu.

Es wurde Nachmittag, bis die Krieger Ethelms Leichnam zum Herrenhof brachten. Als er Hufgetrappel und Stimmengewirr hörte, verließ Jord die Halle und machte sich auf die Suche nach Perko.

Er fand ihn bei den Pferden. Über ein Gatter gelehnt, starrte der Jungkrieger geistesabwesend ins Weite. Als Jord ihm auf die Schulter tippte, sah er sich kurz nach ihm um und wandte dann schnell wieder das Gesicht ab. Aber der Ältere hatte genug gesehen.

»Perko! Du siehst aus, als würde ein Schluck Wein dir guttun. Hast du überhaupt schon was gegessen heute?«

Der Junge schüttelte den Kopf. »Ich hab keinen Hunger. Während der Totenwache sollen wir sowieso fasten.«

Jord nickte. »Aber bis dahin ist noch etwas Zeit. Komm mit, Vetter. Es war alles ein bisschen viel in den letzten Tagen. Ethelms Tod ist ein harter Schlag für uns alle.«

»Für alle wohl nicht«, stellte Perko mit rauer Stimme fest. Er wollte noch etwas hinzufügen, unterdrückte es aber und warf Jord einen prüfenden Blick zu: »Wo warst *du* eigentlich den ganzen Tag? Die Männer haben sich schon Gedanken über dich gemacht. Es wurde überhaupt viel geraunt und getuschelt heute.«

»Das kann ich mir denken.«

»Wie soll es jetzt bloß weitergehen, Jord? Vater ist tot, Ethelm ist tot, und Tholik … ich weiß nicht, ob …« Er verstummte.

Jord fand keine Antwort. Wortlos legte er dem jungen Mann den Arm um die Schultern und nahm ihn mit hinüber zur Großen Halle, wo Ethelm aufgebahrt lag und die Krieger sich versammelten.

Eine eigenartige Spannung herrschte unter den Männern. Ihre Gesichter zeigten ehrliche Trauer, aber auch argwöhnische Zurückhaltung. Sie hielten Abstand zu Tholik, aber Jord merkte, dass sie auch ihm selbst nicht unbefangen in die Augen schauten. Das wunderte ihn nicht. Er gestand sich ein, dass es ein Fehler gewesen war, am Morgen, als alle noch schliefen, so überstürzt aufzubrechen und dem Schurken das Feld zu überlassen. Der seltsame Zustand von Ethelms Leichnam hatte wohl jedem Mann zu denken gegeben. Und mit Sicherheit hatte Tholik versucht, mit glattzüngigen Erklärungen den aufkeimenden Verdacht von sich weg auf Jord zu lenken.

Daran hätte ich denken müssen. Nun, es ist nicht mehr zu ändern. Wenigstens hab ich mit Korthala gesprochen.

Neben dem aufgebahrten Leichnam ihres ältesten Sohnes saß die Herrin Bendriga. Hinter ihr stand Korthala, die Hand auf der Rückenlehne des geschnitzten Armstuhls. Die starre Haltung der Frauen ließ Jord unwillkürlich an die Geisterpfähle des Begräbnishügels denken.

Beide trugen einfache Gewänder in fahlen Trauerfarben, keinen Schmuck. Ethelms Mutter erschien furchtbar verändert. Ihre weißen Haare waren zurückgekämmt und kunstlos zusammengebunden, in dem leblosen, wie erloschen wirkenden Gesicht schienen nur die Augen zu leben.

Tholik trat ein, gefolgt von Bossil und seinen Freunden. An der Bahre seines Bruders stockte er kurz und ging dann auf die Frauen zu.

»Arme Mutter, was für ein schrecklicher Verlust!«, sagte er und machte Anstalten, Bendriga zu umarmen. Sie lehnte sich etwas zurück und hob in einer abwehrenden Geste die Hand. Ein Raunen ging durch die Halle. Die Herrin beachtete es nicht, sie hielt den brennenden Blick unverwandt auf ihren Sohn geheftet.

Die Augen aller richteten sich jetzt auf Tholik. Auch Jord beobachtete ihn scharf. Erstaunt und wider Willen beeindruckt musste er sich eingestehen, dass sein alter Feind nicht die geringste Unsicherheit zu erkennen gab.

»Ich sehe, du bist krank, Mutter«, stellte Tholik in bedauerndem Tonfall fest. »Innerhalb weniger Tage den Gemahl und den ältesten Sohn zu verlieren, das war zu viel für dich. Jeder wird das verstehen.« Er sprach laut genug, um von jedem in der Halle verstanden zu werden. Nun wandte er sich direkt an die versammelte Sippe: »Auch für mich ist es hart, dass Inthram mir den Bruder genommen und die Bürde der Nachfolge auf die Schultern gelegt hat. Ich hätte es mir anders gewünscht. Erst gestern bei seinem Streit mit Bossil wart ihr alle Zeugen, wie ich Respekt für den neuen Großherrn Ethelm forderte. Nun hat ihn der Sturmgott als Opfer geholt, dagegen dürfen wir uns nicht auflehnen. Wir Menschen müssen unser Schicksal so annehmen, wie es die Götter über uns verhängen.«

»Wenn es die Götter waren …!« Das kam von ganz hinten, es war die kehlige Stimme des Steinhauers.

»Falls ein Mann der Meinung ist, Ethallak, dass es *nicht* Inthram war, der das Leben meines Bruders nahm, dann rate ich ihm, jetzt und hier Anklage zu erheben und Beweise vorzubringen. Kann er das nicht, dann sollte er schweigen. Ich selbst bin fest davon überzeugt, dass in dem, was hier geschieht, die Hand des Blitzeschleuderers waltet. Niemals jedoch würde ich das Verbrechen begehen, einen Verwandten durch einen falschen Verdacht zu kränken!

Es gibt an diesem traurigen Tag nur eines, was wir tun können: Ethelm die Ehre eines würdigen Begräbnisses erweisen. Ich bin sicher, unser Vater würde wünschen, dass sein Sohn neben ihm in die gleiche Grabkammer gebettet wird, und wenn der große Ethomir noch unter uns wäre, würde er uns zurufen: Haltet trotz aller Schicksalsschläge an der Einigkeit der Sippe fest, damit unsere ruhmreiche Herrschaft und das Wohlergehen der Menschen in den Haselbergen für alle Zukunft gesichert bleiben!«

Selbst Jord, der neben Perko am Fußende der Bahre stand, wurde beim Zuhören einen Augenblick schwankend. Es erschien ihm unfassbar, dass jemand fähig sein sollte, sich so zu verstellen. Von den versammelten Kriegern kam verhalten zustimmendes Gemurmel. Obwohl der Verdacht nicht ausgeräumt war, konnten sie sich offenbar der Überzeugungskraft von Tholiks Worten nicht völlig entziehen.

Anders Bendriga, die ihren Sohn immer noch regungslos anstarrte. Jord begann sich zu fragen, ob unter der Gewalt des Schmerzes vielleicht ihr Verstand Schaden gelitten hatte.

»Du bist also unschuldig am Tod deines ältesten Bruders?«, fragte sie endlich.

»Wie kannst du das fragen, Mutter!«, kam es ohne Zögern von Tholik. »Ich trauere ebenso tief um ihn wie du.«

Sie nickte, als hätte sie nichts anderes erwartet.

»Ich wünschte, ich könnte dir glauben.« Sie schien noch mehr sagen zu wollen, presste dann aber die Lippen zusammen und erhob sich mühsam, Korthalas Hilfe zurückweisend. Auf einen Stock gestützt, ging sie mit schleppenden Schritten dicht an Tholik vorbei, ohne ihn noch einmal anzusehen, und verließ die Halle. Perko wollte ihr folgen, aber Jord hielt ihn zurück.

Tholik sah seiner Mutter nach, seine bekümmerte Miene drückte nichts als Bedauern und Mitgefühl aus. Dann wandte er sich Korthala zu, doch bevor er sprechen konnte, ergriff sie das Wort. Ihre Stimme klang klar und selbstsicher wie die seine, nur härter: »Ich werde nichts von dem, was du gesagt und getan hast, vergessen, Schwager, dessen darfst du gewiss sein.«

Einen Augenblick sah Tholik sie forschend an, dann wandte er sich erneut an die versammelten Männer: »Nun frage ich zum letzten Mal: Ist einer unter euch, der wegen Ethelms Tod Zweifel äußern oder begründete Anklage gegen mich erheben möchte? Wer es auch sei, ich bin bereit zu kämpfen und Inthram zum Richter anzurufen.«

Keiner der Krieger meldete sich zu Wort.

Drei Tage später wurde Ethelm neben seinem Vater bestattet. Nachdem der Eingang zur Grabkammer verschlossen worden war, wurde erneut auf dem Gipfel des Hügels, wo der Bildstein stand, Inthram angerufen und Shuma getrunken. Am nächsten Morgen, als die Männer aus dem heiligen Rausch erwachten, stellte Tholik sich vor den Stein und hielt die erwartete Ansprache:

»Männer der Ethomsippe, wir müssen nun die Nachfolge regeln! Ich habe damit bis nach der Feier gewartet, weil ich nicht wusste, ob Inthram auch mein Leben fordern würde wie das meines Bruders. Doch das ist nicht geschehen. Ich stehe lebendig und gesund vor euch. Daran könnt ihr erkennen, dass ich nach dem Willen des Blitzeschleuderers das Erbe meines Vaters antreten soll. Wir haben heute Nacht unseren Bund wiederum erneuert. Jetzt fordere ich von euch, dass ihr mich als euren Großherrn anerkennt. Perko, Bruder, willst du der Erste sein?«

Nach kurzem Zögern trat Perko vor, beugte den Kopf vor Tholik und sprach stockend die überlieferten Worte. Einer nach dem anderen folgte seinem Beispiel. Der Großherr legte jedem die Hand auf die Schulter und schwor seinerseits, ein guter Anführer im Kampf und im Frieden zu sein. Ethallak der Steinhauer war der Vorletzte. »Nur um der Einheit der Sippe willen …«, brummte er mit finsterer Miene, als er wieder zu seinem Platz ging.

Am Ende fehlte nur noch einer – Jord.

Er hatte sich an den Rand der Einfriedung zurückgezogen und lehnte mit verschränkten Armen am Stamm einer Esche.

Tholik wandte sich ihm zu, als Ethallak zurücktrat.

»Nun, Vetter? Willst du nicht auch dem Beispiel der Verwandten folgen?«

Jord wusste, sein nächstes Wort würde über sein künftiges Schicksal entscheiden. Gab es nicht doch einen Ausweg?

Es gab keinen. Nicht für ihn.

»Nein!«, sagte er knapp und schaute Tholik gerade in die Augen. In dem kurzen Blickwechsel lag alles, was sie sich mitzuteilen hatten.

»Brauchst du noch eine Bedenkzeit, oder steht deine Entscheidung fest?«

»Sie steht fest.«

»Das bedaure ich um deinetwillen, aber ich achte deine Haltung. Du hast damit dein Schicksal von dem unseren gelöst. Ich, Tholik, der rechtmäßig eingesetzte Großherr der Ethomkrieger, verstoße hiermit dich, Jord, aus unserer Sippe und verbanne dich aus den Haselbergen. Nicht länger bist du unser Verwandter. Wir betrachten dich von diesem Moment an als Fremden und als unseren Gast. Sobald du mit Frau Korthala den Eichelsberg verlassen hast, gibt es für dich keine Rückkehr mehr.«

Das war die einzig mögliche Antwort, alle wussten es. Die Männer schauten bedrückt zu Boden. Keiner, nicht einmal Bossil, fand ein Wort der Zustimmung.

Bevor sich die Unzufriedenheit gegen ihn selbst wenden konnte, fügte Tholik geschmeidig hinzu: »Ich selbst bedaure am meisten, dass meine erste Handlung als Großherr eine so schmerzliche sein musste. Aber nach altem Recht wählt jeder Mann seinen eigenen Weg und trägt die Folgen. Lasst uns nun zurückreiten zum Eichelsberg, Männer. Ihr seid zum Festmahl in die Halle eingeladen. Zum Zeichen unseres Bundes werde ich jedem von euch einen goldenen Ring schenken.«

»Die Krieger gingen also feiern, und ich holte Frau Korthala und das Kind ab, sie warteten schon auf mich. Wir brachen sofort auf.« Jord strich sich über die Stirn.

»Verbannung also«, murmelte Caidan. »Laukher hat so etwas vermutet, aber er wusste nichts Genaues. Nur dass du nicht darüber sprechen wolltest.«

Jord nickte. »Ich habe es den Glockenbecherleuten hoch angerechnet, dass sie mich trotzdem in Hohenfeld aufgenommen haben.«

Caidan nickte ihm zu. »Viele von ihnen haben selbst Schlimmes erfahren und sich deshalb für das Leben in dieser Gemeinschaft entschieden.«

»Erzähl weiter, Jord«, sagte Raghna. »Von dem Ritt zum Steinsberg und wie du dann hierherkamst.« Ihr Gesicht hatte sich gerötet, Zorn brannte in ihren Augen.

Jord holte tief Luft, trank einen Schluck Wasser, lehnte sich zurück und überließ sich erneut den Bildern der Vergangenheit. Je heikler die Dinge waren, von denen er zu berichten hatte, desto sorgfältiger wählte er seine Worte.

Die kräftige braune Stute, auf der Korthala und Ethrun saßen, ließ müde den Kopf hängen. Die Frau hatte den Arm um das schlafende Kind gelegt. Jord warf einen besorgten Blick auf sie.

»Wie geht es der Kleinen?«, fragte er leise.

»Ihr Hals ist entzündet, sie hat Fieber und kann kaum schlucken. Was sie vor allem braucht, sind Ruhe und Wärme.«

»Gut, machen wir hier Rast und schlagen ein Nachtlager auf. Die geschützte Mulde dort drüben ist ein guter Platz. Das letzte Stück zum Steinsberg nehmen wir dann morgen früh in Angriff. Was meinst du dazu, Frau Korthala?«

»Noch eine weitere Nacht im Freien? Sollten wir nicht lieber versuchen, heute noch bis zum Hof meines Vaters zu gelangen, wo es Heiltränke und warme Kammern gibt?«

Jord überlegte kurz, dann schüttelte er den Kopf. »Das schaffen wir nicht mehr. Aber ich werde ein ordentliches Feuer anzünden. Und wenn du Ethrun warm einpackst, wird ihr das Schlafen guttun. Es gibt ja jetzt keine Nachtfröste mehr.«

»Wenn du meinst.«

Jord stieg ab, band sein Pferd an einen Ast, nahm ihm die dicke Filzdecke ab und breitete sie unter einem Haselstrauch aus. Dann nahm er Korthala das schlafende Mädchen aus den Armen, bettete es vorsichtig auf die Unterlage und deckte es mit seinem Umhang zu. Er gab durch keine Regung zu erkennen, ob er sich der Aufmerksamkeit, mit der die Frau ihn beobachtete, bewusst war.

Sie ließ sich nun ebenfalls vom Pferd gleiten und half ihm geschickt und umsichtig. Als ihre Hände sich zufällig berührten, zuckte sie leicht zusammen.

Als das Kind versorgt war, griff er nach seinem Jagdbogen: »Ich versuche mein Glück da drüben, vielleicht finde ich auch frisches Wasser.«

»Ist gut, Jord.« Korthala strich ihrer Tochter die feuchten Haare aus der Stirn. »Ich werde hier in der Nähe trockenes Holz sammeln. Vielleicht bekomme ich auch selber ein Feuer in Gang.«

Lautlos verschwand der Jäger zwischen den Stämmen. Es dauerte nicht lange, bis er sich von der anderen Seite her dem Lager wieder näherte, einen erlegten Hasen über der Schulter und den frisch gefüllten Wasserschlauch in der Hand. Er sah Korthala, bevor sie ihn bemerkte. Sie bewegte sich langsam durch das Unterholz, den Arm voller Reisig und trockener Aststücke. Erstaunt bemerkte er, dass sie zufrieden vor sich hin summte. Kopfschüttelnd dachte er daran, dass sie erst seit einer Woche Witwe war. Wer würde jemals die Frauen verstehen?

Er schlug einen Bogen und kam gleichzeitig mit Korthala zum Lagerplatz zurück. Ethrun schlief jetzt unruhig, sie würde bald erwachen. Während Jord das Holz in Brand setzte, ging die Frau hinüber und hielt ihr einen Becher Wasser an die Lippen. Die Kleine trank ein paar Schlucke, wühlte sich tiefer in die Decken und schlief gleich wieder ein.

In der sachte einsetzenden Dämmerung blieb Korthala bei ihrer Tochter sitzen und sah zu, wie Jord den Hasen ausnahm und an einem Stecken über der Glut briet. Als der Braten fast gar war, holte sie Fladenbrote, Käse, Äpfel aus ihrem Beutel und erhitzte Wasser für einen Kräutertee. Jord und sie arbeiteten Hand in Hand, ohne viele Worte zu machen.

Nach dem Essen saßen sie am heruntergebrannten Feuer und blickten schweigend in die Glut, über die blaue Flämmchen hinwegzuckten. Ethrun hatte nur einen Apfel gegessen und etwas heißen Tee getrunken, sie schlief schon wieder.

Korthala legte den Kopf in den Nacken. »Sieh dir diesen Himmel an«, sagte sie. »Die Sterne scheinen heute ganz nah zu sein. Sie beleuchten Inthrams Hallen.«

»Du denkst an Ethelm, Herrin.«

»Ja. Ich hoffe, sein Wagen hat den Weg gefunden, und es fehlt ihm an nichts. Er war mir ein guter Ehemann … obwohl …«

Jord streifte ihr rötlich überhauchtes Gesicht mit einem Seitenblick, sagte aber nichts. Er legte noch ein paar Borkenstückchen nach.

Nach kurzem Zögern fuhr Korthala fort: »… obwohl ich erst dreizehn war, als ich ihm gegeben wurde, und sehr unglücklich, vom Steinsberg weggehen zu müssen.«

»Aber du kanntest Ethelm doch schon vorher?«

»Natürlich, aber ich machte mir nicht besonders viel aus ihm. Außerdem hatte ich ihn ein paar Jahre lang nicht gesehen. Als Vater mir sagte, dass er kommen und mich mitnehmen würde, habe ich die ganze Nacht geweint.«

»Und ich dachte immer, jedes Mädchen wäre glücklich gewesen, Schwiegertochter von Bendriga und später einmal Herrin auf dem Eichelsberg zu werden.«

»Das ist das eine. Aber mit einem Mann zu leben und seine Kinder zu bekommen, das ist etwas anderes. Wir Herrentöchter werden ja nicht gefragt, welchen Mann wir selbst wählen würden. Bei den Bauern ist das anders, sagt man.«

»Hättest du ihn denn nicht genommen, wenn man dir die Entscheidung überlassen hätte?«, fragte Jord nun doch.

Korthala zuckte die Achseln: »Ich weiß nicht. Es hat keinen Sinn, darüber nachzudenken. Ich habe meine Pflicht erfüllt. Aber falls ich mich irgendwann ein zweites Mal verheirate, dann nur an einen Mann meiner eigenen Wahl – an einen, den ich wirklich will. Vater wird das verstehen, hoffe ich. Und du, Jord? Hast du noch nie daran gedacht, eine Frau zu nehmen?«

»Nein. Du weißt ja, ich war nicht erbberechtigt. Und jetzt, wo ich auch noch sippenlos bin wie ein streunender Hund …« Er zerbrach den Zweig, mit dem er gespielt hatte, und schleuderte ihn ins Feuer.

»Vielleicht findest du eine neue Sippe, die bereit ist, dich aufzunehmen. Du könntest irgendwo einheiraten. Für einen guten Krieger gibt es immer einen Platz. Oder hast du die Absicht, dein Leben lang allein zu bleiben?«

Der Verlauf der Unterhaltung rief ein Gefühl vagen Unbehagens in Jord hervor. Er sprang auf.

»Ich mache noch mal einen kurzen Rundgang und schaue nach den Pferden. Dann sollten wir schlafen, damit wir morgen frisch sind für das letzte Stück Weg.«

»Natürlich, du hast recht. Lass uns schlafen gehen. Gute Nacht, Jord. Und – danke für alles.«

»Eine gute Nacht euch beiden«, sagte der Mann, schon im Weggehen. Mit einem sinnenden Ausdruck in den Augen blickte die Frau ihm nach, bis ihn die Dunkelheit verschluckte.

Hör mich, Inthram! Ich rufe dich an in deiner zornigsten Gestalt! Dich, den rasenden Sturmgott, rufe ich herbei! Ich rufe deinen Fluch herab auf Tholik, den Sohn Ethomirs! Er hat seinen ältesten Bruder, den rechtmäßigen Erben seines Vaters, ermordet. Er hat meine Tochter Korthala zur Witwe gemacht, meiner Enkeltochter Ethrun den Vater geraubt. Wir, die Leute der Korthsippe auf dem Steinsberg, die dich treu verehren, wir zerschneiden das Band der Verwandtschaft mit Tholik. Wir verstoßen ihn aus dem Kreis unserer Freunde. Für das, was er getan hat, rufen wir Vergeltung, Verderben, Vernichtung auf ihn herab. Schleudere deine Blitze auf ihn! Er soll seine Herrschaft, seine Heimat und sein Land verlieren, seine Freunde und Verwandten und zuletzt sein elendes Leben. Ich, Korthom, Großherr der Steinsbergsippe, spreche so zu dir, dem göttlichen Inthram. Als Opfergabe für dich habe ich ein Schwein getötet. Zu dir erhebe ich den blutgefüllten Becher. So wie ich dieses Blut vor deinem Steinbild vergieße, so soll Tholiks Blut die Erde tränken. Ich schwinge die Streitaxt über seinem Haupt und weihe ihn zu deinem Opfer. Möge alles gemäß meinen Worten geschehen!

Ein Schauer überlief Jord, als der alte Korthom mit donnernder Stimme die Worte der Verfluchung in die Nacht rief. Sie weckten ein Echo in den Wäldern und in den Herzen der Krieger, die um den heiligen Bildstein standen, voll bewaffnet, Streitäxte und rauchende Fackeln in den Händen.

Doch selbst jetzt, ohne dass er es verhindern konnte, kehrten Jords Gedanken zurück zu Raghna. Was war aus ihr geworden? Seine erste Frage hatte ihr gegolten, als er mit Korthala und Ethrun auf den Grasplatz vor der Großen Halle des Steinsberghofes ritt und die Pferdeknechte ihnen entgegenliefen.

Sie war nicht hier, war nie angekommen. Es gab keine Nachricht, keine Spur, nicht das winzigste Lebenszeichen.

Nachdem er Jord angehört hatte, schickte Korthom seinen besten Jäger und Fährtenleser in die Haselberge. Nach langem Suchen fand der Mann den Ort des Überfalls und konnte sich ein Bild vom Geschehen machen. Die Kampfspuren waren durch den Regen verwischt, aber im Gebüsch lagen die Überreste eines Toten – das, was die wilden Tiere von Kundts Körper übriggelassen hatten. Der Jäger hatte ihn begraben und war zurückgekehrt. Er zeigte eine bronzene Gewandspange vor. Jord erkannte sie sofort, sie hatte Zennak gehört.

Keine Spur von Raghna. Wo mochte sie jetzt sein? In ihm war das sichere Gefühl, dass sie noch lebte. Aber wo und unter welchen Umständen? Vielleicht lag sie verletzt irgendwo, und niemand war da, um für sie Hilfe zu holen. Verzweifelt fuhr Jord sich durch die Haare. Er konnte nur inständig hoffen, dass sie bei freundlichen Menschen in Sicherheit war.

Ein Dutzend Mal am Tag musste er den Drang in sich niederkämpfen, sich einfach aufs Pferd zu werfen, loszureiten und die dichten Wälder zu durchkämmen. Wie lange es auch immer dauern mochte, er würde sie finden! Bilder stiegen in ihm auf, die ihm das Blut rascher durch die Adern trieben: Wie er sie endlich fand und sie glücklich auf ihn zulief und sich in seine Arme warf. Weiter verstiegen sich seine Träume nicht, aber sie genügten, um ihn Raum und Zeit vergessen zu lassen – bis irgendein Ruf ihn in die Gegenwart zurückholte und er sich mit zusammengebissenen Zähnen wieder auf seine Pflichten besann.

So geht das nicht weiter. Ich muss weg.

Morgen gehe ich zu Korthom.

Jetzt, wo der Fluch über Tholik ausgesprochen ist, wird man endlich wieder mit ihm reden können.

Jord bemühte sich, seine Gedanken wieder auf das Ritual zu richten. Die Männer öffneten jetzt den Kreis und stiegen in kleinen Gruppen von der Hügelkuppe hinunter in die Senke, wo bereits ein Feuer brannte. Bald drehte sich das Schwein am Spieß über der Glut. Eine der saftigen Keulen war für Inthram beiseite gelegt worden. Alles andere aßen die Krieger gemeinsam auf, die Hunde bekamen die Knochen und die Innereien. Bis auf die Zähne und Klauen durfte nichts übrig bleiben.

Jord bekam einen Streifen halb rohes Bauchfleisch, von dem das Fett tropfte. Er biss einen Brocken ab, kaute, schluckte und spülte mit einem kräftigen Schluck Met nach.

»Nach dem heutigen Abend möchte ich nicht in Tholiks Haut stecken«, grinste sein Gegenüber, ein narbiger Alter.

»Da hast du recht«, gab Jord ernst zurück, »er ist bereits so gut wie tot.«

»Komm mit nach hinten, Jord, da sind wir ungestört.« Korthom ging voran und stieß die Tür zu seinem Schlafraum auf. Eine Magd, die den Boden fegte, schickte er mit einer Kopfbewegung hinaus. Umständlich, als würden ihn die Gelenke schmerzen, ließ sich der Großherr auf seinem geschnitzten Stuhl nieder, über den ein zottiger Bärenpelz gebreitet war.

Jord war zum ersten Mal in diesem Raum. Er nahm auf einem Hocker Platz, sah sich unauffällig um und stieß hörbar die Luft aus.

»Was ist?«, fragte Korthom.

»Ich dachte nur gerade, dass mich dieser Ort an Ethomirs Kammer erinnert. Oft genug hat er mich zu sich geholt, um sich mit mir zu unterhalten.«

Der Großherr nickte. »Verständlich, dass du um ihn trauerst. Er war ein großer, weitblickender Mann, ein guter Freund und Verwandter.«

Eine Pause trat ein. Jord bemerkte verwundert, dass der Alte ihn ungewöhnlich scharf aus seinen hellen Augen musterte, während er in seinen graubraunen Bartsträhnen wühlte. Offen erwiderte er den forschenden Blick. Aus der Nähe fiel ihm auf, dass Korthoms wettergegerbtes Gesicht von zahlreichen roten Äderchen durchzogen war. Seine schiefe Nase, vor langen Jahren beim Kampf gebrochen und schlecht verheilt, ließ ihn bedrohlicher aussehen, als es seinem besonnenen Wesen entsprach.

»Nun, Jord«, begann der Großherr, »lass uns in Ruhe reden. Das Notwendige in Bezug auf Tholik ist getan, jetzt ist Zeit für anderes. Du hast ohne Zweifel meiner Enkeltochter das Leben gerettet. Nein, wink nicht ab. Dieser Schurke hätte bestimmt versucht, Ethrun und vielleicht sogar ihre Mutter umzubringen. Du hast sie beschützt und hergebracht, dafür sind wir dir zu großem Dank verpflichtet.

Und nun hat dich, wie ich höre, die Ethomsippe ausgestoßen, zu ihrem eigenen Schaden. Nun, einen klugen und tüchtigen Mann kann ich hier immer gebrauchen.«

»Ich danke dir, Herr Korthom, das ist wirklich freundlich von dir.«

»Hast du schon darüber nachgedacht, wie es nun weitergehen soll?«

»Ich habe noch Ethomirs letzten Auftrag zu erfüllen, Herr. Du weißt ja, er wollte, dass ich mich um Frau Raghna kümmere und sie in Sicherheit bringe. Das will ich tun. Dann erst bin ich frei.«

»Glaubst du denn, dass sie noch lebt?«

»Ja«, lautete die schlichte Antwort.

»Und du willst sie suchen? Wo denn?«

»Überall, so weit die Haselberge reichen, Herr.«

»Aber damit kannst du dein ganzes Leben verbringen, Junge! Diese Wälder sind endlos! Was glaubst du, wie lange kann eine junge Frau allein in der Wildnis überleben? Zwei, drei Tage?«

»Trotzdem, ich muss es wenigstens versuchen!« Unmerklich schob Jord das Kinn vor.

Korthoms buschige Brauen gingen in die Höhe. »Du nimmst den letzten Auftrag von Ethomir sehr ernst. Ist das nur die Treue zu deinem Onkel, oder gibt es noch einen anderen Grund?«

Jords Gesicht erstarrte zur Maske. »Es gibt keinen anderen Grund«, sagte er kühl. Seine Miene war jetzt so abweisend, dass nicht einmal der Großherr der Korthsippe es ratsam fand, weiter in ihn zu dringen. Eine etwas unbehagliche Pause entstand.

Doch dann nickte Korthom in seiner bedächtigen Weise. »Umso besser«, sagte er, »denn die Gedanken eines Mannes sollten sich nie zu viel um die Frauen drehen, das macht ihn nur schwach. Man sorgt für sie, beschützt sie, macht ihnen Kinder, damit muss es genug sein. Unsere Ehefrauen erwarten auch nichts anderes, sie sind so erzogen worden. Meine Tochter Korthala hat das von ihrer Mutter gelernt. Als wir sie Ethelm gaben, hat sie ohne Murren gehorcht. Nun ist sie zurückgekehrt, als Witwe. Ich werde sie wieder verheiraten müssen, bald sogar. Ihr Gatte müsste einer sein, der Ethruns Anspruch auf den Eichelsberg verteidigt. Ein bewährter Krieger, am besten aus der Ethomsippe, der von mir die volle Rückendeckung bekäme. – Vielleicht bist du dieser Mann?«

Im ersten Moment glaubte Jord, nicht richtig gehört zu haben. Trieb der Großherr seinen Scherz mit ihm? Es konnte doch nicht wirklich sein, dass er seine hochgeborene Tochter einem Mann wie ihm zur Frau geben wollte!

»Du bietest mir an, in deine Sippe einzuheiraten?«, vergewisserte er sich vorsichtig.

»Ja, da staunst du, wie?«, schmunzelte Korthom. »Vielleicht schätzt du dich selber nicht so hoch ein, wie andere das tun. Immerhin, ein solches Angebot gibt es auch für einen fähigen Krieger nur einmal im Leben. Du erlangst als mein Schwiegersohn auf einen Schlag Sippe, Rang, Namen und Besitztümer, von denen mancher ehrgeizige Mann sein Leben lang träumt. Stehst weit besser da als vorher bei den Ethomleuten. Und bis Ethrun herangewachsen und verheiratet ist, wärst du stellvertretender Großherr auf dem Eichelsberg, falls wir unseren Anspruch durchsetzen und Tholik besiegen, woran kein Zweifel besteht.«

»Wieso gerade ich?«

»Nun, die Wahrheit ist, dass Korthala mich darum gebeten hat. Es ist ihr eigener Wunsch, und was sie sagte, klang nicht unvernünftig. Ihr seid auf der Reise hierher gut miteinander ausgekommen?«

»Herr, ich versichere dir …«

»Das ist nicht nötig, Jord. Ich habe volles Vertrauen in euch beide und weiß, dass nichts Ungehöriges geschehen ist. So, du wirst also nun mein Schwiegersohn! Das hättest du dir nicht träumen lassen, als du hier ankamst mit nichts als einer Streitaxt und deinem Pferd, wie?«

»Herr Korthom, ich ...«

»Lass nur, sag nichts. Das kannst du alles meiner Tochter erzählen, ihr verdankst du es ja im Grunde. Wahrscheinlich wäre ich irgendwann auch von selber darauf gekommen, aber bestimmt nicht so schnell.« Der Großherr griff nach seinem Becher, um gut gelaunt dem jungen Mann zuzutrinken.

Mitten in der Bewegung hielt er inne und runzelte die Stirn. »Was ist?« Jord war blass geworden, er hatte die Lippen zusammengepresst und schaute an Korthom vorbei. In seinem Kopf jagten sich die Gedanken.

Bin ich wahnsinnig, auch nur einen Augenblick zu zögern? Korthom hat völlig recht. Das ist mehr, als ich jemals erhoffen durfte. Viel mehr. Eine ehrenvolle Position in einer angesehenen und mächtigen Sippe – für einen Verbannten!

Er suchte nach Worten, um seinen Dank auszudrücken. Dann hörte er seine eigene Stimme wie die eines Fremden: »Es tut mir leid, Herr, mehr als ich sagen kann, doch es ist mir nicht möglich, dein großzügiges Angebot anzunehmen. Ich empfinde für Frau Korthala die größte Hochachtung, aber ihr Ehemann kann ich nicht werden.«

Korthom runzelte die Stirn, sein Gesicht lief ganz langsam dunkelrot an.

»Nicht? So? Und warum nicht?«, fragte er gefährlich leise.

Jord schüttelte den Kopf. »Ich habe ... es gibt keine vernünftige Erklärung«, stieß er unglücklich hervor. In Gedanken ergänzte er: *Natürlich nicht, denn mit Vernunft haben deine verdammten Gefühle für diese Rabenfrau nichts zu tun, du schwachsinniger, bockbeiniger Narr!*

Doch es half alles nichts, er konnte es nicht ändern. Es war, wie es war. Bleich, in steifer Haltung, saß er da und sah zu Boden. Gleich würde das Unwetter losbrechen. Jord war auf alles gefasst.

»Für diese Beleidigung könnte ich dich töten«, stellte Korthom fest; das dumpfe Grollen in seiner Stimme verriet, wie schwer es ihm fiel, die Ruhe zu bewahren.

»Ich weiß, niemand würde es dir verdenken. Doch sei versichert, Herr Korthom: Jede Kränkung liegt mir fern. Glaub mir, ich habe triftige Gründe und … ich kann nicht anders!«

Korthom runzelte die Stirn. »Stimmt etwa irgendwas nicht mit dir?«

»Ja … nein … nicht, wie du denkst, Herr.«

Soll er mich in Inthrams Namen für impotent halten, wenn es nicht anders geht!

Der Großherr lehnte sich schwer atmend in seinem geschnitzten Stuhl zurück.

»Ich selbst oder einer meiner Krieger wird dich zum Kampf mit der Streitaxt herausfordern. Wenn du unterliegst, bist du tot. Solltest du aber siegen, musst du trotzdem den Steinsberg verlassen. Nach diesem Gespräch gibt es hier keinen Platz mehr für dich, das weißt du.«

Jord spürte, dass hinter dem mühsam gebändigten Zorn des Großherrn noch etwas anders lag, Bedauern, ein Rest von Achtung, vielleicht sogar eine Spur von Verständnis. Seine Anspannung ließ plötzlich nach, er holte tief Luft.

»Ich habe keine Angst vor dem Tod, aber es schmerzt mich, wenn du an meiner Ergebenheit zweifelst. Ich wünschte, es gäbe einen anderen Weg.«

»Den gibt es nicht, Junge. Ich bin meiner Tochter gegenüber in der Pflicht. Sie hat nur ein Recht ausgeübt, das den Frauen seit uralten Zeiten zusteht, falls sie nicht bereits einem Mann versprochen sind. Das Recht, auf einen landfremden Mann zu zeigen und zu sagen: Dich will ich.«

»Und der Mann? Hat er nicht das Recht, ja oder nein zu sagen?«

»Doch, natürlich. Aber wenn er nein sagt, muss er fortgehen. Das war schon immer so. Die Großmutter meines Vaters, eine weise Frau, sagte immer: *Männer wandern*. Das ist auch so ein alter Spruch, von dem kein Mensch mehr weiß, wo er herkommt.«

»Und wenn der Mann sich nun nicht vertreiben lässt und einfach dableibt?«

»Dann gibt es endlosen Ärger und Unfrieden. Sogar Kämpfe zwischen Stämmen können aus solchen Anfängen entstehen. Wenn eine Frau sich zurückgewiesen und gekränkt fühlt, kann sie allerhand anrichten.«

»Auch unter Kriegern?«

»Besonders unter Kriegern, Junge. Du kennst doch die alten Sagen.«

Jord drehte seinen Becher in den Händen. »Merkwürdig, dass Frauen so viel Macht über uns haben, nicht wahr?«, meinte er nachdenklich.

Der Großherr brummte zustimmend. »Besser, ein Mann denkt nicht zu viel darüber nach. Ich will dir was sagen, Jord: Ich lasse dich in Frieden gehen. Von unserem Gespräch braucht meine Tochter nichts zu erfahren. Irgendein Grund, warum ich dich wegschicken musste, wird mir schon einfallen. Sie wird sich natürlich ihren Teil denken, aber wie ich sie kenne, stellt sie keine Fragen.«

»Ich danke dir, Herr Korthom. Möge Inthram dir allezeit gewogen bleiben!«

»Wer weiß, vielleicht führt er uns irgendwann mal wieder zusammen. Und nun geh, bevor ich meine Worte bereue.«

So verließ Jord den Steinsberg und begann seine Suche nach Raghna. Ein ganzes Jahr lang durchstreifte er die Wälder, weit über die Haselberge hinaus, doch er fand nicht die geringste Spur von ihr. Schließlich musste er einsehen, dass es sinnlos war, seine Bemühungen weiter fortzusetzen.

An einem regnerischen Herbsttag stand er triefend vor Nässe am Tor der Glockenbechersiedlung Hohenfeld. Ein Junge kam und nahm ihm das Pferd ab, ein anderer brachte ihn zu Laukher, dem Schmied, der der Anführer der Gemeinschaft war. Während sie einen schlammigen Pfad entlangstapften, ließ Jord den Blick über die strohgedeckten Lehmhütten wandern, von denen einige rund oder oval angelegt waren. Das große Haus im Zentrum, zu dem er geführt wurde, war eine rechteckige, aus starken Stämmen gefügte Blockhütte. Auf den ersten Blick unterschied sich der Ort kaum von anderen Bauerndörfern, die Jord kannte: Der Palisadenzaun umgab zwei, drei Dutzend Hütten, verbunden durch sandige Wege, die zwischen Gemüsegärten hindurchführten. Er sah Kleinvieh hinter niedrigen Gattern, die überdachte Lehmkuppel eines Backofens, Vorratsschuppen und ein paar Werkstätten. Die Gesichter der Menschen, an denen sie vorbeikamen, zeigten freundliche Neugier. Unerwartet fühlte Jord eine Regung von Zuneigung zu diesem Ort. Und plötzlich wurde ihm bewusst, wie überdrüssig er der Heimatlosigkeit und des ständigen Umherziehens war.

Laukher begrüßte den Fremden höflich und bot ihm seine Gastfreundschaft an. Gewohnheitsmäßig fragte Jord nach Raghna, aber auch hier wusste man nichts von ihr. Er erzählte von seiner erfolglosen Suche und brachte dann sein Anliegen vor, längere Zeit zu bleiben und am Leben der Gemeinschaft teilzunehmen. Der Schmied rieb sich das Kinn und meinte, er könne das nicht allein entscheiden. Doch war er bereit, noch für den gleichen Abend eine Versammlung der Männer einzuberufen – eine willkommene Unterbrechung im alltäglichen Einerlei!

Nach einem gemeinsamen Essen im Kreis der Männer berichtete Jord das Nötigste über sich und sein Leben. Er deutete an, dass er seine Sippe habe verlassen müssen, aber nicht aus ehrenrührigen Gründen. Von den Glockenbecherleuten habe er so viel gehört, dass er ihre Lebensweise gern besser kennenlernen wolle.

Laukher rieb sich das Kinn. »Es kommen immer wieder Leute aus den Bauerndörfern, um sich uns anzuschließen, aber noch nie wollte jemand aus der Herrensippe unser einfaches Leben teilen«, meinte er nachdenklich. »Du weißt, dass wir nach der dreifachen Wahrheit leben?«

»Ich verehre natürlich Inthram, dem mein Leben gehört. Aber über eure dreifache Wahrheit würde ich schon gern mehr erfahren, wenn das möglich ist, ohne sie für mich gleich anzunehmen. Genügt euch das?«

»Ja. Solange du hier als Gast lebst, genügt es. Wenn niemand Einwände hat, sage ich: Du kannst bei uns bleiben, so lange du willst. Einen Mann, der sich auf die Jagd versteht, können wir gut gebrauchen. Seid ihr einverstanden, meine Brüder?«

»Ho!«, erscholl es einstimmig. Damit war es entschieden. Der

Schmied wies Jord eine leerstehende Hütte am Rand der Siedlung zu. Alle Frauen halfen mit, sie zu säubern, auszubessern und mit Pelzen, Decken und Hausgeräten wohnlich herzurichten. Damit begann Jords Leben als Jäger in einem Bauerndorf.

»Zwei Jahre ist das nun schon her. Seitdem lebe ich in Hohenfeld und fühle mich wohl hier. Niemand lässt mich merken, dass ich immer noch Gast bin. Diese Glockenbecherleute sind mir irgendwie ans Herz gewachsen. Einfache Menschen, aber freundlich. So, das war meine ganze Geschichte, den Rest wisst ihr«, sagte Jord und lehnte sich zurück.

Raghna wickelte einen Grashalm um den Finger. Sie sah nicht hoch. Es ging sie nichts an, dennoch war es ihr unmöglich, die Frage zu unterdrücken: »Lebst du allein … in deiner Hütte?«

»Ja«, kam es knapp.

Kein weiteres Wort fiel, aber das Schweigen zwischen ihnen war erfüllt von unausgesprochenen Gedanken.

Er hat mich ein ganzes Jahr lang gesucht.

Ethomir hat sich damals nicht geirrt.

Jord liebt mich. Eine andere Erklärung gibt es nicht.

Deswegen hat er die Ehe mit Korthala ausgeschlagen.

Ich stehe in seiner Schuld.

Aber – was könnte ich ihm geben?

Caidan durchbrach die Stille, indem er betont nüchtern fragte: »Und was war nun der Grund, weshalb Raghna so dringend hierherkommen sollte?«

Jord sah aus, als müsste er sich erst wieder auf das Nächstliegende besinnen: »Du hast recht, Atal, etwas Wichtiges fehlt noch: Ich hatte in diesem Jahr einen Traum, sogar zwei Träume, in denen du vorkamst, Raghna. Eigentlich gebe ich nichts auf dergleichen, außer wenn ich Shuma getrunken habe, aber nun bist du tatsächlich hierhergekommen. Die alte Frau hatte also doch recht.«

Raghnas Augen wurden groß. »Welche alte Frau? Wovon sprichst du?«

»Ja, also, das war eine ganz seltsame Sache. Es geschah im vergangenen Winter, in einer von jenen trostlosen kalten Nächten, in denen einem alles sinnlos erscheint. In der dunkelsten Zeit ab Mittwinter gerät man ja manchmal in einen Zustand, in dem man sich fragt, wozu man dieses Leben eigentlich noch weiterschleppt …«

Kommt es mir nur so vor, oder werden die Winter von Jahr zu Jahr länger? Mittwinter ist vorbei, aber das Schlimmste haben wir noch vor uns.

Und dann, wenn der Frühling kommt? Wieder ein Jahr vergangen. Das Leben fließt dahin. Ehe man sich's versieht, ist man ein alter Mann, der nur noch Rückschau halten kann. Bei mir wird es da allerdings nicht viel zu schauen geben …

Alles, was ich mir je ersehnte, blieb mir verwehrt. Und das meiste von dem, was ich hatte – oder hätte haben können –, habe ich verloren oder verpasst.

Wenn ich Raghna gefunden hätte, dann hätte noch alles gut werden können. Mit ihr hätte es sich gelohnt, sich irgendwo eine Aufgabe zu suchen und ein neues Leben anzufangen. Merkwürdig, ich hatte immer so ein Gefühl, dass wir zusammengehören. Aber das war wohl nur Einbildung. Egal, vorbei.

Nun verbringe ich mein Leben in diesem Dorf. Nun, es könnte schlimmer sein. Aber ob es hier in Hohenfeld einen Jäger Jord gibt oder nicht, hat gar keine Bedeutung.

Hätte ich es nur damals auf einen Zweikampf mit Tholik ankommen lassen, Beweise hin oder her. Ich hätte ihn töten können. Und wenn nicht, dann wäre ich wenigstens gleich gestorben.

Ich könnte es immer noch tun. Aber was für einen Sinn hätte das jetzt noch? Vielleicht sollte ich mich Inthram als Mooropfer weihen. Es heißt, wenn jemand das aus freien Stücken tut, gelangt er direkt in die himmlischen Hallen.

Jord malte sich aus, wie es sein mochte, gefesselt im glucksenden Morast eines Tümpels zu versinken. Tiefer, immer tiefer, bis das schlammige Wasser über ihm zusammenschlug. Noch ein paar Luftblasen, dann – nichts mehr. Grauen würgte ihn, gemischt mit Erregung und Sehnsucht. Immer wieder kehrten die Bilder zurück, sie ließen sich nicht abschütteln. Erst gegen Morgen löste sich der Druck, die Vorstellung verblasste, er fiel in einen unruhigen Schlaf und fand sich im Traumland wieder.

Da war ein Torbogen. Eine schwere, aus altersgrauen Balken gefügte Tür, die sich knarrend einen Spalt weit öffnete. Er wusste: Das war sie, die dunkle Pforte des Todes! Dahinter erstreckte sich der geheimnisvolle Gang, der zu Inthrams Hallen führte. An seinem Ende, weit entfernt, lockte ein gleißendes Licht.

Jord fühlte das rissige Holz unter seiner Hand, als er die Tür vollends aufdrückte. Eine fieberhafte, ungeduldige Vorfreude ergriff ihn und trieb ihn vorwärts. Der Augenblick war da: Er würde die Last dieses Lebens abwerfen und endlich frei sein!

Da griffen plötzlich von hinten kalte, knochige Finger nach seinem Arm und hielten ihn mit erstaunlicher Kraft fest.

»Dräng dich nicht vor!«, sagte eine heisere Stimme. Ärgerlich sah er sich um. Ein grauhaariges Bauernweib, das runde Gesicht voller Runzeln und Falten, stand da und erwiderte furchtlos seinen Blick. »Wer bist du? Was tust du hier?«, stieß er hervor.

»Deine Zeit ist noch nicht gekommen, Krieger. Ich bin hier, um dich vor einem falschen Schritt zu bewahren.«

»Was soll das, Alte? Lass mich los, ich will zu Inthrams Halle.«

»Da wirst du schon noch hinkommen, aber nicht jetzt. Vorher wartet noch viel Arbeit auf dich!«

»Die kann jeder andere genauso gut machen wie ich. Es gibt viele tüchtige Jäger. Ich hinterlasse keine Lücke, wenn ich gehe.«

»Das zu beurteilen, steht dir nicht zu. Jeder Mensch hinterlässt eine Lücke. Und kein anderer kann deinen Platz einnehmen. Du hältst dich für überflüssig, dein Leben für nutzlos? Lass dir gesagt sein, Krieger: Im großen Flechtwerk hat jeder Faden seine Bedeutung. Kehr um und stell dich deinen Pflichten. Die Haselberge brauchen dich. Und Raghna braucht dich. Du musst ihr helfen.«

»Raghna? Wenn sie wirklich noch leben würde, hätte ich sie längst gefunden. Sie ist tot, Großmutter.«

Die alte Frau schüttelte den Kopf. »Nein, sie lebt. Geh zurück, Jord. Glaub mir, es muss sein.«

Sie strahlte eine solche Sicherheit aus, dass er wankend wurde.

Unschlüssig trat er einen Schritt zur Seite. Die Tür schwang knarrend etwas weiter auf. Es war eine Einladung, mehr noch: ein unwiderstehlicher Sog.

»Die Pforte steht offen, Alte. Du weißt, was das bedeutet: Nun muss ein lebendes Wesen diese Schwelle überschreiten!«

»Das wird auch geschehen. Aber nicht du bist es, der geht, sondern ich. Ich muss jemanden treffen, der lange auf mich gewartet hat.« Die in einen groben Umhang gehüllte Gestalt drängte sich geschickt an ihm vorbei, durchschritt ohne zu zögern die Tür und verschmolz mit dem Schattendunkel.

»Halt! Was machst du denn da? Komm zurück! Inthrams Halle steht nur Kriegern offen …«, rief er hinter ihr her.

»Mag sein. Aber Holls warme Höhle ist für alle da. Reichtum, Fülle und Frieden. Ein guter Platz, um alten Freunden zu begegnen und es sich gut gehen zu lassen … bis zur neuen Geburt.« Ihre Stimme wurde immer leiser.

»Wer bist du? Sag mir deinen Namen!«, schrie er in die Finsternis, obwohl von der Frau nichts mehr zu sehen war.

»Leb wohl, Jord!«, verhallte es in der Ferne. »Bring Raghna meinen Gruß und meinen Segen. Sag ihr, alles ist gut. Ich musste früher gehen als geplant, aber sie ist stark und kann ihre Aufgaben auch ohne mich lösen. Der Wanderer wird ihr helfen – wie sie ihm.«

Krachend fiel die Tür zu, und Jord erwachte.

»Das war Haelgunn. Haelgunn war das!«, schluchzte Raghna und drückte den Rocksaum an ihr tränenüberströmtes Gesicht.

»Die Hagsitzerin? Kennst du sie denn?«

»Ob ich sie kenne? Sie hat mich gerettet, war meine Pflegemutter und Lehrerin. Sie starb ganz plötzlich, kurz nach Mittwinter, und ließ mich allein zurück – vor meiner letzten Prüfung und ohne die Weihe. Ich war verzweifelt, fühlte mich verraten und verlassen, haderte mit ihr und mit allem. Du ahnst ja nicht, wie wichtig ihre Botschaft für mich ist, Jord!«

»Aber … ich verstehe nicht …«

»Warte! Sie ging, weil in jener Nacht ein Mann sterben musste, den sie begleiten wollte.« Raghna schaute Caidan bedeutungsvoll an.

»Nxerri«, sagte er.

»Ja. Gleichzeitig schickte sie Jord, der der Schwermut zu verfallen drohte, ins Leben zurück, und durch ihn erreichte sie auch mich und sorgte dafür, dass ich aus der Wildnis zurückkehrte, mich mit Caidan auf den Weg machte und dann hier ihre letzte Botschaft erhielt.«

Alle drei schwiegen überwältigt.

»Nxerri hatte recht«, meinte Caidan endlich. »Sie war eine große Meisterin!«

»Das war sie«, bekräftigte Raghna. Sie wandte sich an Jord: »Dass du mich in der Vollmondnacht gerufen hast, war Teil eines größeren Plans. Du musst Fähigkeiten besitzen, von denen du selbst nichts wusstest. Ich habe dich unter dem Rabenmond ganz deutlich gesehen und gehört!«

Raghna war zutiefst aufgewühlt. Haelgunn hatte sie nicht ohne Abschied verlassen. Sie hatte ihr eine Botschaft geschickt – und was für eine Botschaft! Die Grenzen von Raum und Zeit, Leben und Tod schienen plötzlich durchlässig, neue Welten taten sich auf …

Ihr Blick fiel auf den Wanderer, dessen blaue Augen mit einem nicht zu deutenden Ausdruck auf sie gerichtet waren. »Woran denkst du?«, fragte er.

»An das Gleiche wie du, Caidan: Holls Totenreich. Wir müssen dorthin, und es wird schwierig genug sein, den Eingang zu finden. Aber jetzt, nachdem ich Haelgunns Nachricht erhalten habe, bin ich mir erstmals wirklich sicher, dass wir es schaffen können. Du und ich, wir werden diese Höhle betreten und unsere Aufgaben erfüllen. Nicht als tote Seelen, sondern als lebendige Menschen!«

Caidans Miene blieb skeptisch. »Mag sein. Das größere Kunststück dürfte es allerdings sein, auch wieder lebend herauszukommen.«

Ungeachtet seiner Bedenken fühlte sich Raghna plötzlich von einer strahlenden Gewissheit erfüllt. Die letzten geheimen Zweifel fielen von ihr ab. »Mag sein«, sagte sie. »Aber haben wir denn eine Wahl? Bei uns beiden geht es um Leben und Tod. Das hier ist kein Spiel, Caidan! Du ringst um deine Zukunft und die Zukunft von Lis. Und was mich angeht: Ich habe mich lange darauf vorbereitet, eine weise Frau meines Volkes zu werden, und ich werde dieses Ziel erreichen oder bei dem Versuch sterben. So einfach ist das. Im anderen Land, in Holls Totenreich, fällt die Entscheidung. Um dorthin zu gelangen, setze ich alles ein: mein Wissen, meine Kräfte, meinen Körper, mein Leben – das schwöre ich beim Hollsiegel und beim Raben!«

Ihr flammender Blick war auf den Wanderer gerichtet und durchbrach endlich die Schranke seiner Zurückhaltung. Tiefer Ernst lag in Caidans Stimme, als er zur Antwort gab: »Gut, dann soll es so sein, Rabenfrau. Ich werde diesen Weg mit dir gehen, ohne zu zögern oder vor irgendetwas zurückzuweichen. Auch ich gebe alles, was ich bin, was ich weiß und was ich habe. Ich gelobe es im Angesicht von Paseadan und den Himmlischen! Mögen die Götter und unsere Verbündeten uns beistehen!«

Die Rabenfrau legte ihre Hand auf die seine und sprach die uralte Bekräftigungsformel: »So sei es.«

Ihr Blick fiel auf Jord, der sich zurückgelehnt hatte und mit ausdrucksloser Miene in seinen Becher starrte. Sie ahnte, was in ihm vorging, aber es ließ sich nicht ändern.

Müde sagte sie: »Ich glaube, wir alle brauchen jetzt etwas Ruhe.« Als sie aufstand und sich von Caidan verabschiedete, schloss sich Jord ihr an. Der Wanderer nickte ihnen zu: »Wir sehen uns beim Festmahl im Gemeinschaftshaus.«

Schweigend begleitete Jord die Rabenfrau hinüber zu Laukhers Hütte, wo Mirra ihren Gast mit warmer Herzlichkeit in Empfang nahm.

Das Essen war längst vorüber. Noch immer war Caidan von den Dorfbewohnern umlagert, er hörte Erzählungen an und beantwortete Fragen. Raghna, vom Stimmengewirr und dem Zusammensein mit so vielen Menschen erschöpft, verließ unbemerkt das Blockhaus und schritt langsam durch das nächtliche Dorf, bis sie vor dem Palisadentor stand. Der besorgte Wächter ließ sie erst hinaus, nachdem sie ihm nachdrücklich versichert hatte, dass ihr nichts Schlimmes passieren würde.

Tief aufatmend sog sie unter den regennassen, tropfenden Bäumen die frische, nach Laub und Pilzen riechende Nachtluft ein. Das Halbrund des abnehmenden Mondes leuchtete zwischen ziehendem Gewölk hervor. Raghna hob grüßend die Hand. Dann stand sie still und lauschte auf die Geräusche des Waldes, die aus dem Dunkel zu ihr drangen. Als sie vom Dorf her Schritte hörte, war sie nicht überrascht.

»Jord«, sagte sie leise.

»Ich bin dir gefolgt, weil ich mit dir reden muss, Raghna. Allein.«

»Worüber?«

»Du wolltest doch wissen, warum ich dich in der Vollmondnacht gerufen habe. Gerade jetzt, obwohl mein Traum mit Haelgunns Botschaft ja schon ein paar Monde zurückliegt.«

»Nun?«

Jord zögerte, er schien nach dem richtigen Anfang zu suchen. Plötzlich platzte er heraus: »Was verbindet dich mit Caidan?«

Ohne Zögern kam die Antwort: »Wir haben eine gemeinsame Aufgabe zu erfüllen.«

»Mehr nicht?«

Raghna zog die Augenbrauen zusammen. »Was soll die Frage? Forderst du etwa Rechenschaft von mir?«

»Nein. Ich weiß, das kommt mir nicht zu. Aber es war die Rede vom Totenreich. Ich verstehe ja nicht allzu viel von der anderen Welt, aber wenn er dich irgendwie in Gefahr bringt, will ich das wissen.«

»Wenn ich Hilfe brauche, werde ich mich an dich wenden.«

»Versprichst du es mir?«

»Ja.«

»Gut, Raghna. Ich verlasse mich darauf. Aber das ist noch nicht alles. Ich wollte dich fragen, ob du nicht glaubst, dass du auch *hier* eine Aufgabe zu erfüllen hast, hier in dieser Welt, und zwar zusammen mit mir! Das war nämlich der Grund, warum ich den Ruf an dich ausgesendet habe.«

»Richtig, du sagtest ja, ihr würdet mich brauchen. Wofür?«

»Für den Kampf gegen Tholik – um die Haselberge, Raghna. Es ist schon drei Jahre her, dass Korthom ihn feierlich verflucht hat, aber er lebt immer noch und treibt sein Unwesen schlimmer denn je. Ich spreche nicht von seinen früheren Verbrechen, sondern von dem, was jetzt geschieht. Seit er auf dem Eichelsberg herrscht, sind die Zustände in den Dörfern immer schlimmer geworden. Der Zorn auf ihn wächst. Es gibt ein paar Leute, die der Meinung sind, dass er unter allen Umständen unschädlich gemacht werden muss. Und ich hatte gehofft, du würdest dich uns anschließen. Die Wahrheit ist: Ich habe in der letzten Vollmondnacht ein wenig von Inthrams Trank getrunken. Es war ein Versuch, dich auf diese Art zu finden, nachdem alles andere zu nichts geführt hatte. Die Alte im Traum hatte mir Mut gemacht, und – jetzt ist es Zeit zu handeln!«

»Was sind das für Leute, die Tholik stürzen wollen?«

»Einige Ethomkrieger, ein paar Männer von der Korthsippe und der Rest Glockenbecherleute von hier.«

»Und wozu braucht ihr mich?«

»Wir glauben, dass Tholik auch heute noch alles tun würde, um dich in seine Gewalt zu bekommen.«

»Als Lockvogel also«, stellte Raghna trocken fest.

»Nicht nur. Ich dachte, du könntest uns auch bei den rebellischen Bauern helfen. Wir würden sie gern als Verbündete gewinnen, aber sie misstrauen uns, wollen nicht mal mit uns reden. Sie haben sich einen eigenen Anführer gesucht, einen Bauern. Ich glaube, er stammt sogar aus dem gleichen Dorf wie du.«

»Aus Leingarten? Wie ist sein Name?«

»Ulmo. Kennst du ihn?«

»Das kann man wohl sagen!« Etwas in ihrem Tonfall veranlasste Jord, sie forschend zu mustern. »Vor langer Zeit wollte er mich einmal heiraten«, ergänzte Raghna zögernd.

Jord begriff. »Und dann kam Tholik ihm in die Quere, wie? Hätte er dich nicht verschleppt, dann wärst du heute eine zufriedene Bäuerin und Ehefrau in deinem Heimatdorf.«

»Nein«, sage Raghna knapp und verschränkte die Arme vor der Brust. »Ich hätte Ulmo ohnehin nicht genommen.«

Jord sah sie forschend an und schüttelte den Kopf. »Du machst es den Männern, die dich wollen, nicht gerade leicht!« Er wollte fortfahren, brach dann aber ab und schwieg.

Zornig blitzte die Rabenfrau ihn an: »Jeder Mann, der mir bisher in den Weg kam, wollte mich besitzen, benutzen, verändern oder für etwas gewinnen – aus Eigennutz. In meinem ganzen Leben gab es nur einen einzigen Mann, der mich einfach so geliebt hat, wie ich war: Ethomir.«

Ärgerlich schüttelte sie ihre Haare nach hinten. Jord war blass geworden. Mit zusammengepressten Lippen starrte er hinunter auf seine Stiefelspitzen.

In versöhnlicherem Ton fuhr Raghna fort: »Wenn du dir also etwas davon versprochen hast, dass Ulmo mich einst gut kannte, dann warst du auf dem Holzweg. Es stimmt, er hasst Tholik meinetwegen. Aber mich hasst er fast genauso. Wenn es also um Gespräche mit ihm geht, kann ich euch ganz sicher nicht nützen.«

»Aber bestimmt bei den Bäuerinnen, Raghna! Die alte Haelgunn war als weise Frau bei ihnen hoch angesehen. Wenn du mit uns in die Dörfer gingst, könntest du uns helfen, die Bauern zu überzeugen. Und gleichzeitig würden wir dich vor Tholik beschützen.«

Die Rabenfrau überlegte. »Wie lange bist du schon mit diesen Männern im Bunde?«, fragte sie.

»Seit jenem Traum. Seit Haelgunn sagte, ich dürfe nicht sterben, sondern hätte noch Pflichten zu erfüllen. Bis dahin hatte ich mich in Hohenfeld regelrecht verkrochen. Aber nun fing ich an, mit dem einen oder anderen meiner alten Freunde zu reden. Jetzt, wo du zu uns zurückgekehrt bist, verstehe ich den Traum so, dass wir die Aufgabe gemeinsam angehen sollen. Für mich ist das sonnenklar! Warum schaust du mich so an?«

Raghna verstand sehr wohl, dass es ihm vor allem darum ging, mit ihr zusammen zu sein. Dafür wäre ihm jede Begründung recht gewesen. Aber – war ein offener Aufstand tatsächlich unumgänglich? Es wäre Sache der Ethomsippe gewesen, Tholiks Schandtaten zu verhindern, ihn abzusetzen und den Mord aufzuklären, wenn es wirklich einer war. Warum sollte sie sich ins Geschehen einmischen? Ihr graute bei der bloßen Vorstellung, ihrem alten Peiniger erneut gegenübertreten zu müssen. Und überhaupt: Der Pakt mit Caidan war geschlossen, der Eid geschworen, die Entscheidung gefallen.

Die drängende Spannung, mit der Jord auf ihre Antwort wartete, teilte sich ihr deutlich mit. Echtes Bedauern schwang in ihren Worten mit, als sie nun klar und bestimmt sagte: »Mein Freund, du bist besessen von dem Wunsch, Tholik zu vernichten, der dich gedemütigt und aus deiner Sippe ausgestoßen hat. Auch ich habe Gründe genug, ihn zu hassen, das ist wahr. Aber ich habe mich für das Leben einer Hagfrau entschieden – und damit für das Wissen und Heilen, nicht für das Verfolgen und Töten. In die Streitigkeiten und Rachepläne der Herrschenden mische ich mich nicht ein. Ich folge dem Weg, den ich unter Haelgunns Führung eingeschlagen habe. Etwas anderes kommt für mich nicht infrage. Es tut mir weh, dich zu enttäuschen. Aber für das, was vor mir liegt, werde ich meine ganze Kraft brauchen. Morgen früh breche ich auf.«

»Mit Caidan«, ergänzte Jord bitter.

»Jawohl, mit Caidan, wie Haelgunn es gewollt hat.« Raghna wandte sich ihm nun voll zu. »Mach es dir doch nicht so schwer, Jord. Versuch mich zu verstehen! Ich schätze dich und hoffe sehr, dass wir uns wiedersehen, aber niemand weiß, was uns bevorsteht. Deshalb: Lass uns nicht im Unfrieden auseinandergehen. Ja? Jord, hörst du mir überhaupt zu? Sag doch was!« Sie griff nach seinem Arm.

Der Krieger machte sich los und trat einen Schritt zurück, sein Gesicht lag jetzt völlig im Schatten.

»Ja. Ja, natürlich. Wir bleiben Freunde. Alles Gute für dich, Raghna, komm gesund zurück von deiner Suche! Und vergiss dein Versprechen nicht: Ruf mich, wenn du Hilfe brauchst.«

Ohne ein weiteres Wort wandte er sich ab und verschwand zwischen den Sträuchern. Die Richtung, die er einschlug, führte von der Siedlung fort. Mit schmerzhaft pochendem Herzen schaute die Frau ihm nach.

Als am nächsten Morgen die orangerote Sonnenscheibe über den Wipfeln stand, waren sie bereits unterwegs. Raghna hatte Jord nicht mehr gesehen. Sie bereute ihre Entscheidung nicht, dennoch fühlte sie sich elend, traurig, schuldig, von Selbstvorwürfen gequält.

Auch Caidan sah aus, als hätte er eine schlaflose Nacht hinter sich.

»Warum hast du Ushkaf zurückgelassen?«, erkundigte sie sich vorsichtig.

»Es war besser so«, war die abweisende Antwort. Raghna hatte weder Kraft noch Lust, mehr aus ihm herauszulocken. In bedrücktem Schweigen ritten sie dahin.

Schon lange war Ushkaf nur noch ein Schatten seiner selbst gewesen, aber der Wanderer, vollauf mit seinen eigenen Angelegenheiten beschäftigt, hatte sich nicht die Zeit genommen, sich viel um den Gefährten zu kümmern. Er hatte ihn gleichbleibend freundlich behandelt und von einem Tag zum andern gehofft, der Freund würde von selbst zu der heiteren Ausgeglichenheit, die ihn so liebenswürdig machte, zurückfinden. Doch das geschah nicht. Steinerne Gewichte schienen auf den Schultern des Ägypters zu lasten. Er wurde immer schweigsamer, ließ den Kopf hängen, war lustlos und träge. Nicht einmal nachts, wenn sie allein in Caidans Hütte waren, stellte sich die einst so selbstverständliche, beglückende Nähe ein.

Es war spät geworden am gestrigen Abend. Caidan hatte lange mit den Dorfleuten im Gemeinschaftshaus geredet, danach wollte er nur noch ein Weilchen in seiner Hütte am Feuer sitzen, vor dem Schlafengehen einen Becher Wein trinken und seine Gedanken auf die bevorstehende Reise richten. Ushkaf kauerte neben ihm und rieb beim Schein der Steinlampe die Kupfertrensen der Pferde mit einem Lederlappen blank. Er warf einen verstohlenen Seitenblick auf Caidan, der mit dem Rücken an der Wand lehnte, in seiner charakteristischen Haltung: ein Knie hochgezogen, den Arm darauf gestützt. Jetzt goss er noch etwas Wein nach und schob Ushkaf seinen Becher zu.

»Geht es dir gut, mein Freund? Du bist so still neuerdings!«

Beim vertrauten Klang der Sprache von Lis sah der Ägypter hoffnungsvoll auf.

»Es geht mir gut«, erwiderte er. Und plötzlich, als hätte er sich ein Herz gefasst: »Darf ich dich etwas fragen, Caidan?«

»Nur zu.«

»Bist du eigentlich zufrieden mit dem bisherigen Verlauf dieser Reise?«

Der Wanderer stutzte. »Ich denke schon. Warum?«

»Weil es mir, ehrlich gesagt, so vorkommt, als würden wir immer noch ziellos im Kreis herumlaufen«, platzte Ushkaf heraus. »Als hätte sich nichts geändert, seit wir anfingen, nach Haelgunn zu suchen. Ich sehe nicht, dass du dich irgendeinem greifbaren Ergebnis näherst.«

»Meinst du?«

»Ja. Dieses Totenreich und sein geheimnisvoller Eingang, das ist doch alles völlig nebelhaft.«

»Aber ich habe keine andere Wahl, als Raghna zu vertrauen, nicht wahr?«

»Vielleicht doch. Du könntest es auf eigene Faust versuchen. Was tut sie denn schon? Wenn du mich fragst: Sie weiß selbst nicht, wo sie hinwill.«

»Kann sein. Aber sie wird es herausfinden.«

»Und wenn nicht, Caidan?«

»Ja, was dann? Was befürchtest du?«

»Dass sie dich dazu bringt, Lis und die dreifache Wahrheit zu vergessen. Diese planlose Suche kostet dich mehr als nur Zeit! Sie bringt dich, wenn du nicht aufpasst, um den Verstand. Mit Raghna zusammen wirst du deine Aufgaben niemals lösen! Irgendwann gebt ihr beide es auf, und ich sehe dich schon in ihrer einsamen Hütte sitzen, als ihr Gefährte, für immer. Das ist dann das Ende von Caidan, dem Hüter des Wissens.«

Der Wanderer kniff die Augen zusammen. »Du bist eifersüchtig, Ushkaf«, stellte er fest

»Ja, Mann, das bin ich. Und ich habe auch allen Grund dazu. Dieses Weib nimmt dein Herz gefangen, merkst du das denn nicht?«

Der Wanderer gab keine Antwort. Im matten Schein des erlöschenden Feuers konnte Ushkaf sein Gesicht kaum erkennen. Die Furcht, zu weit gegangen zu sein, schnürte ihm plötzlich die Kehle zu. Doch er konnte jetzt nicht mehr aufhören.

Er lehnte sich hinüber, legte seine Hand auf das Knie des Freundes, Erregung machte seine Stimme rau: »Caidan, trenne dich von dieser Frau! Sie verzaubert dich, raubt dir deine Kraft. Die Gemeinschaft mit ihr ist nicht gut für dich, glaub mir! Es wäre besser, du hättest nie von dieser Holden und ihrer … Rabenfrau gehört. Hast du denn alles vergessen, was zwischen uns war? Ich nicht! Tag und Nacht bete ich zu Hathor, dass sie dich dem bösen Einfluss entziehen und zu mir zurückbringen möge!« Schwer atmend brach er ab, suchte verlangend Caidans Blick. Im nächsten Moment würden sie sich in den Armen liegen …

Der Wanderer schob freundlich, aber bestimmt Ushkafs Hand weg. Eine senkrechte Falte stand auf seiner Stirn. »Du siehst das völlig falsch, mein Lieber. Diese Reise in die Unterwelt ist eine schwere, eine gefährliche Aufgabe, die Raghna und mir gemeinsam auferlegt wurde. Wir setzen beide unser Leben aufs Spiel und haben wahrlich keinen Gedanken übrig für das, was du befürchtest. Aber deine Worte haben mir jetzt eines klargemacht, nämlich, dass ich dich auf keinen Fall mitnehmen darf. Unser Vorhaben ist schon schwierig genug. Zusätzliche Verstrickungen in Liebe und Hass können wir uns nicht erlauben.«

Der Ägypter saß wie vom Donner gerührt. »Du … du willst mich hier zurücklassen?«, flüsterte er. »Aber, Caidan, das kannst du doch nicht machen!«

»Es ist besser so, glaub mir.«

Verzweiflung und ohnmächtige Wut loderten in den dunklen Augen auf. »Da siehst du's – schon jetzt steht sie zwischen uns. Sie will dich mit Haut und Haaren verschlingen. Caidan, das darfst du nicht zulassen! Bitte, sei vernünftig und nimm mich mit! Ich sage auch kein Wort mehr gegen sie …«

»Schluss jetzt, Ushkaf! Morgen früh, noch vor Sonnenaufgang, breche ich mit Raghna auf. Überbringe Laukher und Jord noch mal meine Grüße. Wenn ich zurückkehre, wird alles wieder in Ordnung kommen, das verspreche ich dir. Sollte aber ein ganzer Mond vergehen, ohne dass ihr von uns gehört habt, dann dürft ihr nach uns suchen. Vorher nicht. Hast du gehört, mein Freund?«

Eine Weile war nichts zu vernehmen als schweres, unregelmäßiges Atmen.

»Ushkaf, antworte! Kann ich mich auf dich verlassen?«

»Ja«, flüsterte der Ägypter tonlos.

VERLOREN IM LABYRINTH

Die Esche war ein uralter, gewaltiger Baum, dessen ausladende Äste mehrere Stockwerke bildeten – eine ganze Welt für sich. Das gefiederte hellgrüne Laub, mit dem die Frühlingssonne spielte, bildete einen eigenartigen Kontrast zu der rissigen, altersgrauen Borke, die von guten und schlechten Jahren erzählte.

Caidan saß ein Stück entfernt im Schatten und sah zu, wie Raghna mit langsamen Schritten, leise vor sich hin murmelnd, den Stamm umkreiste und Gaben zwischen die knorrigen Wurzeln legte: einen halben Brotfladen, ein Bröckchen Honigwabe, Nüsse, ein mit Fett gefülltes Schneckenhaus. Schließlich hängte sie einen Kranz aus blühenden Kräutern in die Zweige. Er verstand die Worte nicht, die sie sang, nahm aber dankbaren Herzens den Frieden und die starke Kraft des Ortes in sich auf.

Raghna beendete ihr Ritual, indem sie Hände und Stirn an den Stamm legte und ein Weilchen so verharrte. Dann trat sie zurück, kam herüber zu Caidan und ließ sich neben ihm im Gras nieder.

Die Verstimmungen des Morgens waren verflogen. Der Tag war einfach zu schön für trübsinnige Gedanken. Sie waren eine Weile nach Westen geritten, bis zu einem einsamen Waldgebiet mit einem uralten Bestand mächtiger, ausladender, wild verkrümmter Eichen und Eschen. Dort waren sie abgestiegen und hatten die Pferde angebunden.

Nahezu geräuschlos, weder Pflanzen noch Tiere störend, hatte Raghna ihn auf schmalen, kaum sichtbaren Pfaden zur der großen Esche geführt, der verehrungswürdigen Herrscherin des Waldes. Mit jedem Schritt, den sie taten, waren sie tiefer eingetaucht in ein lebendiges Flechtwerk, gewoben aus dem Duft unzähliger Schlehenblüten, dem fedrigen Weiß der Wolken am Himmel und dem Duft blauer Veilchen, aus der Weichheit der Moospolster unter ihren Füßen und dem Ruf des Kuckucks. Caidan fühlte sich freundlich aufgenommen, ein willkommener Gast. Die Rabenfrau aber, das sah er, war hier zu Hause, sie gehörte in diese Welt.

Sie fuhr mit den Fingern durch das Gras, pflückte ein paar junge Löwenzahnblätter und steckte sie in den Mund. Auch Caidan bekam eines. Prüfend kaute er darauf herum. Der bittere Geschmack auf seiner Zunge kündete vom Fließen der Säfte, von Reinigung und Neubeginn. Plötzlich war sein Herz voll einfacher, erwartungsvoller Daseinsfreude. Wie lange hatte er solche Gefühle nicht mehr gehabt?

Die Hagfrau schloss die Augen und legte lauschend den Kopf zurück. Wartete sie auf etwas? Der Schrei einer Elster ertönte über ihren Köpfen, dann das Gurren einer Waldtaube. Als eine graue Feder vor ihnen ins Gras fiel, berührte Caidan unwillkürlich Raghnas Arm. Sie sah ihn an und lächelte. Caidan erkannte, dass sie in einen Zustand der Entrückung glitt. Sie begann, zu ihm zu sprechen. Ihre Stimme wurde abwechselnd lauter und leiser, manchmal kamen flüssige Sätze über ihre Lippen, dann wieder nur abgerissene Worte mit langen Pausen dazwischen.

»Dieser Baum ist der Ausgangspunkt unserer Reise, Wanderer. Wir durchstreifen die Haselberge auf der Suche nach dem Eingang zu Holls Totenreich, und irgendwann überschreiten wir dabei die Schwelle zum anderen Land, das gewöhnlichen Menschen verschlossen ist. Nur diejenigen können es betreten, denen die Holde selbst ihren Boten schickt. Ihr Bote ist der Rabe.

Da du mit mir zusammen reisen sollst, muss ich dir etwas über das andere Land erzählen. Es ist sehr groß, viel größer als die gewöhnliche Welt. Man kann sich leicht darin verlieren, wenn man die Wegmarken nicht kennt.

Doch die Holde hat uns ein Zeichen gegeben, mit dem wir uns überall zurechtfinden: das Erdkreiszeichen, wir nennen es auch Hollsiegel. Es sieht aus wie mein goldener Anhänger hier, zwei gekreuzte Linien in einem Kreis, ganz einfach. Und doch umfasst es alles, was es gibt – die ganze Welt. Alle Richtungen, alle Elemente und Kräfte, alle Bereiche. Zeit und Raum, Innen und Außen, das Ganze. Es ist die Holde selbst. Sie bringt alles Leben aus ihrem Schoß hervor, nimmt die Toten in ihre Höhle zurück, verwandelt sie in ihrem Kessel und gebiert sie aufs Neue.«

Ihre Fingerspitzen zeichneten das Rund des Amuletts nach.

»Der Kreis, ohne Anfang und ohne Ende, ist eine unüberwindliche Grenze, wenn wir eine Grenze brauchen. Wenn nicht, dann ist er durchlässig wie der Regenbogen. Er ist das Zeichen der ewigen Wiederkehr: Sonnenkreis, Mondkreis, Jahreskreis, Lebenskreis. Holls Gürtel und ihr goldenes Halsband, das die Männer sich aneignen möchten, um teilzuhaben an ihrer Macht …«

Raghna stockte und strich sich die Haare aus der Stirn. Es war, als müsste sie etwas abschütteln. Dann berührte sie wieder ihr Siegel, legte den Finger auf den Punkt, an dem sich die Linien kreuzten.

»Der Mittelpunkt der gekreuzten Stäbe ist in Wahrheit kein Punkt, sondern eine senkrechte Achse, die sowohl nach oben wie auch nach unten führt. Manche sehen sie als Baum, andere als Stern, als aufgerichtete Schlange, als Berg, als Leiter oder Schnur. Oder als den feinen silbernen Lebensstrom entlang unseres Rückgrats, der uns aufrechthält und in uns den Wunsch erweckt, die Höhen des Himmels und die Tiefen der Erde zu erforschen.

Sieht du, Caidan, die vier Arme des Kreuzes weisen in die vier Richtungen, sie führen uns zu den Orten, wo wir Antworten finden und Kraft erhalten. Da der Kreis durchlässig ist und alles umfasst, können wir so weit fliegen, wie wir wollen, nach Norden, Osten, Süden oder Westen.

Im kalten, dunklen Norden liegt das Mitternachtsland mit dunklen Nadelwäldern, Gletschern und Höhlen. Dazu gehören Winter, Schnee und Eis, auch Dunkelmond, Nebel und Tod. Steine, Knochen, Zähne, Wurzeln und alle festen, schweren Dinge. Bären und Rentiere, überhaupt alle Tiere mit Hörnern, Hufen und Klauen. Die Fels- und Frostwesen, denen das Land gehört, bewegen sich langsam. Sie hüten die Fruchtbarkeit der schwarzen Erde und die Schätze, die still im Verborgenen ruhen. Bergkristall. *Der Nebelstein ist der Eingang. Beifuß ist der Wächter. Die Holde begegnet uns als Herrscherin der Toten.* Der Norden schenkt uns Stärke, Beharrlichkeit, Furchtlosigkeit, Geduld, Unerschütterlichkeit.

Im Osten wohnen die Luftwanderer. Ihnen gehören die weiten Grassteppen, über die der Wind fegt, über denen der Schrei der Wildgans ertönt. Pferdehufe trommeln. Der offene, weite

Himmel … Wolken, Stürme, Vögel. Frühlingsland, neugeborenes Leben. Das junge Grün von Birken. Morgenrot, Sonnenaufgang, die Mondsichel, frischer, belebender Wind. Erinnerungen und Gedanken. Luftwesen können durch uns sprechen, wir lernen von ihnen hellsehen, deuten, rufen und bannen. Ihr Geschenk ist das verzaubernde Raunen, das Wort der Kraft, ihr Zeichen die Feder. Die Holde wandert über die Felder als junges Mädchen, barfuß, mit gelben Blüten im Haar.

Im Süden wohnen die Hüter des Feuers. Funken, Flammen, Blitze und Glutströme. Ihnen gehört das Mittagsland, das Land des Sommers. Das Gold der Getreidefelder. Tiere mit Krallen und Reißzähnen. Löwinnen, Drachen und Salamander. Trommeln. Die Kraft des Zorns, der Kampf, Zerstörung und Neubeginn. Von den Feuerwesen lernen wir, Dinge zu verwandeln. Ihre Geschenke sind Wärme, Reife, Leidenschaft, Macht, auch Rausch und Entrückung, ihr Zeichen ist der brennende Stab. Die Holde thront als strahlende Herrscherin in all ihrem Glanz.

Im Westen wohnen die Fließenden. Ihnen gehört das Wasser, ihre Macht kommt vom Mond. Unendliche Fluten. Alle Quellen, Teiche, Flüsse und Moore. Das Meer und Boote. Der Regen und die Tränen der Menschen. Fische, Seeschlangen und Meerwesen der Tiefe. Perlen, Muscheln, alle schimmernden Dinge, die vom Grund der Gewässer heraufleuchten. Wenn wir sterben, gehen wir in den Sonnenuntergang. Von den Wasserwesen lernen wir fühlen, heilen, singen und verzaubern. Sie schenken Reinheit, Schönheit, Klarheit, ihr Zeichen ist der Becher. Die Holde sinnt und träumt. Alle Grenzen lösen sich auf, wir verschmelzen mit ihrem Wesen. Vollendung, Ernte und Abschied, der Geschmack reifer Früchte.

Norden, Osten, Süden, Westen und wieder Norden, der Kreis ist durchmessen. Die gewöhnlichen Menschen beginnen den Lauf immer wieder von vorn, sie rennen und hasten. Aber die Hagsitzerinnen begeben sich in die Mitte, in die unbewegte Stille, furchtlos sitzen sie in der Säule aus Licht und lassen sich von der Kraft verzehren. Um uns herum der unendliche Erdenkreis, Weltenkreis …

Wir sehen zu, wie das Rad sich dreht, erst langsam, dann immer schneller. Wie eine Scheibe, ein rundes Floß aus blinkenden Lichtern und Farben, aus Erde, Wasser, Feuer, Luft, das uns emporhebt und davonträgt. Schneller und schneller dreht sich das Rad, schließt sich um uns, eine Spirale, ein blitzender, tausendfarbiger Wirbel, Sterne und Funken … und … tiefes Schwarz … und dann … die große, unfassbare … unnennbare Klarheit …«

Raghnas Stimme war nur noch ein Hauch. Längst hatte Caidan die Augen geschlossen und sich den aufsteigenden Bildern überlassen.

Zeit kam und ging in Wogen. Irgendwann spürte er seinen Körper wieder, öffnete die Augen, fand Raghnas wachen Blick auf sich gerichtet.

»Du bist mit mir gereist«, stellte sie fest.

»Ich glaube, wir waren an dem Ort, wo Haelgunn und Nxerri sich begegneten«, sagte Caidan leise.

»Kanntest du diese Art des Fliegens?«

»Ja. Aber nicht mit deinem Hollsiegel. In Lis lernt man, das Himmelsboot zu besteigen, um in das Land von Paseadan zu gelangen.«

»Eines Tages wirst du mir mehr davon erzählen und mich vielleicht sogar einmal mitnehmen«, meinte Raghna und strich träumerisch über die Rispen der Gräser.

Der Wanderer schluckte. »Es ist immer noch seltsam für mich, über solche Dinge mit einer Frau zu reden. Ich hätte nie gedacht, dass ihr so großes Wissen besitzt.«

Die braungrünen Augen der Rabenfrau blickten durch ihn hindurch. »Ach, Caidan, die Goldene gab es lange, bevor eure Himmlischen oder der Blitzeschleuderer Inthram erschaffen wurden. Sie ist die Eine, das Sein hinter allen Erscheinungen …«

Für einen kurzen Moment erahnte der Wanderer, was sie schaute, und es sprengte alle Begriffe. Ein großes Erstaunen stieg in ihm auf – und etwas wie Furcht.

Doch dann schüttelte Raghna lachend den Kopf: »Manchmal weiß ich selbst nicht mehr genau, was ich eigentlich rede.«

Der Bann war gebrochen. Erleichtert stimmte in ihr Lachen mit ein.

Doch Raghna wurde schnell wieder ernst, sie strich sich über die Stirn. »Trotzdem wissen wir immer noch nicht, wo wir den

Eingang zu Holls Höhle suchen sollen. Ich hatte auf eine Antwort oder ein Zeichen gehofft.«

»Wieso? Du hast es doch ausgesprochen, klar und deutlich: *Der Nebelstein ist der Eingang. Beifuß ist der Wächter. Die Holde begegnet uns als Herrscherin der Toten*. War das denn nicht die Antwort?«

Mit großen Augen schaute Raghna ihn an. »*Das* habe ich gesagt? Wann?«

»Als wir nach Norden schauten.«

Erschrocken schlug sie die Hand vor den Mund. »Holl sei uns gnädig!«

»Wieso? Was hast du denn, Raghna?«, rief der Wanderer. »Du bist ja ganz blass geworden!«

Die Rabenfrau gewann rasch ihre Fassung zurück. »Es ist nur ... Der Nebelstein ist ein ganz besonderer Platz«, erklärte sie. »Ich selbst war nie dort, aber Haelgunn hat mir davon erzählt. In der gewöhnlichen Menschenwelt ist er ganz leicht zu finden. Aber im anderen Land ist er ein verzauberter Ort, zu dem man, wenn überhaupt, nur unter größten Mühen gelangt. Er ist geschützt durch ein unsichtbares Labyrinth. Weißt du, was das ist?«

»Ja, von den Priesterinnen der alten Tempel im Osten. Es handelt sich um verborgene Orte und Wege, die den Suchenden in die Irre führen. Richtig?«

»So ähnlich. Du kannst nicht anders als dich immer wieder zu verlaufen, so lange, bis du verhungerst, verdurstest, vor Erschöpfung zugrunde gehst – oder aufgibst und umkehrst. Die wenigen Hagfrauen, denen es bisher gelang, den echten Nebelstein zu finden, hatten entweder ungewöhnliches Glück, oder sie bekamen Hilfe.«

»Aber du hast doch deinen Raben. Kann er uns nicht hinführen? Er ist schließlich Holls Bote!«

»Ja, aber auch das Labyrinth gehört ihr, es ist von ihr selbst geschaffen worden, und jetzt begreife ich auch, warum: um den Eingang zur Totenhöhle zu schützen. Er ist so geheim, dass Haelgunn nicht einmal mir gegenüber etwas davon erwähnte. Verstehst du, Caidan: Das Labyrinth zu durchqueren und den wahren Nebelstein zu finden, ist bereits eine Prüfung, und die Holde wird sie uns bestimmt nicht erleichtern.«

»Hm. Willst du es trotzdem wagen, Raghna?«

»Selbstverständlich. Und ich bin trotz allem sicher, dass wir es am Ende schaffen werden! Sag mir: Hast du auch irgendwelche Bilder gesehen, als ich vom Nebelstein sprach?«

Caidan fuhr sich durch die Haare und überlegte. »Ja, warte mal … Da war eine Art Spalt oder Pforte, die sich öffnete, weil jemand starb. Und dahinter war eine Öffnung, die nach unten führte, ein Schacht vielleicht oder ein Brunnen. Mehr konnte ich nicht erkennen. Weißt du denn wenigstens, wo dieser Ort in der gewöhnlichen Menschenwelt liegt?«

»Ja, in einer unwirtlichen, unzugänglichen, wüsten Gegend, einer windigen Hochebene im Nordwesten, wo es nichts gibt als trockenes Gestrüpp. Die Leute meiden das Gebiet, weil dort die Toten, die keine Ruhe finden, umgehen sollen. Jetzt verstehe ich das endlich …« Sie versank in tiefes Nachdenken.

Dann straffte sie sich und meinte: »Also gut, im Namen der Holden!« Sie hob die graue Taubenfeder auf, hauchte sie an und raunte eine für ihren Begleiter unverständliche Folge rhythmischer Silben, die sie einige Male in beschwörendem Tonfall wiederholte. Dann stand sie mit einer einzigen fließenden Bewegung auf, reckte sich auf die Fußspitzen, warf den Kopf zurück, stieß einen schrillen Vogelschrei aus, der in Caidans Ohren schmerzte, und warf die Feder in die Luft. Trudelnd beschrieb das flaumige Ding einen Halbkreis und sank, gespannt beobachtet von zwei Augenpaaren, langsam ins Gras.

Der Kiel zeigte nach Nordwesten. Die Rabenfrau nickte.

»Brechen wir auf!«, sagte sie.

In Hohenfeld floss das Leben wie gewohnt dahin. Nach dem gemeinsamen Aufbruch von Caidan und Raghna hatte es einiges Gerede gegeben, denn es war noch nie vorgekommen, dass sich ein Mann von Lis auf Reisen von einer Frau begleiten ließ. Da sowohl Ushkaf wie auch Jord alle Andeutungen und Fragen schweigend übergangen hatten, wusste niemand Näheres über die Pläne der beiden Reisenden. So erstarb das Getuschel bald wieder, teils aus Mangel an Nahrung, teils aus respektvoller Scheu. Schließlich hatte das Tun eines Wanderers ohnehin immer etwas Rätselhaftes. Er kam und ging, ohne viel zu erklären, nur seinen eigenen Gesetzen folgend.

Jord und Ushkaf freundeten sich in diesen Tagen an, zu ihrer beiderseitigen Überraschung. Stillschweigend verstand jeder die Lage des anderen. Zu Beginn verliefen ihre Unterhaltungen mühsam und holprig, da Ushkaf die Herrensprache nur unzulänglich beherrschte, aber irgendwie schafften sie es doch immer wieder, sich zu verständigen. Abends am Feuer sprachen sie über Ägypten und die Haselberge, über ihre Sippen, ihre Arbeit und die Götter – doch am Ende kamen sie stets bei ein und derselben Frage an: wie es Raghna und Caidan wohl ergehen mochte.

Seit ihrem Aufbruch war kein Lebenszeichen mehr von ihnen gekommen. Es war, als hätte die Erde sie verschluckt.

Die Ankunft eines untersetzten, graubärtigen Mannes, der zwei schwer bepackte Maultiere mit sich führte, unterbrach das Gleichmaß der Tage im Dorf. Er bot einen atemberaubenden Anblick mit seinen kupfernen Ohrringen und der ledernen Kleidung, die mit klirrenden Ringen, Plättchen und Stiften besetzt war. Sogar die spitze Wollmütze auf seinem Kopf war mit einer Bronzenadel geschmückt.

Helles Kindergeschrei begleitete sein Erscheinen: »Der Händler! Der Händler! Olwo ist wieder da!«

Männer und Frauen traten vor ihre Hütten, manche noch mit den Suppenschalen in der Hand. Es war um die Zeit des Abendessens, die Arbeit des Tages war getan. Der Schmied ging dem Besucher entgegen, auf dem Platz vor dem Gemeinschaftshaus reichten sie einander die Hände.

»Willkommen, Bruder!«, rief Laukher mit seinem dröhnenden Bass. Wie die meisten Händler bekannte sich Olwo zur dreifachen Wahrheit, allerdings brachte er gelegentlich auch Inthram Gaben dar und sogar der Holden, wenn es sich so ergab.

»Dank dir, Bruder!«, gab er heiter zurück. »Ihr habt nicht zufällig ein Nachtlager und eine Brotkruste für einen müden Reisenden?«

Laukher lachte. Olwo wusste genau, wie hochwillkommen er

in jedem Dorf war. Händlerbesuch, das war immer ein Fest, es bedeutete: aufregenden Tauschhandel, danach ein köstliches Mahl mit Fleisch und Met für alle Dorfbewohner, Neuigkeiten und Unterhaltung für lange Zeit.

»Darauf kannst du rechnen, Mann!«, grinste er. »Mein Weib Mirra wird sich freuen über den Gast, und für deine zwei Grauen findet sich auch das Nötige.« Kameradschaftlich klopfte er dem Händler auf die Schulter, nahm ihm die Zügel seiner Tiere ab und drückte sie einem der umstehenden Dorfjungen in die Hand. »Wann zeigst du uns deine Sachen, Olwo?«, rief der Keckste unter ihnen. Der Händler schaute sich um, hob erstaunt die Hände und tat, als gewahrte er erst jetzt die Menschen, die sich um ihn und Laukher drängten.

»Morgen früh, kühner Krieger«, verkündete er augenzwinkernd, »und ich bin mir ziemlich sicher, dass ich für jeden von euch etwas Schönes dabeihabe. Feuersteindolche, Salz, Kupferbarren, Horn- und Geweihgeräte, geschnitzte und geritzte Zauberdinge, Bernstein und Bergkristall, farbige Pulver und Pasten, und vielerlei prachtvolle Schmuckstücke, die euch die Augen übergehen lassen …«

Ein Raunen ging durch die Menge.

»Aber jetzt«, fuhr Olwo fort, »müsst ihr mich entschuldigen, damit ich mich in einen sauberen Menschen verwandeln und von der Wanderung erholen kann. Ihr könnt ja schon mal überlegen, was ihr mir morgen für meine Schätze zum Tausch anbieten wollt.« Er hielt einen gefüllten Beutel hoch: »Und wie es der Zufall so will, habe ich hier noch ein paar Hirsekügelchen mit Honig übrig. Aber vielleicht mögen die Kinder von Hohenfeld ja gar nichts Süßes?«

Seine Worte gingen in wildem Protestgeheul unter. Während sich die Kinder um die Leckereien balgten und die Erwachsenen, in lebhafte Gespräche vertieft, zu ihrer Abendmahlzeit zurückkehrten, trat Olwo lachend durch die verhängte Tür in Laukhers Hütte.

»Herr Caidan ist nicht hier?«, fragte er, während er sich Gesicht und Hände wusch. Sein Ausdruck war jetzt ernst, alles Schalkhafte aus seiner Miene wie weggewischt.

»Nein, Olwo. Er ist unterwegs. Ich hatte gehofft, du brächtest uns vielleicht eine Nachricht von ihm?«

Der Händler schüttelte bedauernd den Kopf. »Leider nicht. Und wie steht's mit unseren Freunden? Habt ihr bald wieder eine Zusammenkunft?«

»Wir wollen uns in der nächsten Vollmondnacht treffen. Es kommen auch Männer von den Höfen und aus den anderen Dörfern dazu, zwei Dutzend ungefähr, und die können bei Mondschein leichter ihren Weg finden.«

»Ich dachte, die Bauern versammeln sich um Ulmo?«

»Nicht alle. Manchen ist er doch etwas zu unberechenbar. Die vertrauen lieber auf Jords Führung, obwohl er ein gebürtiger Streitaxtmann ist.«

»Und wie steht es mit den Männern hier in der Siedlung?«, erkundigte sich Olwo.

»Dass es den Bund gibt, wissen inzwischen alle, aber nur etwa dreißig gehören dazu, also knapp zwei Drittel. Vorläufig. Wenn es ernst wird, werden die anderen wohl auch mitmachen.«

Olwo kratzte sich das Kinn. »Bis zum Vollmond ist aber noch eine Weile hin. So lange werde ich nicht bleiben können, Bruder.«

»Das dachte ich mir schon. Ich rufe unsere Männer gleich heute Abend ins Gemeinschaftshaus zur Glockenbecherfeier. Anschließend kannst du dann berichten, was es Neues gibt.«

»Gut. Jord wird doch da sein, oder?«

»Ja. Ushkaf auch.«

»Der Ägypter? Wieso, ich dachte …«

»Caidan hat ihn hiergelassen.«

»Was? Das soll ich glauben? Ein Wanderer zieht doch nie allein los!«

»Er ist auch nicht allein. Ah, da kommt ja endlich mein Weib! Mirra, schau, wir haben einen Gast.«

Die rundliche Matrone stellte den Korb hin und legte ihren Umhang ab, bevor sie den Händler mit gelassener Würde begrüßte und sein Gastgeschenk, eine kupferne Spange, in Empfang nahm. Freundlich reichte sie ihm den Willkommenstrunk und geleitete ihn zum Ehrenplatz gegenüber der Herdstelle. Während

Olwo und Laukher sich plaudernd auf den fellbedeckten Heupolstern niederließen, ordnete sie auf der Schieferplatte das Abendessen an: eine Schüssel Emmergrütze, einen flachen Holzteller mit Ziegenfleisch, Weizenbrot und gekochten Enteneiern, daneben eine Schale Lauchgemüse, einen Teller mit Käse und Nüssen, ein Schüsselchen mit Kräuterquark sowie einen bauchigen Bierkrug und drei Tonbecher. Sie vergewisserte sich, dass jeder ein Messer hatte und nahm dann selbst Platz.

»Ein Festmahl!«, rief Olwo entzückt. Er griff ohne falsche Scheu herzhaft zu und lobte alles so aufrichtig begeistert, dass Mirra zufrieden lächelte und am Ende noch drei kostbare Äpfel als Nachtisch folgen ließ.

Da kein Mann von Lis zugegen war, feierten sie nur das kleine Ritual. Auf der niedrigen Tischplatte des Gemeinschaftshauses stand alles Nötige bereit: ein großer, dunkelbraun bemalter Glockenbecher, ein Krug Met und eine Kragenflasche, deren schlanker Hals mit Wachs versiegelt war.

Der Schmied schloss kurz die Augen, atmete dreimal tief ein und langsam, lange aus. Er griff nach dem Krug und füllte den Glockenbecher mit dem honigfarbenen Trank, von dem ein süßer Duft aufstieg. Dann kratzte er das Wachs vom Verschluss der Tonflasche, zog den Stöpsel heraus und goss etwas von der wasserklaren Flüssigkeit dazu.

Auf Laukhers Zeichen erhoben sich die Männer, die entlang der Wände saßen, und wandten sich nach Westen. Ihr Blick war auf das heilige Bild gerichtet, das in den glatt gestrichenen Lehmputz der Hauswand geritzt war. Bei Tage, im hellen Licht, fiel es kaum auf, aber jetzt, im flackernden Schein der Steinlampen, trat es deutlich hervor: ein dreifacher Kreis mit einem Punkt in der Mitte.

Auch Jord, der wie immer als Gast am Ritual teilnahm, stand auf. Niemand hatte ihn je gedrängt, sich zur dreifachen Wahrheit zu bekennen und aus dem Glockenbecher zu trinken, doch er empfand von Mal zu Mal stärker den Wunsch, es zu tun. Der Gedanke, ganz zu dieser bäuerlichen Gemeinschaft zu gehören, hatte für ihn nichts Abschreckendes mehr. Dass die Glockenbecherleute ihn an ihrer Feier teilnehmen ließen, empfand er als ein Geschenk, dessen Wert er wohl zu schätzen wusste.

Gemeinsam rezitierten die Männer feierliche Worte in der melodischen Sprache von Lis, und dann wiederholten sie das Gebet in ihrer Bauernsprache, sodass er jedes Wort verstehen konnte.

»Verehrung euch, den Himmlischen in der Höhe.
Verehrung dir, Paseadan, in der Meerestiefe.
Wir spenden euch den heiligen Trank.
Wir erhalten von euch das dreifache heilige Wissen.
Segnet uns und schützt uns auf unserem Weg!«

Aufmerksam beobachteten alle, wie Laukher seinen rechten Mittelfinger in den Becher tauchte und den Mittelpunkt der geritzten Kreise mit der Flüssigkeit benetzte. Dann goss er ein wenig davon auf den gestampften Lehmboden, trank selbst aus dem Becher und reichte ihn feierlich mit beiden Händen an Olwo weiter.

»Geben und Nehmen, Bruder!«, sagte er, und Olwo antwortete in tiefem Ernst: »Geben und Nehmen!«

Jords Herz schlug schneller, als sich das Feld der Kraft entfaltete. Alle außer ihm tranken aus dem Becher, der von einem zum anderen weitergereicht wurde. Laukher füllte ihn immer wieder nach, bis Metkrug, Flasche und Becher geleert waren.

In den Augen der Männer lag jetzt ein fremdartiger Glanz. Sie setzten sich nieder, lehnten sich an die Wand, versanken mit halb geschlossenen Lidern in die innere Schau und die Gemeinschaft mit den Himmlischen. Tiefes Schweigen senkte sich über den Raum, nur gelegentlich unterbrochen von einem raschen Atemzug oder einem Aufseufzen.

Jord legte Holz nach und starrte in die Flammen. Er nahm das geistige Band zwischen den Gefährten wahr und hatte auf schwer zu beschreibende Weise selbst Anteil daran. Während er den Blick über die kantigen, stoppelbärtigen Gesichter und die von harter Arbeit gezeichneten Gestalten gleiten ließ, wurde ihm bewusst, dass er sich diesen Männern näher fühlte als seiner eigenen Sippe.

Nach langer Zeit, als die Träumenden in die alltägliche Welt zurückgekehrt waren, intonierte Laukher Danksagung und Abschiedsformel. Er schloss mit den Worten: »Die Feier ist beendet, den Himmlischen sei Dank für ihre Gaben! Und nun, Brüder, wollen wir hören, was Freund Olwo uns zu berichten hat.«

Der Händler ging hinüber zum Bottich, schöpfte Wasser in seinen Hornbecher, trank ihn durstig leer, strich sich über den Bart und begann:

»Tja, Männer, ich habe einiges gesehen und gehört, das könnt ihr euch denken. Morgen beim Festmahl, wenn auch eure Frauen dabei sind, werde ich das meiste noch einmal ausführlich erzählen. Deshalb beschränke ich mich heute nur auf das, was für unseren Bund wichtig ist. Dass Krieger und Bauern sich verschworen haben, um den Großherrn Tholik davonzujagen, ist euch inzwischen allen bekannt. Ich kann mich sicher darauf verlassen, dass nichts von dem, was hier gesprochen wird, nach außen dringt, auch wenn einige von euch dem Bund noch nicht angehören?«

Die Männer nickten und brummten zustimmend. Olwo fuhr fort: »Gut. Ich komme nämlich direkt vom Eichelsberg, wo ich ein paar Tage lang Tholiks Gast war. War jemand von euch in letzter Zeit auf dem Herrenhof? Nein? Na, ich kann euch sagen: Der hat sich mächtig herausgemacht in den paar Jahren seit Ethomirs Tod! Neue Pferdeställe, vielfarbige Webteppiche an allen Wänden, und die Gefolgsmänner stolzieren einher mit bronzenen Armreifen, Goldringen, kupfernen Ketten und Gewandspangen, dass einem armen Händler die Augen übergehen. Sie tafeln allabendlich mit Wildschweinbraten, Hirschkeule, Bärenschinken, mit gefüllter Gans und Äpfeln und Honigkuchen und was weiß ich noch! Am Met in den Bechern wird auch nicht gespart, ja, oft kommt sogar Wein aus den südlichen Ländern auf die Tafel.«

»Es geht ihm also gut«, stellte Jord fest. Seine Stimme klang belegt. »Allerdings gehört der Ethomhof ja nicht gerade zu den größten am Strom Maian. Man fragt sich schon, wo all der Reichtum eigentlich herkommt.«

Olwo wiegte den Kopf. »Es geht nicht allen gut, nur Tholik selbst und seinen engeren Freunden, nicht viel mehr als ein halbes Dutzend Männer. Bei den Leuten in der Umgebung schaut es ganz anders aus. Sogar auf dem Herrenhof habe ich unter dem dienenden Volk ein paar elende Hungergestalten gesehen. Die Empörung in den Dörfern nimmt zu. Die Bauern sind mit bitteren Worten schnell bei der Hand, das wäre unter Ethomir undenkbar gewesen.«

»Was sagen sie denn?«

»Sie werfen Tholik vor, dass er nur ans Fressen, Saufen, Vögeln denkt, statt seine Aufgaben als Großherr zu erfüllen. Ihr kennt ja das Klagelied: Er hat seit mehr als sechs Monden keinen Gerichtstag mehr gehalten; er reitet nie in die Dörfer, um nach dem Rechten zu sehen; er versäumt es, das gemeinsame Jagen und Holzfällen zu planen; er kümmert sich nicht um die Zuteilung von Nahrung, wenn ein Dorf in Not geraten ist, und so weiter. Zufrieden sind die Bauern eigentlich nur damit, dass er auch kaum nach den Rindern und Pferden sieht, die er auf ihren Weiden stehen hat. So können sie sie selber nutzen, wie es ihnen passt. Es sollen sogar schon Ochsen geschlachtet und aufgegessen worden sein, ohne dass er dafür Rechenschaft verlangte.«

»Und? Sind denn die Ethomkrieger mit einem solchen Anführer zufrieden?«

»Teils, teils. Viele sagen: ›Wir sind faul geworden, es fehlt die straffe Zucht; wenn wir morgen den Eichelsberg oder die Handelswege verteidigen müssten, würden wir unser blaues Wunder erleben.‹ Nur Bossil sorgt noch dafür, dass die Ordnung einigermaßen aufrechterhalten und das Nötigste getan wird. Ohne ihn wäre Tholiks Herrschaft vielleicht schon am Ende. Der Bursche nennt sich Großherr, aber tatsächlich ist er nur ein Großschwätzer. Seine Macht beruht einzig auf seinem ererbten Rang und einer kleinen Schar ergebener Kumpane. Für die sorgt er gut: Sie können überall auftauchen und sich nehmen, was sie wollen. Und das tun sie auch. Sie haben sogar ein paar junge Dorfmädchen auf den Hof verschleppt, fast wie in alten Zeiten. Daraufhin haben die wütenden Bauern zwei von den Kerlen nachts im Wald überfallen. Sie konnten aber nicht mit ihnen fertig werden, und das Ergebnis von der Sache war, dass am nächsten Abend ein ganzes Dorf gebrannt hat.« Olwo leerte seinen Becher bis zur Neige und stellte ihn mit harter Geste vor sich auf die Platte.

In die nachdenkliche Stille hinein murmelte Laukher: »Alles hängt also an diesem Bossil.«

»Sicher, er ist der klügste Mann auf dem Hof und Tholiks engster Freund, ja, sein Schatten. Er hat als Einziger Einfluss auf ihn, weiß auch manches zu verhüten, wenn er gerade einen Vorteil darin sieht. Aber andererseits muss er seinen Herrn bei Laune halten, und er selbst ist auch nicht gerade ein Unschuldslamm. Er denkt nur weiter voraus und ist geschickter. Gefährlicher, möchte ich sagen …«

Laukher rieb sich das Kinn. »Weiter!«, brummte er.

»Der Hass nimmt von Tag zu Tag zu«, fuhr Olwo fort. »Die Leute munkeln jetzt wieder, dass beim Tod von Tholiks ältestem Bruder nicht alles mit rechten Dingen zuging. Einer von den Bauern, ein gewisser Ulmo, wiegelt sie auf. Sie sprechen ganz offen darüber, dass sie sich mit den Bronzekriegern im Südosten, jenseits der Kieferberge, verbünden wollen. Sie erhoffen sich von ihnen Waffen, mit denen sie sich im Kampf üben wollen, fast wie richtige Krieger. Manchen Bauern geht das zwar zu weit, aber alle sind gegen Tholik. Es ist jetzt auch oft die Rede davon, dass Korthom ihn verflucht hat.«

»Aber das war doch schon vor Jahren!«, warf Jord ein.

»Damals hat man aber verstanden, es geheim zu halten. Tholik hat wohl so getan, als hätte er von sich aus mit den Steinsbergleuten gebrochen. Zu anderen Großherren im Land hat er ohnehin kaum Verbindungen, vielleicht steckt da ebenfalls Korthom dahinter. Dieses Zerwürfnis bringt es mit sich, dass es immer schwieriger wird, für die Söhne und Töchter der Ethomleute vernünftige Heiratsbündnisse zu schließen. Aber das Schlimmste ist wohl, dass wegen dieses Fluchs die ganze Sippe nicht weiß, ob ihr Blitzgott noch auf ihrer Seite steht. Die geheime Angst, dass Inthram sich von ihnen abgewandt haben könnte, liegt wie ein grauer Nebel über dem Hof. Sie vergiftet das ganze Leben dort, ja, das ist gewiss nicht übertrieben!«

»Du hast viel bemerkt in der kurzen Zeit«, meinte Jord.

»Nun, ich bin gewohnt, mich umzusehen. Du weißt ja, dass ich nicht nur mit Kupfer handle. Aber es ist mir auch manches ins Ohr geflüstert worden. Die Männer dort trinken zu viel Met und achten nicht auf ihre Worte. Sie machen sich Sorgen, fühlen sich von der Welt abgeschnitten und sind froh, wenn ihnen jemand von draußen verständnisvoll zuhört.«

»Und Tholik selbst? Welchen Eindruck machte er auf dich?«

»Schwer zu sagen. Mit seinen Freunden redet und lacht er viel, zumindest in Gegenwart von Gästen, aber seine Augen sind unruhig. Bossil muss ständig in seiner Nähe sein. Beide werden beim Anblick von Gold und Bronze von Gier gepackt, aber Bossil kann es besser verbergen. Tholik hat von mir mehr Schmuck und andere wertvolle Dinge erhandelt, als er sich meiner Meinung nach leisten kann.«

»Dieser Ulmo – was weißt du über ihn?«, schaltete sich Laukher wieder ein. Er stocherte mit einem Ast in der Glut, das auflodernde Feuer ließ seine dichte Haarmähne rotgolden aufleuchten.

»Anscheinend versteht er es, Männer zu überzeugen und um sich zu scharen. Es soll zwischen ihm und Tholik mal etwas gegeben haben wegen eines Mädchens. Das war diese Raghna, die später die Nebenfrau von Ethomir wurde. Seitdem ist er Tholiks Todfeind. Er hat neulich die Männer aus drei Dörfern zu einer großen Wildschweinjagd zusammengebracht, was ja eigentlich die Aufgabe des Großherrn wäre. Das kann man schon offenen Aufruhr nennen. Und er führt aufsässige Reden, wie zum Beispiel, dass das Land früher den Bauern allein gehört habe und sie keine fremden Herren bräuchten, um ihre Arbeit zu tun. Anfangs hat Tholik nur darüber gelacht, aber vor einiger Zeit schickte er dann doch mal einen Trupp Krieger los, die diesen lästigen Ulmo erschlagen sollten. Doch der wurde anscheinend rechtzeitig gewarnt, denn er verschwand mit einer Schar seiner Anhänger in die Wälder. Sie sollen ein größeres Lager haben, irgendwo da hinten im nordwestlichen Waldland, am Rand der verfluchten Strauchheide, wo sonst kein Mensch freiwillig hingeht.«

Der Händler lehnte sich zurück und ließ den Männern Zeit, das Gehörte zu verarbeiten. Schweigend und in sich gekehrt saßen sie da, jeder mit seinen Gedanken beschäftigt. Mitternacht war bereits vorüber.

»Nun, Jord, du bist der Anführer unseres Bundes. Was meinst du zu alledem?«, fragte Laukher endlich.

Jord warf den Strohhalm, auf dem er herumgekaut hatte, in die Glut und sagte: »Das Wichtigste wäre wohl, die Verbindung der Bauern mit den eroberungsgierigen Bronzekriegern zu verhindern; wenn die nämlich eine Möglichkeit wittern, sich hier festzusetzen, haben wir sie auf dem Hals und werden sie so schnell nicht wieder los.«

»Dafür dürfte es zu spät sein«, warf Olwo ein. »Ulmo soll bereits Boten zum Schwarzpferdestamm hinter den Kieferbergen geschickt haben. Du kennst wahrscheinlich ihren Häuptling, Jord?«

Der Gefragte nickte. »Der alte Tjulek ist ein berühmter Krieger und ein erfahrener, gewitzter Anführer. Hart wie Fels und schlau wie ein Fuchs. Die Schwarzpferde gehören zu den wildesten Stämmen des Schnurvolkes im Osten.« Gereizt schüttelte er den Kopf, dann brach es aus ihm heraus: »Dieser Ulmo ist ein verdammter Narr! Er weiß gar nicht, was er da anrichtet! Einem Mann wie Tjulek ist er in keiner Weise gewachsen. Das gibt noch mal ein bitteres Erwachen für ihn. Aber für uns auch: Wie ich hörte, gibt es im Land der Bronzekrieger keinerlei Vorrechte für Glockenbechersiedlungen, Leute! Die werden von ihnen wie alle anderen Dörfer behandelt – und beherrscht.«

»Hm. Und was machen wir nun?«

»Wir durchkämmen noch mal die Haselberge und versuchen die Vernünftigen unter den Bauern für unseren Bund zu gewinnen. Diejenigen, die sich uns bereits angeschlossen haben, müssen dabei helfen. Ihr solltet vor allem versuchen, die alten Bäuerinnen zu übezeugen, denn die haben in den Dörfern immer noch das Sagen. Laukher, sprich mit Mirra und den anderen Frauen, fragt sie um Rat, wie ihr euch verhalten sollt.«

Die Männer nickten, und Laukher seufzte: »Hätten wir nur Raghna bei uns, dann wäre alles leichter.«

Jord wandte den Blick ab, aber Olwo horchte auf.

»Welche Raghna?«, fragte er. »Doch nicht etwa die frühere Nebenfrau von Ethomir? Sag bloß, sie lebt noch!«

»Sie lebt. Ich habe versucht, sie für unseren Bund zu gewinnen, aber sie zog es vor, mit Herrn Caidan eine Reise zu machen, um einen geheimnisvollen Ort zu suchen, den es vielleicht gar nicht gibt.« Es klang bitterer, als Jord beabsichtigt hatte.

»Er und sie – und wer noch?«

»Nur die beiden. Allein.«

Ungläubig zog Olwo die Augenbrauen hoch. Offenbar konnte er das Gehörte kaum fassen.

Mit einer abschließenden Handbewegung fuhr Jord fort: »Ich werde selbst die verstreuten Ethomhöfe besuchen, die Lage erkunden und mit den Männern reden. Außerdem will ich so bald wie möglich zum Steinsberg reiten. Herr Korthom muss aus erster Hand erfahren, was hier vor sich geht.

Doch das Wichtigste ist: Wir müssen unbedingt Ulmos Lager finden und ihn auf irgendeine Weise dazu bringen, dass er sich uns anschließt. Nur mit vereinten Kräften haben wir Aussicht, mit Tholik fertig zu werden, denn natürlich steht die ganze Ethomsippe geschlossen hinter ihrem Großherrn, wenn er wirklich angegriffen wird. Außerdem, falls die Bronzekrieger den günstigen Augenblick nutzen und uns überfallen, brauchen wir jeden Mann, um sie aufzuhalten.

Ich breche gleich morgen früh auf. Ushkaf, du kannst mich begleiten, wenn du willst. Wer von euch ist bereit, sich auf den Weg in die Dörfer zu machen? Außerdem brauchen wir ein paar Männer für einen Suchtrupp. Sie sollen herausfinden, wo Ulmos Lager liegt, und dann ungesehen zurückkommen und mich hinführen. Wer will gehen?«

Sofort hoben sich ein Dutzend Hände. Jord wählte ein paar junge Bauern aus und bestimmte den früheren Waffenknecht Stunnir zum Anführer.

»Du nicht, Dags«, meinte er zu einem Jungen mit rundlichem Gesicht und glatten, blonden Haaren, der sich eifrig gemeldet hatte. »Für solche gefährlichen Aufträge bist du noch zu grün, außerdem braucht dich deine Mutter bei der Feldarbeit.«

»Aber wieso denn … bitte, Jord! Onkel Laukher, bitte!«

Laukher legte Jord die Hand aufs Knie: »Lass ihn ruhig mitgehen«, riet er. »Der Junge ist alt genug, um ein paar Erfahrungen zu sammeln, er ist auch ein ganz guter Spurensucher und könnte Stunnir nützlich sein. Der wird schon auf ihn aufpassen.«

Jord sah zweifelnd drein, zögerte, nickte schließlich. Dags' begeisteter Juchzer brachte alle zum Lachen.

Im ersten Morgengrauen verließen mehrere Gruppen von Menschen, teils zu Fuß und teils zu Pferde, das Dorf Hohenfeld und zogen in verschiedene Richtungen davon.

Den Frauen wurde von den Plänen nur das Nötigste erzählt. Sie nahmen es hin, ohne Fragen zu stellen. Ob sie sich den Rest selbst zusammenreimten, ob sie den Bund guthießen und was sie sprachen, wenn sie unter sich waren – die Männer erfuhren es nicht.

Es war die Zeit, in der das Laubfutter für den Winter geschnitten wurde. Das Fehlen männlicher Arbeitskräfte machte sich empfindlich bemerkbar. Da die Frauen vollauf mit ihrer Milchwirtschaft beschäftigt waren, mussten die Jungen und Mädchen in diesem Jahr auf den Waldweiden stärker als sonst mit zugreifen.

Eine ungewöhnliche Spannung lag über der Siedlung.

»So weit wären wir. Hier sind die Wälder zu Ende, die Strauchheide fängt an.« Raghna ließ sich auf einen grasigen Anger fallen und machte eine vage Geste über das flach gewellte Land, dessen Horizont sich in dunstigen Fernen verlor. »Irgendwo da hinten liegt der Nebelstein. Einen, höchstens zwei Tage entfernt, jedenfalls in der gewöhnlichen Welt. In diesem Gestrüpp kommt man allerdings nur schrittweise voran. Gut, dass wir die Pferde auf dem Bauernhof zurücklassen konnten. Hier wäre für sie kein Durchkommen mehr.«

»Sehr einladend wirkt es nicht, dieses Land«, sagte Caidan. »Wie willst du in dieser einförmigen Weite einen bestimmten Punkt finden?«

Wenn sie das nur selbst gewusst hätte! Raghna konnte die verwirrenden Kraftströme, von denen sie umgeben waren, fast mit Händen greifen, doch sie bemühte sich, keine Unsicherheit zu zeigen.

»Wenn wir immer weiter nach Nordwesten gehen, müssten wir zu dem einzigen höher gelegenen Punkt kommen, von dem aus man ein Stück weit ins Land sehen kann. Auf diesem Hügel ragt der Nebelstein auf, eine zerklüftete Felsnadel. Zu seinen Füßen klafft eine tiefe Erdspalte, aus der manchmal Dämpfe aufsteigen, das weiß ich noch von Haelgunn. Ein so auffallender Platz wird doch wohl zu finden sein.«

»Hoffentlich«, meinte Caidan trocken.

»Hast du eine bessere Idee?«, fuhr sie ihn an.

Wortlos wandte er sich ab und begann, mit Stab und Dolch für sich und Raghna einen Pfad durch das kniehohe, dornige Strauchwerk zu bahnen. Das Gestrüpp wurde immer höher und nahm ihnen bald jede Fernsicht. Schwül war es, Insekten umschwirrten die Wanderer, die schweren, prall gefüllten Wasserschläuche drückten. Schritt für Schritt kämpften sie sich voran.

Das unangenehme Gefühl, ein lästiger Eindringling zu sein, verließ Raghna keinen Augenblick, doch sie weigerte sich, es zur Kenntnis zu nehmen. Sie, die ihr ganzes Leben in den sanft geschwungenen, grünen Hügeln am Maian verbracht hatte, hatte nie eine solch abweisende Gegend gesehen. Jeder Windstoß, jeder dürre Zweig, jedes leere Schneckenhaus schien ihr zuzurufen: »Kehr um, geh fort! Du gehörst nicht hierher!«

Steinige Hänge wechselten mit kärglichen Nadelgehölzen, schütterem, von Disteln durchsetztem Gras und dornigen Schlehenhecken. Das Land war trocken. Sie fanden weder Quellen noch Bäche, nur einmal standen sie vor einem schlierigen, im Sonnenglast brütenden Moortümpel. Noch hatten die Wanderer Wasser im Schlauch, warm und abgestanden, aber es wurde rasch weniger.

Vergeblich hielt Raghna Ausschau nach einem Raben.

Eichelhäher gab es, kreischende Elstern, hoch im schwülen Blau kreisende Milane, ansonsten gehörte die Luft den Mücken und kribbelnden Fliegen, die sie und Caidan in dichten Wolken umschwirrten.

Sie war müde, und am Rand ihres Bewusstseins lauerte die Ahnung, auf dem falschen Weg zu sein. Doch sie wusste, ihr blieb nichts übrig, als sich weiterzuschleppen und auf ein Zeichen zu hoffen, das sie näher an den Nebelstein heranführen würde.

Schon jetzt vermisste Raghna ihr Pferd. Hätten sie nicht doch versuchen sollen zu reiten? An ihrem Fuß hatte sich eine große Blase gebildet. Der Kittel klebte ihr juckend am schweißnassen Rücken.

Caidans lange Tunika war von Dornen zerrissen. Er hatte sie ausgezogen und zum Schutz vor den blutgierigen Insekten um Hals und Schultern geschlungen. Sonst trug er nur einen Lendenschutz und Reitstiefel aus weichem Leder. Raghna fiel auf, dass sein bronzefarbener Körper zahlreiche Narben aufwies. Auch zeichneten sich unter der schweißglänzenden Haut geschmeidige, trainierte Muskeln ab. Er war keineswegs so hager und sehnig, wie sein knochiges Gesicht beim ersten Anblick vermuten ließ. Sie ging meistens hinter ihm, und die Linie seines Rückgrats mit den deutlich sich abzeichnenden Wirbeln war oft lange Zeit das Einzige, woran sich ihre abgestumpfte Wahrnehmung orientierte.

Einfach weitergehen. Nicht denken. Nicht reden.

Das Schlimmste war das hohle, alles durchdringende Gefühl, dass ihre Mühen vergeblich waren.

Sie wusste es. Und sie wusste auch, dass Caidan es wusste. Aber sie konnten nicht einfach umkehren. Ein Zurück gab es für sie nicht.

Ich muss zum Nebelstein.

Du hast es so gewollt, Holl.

Lass mich jetzt nicht im Stich!

Verbissen stapfte Raghna dahin, mehr und mehr von einem unerklärlichen Zorn erfüllt. Vor einiger Zeit hatte sie selbst die Führung übernommen. Das leise Geräusch von Caidans Schritten war jetzt hinter ihr, immer im gleichen Abstand. Sie sprachen nicht miteinander. Es gab nichts zu sagen.

Dann, gegen Abend, kamen sie an einen auffallend buckligen, pilzbewachsenen Baumstrunk, den sie wiedererkannten, und Raghna musste sich eingestehen, dass sie sich verlaufen hatte. Sie waren im Kreis gegangen. Hatten einen ganzen Tag verloren.

Das konnte nur eines bedeuten: Sie hatten bereits, ohne es zu bemerken, die Schwelle zum anderen Land überschritten. Es war einfach ausgeschlossen, dass eine Hagsitzerin sich in der Menschenwelt verlief! Raghna sah sich nach Zeichen um, aber da war nichts, was ihr auch nur den geringsten Hinweis gab. Obwohl der glasige Himmel sich am Nachmittag mit leichtem Gewölk bezogen hatte, war der Stand der Sonne deutlich zu erkennen. Sie hätte schwören können, dass sie die ganze Zeit nach Nordwesten gegangen waren. Aber wie konnten sie dann wieder hier sein? Tränen der Ohnmacht schossen der Rabenfrau in die juckenden, brennenden Augen.

Schwer atmend, mit hängenden Schultern, stand sie da und starrte den Strunk an. Neben ihm lag noch ein Stück des verrottenden Stammes, auf dem bleiche Pilzschwämme wucherten.

Sie ließ sich ins dürre Gras fallen, lehnte den schmerzenden Rücken an den morschen Stamm, zog die Knie hoch, umklammerte sie mit den Händen und drückte die Stirn darauf.

Caidan kauerte neben ihr.

»Raghna ...«

»Lass mich in Ruhe!«

Sie wandte das tränenüberströmte Gesicht ab, ihre Schultern zuckten. »Ich kann nicht. Ich kann es nicht! Wir werden niemals hingelangen!«, schluchzte sie in äußerster Verzweiflung.

Er sagte nichts, legte ihr nur die Hand auf den Rücken und wartete, bis das Schluchzen nachließ.

»Raghna, hör mich an!«, begann er wieder.

»Was gibt es noch zu reden? Hast du noch immer nicht begriffen, dass du nur deine Zeit mit mir verschwendest? Vielleicht kommen wir nie wieder hier heraus, und ich habe uns in den Tod geführt ...« Sie brach ab.

»Unsinn, hör auf damit. Es stimmt, wir kommen anscheinend unserem Ziel nicht näher, obwohl das eigentlich gar nicht sein kann. Doch dafür gibt es einen Grund, und wir kennen ihn. Du bist dir doch immer noch sicher, dass der Nebelstein das richtige Ziel ist?«

»Ja! Wir müssen dorthin, ich weiß es. Ich weiß es einfach, Caidan. Etwas wartet dort auf uns. Aber gleichzeitig spüre ich, dass etwas uns fernhalten will.«

»Und wie können wir das überwinden?«

»Wenn ich das wüsste, Mann von Lis, dann wären wir schon längst nicht mehr hier. Du machst mich noch wahnsinnig mit deiner blöden Fragerei!«

Der Wanderer holte Luft. »So kannst du nicht mit mir reden, Rabenfrau!«

Der warnende Unterton in seiner Stimme brachte Raghna zur

Besinnung. Aus verquollenen Augen schaute sie ihn an, ihre rissigen Lippen zitterten. »Du hast recht, Caidan. Du hast ja recht. Ich weiß einfach nicht, was mit mir los ist. Glaub mir, ich bin sonst nicht so bissig. Es ist, als würden hier in dieser verfluchten Gegend Dämonen Gewalt über mich bekommen.«

Caidan atmete tief aus. »Du bist wirklich nicht ganz du selbst. Ich glaube, du hast einfach nur Angst.«

Sie lächelte bitter. »Natürlich. Du nicht?«

Er schüttelte den Kopf. »Nicht so viel jedenfalls. Wenn man mit dem Leben abgeschlossen hat, berühren einen die Dinge nicht mehr so stark.«

»Hör bloß damit auf! Ich will davon nichts hören.«

Ärgerlich hob Raghna das Kinn und schaute ihn an, nur um verwirrt festzustellen, dass er ihren Blick ebenso intensiv erwiderte. Dann beugte Caidan sich vor und umfasste ihr verweintes Gesicht mit beiden Händen. Als seine Lippen die ihren berührten, zuckte sie zusammen. Im nächsten Moment warf sie die Arme um seinen Hals und drängte sich leidenschaftlich an ihn.

»Was war das?«, flüsterte sie um einiges später.

»Schsch!« Caidan strich ihr die Haare aus der Stirn und wiegte sie wortlos in den Armen.

»Aber … du … ich …«

»Meine Schöne, meine kluge Rabenfrau! Du bist so stark, so mutig. Glaub mir, wir schaffen es. Du schaffst es«, murmelte er dicht an ihrem Ohr. Nie hätte sie sich träumen lassen, dass seine dunkle Stimme so zärtlich klingen konnte.

Sie machte sich los und stand auf. Hielt ihr glühendes Gesicht in den kühlen Abendwind.

»Danke, Caidan. Ich … ich glaube, jetzt geht es schon wieder. Lass uns hier unser Nachtlager aufschlagen. Morgen früh werde ich noch einmal die Zeichen befragen, und dann finden wir vielleicht doch noch den richtigen Weg.«

Der Wanderer sah zu ihr auf und nickte, seine Züge wirkten ruhig und gelassen wie immer.

»So machen wir es«, sagte er.

Sorgfältig achtete Dags auf jede Einzelheit seiner Umgebung. Zu schade, dass Stunnir ihm weitere Streifzüge verboten hatte! Es war zu langweilig, immer in Rufweite der drei Älteren bleiben zu müssen.

Er ließ den Blick vom Waldrand aus über die windige Hochebene schweifen und seufzte. Hier gab es ohnehin nicht viel zu entdecken. Ulmo müsste ja verrückt sein, sein Lager in einer so trostlosen Gegend aufzuschlagen. Hier, wo das Gestrüpp nur kniehoch war, konnte man weit in die Runde schauen, es gab nirgends Deckung.

Dort hinten, das kleine Gehölz in der Bodensenke, das sah schon vielversprechender aus. Doch er durfte nicht einmal daran denken, es allein zu erkunden. Und Stunnir hatte sich geweigert hinzugehen, einfach so, ohne Grund. Stattdessen baute er nun drüben unter den Bäumen mit den beiden anderen Männern einen provisorischen Windschutz für ihr Nachtlager, während Dags sich in die Büsche geschlagen hatte.

In dem Wäldchen da gab es bestimmt Wasser und Kleinwild. Wenn er schnell war, konnte er wieder zurück sein, bevor die drei es merkten. Er würde sie mit einem Hasen zum Abendessen und dem frisch gefüllten Wasserschlauch überraschen. Stunnir würde zwar ein wenig schimpfen, aber das war es wert.

Vorsichtig lugte Dags über die Schulter nach hinten. Die Männer waren damit beschäftigt, angespitzte Äste in den Boden zu treiben. Er spurtete los.

Nicht einmal vernünftige Wildpfade gab es in dieser trostlosen Gegend, von Menschenwegen ganz zu schweigen. Dags ließ sich jedoch nicht aufhalten. Rasch legte er die Strecke zurück und erreichte das Gehölz. Die paar kümmerlichen Bäume gaben nur wenig Schatten, aber es war dennoch angenehmer hier als draußen in der stickigen Schwüle. Er umrundete eine knorrige alte Kiefer, deren Wurzeln sich um einen Felsblock wanden, und prallte zurück.

Entsetzt starrte er die zwei abgerissenen, bärtigen Kerle an, die, genauso erschrocken wie er, jetzt die Keulen hoben und auf ihn zustürzten. Dags drehte sich um und hastete los. Schon nach wenigen Schritten krachte etwas auf seinen Schädel. Funken tanzten vor seinen Augen, und er sackte lautlos zusammen.

Der Schmerz war es, der ihn wieder zu sich brachte. Sein Kopf hämmerte, ihm war übel, sein rechtes Auge war zugeschwollen und verklebt. Er vermochte kein Glied zu rühren, Hände und Füße waren mit Lederriemen gefesselt, die das Blut peinvoll stauten.

Dags schaffte es, das Gesicht an seiner Schulter zu reiben, und bekam endlich das Auge auf. Vorsichtig blinzelte er durch die Wimpern. Es war Nacht. Wetterleuchten zuckte über den tiefschwarzen Himmel, aber er befand sich offenbar an einem windgeschützten Ort, ein Feuer knisterte und knackte, der ranzige Schweißgeruch von Menschen und ungewaschenen Kleidern drang in seine Nase. Der Ort, an dem er sich befand, musste eine Art Unterstand sein, roh zusammengefügt aus Ästen und Haselruten, nach vorne offen. Gesprächsfetzen wehten vorüber, Worte des vertrauten Bauerndialekts.

»He!« Die Spitze eines Bastschuhs bohrte sich in seine Rippen. »Bist du endlich wach, oder was?«

Dags sah hoch. Ein schwarzbärtiges Gesicht beugte sich über ihn. Der kantige Kopf saß auf massigen Schultern, die gedrungene Gestalt wirkte bedrohlich muskulös. Eine breite Stirn und harte, tief liegende Augen verrieten eine Neigung zum Jähzorn. Zusammengespresste Lippen und verkniffene, heruntergezogene Mundwinkel zeugten von Verbissenheit und unversöhnlichem Hass.

»So, mein Kleiner, dann erzähl doch mal, was du in dieser hollverlassenen Gegend treibst!«

»Wo bin ich hier überhaupt?«, fragte Dags zurück und versuchte seiner Stimme einen festen, männlich entschlossenen Klang zu geben.

Ein harter Schlag mit dem Handrücken quer übers Gesicht trieb ihm Tränen in die Augen.

»Also? Wird's bald?«

»Ich … ich bin von meinem Dorf weggelaufen und hab mich verirrt. Dags heiße ich.«

»Und wo wollte der junge Dags hin?«

Ein blitzartiger Gedanke schoss durch den Kopf des Jungen. Trotz Übelkeit, Elend und hämmernder Qual beschloss er, es zu wagen. Er setzte eine trotzige Miene auf und stieß hervor: »Zu Ulmo in die Wälder.«

»Was weißt denn du von Ulmo?«

»Er führt die Bauern an. Sie kämpfen gegen den Großherrn, und am Ende werden sie alle reich. Die Leute sagen, ihr Lager ist irgendwo im Nordwesten. Ich wollte hin und auch mitkämpfen. Zuhause gibt's nichts als Arbeit und Schläge.«

Der Schwarzbärtige warf den Kopf zurück und lachte.

»Schläge kannst du hier auch haben, das hast du ja schon gemerkt. Kämpfen willst du also?« Er maß Dags mit halb misstrauischem, halb amüsiertem Blick: »Und das soll ich dir glauben? Kannst du denn mit Pfeil und Bogen oder einer Keule umgehen?«

»Jawohl.«

»Es warten nicht zufällig noch ein paar Kerle da draußen, unterwegs auf der Suche nach Ulmo? Wenn du mich anlügst, mein Junge, dann breche ich dir sämtliche Knochen im Leib, bevor ich dir die Gurgel durchschneide. Also überleg dir genau, was du sagst!«

Kreidebleich starrte Dags den Mann an. In seinen Augen stand die nackte Angst, Schweißtropfen sammelten sich auf seiner Stirn. »Ich bin allein«, stieß er hervor.

Mit einer schnellen Bewegung zog der Mann das Messer aus seinem Gürtel. Der Junge zuckte zurück, aber der Schwarzbärtige benutzte es nur, um ihm die Fesseln zu durchtrennen.

Dags setzte sich mühsam auf und rieb mit zitternden Fingern seine aufgeschürften Gelenke. Er wagte kaum, den anderen anzusehen. Was wurde jetzt von ihm erwartet? Was war hier erlaubt, was verboten? Nie im Leben hatte er sich so ohnmächtig gefühlt.

»Hier, Ulmo: Ich hab uns was zu essen geholt. Linsensuppe mit Speck«, rief eine heisere weibliche Stimme. Eine junge Frau mit herben Zügen und unordentlich zusammengedrehten dunklen Haaren bog um die Flechtwand. Schräg über ihre Stirn lief eine rote Narbe. Sie trug eine Schüssel in den Händen und hatte sich ein paar Brotfladen unter den Arm geklemmt.

»Aha, der Junge ist wach«, sagte sie, »und du hast ihn losgebunden. Er bleibt also bei uns? Fein. Na, ein dritter Löffel wird sich wohl noch finden. Du hast bestimmt auch Hunger, oder? Wie heißt du denn?«

Dags flüsterte seinen Namen.

Ulmo runzelte die Stirn. »Was soll das, Berata? Er kann mit den anderen essen. Los, verschwinde jetzt, Kerl!«

Eilig wollte Dags sich aufrappeln, aber die Frau legte ihm die Hand auf die Schulter und drückte ihn nieder.

»Wieso denn, du alter Brummbär! Lass ihn doch erst ein bisschen erzählen. In dieser Wildnis erfährt man ja sonst nichts. Hier, nimm ein Brot, Dags. Nachher kümmere ich mich um die Wunde auf deinem Kopf. Aus welchem Dorf kommst du denn? Und was hast du hier gesucht?«

Da Dags nicht einschätzen konnte, wie viel Ulmo schon wusste, blieb er nah an der Wahrheit. Über den Suchtrupp unter Stunnirs Führung entschlüpfte ihm kein Wort, aber sonst plauderte er in seiner Erleichterung über Beratas Freundlichkeit mehr, als gut war. Eifrig berichtete er von Hohenfeld, Laukher und Jord, dann, als Ulmo ein paar Fragen dazwischenwarf, von dem Bund und von Olwo, und schließlich auch von dem Glockenbechermann Caidan und Frau Raghna, die zusammen losgezogen waren, um im Nordwesten einen geheimnisvollen Ort zu suchen, den es vielleicht gar nicht gab …

Bei der Nennung des Namens zuckte Berata zusammen: »Raghna? Hast du Raghna gesagt?«

»Ja. Sie hat früher mal auf dem Eichelsberg gewohnt. Dann war sie verschwunden, und alle dachten, sie wäre tot. Aber sie ist wieder aufgetaucht.«

Mit weit geöffneten Augen sah Berata an Dags vorbei. Ihr Gesicht hatte sich gerötet. Auch Ulmos Ausdruck war verändert. »Sie lebt also doch noch«, meinte er grübelnd. »Hmmm, sieh an! Und nach Nordwesten wollten sie, sagst du? Dann müssten sie ja irgendwo hier in der Gegend sein.«

Kurz danach beendete er in seiner schroffen Weise die Unterhaltung und schickte Dags zu den Schlafplätzen der jungen Männer. »Da hinten. Frag nach Kwill und lass dir eine Felldecke geben. Und sag ihm, morgen früh soll er sich mit zwei, drei Männern bei mir melden. Wir müssen für paar Tage in die Strauchheide, jemanden suchen.«

Als der Junge verschwunden war, griff Ulmo nach einem Stöckchen und fing an, Linien und Punkte in den mit Asche bestäubten Lehmboden zu zeichnen. Berata verfolgte argwöhnisch jede seiner Bewegungen.

»Was hast du vor?«, fragte sie.

Er ließ sich nicht stören. »Hier, nah am Waldrand, ist unser Lager«, murmelte er, mehr zu sich selbst. »Und dieses Hohenfeld liegt ungefähr hier. Wenn man von dort nach Nordwesten geht, kommt man unweigerlich zur Strauchheide. Was immer sie dort suchen mögen, sie werden auf jeden Fall zuerst zum Nebelstein gehen, weil das der einzige Orientierungspunkt in dieser Wildnis ist. So viel ist klar.«

»Ich will wissen, was du vorhast, Ulmo!«, beharrte Berata.

»Na, was wohl? Das Gleiche wie du! Oder hast du schon vergessen, warum du dich mit mir zusammengetan hast?«

»Nein, Mann: Ich werde Tholik töten. Du hast geschworen, mir die Gelegenheit dazu zu verschaffen.«

»Eben.« Ulmo lächelte zufrieden. »Und jetzt weiß ich endlich auch, wie: Ich werde ihn in eine Falle locken. Mit einem Lockvogel, dem er nicht widerstehen kann.«

»Du meinst Raghna?« Zweifelnd sah Berata ihn an.

»Natürlich. Er war immer wie ein Besessener hinter ihr her. Warum, wusste er wohl selber nicht.«

»Und was ist, wenn sie sich weigert, dir zu helfen?«

»Meinst du, ich werde lang fragen?«

Berata hob den Kopf. Die Blicke des Mannes und der Frau begegneten sich. Mürrisch sagte Ulmo: »Ich tu ihr schon nichts. Ich brauche nur irgendwas von ihr, was ich Tholik zeigen kann, als Beweis dafür, dass es sich wirklich um Raghna handelt.«

»Rede nicht um die Sache herum. Du willst sie gefangen nehmen und als Köder benutzen, notfalls würdest du sie ihm sogar ausliefern«, stellte Berata fest.

»Was anderes wird mir wohl nicht übrig bleiben. Wenn er aber erst mal in der Strauchheide ist, dann schnappen wir ihn uns.«

»Und wenn er uns entkommt? Wenn er irgendwie doch zu Raghna gelangt? Wie willst du sie schützen?«

»Schützen?« Ulmo lachte roh auf. »Du hast wohl vergessen, dass wir im Krieg sind. Da muss sich jeder durchschlagen, so gut er kann. Ich werde doch meine paar Männer nicht übers ganze Land verstreuen, nur um auf einen Weiberrock aufzupassen! Außerdem hat sie auf meinen Schutz sowieso nie Wert gelegt. Wenn es nach mir geht, kann Tholik sie ruhig noch mal haben. Als letzte kleine Freude sozusagen, bevor er in die Grube fährt.« Sein Grinsen erlosch, als er sah, wie die Frau angeekelt ihre Lippen verzog.

»He, Berata, was ist los mit dir? Du kriegst wohl kalte Füße, jetzt wo es langsam ernst wird? Hat sich dein Hass auf dieses Ethomgesindel etwa schon gelegt?«

»Nein. Aber Raghna gehört nicht zu ihnen, sie war nur Sklavin und dann Ethomirs Nebenfrau. Zu mir war sie immer freundlich. Ich will nicht, dass ihr etwas Schlimmes passiert«, sagte Berata zornig.

Ulmo runzelte die Stirn. An seiner Schläfe begann eine blaue Ader zu pochen, unvermittelt polterte er los: »Jetzt hör mir mal zu: Glaubst du vielleicht, es ist ein Kinderspiel, dir dieses Schwein Tholik ans Messer zu liefern? Jedes Mal, wenn ich mit dir schlafen will, erinnerst du mich an mein Versprechen. Jawohl, ich werde es halten. Aber wie ich das mache, das geht dich, verdammt noch mal, einen Dreck an! So eine Gelegenheit kommt kein zweites Mal. Ich wäre verrückt, wenn ich sie nicht nutzen würde. Und du hältst dich da raus, sonst werd ich ungemütlich. Kapiert?« Er packte Berata am Oberarm und schüttelte sie. Vergeblich versuchte die Frau sich aus dem Klammergriff zu befreien. Erst als sie widerwillig nickte, ließ Ulmo sie los. Mit zusammengepressten Lippen lehnte sie an der Wand und rieb sich den Arm.

Der Mann beruhigte sich ebenso schnell wieder, wie er aufgebraust war. Er gab ihr im Vorbeigehen einen Klaps und brummte: »Na also. Und jetzt wird schlafengegangen, komm!«

Caidan hatte zum Schutz vor dem herannahenden Unwetter aus ein paar Ästen einen provisorischen Unterstand errichtet und Raghna genötigt, unter der dünnen Lederplane Platz zu nehmen. Die Hände im Schoß, betrachtete sie regungslos und gesammelt das Heranziehen der violetten Gewitterwand. Erste Windböen rissen an ihren Haaren, ihrem Umhang.

Plötzlich erkannte sie: Dies war einer der Augenblicke, da alle Menschenweisheit endete und nur noch die Holde helfen konnte. Wenn es nichts Beständiges, Zuverlässiges mehr gab, wenn die Welt von Verwirrung, Tumult und Chaos beherrscht wurde, dann blieb einer Hagsitzerin als letztes Mittel, sich den entfesselten Elementen zu überantworten. Es war ein gigantisches Kräftemessen, bei dem alle Regeln und Grenzen aufgehoben waren. Überlebte sie es, dann erzwang sie damit ein eindeutiges Zeichen und wirksame Unterstützung aus der anderen Welt.

Gerade aufgerichtet, das Kinn leicht angehoben, wartete sie. Als der erste Donner grollte, stand sie auf, trat ins Freie und hob die nackten Arme in einer stummen Geste der Anrufung. Es sah aus, als würde sie sich mit beiden Händen gegen die Wolken stemmen. Ihr Körper bildete eine Brücke zwischen Himmel und Erde.

»Was tust du?«, rief Caidan. Raghna schüttelte nur abwehrend den Kopf und ging langsam los, Schritt für Schritt.

Urgewaltig brach jetzt das Gewitter los. Und endlich, im Zucken der Blitze, im Toben des Sturms, im waagrechten Prasseln des Regens löste sich der magische Bann der Verirrung, Verzweiflung und Furcht, der seit Tagen auf ihr lag.

Ohne zu wissen, was sie tat, begann sie zu sprechen, erst leise, dann immer lauter.

»Feuer …«, schrie sie, »… Erde, Wasser, Luft … Holda … ja, und auch du, Blitzeschleuderer … aaaah … hört ihr mich? Kommt her, hier bin ich! Ich gehöre zu euch. Schaut mich an, packt mich, nehmt mich mit …!«

In dem wilden Aufruhr wurden ihr die Worte vom Mund gerissen, ihre Stimme klang schwach und dünn, aber die Rabenfrau lachte, lachte und drehte sich im Kreis, schüttelte ihre nassen Haare und teilte die Raserei der Gewalten. Der durchnässte Rock klebte ihr an den Beinen. Mit einer ungeduldigen Bewegung streifte sie das Kleid ab, schleuderte es zur Seite und ging weiter, nackt bis auf das goldene Zeichen zwischen ihren Brüsten, das im Schein der Blitze aufleuchtete.

Hitze strömte durch ihren Körper, lodernder Kampfgeist.

Der Rabe war irgendwo in der Nähe, sie fühlte seine Schwingen um sich, obwohl sie im flackernden Helldunkel nichts erkennen konnte.

Ihre Gedanken irrten kurz zu Caidan und über ihn hinweg.

Zeit und Ort wurden bedeutungslos. Raghnas Finger malten goldene Ornamente in den Raum, ihre Haare sprühten Funken, sie flog und tanzte durch Licht und Finsternis, badete in den niederstürzenden Fluten, ritt auf dem Sturmwind. Die Holde in ihrer wilden Gestalt, das war sie. Sie selbst.

Sie hörte Worte, stellte Fragen und gab Antworten, die sie nur mit einem entfernten Teil ihres Wesens verstand. Schaute das Erdenrad, blickte von ganz weit oben herunter auf das vertraute Land, erkannte darin das Labyrinth ihrer eigenen Pfade, winzig, kompliziert verschlungenen und doch in gewisser Weise erstaunlich klar geordnet. Und dort – dort war ihr Ziel, die Mitte, der Durchgang. Es gab keinen Zweifel mehr: Der Ort zog sie an, und sie würde ihn finden, ohne ihn suchen zu müssen!

Nach Mitternacht war die Macht des Sturms gebrochen. Blitz und Donner folgten einander in langen Abständen. Dann noch ein leises Grollen, ein Wetterleuchten, und es war vorbei.

Die Rabenfrau stand im herabrauschenden Regen, stand bis zu den Knöcheln im Morast und versuchte das Wasser aus ihren Haaren zu streifen, doch das war sinnlos. Ihr Atem, ihre Haut dampfte. Wie weit war sie gelaufen? Vergeblich sah sie sich nach Deckung um, die lichtlose Finsternis bot nicht den geringsten Anhaltspunkt. So blieb sie einfach stehen. Hitze war in ihr, sie fror nicht.

Irgendwann hörte der Regen auf. Dann rief jemand ihren Namen. Ein heller Punkt näherte sich, ein Mann mit einer Fackel. Jetzt erst kam Raghna völlig zu sich.

»Caidan! Hier bin ich!«

Bei ihrem Anblick stieß er erleichtert die Luft aus. Nackt und schlammbespritzt stand sie da und lachte ihm unbefangen entgegen.

»Ich weiß jetzt den Weg, Caidan. Wir müssen vielleicht noch einigen Windungen folgen, aber wir werden ankommen.«

Er nickte wortlos, legte behutsam seinen Umhang um die schmale Gestalt und führte sie zurück ins Lager.

Ushkaf und Jord saßen im Schatten des Holunderstrauchs vor Caidans Hütte, jeder eine Schale in der Hand, und löffelten ihre Suppe.

»Ich hatte einen seltsamen Traum«, sagte Jord.

Erwartungsvoll hefteten sich Ushkafs dunkle Augen auf den Freund.

»Ein großer Rabe kam und nahm mich mit sich. Ich konnte plötzlich fliegen. Er brachte mich zu einem riesengroßen Sonnenrad. Weißt du, was das ist?«

Der Ägypter nickte. »So wie das goldene Ding von Frau Raghna.«

»Genau. So ein Rad habe ich im Traum gesehen, aber waagerecht liegend und so groß wie die ganze Welt. Die vier Speichen reichten unendlich weit. In der Mitte war eine Art Steinplatte, auf der ein hoher, gezackter Felsbrocken stand. An seinem Fuß wuchsen hohe Beifußstauden. Die Platte war geborsten, sie hatte einen Spalt, aus dem Dämpfe aufstiegen. Verstehst du?«

»Demfe?« Ushkaf runzelte die Stirn. Obwohl er und Jord sich im Allgemeinen ganz gut verständigen konnten, hatte er manchmal noch Schwierigkeiten mit unbekannten Wörtern.

»Wasserdampf, Rauch, Nebel. So wie vorhin die Linsen dampften, als sie noch ganz heiß waren. Verstehst du?«

»Ja. Und weiter?«

»Nun kamen aus jeder Richtung Leute daher. Sie gingen langsam, mit geschlossenen Augen, wie im Schlaf. Es waren immer zwei. Von Norden kamen Raghna und Caidan. Von Osten eine schwarzhaarige Frau und ein bärtiger Bauer, von dem ich irgendwie wusste, dass er Ulmo war. Von Süden Tholik und sein Ratgeber Bossil. Und von Westen – du und ich.«

»Von wo aus hast du das gesehen?«

Jord stutzte. »Ich glaube, ich war gleichzeitig oben und unten. Jedenfalls, wir trafen uns in der Mitte und machten alle zugleich die Augen auf. Und in dem Moment, wo wir uns sahen, fing ein furchtbares Kämpfen an. Jeder gegen jeden. Ich konnte in dem Getümmel wirklich nicht mehr unterscheiden, wer Freund oder Feind war, und schlug wohl im Schlaf blindlings um mich. Dabei stieß ich den Becher neben meinem Lager um, er fiel zu Boden und zerbrach, und ich wachte von dem Klirren auf. Mir war ganz schlecht. – Nun, wie denkst du darüber, Ushkaf?«

Der Ägypter ließ sich Zeit. Gedankenvoll vor sich hin starrend aß er seinen Eintopf auf, leckte den beinernen Löffel ab und rieb die Schale mit dem letzten Stück Brot sauber. Ohne Eile kaute er, schluckte den Bissen herunter, wies dann mit dem Zeigefinger zum Dorfausgang und meinte: »Ich glaube, sie brauchen uns, Raghna und Caidan. Wir sollten gehen.«

»Wann?«

»Gleich. Nicht lange zaudern.«

»Aber Caidan sagte doch, wir sollten einen ganzen Mond abwarten. Erst die Hälfte ist um. Willst du seine Anweisung übertreten? Gewöhnlich weiß er genau, was er tut.«

Ushkaf nickte ernsthaft. »Schon. Aber er hat die ganze Zeit kein Zeichen, keine Botschaft geschickt. Wenn wirklich Gefahr droht, kümmert mich Anweisung nicht.«

»Aber es war nur ein Traum, vielleicht hatte er gar keine Bedeutung«, gab Jord zu bedenken, aber Ushkaf schüttelte nur den Kopf.

Jord rieb sich die Stirn. »Nein, ich glaub's ja selber nicht. Also gut, gehen wir sie suchen. Ich hätte auch keine Ruhe mehr, wenn ich noch länger hier herumsitzen würde. Wir nehmen ein paar Freunde mit. Wer weiß, was uns unterwegs begegnet …«

Der Ägypter stand auf. »Gut. Morgen aufbrechen, ganz früh, noch bevor Re erscheint.«

»Wer … was?« Jord blinzelte verständnislos.

»Sonne aufgeht«, sagte Ushkaf milde.

Fluchend war Stunnir den Spuren von Dags gefolgt, als er sah, dass der Ausreißer nicht wiederkam.

»Diesmal kriegt er ein paar hinter die Löffel, dieser Grünschnabel!«, knurrte er, während er sich schwitzend durch das hüfthohe Gestrüpp arbeitete.

Als er das Wäldchen erreicht hatte, hielt er hinter einer bizarr verdrehten Kiefer plötzlich inne, ging in die Knie und strich mit den Fingerspitzen über die Bruchstellen frisch abgeknickter Zweige.

»Verdammt! He, Biber, Hollo, kommt mal her!«

»Was ist?«, erscholl es von hinten.

»Schaut euch das an: Zwei Kerle haben Dags geschnappt und weggeschleppt.«

Die Männer kamen heran und untersuchten die Spuren. »Tatsächlich«, meinte Hollo. »Aber wer treibt sich denn in dieser hollverlassenen Gegend rum? Und was haben die davon, so ein Bürschchen mitzunehmen?«

Stunnirs Augen verengten sich. »Ulmos Lager wird hier in der Nähe sein. Es waren wohl seine Leute, und sie werden Dags für einen Späher gehalten haben.« Er prüfte sorgfältig die Abdrücke im Sand. »Wenigstens haben sie ihn nicht gleich umgebracht!«

»Hm. Na, wir müssen ihn auf jeden Fall da rausholen. Folgen wir ihnen also und schauen uns die Sache aus der Nähe an. Oder?«

Stunnir nickte. »Es geht hier durch die Bäume und da hinten weiter über Ausläufer der Strauchheide. Die Spur ist auffällig genug und leicht zu verfolgen. Allerdings gibt es hier weit und breit keine vernünftige Deckung. Wir warten also noch ein bisschen, bis es dunkler wird, für den Fall, dass noch ein paar von denen unterwegs sind. Und dann schauen wir mal, wie nah wir herankommen.«

Der Morgen graute bereits. Steif und durchgefroren kauerten die drei Männer im Gebüsch vor einer Gruppe von Kiefern und starrten auf den Eingang zu Ulmos Lager. Er bestand nur aus zwei Pfosten im Durchgang einer natürlichen Felsformation, wurde aber von Bewaffneten scharf bewacht.

»Es hat wenig Zweck, hier rumzuliegen, oder?«, raunte Hollo. »Da drüben kommen wir nie unbemerkt rein, so viel steht fest. Wenn uns nicht der Zufall zu Hilfe kommt, sieht es übel aus.«

Stunnir nickte grimmig. »Du hast recht. Es ist zwar gegen unseren Auftrag, aber ich werde reingehen und versuchen, mit Ulmo zu verhandeln. Vielleicht kriege ich Dags frei.«

»Sollen wir nicht lieber alle drei gehen?«

»Nein. Wenn ich nicht zurück bin, bis die Sonne den Baumwipfel da drüben erreicht hat, dann macht ihr euch sofort auf den Rückweg und bringt Jord … – Moment mal, still!« Er hob die Hand und wies auf den Eingang, hinter dem ein schmaler Pfad sich zwischen den Büschen verlor.

Eine Frau kam aus dem Lager und näherte sich den Pfosten. An ihrem Gürtel hing ein Messer, in der Hand trug sie einen leeren Korb. Die Wächter redeten sie an und versuchten offenbar, sie zum Umkehren zu bewegen, aber sie ließ sich nicht aufhalten.

»Ach was!«, rief sie im Weitergehen über die Schulter zurück. »Und selbst wenn mich jemand sieht – wer kümmert sich schon um eine simple Kräutersammlerin? Ich war früher auch oft allein im Wald, und mir hat nie einer was getan.«

Stunnir, Hollo und Biber folgten ihr lautlos. Sobald sie außer Hörweite waren, griffen sie zu. Die Frau schrie auf und ließ den Korb fallen, sie wehrte sich wie eine Wildkatze, kratzte und biss, doch es half ihr nichts. Zwei der Männer hielten sie fest, der dritte band ihr die Handgelenke zusammen.

»Verhalt dich ruhig, dann passiert dir nichts!«, sagte Stunnir.

»Mein Mann bringt euch um, wenn ihr mir auch nur ein Haar krümmt«, zischte sie.

»Wir haben nur ein paar Fragen. Du gehörst doch zu Ulmos Leuten, stimmt's?«

»Was wollt ihr von ihm?«

»Er hat einen von unseren Männern geschnappt, einen Jungen namens Dags. Was hat er mit ihm gemacht?«

»Also doch ein Späher! Guter Lügner, der Kleine. Wenn Ulmo das rausfindet, schneidet er ihm die Gurgel durch.« Widerwillig fügte sie hinzu: »Bis jetzt geht's ihm gut. Er hat gesagt, er will mit Ulmos Leuten zusammen kämpfen.«

»Kluger Junge«, nickte Stunnir befriedigt und fügte hinzu: »Wir behalten dich als Geisel, vielleicht können wir dich gegen Dags eintauschen.«

»Blödsinn. Was glaubst du wohl, wie weit ihr hier in den Wäldern kommt, wenn Ulmos Leute hinter euch her sind?«

»Das stimmt«, gab Stunnir zu. »Dabei haben wir nicht mal böse Absichten. Wir sollten nur rausfinden, wo euer Lager ist.«

Die Frau kniff die Augen zusammen und sah ihn aufmerksam an. »Wer hat euch geschickt?«, wollte sie wissen. »Tholik oder Jord?«

Erstaunen malte sich auf den Zügen des Mannes. »Warum fragst du?«

Sie gab keine Anwort, hob nur das Kinn. Stunnir fand es schwierig, ihren Blick zu ertragen.

»Jord«, brummte er widerwillig. »Er will mit Ulmo sprechen.«

»Das ist gut.« Die Frau holte tief Luft. Langsam, mit erhobenem Finger, jedes Wort betonend, sagte sie: »Dann pass auf, Mann, ich habe eine Botschaft an ihn. Melde ihm, Berata lässt ihn grüßen, er kennt mich von früher. Er soll herkommen, ich will ihn treffen, sagen wir, in drei Tagen. Bis dahin will ich schauen, ob ich ein Gespräch zwischen ihm und Ulmo vermitteln kann. Den so weit zu bringen, wird allerdings ein hartes Stück Arbeit sein. Aber wenn es gelingt, ist es gut für uns alle. Und noch was: Sag Jord, wenn er hierherkommt, kann er auch Raghna helfen, sie braucht ihn. Diese Nachricht wird ihm wichtiger sein als alles andere.«

»Wieso, was ist mit Raghna?«

»Das bespreche ich nur mit Jord. So, und jetzt nehmt mir die Fesseln ab, schnappt euch eure Pferde und reitet zurück, so schnell ihr könnt!«

»Und was wird aus Dags?«

»Der bleibt einstweilen hier. Er ist im Moment halbwegs in Sicherheit. Außerdem habe ich ein Auge auf ihn und werde ihm zuflüstern, dass ich mit euch gesprochen habe.«

»Wer sagt mir, dass ich dir glauben kann? Vielleicht sollten wir doch lieber einfach da reingehen und selber mit Ulmo reden …«

Sie sah ihn ruhig an: »Versucht es.«

Wieder war es Stunnir, der den Blick abwandte. Unschlüssig kaute er an seinem Daumennagel. »Wir könnten dich einfach mitnehmen. Dann hätten wir dich in der Hand, und du würdest Jord noch eher treffen.«

Berata schüttelte den Kopf: »Überleg doch mal: Wenn ich nicht zurückkomme, schöpft Ulmo sofort Verdacht. Er würde Dags foltern, um alles, was er weiß, aus ihm herauszukriegen!«

Stunnir blieb nichts anderes übrig, als einzusehen, dass sie recht hatte. »Gut also«, sagte er. »Wir reiten. Wo wird Jord dich finden?«

»Bei der großen Kiefer im Dürrholz. Das ist das Wäldchen, wo sie Dags erwischt haben.«

»In Ordnung. Ein gefährliches Spiel spielst du da, Weib. Hast du keine Angst, dass Ulmo dich umbringt, wenn er erfährt, was du hinter seinem Rücken für Ränke schmiedest?«

Berata zuckte die Achseln, ihre Stimme klang bitter: »Ich hab nicht viel zu verlieren. Aber ich bin Frau Raghna von früher her noch etwas schuldig und will sie nicht im Stich lassen. Außerdem, wenn alles gutgeht, ist es auch für Ulmo von Vorteil. Die Frage ist nur, ob er das begreift.«

Nach der Gewitternacht kamen Caidan und Raghna besser voran. Das Strauchwerk wurde niedriger und lichter, gangbare Wildpfade machten es passierbar, erzwangen aber auch Richtungswechsel und lange Umwege. Doch jetzt nahm Raghna die Verzögerungen hin, ohne ungeduldig zu werden.

»Wir nähern uns dem Nebelstein«, war ihre einzige Antwort auf seine fragenden Blicke. Sonst redete sie wenig, aber auf ihrem Gesicht lag ein Ausdruck stiller Heiterkeit und Zuversicht, den Caidan sich aus den äußeren Umständen keineswegs erklären konnte. Doch, sie kamen voran, kein Zweifel. Nur, wohin? Tagsüber folgten sie verschlungenen Pfaden, nachts konnten sie im Schutz von Sträuchern und Büschen kampieren, sie brauchten nicht einmal einen Windschutz. Die ungewöhnliche Schwüle der ersten Tage war einer normalen frühsommerlichen Wärme gewichen, bei der es sich gut wandern ließ. Auch die Nächte waren erstaunlich mild. Hin und wieder stießen sie nun sogar auf Wasserrinnsale, die sich nach dem Unwetter gebildet hatten. Noch hatten sie genug Räucherfleisch und steinhart getrocknetes Fladenbrot, manchmal fanden sie sogar essbare Kräuter. Sie aßen wenig, obwohl sie von morgens bis abends auf den Beinen waren. Sie hätten unter Erschöpfung, Hunger, schmerzenden Füßen, Insekten leiden müssen, doch es war nicht so. Alles fühlte sich irgendwie leichter an als zu Beginn ihrer Wanderung. Nein, es gab keinen Grund, sich Sorgen zu machen.

An das gemeinsame Unterwegssein hatten sie sich gewöhnt, als wäre es nie anders gewesen. Nahezu wortlos verständigten sie sich über die alltäglichen Dinge. Über anderes sprachen sie nicht, kamen auch auf jenen Kuss nicht mehr zurück. Raghna geriet immer tiefer in eine Art Versunkenheit, und Caidan scheute sich, sie darin zu stören. Gleichzeitig fühlte er sich mit ihr verbunden, so als flösse ein gemeinsamer Strom von Gedanken, Gefühlen, Empfindungen durch sie beide hindurch.

Wie lange waren sie eigentlich schon unterwegs? Der Wanderer verlor allmählich sein Zeitgefühl. Erstaunlicherweise dachte er auch kaum an Lis. Er wunderte sich selbst darüber, als es ihm auffiel, aber es beunruhigte ihn nicht weiter. Etwas in ihm war sich sicher, dass zu gegebener Zeit alles Notwendige geschehen würde.

Was für ein leuchtender Sommertag! Ein seidig blauer Himmel spannte sich über der besonnten Heide, die Luft war erfüllt vom Gesang der Feldlerchen.

Sie hatten wieder einmal einer Kehre nach Osten folgen müssen. Weit entfernt, hinter den flachen Bodenwellen, zeichnete sich der dunkle Saum des Waldes ab, der an die Heide grenzte. Caidan hörte Raghna, die vor ihm ging, leise vor sich hin summen. Ihm fiel auf, dass ihr Gang fast etwas Schwebendes hatte.

Ein Rascheln drang an sein Ohr. Raghna hatte es auch gehört, sie blieb stehen.

»Da!« Ihre Hand wies seitwärts zur Erde. Eine hellgraue Schlange mit schwarzer Kopfzeichnung glitt von dem geschützten Fleck, auf dem sie sich gesonnt hatte, zwischen dürres, vorjähriges Laub. Caidan erwartete, dass sie im nächsten Moment verschwunden sein würde, doch sie blieb in Sichtweite und wandte den Kopf aufmerksam den beiden Menschen zu, die stehen blieben und sie betrachteten.

»Wie schön!«, flüsterte Raghna.

Es war eine Begegnung mit etwas, wofür Caidan keinen Namen hatte, ein fließendes Geben und Nehmen in einer einfachen, friedvollen Freundlichkeit, die auch ihn mit einschloss.

»Los, packt sie! Alle beide!« Lärm brach in die Stille ein, Rufe, Trampeln, das Knacken von Zweigen und brechenden Ästen. Der Wanderer fuhr herum. Raghna und er waren umstellt von verwahrlosten Gestalten, vier an der Zahl, in bäuerlicher Kleidung, ausgerüstet mit Keulen, groben Speeren und Steindolchen. Nur der Anführer trug einen bronzenen Langdolch.

Fassungslos starrte Caidan sie an. Diese Kerle hatten ihn, einen Mann von Lis, verfolgt und eingekreist, ohne dass er es gemerkt hatte!

»Ulmo!«, schrie Raghna plötzlich, und in diesem Moment griff der Schwarzbärtige auch schon nach ihr. Übergangslos verwandelte sich der Wanderer in einen Krieger. Er trat Ulmo blitzschnell die Füße weg, sodass der Bauer krachend zu Boden ging. Dann warf Caidan mit einem Ruck Traggestell, Bogen und Köcher ab, wirbelte herum und drang mit einem gellenden Schrei auf den Angreifer ein, der sich schräg hinter ihm befand. Bevor der Mann wusste, wie ihm geschah, flog er im hohen Bogen ins Gesträuch und blieb benommen liegen. Mit einer fast tänzerisch anmutenden Folge von Tritten, Faustschlägen und Dolchstößen wehrte Caidan auch die anderen beiden ab. Ihrer größeren Körperkraft bot er keinerlei Angriffsfläche, die Schnelligkeit seiner Bewegungen war atemberaubend. Innerhalb weniger Augenblicke schlug er die Bauern in die Flucht, ihnen blieb tatsächlich nichts anderes übrig, als planlos davonzurennen.

Der Wanderer sah ihnen nach. Zwei von ihnen schleppten den Verletzten, der halb bewusstlos zwischen ihnen hing, während der vierte ihnen durch das Gestrüpp einen Pfad bahnte.

»Na also«, meinte Caidan zufrieden und wischte sich Schweiß und Staub aus den Augen. Es war ganz gut gelaufen. Er hatte noch nichts verlernt.

Raghna war auf die Knie gesunken. Nach vorn gebeugt, hielt sie ihren Oberkörper mit beiden Armen umklammert und rang nach Luft.

»So … genau so haben sie mich auch damals gejagt«, flüsterte sie tonlos, »damals, als Kundt erschlagen wurde …«

Caidan ging zu ihr, nahm sie in die Arme und hielt sie fest, bis sie aufhörte zu zittern.

»Es ist vorbei«, murmelte er. Sie hatte ihr Gesicht in seine Halsbeuge gelegt, er fühlte das Nass ihrer Tränen, roch den Duft ihrer Haut. Der Wunsch, sie zu küssen, war stark, aber dieses Mal gab er ihm nicht nach.

Endlich löste sich die Rabenfrau von ihm und stand auf. »Wir können weitergehen. Ich glaube, es ist Zeit, dir von Ulmo und von früher zu erzählen.« Dann, mit einem kleinen Lachen: »Und … ich danke dir, mein Beschützer und Tröster!«

Caidan lächelte ebenfalls. Sie suchten ihre Sachen zusammen.

»Hast du alles?«, fragte er schließlich.

»Ja, wir können aufbrechen.«

»Wo ist dein Amulett?«

Raghnas Hand fuhr zum Hals. Sie wurde kreidebleich. »Das Band muss gerissen sein, als Ulmo mich packte«, stieß sie hervor. »Aber«, sie sah sich prüfend um, »es muss ja hier irgendwo liegen.«

Sie suchten, bis die Sonne unterging, suchten den ganzen Umkreis ab, am nächsten Morgen noch einmal, doch alle Anstrengungen blieben vergeblich. Der Anhänger blieb verschwunden, als hätte er sich in Luft aufgelöst. Schließlich blieb ihnen nichts anderes übrig, als sich ohne ihn auf den Weg zu machen. Die schwebende Stimmung der letzten Tage war dahin. Von nun an blieb Raghna in sich gekehrt, bedrückt und schweigsam.

Ulmo knirschte vor Wut mit den Zähnen. Sobald sie am Waldrand ankamen, wo ihre Pferde angebunden waren, ließ er den Arm des Verwundeten los, der Mann sackte stöhnend zusammen.

»Bindet ihn notfalls auf seinen Gaul, wenn er nicht reiten kann«, knurrte er ingrimmig und saß auf.

»He, warum bist du so zornig?« Kwill war der Einzige, der sich dem reizbaren Anführer gegenüber einen fast freundschaftlichen Ton erlauben konnte. Er überließ die beiden anderen sich selbst, stieg aufs Pferd und trabte neben Ulmo her. Der stierte mit blutunterlaufenen Augen finster vor sich hin und gab keine Antwort. Seine Wangenmuskeln traten straff hervor, die Kiefer mahlten.

Kwill ließ sich nicht einschüchtern.

»Komm schon, das ist doch keine Schande, gegen diesen Kerl zu verlieren«, sagte er. »Der ist ein Glockenbechermann, verstehst du, ein echter Wanderer! Über die haben wir schon als Kinder die unglaublichsten Geschichten gehört. Ich wollte ja nie so recht dran glauben, aber anscheinend stimmen sie doch, wenigstens zum Teil.«

Ulmo sagte noch immer nichts. Sein Pferd wurde unruhig, scheute vor irgendetwas und tänzelte zur Seite. Ungeduldig riss der Bauer am Zügel, zwang den Hengst mit harter Hand auf den Weg zurück.

»Mit diesem hollverfluchten Weib hätte ich Tholik in die Hände gekriegt und den Kampf gewonnen, ganz leicht und in kurzer Zeit«, stieß er endlich erbittert hervor. »So einen Erfolg hätten wir verdammt nötig. Wir können schließlich nicht ewig in den Wäldern hocken und ein paar Dutzend Leute durchfüttern.«

»Darum ging es also? Das hättest du mir auch vorher sagen können. Aber du kannst Tholik doch trotzdem eine Botschaft zuspielen. Vielleicht hat er schon gehört, dass Raghna noch lebt, und ist richtig dankbar für einen Hinweis, wo er sie suchen soll.«

»Ach. Und warum sollte er einer solchen Botschaft glauben, so ganz ohne Beweise? So blöd ist nicht mal Tholik«, höhnte Ulmo.

»Schick ihm das hier«, sagte Kwill nach kurzem Zögern und hielt dem Anführer auf der Handfläche einen goldglänzenden Gegenstand hin. Der andere hielt sein Pferd an und griff danach. Seine Miene hellte sich merklich auf.

»Wo hast du das her?«, fragte er.

»Na, es ist runtergefallen, als du sie gepackt hast. Dieser Kerl gab mir einen Stoß, dass ich längelang hinfiel, und da lag es im trockenen Gras – direkt vor meiner Nase. Ich hab's mir sofort geschnappt und in den Gürtel gesteckt.«

Ein misstrauischer Blick traf ihn: »Du wolltest es behalten, wie?«

»Natürlich, was denn sonst!«, bekräftigte Kwill mit Nachdruck. »Das ist ja wohl das gute Recht eines jeden Kämpfers, alles einzusacken, was er kriegen kann. Aber wenn dir mit dem Ding geholfen ist, dann will ich mal nicht so sein.« Er grinste über sein ganzes sommersprossiges Gesicht und schloss mit großartiger Geste: »Du kannst es haben!«

Unwillkürlich kräuselten sich nun auch Ulmos Mundwinkel zu einem widerwilligen Lächeln. »Ob er es wiedererkennt, was meinst du?«, fragte er.

»Tholik? Aber sicher doch! Er war ja lange genug mit dieser Raghna zusammen. Hör mal, Ulmo, ich kriege aber einen Ersatz für das kleine Schmuckstück, ja?«

»An was hast du denn gedacht?«

»An Gold natürlich.«

»Hm«, brummte Ulmo.

Eine Gruppe von sieben Männern in ledernen Kitteln, angeführt von einem Streitaxtmann, hielten auf das Dürrholz zu. Nach einem freundlichen Morgen war es kühl und windig geworden, der Himmel hatte sich mit dichten Wolken bezogen. Jord kniff die Augen zusammen und prüfte den Stand der Sonne. Sie hatte den höchsten Punkt bereits überschritten, es musste früher Nachmittag sein.

Er blieb stehen und sah sich um. Die anderen waren ein ganzes Stück hinter ihm.

»Geht's nicht ein bisschen schneller?«, rief er ungeduldig.

»Hetz nicht so!«, schrie Stunnir zurück. »Ohne Pferde ist das sowieso eine elende Schinderei. Man kommt überhaupt nicht voran.«

»Dabei ist euch Bauern doch das Reiten noch gar nicht so lange erlaubt.«

Der andere war jetzt herangekommen. Er kratzte sich hinterm Ohr. »Kaum zu glauben, wie schnell man sich an so was gewöhnt. Wie haben wir das bloß früher gemacht?«

»Egal, beeilt euch mal ein bisschen!«

Stunnir schüttelte den Kopf. »Wozu die Eile? Es ist viel zu früh am Tag. Wer weiß, ob Berata tagsüber überhaupt wegkann. Sie wird noch gar nicht da sein.«

Doch sie war da. Als die Männer das Dürrholz erreichten, trat sie aus dem Schatten der verkrümmten Kiefer und richtete ihren Blick forschend auf den Streitaxtmann.

»Danke, dass du gekommen bist, Herr Jord«, sagte sie.

Er hatte sich nur vage an sie erinnert, aber beim Klang der rauchigen Stimme erkannte er sie sofort wieder, obwohl sie sich sehr verändert hatte. Es lag nicht nur an der roten Narbe auf ihrer Stirn. Schon früher, auf dem Eichelsberg, war sie eine schwer zugängliche Frau gewesen, der niemand außer Feirut und Raghna wirklich nahekam. Heute jedoch wirkten ihre Züge nicht nur herb, sondern bitter, ihr Gesicht glich einer holzgeschnitzten Maske, die straff zurückgebundenen schwarzen Haare unterstrichen den Eindruck von Strenge und Härte.

Trotzdem, stellte Jord fest, war sie immer noch schön, auf eine ganz eigene Art.

Er nickte ihr freundlich zu: »Nenn mich nicht Herr, das ist vorbei. Sei gegrüßt, Berata. Ist es wahr, dass du weißt, wo Raghna sich aufhält?«

»Sie ist da draußen in der Strauchheide unterwegs, mit diesem Glockenbechermann. Ulmo wollte sie gefangen nehmen, als Lockvogel für Tholik. Aber der Wanderer hat ihm und seinen Männern eine böse Abreibung verpasst.«

»Ist ihr etwas passiert?«

»Nein. Aber den goldenen Anhänger haben sie ihr abgenommen. Der soll nun Tholik zugespielt werden, ein Bote ist bereits zu ihm unterwegs. Wenn der Großherr wirklich kommt, um Raghna zu treffen, wird Ulmo ihn abfangen und erledigen.« Sie sagte das ganz ruhig, aber für einen kurzen Augenblick trat ein Glitzern in ihre Augen, das Jord frösteln ließ.

Sachlich fuhr Berata fort: »Wenn dabei etwas schiefgeht, kann Frau Raghna in Gefahr geraten. Der Wanderer wird sie verteidigen, aber er ist nur einer gegen viele. Deshalb meine ich, du solltest ihr zu Hilfe kommen.«

»Und bei der Gelegenheit gleich Tholik für euch töten«, ergänzte Jord.

Sie schüttelte den Kopf. »Nein. Das machen wir selber.«

Ein Schauer überrieselte den Krieger, als er die Frau so reden hörte. Sie bemerkte sein Befremden, ein müdes Lächeln flog über ihr Gesicht.

Jord räusperte sich. »Aber wie lange muss man diese endlose Heide durchkämmen, um zwei Menschen zu finden? Ist das nicht aussichtslos?«

»Nein«, meinte Berata. »Die wenigen Pfade, die es gibt, kreuzen sich alle an einem auffallenden Felsen, dem Nebelstein. Ich kann euch erklären, wir ihr hinfindet. Ulmo meint, früher oder später müssen sie dort vorbeikommen. Morgen früh, wenn es hell wird, solltet ihr aufbrechen. Wenn ihr Glück habt, erreicht ihr den Platz noch bei Tageslicht.« Sie lächelte, als sie Jords ungeduldige Miene sah. »Keine Sorge, noch ist Raghna nicht in Gefahr. Tholik kann frühestens übermorgen hier sein.«

»Also gut.« Jord entspannte sich ein wenig. »Du hast wahrscheinlich recht. Machen wir hier Rast. Kannst du noch bleiben? Es gibt vieles, was ich von dir hören möchte. Über Raghna natürlich, aber auch über Tholik und Ulmo. Vor allem, wie ich ihn treffen kann. Und was für eine Rolle du bei alledem spielst.«

»Gut, lass uns reden. Ich werde im Lager erst gegen Abend zurückerwartet. Ihr solltet hier nur kein offenes Feuer machen, sonst könnte es unseren Leuten einfallen, nachzuschauen, woher der Rauch kommt. Und … ich möchte mit dir allein sprechen, Jord! Was ich dir zu sagen habe, müssen nicht alle hören.«

Kurz darauf saßen beide, in ihre Umhänge gehüllt, im Windschatten des Kalkfelsens, zwischen ihnen ein Leintuch, auf dem Käse, Brot und Speck lagen. Der Rest der Gruppe hatte sich in einiger Entfernung niedergelassen.

»Nun sag mir, Berata«, fing Jord an, »warum tust du das alles? Wie bist du hierhergekommen, und wie stehst du zu Ulmo?«

»Du willst es wirklich wissen? Also gut, dann hör zu.«

Berata berichtete in knappen Sätzen. Manchmal schwankte ihre Stimme, dann wieder klang sie hart wie Bronze.

»Du erinnerst dich doch noch an Feirut, Herr Jord?«

»Den du zum Mann nehmen wolltest? Gewiss. Er war einer

von den beiden Knechten, die Raghna begleiteten, als Ethomir sie vor seinem Tod in Sicherheit bringen lassen wollte. Der eine starb im Kampf, der andere, Feirut, wurde zum Eichelsberg zurückgebracht. Raghna konnte fliehen.«

»So ist es. Halb tot schleppten sie Feirut zu Tholik. Der wollte von ihm wissen, wo Raghna sei. Er tobte vor Wut, weil sie ihm entkommen war. Feirut wusste natürlich nichts von ihr, aber Tholik glaubte ihm nicht. Er wollte unbedingt Raghnas geheimen Aufenthaltsort aus Feirut herausprügeln, oder vielleicht ging es ihm auch nur um Rache. Es dauerte fast eine ganze Nacht, bis Tholik mit ihm fertig war. Bis Feirut tot war. Ich kauerte draußen an der Wand und hörte seine Schreie über den Hof schallen.«

Ihre Stimme brach. Jord schaute weg und wartete, bis die Frau sich so weit gefasst hatte, dass sie weitersprechen konnte.

»Damals habe ich geschworen, dass ich – ich, die einfache Magd Berata – ihn töten werde. Mit meinen eigenen Händen. Danach mag mit mir geschehen, was will. Das kümmert mich nicht. Ich ging also zu der alten Haelgunn und bat sie um ein Gift oder einen Schlaftrunk oder ein Zaubermittel, irgendetwas, was mir ermöglicht hätte, mit einem Messer oder einer Schlinge in Tholiks Nähe zu gelangen.«

Sie ballte die Hände zu Fäusten, ihre Augen brannten.

»Du warst bei der Hagsitzerin? Dann musst du doch Raghna dort begegnet sein! Sie fand bei Haelgunn Zuflucht«, warf Jord ein.

»Tatsächlich? Hätte ich das gewusst, dann wäre vielleicht manches anders gekommen! Aber ich war gar nicht in ihrer Hütte. Ich traf Haelgunn bei einer von den alten Bäuerinnen, mit denen sie manchmal zusammenkam.«

»Und? Gab sie dir, was du verlangtest?«

Berata schüttelte den Kopf. »Nein. Sie hielt mir nur eine lange Rede. So ungefähr: ›Tholik wird seinem Ende nicht entgehen, aber du darfst nicht dein ganzes Tun und Trachten vom Hass beherrschen lassen. Ich bin keine Giftmischerin, die dir hilft, zur Mörderin zu werden. Es kann sein, dass die Holde es so fügt, dass es zwischen dir und Tholik zur Abrechnung kommt, aber du musst bereit sein, diesen Tag abzuwarten.‹«

Wieder verstummte Berata, tief in ihre Erinnerungen verloren. Jord drängte sie nicht. Ihre dunkle Stimme klang rau von ungeweinten Tränen, als sie fortfuhr: »Haelgunn sagte noch: ›In meinen jungen Jahren habe auch ich schlimme Dinge erlebt und auf grausame Art einen Menschen verloren, dem meine Liebe gehörte. Damals war ich voller Wut und Bitterkeit, und ich setzte meine Kräfte ein, um Rache zu üben und die Schuldigen zu vernichten. Es gelang mir auch, aber mein Schmerz wurde dadurch nicht gelindert. Im Gegenteil, es ging mir schlecht, sehr schlecht. Es dauerte eine Weile, bis ich begriff, dass ich mit den grausamen Handlungen nicht nur meinen Feinden, sondern vor allem mir selbst geschadet hatte. Da zog ich mich von den Menschen zurück und lebte lange Zeit allein. Es dauerte viele Jahre, bis der Wald mich vom Hass und vom Bösen geheilt hatte. Deshalb lass dich warnen, Berata. Gib dich diesen schwarzen Gedanken nicht völlig hin.‹ Ja, das war die Antwort der alten Haelgunn. Ist es nicht seltsam, dass ich mir bis heute jedes Wort gemerkt habe?«

»Aber du hast dich nicht daran gehalten, nicht wahr?«

»Nein. Ich spuckte ihr meinen Zorn vor die Füße, lief davon und zog als Bettlerin umher, immer auf der Suche nach einem Weg, der mich zu meiner Rache führen würde.«

»Haben dich die Ethomleute denn nicht gejagt? Immerhin warst du eine entlaufene Magd.«

»Am Anfang vielleicht schon, aber ich war ja keine leibeigene Sklavin, und meine Dienstzeit war ohnehin fast um. Und ich war nicht wichtig genug für sie. Tholik hatte wohl andere Sorgen zu jener Zeit, und seine Mutter auch. Ja, also, wie ging es dann weiter? Ich fand schließlich ein altes Weib, das mich ein paar Sprüche lehrte.«

»Was für Sprüche?«

Berata zögerte. Doch der Wunsch, sich endlich einmal alles von der Seele zu reden, war stärker als die Hemmung.

»Solche, mit denen man sich einer Rachegöttin weiht. Ihren Namen wage ich nicht auszusprechen, sie erscheint in Menschen- oder Vogelgestalt. Sie ist eine dunkle Tochter der Holden, eine Schattenbewohnerin und grausame Bluttrinkerin, mit einem Schnabel aus Erz und reißenden Klauen. Wer sich ihr mit Haut und Haaren verschreibt, dem erfüllt sie einen Wunsch. Einen einzigen. Aber dafür verlangt sie alles, ein ganzes Leben in ihrem Dienst. Sie fordert einen feierlichen Eid.«

Jord lief es eiskalt über den Rücken. »Den hast du geschworen?«

Fast triumphierend hob die Frau das Kinn und erwiderte mit Nachdruck: »Ja. Ich hab's getan und bekräftige es jeden Tag aufs Neue. Tholik wird sterben, und zwar von meiner Hand. Langsam – genau wie Feirut.«

Sie atmete schnell, auf ihren Wangen brannten rote Flecken. Für einen kurzen Moment schloss Jord die Augen, er hatte genug. Als Krieger war er häufig in Kämpfe verwickelt gewesen, aber in einen solchen Abgrund von Hass hatte er noch nie geblickt.

Doch Berata war ohnehin fast am Ende: »Dann traf ich Ulmo. Dass ich zu seiner Gruppe stieß, war das erste Geschenk meiner Göttin. Ein Zeichen von ihr, dass ich auf dem richtigen Weg war. Dann gab sie mir noch ein weiteres Geschenk. Sie bewirkte, dass Ulmo mich begehrte und von dem Moment an, wo er mich zum ersten Mal sah, unbedingt mit mir schlafen wollte. Ich schloss also einen Handel mit ihm ab. Er musste schwören, mir Tholik gefesselt in die Hände zu liefern. Dafür teile ich bereitwillig das Lager mit ihm.«

»Liebst du ihn denn?« Kaum war ihm der Satz entschlüpft, biss Jord sich verlegen auf die Lippen. Wie kam er nur dazu, eine solch unmögliche Frage zu stellen?

»Wen, Ulmo?« Berata sah ihn nur an. Kopfschüttelnd meinte sie: »Er ist verrückt, weißt du? Seine Stimmungen schwanken von einem Moment zum anderen, du weißt nie, was als Nächstes kommt. Einmal kommt er sich unbesiegbar vor wie der Herr der Welt, dann wieder schlägt er um sich wie ein kleiner Junge, der Angst hat. Manchmal denke ich, er ist Tholik in mancher Hinsicht ähnlicher, als er selber weiß. Seit mir das klargeworden ist, halte ich Ausschau nach Hilfe. Ich denke, die Sache der Bauern darf nicht Ulmo allein überlassen bleiben. Zu groß ist die Gefahr, dass er falsche Entscheidungen trifft. Fehler begeht, die nicht wiedergutzumachen sind. Das war auch ein Grund, warum ich mit dir reden wollte.«

Jord war nicht überrascht, er hatte etwas Ähnliches erwartet. »Du kennst ihn sicher besser als alle anderen. Aber wie beurteilen seine Männer die Lage?«, wollte er wissen.

»Manchmal ist ihnen unbehaglich zumute, aber im Großen und Ganzen folgen sie ihm willig. Sie sind so weit mit ihm gegangen, dass ihnen gar nichts anderes übrig bleibt, das glauben sie jedenfalls.«

»Sag mir noch eins, Berata: Hat Ulmo sich tatsächlich, wie es heißt, bereits mit den Bronzekriegern in Verbindung gesetzt, oder waren das nur Gerüchte und leere Drohungen?«

Berata senkte den Blick. Schwer rangen sich die Worte von ihren Lippen: »Er hat es getan. Ein Bote von Tjulek, dem Häuptling des Schwarzpferdestammes jenseits der Kieferberge, hat sich mit ihm getroffen. Es wurden Versprechungen ausgetauscht.«

»Was für Versprechungen?«

»Tjulek wird seinen Sohn Tjonar mit einer Gruppe von Kriegern herschicken. Die Bauern dienen ihnen als Führer und helfen ihnen, rasch und heimlich in die Haselberge einzudringen, so nah wie möglich an den Eichelsberg heran. Wenn es möglich ist, soll ihnen sogar einer der Sklaven nachts das Tor des Herrenhofs öffnen. Dafür bekommt Ulmo eine Enkeltochter von Tjulek zur Frau, dazu Bronzewaffen, Land, Vieh und den Rang eines Sippenmitglieds.«

»Wann soll das geschehen?«

»Gleich nach der Getreideernte, wenn der Herbst beginnt. Aber ich hoffe, dass es uns vorher gelingt, Tholik zu beseitigen. Das könnte alles vielleicht noch aufhalten.«

Skeptisch runzelte Jord die Stirn. »Wenn die Schwarzpferde erst einmal auf dem Weg hierher sind, lassen sie sich durch gar nichts mehr aufhalten. Aber wenn Tholik vertrieben wäre und wir hier unsere Kräfte bündeln würden, hätten wir wenigstens eine kleine Aussicht, die Haselberge mit Erfolg zu verteidigen.«

»Ein Grund mehr, mit Tholik abzurechnen. Ich mache mir wirklich nur Sorgen wegen Frau Raghna!« Berata seufzte. »Ulmo tut, als wäre ihm alles gleichgültig. Manchmal denke ich, es graut ihm selber vor dem, was er da losgetreten hat, aber jetzt kann er nicht mehr zurück.«

»Ich muss mit Ulmo reden, Berata!«

»Ja, ich weiß. Und ich will mein Bestes tun, um dich mit ihm zusammenzubringen. Gib mir ein, zwei Tage Zeit. Aber … Herr Jord, was hast du mit ihm vor?«

Jord sah sie an und verstand. »Du machst dir Sorgen seinetwegen, nicht wahr? Gib es ruhig zu. Wirklich, Berata, du erstaunst mich. Einerseits bist du voller Hass und Rachsucht, andererseits eine treue Seele. Lässt Raghna nicht im Stich und machst dir gleichzeitig um Ulmo Sorgen.«

»So ist es. Dass ich hinter seinem Rücken eigene Wege gehe, ist schon schlimm genug. Ich möchte nicht auch noch daran schuld sein, dass er dabei zu Schaden kommt.«

»Ich kann dir nichts versprechen, aber es ist meine ehrliche Absicht, Ulmo einfach nur zu überzeugen, dass er den Bronzekriegern das Bündnis aufkündigt und sich uns anschließt. Das ist die einzige Möglichkeit für ihn, seine Dummheiten wiedergutzumachen.«

»Gut«, sagte Berata, tief Luft holend. »Ich werde versuchen, ihn irgendwie hierher ins Dürrholz bringen. Warte auf meine Nachricht. Wenn es nicht gelingt und du bis morgen abend nichts von mir gehört hast, dann geh mit deinen Männern zum Nebelstein und such Raghna. Gib mir das Stöckchen da drüben. Ich zeichne dir den Weg mit allen wichtigen Markierungspunkten auf, die ich von Ulmo kenne.«

Sie tat es, und Jord prägte sich die Skizze ein. Dann erhob sich die Frau, nahm ihren Korb und nickte ihm Abschied nehmend zu.

»Warte noch!«, hielt Jord sie zurück. »Hör zu, Berata: Wenn das alles hier vorbei ist, dann geh zu Raghna, sie wird sich um dich kümmern. Du kannst wieder für sie arbeiten. Das hier ist kein Leben für dich. Du musst dich von all dem Furchtbaren befreien.«

Berata schaute an ihm vorbei, ihre Augen waren glanzlos, wie erloschen. »Für mich gibt es kein Zurück mehr in ein gewöhnliches Leben. Ich muss meinen Schwur halten und weitergehen auf dem Weg, den ich eingeschlagen habe, ganz gleich, wohin er mich führt. Aber – danke für deine Sorge!«

In ehrerbietiger und trotzdem würdevoller Haltung stand der weißhaarige Schäfer im geflickten Wollumhang vor dem Stuhl des Großherrn. Seine geschnürten Bastschuhe waren schlammbespritzt. Tholik lag bequem in das Bärenfell zurückgelehnt, neben ihm lehnte Bossil an einem bemalten Pfosten, sonst war die Halle jetzt am frühen Nachmittag leer.

»Der alte Waghal! Was bringt denn dich bei diesem Mistwetter hier herauf? Ist bei den Schafen eine Krankheit ausgebrochen?«

»Nein, Herr. Den Schafen geht es gut. Es wächst ja jetzt saftiges Futter überall, und der Regen macht ihnen nichts aus. Wir haben dieses Jahr keines von den Lämmern verloren.«

»Fein. Hör mal, Alter, du kommst mir wie gerufen! Dir sagt man doch nach, dass du ein weiser Mann bist. Also, pass auf: Bossil hier, mein kluger Ratgeber, liegt mir beständig in den Ohren, ich soll endlich heiraten, damit wir eine Herrin auf dem Eichelsberg bekommen, nachdem meine alte Mutter mit ihrem zerrütteten Gemüt ja leider an nichts mehr Anteil nimmt. Was meinst du, wo soll ich suchen?«

Der Ausdruck des Alten blieb höflich zurückhaltend, er zeigte keine Spur von Neugier. »Für dich käme natürlich nur eine hochgeborene Herrentochter infrage. Ein schlichter Schäfer wie ich kann dazu nichts sagen. Aber es trifft sich seltsam, dass ich gerade heute mit der Botschaft einer Frau zu dir komme.«

»Eine Botschaft? Von wem?«

»Von Frau Raghna, der ehemaligen Nebenfrau deines verstorbenen Vaters. Jahrelang glaubten alle, sie sei tot, aber sie lebt.«

Mit einem Ruck richtete Tholik sich auf. »Woher weißt du das?«, fragte er atemlos.

»Ein Junge, den ich nie zuvor gesehen hatte, brachte die Nachricht heute in aller Morgenfrühe und verschwand gleich wieder. Ich konnte ihm nicht folgen, er war viel zu schnell für mich.«

Das Gesicht des Großherrn hatte sich gerötet, er starrte geistesabwesend ins Leere. In Bossils Miene trat ein wachsamer Ausdruck.

»Wo steckt sie?«, kam es leise von Tholik.

»Angeblich verbirgt sie sich in der Strauchheide, nordwestlich der Haselberge.«

»Und weiter?«

»Sie lässt dir sagen, ihr beide solltet euch treffen und miteinander reden, um die alten Zwistigkeiten zu begraben. Falls es zu einer Einigung kommt, würde sie gern auf den Eichelsberg zurückkehren.«

»Warum sollte ich mich darauf einlassen? Und warum sollte sie das auf einmal wollen? Sie hasst mich wie die Pest«, sagte Tholik gepresst und griff nach seinem Becher.

Der Schäfer wiegte den Kopf. »So viel ich verstand, hat sie das Leben in der Wildnis satt. Und sie wird ja auch nicht jünger. Als Großherr hast du nun die Macht, alles … in Ordnung zu bringen.«

»*Wenn* ich mit ihr reden würde …«

»Warte, Herr Tholik!«, schaltete sich Bossil jetzt ein. »Nicht so schnell, mit Verlaub. Wer sagt uns, dass es wirklich Raghna ist, von der die Botschaft kommt? Es könnte auch eine Falle deiner Feinde sein, nicht wahr? Ziemlich plump, aber ein Versuch.«

»Das dachte ich auch erst«, meinte Waghal. »Aber der Junge drückte mir ein verschnürtes Päckchen in die Hand und sagte, ich dürfe es nur Herrn Tholik selbst aushändigen, keinem anderen. Der Großherr würde das, was darin ist, sofort erkennen. Hier ist es.«

Hastig griff Tholik nach dem flachen Gegenstand, streifte die Bastfäden ab, wickelte ungeduldig die Umhüllung auf. Ein goldenes Sonnenrad fiel in seine Hand, matt schimmernd in dem trüben Licht, das durch die schmalen Fensterluken hereinfiel.

Er sah zu Bossil hinüber, seine Stimme klang heiser: »Von Raghna. Kein Zweifel.«

»Mag sein. Na und?«, gab dieser betont gleichgültig zurück. »Wahrscheinlich will sie dich in einen Hinterhalt locken.«

»Nein, so ist sie nicht. Wenn sie jemanden bekämpft, dann offen, ohne Heimlichkeiten. Nicht mal, wenn es um ihr Leben geht, kann sie sich verstellen. Sie würde nie einen Menschen niederträchtig verraten, auch ihren schlimmsten Feind nicht.«

Bossil verschränkte die Arme. Nüchtern stellte er fest: »Du bist immer noch nicht frei von ihr. Ich sage dir, Herr Tholik: Schick ein paar Krieger aus und lass die Frau erledigen, bevor es neuen Ärger mit ihr gibt. Eine solche Gelegenheit, die Sache zum endgültigen Abschluss zu bringen, würde ich mir nicht entgehen lassen.«

»Verzeihung, ihr Herren«, mischte sich nun Waghal wieder ein, »ich kenne das Gebiet, das an die Strauchheide grenzt, von meinen früheren Wanderungen mit den Schafherden. Es gibt dort Möglichkeiten, sich so zu verstecken, dass man niemals gefunden wird. Frau Raghna lässt dir sagen, du sollst allein kommen, zum Zeichen, dass es dir ernst ist mit der Versöhnung. Aber wenn sie merkt, dass statt deiner ein Trupp Krieger anrückt, wird keiner sie je zu sehen kriegen. Auch du nicht. Nie mehr!« Er räusperte sich. »So berichtete es jedenfalls der Bote.«

»Und wo soll ich sie treffen?«, fragte Tholik.

»Es gibt in dieser öden Gegend nur einen einzigen auffallenden Punkt, das ist der Nebelstein. Du hast vielleicht schon von ihm gehört, er liegt einsam, ist in der flachen Heide schon von Weitem zu erkennen, wird aber von den Menschen gemieden. Für diesen Zweck also der geeignete Ort.«

Mit zusammengekniffenen Augen maß Bossil den Schäfer. »Und das war alles? Du hast nichts verschwiegen, nichts vergessen?«, fragte er argwöhnisch.

Waghals verwitterte Miene blieb undurchdringlich. »Nein, Herr«, versetzte er gelassen. »Ich glaube nicht, obwohl ich ein alter Mann bin und schon etwas vergesslich. Aber ich habe mich sofort auf den Weg gemacht, um euch alles getreulich zu berichten. Wenn ihr erlaubt, breche ich jetzt auch gleich wieder auf, damit ich zum Abend daheim bin.«

»Ja, ja, geh nur.« Gedankenverloren verabschiedete Tholik den Alten mit einer Handbewegung. Sein Blick war unverwandt auf das Sonnenrad gerichtet.

Mit gerunzelter Stirn starrte Bossil auf die Tür, die sich langsam hinter Waghal schloss, dann wandte er sich, immer noch mit verschränkten Armen, dem Großherrn zu.

Was er sah, erhöhte seine Besorgnis. Eine Falte stand zwischen Tholiks Augenbrauen, er atmete schwer. Langsam schlossen sich seine Finger um das Amulett.

»Wie weit mag es sein bis zu diesem Nebelstein?«, sagte er.

»Tholik, bedenk doch …«, begann Bossil, doch mitten in seiner

Aufzählung von Gründen merkte er, dass der Großherr ihm gar nicht zuhörte. Er seufzte. »Ich sehe schon: Es gibt nichts, was dich davon abbringen könnte. Oder? Nein. Also gut, machen wir uns in Inthrams Namen auf den Weg.«

»Wir?«

»Glaubst du vielleicht, ich lasse dich allein losziehen?«

»Aber du hast doch gehört …«

»Es war von einem Trupp Krieger die Rede, Tholik. Ich bin nur ein einziger Gefolgsmann, dagegen kann keiner was sagen.«

»Aber wer soll dann hier auf dem Eichelsberg mein Statthalter sein?«

»Das ist doch ganz egal, wir bleiben ja nur ein paar Tage weg. Zennak meinetwegen, das wird ihn freuen.«

»Also gut, Bossil. Lass packen.«

Die Regenfälle lagen einen Tag zurück, doch schon wieder war es frühsommerlich schwül. Bossil sehnte sich nach den kühlen, schattigen Wäldern der Haselberge. Und er vermisste sein kräftiges Reittier. Zu Fuß unterwegs zu sein, war mühselig und eines Streitaxtkriegers unwürdig.

Dennoch zeigte er ein gleichmütiges Gesicht, um Tholik nicht zu reizen, dessen Gemütszustand ohnehin kaum zu ertragen war. Oft übertrieben gesprächig und von hektischer Heiterkeit, dann wieder ungeduldig, kurz angebunden, aufgebracht wegen jeder Kleinigkeit. Bossil unterdrückte ein Seufzen. Auf der nächsten Bodenwelle beschattete er mit der Hand seine Augen und ließ ein weiteres Mal den Blick über das Gestrüpp hinweg bis zum Horizont schweifen.

»Da!« Er wies auf eine bescheidene Erhebung, die sich in der dunstigen Ferne abzeichnete. »Unser Ziel, vermute ich.«

Tholik kniff die Augen zusammen. »Das soll der berühmte Nebelstein sein? Dass ich nicht lache! Das ist ja nicht mehr als ein Maulwurfshügel …«

»Tja – die Richtung stimmt, wenn der Schäfer heute morgen recht hatte. Eine andere Möglichkeit scheint es nicht zu geben. Die

Entfernung täuscht vielleicht. Bis zum Mittag können wir dort sein und im Schatten des Felsens Rast machen, wenn wir zügig drauf zu halten. Dann wird sich ja zeigen, ob dich Raghna wirklich dort erwartet. Und wenn nicht, kehren wir sofort wieder um, ja?«

»Wir hätten gar nicht erst herkommen sollen! Das Ganze war ein verdammter Unsinn.« Tholiks Laune war auf dem Tiefpunkt. Plötzlich hatte er es gar nicht mehr eilig. Bossil kannte diese Schwankungen und tat nichts, um ihn umzustimmen.

»Also? Was dann?«

»Da drüben stehen ein paar Weißdornsträucher. Rasten wir dort, ruhen uns richtig aus und gehen am Nachmittag das letzte Stück. Oder glaubst du, ich will todmüde, verschwitzt und verdreckt am Nebelstein ankommen?«

Ah, das war es. Eitelkeit. Aber vielleicht war auch das nur ein Vorwand. Wortlos schlug Bossil die neue Richtung ein. Tholik folgte ihm missmutig.

Unter den niederen, windzerzausten Sträuchern stand die Luft. Selbst im Schatten war es unangenehm warm und stickig. Bossil schnupperte, es roch schlecht.

Er hob den Arm, um einen dornigen Zweig zur Seite zu schieben, als ihm ein Speer mit voller Wucht in die Brust fuhr. Ächzend fiel er zurück und riss Tholik mit sich zu Boden.

»Bossil!«

Noch bevor Tholik wieder auf die Beine kam und zur Waffe greifen konnte, war er von fünf Männern umstellt. Sie packten ihn an den Armen, zogen ihn hoch, fesselten seine Handgelenke. Einer von ihnen, offenbar ein junger Bauer, hielt ihm einen Steindolch an die Kehle. Zwei andere traten zu Bossil, der röchelnd und schaumiges Blut spuckend auf dem Rücken lag. Die Männer zögerten, unschlüssig, was sie mit ihm tun sollten, als der Sterbende noch einmal die Augen aufschlug. Sein Blick ging tastend in die Runde, saugte sich an Tholik fest. Er rang keuchend nach Luft, setzte mehrmals zum Sprechen an. Mit großer Mühe brachte er schließlich verständliche Laute hervor.

»Leb wohl, Tholik, mein … mein Junge«, sagte er und bemühte sich, jedes einzelne Wort deutlich auszusprechen. »Inthram sei mit dir und mit deiner Mutter! Bendriga. Ich hab … nur für … für sie und für dich gelebt. Mein *Sohn.*« Das letzte Wort betonte er so nachdrücklich, dass es über seine Bedeutung keinen Zweifel geben konnte.

»Was? Was?« Die aufdämmernde Erkenntnis traf Tholik wie ein Schlag. Ohne sich um den Dolch zu kümmern, der an seiner Kehle saß, fiel er auf die Knie und beugte sich über Bossil.

»He, was heißt das? Sag es mir! Heißt das, du warst … du bist in Wirklichkeit mein … mein … *Vater?*« Bei dem letzten Wort glitt ein schwaches Lächeln über Bossils Gesicht, dann fiel sein Kopf zur Seite.

Tholik kniete regungslos und starrte mit weit aufgerissenen Augen in das graubleiche Gesicht seines Ratgebers. Des Mannes, der, so lange er denken konnte, stets in seiner Nähe gewesen war. Des Einzigen, dem er hatte vertrauen können. Der ihn nie enttäuscht hatte …

Unwillkürlich tauchten die verhassten Züge des alten Ethomir vor ihm auf, und er spürte sie wieder, wie er sie sein ganzes Leben lang gespürt hatte: die unüberwindliche Fremdheit, die Kälte, die Ablehnung.

Er hat es gewusst.

All die Jahre über.

Von Anfang an.

Endlich verstand er. Alles. Nur mit Bossil hinter sich hatte er stets das Gefühl gehabt, am richtigen Platz zu sein.

Tholik stöhnte auf. Tränen traten in seine Augen, strömten über seine Wangen. Er nahm nicht wahr, dass die Männer erstaunte Blicke wechselten. Sah nur das hochgereckte Kinn des Toten, das graugelockte, blutverklebte Haar, die blicklosen Augen. Etwas zerbrach in ihm, drang unaufhaltsam nach oben wie eine seit Jahrzehnten zurückgestaute Flut – Verwirrung und Schmerz – sein eigener, der seiner Eltern und aller Menschen, überall, unaufhörlich, ohne Anfang, ohne Ende. Ein Gewebe, ein alles umfassendes Flechtwerk des Leidens. Einen Augenblick lang sah er es vollkommen klar. Dann zerriss es, zerfiel in eine Unzahl loser Fäden und Knoten, die um ihn kreisten, schneller und schneller, bis der tolle Wirbel ihn zu verschlingen drohte.

»Vater?« Kaum dass sich seine Lippen bewegten. Das Wort hatte irgendeine Bedeutung, aber er war nicht mehr imstande, sie zu erfassen.

Es war auch egal. Er wollte nichts mehr, nichts, als hier an Ort und Stelle bleiben, bis der Schwindel nachließ und die Welt wieder zur Ruhe kam. Nachdenken. Über alles, das ganze Leben. Eine besondere Art von Totenwache halten. Nie wieder aufstehen. *Nie wieder zum Eichelsberg zurückkehren!*

Eine gleichgültige Stimme sagte über seinen Kopf hinweg: »Verscharrt ihn und geht dann gleich zurück zum Lager. Wir kommen auch, sobald wir den da abgeliefert haben.«

»Ist gut, Mann.«

Tholik spürte einen Stoß an der Schulter, etwas zerrte an seinen Fesseln und riss ihn unsanft hoch. Eine grobe Stimme bellte ihm ein Kommando ins Ohr.

»Wohin?«, stammelte er.

»Zum Nebelstein. Da wirst du schon erwartet.« Raues Gelächter erschallte.

Nebelstein. Sonnenrad. Raghna. Hinterhalt.

Langsam, zäh wie Sirup, tropfte die Erinnerung in sein Bewusstsein zurück. Tholik nickte, kam stolpernd auf die Füße. Widerstandslos ließ er sich wegführen.

ABSTIEG INS TOTENREICH

Wir haben's geschafft, Caidan. Der Holden sei Dank! Mit all den Umwegen haben wir wahrscheinlich zehnmal so viel Zeit gebraucht wie nötig, aber jetzt sind wir endlich da. Da drüben, das ist der Nebelstein – in dieser und allen anderen Welten!« Ächzend ließ Raghna sich auf ein Graspolster fallen, strich ihre aufgelösten Haare zurück und wischte sich den Schweiß von der Stirn. Es war später Vormittag, die Sonne brannte fast senkrecht herab.

Caidan nickte ihr zu. »Sehr viel länger hätte es auch nicht mehr dauern dürfen. Du bist vollkommen erschöpft!«

Besorgt warf er einen Blick auf das abgezehrte Gesicht der Rabenfrau. Unter ihren glanzlosen Augen lagen tiefe Schatten, die trockenen, aufgesprungenen Lippen waren vor Anstrengung zusammengepresst. Es war offensichtlich: Seit sie ihr Siegel verloren hatte, kämpfte Raghna gegen Kraftlosigkeit und Schwäche an. Einzig und allein ihre Willenskraft hatte sie das Ziel erreichen lassen.

»Machen wir hier Rast, Raghna. Ruh dich aus. Ich schaue mich inzwischen ein wenig um und versuche herauszufinden, wie wir am einfachsten dort hinüber kommen. Vielleicht gibt es einen guten Wildpfad.«

Raghna nickte wortlos. Als Caidan eine Weile später wiederkam, schlief sie tief und fest. Er steckte ein paar Zweige in den lockeren Boden, breitete ein Tuch darüber und setzte sich neben sie in den Schatten. Als sie erwachte und die Augen aufschlug, stand die Sonne schräg am Nachmittagshimmel.

»So spät schon! Warum hast du mich nicht geweckt, Caidan?«

»Du hast den Schlaf gebraucht. Hör zu, ich muss dir etwas sagen, Raghna. Es sind Leute am Nebelstein.«

»Wieso? Das versteh ich nicht. Haelgunn sagte, der Platz wäre völlig einsam, und es käme nie jemand hin! Wahrscheinlich sind es Geister.«

Der Wanderer zuckte die Achseln. »Mir kommen sie vor wie zwei gewöhnliche Menschen.«

»Und was tun sie dort?«

»Nicht viel. Es sieht aus, als würden sie auf jemanden warten. Wir müssen uns überlegen, was wir jetzt machen. Sollen wir trotzdem hingehen?«

Nach kurzem Nachdenken schüttelte die Rabenfrau den Kopf. »Nein. Wenn wir den Eingang zur Totenhöhle suchen, können wir keine menschlichen Zeugen gebrauchen. Ich bin dafür, dass wir uns unsichtbar machen und so nah wie möglich heranschleichen. Siehst du das Buschwerk hinter dem Felsen? Dort können wir warten, bis sie verschwinden.«

Caidan schaute prüfend hinüber und nickte. »Gut, wenn du meinst. Aber jetzt essen wir erst mal was. Hier, getrocknetes Fladenbrot und Nüsse.«

»Ich hab keinen Hunger, gib mir nur etwas Wasser, bitte.«

»Iss dieses Brot, Raghna! Du musst bei Kräften bleiben.« Caidan ließ seine Begleiterin nicht aus den Augen, bis sie Bissen für Bissen hinuntergewürgt hatte.

»Das ist ja Ulmo!« Raghnas aufgeregtes Flüstern klang lauter, als sie beabsichtigt hatte. Caidan legte warnend den Finger auf die Lippen und zog sie tiefer in die Deckung der Büsche. Blitzschnell rief er sich alles ins Gedächtnis, was sie ihm unterwegs über den Freund ihrer Jugend erzählt hatte. »Was kann denn der hier wollen?«, murmelte er. »Und der andere … nein, aber das ist ja – eine Frau!«

Raghna riss erstaunt die Augen auf, zuckte plötzlich zusammen und schnappte nach Luft: »Und weißt du auch, wer? Berata ist das – Berata, die früher meine Magd und meine Freundin war! Was macht sie denn hier mit Ulmo zusammen? Ich kann es kaum glauben!«

»Bist du sicher?«

Sie kniff die Augen zusammen. »Ja, kein Zweifel. Sie hat sich allerdings ziemlich verändert in den paar Jahren. Ich würde so gern mit ihr reden, Caidan!«

»Solange du nicht weißt, auf welcher Seite sie steht, wäre das nicht ratsam. Wir dürfen nichts tun, was das Erreichen unseres Ziels gefährdet.«

»Ja, natürlich, du hast recht. Vielleicht ergibt es sich später. Sie sehen nicht aus, als würden sie bald fortgehen, oder?«

Caidan zuckte die Achseln. »Schwer zu sagen. Jedenfalls bleibt uns vorläufig nichts anderes übrig, als hier in Deckung zu bleiben.« Hinter Steinbrocken und Gestrüpp in einer Mulde verborgen, behielten sie den Nebelstein im Blick. Das Warten machte Raghna nichts aus. In ihrer Erschöpfung empfand sie es als Wohltat, endlich nicht mehr wandern zu müssen, und stellte sich innerlich darauf ein, die ganze Nacht in diesem Versteck zu verbringen.

Doch als der Spätnachmittag sachte in den Abend überging, geschah etwas.

»Sieh mal, da!« Raghna deutete auf einen schmalen Pfad, der von Süden her zum Nebelstein führte. Ein paar Männer näherten sich. Sie führten einen einzelnen Gefangenen mit sich, dessen Hände auf dem Rücken gefesselt waren. Teilnahmslos schleppte er sich dahin. Raghnas Augen weiteten sich, ihr Herz begann zu hämmern.

»Tholik. Caidan, das ist Tholik!«, sagte sie tonlos. »Was ist denn hier los? Ist das immer noch der Labyrinthzauber, dass ich heute all diesen Leuten aus meinem vergangenen Leben begegnen muss? Vielleicht sind sie doch schon tot, und wir sehen nur ihre Geister?«

»Ah, jetzt verstehe ich! Nein, Raghna, das ist weder Spuk noch Zufall«, meinte Caidan plötzlich. »Ulmo wusste, dass er kommt. Er erwartet ihn. Irgendwie ist es ihm gelungen, Tholik in eine Falle zu locken. Ich wüsste zu gern, wie er das gemacht hat …«

Raghna fuhr sich mit der Zunge über die trockenen Lippen. »Lass uns ein Stück näher herangehen, Caidan. Ich muss wissen, was da vorne geschieht!«

»Das ist zu riskant, glaub mir! Ich traue mir zwar zu, mit ein paar von diesen Bauern fertig zu werden, aber wenn es zu viele sind, wird es auch für mich kritisch. Du willst doch Tholik nicht etwa zu Hilfe kommen?«

»Nein. Ich weiß, dass ich mich nicht einmischen darf. Aber ich muss unbedingt mit eigenen Augen sehen, was da vorgeht, Caidan. Ich *muss* einfach.«

Er ergriff ihr Handgelenk und hielt es fest. »Es tut mir leid, Raghna, aber ich kann nicht zulassen, dass du jetzt aus Neugier unser ganzes Unternehmen gefährdest.«

»Kannst du nicht?«, murmelte sie und lächelte. Dann verschleierten sich ihre Augen, und sie sank zu Boden. Caidan konnte sie gerade noch auffangen und sanft ins Gras betten. Schattenhaft hatte er am Rand seines Blickfelds schwarze Schwingen wahrgenommen. Er wusste Bescheid.

In ihrer Vogelgestalt flog Raghna hinüber zum Nebelstein. Zurückblickend sah sie, wie Caidan sich über ihren regungslosen Körper beugte. Und noch etwas: Sie war nicht allein. Der Rabe war da, er flog neben ihr.

»Kroak!«, begrüßte er sie leise.

Im Bogen gingen sie tiefer, landeten geräuschlos auf einem Ast der dürren Kiefer, die sich an den Felsen lehnte, und spähten aufmerksam durch das Gewirr brauner Nadeln. Niemand beachtete sie.

Eben betraten die Männer mit ihrem Gefangenen den sandigen Platz vor dem Felsen. Tholiks Oberkörper war mit festgezurrten Lederriemen umwunden, seine Hände lagen gefesselt auf dem Rücken.

Einer der Raben hüpfte einen Ast tiefer.

»Hier ist er, Ulmo«, sagte einer der Bauern und stieß Tholik nach vorn.

»Gut. Ihr könnt jetzt wieder gehen.«

»Wir sollen dir von Kwill noch etwas ausrichten, Ulmo: Beim Dürrholz, wo die Heide anfängt, treiben sich ein paar Kerle herum, ein knappes Dutzend vielleicht. Sieht aus, als wären sie auf dem Weg hierher.«

»Was für Kerle? Bauern oder Krieger?«

»Die meisten sind wohl Bauern, sagt er. Aber ein Streitaxtkrieger führt sie an, das wird dieser Jord sein.«

»Was will der denn hier? Na, egal. Mit denen werden wir leicht fertig. Geht jetzt.«

»Sollen wir nicht für alle Fälle in der Nähe bleiben?«, fragte der Bauer mit einem Seitenblick auf Tholik. Aber Ulmo entließ sie mit einer knappen Bewegung, und sofort machten sich die Männer auf den Weg.

Nun wandte sich der Anführer seinem Gefangenen zu, der ausdrucklos vor sich hin starrte. »So sehen wir uns also wieder, großer Herr Tholik. Du erkennst mich doch hoffentlich? Wir sind uns schon einmal begegnet.«

»Ich erinnere mich«, murmelte Tholik schleppend.

»Und? Mehr fällt dir nicht ein? Wo ist es denn geblieben, das großmäulige Herrensöhnchen, das mich vor aller Welt gedemütigt hat? Und mir mein Mädchen weggenommen hat, entführt und geschändet …«

»Dein Mädchen? Raghna sah nicht so aus, als wollte sie dich zum Mann.« Um keinen Preis der Welt hätte der Großherr die freche Bemerkung unterdrücken können.

Ulmo schlug hart zu, einmal und noch einmal. Tholik fiel zu Boden, kam mühsam wieder hoch, hob den Kopf und schaute seinen Peiniger an. Ein schmaler Blutfaden rann über sein Gesicht, das von Staub, Schweiß und den Tränen, die er um Bossil geweint hatte, fast bis zur Unkenntlichkeit verschmiert war. »Also los schon, töte mich, damit es vorbei ist!«

»Das würde dir so passen. Nein, mein Bester. Eins nach dem andern! Hier ist nämlich noch eine Person, die sich gern mit dir unterhalten möchte. Vielleicht kommt sie dir auch bekannt vor?«

Berata trat aus dem Schatten des Felsens. Tholik runzelte die Stirn. »Du bist … warst Raghnas Magd, oder?«, meinte er unsicher. »Dann ist deine Herrin also doch hier?«

»Ich habe schon lange keine Herrin mehr, jedenfalls keine menschliche. Sagt dir der Name Feirut etwas?«

»Feirut? Der Sklave?«

»Ethomirs Knecht. Ich wollte ihn freikaufen und zum Mann nehmen. Aber er musste sterben, qualvoll und sinnlos. Weißt du noch, wie? Ah, siehst du: Allmählich fällt dir alles wieder ein.«

Tholik wurde aschgrau. Er sah in die Augen der Frau, und es gelang ihm nicht mehr, seine Angst zu verbergen.

Befriedigt registrierte Berata seinen Zustand. »Wir zünden jetzt ein schönes Feuer an«, fuhr sie fort, »und nehmen uns Zeit, das Andenken an die Nacht, in der Feirut starb, wieder aufleben zu lassen.«

Der Gefangene bemühte sich krampfhaft, Gleichmut zu zeigen: »Meine Leute sind schon unterwegs. Sie werden bald hier sein.«

Berata lachte nur spöttisch.

Nun gab Tholik jede Verstellung auf. »Hört zu«, sagte er eindringlich, »ich habe Kisten, ach, ganze Kammern voll Kupfer, Bronze, Gold, Silber … Bernstein, Kristall, mehr als ihr je auf einem Haufen gesehen habt. Wenn ihr mich von meiner Sippe freikaufen lasst, könnt ihr als reiche Leute von hier fortgehen …«

Ulmo warf ihm nur einen verächtlichen Blick zu. Beratas Stimme aber klang fast heiter: »Ja, und du lässt uns natürlich in Frieden ziehen, nicht wahr?«

»Das tue ich, ich gebe euch mein Wort drauf!«

Ulmo verzog angewidert das Gesicht und spuckte aus. »Dein Wort! Was das schon wert ist. Du zitterst um dein jämmerliches Leben, elender Feigling, und dazu hast du auch allen Grund. Du würdest uns alles versprechen, um von hier wegzukommen.«

»Nein, glaubt mir doch, ich kann euch …«

Berata zischte: »Um Worte bist du nie verlegen, das wissen wir. Aber hier gibt es keinen, der dir zuhören muss. Halt jetzt den Mund, sonst nehme ich den nächstbesten Stein und schlage dir die Zähne ein!«

Raghna sah fragend zu dem Raben hinüber. In seinen runden schwarzen Augen spiegelte sich, winzig klein, das Geschehen.

Müssten wir nicht doch etwas tun?

Als Menschenfrau hätte sie vielleicht eingreifen können. Doch ihr Körper lag ein Stück entfernt von hier in tiefer Entrückung. Sie überlegte kurz, ob es von Nutzen wäre, sich in ihrer Vogelgestalt zu zeigen.

Der Rabe schüttelte mit Nachdruck den Kopf und flüsterte: »Misch dich nicht ein, Raghna! Auf keinen Fall! Diese Leute gehören alle schon dem Totenreich an, überlass sie der Holden!«

Unschlüssig wandte sie sich wieder den drei Menschen zu. Deutlich gewahrte sie die flackernde Panik in Tholiks Augen. Er rang offenbar mit einem verzweifelten Entschluss und bemühte sich, sein letztes bisschen Mut zusammenzuraffen. Plötzlich machte er einen Schritt vorwärts und rammte Berata seine Stirn an die Schulter. Mit einem erstickten Aufschrei ging sie zu Boden. Ulmo griff nach seiner Keule, aber der Gefesselte trat ihm mit dem rechten Fuß so blitzschnell in den Magen, dass der Bauer sich krümmte und zusammensackte.

Tholik ging in die Knie, kam wieder hoch und rannte los. Doch nach wenigen Schritten hatte Ulmo ihn eingeholt und schlug zu. Die Keule streifte den Schädel des Fliehenden nur, aber das genügte, er fiel und blieb besinnungslos liegen. Mit einem Wutschrei war Berata über ihm, riss ihm an den Haaren den Kopf herum und kratzte mit den Fingernägeln blutige Furchen in sein Gesicht. Als er sich nicht regte, schrie sie Ulmo an: »Du hast ihn umgebracht, das ist gegen die Abmachung!«

»Unsinn, er lebt noch. Ist nur mit dem Kopf ein bisschen hart aufgeschlagen. Aber *du* solltest ihn jetzt erledigen! Wenn es zu lange dauert, riskieren wir zu viel. Ein ausgebildeter Krieger kann uns immer noch gefährlich werden, selbst wenn wir ihn von Kopf bis Fuß fesseln. Außerdem sind diese anderen Männer im Anmarsch, und wer weiß, ob sie ihn nicht doch suchen. Los, töte ihn, dann beseitigen wir die Leiche und schauen, dass wir hier wegkommen.«

»O nein! Ich will, dass er dasselbe erleidet, was er Feirut zugefügt hat. Und wenn es das Letzte ist, was ich tue, Ulmo!«

»Du starrsinniges Weib, begreif doch, du kannst hier nicht eine ganze Nacht lang deine Spielchen treiben.« Sein Blick streifte den Felsen. »Schau mal, die ersten Raben sind schon da, bald werden es noch mehr sein. Das fällt alles viel zu sehr auf. Los! Tu es jetzt! Sonst mach ich es selber, nur damit es vorbei ist.«

»Nein! Finger weg! Er gehört mir, du hast es versprochen, und ich habe den Preis gezahlt. Also gut. Dann eben jetzt. Aber nicht in diesem bewusstlosen Zustand. Ich will wenigstens warten, bis er wieder zu sich kommt, damit er mitkriegt, was passiert.«

Fluchend holte Ulmo seinen Wasserschlauch, spritzte dem Gefangenen das lauwarme Nass ins Gesicht und klopfte ihm mehrmals mit der flachen Hand auf die Wangen. Als er sah, dass Tholiks Lider zu flattern begannen, winkte er Berata herbei und zog sich zurück. Stöhnend schlug der Gefangene die Augen auf, starrte die Frau verständnislos an. Dann klärte sich sein Blick.

»Siehst du das hier, Tholik?« Berata hob ihren scharf geschliffenen Kupferdolch, auf dessen Schneide die Abendsonne funkelte. Kalt sagte sie: »Der Moment ist da. Du stirbst jetzt. Hast du mich verstanden?« Tholik erwiderte nichts. Schweiß stand auf seiner Stirn, er atmete flach und unregelmäßig.

»Schau mich an, Tholik. Du sollst mich anschauen!« Sie packte ihn am Kinn. Die beiden Augenpaare begegneten sich, hielten einander fest. Das Letzte, was der Mann am Ende seines Lebens sah, war Beratas unerbittlicher Blick unter den zusammengezogenen dunklen Brauen.

»Für Feirut!« Mit einer entschlossenen Bewegung stieß sie ihm den Dolch bis zum Heft in die Kehle und zog ihn wieder heraus. Tholik bäumte sich auf, ein Blutstrahl schoss aus der klaffenden Wunde, der verzerrte Mund brachte gurgelnde Laute hervor, dann sank der Kopf zur Seite, die Augen brachen.

»Das war's.« Ulmos trockene Bemerkung fiel zu Boden, ungehört.

Berata kniete neben der Leiche und starrte ins Leere.

Sie *sah* … sah zwei Menschen, einen Mann und eine Frau. Verfolgt vom schrillen Gelächter einer Vogelstimme durchwanderten sie gemeinsam weite, kalte, hallende Räume, gingen finstere, staubige Wege, die sich endlos vor ihnen dehnten. In der Frau erkannte Berata sich selbst. Der Mann musste also Feirut sein. Feirut, an dessen Gesicht sie sich jetzt kaum noch erinnern konnte.

Doch nein, es war nicht Feirut.

Es war Tholik.

»He, was ist los, Weib? Hörst du mich überhaupt? Wach auf, Berata!« Eine harte Hand hielt ihre Schulter schmerzhaft umklammert, sie schüttelte sie ungeduldig ab.

»Ulmo …?«

»Ja doch, wer sonst. Los, steh auf, wir müssen zurück!« Die Bewegungen des Mannes waren fahrig, Schweißtropfen standen auf seiner Stirn.

»Wir müssen ihn begraben, Ulmo«, sagte Berata, es klang fast feierlich.

»Keine Zeit. Wir werfen ihn hier in die Beifußstauden, Füchse und Raben werden sich um ihn kümmern. Der Häuptling vom Schwarzpferdestamm wird sich freuen über die Nachricht, dass der Großherr Tholik erledigt ist. Zum Beweis bekommt er das hier.« Ulmo beugte sich über den Toten und nahm ihm die Umhangspange und das goldene Halsband ab.

»Also, nun komm schon, worauf wartest du noch?«

Berata erhob sich schwerfällig. Geistesabwesend strich sie sich das Haar aus der Stirn. »Ich gehe nicht mit dir zurück, Ulmo«, sagte sie.

»Was soll das heißen?«

»Du hast mich schon verstanden.« Sie sah an ihm vorbei.

»Wohin willst du denn dann?«

»Fort von hier. Weit fort.«

»Ja, aber – wieso? Wieso, Berata? Du hast deine Rache bekommen, dein Feind ist tot, bald kommen die Bronzeleute, und Tjonar wird mich reich belohnen.«

»Ja, ich weiß, du kriegst eine Frau aus seiner Sippe.«

»Na und? Ich behalte dich trotzdem, als zweite, dagegen kann doch keiner was sagen.«

Berata seufzte. Sie sprach geduldig wie zu einem Kind: »Ich weiß, du meinst es gut, aber es geht nicht, Ulmo. Ich habe das Lager mit dir geteilt, um mein Ziel zu erreichen. Aber ich werde nicht mein Leben mit dir teilen.«

»Warum nicht?«

»Weil ich verflucht bin. Um Tholik zu töten, habe ich einen furchtbaren Eid abgelegt, habe mich und mein ganzes Leben der dunklen Rächerin ausgeliefert. Es gibt für mich kein Haus, keinen Ehemann, keine Kinder, kein friedliches, gesichertes Dasein mehr.«

»Du hast …?«

»Ich habe die Holde in ihrer schrecklichsten Gestalt angerufen, allein, in einer Dunkelmondnacht, und ich habe mich ihr geweiht. Verstehst du jetzt, dass ich nicht bei dir bleiben kann?«

»Aber … aber was willst du dann tun?«

»Ich mache mich auf die Wanderschaft, erst einmal nach Norden. Will versuchen, mich bis in Feiruts Heimat durchzuschlagen und seinen Leuten davon zu berichten, wie er lebte, starb – und gerächt wurde. Obwohl ich das merkwürdige Gefühl habe, dass das jetzt gar nicht mehr wichtig ist. Aber irgendein Ziel muss man ja haben, wenn man aufbricht, nicht wahr?«

Ulmo schüttelte den Kopf und ergriff wieder ihren Arm. »Weißt du, was ich glaube, Berata? Das alles hier war ein bisschen zu viel für dich. Du bildest dir alles Mögliche ein. Aber glaub mir, das sind nur Hirngespinste. Es wird schon alles nicht so schlimm sein. Pass auf: Wir gehen jetzt zurück ins Lager, und wenn Tjonar seinen weisen alten Priester mitbringt, den berühmten Inthuvanut, dann bitten wir den, dass er dich von dem … dem Fluch befreit. Und dann kommst du in mein Haus, und alles ist in Ordnung.« Er grinste vor sich hin. »Ich hab noch nie eine Frau wie dich auf meinem Lager gehabt. In dir brennt wirklich ein Feuer, Weib. Und dir hat es doch auch gefallen mit mir, oder etwa nicht?«

Berata verbarg ihren Widerwillen und sagte ruhig: »Das Feuer ist erloschen. Nichts und niemand kann es wieder anfachen. Vergiss mich, Ulmo. Du hast viel für mich getan, dafür bin ich dir dankbar. Aber ich kann nicht mit dir leben. Ich kann nicht, und ich will nicht. Leb wohl.«

Sie wandte sich ab, aber Ulmo riss sie grob herum. »He, meinst du vielleicht, du kannst mich so abspeisen? Du bist nicht die Erste, die das versucht. Ihr verdammten Weiber mit eurem ewigen Ich-will-nicht. Dir werd ich jetzt mal zeigen, wer hier was will oder nicht will!«

Er drückte die Frau zu Boden, warf sich keuchend über sie, riss ihren Kittel hoch und drang in sie ein. Ein paar keuchende Atemzüge, dann war es vorbei. Berata schob ihn von sich, stand auf und ordnete ihren Rock.

»Das ändert nichts. Leb wohl«, sagte sie, wandte sich ab und ging davon, mitten durch Strauchwerk und trockenes Gras.

Mit hängenden Armen sah Ulmo ihr nach, bis sie hinter dem Gesträuch verschwand. Dann hockte er sich nieder, an den Felsen gelehnt, Auge in Auge mit Tholiks Leichnam. Die knochigen Hände baumelten zwischen seinen angezogenen Knien. Sein finsteres Gesicht sah aus, als müsste er ein schwieriges Rätsel lösen. Einmal lachte er bitter auf. Die Strauchheide lag bereits im Abendschatten, als er aufstand und steifbeinig davonging, den Toten sich selbst überlassend.

Er schlug die Richtung zu seinem Lager ein. Irgendwo würde wohl auch noch sein Pferd angebunden auf ihn warten. Ulmo schaute kaum auf seinen Weg, schlug dornige Zweige zur Seite und trat achtlos auf knackende Äste, dann und wann verbissen vor sich hin fluchend. Er verlor die Richtung, die Nacht brach herein. Stolpernd vor Müdigkeit, tappte er immer weiter, ohne zu wissen wohin. Der Ruf einer Eule, ganz nah, ließ ihm das Blut in den Adern gefrieren. Plötzlich stand Tholiks geisterbleiches Gesicht vor seinen Augen. Ulmo fühlte, wie ihm der kalte Schweiß ausbrach. Weitergehen oder stehen bleiben und sich irgendwo in den Büschen verkriechen? Beides erschien ihm gleich schrecklich. Keuchend hastete er weiter, bis er plötzlich einen Lichtpunkt wahrnahm, der zwischen Zweigen aufblinkte.

Geister!

Doch dann atmete er tief aus. Nein, ein Feuer war das, ein ganz normales Lagerfeuer. Vor ihm lag das Dürrholz. Ein paar von seinen Leuten kampierten offenbar hier draußen, wahrscheinlich auf Befehl von Kwill. Vor Erleichterung wurden Ulmo die Knie weich.

So schnell er konnte, rannte er auf das Lager zu – und denen, die ihn suchten, geradewegs in die Arme.

Krampfhaft mit ihren Rabenkrallen an den Ast geklammert, schaute Raghna lange in die Richtung, in der Berata verschwunden war. Plötzlich konnte sie den Anblick des Mannes und des Toten, die einander zu Füßen des Felsens Gesellschaft leisteten, nicht länger ertragen. Der schwarze Vogel, der stumm neben ihr im Baum hockte, schien ihr in dieser Welt des Wahnsinns der einzige Gesunde und Normale zu sein.

Jetzt berührte er sie sanft mit dem klobigen Schnabel und forderte sie auf, ihm zu folgen. Sie flogen ein kurzes Stück, dann konnte sie nicht mehr weiter und landete auf einem niedrigen Geröllbrocken. Er ging neben ihr nieder.

Atemlos starrte sie ihn an. In seinen schwarzen Augen lag kühles Mitgefühl.

»Rabe, ich … das alles …« Raghna rang um Worte, würgte an Entsetzen und Abscheu, stieß schließlich hervor: »Ich verstehe immer besser, warum Haelgunn in der Einsamkeit leben wollte.«

»Ja, die Menschen sind schon ein wildes Volk. Ich verstehe gut, wie dir zumute ist, Rabenfrau, aber du darfst dich jetzt von diesen schrecklichen Geschehnissen nicht aufhalten lassen, sondern musst weitergehen.«

»Weitergehen? Was meinst du damit? Wohin denn?«

»Holls Totenhöhle wartet auf dich. Hast du vergessen, weshalb ihr hier seid? Immer wenn ein Mensch stirbt, öffnet sich die Pforte ein Stück weit. Tholiks Geist bahnt euch jetzt also den Weg. Du musst nun in deinen menschlichen Körper zurückkehren und zusammen mit dem Wanderer durch den Spalt gehen. Ich weiß, du bist erschöpft, aber ihr habt nicht viel Zeit.«

»Wie viel?«

»Der Halbmond geht ungefähr um Mitternacht auf. Dann schließt sich die Pforte wieder. Bist du bereit? Und wird deine Kraft noch reichen?«

»Hoffentlich«, murmelte die Rabenfrau tonlos. Schwerfällig flatternd stieß sie sich ab und glitt über die Sträucher hinüber zu dem Platz, wo Caidan ihren schlafenden Menschenkörper bewachte.

Raghnas Zähne schlugen aufeinander. Obwohl der Abend nicht kalt war, zitterte sie am ganzen Körper. Mit einem Schrei fuhr sie aus ihrem Alptraum hoch und sah Caidans besorgtes Gesicht dicht vor sich, beleuchtet vom rötlichen Abendlicht.

»Um Holls willen, die Sonne geht schon unter!«, rief sie erschrocken. »Ich hätte viel früher aufwachen müssen. Warum hast du mich nicht geweckt?«

»Ich habe es nicht gewagt, dein Geist schien immer noch zu wandern.«

Hastig schälte sie sich aus den wärmenden Hüllen, mit denen er sie zugedeckt hatte. »Wir müssen los, Caidan! Du konntest ja bestimmt aus der Ferne erkennen, was passiert ist: Tholik ist tot, der Eingang zur Höhle offen, aber nur bis Mitternacht! Ist Ulmo jetzt endlich weg?«

Caidan nickte. »Nachdem die Frau verschwunden war, blieb er noch eine Weile am Felsen sitzen, aber dann ging auch er fort, kurz bevor du zu dir kamst.«

»Ist er ihr gefolgt?«

»Nein. Er ging in die andere Richtung.«

»Gut.« Raghna rieb sich die Stirn. »Also dann, hilf mir hoch. Wir dürfen keine Zeit mehr verlieren.«

Er blieb jedoch vor ihr hocken und schaute sie forschend an. »Ich frage mich, ob du das noch schaffst, Raghna. Du bist ja kaum in der Lage, aufzustehen!«

»Es wird schon gehen, ich stütze mich auf dich.« Sie ergriff die ausgestreckte Hand des Wanderers und zog sich hoch. Die Sonne war jetzt unter den Horizont gesunken, es wurde rasch dunkel. Schwankend stand sie da und hielt sich an Caidan fest, bis die Welt wieder feste Umrisse gewann.

Nur der Felsen reflektierte noch einen schwachen rötlichen Schein, er war jetzt von einem hauchdünnen Nebelschleier umwoben. Nach kurzer Zeit erreichten die beiden den sandigen Platz zu seinen Füßen. Caidan begann sofort ein Feuer anzulegen und legte die Harzfackeln bereit, die er am Nachmittag hergestellt hatte. Raghna lehnte schwer atmend am Stein und sah sich um.

Da war die dürre Kiefer, auf der sie als Rabe gesessen hatte, hier die mannshohen, dichten Beifußstauden – und dort drüben, im Dämmerlicht undeutlich zu erahnen, lag Tholiks Leichnam noch genauso hingestreckt, wie sie ihn am Nachmittag verlassen hatten.

Zögernd trat sie zu ihm und schaute lange auf ihren alten Todfeind hinunter. Sie wartete darauf, dass Gefühle sich einstellten. Etwas wie Befreiung, Erlösung, Triumph. Doch da war nichts, gar nichts. Ihr Empfinden war völlig taub. Hatte dieser Tod in seiner Endgültigkeit nicht wenigstens etwas Versöhnendes? Nein. Nicht einmal das. Die leblose Gestalt mit den aufgerissenen, starren Augen und der klaffenden Wunde flößte ihr nichts als Grauen ein, auch jetzt wieder. Schaudernd zog sie den Umhang enger um die Schultern und wandte sich ab, als plötzlich etwas Glänzendes ihren Blick auf sich zog. In den auflodernden Flammen des Feuers blitzte etwas golden auf, ein Schmuckstück vielleicht, das, halb im Sand vergraben, neben dem Toten lag. Sie beugte sich nieder, hob es auf und starrte ungläubig darauf hinunter.

»Caidan! Schau dir das an!«

»Was hast du da?«

»Meinen Anhänger! Das Siegel!«

Er kam herüber und berührte nachdenklich das Amulett in ihrer Hand. »Das also war es, was ihn hierher in die Wildnis lockte. Ulmo muss ihn davon überzeugt haben, dass er dich hier finden würde. Und genau diese Erwartung brachte ihm den Tod«, murmelte er, und dann, mit einem schnellen Seitenblick: »Du machst dir nicht viel aus den Männern und ziehst sie doch in deinen Bann …«

Ohne darauf einzugehen, streifte Raghna sich das geflochtene Band über den Kopf, schob den Anhänger auf ihrer Brust zurecht, legte aufatmend die Hand darauf. Eine Spur von Farbe kehrte in ihr Gesicht zurück.

»So. Der Holden sei Dank! Das ist mein Zeichen, auf das ich gehofft habe!«, sagte sie. »Jetzt können wir den Eingang zu ihrem Reich suchen gehen. Wenn wir zurückkommen, wird hier in der Menschenwelt kaum Zeit vergangen sein. Wir können ihn dann begraben.«

Caidan nickte. Er durchschnitt rasch die Riemen, mit denen Tholiks starre Hände und Arme noch immer gefesselt waren, zog mit einiger Mühe den feinen wollenen Umhang unter ihm hervor und breitete ihn über den leblosen Körper, bevor er, eine brennende Fackel in der Hand, Raghna folgte.

Sie umrundeten die Felsnadel, bogen jeden Beifußzweig zur Seite, scharrten den Sand weg, suchten einen immer größeren Umkreis ab, doch vergeblich. Es gab keinen Erdspalt. Keine Pforte, keine Öffnung, nichts. Der Rabe zeigte sich nirgends, und es wurde immer finsterer. Der Mond würde erst viel später aufgehen, einstweilen mussten sie sich mit dem Rest der Abenddämmerung, der Fackel und dem ungewissen Schein der ersten Sterne begnügen.

»Wir sind am richtigen Ort«, hörte Caidan die Rabenfrau murmeln. »Hier überschneiden sich die Welten, die Pforte ist geöffnet. Das spüre ich. Wie gelangen wir nur hindurch?«

»Wir sollten vielleicht den Glockenbechertrank trinken«, schlug er vor, und nur er selbst wusste, welche Selbstüberwindung dieses Angebot ihn kostete. Doch zu seiner Erleichterung lehnte Raghna ab. Ihre Antwort kam prompt und ohne Zögern: »Nein! Dies ist keine Reise in die andere Welt, wie wir sie sonst immer machen. Haelgunn schärfte mir ein, dass für die Große Prüfung keinerlei berauschende Mittel verwendet werden dürfen, weder Tränke noch Pilze.«

»Was machen wir also?«

Die Augen halb geschlossen, überließ die Rabenfrau sich den aufsteigenden Bildern. Als die Worte kamen, hatte ihre Stimme einen fremden Klang: »Wir bringen der Holden eine Gabe dar … von unseren Haaren, unserem Speichel und unserem Blut … gemeinsam …«

Sie stand auf, kramte eine kleine Tonschüssel aus ihrem Lederbeutel und rieb sie sauber. Caidan zog den Dolch aus seinem Gürtel und schnitt erst ihr, dann sich selbst eine lange Haarsträhne ab. Er sah zu, wie Raghnas geschickte Finger die Strähnen teilten, seine und ihre Haare vermischten und zu einem dünnen Zopf flochten, dessen Enden sie zusammenknotete. Der Haarring passte genau in die flache Schale. Dann pflückte sie Beifußblätter, stopfte sie sich in den Mund und begann zu kauen. Die grüne Masse spuckte sie in das Gefäß. Caidan tat es ihr gleich. Schließlich schlug die Rabenfrau ihren Umhang zurück, schnitt sich mit dem Messer in den Unterarm und ließ ihr Blut in die Schale tropfen. Schweigend vollzog auch der Mann das Opfer.

»Wir müssen ein Loch graben!«

Da das Erdreich locker und sandig war, ging es schnell. Als es fertig war, kleidete Raghna es mit Beifußblättern aus. Dann wischte sie sich die Hände an ihrem Kittel ab, strich ihre Haare zurück und kniete am Rand der Opfergrube nieder. Der Wanderer kniete ihr gegenüber auf der anderen Seite, seine Hände ruhten locker auf den Oberschenkeln. Aufmerksam folgte er jeder Bewegung der Rabenfrau, die nun mit beiden Händen die Schale hob. Ein Blutfaden rann über ihren linken Arm.

»Verehrung dir, der Holden! Gütige Herrin der Totenhöhle, Allesgebende, Herrscherin über Leben und Tod, nimm unsere Gabe freundlich an. Wie es uns aufgetragen wurde, sind wir hierhergekommen, um gemeinsam Prüfungen und Aufgaben zu bestehen. Gewähre dem Wanderer und der Rabenfrau Zutritt zu deinem Reich! Wir geben uns ganz in deine Hände. Und wir rufen auch euch, Haelgunn und Nxerri: Seht auf uns und steht uns bei in dieser Nacht!«

Klar standen die Worte zwischen ihnen im Raum. Ein Windstoß fuhr raschelnd durch die Beifußstauden. Von Raghnas schmaler Gestalt strahlte eine bezwingende Kraft aus.

Sie drehte nun das Gefäß um und strich mit einem Beifußzweig den Inhalt in die Grube. Zuletzt zerbrach sie mit einem scharfkantigen Stein die Schale und streute die Scherben über die Opfergabe, bevor sie und Caidan wieder das Erdreich darüberschaufelten.

Als sie die Stelle glattstrichen, berührte der Wanderer Raghna am Arm und wies mit dem Kinn zum Felsen. Zu Füßen des Steins, der immer noch einen Hauch des rötlichen Abendlichts bewahrte, saß ein ungewöhnlich großer Rabe mit schimmernden schwarzen Augen.

»Folgt mir«, sagte er und flatterte dicht über dem Boden voran.

Dann standen Raghna und Caidan Hand in Hand in einer unterirdischen Halle von gewaltigen Ausmaßen. Schlanke Säulen und Pfeiler trugen eine gewölbte Decke aus unbehauenem Fels, deren gezackte Umrisse sich weit oben im Dämmerdunkel verloren. Die Luft war kühl und trocken. Glitzernde Adern durchzogen die unregelmäßig geformten Wände, von der Decke hingen spinnwebfeine Nebelschleier. Der Boden war glatt und eben; Caidan bückte sich und berührte ihn: Er war fest, aber nicht aus Stein, sondern aus einem weniger harten Stoff, den er nicht kannte.

Merkwürdig.

Alles hier war seltsam und fremdartig, trotzdem empfand er keinerlei Beunruhigung. Stille und Frieden, fast mit Händen zu greifen, umschlossen ihn und Raghna. Von Zeit zu Zeit fiel mit hellem »Bling!« irgendwo ein Wassertropfen nieder.

Caidan konnte sich nicht entsinnen, dass sie durch eine Pforte gegangen wären, aber das war jetzt auch nicht mehr wichtig.

Vorsichtig, tastend, immer noch Raghnas Hand haltend, machte er ein paar Schritte vorwärts, in die Nebelschleier hinein.

Plötzlich fühlte er, wie Raghna zusammenzuckte: »Da!«

Der Nebel glitt wie ein Vorhang zur Seite und enthüllte ein weiträumiges Podest aus glatten, präzise zusammengefügten Steinblöcken. In der Mitte, auf einem hochlehnigen, aus Knochen zusammengefügten Thron saß in königlicher Haltung eine ältere Frau. Das schmale, bleiche Gesicht mit der hohen Stirn wies feine Falten auf. Ihre grauen Haare waren zurückgekämmt und im Nacken zum Knoten geschlungen. Ein kostbares Gewand aus schimmerndem Silbergrau und Purpurviolett umhüllte den hageren Körper bis zu den Füßen. Die schlanken, edel geformten Hände ruhten auf den beinernen Armlehnen. Dunkle, wissende Augen blickten den Besuchern ruhig entgegen.

Die Rabenfrau sank in die Knie und hob anbetend die Hände. »Holl!«, flüsterte sie mit versagender Stimme. Caidan blieb hinter ihr stehen, fast erschrocken über die Stärke der Gefühle, die in ihm aufwallten.

Obwohl sie sich in der Gestalt einer alten Frau zeigte, hatte die Holde nichts Menschliches an sich. Schön war sie, unsagbar schön. Macht umgab sie, Glanz strahlte von ihr aus. Ihre Erscheinung, das spürten die Besucher deutlich, war nur ein Ausdruck von etwas viel Größerem, Unbeschreiblichem, dessen bloße Ahnung überwältigend war.

Raghna schlug schluchzend die Hände vors Gesicht, unfähig, den Anblick zu ertragen. Caidan fühlte mit, was sie fühlte: eine Mischung aus Erschütterung, Furcht und glückseliger Dankbarkeit.

Aber nicht nur. Seine Sinne, seine Gedanken verwirrten sich. Er wusste: Was er da sah, war nichts weiter als ein Bild für Menschenaugen. Die Holde selbst konnte nicht wirklich gesehen werden. Dennoch versuchte er es. Unfähig, dem Kitzel der Neugier zu widerstehen, bemühte er sich, mit der geschulten Wahrnehmung des Wanderers durch das Bild hindurch zu ihrem Wesen vorzudringen.

Er stieß an eine Schranke, etwas wollte ihn davon abhalten. Sein Herz pochte rasend, aber er gab nicht auf, ließ seine inneren Fühler weitertasten … Schon zeichnete sich ein Muster ab, eine unnennbare Kraft, eine gigantische, schwarze, sternenübersäte Öffnung, die ihn in sich hineinsog … unaufhaltsam … willenlos …

Etwas griff nach ihm. Er hörte einen erstickten Aufschrei – seinen eigenen. Fühlte, wie ihm Schweiß übers Gesicht strömte, während er nach Luft rang. Wollte gleichzeitig nach vorn stürzen und zurückweichen, aber beides erwies sich als unmöglich.

Jetzt war da vor seinen Augen wieder die Gestalt der Alten, sie schaute ihn an. Er wurde von der Kraft ihres Blicks festgehalten, gleichsam eingefroren – vollkommen unbeweglich.

Hilf mir! Ich … kriege … keine Luft mehr!

Ich ersticke!

Caidans Welt zerplatzte. Die Summe alle Ängste eines ganzen Lebens wurde mit einem Schlag frei. Grauen und Ohnmacht, so tief vergraben, dass er nichts davon gewusst hatte, umwanden öligdunklen Rauchspiralen gleich seinen versteinerten Körper, lösten sich langsam auf und trieben davon.

Worte erklangen wie ein fernes Echo: »Versuche nicht, die Regeln meiner Welt zu übertreten!«

Allmählich lockerte sich der unsichtbare Griff, die Spannung ließ nach. Caidan kam wieder zu sich, schnappte keuchend nach Luft, einmal und noch einmal. Fuhr sich mit der Hand über die schweißnasse Stirn.

Die Alte nickte ihm unmerklich zu. Obwohl sie die Lippen nicht bewegte, erklangen Worte wie von fern:

»Fürchte dich nicht, Besucher! Du bist hier an einem Ort, den kein Mann aus eigener Kraft betreten kann. Doch du hast die Hilfe einer weisen Frau gewonnen, hast dich ihrer Führung anvertraut und bist auf dem alten Pfad hierhergelangt. Sei also willkommen und sag mir: Was suchst du hier?«

Caidans Antwort kam augenblicklich: »Den Tod.«

»Warum?«

»Das Orakel von Lis hat mich verurteilt.«

»Wie lautete der Spruch?«

Ohne zu zögern, rezitierte der Wanderer: *»Geh in dein Grab. Kehre zurück, wenn du kannst. Bring den Stein in die Kammer. Hast du das alles vollbracht, dann bist du gereinigt und kannst den Sitz einnehmen, der auf dich wartet.«*

Ein langes Schweigen folgte.

»Steh auf, Tochter«, wandte Holl sich an Raghna, die noch immer vor ihr kniete. Raghna erhob sich und stellte sich neben Caidan. Er bemerkte es kaum, sondern lauschte mit allen Sinnen, als die Herrscherin fortfuhr: »Wenn es nur ums Sterben geht – dein Grab hättest du überall finden können. Warum bist du hier?«

»Weil mein Lehrer Nxerri mich hierherschickte. Er starb selbst bei dem Versuch, eine neue Linie zu begründen und das alte weibliche Wissen nach Lis zurückzuholen. Das Wissen, sagte er, sei wie ein Schatz in einer Höhle verborgen. Damals verstand ich nicht, was er meinte.«

»Verstehst du es jetzt?«

Caidan setzte mehrmals vergeblich an in dem Bemühen, seinen Empfindungen Ausdruck zu verleihen.

»Es ging wohl um … um dich!«, brachte er schließlich hervor.

Die Alte nickte.

Er vernahm ihre Worte, erfasste intuitiv ihren Sinn:

»Ich bin die Eine.
Herrin über Leben und Tod.
In allen Gestalten
diesseits und jenseits von Zeit und Raum.
Mein ist die Kraft, zu binden und zu lösen.
Frieden findet, wer mich ehrt.
Wer mich missachtet, muss mich suchen.
Muss suchen, von Leben zu Leben, rastlos, ruhelos, im Nebel des Nichtwissens.«

Alle Laute schienen gleichzeitig im Raum zu stehen, sie berührten die beiden Menschen und durchdrangen sie.

Als die Klänge verhallt waren, wagte Caidan zu fragen: »Aber … die dreifache Wahrheit …?«

»Das dreifach entfaltete Wissen ist von Wert, Wanderer. Aber hütet euch und eure Welt vor dem Eifer der Wahrheitsbesitzer! Sie vermögen nur ihren eigenen Faden zu sehen, niemals aber das ganze Netz, welches ich selbst bin. Großes Unheil entsteht durch sie.«

Mit einem raschen Seitenblick vergewisserte sich Caidan, dass auch Raghna aufmerksam zuhörte. Er war sich nicht sicher, ob er Holls Warnung richtig verstanden hatte.

»So, und nun geht es also ans Sterben, deiner Absicht gemäß«, sagte die Holde. »Bist du bereit, Wanderer?«

Die Spannung im Raum nahm zu und erreichte blitzschnell eine unerträgliche Intensität. Von allen Seiten schienen die glitzernden Wände näher zu rücken. Das klatschende Geräusch nackter Füße näherte sich, und aus den Nebeln tauchte ein unförmiges Weib im blutbespritzten Kittel auf, ein breites Messer blitzte in seiner Hand. Das braune, von schwarzen Haarzotteln umgebene Gesicht glich einer grob geschnitzten Maske. Sie trat auf Caidan zu und sagte: »Ich bin die Opferpriesterin. Du musst dich hinlegen.«

Raghna schrie auf. Er aber streckte sich, ohne zu zögern, auf dem glatten Boden aus, die Augen weit geöffnet.

Worte trieben durch seinen Geist.

Es stirbt dein schwacher Körper.

Es stirbt dein starrer Stolz.

Es stirbt dein altes Ich.

Dein Opfer wird angenommen.

Das Heft mit beiden Händen fest umklammernd, hob die Priesterin feierlich das Messer und holte weit aus.

Ohne zu überlegen warf Raghna sich dazwischen, entriss der Opferpriesterin das Messer und schleuderte es fort. Erstaunt und unschlüssig blieb diese stehen, den Blick hilfesuchend auf die Holde gerichtet.

Mit trotzig zusammengezogenen Brauen, das Kinn herausfordernd erhoben, schaute auch die Rabenfrau über Caidans Körper hinweg zum Thron. Peinlich berührt presste Caidan die Lippen zusammen. Sie hatte den großen Moment zerstört, unwiderruflich! Auf einmal kam es ihm lächerlich vor, so dazuliegen und diese

Frauen über sein Leben entscheiden zu lassen. Ärgerlich richtete er sich auf.

»Nun?«, kam es milde von der Holden.

»Es ist sinnlos. Ich lasse es nicht zu!«, sagte Raghna fest. Caidan stockte das Blut in den Adern angesichts dieser tollkühnen Dreistigkeit. Dann nahm er jedoch wahr, dass die alte Frau lächelte.

»Gut so, meine Tochter. Eine barbarische Schlächterei würde niemandem nützen. Erhebt euch, alle beide!«

Raghna blinzelte und sah sich argwöhnisch um, aber die Opferpriesterin war verschwunden. Ungläubig schüttelte Caidan den Kopf. Zögernd, fast unwillig, stand er auf.

»Du weist mich zurück, Göttin?«, fragte er.

»Nein, mein Sohn, ich weise dich nicht zurück. Du hast mir das Kostbarste dargebracht, was du besitzt: deine Hingabe, deine Aufrichtigkeit, deinen Mut. Ich nehme dein Geschenk mit Dank an. Aber dein Leben sollst du noch lange Zeit behalten, um deiner Gemeinschaft zu dienen.«

»Aber ... wie soll ich aus meinem Grab zurückkehren, wenn ich nicht vorher gestorben bin?«

Die Antwort hallte von den Wänden der Höhle wider: *»Es gibt keinen Tod. Es gibt kein Nichtsein. Und es gibt auch keine ewige Dauer. Alles, was existiert, verwandelt sich in jedem Augenblick. Was gegangen ist, kehrt in neuer Gestalt zurück.«*

»Das heißt ... ich muss nicht sterben?«

»Du stirbst in jedem Augenblick und wirst neu geboren. Wenn du dieses Wissen meisterst, hast du den Tod besiegt und das Leben gewonnen.«

Der Wanderer versuchte zu begreifen. Klammerte sich an das Erste, was ihm einfiel.

»Dann könnte ich also zurückkehren ... nach Lis?«, murmelte er in tiefem Erstaunen. »Aber – der Stein ... wie soll ich den Kristall in die Kammer bringen?«

»Verstehst du immer noch nicht? *Ich* bin der Kristall, und wenn du diesen Ort verlässt, trägst du etwas von mir in deinem Herzen mit dir, solange du lebst. Du kehrst zurück und bringst mein Liebe und Weisheit in die Kammern von Lis. – Das ist die eine Erklärung, aber es gibt noch eine andere, einfachere. Zeig sie ihm, Tochter!«

In Raghna begannen die Bilder einer Vision aufzusteigen, manche davon kannte sie bereits aus Caidans Erzählungen, andere waren ihr neu. Sie ergriff seine Hand und teilte sie mit ihm. Gemeinsam, mit geschlossenen Augen, erlebten sie mit, was in Lis geschehen war.

Sie sahen Caidan, der von der Reise zurückkehrte und seinen Lehrer Nxerri begrüßte. Eine schattenhafte Gestalt belauschte hinter dem Vorhang ihr Gespräch, ohne dass sie es merkten. Jemand träufelte farblose Tropfen in einen Becher Wein. Als Caidan spät nachts in seinen Schlafraum kam, trank er den Wein und fiel in bewusstlosen Tiefschlaf. Der uralte Glockenbecher des Hüters wurde zerbrochen. Ein vermummter Mann drückte Nxerri ein Kissen aufs Gesicht, bis er sich nicht mehr regte. Dann öffnete er den Schrein, nahm den Kristall aus der Nische und steckte ihn in einen ledernen Sack.

Ein neues Bild zeigte Paru, den Bewahrer, der sich zufrieden lächelnd in seinem Stuhl zurücklehnte. Alle Linien liefen zu ihm, dem Mann im Zentrum. Mit dem Lederbeutel im Arm betrat er jetzt allein ein baufälliges, schon lange nicht mehr genutztes Vorratshaus im entlegensten Winkel von Lis. Tiefe Löcher im Lehmboden hatten früher wohl zur Aufnahme von Getreidekrügen gedient. In einem davon versteckte Paru den verhüllten Kristall, bedeckte den Beutel mit Erde und klopfte sie fest.

Die Bilder versiegten. Caidan schüttelte fassungslos den Kopf.

»Aber … warum?«, stammelte er. »Warum sollte ein hoch angesehener Lehrer seiner eigenen Gemeinschaft schaden wollen?« Hilfesuchend schaute er die alte Frau an.

Von ihr kam nur ein Wort: »Wahrheitsbesitzer!«

Caidan begriff. »Wie konnte ich nur so blind sein?«, rief er erschüttert. »Es ist wahr, was meine Feinde mir vorwerfen: Ich habe versagt, unverzeihlich versagt. Ich bin als Hüter unfähig.«

Sanft kam die Antwort der Holden: »Du hast inzwischen viel gelernt, Wanderer. Vergiss nichts davon, kehre zurück in deine Heimat, finde den Stein und bring ihn in die Kammer. Das heißt aber auch: Hole das Wissen der Frauen nach Lis zurück und halte die Erinnerung an mich wach, so gut du kannst. Auf diese Weise wirst du der Linie der Glockenbecherleute den größten Dienst erweisen. Geh mit meinem Segen und nimm deinen rechtmäßigen Platz ein. Du wirst ein guter Hüter sein.«

Während Caidan noch nach Ausflüchten suchte, spürte er, wie eine Welle von Liebe ihn umfing. Seine Zweifel erloschen. Er neigte den Kopf und nahm sein Schicksal an.

Die letzten Worte hatte Raghna nur noch undeutlich, wie aus großer Entfernung, vernommen. Holls Gestalt auf dem Thron, die weitläufige Höhle, Caidans bronzefarbenes Gesicht, das jetzt den Ausdruck tiefen Friedens zeigte – das alles schien von den Rändern her zu zerfließen.

Sie war allein, schwebte irgendwo im zeitlosen Nichts, das sie sanft umspülte.

Wieder erklang die körperlose Stimme der Holden:

»Warum bist du hier, Rabenfrau? Was willst du von mir?«

Ja, was wollte sie? Es fiel ihr schwer, sich zu erinnern. Hatte es nicht etwas wie eine Aufgabe oder Prüfung gegeben?

Die Prüfung!

»Haelgunn schickt mich. Ich bitte dich um die Weihe zur Hagsitzerin.«

»Ich soll dich also prüfen?«

»Ja, Holda.«

»Nun, die erste Prüfung hast du schon bestanden, indem du hierhergekommen bist. Der Wanderer hat dir dabei geholfen, so wie du ihm.

Die zweite Prüfung hast du auch bestanden, indem du mir beim Menschenopfer Widerstand geleistet hast.

Du bist klug, du bist mutig, du bist beharrlich.

Die dritte Prüfung verlangt all das und noch mehr von dir. Bist du dazu bereit?«

»Ja, Herrin.«

»Antworte nicht zu schnell, Rabenfrau! Die große Prüfung kann dich dein Leben kosten. Schon manche, die auf dem alten Pfad zu mir kam, hat nicht mehr in die Menschenwelt zurückgefunden und musste ihren Körper aufgeben. Ich frage dich noch einmal: Bist du bereit? Wenn du nein sagst, lasse ich dich in Frieden heimkehren in die Menschenwelt.«

»Ich sage ja.«

»Selbst wenn du diese Prüfung überlebst, wirst du danach nicht mehr die Frau sein, die du vorher warst. Zum dritten und letzten Mal frage ich dich daher: Bist du bereit, in die Verwandlung zu gehen? Überlege es dir genau, denn wenn du jetzt zustimmst, gibt es für dich kein Zurück mehr.«

»Ich bin bereit.«

»Dann schließ die Augen, Tochter, und versenke dich in dein Innerstes. Lass dich durch nichts dazu verleiten, diesen Punkt der Klarheit und Stille zu verlassen. Betrachte alles, was geschieht, mit deinen inneren Sinnen, ohne einzugreifen. Halte dich frei von Erwartung und Furcht.«

Die Rabenfrau schloss die Augen. Sie fühlte, wie ihr Herz schmerzhaft gegen die Rippen schlug.

Sonst geschah nichts, außer dass Erinnerungsbilder auftauchten. Die Zeit lief rückwärts. Sie sah und erlebte sich als Flüchtling in Haelgunns Hütte, als Ethomirs Nebenfrau, als Tholiks Sklavin, als Moghans Enkeltochter, als kleines Mädchen neben einem großen schwarzen Raben, als Neugeborene in einer bitterkalten Winternacht …

»Mutter!«

Aufschluchzend, sich an etwas Warmes anklammernd, erfuhr sie die Liebe, die sie umgab, und gleichzeitig das entsetzliche, verzweifelte Gefühl der Leere und des Hungers, als sie allein am Leben blieb. Doch die Liebe blieb bei ihr, sie ging nicht verloren, und ein Schmerz, von dem Raghna gar nicht gewusst hatte, dass sie ihn seit ihrer Geburt in sich trug, heilte. Lange verweilte sie so.

Doch die Zeit stand nicht still, sie lief weiter, zurück, immer weiter zurück.

Sie sah fremde Menschen, seltsame Orte und Umgebungen, sich selbst in anderer Gestalt, und sie begriff, dass auch das zu ihr gehörte. Da war eine Rabenfrau im ledernen Kittel, gekrönt mit einem schwarzen Federkranz, und ein Mann, ein geliebtes, vertrautes Gesicht, dessen Stirn ein blaues Dreieck trug …

»Caidan!«

Nein, das stimmte nicht, er hatte anders geheißen. Aber das war nicht wichtig. Sie kannte ihn, und er kannte sie. Sie lächelten sich zu, unter Tränen. Ein Gefühl unendlich tiefen Friedens überkam Raghna.

Die Zeit lief weiter, irgendwann entglitten ihr die Bilder, wurden wesenslos, unbestimmbar.

Dann kam der Schrecken. Sie fühlte das Erdenrad unter sich, Holls gewaltiges Siegel, das allen Raum ausfüllte. Sie selbst im Zentrum, am Kreuzungspunkt der vier Streben, festgehalten, angeschmiedet, ausgeliefert.

Die Elemente waren angerufen, sie wusste es. Sie würden kommen und sie verschlingen. Nichts konnte sie aufhalten. Es gab keine Rettung.

Schon fing es an.

Das Gewicht der Erde stürzte auf sie und zermalmte sie. Was in ihr verhärtet war, zerbröckelte: Qual und Leid, Hass, Rache, Schmerz, Angst und Bitternis … Dann zerbrach ihr Körper, sie hörte ihre Knochen knacken, die Wirbel brechen, ihren Schädel bersten. Wollte schreien und brachte keinen Laut hervor.

Wasser floss in ihren aufgerissenen Mund. Sie ertrank, trieb über den sandigen Grund des Meeres zwischen Schlingpflanzen dahin. Fische glitten durch ihre Haare, Krebse aßen ihre Finger, ihre Augen. Glucksende Wellen umspülten und durchfluteten sie.

Verzweifelt bäumte Raghna sich auf und zerrte an unsichtbaren Fesseln, die nicht nachgaben.

Feuer verbrannte sie, ließ ihre Haut aufplatzen, sengte das Fleisch weg, blau flammten die zerbrochenen Knochen auf. Raghna schrie und schrie. Kaltes Feuer kühlte, löschte den Schmerz, sie fror. Nur Asche blieb, graue Asche, weiße Asche.

Der Wind wehte sie fort, verteilte sie, Stäubchen für Stäubchen, in alle Richtungen, und Raghna wusste nun, dass nichts von ihr bleiben würde. Nichts. Alles Bemühen war vergeblich gewesen. Eine Trauer, so abgrundtief und lichtlos wie ein schwarzer Brunnenschacht, sog alle Kraft aus ihr. Ein Gewicht senkte sich auf sie, schwer lastend wie ein Block aus Basalt, und presste sie zu Boden, endlos … jahrtausendelang. Sinnlos, zwecklos, ziellos, wertlos … Es gab nichts, worum es sich lohnte, auch nur einen Finger zu rühren. Nichts, was blieb.

Nur das: reines, freies Gewahrsein. Die lastende Finsternis hatte keine Macht über sie! Wissen strahlte auf, ein tänzerisches, spielerisches Erkennen und Erfassen jenseits aller Gestaltungen. Sprudelnd wie eine Fontäne stieg Lachen auf, silberhell.

Frei war sie. Frei. Ungebunden, unverletzlich …

Lächelnd sah sie von irgendwoher zu, wie ein Körper sich neu formte: Knochen, Muskeln, Sehnen, Organe, Blut, Atem, Haut, Haare. Eine Frau. Ja, doch: Sie ähnelte tatsächlich dem, was einst die Rabenfrau gewesen war. Still lag sie da, nackt, mit geschlossenen Augen, auf der warmen Erde, im duftenden Gras von Holls Garten, ein leichter Sommerwind spielte in ihren Haaren, spielte mit den Blättern der Linde, deren besonnte Zweige sich schützend über sie breiteten.

Jemand kam, eine alte Frau. Großmutter Moghan? Frunn? Oder Haelgunn? Nein, es war die Holde selbst. Sie beugte sich über die Liegende, pochte ihr mit einem Finger auf die Brust. Ein Spalt öffnete sich, tief in die Körpermitte hinein. Aus ihren geschlossenen Händen ließ die Alte etwas durchsichtig Leuchtendes, Irisierendes in die pulsierende Grube gleiten, einen ovalen Kristall. Sanft strich sie darüber hinweg, die Öffnung schloss sich wieder; sanft berührte sie die Lippen der Rabenfrau, die zu atmen begann und die Augen aufschlug.

Lebe, meine Tochter!

Gestorben bist du, verwandelt und neu geboren. Du hast die große Prüfung bestanden, hast das kristallene Herz erlangt. Gebietest über das große Siegel. Aus allen Richtungen fließen dir Kräfte zu. Du gehst, wohin du willst, und hast Anteil an allem, was ist.

Von mir, die ihr die Holde nennt, bist du angenommen und geweiht als Hagfrau und Erbin Haelgunns, als Heilerin und weise Frau deines Volkes, als Seherin und Sängerin, Wissende und Wirkende, als Hüterin des alten Pfades, der zu mir führt. Ich bin du, und du bist ich.

Genährt und getragen wirst du von Erde, Wasser, Feuer und Luft, von meinem Flechtwerk. Unter dem Rabenmond fliegst du mit deinem Gefährten, und das Alte Land spricht zu dir.

Frei bist du von jeder Fessel, jedem Band, nur dir allein verpflichtet.

Du hast das Recht, für dein Werk Götter und Geister, Menschen,

Tiere, Pflanzenwesen zu Hilfe zu rufen, wann immer du es für nötig hältst.

Du hast die Pflicht, dem Leben und meinen Geschöpfen zu dienen.

Halte die Erinnerung wach!

Ich werde mit dir sein, im Leben und im Sterben und darüber hinaus.

Wieder war die Rabenfrau allein. Sie lag lange still und spürte dem Geschehenen nach, setzte sich dann auf, lehnte sich an den Stamm der Linde, deren Zweige sich im leisen Wind regten, und betrachtete den Garten, immer noch, ohne zu denken. Die Nachmittagssonne stand tief. Überall war Gold. Raghnas Haut schimmerte golden, das Laub, die Gräser, der Himmel, sogar die dunstige Luft. Sie atmete, roch, schmeckte, sah Gold. Reife und Fülle, Reichtum, Erfüllung. Frieden. Abendlicher Frieden nach langer, schwerer, lebenswichtiger Arbeit.

Etwas fehlte noch. Sie versuchte sich zu besinnen, was es war. Ein Mensch?

»Caidan!« Suchend sah sie sich um.

Da war er, kam zu ihr, ebenfalls von goldenem Glanz umflossen, ebenfalls nackt. Tiefschwarze, glatte Haare fielen über seine bronzenen Schultern. Raghna stand auf, ging ihm entgegen.

»Ich kenne dich«, sagte sie. Er lächelte.

Blicke begegneten, Hände berührten einander, hielten sich fest. Warme, glatte Haut, tiefe Umarmung, Süße, strömendes, überströmendes Glück. Überfließen, Durchdringen, Verschmelzen, Einssein. Endlich.

Alles war gut.

Sie waren am Ziel.

Angekommen. Wunschlos. Für immer und ewig …

»Was wollt ihr von mir?«, knurrte Ulmo. Mit erhobenem Kinn starrte er die Männer an, die bei seinem Herannahen aufgesprungen waren und einen undurchdringlichen Kreis um ihn bildeten. Das Lagerfeuer beleuchtete ihre drohenden Mienen. Er kannte keinen Einzigen von ihnen. Sein zorniger Blick fiel auf den Anführer. Ein Streitaxtkrieger, der mit einer Horde Bauern herumzog? Ah, das musste dieser Ausgestoßene sein, der in dem Glockenbecherdorf lebte.

»Ich bin Jord«, sagte der Fremde wie zur Bestätigung. »Du hast wahrscheinlich schon gehört, dass meine Freunde und ich bereit sind, für die Haselberge zu kämpfen. Und du? Du bist Ulmo, nicht wahr?«

»Wie kommst du darauf?« Und nach einiger Zeit, als Jord keine Antwort gab, sondern ihn nur ruhig fixierte: »Also gut, ja. Und weiter?«

»Ich bin hierhergekommen, weil ich mit dir reden wollte.«

»So? Über was?«

Jord zählte die Themen an seinen Fingern auf: »Zuallererst über einen Jungen aus unserem Dorf, Dags heißt er. Dann über Tholik. Über die Bauern. Über euren Aufstand gegen die Herrensippe. Und über die Bronzekrieger.« Beim letzten Wort hatte Jord den anderen scharf beobachtet und das unwillkürliche Zucken seiner Lider registriert.

Doch Ulmo schob trotzig das Kinn vor. »Der Junge ist bei meinen Leuten, es geht ihm gut. Du kannst ihn wiederhaben, vorausgesetzt, ihr führt nichts gegen uns im Schilde. Sonst hab ich mit einem aus der Ethomsippe nichts zu reden. Du bist doch einer von denen, oder etwa nicht?«

»Wenn du meine Geschichte kennst, dann weißt du auch, dass ich schon lange keiner ›von denen‹ mehr bin, sondern ein Todfeind von Tholik, genau wie du. Er muss vertrieben werden, darin sind wir uns alle einig. Über alles andere werden wir in Ruhe reden müssen, aber nicht jetzt. Wir suchen hier in der Gegend eine Frau und einen Mann, einen Glockenbechermann. Sie sind wahrscheinlich unterwegs zu einem Ort, der Nebelstein heißt. Weißt du, wo er liegt?«

Ulmo wies mit dem Daumen über seine Schulter nach hinten. »Da hinten. Ich komme gerade von da. Wenn du Raghna und diesen Caidan meinst, die habe ich dort nicht gesehen. Aber Tholiks

Kadaver könnt ihr finden – oder das, was die Raben und Füchse davon übrig gelassen haben.«

»Was? Tholik ist tot?« Unwillkürlich machte Jord einen Schritt auf Ulmo zu und packte ihn bei den Schultern. »Ist das wahr?«

»Es ist wahr. Er ist uns in die Falle gegangen.«

»Und woher weißt du von Raghna und Caidan?«

»Euer Junge, dieser Dags, hat von ihnen geredet. Tja, alle Wege führen zum Nebelstein, nicht wahr?« Ulmo stieß ein freudloses Lachen aus.

»Hoffentlich. Wir müssen nämlich auch dorthin, auf dem kürzesten Weg. Selbst wenn Tholik tot ist, wissen wir nicht, wer von seinen Kumpanen sich dort noch herumtreibt. Raghna und Caidan sind vielleicht in Gefahr und brauchen uns. Du wirst uns führen. Wenn wir mit deiner Hilfe rechtzeitig da sind, schenken wir dir hinterher die Freiheit, ganz gleich, wie du dich nach unserem Gespräch entscheidest. Kannst du reiten?«

»Schon, aber durch die Strauchheide müssen wir zu Fuß. Du musst einen oder zwei von deinen Leuten hier mit den Pferden zurücklassen.«

Jord nickte. »Also gut. Stunnir und Hollo, ihr bleibt hier. Wir anderen brechen auf, sobald es hell wird. Wir werden Ulmos Spur zurückverfolgen, so kommen wir am schnellsten voran.«

Die Sonne stand noch nicht im Zenit, als die Männer sich dem Nebelstein näherten. Der Himmel hatte sich bezogen; unter der tief hängenden Wolkendecke sah der Ort verlassen und unwirtlich aus.

Die fünf Hohenfelder und ihr Gefangener verteilten sich suchend über das Gelände. Jord hatte Ulmo anfangs scharf beobachtet und dann beschlossen, ihn zu behandeln wie einen seiner eigenen Leute. Es war ein Risiko, aber er wollte es versuchen. Mit zusammengekniffenen Augen sah sich der Bauer um.

»Merkwürdig!«, sagte er. »Seht mal dort drüben. Jemand hat Tholik zugedeckt.«

Dann stand Jord nachdenklich vor dem Leichnam seines Verwandten. Das war nun das Ende des Großherrn Tholik. Wie würde Inthram mit ihm verfahren, wenn er an das Tor der Halle klopfte? Wie würden seine Ahnen, sein Vater Ethomir ihn empfangen?

Ich möchte nicht an seiner Stelle sein.

»Begrabt ihn«, sagte er müde. »Habt ihr sonst nichts gefunden?«

»Jord! Komm schnell! Aber nur du allein!«, ertönte im gleichen Moment Ushkafs Stimme aus dem Gebüsch hinter dem Felsen hervor.

Jord rannte los. »Ihr bleibt hier, bis ich euch rufe«, rief er den anderen über die Schulter zu.

Im Schatten der Felsnadel, bewacht von hohen Beifußstauden, lagen die reglosen Körper eines Mannes und einer Frau.

Jord erstarrte. »Tot?«, keuchte er.

»Nein, aber weit weg.« Es klang, als könnte Ushkaf nur mit Mühe seine Zunge bewegen. Jord achtete nicht darauf, er kniete bereits neben den beiden, berührte Raghnas Hals und zuckte zurück, als er die Hitze ihrer Haut spürte. Sie schien kaum zu atmen.

Sie ruhten dicht nebeneinander, Raghna in Caidans Arm, ihr Kopf in seiner Halsbeuge, die Hände waren verflochten. Auf den entrückten Gesichtern lag ein Schimmer überirdischen Glücks.

Ein spitzes Messer bohrte sich in Jords Herz. Grimmig biss er die Zähne zusammen. Er schaute hinüber zu Ushkaf, sah den Schock in dessen blutleerem Gesicht, sah den Ausdruck, mit dem er auf Caidan starrte.

»Was ist mit ihnen?«, stammelte Jord, jeden anderen Gedanken beiseiteschiebend.

»Ihr Geist ist im anderen Land«, kam es tonlos von Ushkaf. »Die große Reise. Sie gehen zusammen.«

»Wann kommen sie zurück?«

»Sie kommen nicht zurück. Bleiben so, bis sie sterben.«

»Was sagst du da? Wie kommst du darauf?«

»Im Hathortempel manche Priesterinnen und Priester sind so in den Tod gegangen.«

»Aber warum?«

»Entweder sie wollen für immer bei Göttin bleiben oder sie wollen besonders viel Kraft ansammeln für große Aufgabe im nächsten Leben.«

Fassungslos starrte Jord auf die in Ekstase verlorenen, von einem leichten Schweißfilm bedeckten Gesichter. Raghnas Augen waren einen Spalt geöffnet, unter den Lidern blitzte das Weiße hervor. Caidan hatte die Augen fest geschlossen, dennoch schienen beide irgendetwas wahrzunehmen. Leise stöhnend, fast unmerklich, in großen Abständen, ging ihr Atem.

Jord fuhr sich durch die Haare. Das konnte doch nicht sein! Sie hatten sie gefunden, lebend gefunden, und nun sollte er zusehen, wie sie hier starben, zum Berühren nah und doch unerreichbar?

»Was passiert, wenn wir sie einfach schütteln und mit Wasser bespritzen, bis sie aufwachen?«, fragte er.

»Der Körper wacht auf, aber Geist bleibt für immer auf Reisen! Wecken ist viel zu gefährlich! Nein, wir können nichts tun, nur sie gut bewachen bis zuletzt.« Ushkafs Stimme brach.

Jords Denken arbeitete fieberhaft.

»Nein!«, sagte er hart. »Ushkaf, so geht das nicht. Wir müssen sie zurückholen. Es *muss* einen Ausweg geben. Sag mir, was wir tun können!«

Hoffnungslos schüttelte der Ägypter den Kopf. »Die Göttin hat beide ergriffen. Kein Mensch darf jetzt mehr ... wie sagt man ...«

»Eingreifen?«

»Ja.«

Jord holte tief Luft: »Soll ich dir mal was sagen, Ushkaf? Das ist mir vollkommen egal! Ich hole Raghna zurück, wenn ich kann, und zwar auf meine eigene Verantwortung. Mögen die Götter dann mit mir machen, was sie wollen. So lasse ich sie hier nicht liegen und umkommen – so nicht! Also, was ist: Gibt es einen Weg? Es gibt einen, stimmt's? Willst du ihn mir nun erklären oder nicht?«

Der Hathorpriester schüttelte verzweifelt den Kopf. In diesem Moment kam von Caidan ein leises Geräusch, nicht viel mehr als ein Aufseufzen. Ushkaf beugte sich über ihn, berührte ganz leicht mit den Fingerspitzen sein Gesicht, ballte plötzlich die Hand zur Faust und schlug auf den Boden.

Entschlossen hob er den Kopf.

»Gut, wir versuchen es!«, sagte er grimmig. »Aber nicht mit Kaltwasser, sondern hier ...«, er tippte sich auf die Brust, »... von Herz zu Herz rufen. Ich hole Caidan, du Raghna. Leg deine Hand auf ihren Körper, dann mit ganzer Kraft eine Brücke bauen – zu ihrem Geist. Laut rufen, so laut du kannst, mit der inneren Kraft, das heißt: Liebe. Verstehst du?«

»Ja, ich glaub schon. Also los.«

Ushkafs Hand lag auf Caidans Brust. Jord beugte sich von hinten über Raghnas Kopf und umfasste mit beiden Händen ihre Oberarme. Bei der Berührung ihrer nackten Haut brandete eine solche Welle von Liebe in ihm auf, dass ihm der Atem stockte. Er schloss die Augen, sammelte seine Aufmerksamkeit in dem einen Namen, um den sein ganzes Dasein kreiste, und sandte den Ruf aus.

»Raghna …?«

Binnen kurzer Zeit verlor Jord jedes Gefühl für Zeit und Raum. Die Empfindung, sich auszudehnen und zu ungeheurer Größe anzuschwellen, füllte ihn aus. Er hatte nicht gewusst, dass so viel Kraft in ihm steckte, aber nun, da er sie brauchte, war sie da. Etwas Urgewaltiges erwachte, und Jubel stieg in ihm auf.

Ich kann es!

Ohne zu wissen wie, schaffte er es, das wilde Feuer, das in ihm loderte, zu einem Strahl zu bündeln. Er richtete ihn auf Raghna – und ließ los. Sein Ruf war von solcher Stärke, dass er die unsichtbare Trennwand zwischen der Menschenwelt und dem anderen Land durchdrang. Jord fühlte den Riss, vergrößerte ihn und schickte immer mehr Kraft hindurch.

»Raghnaaaaa …« Schon bald wusste er nicht mehr, was die Laute eigentlich bedeuteten. Er wurde selbst zum Schrei. Ein Rest seines Bewusstseins, ganz weit hinten, warnte ihn davor, zu weit zu gehen. Aber er kümmerte sich nicht darum, sondern schob noch mehr konzentrierten Willen hinterher.

»Caaaaiiiiidaan!«, tönte es von irgendwoher, aber auch das lenkte Jord nicht ab. Wieder und wieder sandte er seinen Ruf aus, der zwischen den Welten widerhallte und den unendlichen Raum durchdröhnte. Bilder zogen an ihm vorbei. Er nahm wahr, wie er sich durch Höhlen und glitzernde Grotten bewegte, über Wiesen und Wälder dahinglitt, doch er schenkte dem goldenen Licht, dem smaragdenen Grün, den Blumen und rieselnden Bächen keinerlei Beachtung.

»Raghna?«

Plötzlich war die Verbindung hergestellt. Nicht etwa, dass er Antwort bekommen hätte. Er wusste nur, er wurde gehört – von ihr. Doch da war keine freudige Begrüßung, kein Entgegenkommen, nichts. Raghna verharrte, wo sie war. Auf eine unbeschreibliche, glückselige Art ruhte sie in sich selbst, vereint mit dem Wanderer in einem größeren Sein, das sie beide umschloss wie ein Strahlenkranz. Ihre Kraft war mit der des Gefährten zu einer leuchtenden Einheit verschmolzen, die alles Begreifen überstieg. Etwas in Jord wollte anbetend auf die Knie sinken, wollte nur noch hingerissener Zeuge dieser Entfaltung sein, für immer und ewig, aber seine steinharte Entschlossenheit besiegte den Wunsch.

Mittlerweile wusste er kaum noch, wer er war und was er tat, bis auf das eine: »Komm zurück!«, brüllte er.

Es war unerträglich, das Heilige zu stören, dieses Glanzvolle, Unnennbare, das sich da vollzog, er wusste es. Dennoch konnte nichts ihn aufhalten.

Ein leichtes Erstaunen wehte ihm entgegen.

»Komm zurück, Raghna! Komm zurück! Komm zurück!«

»Warum? Wohin? Wozu?«

»Ganz egal, komm zurück!«

»Warum?«

»Kein Warum. Komm einfach mit mir zurück!«

»In die Menschenwelt?«, kam es zögernd. »Nein. Geh allein, mein Freund.«

»Allein finde ich den Weg nicht mehr, Raghna. Ich bin viel zu weit gegangen.«

»Ich zeige ihn dir.«

»Ja, tu das.«

Tatsächlich fühlte er sich begleitet und sanft in eine Richtung geschoben, ohne dass er Raghna neben sich zu erkennen vermochte. Doch das Wenige, was er spürte, reichte ihm. Unvermittelt griff er zu und überflutete sie mit seinen menschlichen Gefühlen, fing sie ein mit dem Netz der Liebe eines Mannes zu einer Frau, riss sie an sich und hielt sie fest. Überrascht kämpfte sie darum, sich aus der Umklammerung zu befreien.

»Was tust du, Jord? Hör auf! Ich will hierbleiben!«

»Nein, das willst du nicht. Ich bin dein Mann, du bist mein

Weib. Wir haben ein Menschenleben vor uns und viel Arbeit. Du darfst deinen Körper nicht wegwerfen wie ein zerschlissenes Gewand! Komm mit mir zurück, Raghna.«

»Nein, lass mich! Hilf mir, Holl! Ich will nicht fortgehen aus deinem Land, Holde …«

Du selbst entscheidest, meine Tochter. Aber der Mann hat recht, du solltest zu den Menschen zurückkehren und unter ihnen leben. Durch den Kristall in deinem Herzen bleibst du mit mir verbunden. Und wenn du dereinst stirbst, werde ich dich hier in meinem Garten willkommen heißen, das verspreche ich dir.

Entsetzt schüttelte Raghna den Kopf, sie widersprach, wehrte sich gegen Holls Worte, sträubte sich gegen Jords Überredungskraft, aber noch während Gefühle, Gedanken und Eindrücke zwischen ihnen ausgetauscht wurden, zog er sie stetig immer weiter mit sich, und ehe sie es gewahrte, trieben sie gemeinsam durch den Riss zurück in die Menschenwelt.

Jord kam langsam zu sich. Ächzend stemmte er sich hoch. Er musste irgendwann das Bewusstsein verloren haben. Sein erster Blick galt Raghna, die noch immer genauso dalag wie vorher. Auch Caidan hatte sich nicht bewegt. Ushkafs Hände lagen auf seinem Oberkörper, die Augen des Ägypters waren fest geschlossen, Schweißtropfen standen auf seiner Stirn.

Jetzt seufzte Raghna tief auf, und ein Anflug von Farbe kehrte in ihr blutleeres Gesicht zurück. Sanft löste Jord sie aus Caidans Armen und bettete sie auf den Rücken. Sie atmete unregelmäßig, warf den Kopf hin und her, schlug die Augen auf. Ein erschreckend fremder, unirdischer Glanz lag in ihnen. Ihre trockenen Lippen bewegten sich, doch sie brachte keinen Ton hervor.

»Raghna! Schau mich an. Erkennst du mich?«

Ihre Lider flatterten. »Jord?«

»Inthram sei Dank! Du bist wieder da.«

»Mir ist so kalt«, flüsterte sie.

Er legte sich neben sie, nahm sie in die Arme und drückte ihren schmalen Körper fest an sich. Nach einiger Zeit ließ das Zittern nach, die Spannung wich, ihr Atem wurde tiefer und ruhiger. Erst jetzt spürte Jord, wie erschöpft er selbst war.

»Hilf, Hathor! Er stirbt!« Ushkafs entsetzter Aufschrei drang von weither an Jords Ohr. Mühsam hob den Kopf.

»Caidan? Was ist mit ihm?«, murmelte er, mit allen Sinnen noch ganz bei Raghna.

»Er atmet nicht mehr. Sein Herz steht still.«

»Konntest du ihn nicht erreichen?«

»Doch. Aber als Rabenfrau wegging, ist Verbindung abgerissen …«

»Warte!«, mischte sich Raghna mit schwacher Stimme ein. Sie machte sich aus Jords Armen los, beugte sich hinüber zu dem tief Bewusstlosen, legte ihre Handflächen an seine Schläfen.

»Ich bin da«, raunte sie dicht an seinem Ohr, »und warte hier auf dich. Ich habe dich nicht verlassen, Caidan. Im Namen der Holden, im Namen Hathors, im Namen der Himmlischen, komm zurück in diese Welt. Zurück zu mir!«

Drei Menschen blickten in atemloser Spannung auf den leblosen Körper. Nichts geschah, nichts. Die Züge des Wanderers wurden wächsern, scharf zeichnete sich das blaue Dreieck zwischen seinen Brauen ab.

Wieder beugte sich Raghna hinunter: »Komm zurück! Tu es für Lis, für uns alle hier, für dein Dorf und die Haselberge, für die Menschen, die dich brauchen und lieben, Caidan! Tu es für Ushkaf!«

Da – ein leiser Atemzug hob die Brust des Mannes, noch einer.

»Sein Herz schlägt wieder«, sagte Ushkaf, die zitternde Hand an Caidans Halsschlagader. Sein Gesicht war aschgrau.

Die Rabenfrau stützte sich auf Jords Arm, er half ihr aufzustehen. »Er wird bald zu sich kommen. Bleib bei ihm, Ushkaf. Er muss viel trinken und etwas essen. Ich auch.«

Der Ägypter sah zu ihr hoch, Tränen standen in seinen Augen. Für einen Moment war die Trennwand zwischen ihnen gefallen.

»Danke dir«, murmelte er.

Raghna nickte flüchtig, wandte sich ab und stolperte an Jords Arm zum Nebelstein hinüber. Noch immer war Jords Geist so eng mit ihr verbunden, dass er fühlte, was in ihr vorging. Erdenschwere zog sie nieder. Jeder Schritt, jeder Atemzug tat ihr weh, der Körper war eine unerträgliche Last. Was sollte sie hier? Noch immer erklang die Stimme der Holden in ihrem Kopf, lag ein goldener Dunst über allem, der nur langsam verblasste. Bitterer Schmerz erfüllte sie – und die peinvolle Gewissheit, dass das Heimweh nach jenem Garten sie bis zu ihrer Todesstunde nie wieder verlassen würde.

Alles war getan. Die großen Aufgaben waren erfüllt. Jetzt galt es, sich wieder ins gewöhnliche Leben zurückzutasten. Raghna und Caidan erholten sich jedoch nur langsam. Sie wechselten kaum ein Wort, aber jeder sah, wie nah sie einander waren. Das Erlebte hatte sie auf unbegreifliche Weise zu einer Einheit verschmelzen lassen.

Unter Jords Führung kehrte die ganze Gruppe zum Dürrholz zurück, wo Stunnir und Hollo mit den Pferden warteten. Schweigend, mit zusammengepressten Lippen stapfte Jord dahin. Nach der Ankunft im Lager übergab er Stunnir die Führung, zog sich unter die Plane zurück und schlief, in seinen Umhang gewickelt, augenblicklich ein. Doch trotz der tödlichen Erschöpfung wachte er mitten in der Nacht wieder auf und starrte in den Sternenhimmel. Glasklar kehrte die Erinnerung an das Erlebte zurück.

Vielleicht ist man gar kein richtiger Mensch mehr, wenn man einmal diese goldenen Welten gesehen hat. Ich kann sogar verstehen, dass die beiden nicht zurückkehren wollten. Aber … es hilft ja nichts …

Nein, es half nichts. Was auch immer die andere Welt zu bieten haben mochte – sie lebten hier, und es gab Pflichten.

Bilder von Raghna und Caidan in innigster Verschmelzung drängten sich Jord auf und ließen sich trotz aller Anstrengung nicht verscheuchen. Schlaflos lag er, seinem Schmerz ausgeliefert, bis es von Osten her endlich hell wurde. Obwohl er sich wie zerschlagen fühlte, stand er auf, stocherte in der noch glimmenden Asche und legte Holz nach. Dann ging er hinüber zu Ulmo, der in eine Decke gewickelt schnarchte, und klopfte ihm leicht auf die Schulter. Der Schwarzbärtige riss die Augen auf, er war sofort hellwach.

»Los, steh auf und komm mit«, sagte Jord, »wir gehen ein paar Schritte über Land, nur du und ich.«

In angespanntem Schweigen schritten sie nebeneinander dahin, begleitet vom jubelnden Gesang der Feldlerchen, unter einer Himmelskuppel, die flammend rot, dann seidig blau die erwachende Strauchheide überspannte. Die zurückhaltenden Mienen der Männer ließen nicht erkennen, ob sie von der leuchtenden Schönheit dieses Sommermorgens Notiz nahmen. Nach einer Weile blieb Jord stehen und wies auf einen sandigen Anger. Sie hockten sich auf ihre zusammengelegten Umhänge.

»Also, Ulmo. Es wird Zeit, dass wir uns unterhalten. Hier hört uns niemand, wir sind ganz ungestört.«

»Was willst du von mir?«

»Das kann ich dir sagen: Ich will, dass wir uns zusammentun und gemeinsam die Bronzeleute von den Haselbergen fernhalten. Jetzt, da Tholik tot ist, ist das das Einzige, worauf es ankommt. Oder siehst du das anders?«

Der Bauer verzog den Mund. »Die Bronzeleute sollten nicht nur Tholik vertreiben, sondern die ganze Ethomsippe.«

Verwundert sah Jord auf: »Tatsächlich? So weit wollt ihr gehen? Warum hasst du sie denn so sehr?«

»Weil sie ein verrotteter Haufen sind. Keiner von ihnen hat auch nur einen Finger gerührt gegen dieses dreckige Schwein Tholik. Eine Krähe hackt der anderen kein Auge aus, nicht wahr? Sie haben zugeschaut, wie alles den Bach runterging. Brennende Dörfer, Misswirtschaft, Hunger, Krankheiten. Ihretwegen liegt ein Fluch auf uns.«

Jord beobachtete den anderen sehr genau. Er sah, dass Ulmo an seine eigenen Worte glaubte. Dennoch waren die Klagen, die er vorgebracht hatte, nicht seine wahren Gründe.

Einem spontanen Impuls folgend sagte er: »Du bildest dir ein, dass du um Gerechtigkeit für euch Bauern kämpfst. Aber das stimmt nicht. In Wirklichkeit geht es dir nur um deinen Hass, um Rache für Demütigungen und darum, ein wichtiger Mann zu sein. Am liebsten würdest du gegen die ganze Welt kämpfen. Ich glaube, du bist einer von den ewig Unzufriedenen, die immer glauben, dass ihnen das Leben etwas schuldig geblieben ist.«

Stirnrunzelnd hatte Ulmo zugehört, und einen Augenblick lang schien es, als würde er die Worte in sich hineinlassen. Doch dann zuckte er verächtlich die Achseln: »Klugscheißergeschwätz. Wenn das alles ist, was dir einfällt, dann können wir wieder zurückgehen.«

»*Ich* bestimme, wann diese Unterhaltung zu Ende ist. Du hast allerdings die Wahl: Willst du dich vernünftig mit mir unterhalten, von Mann zu Mann, oder weiterhin den beschränkten Sturschädel spielen?«

Mit einem Wutschrei warf sich Ulmo auf Jord und rammte ihm die Faust ins Gesicht – oder jedenfalls dorthin, wo das Gesicht eben noch gewesen war. Noch bevor er das blitzschnelle Ausweichen des anderen realisierte, traf ihn bereits Jords trockener Schlag in den Magen und, als er sich nach vorn krümmte, ein zweiter Hieb auf den Nacken. Ulmo fiel um wie ein gefällter Ochse, versuchte rückwärts wegzukriechen und mit den Unterarmen seinen Kopf vor den nächsten Schlägen zu schützen.

Doch der Streitaxtmann saß schon wieder auf seinem Umhang, den Arm auf das angezogene Knie gestützt. Mit dem Daumen wies er auf Ulmos Platz.

»Setz dich«, sagte er knapp. Ulmo setzte sich und rieb sich schnaufend den Nacken.

»Also weiter«, fuhr Jord fort, als sei nichts geschehen. »Wir sprachen über die Ethomleute. Ihr wollt mithilfe der Bronzekrieger die ganze Sippe vertreiben? Erklär mir das noch mal.«

Ulmo klopfte sich Sand vom Kittel und brummte: »Was glaubst du denn, wer jetzt Tholiks Nachfolger wird? Perko ist noch zu jung, der wird sich nicht behaupten können.«

»Wer redet von Perko? Bossil natürlich!«

»Bossil ist auch tot.«

»Was? Woher weißt du das? Habt ihr den etwa auch umgebracht?«

Statt einer Antwort starrte der Bauer düster vor sich hin. Jord begriff. Kopfschüttelnd stieß er die Luft durch die Nase. Einen Moment lang zweifelte er am Sinn seiner Bemühungen. Aber es half nichts: Er brauchte die Bauern als Kämpfer, und sie glaubten nun mal an diesen ungehobelten Menschen da und ließen sich von ihm anführen. Nein, er musste sich um jeden Preis mit ihm verständigen.

»Dann wird also wohl Zennak Großherr. Das wäre allerdings übel«, meinte er mit schmalen Lippen.

Ulmo hatte gespannt seine Antwort erwartet. Jetzt riss er die Augen auf: »Ehrlich, Zennak? Das ist doch dieser bullige Kerl mit der roten Nase und den haarigen Pranken, der sich für einen großen Krieger hält, obwohl er meistens am Morgen schon besoffen ist«, stellte er grimmig fest. »Da hätten wir ja gleich Tholik am Leben lassen können! Siehst du, ich sag's doch: Die Bronzekrieger mögen sein, wie sie wollen. Besser als die Ethomsippschaft sind sie allemal, so viel steht fest!«

»Nein, Ulmo. Glaub mir, du irrst dich. Sie sind mindestens genauso schlimm, wenn nicht schlimmer. Wo die mal ihren Fuß hingesetzt haben, gehen sie nie wieder weg! Und in den Dörfern, die sie beherrschen, würdest du nicht leben wollen!«

»Was weißt denn du schon von den Bronzekriegern?«

»Mehr, als du denkst, Ulmo. Schließlich gehören wir alle zu den Völkern der heiligen Schnur. Und auch der Glockenbechermann hat uns einiges von ihnen erzählt.«

»Ja, klar. Ob Schnurbecher oder Glockenbecher, ihr Herren erklärt uns die Welt immer so, wie es euch selbst am meisten nützt.«

»Die Bronzekrieger sind ebenfalls Becherleute«, sagte Jord müde. »Sei doch nicht so verbohrt, Mann! Es geht nicht nur um deinen persönlichen Kampf gegen den Eichelsberg, sondern um unser ganzes Land, um die Haselberge. Willst du wirklich, dass diese Fremden sich hier festsetzen? Es gibt Leute, die halten dich bereits jetzt für einen Verräter, weil du mit ihnen Verbindung aufgenommen hast!«

»Na und?« Ulmo tat den Vorwurf mit einer großspurigen Handbewegung ab, aber man konnte sehen, dass ihm unbehaglich zumute war. »Wenn das alles hier vorbei ist …«, fing er wieder an, aber Jord ließ ihn nicht ausreden.

»Wenn das alles hier vorbei ist, bist du tot, Ulmo. Geht das nicht in deinen Kopf? Die benutzen dich doch nur, und anschließend machen sie kurzen Prozess mit dir!«

An Ulmos Schläfe pochte eine Ader. Er presste die Lippen zusammen und schwieg starrsinnig. Jord schleuderte ein Steinchen, das er zwischen den Fingern gedreht hatte, ins Gebüsch.

»Ich geb's auf«, sagte er. »Berata hatte recht. Mit dir ist nicht zu reden.«

»Berata?« Der bärtige Kopf ruckte herum.

»Ja. Sie wollte ein Treffen zwischen dir und mir vermitteln, aber anscheinend kam diese Sache mit Tholik dazwischen.«

»Hinter meinem Rücken!«, brach Ulmo los. »Diese verdammte Hure! An dich hat sie mich also auch verraten!«

Jord betrachtete ihn aufmerksam. Obwohl nichts darauf hindeutete, sagte sein Instinkt ihm plötzlich, dass der Widerstand des anderen nahezu gebrochen war. Sein Poltern hatte keine Bedeutung mehr.

»Das dachte ich mir schon, dass du es wieder so ansehen würdest. Aber das stimmt nicht«, versetzte er sachlich. »Sie hat sich Sorgen um dich gemacht. Ich musste ihr versprechen, dass dir nichts Schlimmes geschieht.«

Zum ersten Mal zeigte sich in Ulmos Gesicht etwas wie eine menschliche Regung.

»Was ist?«, fragte Jord.

»Sie ist weg. Verschwunden. Hat Tholik das Messer in die Kehle gerammt und mir dann Lebewohl gesagt. Einfach so. Weiber!« Die Röte des Jähzorns war einer kalkigen Blässe gewichen, in der Stimme des Bauern bebte der Groll – und noch etwas anderes.

Hellsichtig erfasste Jord, welche Rolle die Frauen in Ulmos Leben spielten. Er nickte verständnisvoll und fragte beiläufig: »Was haben sie dir versprochen, die Bronzekrieger?«

»Ich sollte eine Enkeltochter von Tjulek zur Frau kriegen und ein voll berechtigtes Mitglied der Schwarzpferdesippe werden.«

»Das hast du wirklich geglaubt? Diese Kerle sind doch in ihrem wilden Stolz auf ihre Ahnen noch schlimmer, als wir Ethomleute es jemals waren!«

Ulmo hob die Schultern. »Ich wollte es eben gern glauben, aber ganz sicher war ich mir nie. Mir ging es sowieso nur darum, Tholik zu vernichten. Alles andere war mir gleich, am Anfang wenigstens. Und später war dann der Stein im Rollen und ließ sich nicht mehr aufhalten.«

Wieder nickte Jord. »Mhm. Ich sag dir eines, Ulmo: Selbst wenn du für die Bronzekrieger kämpfst – nach ihrem Sieg hast du keinen Wert mehr für sie. Du bist tot, noch bevor du es merkst!«

»Das kann mir bei dir auch passieren«, murmelte Ulmo mit einem abschätzenden Seitenblick, aber es sah nicht aus, als würde er sich viel daraus machen.

»Wird es aber nicht, jedenfalls nicht hinterrücks. Das ist nicht meine Art. Wenn ich die Absicht habe, dir den Schädel einzuschlagen, dann komm ich von vorn.«

Unwillkürlich grinsten beide.

»Hör zu, Ulmo: Lass uns ein Bündnis schließen und die Haselberge gemeinsam verteidigen. Sag dich von diesem unseligen Bund mit den Bronzekriegern los. Wenn es uns gemeinsam gelingt, sie aufzuhalten, kannst du damit deinen Fehler wiedergutmachen und dein Ansehen wiederherstellen. Wenn nicht, ist es ohnehin egal.«

»Und was ist mit den Ethomleuten und dem Eichelsberg? Sag bloß nicht, alles bleibt beim Alten!«

»Nein. Wir gehen hin und reden mit ihnen. Wenn sie Vernunft annehmen, kämpfen sie mit uns zusammen, und anschließend bestimmen wir gemeinsam mit den Bauern, wer Großherr werden soll. Wenn nicht, dann überlassen wir sie ihrem Schicksal.«

»Du würdest doch nicht gegen Leute aus deiner eigenen Sippe kämpfen?«

»Es ist nicht mehr meine Sippe.«

»Ach was! Blut ist dicker als Wasser.«

»Also gut, ich würde nicht gegen sie kämpfen, das stimmt. Aber auch nicht *für* sie, wenn sie nicht bereit sind, einiges zu verändern. Also, was ist, Ulmo: Sind wir Verbündete? Kann ich mich in Zukunft auf dich verlassen, wie du dich auf mich? Los, schlag ein!«

Jord hielt dem Bauern die Hand hin und schaute ihm gerade in die Augen. Es stand außer Zweifel, wer von ihnen die Führung haben würde. Doch es schien, als hätte Ulmo begriffen, dass sich ihm hier eine Möglichkeit bot, noch einmal Ordnung in sein wirres Leben zu bringen. Erst zögernd, dann entschlossen erwiderte er Jords Händedruck.

»Es soll gelten.« Er wirkte erleichtert und ein wenig erstaunt über sich selbst.

»Gut. Ich hörte, Tjonar will schon bald hier anrücken?«

Ulmo nickte. »Nach der Ernte. Ich glaube, die ersten Gruppen sammeln sich schon hinter den Kieferbergen.«

»Wir haben also keine Zeit zu verlieren.« Jord stand auf und streckte sich. »Als Erstes reden wir jetzt mit Zennak und den Seinen, dann reite ich zu Herrn Korthom. Du und deine Leute, ihr müsst in die Dörfer gehen und noch mehr Männer für den Kampf gewinnen. Aber jetzt nicht mehr für den Aufstand, sondern für die Verteidigung. Ich denke, da werden viele mitmachen, die bisher nicht bereit waren.«

»Kann schon sein«, bestätigte Ulmo. »Aber jetzt kommt ihr erst mal mit und schaut euch unser Lager an. Wir sind fast sechzig Männer und haben ganz schön was auf die Beine gebracht!«

»Das glaub ich. Wir werden die Bronzekrieger vertreiben, Mann!« Zufrieden legte Jord den Kopf in den Nacken, blinzelte in den Himmel und sah den Lerchen zu, die sich jubilierend im Sonnenlicht badeten.

Goldener Glanz …

Er schloss die Augen und wandte das Gesicht ab.

KAMPF UM DIE HASELBERGE

Die sollen nur kommen! Denen werden wir zeigen, was eine Streitaxt ist! Wer die Ethomsippe zum Kampf herausfordert, der bereut es ganz schnell. Das war früher so, und das ist jetzt auch nicht anders.« Hart setzte Zennak seinen leeren Becher ab und schaute selbstbewusst in die ihm zugekehrten Gesichter.

Ein großer Kriegsrat hatte sich in der Großen Halle auf dem Eichelsberg versammelt, obwohl es jetzt im Frühsommer viel Arbeit auf den Weiden gab. Und er, Zennak, saß hier auf Ethomirs geschnitztem Stuhl! Schlimm, dass Tholik tot war, sicher. Aber die Männer hatten ja ihn als Nachfolger. Nur schade, dass es auch Bossil erwischt hatte. Ein kluger Berater wie er wäre nützlich gewesen, wenn er einem auch mit seinen spöttischen Bemerkungen oft gewaltig auf die Nerven gegangen war.

Die zweifelnden Blicke der Ethomleute, die ihm seit der Nachricht von Tholiks Tod folgten, beunruhigten Zennak nicht sonderlich. Nach dem Sieg über die Bronzekrieger würde sein Ruhm strahlen, seine Stellung als Großherr gefestigt sein! Es gab zwar ein paar, die lieber Ethomirs Jüngsten als Erben gesehen hätten, manche faselten sogar von Jord, der ja nun wieder aufgetaucht war, aber das nahm Zennak nicht weiter ernst. Für die bevorstehenden Kämpfe brauchte es einen erfahrenen Anführer, nicht einen Jungmann von gerade mal neunzehn Wintern oder einen ausgestoßenen Halbbauern.

Immerhin waren es Jord und Perko, die diese Ratsversammlung zustande gebracht hatten, das musste Zennak zugeben. Er wusste selbst nicht genau, wie es eigentlich zugegangen war. Plötzlich war Jord auf dem Eichelsberg erschienen, so als hätte es nie eine Verbannung gegeben. Er brachte eine Botschaft von diesem Glockenbechermann mit und hatte auch selbst eine Menge zu erzählen. Und nun hatte er es mit Perkos nachdrücklicher Unterstützung fertiggebracht, dass die Halle gedrängt voll war wie schon seit Jahren nicht mehr.

Auf den Bänken entlang der Wände saßen sämtliche waffentragenden Ethomkrieger, und auf dem Podest hatte man Stühle aufgestellt für Jord und die Gäste aus der Glockenbechersiedlung: diesen seltsamen Caidan, den Schmied Laukher – und Frau Raghna. Tatsächlich, sie war noch am Leben und wohnte offenbar in Hohenfeld. Perko hatte sie zur Begrüßung umarmt und zu dem geschnitzten Stuhl der Herrin geleitet. Und alle taten auch noch, als wäre das selbstverständlich, die Männer behandelten sie mit größtem Respekt. Eine Frau im Rat der Männer! Noch dazu eine entlaufene Nebenfrau! Zennak presste die Lippen zusammen und griff nach seinem Weinbecher.

Um die Feuerstelle in der Mitte der Halle saßen etwa zwei Dutzend Bauern aus mehreren Dörfern, angeführt von dem Rebellen Ulmo, der Tholiks Tod zu verantworten hatte. Bei seinem Anblick juckte es Zennak in den Fäusten; er musste sich mit Gewalt zurückhalten, um den Ratsfrieden nicht zu brechen. Jord hatte zur Bedingung gemacht, dass man Ulmo anhörte und unversehrt wieder ziehen ließ. Zähneknirschend hatte Zennak sich darauf eingelassen.

»Wartet nur! Wenn der Krieg vorbei ist, dann rechne ich mit euch allen ab«, knurrte er in sich hinein. Eins stand für ihn jetzt schon fest: Diese Versammlung war mit Sicherheit das Letzte, was er sich von Jord und Perko hatte aufzwingen lassen.

Immerhin, was Ulmo erzählte, war wichtig genug. Bleich und stockend berichtete er von seinen Verhandlungen mit den Bronzekriegern, immer wieder unterbrochen von zornigen Zwischenrufen der Ethomleute.

»Ruhe, Männer!«, rief Perko zum wiederholten Male. »Wir sind hier versammelt, um möglichst viel über die Absichten der Bronzeleute herauszufinden. Nichts anderes sollte uns jetzt kümmern!«

Erneut wandte er sich an Ulmo: »Du hast also mit dem Stamm der Schwarzpferde Verbindung aufgenommen. Warst du selber dort?«

»Ja, zweimal. Und einmal ein Bote von mir.«

»Hast du mit dem alten Tjulek persönlich gesprochen?«

»Nur beim ersten Mal, ganz kurz. Danach immer mit seinem

Sohn Tjonar. Der Alte hat ihm die Aufgabe übertragen, den Kriegszug anzuführen. Wenn er siegt, darf er den Eichelsberg zum Wohnsitz nehmen und die Haselberge als eigenes Gebiet beherrschen.«

Die letzten Worte gingen in einem Aufheulen der Ethomkrieger unter. Nicht einmal Jord und Perko gelang es, sie zu beruhigen. Einige der Jüngeren rückten mit geballten Fäusten gegen Ulmo vor. Die Bauern bildeten einen Ring um ihn. Caidan erhob sich und nahm mit verschränkten Armen neben Zennaks Stuhl Aufstellung.

Auch Raghna stand jetzt auf und trat nach vorn an die Stufe. Als sie die Arme hob, um sich Gehör zu verschaffen, blitzte das Goldsiegel auf ihrer Brust auf. Der Lärm erstarb. Alle Blicke hingen an ihr.

»Ihr Älteren, haltet die Jungen im Zaum. Was hier besprochen wird, ist wichtig für unser aller Zukunft! Es betrifft Krieger und Bauern, Männer und Frauen gleichermaßen. Kluge Männer hören zu und denken nach, bevor sie ihre Stimme ertönen lassen.« Sie sah die Jüngeren, einen nach dem anderen, ernst und eindringlich an, bevor sie ihren Platz wieder einnahm.

Der weißhaarige Weran, ein hoch angesehener Alter, stimmte ihr zu: »Frau Raghna hat recht. Vor uns liegt eine schwere Aufgabe, vor allem wenn es zutrifft, dass die Bronzekrieger noch dieses Jahr hier sein wollen. Wir sollten nicht den Fehler machen, diese Gefahr zu unterschätzen. Die alten Lieder künden von unseren Siegen, aber das ist lange her. Lasst uns den Tatsachen ins Auge sehen, Männer! Unter der Führung von Ethomirs Vater waren wir noch wilde Kämpfer. Aber heute? Wir haben viele Jahre gut gelebt in den Haselbergen und sind etwas zu bequem geworden. Tholik hat sich um die Waffenübungen nicht viel gekümmert, und unser altes Nachbarschaftsbündnis mit der Steinsbergsippe ist seinetwegen auch zerbrochen.«

»Zweifelst du etwa an unserem Kampfgeist?«, rief einer von hinten.

»Nein, mein Junge. Aber es geht nicht nur um den Mut jedes Einzelnen. Wir müssen mehr, müssen alles bedenken, um ein klares Bild unserer Lage zu bekommen. Dieser rebellische Bauer hat uns da eine üble Sache eingebrockt. Wir wären Narren, wenn wir das nicht erkennen würden.« Umständlich setzte sich Weran wieder hin. Die Stimmung in der Halle hatte sich gewandelt, war nachdenklich geworden.

»Die Bronzekrieger wären früher oder später ohnehin in Richtung Haselberge gezogen«, schaltete Caidan sich jetzt ein. »Der Aufruhr hat das nur beschleunigt. Die Schwarzpferde sind hauptsächlich Viehzüchter, die in einem flachen, trockenen Land ihr karges Leben fristen. Sie träumen von Wasser, grünen Hügeln und guten Weiden am Strom. Es ist dort Sitte, dass die jüngeren Söhne des Häuptlings mit ein paar ehrgeizigen Kriegern losziehen und sich ihr eigenes Gebiet erobern. Der alte Tjulek ist ein Fuchs, erfahren und listig. Wenn sein Sohn Tjonar viel von ihm gelernt hat, ist er ein ernst zu nehmender Gegner. Und – sie haben die besseren Waffen.«

»Wieso?«, knurrte Zennak.

Verbindlich wandte sich Caidan ihm zu. »Weil sie mit den Glockenbecherleuten von Boima verbündet sind, Herr Zennak. Dort weiß man alles über die Herstellung und Bearbeitung von Bronze. Bronze, ihr wisst es ja, ist viel härter als unser Kupfer – auf meinen Reisen wurde ich ständig danach gefragt.«

»Aber Bronze ist doch so rar und teuer, dass man daraus nur Schmuck und bestenfalls ein paar kleine Messer schmieden kann, gegen unsere Speere, Streitäxte und Keulen können sie damit gar nichts ausrichten!«

»Da irrst du dich, Zennak«, fiel Jord ein. »Von Boima bekommen sie so viel Bronze, wie sie wollen, und sie machen daraus scharfe Speer- und Pfeilspitzen, sogar Keulenköpfe!«

»Und noch etwas habe ich gesehen«, ergänzte Caidan, »eine Art langer Dolche, geeignet für Hieb, Stich und Wurf. Mit einem solchen Langdolch kann man leicht einen Mann töten, und glaubt mir, die Bronzekrieger verstehen damit umzugehen! Niemand kann sich ihnen auf Dauer entgegenstellen, es sei denn mit einer sehr großen Übermacht.«

Er nickte Jord zu, der eindringlich weitersprach: »Genau das ist der Grund, warum wir heute hier zusammengekommen sind: Wenn wir die Haselberge verteidigen wollen, brauchen wir jeden Mann, wirklich jeden: Junge, Alte, Krieger, Bauern. Wir müssen unsere Zwistigkeiten beilegen und uns einigen! Ihr Ethomleute habt davon den größten Vorteil, denn euch werden sie als Erste angreifen, um sich die Herrschaft zu sichern.«

»Wäre es nicht einen Versuch wert, einen Boten zu diesem Tjulek zu schicken und ihn zu warnen?«, warf Raghna ein. »Ihr könntet ihm sagen: Vergesst alles, was Ulmo euch versprochen hat, und lasst die Finger von den Haselbergen, sonst geht es euch schlecht. Vielleicht überlegt er es sich noch mal?«

Wütend fuhr Zennak auf: »Sollen die uns für schlotternde Feiglinge halten? Das kommt überhaupt nicht in Frage!«

Sogar Jord schloss sich ihm an: »Sie würden sich dadurch nicht abhalten lassen. Nein, es ist schon besser, sie halten uns für ahnungslos. So können wir ihnen wenigstens einen überraschenden Empfang bereiten.«

»Und wir müssen auch an Inthram denken!«, mahnte Weran. Die Krieger nickten ernst, und Jord, der Raghnas fragenden Blick auffing, erklärte: »Wir werden unser Bündnis mit einer Kriegerfeier bekräftigen, bei der wir Inthram im Voraus die Siegesgaben weihen, damit er uns beisteht. Danach gibt es kein Zurück mehr, sonst würden wir den Blitzeschleuderer beleidigen.«

»Also«, fuhr er fort, »wir sollten uns zusammenschließen. Und es wäre natürlich von Vorteil, wenn auch wir Bronzewaffen bekommen könnten. Dazu bräuchten wir die Hilfe der Glockenbecherleute. Wie denkst du darüber, Atal?«

Caidan und Laukher wechselten einen Blick, keiner von beiden sprach.

Bei dem Wort Bronzewaffen war ein begehrliches Glitzern in Zennaks Augen getreten. Mit Nachdruck sagte er zu Laukher: »Wenn du uns mit deinem geheimen Wissen unterstützt, sorge ich dafür, dass du alles kriegst, was du brauchst: Kupferbarren, Zinn, meinetwegen auch Gold und Silber. Du kannst Tag und Nacht gießen und schmieden und wirst dabei reich werden!«

Laukher wiegte den Kopf. »Das habe ich nicht zu entscheiden«, sagte er. »Kupfer und Zinn könnten wir uns über Olwo und andere Händler vielleicht beschaffen, wenn auch unter Schwierigkeiten. Aber selbst wenn ich alles Nötige über Nacht bekäme, müsste ich erst Versuche anstellen und die richtige Mischung für das Schmieden von Waffen herausfinden. Und dann brauche ich Zeit, um sie anzufertigen. Bisher habe ich immer nur kleine Sachen aus Bronze gemacht, Ringe, Armschutzplatten, kleine Messer und dergleichen, und mit den Ergebnissen war ich nie richtig zufrieden. Mir fehlt es noch an Erfahrung. Und an Kenntnissen, die ich nur von Herrn Caidan bekommen kann.«

Der Wanderer runzelte die Stirn und sah zu Boden. Kopfschüttelnd meinte er dann: »Das kann ich nicht verantworten. Es würde der dreifachen Wahrheit widersprechen. Wir sammeln unser Wissen, um es zu bewahren, nicht um es für Machtkämpfe preiszugeben.«

»Aber wenn Boima den Bronzekriegern beisteht, dann ist es doch nur recht und billig, dass du deinen eigenen Leuten hilfst, Atal!«, rief Perko ungestüm aus.

Caidans blaue Augen schienen sich zu verdunkeln. Man sah, wie schwer es ihm fiel, die Worte auszusprechen: »Boima und Lis … gehen getrennte Wege, zumindest in diesem Punkt. Die Traditionen entfernen sich voneinander, und jede Richtung glaubt von der anderen, dass sie Irrtümer begeht und dadurch ihre Kraft verliert und … früher oder später untergehen wird.«

»Und du?«

»Ich glaube, dass gerade in dieser Spaltung die größte Gefahr liegt. Aber lasst uns jetzt nicht weiter von den Angelegenheiten der Glockenbecherleute sprechen! Ihr wollt von uns Bronzewaffen, und ich muss zu einem Entschluss kommen …« Er brach ab und starrte hinunter auf seine verschränkten Hände. Schließlich hob er den Kopf und sah Raghna an. »Was meinst du dazu?«, fragte er leise.

Die Rabenfrau überlegte lange und meinte dann: »Hast du wirklich die Wahl? Ich kann mir nicht vorstellen, dass du Hohenfeld den Angreifern überlassen willst.«

Caidan atmete tief aus. Es war deutlich zu erkennen, wie schwer ihm die Entscheidung fiel.

»Es gibt Augenblicke, da kann ich sogar Paru und seine Bewahrer verstehen«, sagte er und nagte an seiner Unterlippe. Doch dann gab er sich einen Ruck: »Nun gut. Ich werde dir erklären, was du wissen musst, Laukher.« Und zu den anderen: »Ihr bekommt Bronzewaffen, falls wir uns einigen.« Beifallsrufe erschallten, die Jüngeren klopften begeistert mit ihren Dolchknäufen auf die Bänke.

Jord lächelte dem Wanderer erleichtert zu: »Danke, Herr Caidan! Das ist uns eine große Hilfe. Laukher kann gleich morgen mit den ersten Versuchen beginnen, und du, Atal, solltest anfangen, die Männer von Hohenfeld im Kampf zu unterweisen und täglich mit ihnen zu üben. Ich werde … äh, falls Zennak einverstanden ist … von Ort zu Ort ziehen und mit den Männern reden und ebenfalls Kampfübungen durchführen.«

»Wieso glaubst du, dass ich mit Waffen umgehen kann?«, fragte Caidan.

Jord grinste ihn an. »Man hört gelegentlich das eine oder andere über die Männer von Lis. Außerdem habe ich beobachtet, dass du dich wie ein Krieger bewegst und deine Umgebung stets wachsam im Blick behältst.«

Caidan lächelte jetzt ebenfalls. »Du bist ein erstaunlicher Mann, Jord. Ich möchte dich lieber zum Freund als zum Feind haben!«

Jord räusperte sich und wandte sich schnell an Ulmo: »Ihr Bauern müsst nun entscheiden, ob ihr mit uns kämpfen wollt. Du hast es ja gehört: Wir würden euch dann Waffen schicken und Krieger, die mit euch üben.«

Ulmo, der am Rand der Feuerstelle gesessen hatte, stand auf. »Ihr wisst, wie viele Männer wir sind. Mehr als die Ethomkrieger und die Glockenbecherleute zusammengenommen. Zwar keine ausgebildeten Krieger, aber an Arbeit und Mühsal gewöhnt und keine Feiglinge. Wir sind bereit, mit euch zu kämpfen, aber wir wollen etwas dafür.«

»Ihr habt gar nichts zu wollen!«, rief Zennak hitzig. »Euch reicht es wohl nicht, dass die Haselberge verteidigt werden und ihr eure windigen Äcker behalten könnt?«

»Nein, das reicht uns nicht«, sagte Ulmo knapp.

Zennak lief blaurot an, an seinen Schläfen traten die Adern dick hervor. Er brüllte los: »Also, das ist doch … Was glaubst du wohl, mit wem du …«

»Warte, Zennak!«, unterbrach ihn Jord. Er beugte sich vor und fixierte Ulmo scharf. »Was wollt ihr?«

»Wir wollen die Waffen, mit denen wir kämpfen, behalten dürfen und wir wollen, dass in Zukunft die Kinder von Ethomkriegern und Dorffrauen in der Herrensippe erbberechtigt sind.«

Es war offensichtlich, dass Jord damit nicht gerechnet hatte. Völlig überrascht versuchte er sich über die Tragweite dieser Forderung klarzuwerden. »Aber …«, begann er, doch bevor er weiterreden konnte, füllte schon wieder Zennaks kehliges Organ dröhnend die Halle.

»Na, das hätt ich mir doch denken können. Kluger Einfall von dir, Jord, ich muss schon sagen! Die Bauern vorzuschieben und auf die Art schließlich doch noch Großherr auf dem Eichelsberg zu werden, obwohl du selber nur der Bankert von Ethomirs Bruder und einer Bauernmagd bist! Fein ausgeklügelt, wirklich. Nur dass wir darauf nicht reinfallen. Nein, mein Junge, so dumm sind wir dann doch nicht!« Und zu Ulmo: »Das könnte dir so passen, du hergelaufener Lump, die dreckigen Bälger von euren Dorfschlampen hier zu Sippenmitgliedern zu machen …« Schaumbläschen bildeten sich in seinen Mundwinkeln, während er, die Armlehnen des geschnitzten Stuhls umklammernd, mit sich überschlagender Stimme wütete.

Caidan trat zu ihm, beugte sich über den Tobenden und schaute ihm unverwandt in die Augen. Ein erstaunter Ausdruck trat in Zennaks Gesicht, das Gebrüll brach ab.

Doch es war zu spät. Die Bauern scharten sich erneut um ihren Anführer und standen unbeweglich wie eine Mauer. Kwill postierte sich mit verschränkten Armen und herausfordernd erhobenem Kinn neben Ulmo. Keiner der Männer bewegte sich. Gewalt lag greifbar in der Luft.

Laukher und Perko traten von beiden Seiten an Ulmo heran, um das Schlimmste zu verhüten. Doch zu jedermanns Erstaunen beherrschte sich der Bauer immer noch, wenn es ihn auch furchtbare Anstrengung kostete.

Jord verließ das Podest und trat zu Perko.

»Glaubst du das auch von mir, Vetter, dass ich dich um deinen Platz und dein Erbe bringen will?«, fragte er.

»Keinen Augenblick!« Der Junge schüttelte entschieden den Kopf.

»Ich danke dir«, sagte Jord. Mit einem Seitenblick vergewisserte er sich, dass Caidan Zennak immer noch im Bann hielt. Lange konnte das allerdings nicht mehr dauern, dafür würden schon dessen Freunde sorgen, deren abergläubische Furcht vor dem Glockenbechermann allmählich von Zorn überlagert wurde. Deshalb fuhr er rasch fort: »Ihr seht alle, dass man mit Zennak nicht vernünftig reden kann. Es muss geklärt werden, wer künftig in der Ethomsippe das Sagen hat. Ich frage deshalb dich, Perko: Bist du bereit, den Sitz deines Vaters einzunehmen, falls deine Verwandten vernünftig genug sind, Zennak abzusetzen?«

Atemlose Spannung lag über den versammelten Männern. Jord und Perko schauten sich an, als wären sie allein in der Halle.

Dann schüttelte der Jungkrieger bedauernd den Kopf: »Ich habe mich noch nicht im ernsthaften Kampf bewährt, Jord. Die Männer würden mir nicht folgen. Schon gar nicht Tholiks Gruppe, die sich jetzt um Zennak schart.«

Fragend schaute Jord die Krieger an, einen nach dem anderen. Sie wichen seinem Blick aus.

»Weran, was meinst du?«

Der Alte schüttelte bekümmert den Kopf: »Du musst das verstehen, Jord. Die Einheit der Sippe steht über allem, besonders in unsicheren Zeiten. Wir sind hier in der Halle des Großherrn und müssen zu dem Mann stehen, der immerhin rechtmäßig auf seinem Stuhl sitzt.«

»Auch wenn es schlimme Folgen hat?«

Weran hob die Achseln: »Wenn wir uns entzweien, sind die Folgen noch schlimmer.«

Jord trat zurück und nickte dem Wanderer zu. Der entließ nun Zennak aus dem Bann seines Willens, ging wieder zu seinem Stuhl, setzte sich aber nicht, sondern legte nur die Hand auf die Lehne und sagte: »Ich spreche für die freien Siedler von Hohenfeld: Wir nehmen an dieser Beratung nicht länger teil. Wir ziehen uns zurück und überlassen die Ethomsippe sich selbst.«

»Wir gehen auch – frei oder nicht«, knurrte Ulmo. »Möchte sehen, wer uns aufhält.«

»Und dann, Ulmo?«, fragte Caidan. »Willst du uns sagen, auf welcher Seite ihr steht?«

Ulmo nickte. Die Entscheidung war gefallen.

»Wir schließen uns dir und Jord an, Atal, und werden tun, was wir können.«

»Gut. Kommt mit uns nach Hohenfeld, dort werden wir das Weitere in Ruhe besprechen. Was aus dem Eichelsberg wird, soll uns von heute an nicht mehr kümmern.«

Ohne Zennak und seinen Leuten noch irgendwelche Beachtung zu schenken, schritten Jord und Caidan zum Ausgang der Halle. Die Bauern und Glockenbecherleute folgten ihnen. Laukher und Ulmo beschlossen den Zug. Perko schaute ihnen unglücklich nach.

Mit wuchtigen Schritten und finsterer Miene trat der Schmied hinaus in den Regen, als er hinter sich einen gurgelnden Schrei hörte, der in einem erstickten Röcheln endete. Er fuhr herum. Ulmo kippte ihm langsam vor die Füße. In seinem Rücken steckte Zennaks Streitaxt.

Eine Frau schrie, es war Raghna. Sie schüttelte Caidans Hand ab, rannte zurück und kniete neben Ulmo nieder. Gemeinsam mit Laukher drehte sie ihn zur Seite, ihr Rock färbte sich mit seinem Blut. Sein Körper zuckte, das schwarzbärtige Kinn streckte sich nach vorn, die kantige Stirn war bläulich weiß und von einem kalten Schweißfilm bedeckt. Sie presste die Hand auf seine Brust. Nein, kein Atem, kein Herzschlag mehr, nichts.

Raghna sah hoch, ihr Blick irrte von einem zum andern.

»Er ist tot«, sagte sie tonlos.

Der helle krächzende Schrei einer Krähe, die über den Dachfirst flog, klang in den Ohren der erstarrten Männer wie Klage und Anklage zugleich. Sie wandten sich zurück zur Halle. Die weit geöffneten Türflügel gaben den Blick in das Halbdunkel frei. Zennak stand breitbeinig inmitten seiner Freunde und Verwandten, die sich in Erwartung des Gegenangriffs sofort um ihn geschart hatten, obwohl sie waffenlos waren, wie es die Regeln der Ratsversammlung vorschrieben. Nur Zennak musste seine Streitaxt hinter sich unter dem Bärenfell versteckt gehabt haben.

»Das war für Tholik!«, schrie er triumphierend.

Niemand regte sich. Die erste Bewegung, von wem auch immer, würde den mörderischen Kampf losbrechen lassen. Und keiner der Männer zweifelte daran, dass sie sich blitzschnell mit Dolchen und Keulen versorgt haben würden.

Da erhob sich noch einmal Raghnas Stimme, nicht laut, aber für alle klar verständlich: »Bindet Ulmo auf ein Pferd und lasst uns aufbrechen. Dieser Ort hier ist von Inthram verflucht und von der Holden verlassen. Es gibt hier für uns nichts mehr zu tun. Wer hier bleibt, hat den Tod gewählt. Perko, sag, willst du nicht mit uns kommen?«

Ein trauriges Kopfschütteln war die Antwort.

Raghna verstand ihn, obwohl es sie schmerzte. »Leb wohl, Junge!«, sagte sie leise.

Kurz darauf lag der Grasplatz leer und verödet unter den grauen Wolken. Stetig fiel der Regen.

In der Halle ließ sich Zennak für die vollzogene Rache von seinen Kumpanen feiern. Die Besonneneren unter den Kriegern machten zwar ernste Gesichter, aber das kümmerte ihn nicht. Auf großen Platten wurden Fleisch, Met und Wein aufgetischt. Zennak führte das große Wort, er und seine Freunde überboten sich gegenseitig mit Späßen, Liedern und prahlerischen Geschichten, während die Älteren still hinter ihren Bechern saßen und sich zielstrebig betranken.

»Ich weine um dich, Ulmo«, sagte die Rabenfrau.

Sie stand im Nieselregen am Rand der lehmigen, mit rohen Planken ausgelegten Grube, in die die Bauern den Leichnam ihres Anführers gebettet hatten. In seinen Filzumhang gehüllt, lag er mit angezogenen Knien auf der Seite, das rot bemalte Gesicht nach Osten gewandt.

Seltsam, dass er nun auf dem Begräbnisacker von Hohenfeld ruhen wird. Nicht einmal im Tode ist es ihm gelungen, einen dauerhaften Platz in Leingarten zu behaupten.

Um die Grube standen dicht gedrängt die Glockenbecherleute aus der Siedlung und die Abgesandten der Bauerndörfer. Inzwischen wussten alle, dass Haelgunn tot war. Erstaunt und erleichtert hatten die Menschen zur Kenntnis genommen, dass es eine Nachfolgerin gab, die das Erbe bereits angetreten hatte: Raghna. Neugierige Blicke folgten ihr, wo sie ging und stand. Sie war gebeten worden, der überlieferten Sitte gemäß die Totenfeier anzuleiten und hatte sofort zugestimmt.

Zunächst war dafür zu sorgen, dass Ulmo die ihm zustehenden Beigaben erhielt: seinen Steindolch, eine Kette mit Hundezähnen, Dechsel und Bohrer aus Feuerstein, eine Sichel, Brote, ein Gefäß mit Emmerbier, eine gebratene Hirschkeule und im rehledernen Köcher einen Bund neuer Pfeile mit Geweihspitzen.

Laukher hatte eine flache Füßchenschale aus dunkel gebranntem Ton gebracht und gemurmelt: »Eigentlich sollte jeder, der hier begraben wird, einen Glockenbecher bekommen, aber er war ja keiner von uns. Doch wir können ihm das hier geben.« Er stellte das Räuchergefäß neben die gekreuzten Arme des Toten. Caidan opferte eine Bernsteinperle, und Jord legte einen Armring aus gehämmertem Kupfer dazu.

Raghna lächelte dankbar. Ihr Kummer über das tragische Ende von Ulmos verfehltem Leben war unerwartet heftig, sie wusste selbst kaum, ob die Tropfen auf ihrem Gesicht Regen oder Tränen waren. Langsam hob sie den verzierten Knochenstab und hielt ihn feierlich über das Grab.

»Ulmo, Freund meiner Kindheit, wir sind hier, um von dir Abschied zu nehmen! Dein Leben war ein stetes Ringen um einen Platz in der Welt, und obwohl du alles gewagt hast, ist es dir nicht gelungen, den Lohn für deine Mühen zu erlangen. Es war dir nicht gegeben, Zuneigung in den Herzen der Menschen zu erwecken. Dennoch hast du mit deinem Mut und deiner Zielstrebigkeit viele Männer so beeindruckt, dass sie dich in unruhigen Zeiten zu ihrem Anführer machten. Du hast niemanden geschont und auch keine Schonung erfahren. Und nun hast du noch vor dem entscheidenden Kampf dein Leben verloren.

Ulmo, Brands Sohn, Jäger und Bauer aus Leingarten in den Haselbergen, wir geben dir die Ehre zur Feier deines Begräbnisses! Ich, die Rabenfrau, Hagsitzerin und Tochter der Holden, geleite dich durch die dunkle Pforte in ihre Höhle. Holl wird dir im Überfluss alles schenken, was du im Leben vermisst hast. Du wirst verstehen, was du vorher nicht verstanden hast. Und du wirst in einem neuen Leben deinen Weg fortsetzen. Möge es ein guter Weg sein! Geh in Frieden!«

»Geh in Frieden!«, wiederholten die Umstehenden. Auf ein Zeichen von Raghna begannen sie, grüne Eschenzweige über den Toten zu häufen. Dann schlossen sie die Grube mit einem festen hölzernen Deckel und bedeckten ihn mit Erde.

Dankbare, respektvolle Blicke folgten Raghna, die die Arbeiten überwachte und zum Abschluss mit dem Stab ein Hollesiegel auf den Erdhügel zeichnete. Sie bemerkte es gar nicht. In ihr war eine große Ruhe. Dies war ihre erste rituelle Handlung als Hagfrau gewesen, noch dazu auf dem fremden Gebiet der Glockenbecherleute, dennoch erschien ihr Tun ihr natürlich und angemessen.

Doch die Ruhe verließ sie bald wieder. In Laukhers Hütte hielt sie es kaum aus, obwohl es ihr eigener Wunsch gewesen war, die Gastfreundschaft seiner fülligen, redseligen Ehefrau Mirra anzunehmen. Caidan konnte natürlich nicht seine Hütte mit ihr teilen. Jord wäre dazu mit Freuden bereit gewesen, aber zu ihm zu ziehen, wäre einer Entscheidung gleichgekommen, und davon war Raghna weit entfernt. Was sie im Moment brauchte, war Abstand zu beiden Männern, damit sie ungestört nachdenken und alles, was seit der Wanderung zum Nebelstein geschehen war, verarbeiten konnte.

Einerseits sehnte sie sich danach, in Haelgunns Hütte zurückzukehren und nur noch das Leben einer Hagsitzerin zu führen. Doch schon bei der bloßen Andeutung waren Caidan, Laukher, Mirra und Jord mit Einwänden förmlich über sie hergefallen. Sie würde doch um Holls willen in diesen unsicheren Zeiten nicht allein irgendwo in der Wildnis hausen wollen? So verschob sie denn fürs Erste das Weggehen, zumindest sprach sie nicht mehr davon.

Andererseits – wollte … konnte sie denn überhaupt fort? Gab es nicht etwas, was sie hielt, mit unsichtbaren, unzerreißbaren Fäden?

Jedenfalls bekam sie hier in der rauchigen, stickigen Hütte kaum Luft. Sie musste endlich wieder einmal Bäume um sich haben!

Sobald der Regen aussetzte, lieh sie sich von Mirra einen trockenen Umhang, verließ die Siedlung und ging bis zum Waldrand.

Aufatmend hielt sie ihr Gesicht in die feuchten Windböen, die an ihren Haaren und der Rabenfeder zerrten.

Die Bilder der letzten Tage gingen ihr durch den Sinn. Die Ratsversammlung auf dem Eichelsberg war an ihr vorübergeglitten wie ein Traum. Sie hatte ein paarmal in die Verhandlungen eingegriffen, gut. Aber eigentlich war sie nur mitgegangen, weil Jord sie so dringend darum gebeten hatte. Vermutlich nur, weil er sie in seiner Nähe haben wollte. Und weil er wollte, dass sie am Geschehen Anteil nahm, statt es nur aus sicherem Abstand zu beobachten. Hartnäckig plante er die gemeinsame Zukunft mit ihr und ließ sich davon durch nichts abbringen.

Doch Raghnas ganzes Denken und Fühlen kreiste um Caidan, Tag und Nacht. Im Garten der Holden waren sie eins gewesen, und auch nach der Rückkehr war ein Teil von ihr mit ihm verbunden geblieben, und sie war sich im innersten Herzen gewiss, dass es ihm genauso ging. Es musste so sein, und daran würde sich niemals wieder etwas ändern! Wenn sie ehrlich war: Nur seinetwegen war sie noch hier in Hohenfeld! Ja, so stand es mit ihr.

Sie sah ihn allabendlich im Gemeinschaftshaus, er redete mit den Leuten, war ständig umdrängt und beschäftigt. Wie auf Verabredung übten sie beide äußerlich große Zurückhaltung, denn was auch immer am Nebelstein geschehen sein mochte: Dies war eine Glockenbechersiedlung, und er war ein Mann von Lis. Dennoch flossen in einem ununterbrochenen Strom Gedanken und Gefühle von einem zum andern, und immer wieder stieg eine fast qualvolle Sehnsucht in Raghna auf, ihn zu berühren, seinen Körper in ihren Armen, seine Haut an ihrer Haut zu spüren. Dabei hatte sie doch die Vereinigung mit ihm gar nicht körperlich erfahren! Vielleicht hätten sie es nachträglich tun sollen, nur um endlich, und sei es auch nur ein einziges Mal, diese Sehnsucht, diesen Hunger zu stillen.

Sie legte ihre Handfläche an den glatten, regenfeuchten Stamm der Buche, unter deren Zweigen sie vor dem wieder einsetzenden Nieseln Schutz suchte. Strich mit den Fingerspitzen darüber, stellte sich vor, es sei warme, lebendige Haut …

Zog dann die Hand zurück, als hätte sie sich verbrannt.

Ich bin verrückt!

Und dann war da ja auch noch Jord.

Jord, der ihr das Leben gerettet und sie aus dem Totenreich zurückgeholt hatte – für sich! Auch wenn sie im Gemeinschaftshaus nicht zu ihm hinübersah, spürte sie seine forschenden Blicke. Meist versuchte sie ihn zu ignorieren, obwohl es ihr schwerfiel, ja, in gewisser Weise sogar wehtat. Doch wenn sie sich von ihm jetzt nicht fernhielt, würde die Verwirrung unerträglich werden. Auch an Ushkaf sah sie geflissentlich vorbei. Nach dem kurzen Moment der Verständigung am Nebelstein war bald die alte Rivalität zwischen ihnen zurückgekehrt.

Sie legte die Stirn an den Buchenstamm und stöhnte leise. Wie würde das alles weitergehen? Caidan hatte seit ihrer Rückkehr keinen Versuch gemacht, mit ihr allein zu sein oder auch nur über das Geschehene zu sprechen. Abgesehen von seinen Verpflichtungen respektierte er offenbar ihren Wunsch nach Abstand, aber das war ihr auch wieder nicht recht. Ragnha gestand sich ein, dass sein Schweigen sie zu quälen begann, es machte sie hilflos und zornig. Dennoch hinderte eine unerklärliche Scheu sie daran, von sich aus eine Klärung herbeizuführen.

Wie konnte es so weit kommen, dass ein Fremder mein ganzes Denken gefangen nimmt?

Aber er war eben kein Fremder.

Raghna begriff sich selbst nicht mehr, sie haderte mit sich und sah doch keinen Weg, sich aus den Verstrickungen zu lösen. Wenn sie ehrlich war: Sie wollte es nicht einmal!

Es regnete stärker. Seufzend zog sie den Umhang eng um sich und schlug den Rückweg zu Mirras Hütte ein.

Am nächsten Morgen war es immer noch trübe, aber wenigstens trocken und windstill, sodass Caidan die Männer im Bogenschießen unterweisen konnte. Die Nähe von Ushkaf, der ihn nicht aus den Augen ließ und jede seiner Regungen erfasste, war ihm dabei fast unangenehm.

Sie kannten einander zu gut, das war es. Und sie hatten so vieles miteinander geteilt. Jeder von ihnen wusste, was im anderen vorging.

Ushkaf litt, und Caidan fühlte sich schuldig. Seinetwegen hatte der Freund seine Heimat aufgegeben, hatte ihn jahrelang begleitet, geliebt und umsorgt. Zuletzt hatte er ihm sogar das Leben gerettet, indem er ihn aus der anderen Welt zurückholte. Und was bekam er dafür? Freundschaft, gewiss. Aber Ushkaf wollte etwas anderes, und das konnte Caidan ihm gerade jetzt nicht geben.

Der Wanderer seufzte. Diese widerstreitenden Empfindungen taten ihm nicht gut, sie zehrten an ihm und machten ihn schwach. Doch Schwäche durfte er sich nicht erlauben, denn die Verteidigung der Haselberge erforderte seine ganze Kraft. Es gab nur eine Lösung: Er musste unbedingt jeden Gedanken an Freundschaft, Liebe und Leidenschaft von sich schieben bis nach dem Kampf. Jeden!

Manchmal gelang es ihm auch für einen halben Tag. Doch dann, ausgelöst durch einen Sonnenstrahl oder ein Vogelzwitschern, leuchtete plötzlich wieder die Erinnerung an Holls Garten auf, unwiderstehlich und alles durchdringend, und in seinem Herzen brannte die Sehnsucht nach Raghna, nach ihrer Nähe und Wärme, nach der Fortsetzung ihrer Gemeinsamkeit. Nichts von dem, was er mit ihr erlebt hatte, war verblasst. Die Erinnerung umgab ihn wie eine goldene Wolke. Er verstand, dass Raghna in der Siedlung seine Nähe mied, doch er klammerte sich an die Gewissheit, dass sie dasselbe empfand wie er. Allerdings fiel ihm die Trennung von ihr von Tag zu Tag schwerer. War diese übertriebene Zurückhaltung wirklich nötig? Bestimmt nicht. Sie war völlig nutzlos. Mehr noch: unerträglich!

Caidan beschloss, mit ihr zu sprechen, heute noch, über alles, was gewesen war, und über ihre gemeinsame Zukunft. Sein Leben würde sich von Grund auf ändern, ebenso wie ihres. Gut so! Eine andere Möglichkeit gab es nicht.

Als der Entschluss einmal gefasst war, ließ seine innere Unruhe augenblicklich nach.

Ushkaf hatte den Freund unaufhörlich beobachtet, er las ihm jede Regung vom Gesicht ab. Caidan tat, als merkte er nichts davon. Er trat zu den jungen Männern, die einen Pfeil nach dem anderen auf die Strohscheiben abschossen und aufgeregt um die besten Ergebnisse wetteiferten.

»Das war schon ganz gut, Dags. Gleich noch mal!«, meinte er freundlich, die Armhaltung des Jungen korrigierend.

Aus den Augenwinkeln sah er, dass Ushkaf den Platz verließ.

»Wo gehst du hin?«, rief er ihm nach.

Der Ägypter murmelte etwas wie »nach den Pferden sehen«. Er lief zurück zum Dorf, bog aber kurz vor den Palisaden ab und verschwand im Wald.

Zweige raschelten, und eine Männergestalt stand plötzlich vor Raghna, die erschrocken zurückfuhr. Dann erkannte sie ihn.

»Ushkaf, du? Was machst du denn hier?«

»Ich habe dich gesucht. Muss mit dir reden.«

Raghna beschattete mit der Hand die Augen. Stirnrunzelnd stellte sie den Henkelkorb nieder, den sie mit dicken, stark duftenden Büscheln Beifuß, Schafgarbe, Johanniskraut, Mädesüß und Minze gefüllt hatte. Wie lange schlich er ihr schon nach und beobachtete sie beim Kräutersammeln?

Sie setzte sich auf eine Baumwurzel und deutete wortlos neben sich. Der Ägypter ließ sich im Gras nieder. Es fiel ihm sichtlich schwer, den Anfang zu finden.

Raghna zog die Augenbrauen hoch. »Es geht um Caidan«, stellte sie fest. Er nickte. »Er … er will dich mitnehmen, wenn der Kampf vorbei ist und wir nach Lis zurückkehren. Du weißt es?«

»Vielleicht. Und?«

»Du kennst nicht die Gesetze von Lis, Frau Raghna. Ein Glockenbechermann darf nicht mit einer Frau leben und Familie haben. Wenn doch …«

»Ja? Was dann, Ushkaf?«

»Dann muss er die Gemeinschaft der Fünfhundert verlassen. Verliert Rang, Heimat, Freunde, alles. Muss fortgehen und als Händler leben, armselig. Kein Wanderer mehr, den alle verehren und Atal nennen.«

Eine Pause entstand.

»Ich glaube dir nicht«, stieß Raghna heftig hervor. »Du willst nur verhindern, dass ich mit ihm gehe.«

»Ja, Rabenfrau. Das würde ich gern verhindern, denn ich habe ihn geliebt, lange vor dir. Aber das liegt nicht in meiner Hand. Ich frage dich nur: Was weißt du von Lis, von dem Leben dort?«

»Was er selbst mir erzählt hat.«

»Sein Herz hängt an Lis, an der dreifachen Wahrheit. Es ist seine Welt.«

»Man hat ihn von dort weggejagt. Er wird vielleicht glücklich sein, woanders ein einfacheres Leben zu führen.«

Das überlegene Lächeln des Mannes schnitt ihr ins Herz. »Der Stuhl des Hüters wartet auf ihn«, sagte er. »Verstehst du? Caidan ist der Nachfolger von Nxerri. Eine wichtigere Aufgabe gibt es nicht. Er muss das Erbe von Lis bewahren, Paru bestrafen, Gemeinschaft anführen. Wir haben schwierige Zeiten, Raghna. Nicht jeder kann Hüter sein, nur ein Mann mit großer Fähigkeit. Soll Caidan alles wegwerfen, verraten, seine Pflicht vergessen, nur für dich? Du bist selbst Hüterin von altem Erbe! Deshalb frage ich die weise Rabenfrau: Kannst du das zulassen?«

Nichts war zu hören als Raghnas schwere Atemzüge. Hatte sie das nicht schon immer gewusst – und es nur nicht wahrhaben wollen?

Dann murmelte sie: »Ich muss von Caidan selbst hören, ob es wirklich so ist, wie du sagst.«

Ushkaf nickte zustimmend. »Frag ihn. Er muss die Wahrheit sagen. Und dann du musst entscheiden, für euch beide.«

»Warum ich? Warum nicht er selbst?«

»Weil sein Gefühl zu stark ist. Ihr seid tief verbunden, besonders seit der Reise zum Nebelstein. Die Sehnsucht von seinem ganzen Leben wird durch dich erfüllt, so glaubt er. Und dann: Ich kenne ihn. Er ist klug und gut und freundlich, aber auch furchtbar … wie sagt man … hartkopfig?«

»Hartnäckig.«

»Ja. Sehr hartnäckig. Wenn nötig, kann er alles opfern. Ohne Rücksicht. Er gibt dich niemals freiwillig auf.«

»Gut, Ushkaf – das genügt jetzt. Ich verstehe deine Sorge um Caidan und werde über deine Worte gründlich nachdenken. Vielleicht hast du in manchem recht, aber …«, hier blickte sie auf und sah ihm in die Augen, »… in einem Punkt irrst du doch!«

»Welcher Punkt?«

»Du sagst, dass du ihn lange vor mir geliebt hast. Das stimmt nicht, Ushkaf. Das Band zwischen Caidan und mir reicht weit zurück, es besteht seit vielen Leben, das wissen wir jetzt. Darum, wenn du kannst, sei nicht bitter. Er und ich, wir sind unauflöslich miteinander verknüpft. Wir haben gemeinsame Aufgaben. Glaub mir, es ist so.«

»Gemeinsame Vergangenheit, kann sein.« Müde schloss Ushkaf die Augen und wandte das Gesicht ab. »Aber die Zukunft ist eine andere Sache. Wenn du Caidan wirklich liebst, zerstörst du nicht sein Leben.«

Er stand auf, warf sich den Umhang über die Schulter und ging ohne Abschied davon. Raghna blieb regungslos sitzen, bis die Feuchtigkeit des Abends aufstieg. Den Arm um den Rand ihres Korbes gelegt, zeichnete sie mit den Fingerspitzen sein Flechtmuster nach, immer und immer wieder.

Schließlich geriet sie in einen eigenartigen Zustand. Caidan rückte in unerreichbare Ferne, sogar der Schmerz um ihn schien zu verblassen. Was gingen die Menschen und Dinge in Hohenfeld sie an? Sie hatte keinen Anteil an ihrer Welt und wollte keinen.

Eine Hagsitzerin soll sich fürchten, allein in der Wildnis zu leben, nur weil die Zeiten unruhig sind? Lächerlich!

Bald würde Vollmond sein. Schon jetzt, ein paar Tage vorher, baute sich eine zunehmende Spannung auf, die Mensch und Tier ruhelos umhertrieb.

Sie lauschte in die sinkende Dämmerung. Eine Amsel sang ihr Abendlied, ein Käuzchen schrie. Der fast gerundete Mond stand über den Baumwipfeln, sie spürte seine Kraft. In der Luft lag ein feines, kaum wahrnehmbares Singen, eine wortlose Botschaft, die für sie allein bestimmt war und gehört werden wollte. Der Rabe erwartete sie – aber nicht hier in der Siedlung! Das Mondlicht war hell genug, sie würde ihren Weg nach Hause finden.

Raghna ergriff den Korb und machte sich auf den Rückweg. Ungesehen erreichte sie Laukhers Hütte. Er war noch bei der Arbeit, Hammerschläge dröhnten aus der Werkstatt. Im Gemüsegarten schalt Mirra ärgerlich mit ihrer Magd, schreiende Kinder balgten sich vor dem Nachbarhaus, angefeuert von einem schrill kläffenden Hund.

Ein befreites Lächeln glitt über Raghnas Gesicht. Sorgsam stellte sie den Korb ab, nahm ihren Umhang vom Haken, streifte ein trockenes Paar Bastschuhe über ihre nackten Füße, packte mit ein paar Handgriffen ihre wenigen Habseligkeiten in ein Bündel, griff nach ihrem Stab und trat durch die Tür ins Freie. Geräuschlos glitt sie im Schatten der Hüttenwände dahin, niemand achtete auf sie. Ohne ein Wort des Abschieds verschwand die Rabenfrau aus dem Dorf. Die vom Mondlicht durchwobene Dunkelheit des Waldes nahm sie auf.

Es klopfte. Jord stand auf, zog den Riegel zurück und öffnete die Tür.

»Du, Atal?«, sagte er erstaunt. »Komm herein!«

»Hast du schon gehört? Raghna ist fort!« Caidans Gesicht war blass, seine Bewegungen fahrig. So aufgeregt hatte Jord ihn noch nie gesehen.

»Fort? Allein …?«

»Ja. Sie hat ihre Sachen genommen und ist verschwunden. Ich wollte nur wissen, ob sie dir vielleicht Bescheid gesagt hat, wo sie hin wollte.«

»Nein, Atal. Vielleicht ist sie zu dieser Hütte gegangen, in der sie früher mit Haelgunn lebte.«

»Ich werde losreiten und sie zurückholen.«

Jord hob abwehrend die Hand: »Das kannst du nicht!«

»Wieso?«

»Niemand darf ihr folgen. Sie ist eine Hagsitzerin.«

»Ja, und? Was soll das heißen?«

»Hagfrauen kommen und gehen, wie es ihnen gefällt, ohne dass jemand ihnen Fragen stellen darf. Das ist seit Urzeiten so.«

Plötzlich schlug Caidan mit der Faust gegen den Türbalken. Jord zuckte zusammen. Es war die erste unbeherrschte Regung, die er bei dem Wanderer sah.

»Das ist mir gleich«, sagte Caidan schneidend. »Ich will wissen, wo sie ist. Und ich lasse sie nicht allein hausen in diesen Wäldern, die bald von Bronzekriegern wimmeln werden!«

»Du wirst sie nicht finden, Atal, und wenn du sie jahrelang suchst. Glaub mir, ich weiß, wovon ich rede!«

»Ich kenne den Weg zu dieser Hütte.«

Wieder schüttelte Jord den Kopf. »Sie weiß genau, dass man sie dort zuallererst suchen würde. Für sie gibt es unendlich viele Möglichkeiten, in der Wildnis zu verschwinden und sich unsichtbar zu machen. Keiner kann sie aufspüren, wenn sie es nicht will.«

»Aber warum, Jord? Warum hat sie das getan? Hier war sie doch sicher.«

»Ich denke mir, sie wollte allein sein, Atal.«

»Allein! Und das sagst du so ruhig? Ich dachte immer, auch du …«

Die beiden Männer wechselten einen kurzen Blick.

Jord sah zur Seite. »Ich mache mir natürlich auch Sorgen. Aber ich versuche daran zu denken, dass sie gut auf sich selbst aufpassen kann. Sollte sie wirklich Hilfe brauchen, wird sie uns hoffentlich ein Zeichen schicken. Und was die Bronzekrieger angeht …«, er lächelte schief, »ich würde keinem raten, sich mit ihr anzulegen.«

Doch Caidan war nicht nach Scherzen zumute. Er trat an die Fensterluke, stemmte die Hand an die Wand und blickte hinaus auf den staubigen Pfad, ohne etwas zu sehen.

»Ich reite trotzdem hin und schaue nach«, sagte er rau.

Er tat es am nächsten Tag, und wie Jord vorhergesagt hatte, fand er keine Spur von Raghna.

»Wird sie wiederkommen, Jord? Was meinst du?«

»Ich weiß es nicht, Atal.«

Obwohl die Bauern mit den sommerlichen Feldarbeiten beschäftigt waren und hart arbeiten mussten, schlich die Zeit in diesem Jahr quälend dahin. Es würde wohl noch ein paar Monde dauern bis zum Angriff der Feinde, aber gemessen an den Schwierigkeiten, die Verteidigung vorzubereiten, war das nicht viel. Trotzdem vergingen die Tage langsam, tropfend wie zäher Sirup.

Nun lag das Mittsommerfest bereits eine Woche zurück. Sonst einer der großen Höhepunkte des Jahreskreises, war es dieses Mal überschattet gewesen von der allgegenwärtigen Bedrückung. Nicht »wilde Tiere«, sondern »Bronzekrieger« war jetzt das Wort, mit dem man Kinder vom Wald fernhielt.

Das Zerwürfnis mit der Ethomsippe belastete die Bauern, obwohl sie es sich nicht eingestehen wollten. Bisher hatten die Krieger auf dem Eichelsberg nichts unternommen, um ihre Herrschaft über die Dörfer wieder zu festigen. Wahrscheinlich hatten sie selbst alle Hände voll zu tun mit den Vorbereitungen auf Tjonars Angriff. Jedenfalls erfuhren die Bauern von zwei entlaufenen Hofknechten, dass Zennak täglich Waffenübungen durchführen ließ und für nichts anderes Interesse zeigte als für die Verteidigung des Herrenhofes. Die Dörfer schienen ihn nicht zu kümmern. Nun, niemand hatte etwas anderes von ihm erwartet, dennoch war es schmerzlich. Über Generationen hinweg hatten die Herren den Bauern Sicherheit gewährt, und nun war das vorbei. Wenigstens bestand ein stabiles Bündnis zwischen den meisten Dörfern einschließlich der Glockenbechersiedlung, und auch die Steinsbergkrieger unter ihrem Großherrn Korthom hoffte man als Verbündete zu gewinnen.

Immer wieder hörte man jetzt den Stoßseufzer: »Wenn Ethomir noch leben würde, dann wäre es nie so weit gekommen!« Doch die ganz Alten sprachen davon, dass auch seine Vorfahren damals die Haselberge mit Gewalt erobert hatten. Geschichten von geraubtem Vieh, brennenden Hütten, zertrampelten Saaten, vergewaltigten Frauen und verschleppten Kindern wurden abends am Feuer erzählt, und die Bauern beratschlagten darüber, ihre Familien und ihre Herden in den Wäldern zu verstecken, Vorräte und Wertgegenstände zu vergraben.

Irgendwie war es dabei geblieben, dass Jord – mit Caidans Billigung – von Hohenfeld aus die Kriegsvorbereitungen anleitete. Er schien überall zugleich zu sein; sandte Boten zum Steinsberg und Späher nach Südosten, besuchte selbst der Reihe nach verschiedene Dörfer, überprüfte die Waffen und die Vorräte und den Fortgang der Schmiedearbeiten. Wo er auftauchte, versammelten sich die Männer um ihn. Er nahm an ihren Übungen teil, machte

Verbesserungsvorschläge, aß hastig eine Kleinigkeit, suchte sich ein frisches Pferd aus und war schon wieder fort.

Auch Caidan war dauernd unterwegs, meist in Begleitung von Ushkaf. Er suchte Händler auf, die Erze herbeischafften, gewann auf geheimen Wegen immer wieder neue Informationen und führte Kampfübungen an. Seit einigen Tagen weilte er jedoch auf dem Steinsberg. Ungeduldig erwartete Jord seine Rückkehr.

Nicht mehr der Eichelsberg, sondern Hohenfeld war jetzt der Ort, an dem alle Fäden zusammenliefen. Das Dorf hatte seinen friedlichen Charakter verloren. Von morgens bis abends waren die Menschen fieberhaft beschäftigt, nervös und kurz angebunden. Es gab ein ständiges Kommen und Gehen. Vor allem die Männer waren pausenlos unterwegs, um irgendwelche Aufgaben zu erfüllen oder an Versammlungen teilzunehmen. Die Frauen gingen ihnen aus dem Weg. Kinder wurden angeschnauzt. Eine nie gekannte Unruhe erfüllte die Siedlung.

Unentwegt hielten die Menschen Ausschau nach Vorzeichen. Waren die Himmlischen, war die Holde ihnen wohlgesonnen? Sie beobachteten das Verhalten der Tiere, den Flug der Vögel, das Wachsen und Reifen der Pflanzen, das Wetter, aber sie konnten aus dem, was sie sahen, nicht recht klug werden. Die Witterung wechselte von einem Tag zum anderen. Wenn die Sonne vom wolkenlosen Himmel brannte, wurde es in kurzer Zeit unglaublich heiß; dann wieder verwandelten tagelange Regenfälle die Pfade und Äcker in grundlosen Morast. In diesem Jahr waren die Mäuse und Schnecken eine wahre Landplage. In den Wäldern und Gärten zeigten sich mehr braune Nattern als je zuvor. Während an den Holunderbüschen und Ebereschen bereits die Beeren heranreiften, trieben sie gleichzeitig noch einmal Blüten. In einem entlegenen Dorf war angeblich ein Kalb mit zwei Köpfen zur Welt gekommen, und der Mond war von einem unheilvollen rötlichen Hof umgeben.

Die Bäuerinnen schüttelten besorgt die Köpfe. Haelgunn hätte gewusst, wie man das Unheil aufhalten könnte, aber wo war Raghna, die neue Hagsitzerin? Verschwunden, hieß es, genau wie früher.

Endlich kam Caidan zurück und rief Jord zu sich in seine Hütte.

»Willst du dich nicht erst ausruhen und etwas essen, Atal?« Es war um die Mittagszeit.

»Nein, lass uns gleich reden. Setz dich, hier, und nimm einen Becher Emmerbier. Frisches Brot ist auch da. Herr Korthom lässt dich grüßen, Jord. Er hat dich in guter Erinnerung.«

»Danke. Das freut mich sehr. Geht es ihm und seiner Sippe gut?«

Caidan sah das warme Aufleuchten in Jords Augen. Er mag den Alten wirklich, dachte er.

»Es geht ihm gut, so viel ich sehen konnte. Ich hatte ein langes Gespräch mit ihm. Korthom sagt, für die Ethomsippe und den Eichelsberg rührt er keinen Finger. Aber er ist bereit, Hohenfeld und die Dörfer in den nördlichen Haselbergen gegen die Bronzekrieger zu unterstützen.«

»Was will er dafür?«

»Dass die Bauern ihn als ihren Großherrn anerkennen.«

Jord rieb sich das Kinn. »Hm. Das würde ihm eine bedeutende Gebietsvergrößerung einbringen. Den Bauern wird es wahrscheinlich recht sein. Besser er als die Schwarzpferde, werden sie denken. Du hast also zugestimmt, Atal?«

Caidan goss Bier nach. »Nein, ich habe eine Bedenkzeit vereinbart«, sagte er. »Wir müssen die Bauern auf jeden Fall fragen, ob sie einverstanden sind. Den Hohenfeldern bleibt ohnehin nichts anderes übrig.«

»Wieso?«

»Weil die Bronzekrieger überall in ihren Gebieten die Glockenbechersiedlungen unter ihre Herrschaft gebracht haben. Unter Ethomir war Hohenfeld ein freies Dorf mit besonderen Rechten, so war es bei der Gründung ausgehandelt worden. Dafür lieferten die Siedler dem Herrenhof jedes Jahr Kupfer und andere Dinge, die nur sie herstellen können. Wenn Tjonar auf dem Eichelsberg sitzt, wird es mit der Freiheit schnell vorbei sein. Für Laukher und seine Gemeinschaft geht es also um sehr viel.«

Raghna konnte nicht anders, sie zog die Bastschuhe aus und lief barfuß. Endlich spürte sie wieder lebendigen Waldboden unter den Sohlen: kühle Moospolster, trockene Kiefernnadeln, glatte Kiesel, Felsplatten und dürre Zweige, die unter ihrem Gewicht knackten. Eiskaltes, rieselndes Wasser, als sie einen schmalen Bach durchwatete.

Obwohl ihr das Herz schwer in der Brust lag, nahm sie die sonnengesättigte Schönheit des sommerlichen Landes tief in sich auf und dankte der Holden für all den Reichtum.

Ohne Mühe fand sie den Weg zurück zu Haelgunns Hütte, in der sich nichts verändert hatte. Doch hier konnte sie nicht bleiben, das war ihr klar. Sie nahm sich nur so viel Zeit, wie sie brauchte, um in Haus und Garten nach dem Rechten zu sehen und Vorräte für eine längere Abwesenheit zusammenzupacken. Getreide war das wichtigste, alles andere würde sich finden. Drei pralle Leinensäckchen mit Weizen, Emmer und Einkorn beschwerten ihr Traggestell, als sie am nächsten Morgen aufbrach.

Sie wollte zu den Geißsteinen, die tief versteckt im dichtesten, urwüchsigsten Teil des Waldes lagen. Ob sie sie noch finden würde? Ihr war ein wenig bange, die vielfältigen Eindrücke des Dorflebens könnten ihre Sinne abgestumpft haben.

Doch die Sorge erwies sich als unbegründet. Raghna wusste alles noch, sie kannte die Zeichen des Landes, verstand das Wispern der Pflanzen, die Laute und Spuren der Tiere – all die Farben, Klänge und Muster, aus denen Holls heiliges Gewebe bestand.

Bald erreichte sie ihr Ziel, eine Gruppe steiler Felsen, die nur von einer Seite her zu ersteigen waren. Hier gab es alles, was sie brauchte: schützende Bäume, einen beruhigend weiten Ausblick und einen trockenen, leicht zu sichernden Schlafplatz unter zwei gegeneinander geneigten Steinplatten. Der umgebende Wald lieferte Kräuter, Beeren, Wurzeln und Pilze, und es gab eine Quelle, die einen kleinen Teich speiste. Feuerstein und Zunder führte sie mit sich. Sie konnte es hier lange aushalten.

Stille und Frieden umfingen sie. Was gewesen war, fiel Stück für Stück von ihr ab. Endlich fand sie die Muße, alles, was die letzten Monde gebracht hatten, noch einmal an sich vorüberziehen zu lassen. Erst jetzt wurde ihr bewusst, wie sehr das Zusammenleben mit den Menschen, das ständige Reden und Denken und Planen sie angestrengt hatten. Sie tauchte ein in das zeitlose Leben der Wildnis und spürte, wie ihre Kraft langsam zurückkehrte. Hier im Wald war sie kein Eindringling, keine Fremde. Die Tiere gewöhnten sich schnell an sie. Rehe sahen sie mit großen Augen ruhig an, Hasen grasten unbekümmert weiter, wenn sie vorüberging. Dankbarkeit erfüllte Raghnas Herz.

In einer der ersten Nächte rundete sich der Vollmond, und der Rabe erschien.

»Ich grüße die Hagsitzerin«, sagte er. »Du bist also in den Wald zurückgekehrt.«

»Ja. Es musste sein. Ich konnte nicht länger im Dorf bleiben.«

»Früher warst du daran gewöhnt.«

»Ja, früher. Obwohl ich auch als Kind gern allein war, wie du weißt. Aber erst jetzt habe ich erfahren, wie notwendig ich die Einsamkeit wirklich brauche.«

»Dennoch wirst du nicht immer hier bleiben können.«

»Wir werden sehen, Rabe. Fang bloß nicht schon wieder an, mich zu den Menschen zurückzuschicken! Heute Nacht will ich, dass du mich noch mal zum Eingang der Totenhöhle bringst. Die Holde hat gesagt, ich darf in Vollmondnächten zurückkehren und sie besuchen.«

Der Rabe musterte sie aufmerksam mit seinen klugen schwarzen Augen.

»Und sonst?«

»Was meinst du?«

»Du weißt, was ich meine.«

»Also gut: Ich werde mich hier verbergen, bis die Kämpfe vorbei sind und Caidan fortgegangen ist, zurück in seine Heimat. Es …«, sie schluckte, »… es ist das Beste so. Leichter für uns alle.«

»Du willst ihn nicht noch einmal sehen? Ein letztes Mal mit ihm reden, ihn umarmen?«

Stumm, mit geschlossenen Augen, schüttelte Raghna den Kopf. Der schneidende Schmerz brachte sie schier um den Verstand. Sie hielt die Luft an, so lange es ging, und atmete dann vorsichtig aus.

»Du hast Angst vor dir selbst, nicht wahr?«

»Ja. Ich würde mich vielleicht wie eine gewöhnliche Menschenfrau verhalten. Mich an ihn klammern. Oder er würde mich dazu bringen, mit ihm zu gehen. Das darf nicht sein.«

»Traust du dir so wenig zu?«

Doch Raghna wollte nicht weiter darüber reden. »Komm«, sagte sie, »lass uns aufbrechen! Der Mond steht schon über den Wipfeln.«

Mit ihrem menschlichen Körper ließ sie auch die Lasten und Kümmernisse des Menschenlebens zurück. Entzückt fühlte sie die Luft unter ihren kraftvollen Schwingen, erlebte die reine Freude des Fliegens, nahm die Schönheit der dunklen, waldigen Hügel in sich auf, über denen sie dahinglitten. Sie fühlte den kühlen, klaren Kristall in ihrem Herzen und hatte den Raben als Freund und Begleiter. So war es ein Leichtes, die Pforte zu Holls Reich zu finden.

Als sie ankamen, blieb der Rabe zurück. Raghna nahm einen Geistkörper an, der ihrer menschlichen Gestalt glich, und trat ein. Die Höhle nahm sie auf, die Holde lächelte ihr zu und gab Antwort auf ihre Fragen. Und wieder ließ sich die Rabenfrau von dem großen Erdenrad davontragen in neue, unbekannte Bereiche. Zitternd vor Ehrfurcht begegnete sie den Hüterinnen der Zeit und lernte von ihnen, dass Vergangenheit, Gegenwart und Zukunft nichts anderes sind als Menschenträume. Sie sah sich selbst in aufeinanderfolgenden Existenzen und begriff, dass es Vorhaben gibt, die ein kurzes Leben überdauern.

Nach der Reise fand sie sich in Holls Garten wieder, atmete den Duft der blühenden Gräser ein, trank Wasser aus dem Bach, biss in einen köstlichen Apfel. Gold umgab sie, Reichtum, Fülle und tiefer Frieden. Als die Zeit um war, fiel Raghna der Abschied nicht schwer, denn sie wusste, sie konnte wiederkommen, wann immer sie wollte.

Während die Rabenfrau in der Wildnis ihren Kummer heilte und immer tiefer in die Geheimnisse des Werdens und Vergehens eindrang, gingen in der Welt der Bauern und Krieger die Kriegsvorbereitungen weiter.

Der Sommer neigte sich dem Ende zu, die Zeit der Ernte begann. Einen großen Teil der Männerarbeit übernahmen in diesem Jahr die Frauen.

Noch bevor die letzten Korngarben von den Feldern geholt waren, kamen die Späher, die Jord nach Südosten geschickt hatte, erschöpft nach Hohenfeld zurück. Sie wurden zu Caidan geschickt, der an der Pferdekoppel den Reitübungen zusah. »Ein Heer von Kriegern, Atal! Es bewegt sich auf die Haselberge zu«, rief der Ältere. »In sechs, sieben Tagen werden sie hier sein.«

Der Wanderer verzog keine Miene, aber seine Hände umklammerten den Holm des Gatters, bis die Knöchel weiß hervortraten. »Wie viele?«

»An die zweihundert Bewaffnete, Atal, auf kräftigen kleinen Pferden.«

Caidan stockte der Atem. Zweihundert. Nahezu doppelt so viele, wie die Haselberge aufbieten konnten – und lauter erfahrene Krieger! Er wechselte einen Blick mit Jord, der hinzugetreten war, und sagte rau: »Es wird Zeit für die Opfergaben.«

Am nächsten Abend begingen die Glockenbecherleute im Gemeinschaftshaus ihre große Feier, der auch Jord beiwohnte. Feierlich rief Caidan in seiner klangvollen Sprache die Himmlischen an, bat sie um ihren Beistand im Kampf und segnete die außergewöhnlich kostbaren Gaben, die im heiligen Feuer verbrannt wurden. In der weißen Tunika und seinem blauen Mantel, goldgeschmückt, wirkte er wie eine Gestalt aus einer anderen Welt.

Dann kreiste der Glockenbecher mit dem göttlichen Trank und verband die Männer im Erleben der Himmlischen. Der Rest der Feier verlief ruhiger als sonst. Bald verabschiedete Caidan die Männer und schickte sie schlafen.

Jord jedoch betrat seine Hütte nur, um seine Waffen und einen bereitstehenden Tragbeutel zu holen. Er warf sich den Riemen über die Schulter und machte sich auf den Weg in den nachtdunklen Wald. Nachdem seine Augen sich an die Finsternis gewöhnt hatten, fand er sich gut zurecht und erreichte bald sein Ziel, einen kreisrunden Moorweiher, der von Schilf und scharfkantigen Steinen umgeben war.

Er legte Dolch und Streitaxt ab, kniete nieder und öffnete den Beutel.

»Für dich, Inthram! Steh uns bei und schenk uns den Sieg«, murmelte er und ließ nacheinander einen Feuersteindolch, schwarze und weiße Schmuckperlen, eine steinerne Speerspitze und einen kupfernen Armring ins schwarze Wasser gleiten.

»Wenn ich mehr erbeute, gebe ich dir mehr!«, gelobte er. Dann suchte er sich einen geschützten Platz am Ufer, öffnete den Verschluss seiner Kragenflasche und goss den Unsterblichkeitstrank, den er sich mühsam beschafft hatte, in seinen Schnurbecher. Da es nur eine kleine Menge war, würde er das heilige Shuma unverdünnt trinken.

»Dir zu Ehren, Blitzeschleuderer!«, sagte er, hob den Becher hoch empor und leerte ihn in einem Zug.

Inthrams Stimme war der rollende Donner, der von den Hügeln widerhallte.

Du willst deine Blutsverwandten im Stich lassen?

Jord fiel auf die Knie. Drohend, mit gefurchten Brauen, hing das steinerne Antlitz über ihm. Wuchs in die Höhe, wurde größer und größer. Dann kippte das Ritzbild langsam in seine Richtung. Der Krieger wollte schreien, doch kein Ton drang aus seiner Kehle. Er wollte aufspringen und weglaufen, konnte aber kein Glied rühren. Mit entsetzlicher Unerbittlichkeit stürzte der schwere Steinblock nach vorn und begrub ihn unter sich.

Schweißgebadet fuhr Jord hoch, um dann langsam wieder ins Gras zurückzusinken.

Ein Traum. Es war nur ein Traum.

Doch dann kehrte die Erinnerung an das Shuma und an Inthrams Stimme zurück, und Jords Zähne schlugen wie im Frost aufeinander.

Die Botschaft war nur allzu klar: Der Krieger Jord war im Begriff, schwere Schuld auf sich zu laden. Seiner Sippe stand ein verzweifelter Kampf auf Leben und Tod bevor, und er war nicht an seinem Platz. Stöhnend begrub er das Gesicht in den Händen.

Aber sie haben mich doch verbannt! Ich bin zwar trotzdem zurückgekehrt, aber bei der Ratsversammlung sind wir endgültig als Feinde auseinandergegangen. Zennak würde mich sofort erschlagen, wenn ich mich auf dem Eichelsberg sehen ließe.

Inthrams Stimme verfolgte ihn noch immer: »Das würde er nicht, und du weißt es. Sie brauchen dort jetzt jeden Mann. Es ist nur dein dummer Stolz, der dich daran hindert, deine Pflicht zu tun. Denkst du nicht an deinen Vetter Perko? Du bist sein nächster noch lebender Verwandter und solltest an seiner Seite sein.«

Es gab kein Entrinnen.

Seine Übelkeit unterdrückend, beugte Jord sich über den Teich und schöpfte mit beiden Händen Wasser. Er wusch sich das Gesicht, benetzte seinen Nacken, die hämmernden Kopfschmerzen ließen ein wenig nach.

Fröstelnd stand er auf. Die dunkelste Stunde der Nacht war schon vorüber, ein erster Hauch von Morgengrauen ließ die Welt mehr erahnen als erkennen. Es war kalt. Zum ersten Mal in diesem Jahr roch er den Herbst.

Sorgfältig spülte er seinen Becher und die Flasche aus, packte alles zusammen und machte sich auf den Rückweg in die Siedlung. Der Wächter am Tor grüßte ihn mit erhobener Hand. Dass der Jäger nachts kam und ging, war nichts Ungewöhnliches.

Im Dorf schlief alles noch. In seiner Hütte wechselte Jord den Kittel, schlüpfte in Schuhe und Umhang, griff wieder nach seinen Waffen und steckte Brot und Käse zu sich. Auf dem Weg zur Pferdekoppel blieb er vor Caidans Haus stehen, klopfte kurz an, öffnete den Riegel und schob den Kopf durch den Türspalt.

»Atal?«

»Jord, bist du es? Komm herein!«, kam sofort die ruhige Antwort. Der Wanderer hatte offenbar auch nicht geschlafen.

»Nein, ich muss los. Ich gehe fort, Atal, zum Eichelsberg. Falls ich den Kampf um den Hof überlebe, komme ich so schnell wie möglich zurück.«

Caidan setzte sich auf seinem Lager auf. »Warum, Freund? Den Ethomleuten ist die Niederlage sicher, du weißt es.«

Jord nickte. »Ich weiß. Trotzdem ist es Inthrams Wille, dass ich meiner Sippe beistehe. Wenn alles vorüber ist, bin ich frei.«

Nach kurzem Zögern meinte der Glockenbechermann: »Ich bin nicht glücklich darüber, aber du musst es wohl tun. Pass auf dich auf, Jord, und geh mit dem Segen der Himmlischen!«

»Danke, Atal.«

Kurz darauf ließ der Streitaxtmann seinen Braunen über die Schafweide traben.

Caidan ist selbst ein Krieger. Er versteht, dass ich keine andere Wahl habe. Dass ich in diesem Kampf den Tod finden werde, hat mir Inthram im Traum ja deutlich genug gezeigt. Nun, ich hänge nicht an diesem Leben. Viel Gutes hat es mir ohnehin nicht gebracht. Am wohlsten hab ich mich noch auf meinen Streifzügen im Wald gefühlt, wenn ich allein auf der Jagd war …

Vor Jords innerem Auge erschienen dichte, sommergrüne, sonnendurchglänzte Eichen- und Buchenwälder, Grasteppiche und sprudelnde Wasserläufe. Er versuchte, die Bilder festzuhalten, doch umsonst. Das Gesicht, an das er um keinen Preis denken wollte, schob sich davor, das schmale Gesicht einer jungen Frau mit braungrünen Augen und einer Feder im Haar, die ihn ernst anschaute. Nun würden sie also doch nicht zusammen leben, nicht einmal mehr voneinander Abschied nehmen. Ihr Blick berührte einen Schmerz in seinem Inneren, für den es keine Linderung gab. Jord presste die Lippen zusammen und vertrieb die Vorstellung. Erinnerungen, die ihn weich machten, konnte er jetzt nicht brauchen. Was er nötig hatte, waren Furchtlosigkeit und Stärke.

Er würde einen ehrenvollen Tod finden und schon bald seinen Platz in Inthrams Hallen einnehmen. Es tat gut, das zu wissen.

Raghna ging geradewegs zu ihrer Lichtung und rief den Raben herbei.

»Lass uns zum Eichelsberg fliegen!«

»Jetzt?«

»Ja, jetzt.«

»Warum? Der Vollmond liegt hinter uns, es ist heller Tag. Keine Zeit zum Reisen. Und wieso überhaupt zum Eichelsberg?«

»Ich glaube, dort wird gekämpft. Ich habe heute morgen im

Halbschlaf das Klirren von Metall gehört und muss wissen, was dort vorgeht.«

»Wozu, Rabenfrau? Du hast damit nichts mehr zu tun. Alles geht seinen bestimmten Gang, von langer Hand vorbereitet durch die Menschen, die daran beteiligt sind. Geschicke erfüllen sich, alte Fäden werden durchtrennt, neue gesponnen und verknüpft, das ist alles.«

Raghna gab keine Antwort. Sie wusste ja selbst nicht, warum es sie mit solcher Macht dorthin zog. Aus alter Verbundenheit mit Ethomir? Wegen Perko, der einmal ihr Pflegesohn gewesen war? Alle Erklärungsversuche erschienen ihr unbefriedigend, aber der Drang war unwiderstehlich.

Ohne sich weiter um den Raben zu kümmern, warf sie den Kopf in den Nacken, schloss die Augen und ließ ihre menschliche Form hinter sich zurück. Mit kräftigen Flügelschlägen erhob sie sich in die Luft und strich über die Baumkronen davon nach Westen. Sie wusste, ihr Begleiter würde ihr folgen.

Auf dem Herrenhof achtete keiner auf die schwarzen Vögel, die hoch am Himmel einen Kreis zogen und dann allmählich tiefer gingen. Die Männer hatten anderes zu tun. Das Haupttor im Palisadenzaun war aufgebrochen und lag in Trümmern. Die Schindeldächer mehrerer Gebäude brannten, vom Wind angefacht, lichterloh. Frauen rannten umher, einige mit Löscheimern, andere brachten den Kriegern Bündel frischer Pfeile oder schleppten Verwundete weg. Wildes Getöse erfüllte die Luft: Wutgebrüll, Schmerzensschreie, Waffengeklirr …

Im Hof und am Eingang zur großen Halle waren Gruppen von Angreifern mit den Ethommännern verknäuelt. Der Anführer der Bronzekrieger, deutlich zu erkennen an dem Goldreif auf seinem Kopf, schwang einen bronzenen Langdolch und schrie mit gerötetem Gesicht pausenlos Befehle heraus. Ja, das musste Tjonar sein. Rasend wie Inthram selbst, riss er seine Männer mit in einen ekstatischen Kampfrausch. Dem hatten die Ethomkrieger nichts Gleichwertiges entgegenzusetzen. Sie kämpften tapfer – mehr nicht.

Die Rabenfrau landete flügelschlagend auf dem First des Frauenhauses und spähte hinunter. Tote und Verwundete tränkten den Rasenplatz mit dem Blut ihrer schrecklichen Wunden, viele der

Gesichter kannte sie. Zennak, Weran – und da, etwas abseits, lag ein junger Krieger, dessen Stirn und rechte Schläfe schwarz war von geronnenem Blut.

»Perko!«, krächzte sie. »O nein, nicht Perko …«

Als ginge das Getümmel sie nichts an, kauerte eine gebeugte Alte mit erloschenem Gesicht, das von wirren Haarsträhnen umgeben war, neben dem Toten und hielt seine Hand umklammert. Ihr Oberkörper wiegte sich – vor und zurück, vor und zurück … Fast hätte Raghna in der gespenstischen Gestalt die Herrin Bendriga nicht wiedererkannt.

Schmerz riss an ihr, ihr wurde übel, doch sie konnte die Augen nicht abwenden. Von Grauen geschüttelt, flatterte sie hinunter in den Hof, ihre Krallen krampften sich um eine Gatterstange, bleischwer hingen die Flügel herab. Ihr war, als würde sie sich nie wieder in die Luft erheben können.

»Das hättest du dir ersparen können«, sagte der Rabe neben ihr und berührte mit dem Schnabel ihr gesträubtes Gefieder. »Du kannst hier nichts tun. Es sind nicht deine Leute, Raghna. Nichts bindet dich mehr an sie.«

»Es sind Ethomirs Leute, und wer da liegt, ist Ethomirs jüngster Sohn. Ich habe ihn heranwachsen sehen. Ach, Holl, wie entsetzlich ist das alles! Warum tun Menschen sich das an?«

Sie bekam keine Antwort. Es gab wohl keine.

Der Rabe äugte zu den Kämpfenden hinüber. »Lange kann es nicht mehr dauern. Du siehst ja, dass die Fremden überall die Oberhand haben. Willst du bleiben, bis alles zu Ende ist?«

Raghna schüttelte sich. »Nein. Nur weg hier! Ich muss diesen Ort verlassen, falls meine Kraft noch dazu reicht.«

Der Rabe flog voraus, sie folgte ihm mit bleischweren, müden Schwingen. Schnell merkte sie, dass sie nicht genug Höhe gewann, um über die Palisaden zu kommen. Sie landete ungeschickt auf dem Reisighaufen hinter einer Scheune und sah sich nach einem besseren Aufstiegsplatz um.

Ein Speer zischte vorbei, klirrte knapp hinter ihr zu Boden. Erschrocken hüpfte sie seitwärts und suchte Deckung hinter den dürren Zweigen.

Zwei verbissen kämpfende Männer umrundeten die Scheune

und näherten sich. Der eine, ein Schwarzpferdmann, der bereits aus mehreren Wunden blutete, versuchte dem Ethomkrieger zu entkommen, der mit der Streitaxt auf ihn eindrang und ihn in eine Ecke drängte. Als der Fremde sah, dass ihm kein Ausweg mehr blieb, drehte er sich um und stellte sich. Mehr schlecht als recht suchte er die Schläge, die wuchtig auf ihn einprasselten, mit seinem Dolch abzuwehren, dann nur noch mit den bloßen Fäusten. Es sah schlimm für ihn aus.

Keiner der beiden beachtete den Raben, der mit zur Seite gelegtem Kopf jede Bewegung verfolgte und auf eine günstige Gelegenheit zum Wegflattern wartete. Eben holte der Streitaxtmann zum entscheidenden Schlag aus, als hinter ihm ein zweiter Bronzekrieger auftauchte, ihn mit heiserem Brüllen ansprang und niederriss. Die Axt flog zur Seite. In diesem Moment erkannte Raghna das blutbespritzte Gesicht des Ethomkriegers.

»Jord!«, schrie sie auf.

Ineinander verkrallt wälzten sich die beiden Männer im Staub, jeder versuchte die Kehle des anderen zu umklammern. Jord kam unten zu liegen und steckte einen Fausthieb ein, noch einen. Während er wie besessen darum kämpfte, sich aus der Umklammerung zu befreien, kroch sein früherer Gegner heran und holte aus, um ihm den Dolch zwischen die Rippen zu stoßen.

Ohne zu überlegen, warf Raghna sich dem Krieger entgegen, schlug ihre Krallen in seine Schultern, hackte mit dem scharfen Schnabel nach seinen Augen. Aufheulend warf sich der Bronzemann zur Seite und riss die Arme nach oben, um sein Gesicht zu schützen. Dabei entglitt ihm der Dolch und bohrte sich mit der Spitze in Jords Oberarm, bevor er zu Boden fiel.

Die Rabenfrau wurde abgeschüttelt, als ihr Opfer panisch um sich schlug, krächzend flatterte sie etwas zur Seite, bereit, von Neuem anzugreifen. In ihr war nur *ein* Gedanke, der zu flammender Gewissheit wurde: Jord durfte nicht sterben.

Das Nächste, was sie wahrnahm, war ein Bronzekrieger, der reglos in einer sich rasch ausbreitenden Blutlache lag. Der zweite starb, als Jord seinen Kopf mehrmals mit voller Kraft gegen den Scheunenbalken schmetterte.

Keuchend, mit schmerzverzerrter Miene, kniete er dann auf dem

Lehmboden, hielt sich den blutenden Arm und starrte ungläubig in die glänzenden schwarzen Augen des Vogels, der plötzlich den Kopf abwandte, sich umdrehte und rasch davonflog.

Als Raghna frischen Wind unter den Schwingen spürte, beruhigte sich ihr rasender Herzschlag ein wenig. Bald hatte sie die herbstlich gefärbten Baumwipfel unter sich. Sie flog weiter und weiter, bis der Eichelsberg nur noch eine unheilvolle Rauchsäule weit hinten am Horizont war. Sie flog, um dem Schrecken zu entkommen und suchte sich erst einen Ast zum Landen, als sie nicht mehr konnte.

»Das hättest du nicht tun sollen«, murmelte eine besorgte Stimme neben ihr. »Du hast in das Geschehen eingegriffen. Eigentlich hätten diese Männer dich gar nicht sehen dürfen. Du verwischst die Grenzen zwischen den Welten. Das ist gefährlich!«

Raghna warf ihrem Rabengefährten einen unergründlichen Blick zu und begann ihre zerzausten Federn zu glätten. Aus einem Riss über ihrem Schnabel sickerte Blut.

»Ich bin froh, dass ich da war«, sagte sie fest.

Als sie sich etwas erholt hatte, raffte sie den Rest ihrer Kraft zusammen und kehrte zurück in ihren Menschenkörper auf der Lichtung. Wieder in der Hütte, wusch sie die Wunde über ihrer Nase aus und legte Spitzwegerich auf. Dann ließ sie sich auf ihr Lager fallen, zog die Decke bis ans Kinn und lag den Rest des Tages und die ganze Nacht, ohne sich zu rühren, in einem Dämmerzustand zwischen Wachen und Schlafen, fast zu müde zum Atmen. In ihren Träumen tauchte Caidan auf. Er sagte etwas, was sie nicht verstand, wiederholte es mit drängender Stimme. Dann wieder sah sie das vom Kampf berauschte Gesicht des Häuptlings Tjonar. Vergeblich fragte sie sich, was dieser Fremde sie anging.

Zwei Tage später wusste sie es.

So war es doch, oder? Ein Rabe hatte ihm das Leben gerettet und war dann fortgeflogen.

Bin ich vielleicht verrückt geworden?

Noch während Jord zu fassen versuchte, was soeben geschehen war, hörte er, wie mit donnerndem Krachen das brennende Dach der Großen Halle einstürzte. Das brachte ihn mit einem Schlag zurück in die Wirklichkeit.

Im Innenraum der Halle hatten sich die letzten Ethomkrieger verschanzt. Er hatte versucht, es ihnen auszureden, aber sie hatten nicht auf ihn hören wollen. Natürlich nicht. Wann hätten sie jemals einen Rat von ihm angenommen?

Nun hatte das brennende Dach den Bronzekriegern die Mühen des letzten Gefechts abgenommen. Ein triumphierendes Aufjohlen aus heiseren Kehlen schlug misstönend an Jords Ohr.

Was nun?

Sklaverei oder Tod. Je nachdem, was Tjonar befiehlt.

Jord schüttelte den Kopf. Seine Aufgabe hier war beendet. Er hatte seine Verpflichtung der Sippe gegenüber erfüllt und sein Bestes gegeben; nun gab es anderswo Wichtigeres zu tun.

Plötzlich wollte er leben.

Schritt für Schritt wich er zurück, die willkommene Deckung nutzend, die die alte Scheune ihm bot. Ihre Rückseite aus Flechtwerk lag an der halb zerstörten Palisadenwand. Während die Bronzekrieger im Siegestaumel rhythmische Parolen brüllten, drückte Jord sich durch Beifuß- und Brennnesselstauden, kletterte über zersplitterte Stämme und gelangte ungesehen ins Freie.

Sein Arm war nichts als pochender Schmerz. Er hatte viel Blut verloren, war zu Tode erschöpft, hungrig und vor allem durstig, die Zunge klebte ihm förmlich am Gaumen. Bald würde sich Wundfieber einstellen. An ein Pferd heranzukommen, war hier unter den Augen der Feinde unmöglich. Ihm blieb nichts anderes übrig, als sich zu Fuß nach Hohenfeld durchzuschlagen.

»Das wirst du wohl kaum mehr schaffen, Junge …«, murmelte er vor sich hin.

Aber da es keine andere Wahl gab, biss er die Zähne zusammen und zwang sich, einen Fuß vor den anderen zu setzen. Taumelnd stolperte er den Berghang hinunter. An einer Quelle konnte er wenigstens den Durst stillen, seinen Wasserschlauch füllen und sich das schmutz- und blutverkrustete Gesicht waschen. Welch ein Labsal! Der Gedanke, sich einen geschützten Platz zu suchen und sich auf dem Waldboden auszustrecken, nur für kurze Zeit, war fast zu verlockend.

Doch Jord schüttelte den Kopf.

»Los, weiter!«, sagte er laut zu sich selbst. Möglicherweise durchkämmten schon eifrige Bronzekrieger den Wald auf der Suche nach Flüchtenden.

Mochten sie. Ihn würden sie nicht kriegen!

Tjonar, Tjuleks Sohn, war mit sich und der Welt zufrieden. Er hatte seine Bewährungsprobe als Anführer bestanden, eine gewaltige Siegesfeier lag hinter ihm, Lieder wurden auf ihn gesungen, die Frauen warfen ihm Blicke zu – und er war mit fünfundzwanzig bereits Großherr! Inthram gebührte Dank, und Tjonars Gaben waren mehr als großzügig gewesen.

Noch gab es allerdings viel zu tun, um seine Herrschaft zu festigen. Er musste den Herrenhof und die Halle wiederherstellen, nach und nach sämtliche Dörfer seines Gebiets aufsuchen und vor allem Fühlung mit den Nachbarn aufnehmen, von denen die Steinsbergleute unter Korthom die wichtigsten waren. Dass ihm die Bauern Widerstand entgegensetzen würden, glaubte er nicht. Die mussten es nehmen, wie es kam. Allerdings gab es in den nördlichen Haselbergen auch eine Glockenbechersiedlung, die vielleicht Sonderrechte beanspruchen würde. Nun, mit den Leuten dort würde er schon fertigwerden.

Tjonar lenkte seinen Rappen zwischen einer Gruppe junger Erlen hindurch, ein halbes Dutzend Männer folgte ihm. Die Zeit reichte zwar nur für einen kurzen Erkundungsritt in die nächste Umgebung des Hofes, doch vielleicht war ihnen das Glück hold, und ein ordentliches Stück Wild lief ihnen vor die Speere. Er war auf alles vorbereitet, was da kommen mochte.

Nicht allerdings auf einen Bären.

Seine Augen weiteten sich, als er auf die frische Spur stieß. Wie lange war es her, seit er seinen letzten Braunen erlegt hatte? Das wäre das Größte – ein neues Bärenfell für seinen geschnitzten Stuhl in der wiederaufgebauten Halle.

Er sah sich kurz um und merkte, dass seine Gefolgschaft ein Stück zurückgeblieben war. Umso besser. Das Jagdfieber ergriff ihn. Diesen Bären wollte er allein haben!

Ohne Bedenken folgte er den Abdrücken im weichen Waldboden, Büsche schlugen hinter ihm zusammen. Er entdeckte Pelzhaare, die in der schrundigen Borke einer Eiche hingen, und einen beachtlichen Kothaufen. Er glaubte sogar den strengen Raubtiergeruch wahrzunehmen, sein Pferd begann nervös zu tänzeln. Da der Pfad ohnehin unwegsam wurde, stieg er ab und ließ das Tier zurück. Die Männer würden es finden und Bescheid wissen.

Hastig kletterte Tjonar zwischen Felsbrocken hindurch, zwängte sich durch Unterholz und Strauchwerk, gewann wieder freien Durchgang durch lockere Haselstauden. Verlor die Spur, fand sie wieder, folgte ihr aufgeregt. Dann war sie plötzlich verschwunden, wie weggezaubert. Er konnte es kaum glauben, aber es war so. Enttäuscht fluchte er vor sich hin.

»Verdammtes Vieh! Derr Blitz soll dich trreffen!«

Raghna konnte jedes Wort verstehen, obwohl er die Herrensprache mit einem fremden, harten Zungenschlag sprach.

»Ich grüße dich, Tjonar«, sagte sie.

Der Mann fuhr herum.

»Eine Frau? Allein im Wald? Was machst du hier?«, stieß er hervor, mehr ärgerlich als neugierig.

Sie gab keine Antwort, sondern nahm sich Zeit, ihn zu betrachten. Sie hatte ihn sich viel älter vorgestellt! Die einzelnen grauen Strähnen in seinen dunklen, gelockten Haaren täuschten. Kam man näher, entdeckte man ein junges Gesicht mit gebräunter Haut, hohen Wangenknochen und einem sorgsam beschnittenen Schnauzbart. Die braunen, zusammengekniffenen Augen hatten einen wachen Blick.

»Und woher kennst du mich?«, setzte er misstrauisch hinzu.

»Ich kenne alles hier. Du bist in meinem Land. Ich habe auf dich gewartet.« Erst jetzt begann Raghna selbst zu verstehen, warum sie an diesem Ort war. ›Steh auf‹, hatte die Stimme in ihrem Traum gesagt, ›zieh dich an, nimm Stab und Siegel und geh, wohin ich dich führe. Du musst einen fremden Mann treffen und für mich sprechen.‹ Nun war sie hier, nach einer anstrengenden Wanderung durch den morgendlichen Wald, und vor ihr stand der neue Großherr.

Sie erfasste die Gedanken, die sich hinter seiner Stirn jagten. Vergebens versuchte er, die Gestalt der rätselhaften Fremden einzuordnen. Was er wahrnahm, war eine junge Frau in der Tracht der Bäuerinnen: Leinenkleid, Umhang, Bastschuhe. Doch sie trug einen mit geritzten Zeichen verzierten Stab in der Hand und eine schwarze Feder im Haar. Er stutzte, als sein Blick auf das goldene Sonnenrad fiel, das auf ihrer Brust lag.

Raghna sah, dass ihre ungewöhnliche Erscheinung ihn verwirrte. Kurz blitzte in seinem Hirn die Vorstellung auf, sie auf das Laub zu werfen, mit Gewalt zu nehmen und dann einfach seines Weges zu gehen. Sie hob eine Augenbraue, und die Andeutung eines nachsichtigen Lächelns huschte über ihr Gesicht. Er ließ den Gedanken sofort wieder fallen.

»Du hast auf mich gewartet?«, stieß er hervor. »Warum? Was willst du von mir?«

»Ich muss mit dir reden, Krieger. Allein. Wir haben nicht viel Zeit, deine Männer werden bald hier sein. Willst du mich anhören?«

Tjonar nickte widerstrebend.

»Die Ethomsippe ist besiegt und nahezu ausgerottet. Du bist der neue Großherr auf dem Eichelsberg. Aber die Haselberge hast du noch nicht gewonnen.«

»So?«

»Ja. Die Bauern sind bewaffnet. Sie haben in den letzten Jahren gelernt, sich gegen schlechte Behandlung zur Wehr zu setzen. Dazu kommt, dass ein Mann von Lis die Gemeinschaft in der Glockenbechersiedlung anführt. Sie besitzen dort die Geheimnisse des Bronzeschmiedens. Und schließlich: Korthom, dein nächster Nachbar auf dem Steinsberg, ist ein reicher und mächtiger Großherr.«

»Warum erzählst du mir das alles?«

»Weil du unnötiges Blutvergießen vermeiden kannst, wenn du klug bist.«

»Wir sind Krieger, keine Weiber«, gab Tjonar verächtlich zurück. »Wenn wir etwas wollen, erkämpfen wir es uns. Die Waffen sollen entscheiden, und wir werden siegen, wie wir auf dem Eichelsberg gesiegt haben.«

Mit einem raschen Schritt trat Raghna an ihn heran und sah ihm prüfend in die Augen. Er hatte das unbehagliche Gefühl, dass sie in sein Innerstes schaute, und unterdrückte gerade noch den peinlichen Impuls, vor einer Frau zurückzuweichen. Mit Mühe hielt er ihrem unergründlichen Blick stand, der sich jetzt geheimnisvoll verschleierte.

»Sehr gut, du mutiger Kämpfer! Ich sehe in die Zukunft … ja … ich sehe deine zweihundert Männer in endlosen Auseinandersetzungen aufgerieben, deinen Erfolg verspielt, den Eichelsberg verloren, dich selbst verwundet, dann tot. Nur zu!«

»Wenn nötig, schickt mein Vater noch mehr Krieger!«, stieß der Schwarzpferdmann fast trotzig hervor.

»Wäre es nicht beschämend für dich, den großen Tjulek um Hilfe zu bitten?«

Vor Tjonars innerem Auge erschien das kalte Gesicht seines mächtigen, so unendlich überlegenen Vaters. Er presste die Lippen zusammen.

»Und du hast einen Vorschlag, Frau?«

»Ja. Du könntest dich für einen zweiten Weg entscheiden, indem du dich mit den Bewohnern der Haselberge und mit den Nachbarn gütlich einigst. Geben und Nehmen, das ist das Geheimnis!«

»Gütlich einigen? Wie?«

»Das wirst du schon selbst herausfinden, wenn du mit ihnen sprichst. Die Bauern sind bereit, euch als Herren anzuerkennen, aber sie wollen das Erbrecht für Kinder aus gemischten Verbindungen.«

Tjonar fuhr auf und setzte zu einer heftigen Antwort an, doch Raghna hob die Hand: »Lass mich weiterreden. Die Glockenbecherleute wollen Selbstständigkeit und bieten dafür Bronze. Boima ist weit weg, nicht wahr? Das wäre also ein gutes Angebot. Die Steinsbergsippe hingegen hat durch Korthoms Enkeltochter Ethrun einen alten Erbanspruch auf die Haselberge, und den würde sie sicher nicht freiwillig aufgeben. Andererseits ist aber Ethrun eben im heiratsfähigen Alter …«

In Tjonars Augen dämmerte Begreifen auf. Mit Nachdruck fuhr

Raghna fort: »Wenn du dich mit ihnen einigst, ist deine Herrschaft unantastbar, und dir fällt in jungen Jahren zu, worum andere unter Mühen und Opfern ihr halbes Leben lang kämpfen müssen. Mit einem solchen Erfolg würdest du sogar deinen berühmten Vater übertreffen.« Sie sah das Aufblitzen in seinen Augen und wusste, sie hatte gewonnen.

Nachdenklich murmelte der Krieger, mehr zu sich selbst als zu ihr: »Werden meine Männer mich nicht für feige halten? Man müsste herausfinden, wie Inthram zu all dem steht. Ich muss mit dem Priester reden …«

Das warnende Kreischen einer Elster gellte durch den Wald, Klirren von Metall ertönte, dann ein langgezogener, kehliger Ruf: »Tjooonaaaaar!«

Raghna nickte ihm zu. »Deine Männer kommen.«

Der Großherr wandte sich in die Richtung, aus der der Lärm kam. »Hier bin ich!«, schrie er. »Bleibt, wo ihr seid. Ich komme gleich.«

Er kehrte sich der Frau wieder zu, um Antwort auf eine letzte Frage zu erhalten: »Wer bist du?«

Doch da war niemand, nur das grüne Laub der Birken und Buchen, das sich leise im Wind regte. Die Fremde war verschwunden. Auf dem Rückweg und für den Rest des Tages war Tjonar ungewöhnlich still und in sich gekehrt. Seine Männer tauschten Blicke, wagten aber nicht, seine Grübeleien zu unterbrechen. Schließlich gab er es auf und ging, um den Priester Inthuvanut aufzusuchen.

Nun ritten Boten kreuz und quer über Land. Ein Bronzekrieger, begleitet von einem einheimischen Knecht, erschien in Hohenfeld, wurde höflich empfangen und hatte mit dem Wanderer und mit Jord eine lange Unterredung. Er übernachtete im Gemeinschaftshaus und reiste am nächsten Morgen weiter nach Norden, zum Steinsberg. Einen halben Mond später kam ein weiterer Bote zu Caidan, und kurz danach, an einem strahlenden Herbstmorgen, trafen sich sieben Reiter am Fuß des Eichelsberges, begrüßten sich und trabten gemeinsam über den Bohlenweg hinauf zum Herrenhof.

Tjonar empfing sie vor seiner notdürftig instandgesetzten Halle. Sie musterten ihn aufmerksam. Der junge Großherr hatte erstaunlicherweise auf ein beeindruckendes Gefolge verzichtet, nur ein grauhaariger Krieger stand schräg hinter ihm.

»Du musst Herr Korthom sein«, sagte Tjonar und trat auf den Ältesten der Gruppe zu.

»Der bin ich, und das hier ist mein Schwiegersohn Fredo.« Korthom legte dem untersetzten Mann mittleren Alters, der neben ihm stand, freundschaftlich die Hand auf die Schulter.

Tjonar nickte höflich und ließ seinen prüfenden Blick zum nächsten Besucher gleiten.

»Du bist … auch ein Mann der Schnur?«, fragte er.

»Ja. Ich gehörte früher zur Ethomsippe, Jord ist mein Name. Und ich will dir auch gleich sagen, dass ich dabei war, als ihr den Eichelsberg erobert habt.«

Tjonars Augen verengten sich. »Du hast den Kampf überlebt.«

»Knapp. Ich konnte entkommen. Erlaube mir, dir diese Männer vorzustellen. Das ist der Wanderer Caidan von Lis. Zusammen mit Laukher, dem Schmied, spricht er für Hohenfeld. Diese beiden Bauern hier sprechen für die Dörfer: Kwill von den Kerbäckerweiden und Elkh, Kupferschmied aus Leingarten.«

»Und für wen sprichst du, Jord?«, fragte Tjonar gelassen.

Der Streitaxtmann suchte noch nach der passenden Antwort, da entgegnete Caidan an seiner Stelle: »Mein Freund Jord lebt in Hohenfeld und hat in den vergangenen Monden die Vorbereitungen zur Verteidigung der Haselberge geleitet.«

Tjonar nickte. »Seid willkommen«, meinte er und geleitete seine Gäste in die Halle. »Das hier ist Falk, mein früherer Lehrer und ältester Ratgeber, und hier kommt Inthuvanut, unser Opferpriester.« Ein hagerer, langbärtiger Alter trat heran, grüßte zurückhaltend und nahm in gemessener Haltung den Sitz neben Tjonar ein.

Jord hatte in seinem Leben viele Herrensippen besucht, aber nie einen Mann wie diesen gesehen. Erstaunt musterte er jede Einzelheit der ungewöhnlichen Erscheinung. Der Priester strahlte selbstsichere Autorität aus. Seine Kleidung bestand aus einem knöchellangen Gewand und einer hohen Kappe aus fein gegerbtem, rötlichem Rehleder, mit Pelzstreifen besetzt. Statt eines goldenen Halsringes trug er eine längere, aus Gliedern gefügte Kette, an der mehrere Anhänger befestigt waren. Zwischen Kristallperlen, Bärenklauen und Pferdezähnen blinkte auch ein goldenes Sonnenrad.

Jord hatte das unbestimmte Gefühl, dass Inthuvanut den Eindruck, den er hervorrief, genoss, obwohl er keine Miene verzog.

Erstaunt wandte Korthom sich an Tjonar: »Bist du denn als Großherr nicht selbst der Opferer?«

Der Bronzemann schüttelte den Kopf. »Ich? Ganz gewiss nicht! Ich weiß, früher war das so. Mein Großvater hat bei den Feiern den Hengst und die Stiere noch selbst getötet, aber jetzt haben wir dafür unsere Priester, die sich um alles kümmern. Sie hüten das alte Wissen und bewahren die Bräuche. So können wir sicher sein, keine Fehler zu machen, die den Blitzeschleuderer erzürnen würden. Ja, schon mein Vater Tjulek hat dem weisen Inthuvanut vertraut, und ich war froh, dass er trotz seines Alters bereit war, mit uns ziehen … und uns Inthrams Segen zu sichern.«

Schweigend nahm Korthom diese Erklärung entgegen. Eine etwas unbehagliche Pause entstand. Tjonar warf einen kurzen Blick hinüber zu dem Priester, der noch kein Wort gesprochen hatte, dann lud er seine Gäste höflich ein, mit ihm das Festmahl einzunehmen.

Die anschließenden Verhandlungen hinter verschlossenen Türen waren lang und zäh, aber sie führten zu brauchbaren Ergebnissen. Die Heirat zwischen Ethrun und Tjonar wurde gegen Abtretung der Lederhecke, eines begehrten Waldstücks im Grenzgebiet, an Korthom beschlossen. Das Hochzeitsfest sollte sehr bald, noch vor dem Winter, stattfinden. Damit waren Korthoms Erbansprüche abgegolten. Die Bauern akzeptierten Tjonar als Großherrn und die Schwarzpferde als ihre Herrschersippe, erhielten dafür aber das Erbrecht für Kinder aus dauerhaften, eheähnlichen Verbindungen zwischen Kriegern und Dorffrauen. Allerdings galt das nur für die anerkannten Söhne, über Töchter wurde gar nicht erst verhandelt.

Der letzte strittige Punkt war die Selbstständigkeit der Glockenbechersiedlung. Hier standen sich Inthuvanut und Caidan unnachgiebig gegenüber. Keiner gab auch nur einen Fußbreit nach.

»Inthram wird beleidigt, wenn wir nach einem Sieg, den er uns geschenkt hat, einen Teil des eroberten Gebietes einfach weggeben«, beharrte der Alte mit seiner überraschend hellen Stimme.

»Und wenn du es noch so oft wiederholst, ich glaube es nicht«, gab der Wanderer zurück. »Wir haben gute Gründe für unseren Wunsch genannt, niemand hätte davon einen Nachteil. Doch wir haben lange genug darüber gesprochen. Läge es nun nicht an dem Großherrn Tjonar, einen Entschluss zu fassen?«

Der junge Häuptling lehnte sich zurück und überlegte angestrengt. Er sah die Gefahr: Alles bisher Erreichte konnte an dieser Klippe scheitern. Doch war es offenbar nicht möglich, Inthuvanut oder Caidan zum Einlenken bringen. Er durfte auch keinen der beiden kränken, indem er sich auf die Seite des anderen schlug, dazu waren sie beide zu wichtig.

Was nun?

Er musste eine überzeugende Antwort finden, einfach und unwiderlegbar. Eine große Tat, mit der Inthram geehrt und eine klare Entscheidung herbeigeführt wurde.

Tjonar kniff die Lippen zusammen und sandte ein Stoßgebet zum Blitzeschleuderer.

Und plötzlich wusste er, was er zu tun hatte.

Während alle ihn gespannt ansahen, beugte er sich vor und legte die Hände flach auf die Armlehnen seines Stuhls. In einem Ton, der keinen Widerspruch duldete, verkündete er die Lösung.

»Folgendes wird geschehen: Wir überlassen den Göttern selbst die Entscheidung. Die Zukunft von Hohenfeld wird durch einen Zweikampf entschieden. Ich kämpfe gegen einen von euch. Wenn ich siege, wird die Siedlung uns unterstellt. Gewinnt mein Gegner, dann gewähren die Götter euch die Selbstständigkeit.«

Sofort stimmte der Glockenbechermann zu. »Einverstanden. Wir sollten vorher die Himmlischen und Inthram gemeinsam anrufen.«

»Gut. Wer wird für Hohenfeld gegen mich antreten? Du, Jord, als Streitaxtkrieger?«

»Selbstverständlich.«

»Selbstverständlich nicht!«, widersprach Caidan gelassen. »Deine Verletzung ist noch nicht ausgeheilt, Jord. *Ich* werde gegen den Herrn der Schwarzpferde kämpfen.«

»Du selbst, Atal?« Tjonars Verblüffung war grenzenlos.

»Ja, ich. Hast du irgendwelche Einwände?«

»Äh … nein. Natürlich nicht.«

»Oder sonst jemand?« Caidan sah dem Opferpriester geradewegs in die Augen. Inthuvanut verzog keine Miene.

»Es soll geschehen, wie es der Großherr befiehlt«, sagte er würdevoll. »Es wird einen Kampf zu Ehren der Götter geben und danach eine Hochzeit.«

Die Verhandlungen waren beendet, Tjonar hatte seine Gäste bis vor die Palisaden begleitet und ehrenvoll verabschiedet.

Am Fuß des Eichelsberges trennten sie sich. Kwill und Elkh brannten darauf, die Neuigkeiten in ihre Dörfer zu tragen. Korthom und Fredo wollten ohne Verzug zurück zum Steinsberg.

Der alte Großherr zog Jord ein wenig beiseite und legte ihm die Hand auf die Schulter. »Du spielst eine wichtige Rolle in diesem Geschehen, aber deinen endgültigen Platz hast du noch nicht gefunden, stimmt's?«, sagte er.

Jord unterdrückte ein Seufzen. »Du hast recht, Herr Korthom.«

»Bist du dieses Zustands nicht allmählich müde?«

»Manchmal schon.«

»Du kannst jederzeit zu mir kommen. Über die Geschichte mit Korthala ist längst Gras gewachsen. Sie lebt zufrieden mit Fredo. Und einen Mann wie dich könnte ich wirklich gebrauchen. Ich werde auch nicht jünger!«

»Ich danke dir, Herr. Du warst immer freundlich zu mir. Aber solange die Zukunft der Haselberge noch nicht endgültig entschieden ist, fühle ich mich verpflichtet, in Hohenfeld zu bleiben. Wir müssen diese Sache zu einem guten Ende bringen. Danach werde ich über mein Leben nachdenken … und vielleicht zu dir kommen.«

Der Großherr ließ seinen Blick nachdenklich auf Jord ruhen.

»Ich verstehe schon«, sagte er. »Die alten Bande sind sehr fest, nicht wahr?« Jord sah zu Boden und fand auf die Schnelle keine Antwort.

Aber Korthom erwartete wohl auch keine. »Schick mir auf jeden Fall Nachricht«, sagte er, ließ sein Pferd antraben und grüßte mit erhobener Hand zu Caidan und Laukher zurück. Gefolgt von Fredo, ritt er davon.

Die drei Hohenfelder trabten schweigend dahin, beschäftigt mit ihren Gedanken. Nach einiger Zeit fiel Laukher ein Stück zurück, sein kräftiger Wallach lahmte ein wenig.

»Du hättest mich kämpfen lassen sollen«, sagte Jord, nachdem er sich vergewissert hatte, dass der Schmied außer Hörweite war.

Der Wanderer lächelte. »Du traust mir wohl nicht zu, Tjonar zu besiegen?«

»Doch. Aber ein starker Gegner ist er schon. Du darfst ihn nicht unterschätzen!«

Caidan wurde ernst. »Das tu ich nicht, glaub mir. Aber ich muss diesen Kampf selbst ausfechten, denn es geht dabei um mehr als die Selbstständigkeit unserer Siedlung. Es ist auch ein Kräftemessen zwischen Paseadan und Inthram, zwischen den Lebensweisen der Glockenbecherleute und der Schnurvölker. Ich werde nicht zulassen, dass diese Bronzeleute uns aufsaugen, wie sie die Linie von Boima aufgesaugt haben.«

Jord überlief ein Frösteln. »Wenn Götter kämpfen, sollten die Menschen sich lieber heraushalten«, sagte er besorgt.

»So lange wie möglich, das stimmt. Aber manchmal ist es einfach so, dass die Auseinandersetzungen in der Menschenwelt ausgetragen werden. Nun, ich werde tun, was ich kann. Und falls ich siege, nehme ich es als Zeichen, dass die Himmlischen meine Rückkehr nach Lis wünschen. Dann ist es für mich Zeit zu gehen.«

Die Ankündigung kam nicht unerwartet, dennoch rief sie gemischte Gefühle in Jord hervor, befreiend und schmerzlich zugleich. Er runzelte die Stirn. »Willst du nicht wenigstens noch bei uns überwintern und dann im Frühjahr aufbrechen?«

»Nein, warum? Entlang der großen Flüsse kommt man im Winter gut vorwärts.«

»Die Leute hier werden dich vermissen.«

»Am Anfang, ja. Aber das gibt sich. Ich bin ohnehin schon zu lange geblieben.«

Schweigen türmte sich zwischen ihnen auf. Es war erfüllt von einem ungenannten Namen.

»Sie ist schon mehr als drei Monde fort«, murmelte Jord endlich.

»Wahrscheinlich wartet sie, bis ich weg bin, und kommt dann zu euch zurück.«

»Aber warum, Atal? Du hast sie doch nicht gekränkt?«

»Nein. Oder vielleicht doch, ohne es zu wollen. Ich habe fast mein ganzes Leben unter Männern verbracht und … bin wohl nicht sehr geschickt im Umgang mit Frauen. Trotzdem – sehen muss ich sie noch einmal, bevor ich gehe. Wenn der Kampf vorbei ist, werde ich sie suchen. Und dieses Mal finde ich sie!«

Zweifelnd verzog Jord das Gesicht. »Ich habe einmal ein ganzes Jahr lang die Wälder nach ihr durchkämmt, aber es war vergeblich. Ich glaube, sie kann sich in Luft auflösen.«

Caidan warf ihm einen forschenden Blick zu. Jord erwiderte ihn freimütig. Es gab nichts mehr zu verbergen.

»Ich wollte sie mitnehmen nach Lis«, sagte der Wanderer leise.

»Sie lässt sich zu nichts zwingen.«

»Zwingen würde ich sie auch nicht.«

»Wo könntet ihr denn miteinander leben? In deiner Heimat vielleicht?«

»Warum nicht? Oder in einem anderen Land. Die Welt ist groß. Vielleicht sogar in den Haselbergen.«

»Nein, Caidan, hier bestimmt nicht. Für unser einfaches Bauernleben bist du nicht geschaffen. Früher oder später würdest du es nicht mehr aushalten und wieder auf Reisen gehen. Aber Raghna …«

»Sie könnte mitkommen. Es würde mir Freude machen, ihr fremde Länder zu zeigen.«

Jord schüttelte den Kopf. »Wenn du sie von hier fortbringst, schneidest du die Wurzeln ihrer Kraft ab. Sie ist eine Hagfrau! Du weißt doch, was das heißt, Atal: Sie gehört hierher, das Land spricht zu ihr, schenkt ihr seine Kraft, und sie gibt ihm alles zurück.

Sie könnte nirgendwo anders wirken. Und dann: Sie hat hier Aufgaben, genau wie ich.«

»Genau wie du? *Mit dir zusammen*, meinst du?« Caidans Stimme hatte einen Klang von Schärfe.

Doch Jord hielt ihm stand. »Ja, das meine ich. Ich will sie und habe sie immer gewollt, das leugne ich nicht. Für mich gab es nie eine andere. Aber das ist es nicht allein. Es geht um unsere Zukunft in Hohenfeld. Ich habe einen Traum.« Die letzten Worte kamen leise, fast widerwillig.

Caidan horchte auf. »Einen Traum?«

Jord nickte, sein Blick war in die Ferne gerichtet. »Manchmal versuche ich mir vorzustellen, dass wir eine neue Art von Siedlung gründen, in der wir nicht nur Inthram und Paseadan gemeinsam verehren, sondern auch die Holde.« Er hatte noch nie zu einem Menschen darüber geredet, aber nachdem er einmal angefangen hatte, war es gar nicht so schwer fortzufahren: »Eine Lebensweise, in der das Erbe der Schnurvölker ebenso Platz hat wie die dreifache Wahrheit der Glockenbecherleute und das Alte Wissen der Bauern. Ich glaube, erst wenn wir das erreichen könnten, bekämen wir wirklich Frieden. Es wäre einen Versuch wert. Oder hältst du es für unmöglich?«

»Keineswegs.« Caidans Blick hatte sich verdunkelt. »Und um das zu verwirklichen, brauchst du Raghna. Ohne sie geht es nicht. Ja, das sehe ich ein. Nun, wer weiß, vielleicht wird dein Traum wahr. Falls sie bereit ist, zurückzukommen und ihren Platz einzunehmen. Und – wenn nicht? Vielleicht geht sie ja doch mit mir.«

Sie schwiegen beide. Eine Weile war nichts zu hören als das Klappern der Hufe auf dem steinigen Boden. Plötzlich riss Caidan sein Pferd herum und galoppierte über die Wiesen davon. Jord sah ihm nach, bis er hinter einem Hügelkamm verschwand. Dann saß er ab, setzte sich auf einen Stein und wartete auf Laukher.

Der Wanderer traf lange nach ihnen in der Siedlung ein. Am Abend, im Gemeinschaftshaus, berichteten Caidan und Jord von dem Treffen mit Tjonar und dem bevorstehenden Zweikampf. Keiner von beiden verlor mehr ein Wort über die Rabenfrau.

Der Winter kündigte sich in diesem Jahr früh an. Schon lange vor dem Ahnenfest wurde es spätherbstlich ungemütlich mit Nordwestwind, Regenschauern, ungewöhnlich kalten Nächten und Morgennebeln, die sich nur zögernd auflösten.

Die Bronzekrieger saßen sicher auf dem Eichelsberg. Die wenigen überlebenden Ethomkrieger mitsamt ihren Frauen und Kindern hatten sich ihnen angeschlossen und Tjonar unterstellt. Hin und wieder ritt ein kleinerer Trupp Bronzeleute in eines der Dörfer, um Nahrungsmittel einzutreiben. Sie standen jedoch unter dem strengen Befehl, unnötige Gewaltakte zu vermeiden.

In Hohenfeld war eine gewisse Ruhe eingekehrt. Caidan hatte etwas mehr Zeit für sich, und er vermisste Raghna heftiger, als er es je für möglich gehalten hätte. Seit er wusste, dass er sie verlieren würde, beherrschte sie all sein Denken. Nachts tauchte sie in seinen Träumen auf. Die Bilder waren immer die gleichen: Sie sahen sich an, hielten sich an den Händen, verschmolzen miteinander, Gold umgab sie. Dann genügte ein Blick, der Hauch einer Liebkosung, um sein Innerstes zu berühren und eine Schleuse zu öffnen, die sich nicht mehr schließen ließ. Ein Strudel verstörender und gleichzeitig beglückender Empfindungen quoll empor, denen er wehrlos ausgeliefert war. Kraft schien aus ihm herauszusickern, ohne dass er es verhindern konnte. Diese ungewohnten Empfindungen, verbunden mit einem Gefühl der Schwäche, ja, fast der Auflösung, erschreckten ihn mehr als alles andere. Manchmal hätte er sich am liebsten in ein geheimes Versteck verkrochen und seinen Tränen freien Lauf gelassen. Beschämt und über sich selbst entsetzt mühte er sich, seine Pflichten in der Siedlung zu erfüllen und den Menschen das gewohnte ruhige Gesicht zu zeigen.

Quälend langsam schlichen die Tage dahin. Caidan musste sich fast zwingen, seine Aufmerksamkeit auf den bevorstehenden Kampf zu lenken. Was er damals zu Jord gesagt hatte über das notwendige Kräftemessen zwischen Paseadan und Inthram, erschien ihm jetzt belanglos und ohne Gewicht.

Doch es gab kein Ausweichen. Bald würde der Mond sich runden, dann war es so weit.

Auf der entlegenen Waldlichtung, die die Schwarzpferde für die Austragung bestimmt hatten, waren die Vorbereitungen bereits im

Gange. Die Männer hatten den Grasplatz von Steinen und Aststücken gesäubert und mit Haselruten umfriedet, eine Feuerstelle hergerichtet, einen Ritzstein für Inthram aufgestellt. Tag und Nacht hielten sie Wache, um alle Unbefugten – Bauern, Tiere, Kinder, Frauen – fernzuhalten. Zugelassen waren nur Männer, die im Besitz eines heiligen Bechers waren: Tjonars Krieger und die Siedler von Hohenfeld.

Höflich hatte der Großherr anfragen lassen, ob der Wanderer irgendwelche besonderen Gaben oder Gegenstände auf die Platte vor dem Ritzstein legen wolle, aber Caidan hatte nur müde den Kopf geschüttelt.

Alte, düstere Gedanken holten ihn ein, spannen ein graues Netz um ihn. Wieder einmal fühlte er sich als ausgewähltes Menschenopfer, dem Tode näher als dem Leben.

Raghna zog die Kapuze tiefer ins Gesicht und vergewisserte sich, dass das Hollsiegel unter ihrem Kittel verborgen war. Sie hielt sich tief im Schatten der Bäume und beobachtete die Männer in der Einfriedung. Zufrieden lächelnd stellte sie fest, dass keiner sie bemerkte. Sie war nahezu unsichtbar.

Ich kann es also noch. Sogar besser als früher.

Die Abenddämmerung ging sachte in Dunkelheit über. Um das Feuer saßen die Männer in zwei Halbkreisen: Eichelsberg und Hohenfeld. In der Mitte, einander gegenüber, Tjonar und Caidan. Jeder Mann hatte einen Becher vor sich. Ein kupferner Kessel stand vor dem knapp mannshohen Ritzbild, dessen gezackte Linien von den flackernden Flammen zum Leben erweckt wurden. Sprüche murmelnd rührte Inthuvanut die milchige Flüssigkeit. Neben ihm saß auf einem Hocker der Schmied Laukher und umschloss einen Glockenbecher mit seinen großen Händen.

Raghna war zu weit entfernt, um zu verstehen, was von Tjonar und Caidan, Laukher und Inthuvanut abwechselnd gesprochen wurde, sie sah nur, dass die Männer aus beiden Bechern tranken, erst aus dem Schnurbecher, dann aus dem Glockenbecher. So viel sie wusste, hatte es so etwas nie zuvor gegeben.

Zwischen den niederen Ästen blitzte Helligkeit auf.

Der Vollmond geht auf. Eigentlich sollte ich in dieser Nacht mit dem Raben fliegen.

»Das hier ist wichtiger«, raunte der schwarze Vogel dicht neben ihrem Ohr. »Hier geht es um viel. Auch um deine Zukunft.«

»Wieso?«, flüsterte sie, aber es kam keine Antwort.

Erwartungsvolle Stille hatte sich über den Platz gesenkt. Ah, es war so weit! Inthuvanut, der seine hohe Mütze trug, trat jetzt vor das Ritzbild und hob die Hände.

»Im Namen Inthrams kämpft Tjonar, Tjuleks Sohn, Großherr der Haselberge und Oberhaupt des jüngeren Schwarzpferdestammes, um die Herrschaft über die Siedlung Hohenfeld. Im Namen von … Paseadan … kämpft Caidan, Wanderer von Lis, um die Eigenständigkeit von Hohenfeld. Gemäß den Zeichen, die wir erhalten haben, verwenden die Kämpfenden nur Bronzedolche als Waffen. Der Kampf ist beendet, wenn einer von beiden nicht mehr aufstehen kann oder sich als besiegt erklärt.«

Auf sein Zeichen stieß einer der Männer in ein Horn, ein dumpfer Ton erscholl. Inthuvanut hob die Hand.

»Fangt an!«, rief er.

Tjonar und Caidan erhoben sich und legten Umhänge, Kittel und Schuhe ab. Tjonar trug nur noch seinen Lendenschurz, Caidan nicht einmal das. Fließendes Mondlicht rann über seinen nackten, von Öl glänzenden Körper, funkelte auf dem Dolch in seiner Hand. Er war größer als Tjonar, aber schlanker, nicht so sehnig und muskulös gebaut. Bänder dunkelblauer Tätowierungen zogen sich über seine Brust und den Rücken.

Plötzlich dachte Raghna daran, wie sie diese Linien damals in Holls Garten gesehen und berührt hatte. Unerwartet stieg eine Welle heißen Verlangens in ihr auf, ließ ihre Kehle eng, ihren Schoß feucht werden. Ihr Atem ging schwer, sie schluckte.

Doch in diesem Moment verwandelte sich Caidan, ihr Geliebter, vor ihren Augen in einen Glockenbecherkrieger, wie sie das schon einmal erlebt hatte, bei Ulmos Überfall in der Strauchheide.

Er wurde ein Fremder. Seine Haltung war wachsam, die Bewegungen federnd, sein Gesicht eine Maske, ein fremder Glanz lag in seinen Augen. Der Mann, den sie in ihren Armen gehalten hatte, war verschwunden, als hätte es ihn nie gegeben.

»Inthram! Inthram! Paseadan!«, klang es rhythmisch aus mehr als zweihundert Kehlen.

Das war die Musik, die die Götter liebten!

Tjonar geriet übergangslos in Ekstase. Raghna sah, dass er von einer wilden Kraft ergriffen und förmlich geschüttelt wurde. Sie durchdrang ihn völlig und umloderte ihn als roter Schein. In seinen Augen brannte Siegesgewissheit: Nichts konnte ihn aufhalten! Inthram würde die Haselberge bis zum letzten Dorf unterwerfen und beherrschen.

»Jaaaaa!« Er riss seinen blitzenden Langdolch in die Höhe und drang auf Caidan ein.

Caidan wehrte ihn geschickt ab, aber er hatte gegen den wuchtigen Angriff einen schweren Stand. Es schien, als wollte Tjonar ihn von allen Seiten zugleich packen, um die Sache schnell zur Entscheidung zu bringen. Durch harte, gezielte Schläge auf die Unterarme konnte der Wanderer zwar die rasch aufeinanderfolgenden Dolchstöße abwehren, aber er gewann keinen Vorteil daraus, wurde nur in die Verteidigung gedrängt. Mit zunehmender Besorgnis sah Raghna, dass er aus irgendeinem Grund nicht seine volle Kraft zum Einsatz brachte.

Tjonar umkreiste ihn, täuschte mit der Rechten einen Stoß von unten vor, und als Caidan ihn parierte, holte er mit der Linken aus. Seine Faust krachte auf Caidans Schläfe. Doch der reagierte nun mit einer blitzschnellen Bewegung. Der Bronzemann schrie auf und fasste nach seiner blutenden Schulter. Gleich noch ein zweiter Stich, noch eine blutende Wunde, näher am Hals. Knurrend vor Wut schlug Tjonar noch einmal zu und traf den Gegner am Kopf. Caidan ging zu Boden, kam wieder hoch, doch sofort warf ein Fußtritt von Tjonar ihn erneut ins Gras.

Das wilde Gebrüll der Zuschauer, die die Kämpfenden anfeuerten, stockte. Es konnte doch wohl nicht schon vorbei sein?

Tjonar wischte sich den Schweiß aus den Augen, und Caidan nutzte den kurzen Augenblick der Unaufmerksamkeit. Er schaffte es, den Fuß des Gegners zu packen und zu verdrehen. Der Bronzemann fiel hart auf den Rücken. Mit zusammengebissenen Zähnen stemmte Caidan sich hoch, kam schwankend auf die Beine, griff haltsuchend in die Luft. Der andere war ebenfalls sofort wieder aufgesprungen, rannte gegen den Wanderer an und versuchte, ihm den Dolch aus der Hand zu schlagen und ihn mit einem Stoß seiner massigen Schulter aus dem Gleichgewicht zu bringen.

Raghna, mit Caidans Geist verbunden, sah jetzt, was geschah: Ihm fehlte das entscheidende Quentchen Siegeswille. Er kämpfte hier, so gut es ging, weil es seine Pflicht war. Doch im Grunde wusste er nicht mehr, wofür. In der Tiefe seines Herzens lag ein Bodensatz schwerer, dunkler Müdigkeit; der Wunsch, endlich alles loszulassen, eine zehrende Sehnsucht nach … einer Totenhöhle. Holls Höhle! Das war es, was er wirklich wollte, und der nächste Angriff würde ihm das Ende bringen.

Tu das nicht!

Mitten im Kampfgeschehen vernahm der Wanderer die feine Stimme. Sein Kopf ruckte hoch.

Gib nicht auf, Caidan. Wach auf, Geliebter! Du bist nicht allein. Ich bin bei dir. Kämpf – dich – durch!«

Der Ausdruck seiner Augen veränderte sich. Seine Lippen bewegten sich, doch kein Laut kam heraus. Doch dann holte er tief Luft, und über die Köpfe der Männer hinweg erschallte sein Ruf wie der Klang eines bronzenen Horns: »Paseadan!«

»Paseadan! Paseadan! Paseadan!« Er wusste nicht, dass seine Stimme mit jeder Silbe kraftvoller wurde. Die Hohenfelder nahmen den Ruf auf und wiederholten ihn.

Plötzlich federte Caidan mit einer raschen Drehung zurück und verschaffte sich so einen Augenblick Raum vor Tjonars Attacken.

Laut hallte der Name des Himmlischen durch die Nacht, immer wieder, beschwörend. Dann kam die Antwort.

Caidan fühlte ein schmerzhaftes Prickeln im ganzen Körper. Ein Panzer aus Licht umschloss ihn, ließ die Schneide seines Dolchs aufblitzen. Verschwunden waren Schmerz, Kummer, Müdigkeit, Schwäche. Die Zeit schien sich zu verflüssigen, er schwamm in ihren durchsichtigen Wellen wie ein übermütiger Fisch. Gelächter sprudelte aus ihm hervor, als er gewahr wurde, dass er – ganz ohne Eile – viele Dinge gleichzeitig tun konnte: dem Gegner das Knie in den Magen rammen, blitzschnell um die eigene Achse wirbeln, ihn mit dem Dolch zeichnen … vielleicht konnte er ja auch fliegen … oder seinen Körper vervielfältigen … überall zugleich sein … die Herzen seiner Freunde mit Jubel erfüllen, die seiner Feinde mit Schrecken …

Tjonar begriff nicht, was geschah. Ein Rasender war das, der da mit glitzernden Augen über den Grasplatz tobte, wahrhaftig, ein Irrer! Er bemerkte kaum noch, dass Caidan ihm die Waffe entriss und sie in weitem Bogen über die Einfriedung hinausschleuderte, um dann lachend seinen eigenen Dolch hinterherzuwerfen. Und nun war es so, als könnte Tjonar sich einfach nicht mehr auf den Beinen halten. Caidans Hände waren überall zugleich, und obwohl er sich federleicht und mühelos bewegte, musste sein Gegner sich völlig verausgaben in dem vergeblichen Bemühen, an ihn heranzukommen. Schließlich, nach einem unkontrollierten Überschlag, blieb der Bronzemann verrenkt am Rand des Platzes liegen, die Hand stöhnend auf die Hüfte gepresst. Ächzend stemmte er sich auf die Arme, rang um sein Gleichgewicht und versuchte mühsam, auf die Beine zu kommen, um der nächsten Attacke zu begegnen. Lange konnte er nicht mehr durchhalten, er wusste es. Die Niederlage war unausweichlich.

Doch der Angriff kam nicht. »Genug!«, sagte Caidan plötzlich, blieb in der Mitte des Platzes stehen und ließ die Arme sinken.

Verwirrt blinzelte Tjonar zu ihm hinüber. »Los doch, weiter!«, keuchte er und kam schwerfällig hoch. »Die Entscheidung muss fallen. He, Männer, sucht mal unsere Dolche und bringt sie her!«

»Nein, Schluss jetzt, Tjonar! Du bist ein großer, ein herausragender Krieger, aber du kannst mich nicht besiegen. Und ich will nicht mehr kämpfen. Es hat keinen Sinn weiterzumachen. Wir alle wissen: Inthram hat entschieden, dass Hohenfeld frei sein soll. Dafür versprechen wir euch Schwarzpferden, dass wir ihn ehren und ihm zu den großen Festen Gaben senden. Und wir werden euch Bronze liefern. Wir werden gut miteinander auskommen. Es soll kein Blut mehr fließen.« Er hielt seinem Gegner die offene Hand hin: »Schlag ein!«

Doch Tjonar schüttelte den Kopf. Schweißnasse Haarsträhnen klebten an seiner Stirn. »Geht nicht, Mann. Du oder ich!«

»Nein. Du *und* ich! Glaub mir, es ist ehrenhaft.«

Der Bronzekrieger rang mit sich. Dann schüttelte er wieder den Kopf.

Caidan trat einen Schritt zurück und hob die Hand. »Also gut. Mag Inthram selbst bezeugen, ob er zufriedengestellt ist – und ob das, was ich gesagt habe, gelten soll!«

Und obwohl der Nachthimmel sternenklar und vom Mondlicht strahlend erhellt war, erhob sich in diesem Moment ein heftiger Windstoß und riss an den Kleidern der Umsitzenden. Fernes Donnergrollen ließ die Männer erbleichen.

Tjonar stand wie erstarrt und stierte Caidan an. »Wer bist du?«, flüsterte er fassungslos.

»Nur ein Wanderer. Nun, soll es gelten? Hohenfeld ist frei, und wir sind von heute an Verbündete.« Die Männer im Kreis begannen rhythmische Beifallsrufe auszustoßen.

»Ho! Ho! Ho! Ho!«

Der Großherr suchte den Blick seines Priesters.

»Es … es soll gelten«, sagte er zögernd. Langsam nahm sein Gesicht die normale Farbe wieder an. »Was meint ihr, Männer?«

»Es soll gelten«, bestätigte Falk, nach ihm Inthuvanut, dann Jord, Laukher, Ushkaf und alle anderen, bis schließlich jeder der Männer die Formel gesprochen hatte.

Im Dunkel außerhalb der Lichtung lehnte Raghna schwer atmend an einem borkigen Baumstamm.

»Gut gemacht, Rabenfrau«, krächzte es neben ihr.

Sie warf ihm einen schrägen Blick zu, der Anflug eines Lächelns spielte um ihre Lippen: »Sonst warst du doch immer so dagegen, dass ich in die Geschehnisse eingreife. Diesmal war es wohl in Ordnung?«

Der Rabe legte den Kopf zur Seite. Im Blick seiner glänzenden runden Augen lag milde Überlegenheit. »Wenn du unterscheiden kannst, wann es in Ordnung ist und wann nicht, dann bist du eine wahre Hagfrau.«

Sie kicherte leise: »Dir fällt immer eine schlaue Antwort ein, nicht wahr?« Zärtlich strich sie über seinen klobigen Schnabel. »Danke für deine Hilfe! Es ist lange her, dass mir Haelgunn zeigte, wie man den Donner ruft …«

Die Kämpfer wurden bereits von ihren Freunden umringt, bekamen ihre Kleider gereicht und ihre gesäuberten Dolche. Raghna sah, wie Ushkaf dem Wanderer einen gefüllten Becher brachte. Caidan nahm ihn und legte dem Freund den Arm um die Schultern. Die Männer lachten und redeten durcheinander, sie würden die ganze Nacht feiern.

Die Rabenfrau konnte sich ungesehen davonstehlen.

ERINNERUNG

Bedächtig rührte Raghna eine Handvoll Emmermehl in die Suppe. Linseneintopf mit Lauch und Speck war schon immer eines ihrer Lieblingsgerichte gewesen! Sie versuchte, sich ganz auf ihr Tun zu konzentrieren, nicht an Vergangenes und Zukünftiges zu denken. Draußen in der Wildnis war das leichter gewesen als hier in Haelgunns Hütte, die voller Erinnerungen hing. Doch sie hätte nicht länger draußen bei den Geißsteinen bleiben können. Es war zu kalt geworden, und sie musste ihre Vorbereitungen für den Winter treffen. So hatte sie denn vor ein paar Tagen endlich die Ziege vom Bauern geholt, Getreide und Räucherspeck eingetauscht und war nach Hause zurückgekehrt.

Diesmal für immer?

Nicht nachdenken! Der Zweikampf liegt erst ein paar Tage zurück. Was habe ich denn erwartet?

Leise summend stocherte sie in der Glut, legte noch ein, zwei Scheite nach. Sie gaben ein freundlich warmes Licht. Es wurde jetzt doch schon früh dunkel, die Abende waren lang. Gut, dass wenigstens die Ziege da war.

Merkwürdig, ich habe mich doch früher nie einsam gefühlt. Hier ist schließlich mein Heim, mein Zufluchtsort!

Etwas scharrte an der Tür, jemand klopfte.

»Wer ist da?«, rief sie. Früher waren manchmal Bäuerinnen zu Haelgunn gekommen, um ihre Hilfe bei Verletzungen oder Krankheiten zu erbitten. Nach und nach würde nun sie diese Aufgaben übernehmen.

»Ich bin es – Caidan«, sagte eine dunkle Stimme.

Mit zitternden Fingern schob Raghna den Riegel zurück und öffnete.

»Komm herein. Bist du allein?«

»Ushkaf wartet am Waldrand. Er hat das Zelt aufgeschlagen.

Wir sind auf der Rückreise nach Lis und wollen hier übernachten, wenn du erlaubst.«

»Sicher. Aber warum kommt er nicht mit herein?«

Caidan sah ihr kurz in die Augen. »Ich wollte es nicht.«

Raghna atmete tief aus. »Leg deinen Umhang ab und setz dich. Hast du Hunger? Das Essen ist gerade fertig.« Ohne auf seine Antwort zu warten, schöpfte sie Linseneintopf in zwei Schalen, stellte eine davon auf die niedere Platte, legte einen Wecken Einkornbrot und einen hölzernen Löffel daneben. Sie selbst setzte sich nicht zu Caidan, sondern blieb an den Herd gelehnt stehen, ihre Schale in der Hand.

»Das riecht herrlich. Danke!«

Sie aßen schweigend. Raghna brachte nur ein paar Löffel herunter und stellte dann die Schüssel weg. Prüfend betrachtete sie Caidans vertrautes Gesicht, die hohe Stirn mit dem blauen Zeichen, die langen Haare.

Zum letzten Mal. Ihr Herz krampfte sich zusammen. Sie wusste nicht, woher sie die Gewissheit hatte, aber es gab keinen Zweifel.

»Verheilen deine Wunden gut?«, fragte sie.

»Ja.« Caidan hob plötzlich den Kopf und sah sie an. »Ich bin nicht gekommen, um über den Kampf mit Tjonar zu reden, Raghna. Darüber weißt du bestimmt alles, was es zu wissen gibt. Du hast mir geholfen, mehr als dir selbst wahrscheinlich klar ist, und dafür bin ich dir sehr dankbar. Aber jetzt …« Er brach ab.

»Jetzt …?« Das Wort kam leise, wie ein Hauch.

»Jetzt bin ich auf dem Heimweg. Ich habe heute morgen Hohenfeld verlassen und wollte nicht fortgehen, ohne dich noch einmal zu sehen.«

»Willst du denn nicht das Ahnenfest und Tjonars Hochzeit mitfeiern? Das ist doch schon bald. Die Leute werden traurig sein, ihren Lehrer und Anführer zu verlieren.«

»Ich habe ihnen geraten, einen Nachfolger für mich zu wählen, und das haben sie auch getan.«

»Ach ja? Laukher wahrscheinlich.«

»Nein. Jord.«

»Jord?« Erstaunt sah Raghna ihn an. »Aber … er ist doch gar kein Glockenbechermann!«

»Doch, seit Kurzem. Er hat sich zur dreifachen Wahrheit bekannt und den Becher erhalten.«

»Und sein Gott Inthram?«

»Den verehrt er weiterhin. Ich glaube, er wird in Zukunft nicht der Einzige sein, der es so hält. Jord ist ein guter Anführer, die Leute vertrauen ihm. Er hat Unglaubliches geleistet in den letzten Monden. Und obwohl es zum großen Kampf gegen die Bronzekrieger am Ende gar nicht mehr kam, hat er überall in den Haselbergen hohes Ansehen gewonnen. Die Leute wissen, dass sie sich auf ihn verlassen können, ganz gleich, was geschieht. Sogar Laukher war mit der Wahl einverstanden, obwohl er als Schmied bisher der Ranghöchste in der Siedlung war.«

Während Raghna die Neuigkeiten auf sich wirken ließ, fuhr Caidan fort: »Es wird sich dort einiges verändern, Raghna. Jord sucht nach einem neuen Weg, einer neuen Lebensweise, und viele Menschen sind bereit, ihm zu folgen. Er tut hier das Gleiche, was ich in Lis versuchen will: die männlichen und weiblichen Linien des Wissens miteinander zu versöhnen. Verstehst du, was ich damit ausdrücken will, Rabenfrau?«

Raghna verlor sich wie so oft im verwirrenden Blau seiner Augen. Der Wanderer erwiderte eindringlich ihren Blick. Plötzlich verstand sie.

»Deshalb bist du gekommen. Um mir zu sagen, dass mein Platz bei Jord ist.«

»Ja, das hatte ich eigentlich vor. Es wäre das, was man vernünftig nennt. Aber jetzt …«, er schluckte. »Nein. Ich kann es nicht!« Caidan schob den Stuhl zurück, stand auf, kam zu ihr herüber und ergriff ihre Hände.

»Was ich dir wirklich sagen will, ist: Komm mit mir!«

Raghnas Herz begann ungestüm zu klopfen. »Wohin?«

»Nach Lis natürlich. Wir bleiben zusammen, du und ich. Für immer.«

»Und wie werden wir leben, Caidan? Wo wird dein Platz sein?«

»Das muss ich erst herausfinden. Es gibt schließlich vieles, was ich kann: verwalten, Arbeiter anleiten und beaufsichtigen, Menschen heilen, lehren …«

»Nur eines kannst du dann nicht: den Stuhl deines Lehrers einnehmen und Hüter des Steins werden!«

Der Wanderer musterte sie unbehaglich. »Ushkaf hat mir gestanden, dass er mit dir darüber gesprochen hat. Das kann ich ihm nur schwer verzeihen. Was auch immer er dir erzählte, es war mit Sicherheit übertrieben!« Er ließ ihre Hände los, verschränkte die Arme und ging in der Hütte auf und ab.

»Es ist nicht wahr, dass dieser Stuhl nur auf mich wartet. Jeder Wanderer kann das Amt des Hüters übernehmen, Raghna. Es gibt genügend ausgebildete, erfahrene Männer in Lis.«

Sie schüttelte den Kopf. »Du weißt, dass das nicht stimmt, Caidan. Die Aufgabe wartet auf *dich*. Fast dein ganzes Leben war eine Vorbereitung darauf. Denk an Nxerri, der so viel für dich getan hat! Warum wohl? Weil du dort gebraucht wirst.«

»Unsinn, was verstehst *du* denn davon? Noch weniger als Ushkaf! Ich sage dir, es kann sehr wohl ein anderer sein, wie es ja auch seit Nxerris Tod, seit ich auf Reisen bin, immer ein anderer war. Außerdem weiß ich noch gar nicht, ob das alte Gesetz, dass ein Wanderer keine Frau nehmen darf, immer noch so streng gehandhabt wird. Schau mich nicht so finster an, es wird sich schon alles irgendwie regeln, wenn wir erst einmal dort sind.«

»Und wenn nicht? Wirst du dann zufrieden sein mit einem Leben irgendwo außerhalb von Lis, als Anführer einer Dorfgemeinschaft oder Verwalter der Getreidespeicher. Ja? Kannst du dir so ein Dasein wirklich vorstellen, in dem deine Fähigkeiten verkümmern, viele, viele Jahre lang bis zu einem kläglichen Tod? Würdest du daran nicht zugrunde gehen?«

»Nicht, wenn du bei mir bist. Das wiegt alles auf.«

Es war eine einfache Feststellung, ohne den Schatten eines Zweifels. Raghna zog seine Hand an ihre Wange.

»Ich danke dir, dass du das gesagt hast. Und es tut mir weh, dich fortschicken zu müssen. Aber ich darf es nicht zulassen, dass du für mich alles aufgibst.« Erst als sie es aussprach, wurde es zur unumstößlichen Wahrheit. Jede Silbe bohrte sich wie eine Dolchspitze in ihr Herz. Sie schob ihn von sich und trat zurück.

Der Wanderer räusperte sich. »Deine Antwort lautet also nein? Ist das endgültig?«

»Ja, Caidan. Ich gehe nicht mit dir. Weder nach Lis noch sonst wohin. Hier ist meine Welt, mein Leben, meine Bestimmung. Hier warten Aufgaben auf mich, für die ich ebenso geboren und ausgebildet bin wie du für die deinen. Ich kann nicht fortgehen.«

Er sah sie nur an. In seinem Gesicht bewegte sich kein Muskel. Tränen stiegen der Rabenfrau in die Augen.

»Mach es mir doch nicht so schwer, Caidan!«

Er holte tief Luft. »Raghna, hör mir zu: Mein ganzes Leben lang habe ich dich gesucht. Und du mich. Wir sind aufeinander zugegangen. Du bist ich, ich bin du. Denk an Holls Garten, an das Gold. Wir waren eins, und wir sind eins. Oder streitest du das etwa ab?«

Raghna schüttelte den Kopf und presste die Finger auf ihren Mund, um ihr Schluchzen zu ersticken.

»Gut!«, sagte er atemlos. »Das ist das einzig Wichtige, alles andere zählt nicht. Es wäre Irrsinn, wenn wir das Kostbarste, was wir jemals fanden, freiwillig aufgeben würden!«

Er wollte sie an sich ziehen, aber sie stemmte die Hand gegen seine Brust und hielt ihn zurück.

»Caidan, hör mir zu: Ich bin eine Hagsitzerin. Ich bekomme Zeichen und sehe Dinge. Glaub mir: Ich weiß, dass Ushkaf recht hatte. Dass es für dich und mich in diesem Leben keinen gemeinsamen Ort gibt.«

»Ich bin auch ein Schamane und Seher, und ich habe keine derartigen Zeichen bekommen.«

Die Rabenfrau sah ihn nur an. Er konnte ihrem Blick nicht standhalten und wandte sich schroff ab.

Eine Zeit lang war nichts zu hören als seine schweren Atemzüge. Dann wiederholte er heiser: »Das kann nicht dein Ernst sein.«

Sie gab keine Antwort.

Er suchte ihren Blick. »Raghna? *Raghna!*«

Jetzt kam sie zu ihm und umarmte ihn. Tränen rannen über ihr Gesicht. Er umklammerte ihre schmale Gestalt, als wolle er sie nie wieder hergeben. Sie spürte, wie ein hartes Schluchzen seinen Körper erschütterte. Weinend presste sie sich an ihn.

Er flüsterte etwas, was sie nicht verstand.

»Was sagst du?«

»Lass mich bei dir bleiben heute Nacht!« Er küsste sie mit verzweifelter Inbrunst, zog die Kupfernadel aus ihrem Kleid und streifte ihr den Stoff über die Schultern. Raghna erschauerte, als seine Hände verlangend über ihren nackten Körper strichen. Mit zitternden Fingern löste sie den Knoten seines Gurtriemens.

»Ja. Bleib bei mir.«

Mit einem Stöhnen, das fast ein Aufschluchzen war, zog Caidan sie aufs Lager und warf sich über sie. Vergessen war in dieser Stunde alles, was er sein Leben lang bewahrt hatte – die Lehren von Lis, die Ziele seiner Reisen, alle Hoffnungen und Ängste, Pflichten, Geheimnisse und klugen Gedanken, die Namen seiner Lehrer und Götter … und sein eigener. Alles versank im reißenden Strom der Lust. Da war nichts als Raghnas Umarmung, ihre Wärme, ihre schrankenlose Hingabe, ihre Zärtlichkeit jenseits aller Scham, und während sie ihn in sich aufnahm, betraten sie den Garten und tauchten ein in einen Wirbel entfesselter Kräfte, die sie beide nicht gekannt hatten. Glutströme, vibrierende Berggipfel, atmende Wälder, rauschende Wasserkaskaden, tosende Stürme, das Gleiten schwarzer Schwingen im Glanz des Vollmonds, Fülle, Reife und Frucht, Feuer und Gold, immer wieder Gold … Grenzen zergingen, die Frau und er, sie waren wieder zur Einheit verschmolzen, und alles, was es gab, was war und jemals sein würde, floss durch sie hindurch.

Der Wanderer wusste nichts von den zusammenhanglosen Silben, die er stammelte, und am Ende wusste er nichts mehr von sich selbst und fiel in den abgrundtiefen Schlaf der Erschöpfung.

Der Morgen sickerte grau durch die Fensterluken, als er erwachte. Der Platz neben ihm war leer. Raghna stand am Herd, vollständig angezogen. Sie hatte Grütze gekocht und Proviant für ihn und Ushkaf eingepackt. Sie sprachen wenig, nur über alltägliche Dinge.

Caidan trank einen Becher Ziegenmilch, essen konnte er nichts. Dann war es so weit. Sie traten durch die Tür nach draußen. Er holte sein Pferd aus dem Schuppen, warf den Umhang über, griff nach dem Bündel, das Raghna ihm reichte – und legte es wieder hin.

Mit einem Schritt war er bei der Frau, schloss sie in seine Arme, hielt sie umklammert, als wollte er sie niemals wieder loslassen. Als sie versuchte, sich sanft aus der Umarmung zu lösen, flüsterte er: »Nein, bleib so. Beweg dich nicht. Sag nichts. So will ich dich halten, spüren, riechen, in mich aufnehmen … genau so … für immer …«

Die Frau legte ihre Wange an die seine, fühlte seinen Herzschlag.

»Raghna, hör zu …«

»Nein! Sag es nicht! Glaub mir, es *muss* sein.«

»Ja, es muss wohl sein. Aber ich meine etwas anderes: Wir werden uns wiedersehen. Wenn nicht in diesem Leben, dann in einem anderen. Wir gehen auseinander, aber wir trennen uns nicht. Ich weiß, dass du da bist. Und ich weiß, dass du weißt, dass ich da bin.«

»Ja, Caidan«, flüsterte Raghna mit erstickter Stimme, tränenblind.

»Und noch etwas, Rabenfrau. Ich habe heute Nacht ein Zeichen bekommen: Es wird etwas geben, was dich an mich erinnert, jeden einzelnen Tag in all den kommenden Jahren, und du sollst wissen, dass ich darüber sehr glücklich bin.«

Unvermittelt ließ er sie los, stieg auf und galoppierte davon, ohne sich noch einmal umzusehen. Nach Westen, immer nach Westen, so unendlich, unvorstellbar weit ….

Raghna hätte sich gern vorgestellt, dass er an einem goldenen Spätsommerabend der untergehenden Sonne entgegenritt, doch so war es nicht. Es war ein windiger, spätherbstlich kalter Tag, und es regnete in Strömen.

Sie stand an den Türpfosten geklammert da und sah ihm nach, bis der Wald ihn verschluckte.

Ich weiß, dass du da bist.
Und ich weiß, dass du weißt, dass ich da bin.
Das ist das Wort, das in mir lebt.
In jedem Atemzug und jedem Schlag meines Herzens,
so lange dieses Leben dauert.

Wieder glaubte sie seine Stimme zu hören: »Es wird etwas geben, was dich jeden Tag an mich erinnert …«

Fülle, Reife, Frucht. Gold.

Plötzlich wusste sie, was er gemeint hatte: Sie würde ein Kind bekommen! In dieser Nacht hatte ihr die Holde einen Lebenskeim gesandt. Ja, so war es. Caidan würde einen Sohn haben – allen Gesetzen von Lis zum Trotz ...

Unter Tränen lächelnd sah sie in die Richtung, in der er verschwunden war.

Haelgunn hatte recht gehabt. Alles war gut.

Jord hatte den Nachmittag in der Schmiedewerkstatt verbracht, Laukhers neue Bronzeklingen begutachtet und sich mit den Männern über die Beschaffung von Holzkohle, Zinn und Kupfer unterhalten. Mirras Einladung zum Abendessen hatte er jedoch abgelehnt.

»Ich will morgen früh zeitig zur Jagd und gehe lieber gleich schlafen«, sagte er. »Gib mir nur einen Brotwecken mit und ein Stück Räucherspeck, oder was du gerade da hast.«

Er verabschiedete sich freundlich und ging mit müden Schritten zu seiner kahlen Hütte hinüber. Die Leute hatten ihn schon mehrmals darauf angesprochen, dass seine Behausung zu einfach sei für einen Anführer, aber er wollte keine andere. Wozu auch?

Als er näher kam, sah er von drinnen Licht durch die Fensterluke schimmern. Er runzelte die Stirn. Wahrscheinlich wartete in der Hütte schon wieder jemand, um etwas Dringendes mit ihm zu besprechen. Jord seufzte. Eigentlich wollte er nur noch allein sein. Hoffentlich fasste der Besucher sich kurz!

Schritte näherten sich, die Tür ging auf. Raghnas Herz machte einen Satz. Sie erhob sich langsam von dem Hocker neben der kalten Feuerstelle. Plötzlich wurde ihr warm, sie schlug ihren Umhang zurück.

Jord sah sie an, sein müdes Gesicht hellte sich auf.

»Du bist zurückgekommen«, sagte er.

Raghna nickte. »Diesmal für lange Zeit.«

»Das ist schön.« Wie lahm das klang! Und warum sah er so erschöpft aus? War es die neue Verantwortung, die so schwer auf ihm lastete?«

Jord kauerte bei der Feuerstelle nieder, schichtete Scheite auf und setzte sie in Brand. Er sah Raghna nicht an, als er weitersprach. »Seit du damals plötzlich weg warst, haben mich die Leute oft nach dir gefragt, vor allem die Frauen. Aber ich konnte ihnen keine Antwort geben.«

Die Rabenfrau hörte den Vorwurf heraus. »Es tut mir leid, dass ich einfach so ohne Abschied verschwunden bin«, sagte sie. »Ich konnte nicht anders, Jord. Du und Caidan, ihr hättet alles darangesetzt, mich festzuhalten.«

Jord schwieg dazu. Er wusste wohl, dass sie recht hatte. Wortlos füllte er zwei Becher mit Emmerbier und reichte Raghna einen.

»Caidan ist fort«, sagte er nach einer Pause.

»Ich weiß. Er war bei mir.«

»Hat er dich also doch gefunden.«

»Ja. Er … er wollte mich mitnehmen nach Lis. Aber ich habe nein gesagt. Ich habe mich für die Haselberge entschieden. Jord, was ist los mit dir? Hörst du mir überhaupt zu?«

Der Mann lehnte neben der Herdstelle an der Wand. Es sah aus, als sei er nur zufällig hier, jeden Moment bereit, die Hütte wieder zu verlassen. Doch nun wandte er ihr wenigstens das Gesicht zu und sah sie an, freundlich, aber distanziert. Raghnas Herz wurde schwer.

»Natürlich hör ich dir zu«, sagte Jord. »Wenn du bleiben willst, sind wir alle froh. Als Hagsitzerin wirst du hier wirklich gebraucht.«

»Nicht nur als Hagsitzerin, hoffe ich. Nach dem Abschied von Caidan habe ich zur Holden um Zeichen für mein Leben gebetet. Es hat ein paar Tage und Nächte gedauert, bis alles klar war. Ich werde als weise Frau nicht in der Wildnis leben wie Haelgunn, sondern hier. Caidan hat mir erzählt, was ich im Grunde schon wusste: dass du nach einer neuen Lebensweise suchst, die die Männer und Frauen, die Götter und die Holde miteinander versöhnt. Das wird unsere gemeinsame Aufgabe sein, Jord! Und …

ich bin gekommen, um dich zum Mann zu nehmen und mit dir zu leben.«

Wieder trat eine lange Pause ein. Jord sah nachdenklich aus, seine Miene gab nichts von seinen Gefühlen preis.

»Warum sagst du nichts, Jord? Magst du mich nicht mehr?« Konnte es sein, dass es zu spät war? Dass sie seine Liebe verloren hatte? Einen tödlichen Moment lang gefror Raghna das Blut in den Adern. In atemloser Spannung wartete sie auf seine nächsten Worte.

»Darum geht es nicht, Raghna. Die Frage ist, ob du *mich* magst! Wenn du nur wegen unserer gemeinsamen Aufgabe hier bist: Ich räume dir gern den Platz neben mir ein. Du kannst Anführerin sein, ohne mich zum Mann zu nehmen. Dein Herz ist bei Caidan, nehme ich an. Und das wird wohl auch immer so bleiben.«

Ein tiefer Atemzug hob Raghnas Brust. Mit bebender Stimme sagte sie: »Mein Herz ist bei Caidan, das ist wahr. Ich hätte niemals geglaubt, dass ich mit einem Menschen so tief verbunden sein könnte. Wir waren gemeinsam in Holls Totenhöhle, aber wir sind auch in der irdischen Welt ein Paar gewesen. Ich bin schwanger, Jord! Im nächsten Sommer werde ich ein Kind bekommen. Das alles ist die Wahrheit, ich bin stolz und glücklich darüber.

Und dennoch – was ich dir jetzt sage, ist ebenfalls wahr: Ich liebe dich. Auf eine ganz andere Art als ihn, aber genauso tief. Wenn ich sage, ich will mit dir leben, dann denke ich dabei nicht zuerst an unsere Arbeit. Du bist mir so unendlich nah – als mein Gefährte, mein Freund, mein Vertrauter. Du bist der Mann, mit dem ich mein Leben teilen und jeden einzelnen Tag verbringen will. Und mit dem ich auch Kinder haben möchte. Dass ich in den Haselbergen bleibe, hat auch etwas mit dieser Liebe zu tun, obwohl ich es lange nicht wahrhaben wollte. Wir gehören zusammen. Jetzt weiß ich es endlich.« Raghna trat zu ihm und sah zu ihm auf, berührte ihn aber nicht.

Jord hatte ihren Worten gelauscht und sie angesehen wie einer, der aus einem langen, schweren Traum erwacht. Mit einer raschen Bewegung zog er sie jetzt an sich. Ihre nächsten Worte wurden von seinem Kuss erstickt. Sie warf ihm die Arme um den Hals, presste sich an ihn, atmete seinen Geruch ein, nahm seine Gegenwart mit allen Sinnen wahr und erkannte, dass es unerträglich gewesen wäre, ihn zu verlieren. Sein Gesicht in ihre Haare gedrückt, murmelte er Worte, die sie nicht verstand, aber der zärtliche Tonfall ließ sie wie befreit lächeln. Endlich … endlich war alles, wie es sein sollte! Nie wieder würden sie Missverständnisse, Zweifel oder Unsicherheiten zwischen sich dulden.

»Es wird ein gutes Leben, Raghna«, raunte Jord viel später, dicht an ihrem Ohr. »Glaub mir, du wirst glücklich sein.«

Unter Tränen lächelte sie ihm zu: »*Wir* werden glücklich sein!«

Das Ahnenfest kündigte den Beginn der kalten, dunklen Zeit an. Die Ernte war eingeholt, das Getreide gedroschen, die Vorräte lagerten in Gruben und Scheunen. Nun war es Zeit für das Schlachten und Brauen, für das Herstellen und Ausbessern von Kleidern und Gerätschaften und all die anderen winterlichen Arbeiten.

Hochzeit zu feiern war ein Brauch, den die Streitaxtleute eingeführt hatten. Früher, bei den Bauern, hatte eine Frau einfach beim Sonnwendfeuer ihrer Großmutter und der Dorfgemeinschaft mitgeteilt, wen sie zum Mann nahm. Auch Raghna und Jord hatten sich damit begnügt, in Hohenfeld ihre Verbindung bekannt zu geben. Ganz gerührt über die Freude und Begeisterung, die diese Nachricht auslöste, hatten sie die guten Wünsche aller in Empfang genommen.

Doch in den Herrensippen hielt man es anders. Bei den Völkern der Schnur war es der Großherr, der eine junge Herrentochter im Beisein ihrer Verwandten feierlich ihrem Ehemann übergab. Wenn es sich – wie jetzt bei Ethrun und Tjonar – um eine bedeutsame Verbindung zwischen zwei Sippen handelte, dann wurde die Heirat im Angesicht der Vorfahren begangen, beim Ahnenfest, wenn der Sommer endete und die kalte Zeit begann.

Erstmals zeigten sich bei diesem großen Ereignis Jord und Raghna als Paar. Zusammen mit Laukher und Mirra weilten sie als Gäste auf dem Eichelsberg.

Raghnas Herz klopfte aufgeregt, als sie ihr Pferd durch das Eingangstor auf den Grasplatz lenkte und abstieg. Neugierig sah sie sich um. Wie wenig sich doch verändert hatte! An der Großen Halle zeigten helle Balken die ausgebesserten Brandstellen an, das Dach war mit Schindeln vollständig neu gedeckt. Die Säulen vor den weit offenen Türflügeln waren mit jungen Birken geschmückt, in deren Zweigen bunte Bänder hingen. Krieger, Mägde, Sklaven, Pferde, Hunde füllten den Hof. Alles war wie früher, nur deutlich belebter als zu Zennaks Zeiten.

Tjonar kam den Hohenfelder Gästen entgegen. Er reichte Jord mit ein paar freundlichen Worten den Begrüßungsbecher und stockte mitten im Satz, als sein Blick auf die Rabenfrau fiel. Seine Augen wurden schmal. Dann räusperte er sich und sprach ruhig weiter. Jord stellte ihm Raghna vor, und er begrüßte sie, als hätte er sie nie zuvor gesehen.

Sie entschuldigte sich bald und ging, die ungewöhnlich schweigsame Mirra im Gefolge, hinüber zum Haus der Herrinnen. Eine Magd führte sie zur Brautmutter Korthala, die sich in eine gesetzte Matrone verwandelt hatte. Sie begrüßten einander höflich und wechselten ein paar allgemeine Sätze.

Dann kam Ethrun hereingelaufen und fiel Raghna ohne Umschweife um den Hals. Aus dem Kind mit dem spitzen Gesichtchen war eine schöne, etwas blasse und ernste junge Frau geworden.

»Wie wunderbar, dich wiederzusehen!«, stieß sie hervor. »Ich war so glücklich, als ich erfuhr, dass du noch lebst. Und ich bin froh, dass du heute bei mir bist.« Sie schluckte.

Raghna drückte ihr beruhigend die Hand. »Vom Eichelsberg bis nach Hohenfeld ist es nicht allzu weit. Besuch mich so bald wie möglich, dann erzählen wir uns haarklein alles, was in den letzten Jahren passiert ist«, schlug sie lächelnd vor.

»Oh ja, das wäre schön! Sobald Tjonar mich gehen lässt, komme ich.«

Die Rabenfrau sah sich suchend in dem etwas vernachlässigt wirkenden Raum um: »Ist deine Großmutter nicht da, die Herrin Bendriga?«

»Sie ist tot, wusstest du das nicht? Sie starb in der Nacht, nachdem Tjonar den Eichelsberg erobert hatte. Als alle noch glaubten, Perko sei tot.«

»Ja, ist er das denn nicht?«

»Nein, er hatte zwar eine schwere Kopfverletzung, aber er lebt. Er muss noch viel ruhen, aber Waghal meint, er wird wieder ganz gesund.«

Mit Tränen in den Augen flüsterte Raghna: »Perko lebt? Der Holden sei Dank! Etwas Schöneres hättest du mir gar nicht sagen können.«

»Ja, wir sind alle sehr froh darüber. Allerdings …«, Ethrun senkte den Blick, »… darf er nicht hierbleiben. Er ist der Letzte aus Ethomirs Stamm, und Tjonar meint, seine Anwesenheit könnte irgendwann zu Unruhen führen. Deshalb schickt er ihn als Geisel zu seinem Vater Tjulek, dort muss er in Zukunft leben und eine von den Frauen des Schwarzpferdestammes heiraten. Inthuvanut wird nach der Hochzeit dorthin zurückkehren und nimmt ihn mit.«

»Wer?«

»Inthuvanut, der Opferpriester. Ein seltsamer Mann, aber du wirst ihn ja sehen, nachher, bei der Feier.«

»Es wird ohnehin Zeit hinüberzugehen«, mahnte Korthala.

Die Zeremonie war kurz, aber bewegend und würdig. Hinter Ethrun stand stolz ihre Mutter, neben ihr Jord, der, da Perko noch zu schwach war, als Verwandter die Vaterstelle vertrat. Er wechselte ein paar Worte mit Korthala, die sie mit der Andeutung eines Lächelns entgegennahm, nickte dann Ethrun ermutigend zu und meinte: »Du siehst wunderschön aus, Mädchen!«

Und das stimmte. Die junge Frau mit den ausdrucksvollen grünen Augen trug ihre aschblonden Zöpfe hochgesteckt, mit Kupferringen und Perlenschnüren durchflochten. Auch ihr Kleid aus rotbraun gefärbtem Leinen war mit Kupferröllchen geschmückt, darüber trug sie einen kunstvoll gewebten und mit Borten besetzten hellen Wollumhang. Jede ihrer Bewegungen war voll Anmut.

Ethrun lächelte Jord dankbar zu, dann wanderte ihr verstohlener Blick wieder zurück zu Tjonar, den sie tags zuvor bei der Ankunft zum ersten Mal gesehen hatte. Auch er war prächtig gekleidet in einen pelzbesetzten ledernen Kittel, eine lange, bestickte Fellweste und schwarze Stiefel. Er sah schon beeindruckend aus mit dem Halsband aus drei ineinandergewundenen Goldschnüren und den goldenen Ohrringen – beeindruckend und sehr fremd.

Sie seufzte.

Wie würde es sein, das Leben mit ihm?

Nun trat Korthom vor die versammelten Sippen und verkündete öffentlich den Ehebund seiner Enkeltochter Ethrun mit dem Großherrn Tjonar. Danach goss Inthuvanut großzügige Gaben von Getreide, Öl und Butter ins hell auflodernde Feuer und rief den Segen der Götter und Ahnen auf das Paar herab.

Nachdenklich ruhten Raghnas Blicke auf ihm.

Das also war Inthuvanut, der Opferpriester. Sie erinnerte sich, den Mann beim Zweikampf zwischen Caidan und Tjonar gesehen zu haben. Jetzt konnte sie ihn erstmals aus der Nähe betrachten. Auf seine Stirn war die gezackte Blitzlinie Inthrams gezeichnet. Unter den Anhängern, die an seiner goldenen Halskette klirrten, erkannte sie ein Hollsiegel, nein, ein Sonnenrad, wie man hier sagte. Seine Augen wirkten kalt. Er gefiel ihr nicht.

Nach der Feier fand Ethrun Gelegenheit, sich noch einmal neben Raghna zu setzen und ein wenig mit ihr zu plaudern. Die Nähe der Freundin tat ihr sichtlich gut.

»Wie findest du ihn?«, raunte sie.

»Tjonar? Ganz nett, so viel ich sehen kann.«

»Ja, wahrscheinlich. Er ist nur so …«

»Still! Da kommt er.«

Der Großherr schlenderte von Gruppe zu Gruppe. Wie zufällig kam er zu ihrer Bank, von der sie sich eilig erhoben.

»Raghna Rabenfrau …«, murmelte er gepresst. Eine steile Falte stand zwischen seinen Augenbrauen. »Warum hat dein Gemahl damals ausgerechnet dich zu mir geschickt? Hatte er nicht den Mut, selbst mit mir zu sprechen?«

Sie schüttelte den Kopf. »Du irrst dich, ich war nicht von ihm geschickt. Damals hatte ich ihn noch gar nicht zum Mann genommen. Bis heute weiß niemand – auch er nicht – von unserer Begegnung im Wald.«

»So? Und wer schickte dich dann? Der alte Korthom oder dieser Glockenbechermann?«

»Niemand. Kein Mensch jedenfalls. Ich diene der Göttin dieses Landes, und in ihrem Auftrag kam ich zu dir, um Blutvergießen zu verhindern. Was ich dir sagte, war die Wahrheit, Herr Tjonar.«

Mit einem Blick auf Ethrun meinte sie: »Bist du etwa mit dem Ergebnis nicht zufrieden?«

Tjonar achtete gar nicht auf seine Braut, die sichtlich kein Wort von der Unterhaltung begriff.

»Sicher. Aber auch du kannst zufrieden sein, nicht wahr? Mittlerweile ist Jord der Anführer der freien Siedlung Hohenfeld, und du bist seine Ehefrau. Gut gemacht!«

Raghna errötete tief. »Ich schwöre dir: Damals hatte ich keine Ahnung, dass es so kommen würde.«

»Ach, nein?«

»Nein.«

Die Rabenfrau schüttelte ihre Haare zurück, hob das Kinn und sah ihm furchtlos in die Augen: »Ich wollte sinnloses Töten verhindern, das war alles. Es war die einzige Möglichkeit, und es war gut so. Ich kann dich nicht zwingen, mir zu glauben. Aber ich würde im gleichen Fall wieder so handeln.«

Sie war auf alles gefasst, auf eine kalte Abfuhr, eine zornige Zurechtweisung – nur nicht darauf, dass der Großherr den Kopf in den Nacken warf und lachte.

»Du bist klug, und du hast Mut, das gefällt mir«, sagte er. »Niemand sonst würde es wagen, mir gegenüber eine solche Rede zu führen! Nun soll ich mich wohl auch noch bei dir bedanken?«

»Nicht nötig.« Jetzt lächelte auch Raghna. Spontan beschloss sie, seine gute Stimmung zu nutzen.

»Darf ich dich noch etwas fragen, Herr? Dieser … Priester dort drüben trägt den gleichen goldenen Anhänger wie ich. Ihr nennt es, glaube ich, Sonnenrad. Kannst du mir sagen, was dieses Zeichen bei euch bedeutet?«

Wieder ernst geworden, sagte Tjonar: »Das Rad? Ja, es gehört zu Sunnja, dem Sonnengott, dem Bruder von Inthram. Ich glaube, Inthuvanut sieht es nicht gern, wenn eine Frau es trägt. Er ist ein wenig streng, wenn es um die Götter geht, aber ein sehr weiser und erfahrener Mann. Leider kehrt er bald wieder in meine Heimat zurück. Mein Vater braucht ihn.«

Jemand reichte Tjonar einen frisch gefüllten Becher. Er nickte Raghna höflich zu, wechselte ein paar Worte mit Ethrun und nahm sie mit sich, als er langsam weiterging.

Sprachlos schaute die Rabenfrau ihm nach.

Inthuvanut sieht es nicht gern, wenn eine Frau das Sonnenrad trägt.

Zorn stieg in ihr auf. Waren diese Männer alle verrückt geworden? Woher nahmen sie die Dreistigkeit, die Ordnung der Welt dermaßen auf den Kopf zu stellen? Was mochte von ihnen noch alles zu erwarten sein?

Raghna versuchte, Ärger und Beklemmung abzuschütteln, doch es gelang ihr nicht.

Plötzlich war Jord neben ihr.

»Du schaust so ernst drein. Tjonar war doch nicht unfreundlich zu dir?«

»Wie? Nein, nein. Aber weißt du was: Ich bin wirklich froh, dass es in Hohenfeld weder Herren noch Krieger noch Priester gibt! Wir können Caidan nicht genug danken, dass er das für uns durchgesetzt hat. Sag mal, Jord, müssen wir eigentlich noch lange hierbleiben?«

»Wenn du willst, können wir bald aufbrechen. Die Feier ist vorbei.«

Raghna atmete auf. »Gut. Dann lass uns nach Hause reiten!«

In einer der nächsten Vollmondnächte flog Raghna wieder mit dem Raben, dieses Mal bis ans Ende der Welt im fernen Westen. Rote Felsen sah sie, scharf umrissen im harten Sonnenlicht, Hügel und Ebenen, undurchdringliche grüne Wildnis, und dann das Blau des Ozeans, der sich unendlich vor ihr erstreckte, glitzernd wie ein Juwel. Dort, wo Land und Meer sich trafen, stießen sie auf eine Ansammlung großer weißer Würfel. Sie mussten von Menschenhand gemacht worden sein, obwohl Raghna das kaum zu glauben vermochte. Doch sie wusste: Das waren die Hallen von Lis.

Die schwarzen Vögel gingen tiefer und überflogen den breiten Pfad, der zum Tor von Lis führte. Zwei Männer ritten auf ihm dahin. Raghna erbebte, als sie Caidan und Ushkaf erkannte. Sie verstand jetzt, dass die Holde ihr einen Blick in die Zukunft schenkte. Gierig nahm sie jede Einzelheit in sich auf und wurde tiefer und tiefer in das Geschehen mit hineingezogen.

Sie sah, wie Caidan sich noch am Tag seiner Ankunft mit mehreren Zeugen in das verlassene Gebäude begab und den versteckten Kristall fand. Bald darauf herrschte wimmelnde Aufregung zwischen den weißen Hallen, überall bildeten sich Gruppen von Männern, die erregt aufeinander einredeten.

Dann ertönte ein Gong, und alle strömten in die mittlere Halle, die sich mit Hunderten weiß gekleideter Männer füllte. Caidan ging mit festen Schritten nach vorn, nahm Platz auf dem erhöhten Sitz und begann zu der dicht gedrängten Versammlung zu sprechen. Seine Stimme klang schneidend. Jetzt hob er den Arm und deutete anklagend auf einen älteren Mann, der verächtliche Überlegenheit zu zeigen suchte, obwohl sein Gesicht aschfahl war.

Raghnas Herz pochte wie wild, als sie sah, wie Caidan mit Paru abrechnete. Zum Schluss wandte er sich wieder an die ganze Versammlung. Obwohl sie die Worte der Glockenbechersprache nicht verstand, war ihr der Sinn seiner Rede klar.

»Paru verteidigte seine Sicht der überlieferten Wahrheit«, sagte Caidan. »Er handelte nicht aus bloßem Ehrgeiz, jedenfalls nicht für sich selbst. Er glaubte, für die Gruppe der Bewahrer das Richtige und Notwendige zu tun. Schon Nxerri war seiner Meinung nach viel zu nachgiebig, wenn es um Neuerungen ging, und von mir befürchtete er noch Schlimmeres. Er wartete nur auf die Nachricht von meinem Tod, um der Gemeinschaft das Kleinod auf irgendeine wunderbare Weise zurückzubringen und selbst das Amt des Hüters zu beanspruchen. Das aber wäre das Ende von Lis gewesen.

Wie ist es möglich, dass wir so lange nicht merkten, wie weit es mit Paru gekommen war? Indem er die heilige Wahrheit unangetastet zu bewahren suchte, hat er sie völlig verzerrt. Am Ende schreckte er auch vor Raub und Mord nicht mehr zurück – er, ein erfahrener Wanderer und Lehrer. Dass das geschehen konnte, muss uns allen zur Warnung dienen!

Paru wird Lis verlassen. Wir aber, unsere ganze Gemeinschaft, wir werden uns bemühen, aus der Vergangenheit zu lernen und die dreifache Wahrheit tiefer und besser zu verstehen.«

Zwei Raben zogen ihre Kreis über einem schmalen Pfad, der in ein Bergdorf führte. Paru schritt gebeugt dahin, seinen Stab umklammernd, ein alter, müder Mann, begleitet von zwei jüngeren. Raghna wusste, er würde nie nach Lis zurückkehren.

Was würde die Zukunft Caidan bringen? Die Rabenfrau hatte sehr wohl bemerkt, dass er in seiner Rede kein Wort von der weiblichen Linie erwähnt hatte. Würde er den Auftrag der Holden ausführen?

Der Rabenflug durch Raum und Zeit ging weiter. Bilder verschwammen und formten sich neu.

Viel später erschien Caidan, nun ein Mann mittleren Alters in prachtvollem Ornat, von allen ehrfürchtig begrüßt, und leitete Rituale an, deren Bedeutung Raghna nur vermuten konnte. Einmal konnte sie einen Schimmer des leuchtenden Kristalls erahnen, der wieder in seinem Schrein ruhte.

Sie flogen weiter in die Zukunft, unter ihren Schwingen glitten die Jahre dahin. Raghna nahm all ihre Aufmerksamkeit zusammen, aber es wurde immer schwieriger, klare Eindrücke von Caidans Leben zu erhaschen. Regelmäßig leitete er Feiern an, empfing Besucher, sprach zu Menschenansammlungen. Oft schien es, als bemühte er sich vergeblich, einander bekämpfende Gruppierungen zu versöhnen.

Einmal kam eine Gruppe von Frauen nach Lis, es mussten Priesterinnen aus einem alten Tempel sein. Der Anblick berührte Raghna tief. Er versuchte also doch, sein Versprechen einzulösen und dem weiblichen Wissen einen Platz in seiner Welt einzuräumen. Doch offenbar blieb es bei diesem einen Versuch. Die Begegnung zwischen den Frauen und den Wanderern verlief wohl nicht ermutigend.

Raghna verstand: Auch nachdem Paru verschwunden war, gab es immer noch eine Gruppe von Bewahrern, und ihr Widerstand erwies sich als unüberwindlich.

Die fernsten Bilder zeigten der Rabenfrau, dass die Gemeinschaft von Lis schrumpfte. Sie bestand nur noch dem Namen nach aus den Fünfhundert. Gab es keine geeigneten jungen Männer mehr? Nach wie vor wahrten die Wanderer ihre Geheimnisse, aber es ließ sich nicht verbergen, dass der Name Lis allmählich seinen Glanz verlor. Caidan konnte den Verfall nur verlangsamen, nicht aufhalten.

Ganz zum Schluss tauchte noch einmal ein Gesicht aus den sich überlagernden Mustern von Farben und Formen auf, ein weißhaariger, hohlwangiger alter Mann mit durchgeistigten Zügen. Konnte das Nxerri sein?

Nein, Caidan war es, der da auf dem Stuhl des Hüters saß, ruhig und gelassen, aber todmüde, am Ende seiner Jahre und seiner Kräfte angelangt. Ein Ausdruck stiller Resignation lag in seinen Augen, der Raghna wehtat. Die ganze Liebe ihres Lebens schlug über ihr zusammen und floss zu ihm hinüber.

Ich weiß, dass du da bist.

Und ich weiß, dass du weißt, dass ich da bin.

Überrascht blickte er auf. Er hatte nicht mehr die Kraft, sie wahrzunehmen, aber ein beglücktes Lächeln erhellte sein Gesicht, und alle Traurigkeit fiel von ihm ab.

Achtzehn Jahre nach der Heirat von Raghna und Jord war Neuenfeld, das sich aus der einstigen Glockenbechersiedlung entwickelt hatte, ein blühendes wohlhabendes Dorf.

Wieder wurde eine Hochzeit gefeiert, ein großes Fest, wie es jetzt auch in den Dörfern mehr und mehr Sitte wurde, vor allem, wenn es sich um eine so bedeutsame, ehrenvolle Verbindung handelte wie diese: Lionard, Raghnas Sohn, nahm Tjoris, die Tochter des Großherrn, zur Frau. Die jungen Leute hatten jedoch nicht wie üblich das Ahnenfest als Zeitpunkt ausgewählt, sondern das Herbstfest, das am Vollmond nach der Getreideernte gefeiert wurde. Tjonar, der mit zunehmendem Alter immer starrer an den überlieferten Bräuchen der Schnurvölker festhielt, war gegen die Veränderung gewesen, aber da seine Tochter nach der Heirat ohnehin mit ihrem Mann in Neuenfeld leben würde, hatte er schließlich murrend zugestimmt.

Raghna hatte die Zeremonie geleitet und das Paar zusammengeführt. Da war Lionard, ihr Sohn mit den dunklen, glatten Haaren und den blauen Augen. Ein junger Mann, nach dem sich jeder zweimal umsah, der geborene Anführer, sorgfältig erzogen und ausgebildet von Jord. Ihr Herz schmolz vor Stolz und Liebe, wenn sie ihn ansah. Als sie den Segen der Holden über das Paar sprach, dachte sie an Caidan. Wie stolz wäre er auf diesen Sohn gewesen, dem er seine blauen Augen, seine Wissbegierde und natürliche Würde vererbt hatte.

Ich weiß, dass du da bist …

Glücklich schloss sie später Lionard und ihre Schwiegertochter in die Arme. Tjoris, eine dunkelhaarige, ernste Schönheit, hatte die zurückhaltende, etwas kühle Art ihrer Mutter Ethrun, aber der Junge würde schon mit ihr auskommen.

Beim Festmahl war alles aufgeboten, was zu einem richtigen Erntefest gehörte, die Platten bogen sich unter der Vielzahl der Gerichte. Endlich hatte Raghna wieder einmal Gelegenheit, sich in Ruhe mit Ethrun zu unterhalten.

»Der Tag ist gut gewählt«, sagte diese, »wer hätte gedacht, dass es noch mal so sommerlich warm wird und wir sogar draußen essen können!«

Raghna nickte träumerisch. »Diesen Zusammenklang von Blau und Gold, genau an der Grenze zwischen Sommer und Herbst, liebe ich mehr als jede andere Zeit. Aber sag mir, wie geht es dir, Ethrun, und wie geht es auf dem Eichelsberg?«

»Wie soll es schon gehen? Wie immer. Tjonar macht, was er will. Meine Söhne und Töchter sind erwachsen und brauchen mich nicht mehr. Und ich selber werde alt, grau und dick …«

Raghna nahm es als Scherz und lachte, und nach kurzem Zögern lachte Ethrun mit. Doch eigentlich war Ethruns Geschichte eher traurig. Die Rabenfrau hatte miterlebt, wie sehr sie sich am Anfang ihrer Ehe bemüht hatte, die Zuneigung ihres Gatten zu gewinnen, doch er hatte meistens über sie hinweggesehen und sie oft gedemütigt, ohne es zu merken, auf eine gedankenlose, beiläufige Art. Bald hatte Ethrun gelernt, ihre Wünsche mit heimlichen Mitteln durchzusetzen. Unter bitteren Tränen hatte sie begonnen, eine unsichtbare Mauer um sich zu ziehen. Nach außen hin war jedoch alles, wie es sein sollte: Die stolze Herrin auf dem Eichelsberg achtete streng auf einen sauberen Hof und gepflegte Sitten. Die Landleute wendeten sich an sie, wenn sie Hilfe brauchten. In schlechten Jahren war das häufig vorgekommen, denn die Schwarzpferde führten trotz des anfänglichen Entgegenkommens von Tjonar ein scharfes Regiment. Die Bauern mussten härter für sie arbeiten als unter der Ethomsippe und hatten weniger Rechte.

»Tjonar sieht nicht gesund aus«, meinte Raghna vorsichtig mit einem Blick auf den grauhaarigen Großherrn, der sich eben von einer Magd den Becher nachfüllen ließ.

»Ja, es geht ihm nicht gut«, sagte Ethrun gleichgültig. »Er trinkt viel zu viel, und ich glaube, er hat auch Sorgen. Mir erzählt er ja nichts.«

Die Rabenfrau brauchte nicht nachzufragen. Sie wusste, was Tjonar beschäftigte. Der Eichelsberg hatte im Lauf der Jahre an Bedeutung verloren. Die Krieger führten zwar noch immer ihre gefährlichen Waffen, aber inzwischen wurde alle Welt durch die ausgezeichneten Schmiede von Neuenfeld mit Bronze versorgt, sodass sie den Dorfleuten kaum noch etwas voraus hatten. Die Neuenfelder waren zudem geschickte Bauern, Händler und Kleinviehzüchter. Nur in der Rinder- und Pferdezucht waren die Bronzeleute nach wie vor unübertroffen, dennoch schmolz ihr Reichtum dahin.

Ethrun beugte sich zu Raghna herüber und flüsterte ihr ins Ohr: »Wenn Tjonar stirbt, dann ziehe ich zu dir nach Neuenfeld, wenn es dir recht ist. Ich bin des ewigen Klirrens von Metall und der großen Worte auf dem Eichelsberg so unendlich müde.«

Raghna legte ihre Hand auf die der Freundin. »Natürlich ist es mir recht. Seit Jord tot ist, fühle ich mich oft einsam. Lionard verbringt die meiste Zeit drüben in der Schmiede, er lernt ja zusammen mit Laukhers Sohn das Bronzegießen. Ja, und meine Tochter wird auch bald einen Mann nehmen. Die jungen Leute führen ihr eigenes Leben, und so soll es auch sein. Deshalb freue ich mich, wenn du zu mir kommst.«

Ethrun lächelte dankbar und fuhr sich mit der Hand über die Augen. Als über die Tafel hinweg ein fragender Blick von Tjonar sie traf, wechselte sie schnell das Thema: »Weißt du, wer uns kürzlich besucht hat? Perkos ältester Sohn, Perkunar heißt er! Ein wilder Bursche mit schwarzen Augen, ein Bronzekrieger durch und durch. Ich glaube, sogar sein Vater hat schon vergessen, dass er in den Haselbergen geboren wurde und nicht beim Schwarzpferdestamm. Na, Hauptsache, es geht ihm gut dort.«

Versonnen schaute Raghna vor sich hin und versuchte sich an das Gesicht des Jungen zu erinnern, dessen zweite Mutter sie einmal gewesen war. Wie die Jahre dahinflogen!

»Hat er eigentlich mal etwas von Boima erzählt?«, fragte sie plötzlich.

»Von Boima? Ja, warte mal, er sagte, das ist jetzt das Stammesheiligtum der Schwarzpferdekrieger. Die Glockenbecherleute haben sich vollständig unter die Leitung von Inthuvanut und seinen Sonnenpriestern begeben.«

»Inthuvanut? Sag bloß, der Alte lebt immer noch!?«

»Ja, kaum zu glauben, nicht? Manche halten ihn schon für unsterblich. Niemand hat größere Macht als er. Unser eigener Opferpriester auf dem Eichelsberg ist längst nicht so bedeutend und … furchteinflößend.«

Das unbehagliche Gefühl, das immer mit dem Gedanken an die Priester verbunden war, beschlich Raghna auch jetzt wieder. Aber entschlossen schüttelte sie es ab und stellte die Macht und den Schutz der Holden dagegen.

Hier ist Neuenfeld, und wir sind sicher vor diesen Männern. Wir feiern unser Erntefest nach einem guten Jahr. Unser Dorf wächst und gedeiht. Mehr als dreihundert Menschen leben jetzt hier. Immer wieder kommen Familien dazu, nicht nur aus anderen Dörfern, sondern auch vom Eichelsberg und sogar vom Steinsberg.

Als hätte sie Raghnas Gedanken erraten, sagte Ethrun nachdenklich: »Bei euch lebt es sich gut. Ihr habt von allem etwas: von der Erdverbundenheit der Bauern, von der Stärke und dem Mut der alten Herrensippen und vom Wissen der Glockenbecherleute.«

»Ich wünschte nur, Jord wäre noch am Leben und könnte sich an allem freuen, was er mit geschaffen hat«, seufzte Raghna. »Er fehlt mir so. Hätte er nur nicht dieses Haus mit dem Steinsockel für uns bauen wollen, dann könnte er noch leben!«

»So darfst du nicht denken, Raghna! Ein Mann kann überall von einem Balken erschlagen werden. Das Haus war der letzte Plan, den er ausführte, und inzwischen folgen viele Männer seinem Beispiel. Die alten Flechthütten verschwinden nach und nach aus Neuenfeld. Ja, ihr werdet wirklich langsam reich. Es war also doch richtig …«

»Was meinst du?«

»Dass ihr euch damals entschieden habt, sowohl die Himmlischen wie auch Inthram und die Holde zu verehren. Inthuvanut behauptete damals, das würde euch ins Verderben stürzen.«

»Ach, der! Wenn es nach ihm und seinesgleichen ginge, gäbe es ja überhaupt keine Hagsitzerinnen mehr.«

»Gibt es denn noch welche – außer der wirkmächtigen Rabenfrau, zu der die Menschen von nah und fern kommen?«

Ein Schatten huschte über Raghnas Gesicht. »Heute noch nicht. Ich kann nur hoffen, dass ich eine Nachfolgerin finde, bevor ich sterbe.« Ursprünglich hatte sie Hoffnungen auf ihre Tochter Ricke gesetzt, aber die zeigte kein Interesse am alten Pfad. Aber neulich hatte Raghna geträumt, sie hielte die Tochter von Lionard und Tjoris im Arm, und als sie in das winzige Gesichtchen mit den ernsthaften Augen schaute, erwachte die Gewissheit in ihr, dass sie ihr Wissen weitergeben würde. Sollte dieser Traum wahr werden, würde sie das Mädchen Haelgard nennen. Es wurde Raghna warm ums Herz bei der Vorstellung, bald Großmutter zu sein.

Ethrun erriet ihre Gedanken. »Das arme Ding wird viel zu lernen haben, bevor es in deine Fußstapfen treten kann!«

Raghna lachte leise. »Lernen müssen wir alle, so lange wir leben und darüber hinaus. Hauptsache, sie kann das Wichtige vom Unwichtigen unterscheiden.«

»Und was ist das Wichtigste, deiner Meinung nach?«

Erstaunt schaute Raghna zu Ethrun hinüber. Aber die hatte gar nichts gesagt, sie ließ sich eben von einer Magd ihre Schale mit süßem Hirsebrei füllen.

Raghna blickte in ein schwarzes Paar Augen.

»Rabe! Was machst du denn hier?«

»Bin gleich wieder verschwunden. Ich habe nur mit Spannung euer Gespräch verfolgt und wollte noch deine Antwort hören.«

Raghna überlegte und suchte nach den passenden Worten. Nachdenklich meinte sie: »Die Welt verändert sich. Aus irgendeinem Grund, den niemand mehr kennt, wollen die Männer mehr und mehr den Besitz von Wissen und Wahrheit und Macht allein für sich und ihre Götter beanspruchen. Aber ihre Wahrheit ist einseitig und unvollständig. Denn die ganze, große, runde Welt ist nichts anderes als die Holde selbst. Es ist unmöglich, sie zu verleugnen oder zu vergessen. Tut man es doch, muss man sie suchen … den Kessel, den heiligen Becher, Freude und Erfüllung, das Ziel aller Sehnsucht. Man muss sie suchen, bis das Wissen eines Tages wieder vollständig ist. Es gibt kein Leben ohne die Holde.«

Eine silberne Stimme, die nur die Rabenfrau vernahm, erklang:

Gut, Tochter. Du kennst deine Aufgabe:
Halte die Erinnerung wach!

Ende

NACHWORT

Das dritte Jahrtausend vor unserer Zeitrechnung war eine der faszinierendsten Epochen der Menschheitsgeschichte. In der Phase des Übergangs von der Jungsteinzeit zur Bronzezeit begannen die Männer die Welt zu beherrschen, sie errichteten stabile hierarchisch-patriarchale Strukturen und häuften Macht an. Priester und Krieger verdrängten die Frauen aus den starken Positionen. Im Verlauf einiger Jahrhunderte veränderte sich das Leben der Menschen von Grund auf.

Die Basis für diesen Wandel war bereits lange vorher durch die Entwicklung von Ackerbau und Viehzucht geschaffen worden. Sesshaftigkeit, zu Zeiten der Jäger und Sammler nur eine Option unter mehreren, war nach der neolithischen Revolution die selbstverständliche Lebensform geworden. Sich die Kontrolle über möglichst ausgedehnte Ressourcen an Land, Herden und anderen Besitztümern zu sichern, stand zunehmend im Mittelpunkt allen menschlichen Strebens. Wichtige Aufgaben wie die Verteidigung der Dörfer, die Domestizierung großer Tiere, alles, wofür man Körperkraft, technisches Verständnis und einen größeren Schuss Aggression brauchte, erlaubte nun den Männern, ihre soziale Stellung Schritt für Schritt zu verbessern.

Zunächst schien es, als würde diese Entwicklung die Frauen nicht benachteiligen. Matrizentrische Kulturmerkmale, die sich bis in die Altsteinzeit zurückverfolgen lassen, blieben auch nach der Errichtung des Patriarchats noch lange erhalten. Die großen Schöpfungs- und Muttergöttinnen genossen höchste Verehrung. In Hainen, Höhlen und megalithischen Tempelanlagen bewahrten ihre Priesterinnen das überlieferte Wissen, feierten die uralten Riten, befragten die Orakel, heilten Mensch und Tier.

Doch unmerklich verschoben sich die Akzente. Um die Mitte des dritten Jahrtausends dominierten die Männer bereits alle wichtigen gesellschaftlichen Funktionen. Stadtstaaten und Großreiche entstanden, Priesterhierarchien und ein sakral legitimiertes Königtum; Fernverbindungen, Handel, Ideen breiteten sich aus, Zahlensysteme und Schriftzeichen boten neue Verständigungsmöglichkeiten. Sogenannte Hochkulturen bildeten sich, zuerst in Ägypten und Mesopotamien. Die Weichen waren gestellt für ein Weltbild, das seit nunmehr 5000 Jahren unser Denken prägt.

Eine wesentliche Rolle spielten dabei die Metalle, zunächst Kupfer, dann Bronze. Werkzeuge und Waffen verbesserten sich rasch, denn Rivalitäten und Kriege befeuerten die Kreativität der frühen Ingenieure. Auch die Landwirtschaft, die Baukunst, die Verwaltung großer Ansiedlungen und die Durchführung komplexer Projekte erforderten technischen Fortschritt auf allen Ebenen, die zunehmend ausdifferenzierten Ränge und Gliederungen der Gesellschaft verlangten nach Ausdruck durch Prestige- und Statusmerkmale. Das Privileg, dem Volk die Welt zu erklären, wurde zum Machtfaktor in den Händen der männlichen Priesterschaften, die ihre jeweiligen Götter groß machten – auf eine ganz andere Art, als die Göttinnen es jemals gewesen waren.

Auch Mitteleuropa wurde von den Veränderungen erfasst. Um 2400 vor unserer Zeitrechnung, also an der Schwelle zur Bronzezeit, trafen in der Mitte Europas drei völlig unterschiedliche Kulturen aufeinander: die einheimischen Bauern, die kriegerischen Schnurkeramiker und die geheimnisvollen Glockenbecherleute.

Die Bauern

Bei der Beschreibung der einheimischen alteuropäischen Bevölkerung der »Haselberge« orientierte ich mich an der Bernburger Kultur, die allerdings zu dieser Zeit ihre Hochblüte bereits hinter sich hatte. Ihr kulturelles Erbe reichte zurück bis in die Zeit der Megalithgräber und Großsteinsetzungen des vierten Jahrtausends. Sie siedelten bevorzugt auf Hügeln in der Nähe von Wald und Wasser. Ihre Dörfer waren Ansammlungen stroh- oder schilfgedeckter Holzhütten, umgeben und gesichert mit Gräben, Wällen und Palisaden. Die Bernburger bauten Getreide, Flachs, Hackfrüchte an und züchteten Kleinvieh. Die wertvollen Pferde und Ochsen, die sie als Zugtiere für die Pflüge und für die schweren, noch mit Scheibenrädern ausgestatten Wagen einsetzten, wurden bei Bedarf eingetauscht.

Die Lebensweise der Bernburger Bauern wies erkennbar matrilineare Züge auf, doch gibt es bereits Hinweise auf den allmählichen Übergang zu einer patriarchal organisierten Gemeinschaft. Die Arbeitsteilung zwischen Männern und Frauen war klar geregelt. Grabbeigaben belegen, dass die Männer sich um Jagd, Hausbau und Holzarbeiten zu kümmern hatten, die Frauen um Ackerbau, Handwerk, Saat und Ernte, Ernährung und Kleidung.

Die religiösen Vorstellungen kreisten um Nahrung und Fruchtbarkeit. Knochenfunde von Caniden verweisen auf den Kult einer von Hunden begleiteten Göttin. Befestigte Kultplätze, Menhire mit eingeritzten weiblichen Attributen, Tontrommeln und Flöten deuten auf Tänze und schamanische Riten hin. Die archäologischen Forschungen ergeben das Bild einer Kultur, die, von gelegentlichen Grenzkonflikten abgesehen, überwiegend friedlich war.

Die Schnurkeramiker

Die angestammte bäuerliche Bevölkerung wurde seit einigen Jahrhunderten von einer dünnen Schicht von Streitaxtkriegern beherrscht, die im frühen dritten Jahrtausend von Südosten her eingewandert waren. Die Eindringlinge waren kriegerische, männerbündische, territorial orientierte Sippenverbände mit strenger Rangordnung, an der männlichen Linie ausgerichtet und beherrscht von einem Häuptling mit politischer Autorität und organisatorischen Aufgaben. Er residierte meist in einer befestigten Höhensiedlung, die mit den Dörfern und Einzelgehöften seiner Sippenangehörigen in enger Verbindung stand. Die Höhensiedlungen langen stets in der Nähe wichtiger Verkehrsknotenpunkte und Rohstoffvorkommen, sie waren Eckpunkte eines stabilen Netzwerkes von Handelsverbindungen, das den überregionalen Austausch von Rohstoffen (Kupfer, Zinn, Gold, Bernstein, Salz), Prestigegütern und anderen Produkten garantierte.

Die patriarchalisch organisierten »Steppenviehzüchter« hatten innerhalb kurzer Zeit in ganz Europa einen vollständigen Kulturwandel herbeigeführt, indem sie das bunte Mosaik bäuerlicher Regionalgesellschaften mit ihrer uniformen Kultur überzogen. Die Männer dieses fremden, schmalschädeligen Typus gelten als ethnische Vorgänger der indoeuropäischen Stämme. Sie hatten ihre Rinderherden, Reitpferde und kleineren Zugpferde mitgebracht, modernere Wagen und Boote, ihre überlegenen Streitäxte – und ihre neuartige Religion.

An der Spitze ihres Pantheons stand der vielarmige Sturm- und Kriegsgott, dem die Krieger auf Tod und Leben ergeben waren. Die Männerbünde, denen seine kultische Verehrung oblag, wurden zusammengeschweißt durch geheime Trinkrituale, deren Symbol und greifbarer Ausdruck ein schnurverzierter Becher aus gebranntem Ton war, der Leitfund dieser Kultur, der auch in Unterfranken durch zahlreiche Funde vertreten ist. Möglicherweise war die »heilige Schnur«, die ursprünglich als einziges Ornament die betont einfachen Becher schmückte, ein religiöses Symbol für die Verbindung zwischen den Kriegern und ihrer Gottheit.

Zur Ausstattung eines Schnurkeramikers gehörte außerdem eine verzierte Amphore und vor allem eine Streitaxt aus poliertem Stein oder Kupfer. Zum Metall hatten die Schnurkeramiker jedoch ein eher gespaltenes Verhältnis. Noch lange nach Beginn der Bronzezeit bevorzugten sie als Material den archaischen Stein. Was sie an Bronze brauchten, tauschten sie ein. Erst spät übernahmen sie selbst das nötige metallurgische Wissen von den Glockenbecherleuten.

Die Glockenbecherleute

Eine erstaunliche Kultur verbreitete ab der Mitte des dritten Jahrtausends von der iberischen Atlantikküste aus ihre Symbole und Ideen zielstrebig über das bereits schnurkeramisch geprägte Europa. In einer ersten Ausbreitungswelle bewegte sich das sogenannte Glockenbecherphänomen nach Nordosten und Osten, um dann in einer zweiten Welle von Böhmen her wieder zurück in Richtung

Westen zu fluten. Die bewaffneten Reiter mit den großen, glockenförmigen Bechern im Gepäck reisten bevorzugt entlang der Küsten und großen Flüsse. Hauptverbreitungsgebiete ihrer Kultur waren das westliche Mittelmeer, Nordwesteuropa, die britischen Inseln, die ostdeutsche Region und die Region Süddeutschland/Böhmen, zu der auch Unterfranken und das Maintal gehörten.

Obwohl durch ihre Bewaffnung auch als Krieger ausgewiesen, kamen sie nicht als Eroberer; es scheint auch keine direkten territorialen Konflikte mit den Schnurkeramikern gegeben zu haben. Den Glockenbechermännern ging es offenbar nicht um Landnahme, Beherrschung oder Verdrängung. Andererseits gibt es auch keine Indizien für eine nomadisierende Lebensweise. Kaum ein Kulturhorizont gab den Archäologen so viele Rätsel auf wie dieser. Erst in den letzten Jahrzehnten kristallisierte sich allmählich ein greifbares Bild heraus. Nun ist die Rede vom weiträumigen Transport von Ideen, Ideologien, von Kulturwandel und Kommunikation, vielleicht von einer neuen Religion, die missionarisch verbreitet wurde.

Allein oder in kleinen Gruppen besuchten Glockenbechermänner bestehende Gemeinschaften, ließen sich dort nieder – und wurden bald tonangebend. Mit ihren reichen Beigaben ragen ihre Bestattungen aus dem allgemeinen endneolithischen Umfeld heraus. Die Kultur der ansässigen Lokalbevölkerung blieb erhalten, veränderte aber ihr Gepräge. Bestehende Strukturen wurden von den Zugewanderten übernommen, überkommene Traditionen geschickt mit einbezogen. Ein Glockenbechermann hatte zweifellos eine wichtige Funktion in seiner Gesellschaft inne, aber nichts deutet darauf hin, dass er sie anführte. Vielmehr gibt es Belege für eine horizontale Gliederung, in der bestimmten Gruppen festgelegte Aufgaben zukamen. Es gab in glockenbecherlich geprägten Siedlungen keine hierarchisch gestaffelte Rangordnung wie bei Schnurkeramikern, kein Big-Man-System, sondern gleichberechtigte funktionale Verbände. Hinsichtlich der Stellung der Frauen könnte man die Glockenbecherkultur vielleicht als »gemäßigtes Patriarchat« einstufen. Die von ihr geprägten Siedlungen glichen weitgehend den gewöhnlichen, schnurkeramisch beherrschten Dörfern, grenzten sich aber in kulturellen Belangen scharf von ihnen ab.

Die »Wanderer« gehörten einem weit gespannten Netzwerk an, das sie über große Entfernungen hinweg miteinander verband und ihnen erlaubte, mit wertvollen Gütern und Informationen Handel zu treiben. Der Fernhandel erforderte (und vermehrte) Spezialkenntnisse und überregional gültige Wert- und Maßvorstellungen, die ihnen, über Jahrhunderte zusammengetragen, einen geistigen Vorsprung vor anderen Kulturen gesichert haben dürften. Zentrales Symbol dieses Netzwerks war der Glockenbecher, lange Zeit die am weitesten verbreitete Keramik in Europa. Ursprünglich unverziert, wurde das rotgebrannte Tongefäß später mit schraffierten Bändern und anderen Ornamenten versehen. Als Leitfunde gaben diese Keramiken der gesamten Kultur ihren Namen. Alle anderen Charakteristika, die den Kulturhorizont definieren, kamen erst nach und nach hinzu: Füßchenschalen für Räucherwerk, Griffzungendolche aus Stein oder Kupfer, Pfeile mit blattförmigen oder geflügelten Silex- oder Metallspitzen, die elegant geschwungenen, kleinen und leichten, aber äußerst durchschlagsstarken Reflexbogen, technisch meisterhaft hergestellt aus Horn, kombiniert mit Eiben- oder Ulmenholz, sowie die dazugehörigen, kostbar verzierten Armschutzplatten aus Stein oder Metall. Auch Pferdezähne, -knochen oder -schädel waren beliebte Grabbeigaben. Nur eines gab man einem Glockenbechermann niemals mit: ein Beil, gleich welcher Form. Das überließ man den Streitaxtleuten.

Das Bestattungswesen hatte übrigens bei den Glockenbecherleuten eine herausragende Bedeutung. Dies könnte ein weiteres Indiz dafür sein, dass religiöse Ideen im Zentrum ihrer Aktivitäten standen.

Wodurch beeindruckten die fremden Glockenbecherleute die Lokalbevölkerung so nachhaltig, dass diese bereitwillig ihr Wertesystem übernahm? Zunächst einmal waren die für die damalige Zeit hochgewachsenen Männer sicher ungewöhnliche Erscheinungen. Dazu trug der auffallend lange, vielleicht künstlich verlängerte Schädel bei, aber auch ihre Kleidung: ein mantelartiger Umhang aus Zwirngeflecht ist belegt, der vielleicht über einer Leinentunika getragen wurde, dazu Schuhe oder Stiefel aus feinem Leder. Grabfunde und Ritzverzierungen auf Stelen lassen Rückschlüsse darauf zu, dass Glockenbecherleute ihr Selbstbewusstsein durch reich verzierte Kopfbedeckungen und Oberbekleidungen, schachbrettartig gemusterte Gürtel, dreifache Halsringe und kostbare Fibeln zur Schau trugen, durch Anhänger aus Bernstein und Bergkristall, Stirnreifen, Ringe und Ohrschmuck aus Gold und Silber, geschnitzte Amulette und halbmond- oder knebelförmige Bogenanhänger aus Knochen, Tierzähnen oder Muscheln. Es ist offensichtlich, dass die Fremden einen besonderen Status besaßen und sich bewusst gegen andere Bevölkerungsgruppen absetzten. Sie präsentierten sich möglicherweise der staunenden Umwelt als eine nie zuvor gekannte Art von Denkern und Priestern, die gleichzeitig Krieger, Techniker und Händler waren.

Eines der herausragenden Merkmale glockenbecherlicher Überlegenheit dürfte in den Augen anderer Völker ihr Wissen über die Verarbeitung von Metallen gewesen sein. Die Entwicklung und Einführung der Zinnbronze erforderte nicht nur technische Kenntnisse, sondern auch die Organisation einer durchgängigen Metallurgiekette. In den Kerngebieten der Glockenbecherkultur entstanden immer auch blühende Metallzentren frühbronzezeitlicher Kultur.

Es ist vielfach belegt, dass der Schmied in den Gemeinschaften eine Sonderstellung einnahm. Die Ausstattung der Gräber zeigt an, dass Schmiede von der Nahrungsmittelproduktion befreit waren, sie stellten also eine sehr frühe Form spezialisierten Handwerks dar. Sozial gehörten sie eindeutig zur Elite. Ihre reich ausgestatteten Gräber waren angefüllt mit charakteristischen Beigaben von Werkzeugen, Kissensteinen, Ambossen, bronzenen Treibhämmern und Tondüsen für die Blasrohre, mit denen die Temperatur der Glut unter dem Schmelztiegel geregelt wurde. Zu ihren kultischen Attributen gehörten Bärenklauen, besonders häufig aber Eberzähne. Schmiede gehörten wahrscheinlich einer besonderen Kultgemeinschaft an, die vielleicht unter dem Schutz eines Ebergottes stand. Darauf deuten auch die Abdrücke von Schweineknochen in Kultgefäßen hin, ebenso wie Ferkel als Grabbeigaben. Möglicherweise unterlag das Leben und Tun der Schmiede speziellen Tabus, die sie vom Rest der Bevölkerung abgrenzten. Ihre Kenntnisse der Verwandlung von Erzbrocken in Kupfer, Gold, Silber, Bronze im lodernden Feuer wurden sicher mit magischen Fähigkeiten in

Verbindung gebracht und riefen abergläubische Scheu hervor. In den Sagen der indoeuropäischen Völker haben sich entsprechende Bilder bewahrt.

Die Begegnung der Kulturen

Die bäuerliche Bevölkerung stellte die weitaus größte Gruppe dar und bildete das stabile Fundament der endneolithischen Welt. Doch ihre matrizentrisch-schamanische Kultur, das Alte Wissen, wurde unter schnurkeramischer Herrschaft abgedrängt und geriet zunehmend in Vergessenheit. Reste davon blieben jedoch erhalten, in Sagen und Mythen, aber beispielsweise auch bei den kultischen Steinsetzungen, einem Relikt megalithischer Traditionen. Einige Menhire (Langeneichstädt, Schafstädt) weisen unter ihren eingeritzten Symbolen sowohl männliche wie auch weibliche Attribute auf und lassen kulturelle Überschneidungen erahnen.

Doch die schnurkeramischen Eroberer setzten ihr Wertesystem konsequent durch. Es umfasste die Ideen von Grundbesitz und Herrschaftsanspruch, kriegerischer Dominanz und einer bis dahin unbekannten Gewalttätigkeit, präsentierte sich als straff organisiertes Geflecht von Beziehungen innerhalb einer verschworenen Gemeinschaft. Die neue Götterreligion trat mit herrschaftslegitimierenden Mythen auf, sie nahm Wahrheitsbesitz und Deutungshoheit für sich in Anspruch. Fassbar wird das beispielsweise an einem Zeichen, das als Felsritzung oder Malerei bis ins Paläolithikum zurückverfolgt werden kann: Das Radkreuz (»Hollsiegel«) war vermutlich einer der frühesten Versuche, die von der allgegenwärtigen Großen Mutter geschaffene Weltordnung darzustellen. Es wurde durch die Jahrtausende hindurch von Kultur zu Kultur weitergereicht und immer wieder neu interpretiert. Im frühen Patriarchat wandelte es sich zum Sonnenrad und Emblem eines Lichtgottes.

Ganz anders als die mit den Bauern gestalteten sich für die Streitaxtkrieger die Kontakte mit den durch Europa ziehenden Glockenbechermännern. Die beiden selbstbewussten Becherkulturen begegneten sich gewissermaßen auf Augenhöhe, obwohl sie vieles – nicht nur ethnisch – unterschied. Schnurkeramiker und

Glockenbecherleute koexistierten tatsächlich in denselben Regionen, wobei das östliche Mitteleuropa das hauptsächliche Kontakt- und Spannungsgebiet war. Sie grenzten sich jedoch kulturell mit größter Sorgfalt gegeneinander ab.

Dies wird besonders deutlich am viel zitierten Beispiel der Bestattungsbräuche: Beide Kulturen bestatteten ihre gewöhnlichen Toten in Hockstellung. Die Schnurkeramiker betteten Männer mit dem Kopf nach Westen, Frauen mit dem Kopf nach Osten, alle mit Blick nach Süden. Bei den Glockenbechergemeinschaften dagegen wurden die Männer mit dem Kopf nach Norden gebettet, die Frauen mit dem Kopf nach Süden – beide aber mit Blick nach Osten, der aufgehenden Sonne entgegen, die in ihrem Denken sicher eine bedeutsame Rolle spielte. Auch die Siedlungen grenzten sich strikt, wenn auch nicht unbedingt feindselig gegeneinander ab. Sicher wahrten auch beide Gruppierungen eifersüchtig die Geheimnisse ihrer Tränke und Trinkrituale, symbolisiert durch den Schnur- bzw. Glockenbecher. Bis heute können über die Zusammensetzung der jeweiligen Rauschtränke nur Vermutungen angestellt werden.

Man war allerdings auch aufeinander angewiesen. Binnen Jahrhunderten hatten die Schnurkeramiker feste Herrschaftsstrukturen etabliert. Selbst noch ganz steinzeitlich in ihrem Denken und Fühlen, wussten sie doch schon, dass die Zukunft im Zeichen der Bronze stand. Um ihren steigenden Bedarf zu decken, trieben sie mit den Glockenbecherleuten, den Experten auf diesem Gebiet, Tauschhandel.

Trotz aller Widerstände und Abgrenzungsbemühungen kam es schließlich im Verlauf mehrerer Jahrhunderte doch zu einem frühbronzezeitlichen Schmelzprozess. Er verlief unterschiedlich, teilweise gab es Verdrängungen, aber es entstanden auch neue Gruppen mit schnurkeramischen und glockenbecherlichen Komponenten in unterschiedlicher Zusammensetzung. Etwa 2000 Jahre vor der Zeitenwende war dieser Prozess im Wesentlichen abgeschlossen. Die hierarchischen Strukturen und autoritären Werte der Schnurkeramiker setzten sich durch und sorgten für kulturelle Kontinuität, während die gleichberechtigt-funktionalen Strukturen der Glockenbecherleute trotz vermeintlicher Überlegenheit untergingen. Ihr Wissen und ihre Kenntnisse lebten jedoch fort als mythisches Sagengut (heiliger Eber, Sonne) und floss noch in die sich tausend Jahre später herausbildende Kultur der Kelten ein, die vielleicht unter allen Völkern am ehesten als die Erben der Glockenbecherkultur zu betrachten sind.

Die Orte

Die waldreichen Haselberge, wo die Geschichte von Raghna und Jord spielt, sind in der »wirklichen Welt« meine Wahlheimat, die unterfränkischen Haßberge nördlich des Mains (»Strom Maian«). Im Gegensatz zu Band 1 (»Die Rabenfrau«) habe ich dieses Mal von meiner dichterischen Freiheit etwas mehr Gebrauch gemacht. Dennoch gibt es topografische Entsprechungen und frühgeschichtliche Befunde, an denen ich mich orientieren konnte. Raghnas Geburtsort Leingarten (Humprechtshausen) liegt am Riedbach, dessen Lauf ich allerdings ein wenig verändert habe. In der Nähe des Nachbardorfes Kerbfeld (»Kerbäckerweiden«) befindet sich ein archäologisch dokumentiertes Gräberfeld, aus dem ich meinen Begräbnishügel und den heiligen Hain der Ethomsippe entstehen ließ. Zur nahe gelegenen Stadt Hofheim gehört der Ortsteil Eichelsdorf mit der sogenannten Schwedenschanze, einer frühgeschichtlichen Höhensiedlung, die mir die Inspiration für Ethomirs Herrenhof auf dem »Eichelsberg« lieferte. Die Strauchheide mit dem Nebelstein ist ein wenig durch die welligen Flächen der Rhön inspiriert, obwohl ich mir durchaus bewusst bin, dass sie im dritten Jahrtausend noch keineswegs entwaldet waren. Die in der Wildnis gelegenen »Geißsteine«, bei denen Raghna Zuflucht findet, sind einer gleichnamigen Felsformation nachempfunden, die nahe den Ortschaften Altenstein und (tatsächlich!) Rabelsdorf liegt. Dort in der Nähe habe ich auch Haelgunns Hütte versteckt. Etwas nordöstlich davon, bereits jenseits der Landkreisgrenzen, erhebt sich der »Hohe Stein«, wo ich das Glockenbecherdorf Hohenfeld angesiedelt habe. Als Vorbild für den noch weiter nördlich gelegenen »Steinsberg« diente mir eine weitere Höhensiedlung aus frühgeschichtlicher Zeit, nämlich die Steinsburg auf dem Kleinen Gleichberg in Thüringen, in einer einstündigen Autofahrt erreichbar.

Die fernen Orte, die der Wanderer Caidan bereist, sind meist selbsterklärend. »Lis« liegt etwas nördlich des heutigen Lissabon, »Boima« irgendwo in Böhmen. Die alten Tempel der Priesterinnen in Ägypten, auf Malta oder Kreta sind jeweils durch Ausgrabungen dokumentiert.

Das dritte Jahrtausend gehört zu den Epochen, die archäologisch außerordentlich gut erschlossen sind. Ich stand also nach gründlichen Recherchen vor einer Fülle von Material, die kaum zu bändigen war! Nur ein Bruchteil davon findet sich in meiner Geschichte wieder, die andernfalls unerzählbar und unlesbar geworden wäre. Aber wie immer habe ich die Entstehungsgeschichte und den kulturhistorischen Rahmen in Text und Bild für meine Internetseiten aufbereitet. Alle, die mehr erfahren und sich austauschen möchten, sind herzlich eingeladen:

www.regine-leisner.de

EIN VIELFACHES DANKESCHÖN

Wieder haben viele freundliche Wesen dazu beigetragen, dass dieses Buch in der vorliegenden Form entstehen konnte. Von den Leserinnen und Lesern des ersten Bandes kamen zahlreiche erfreuliche und inspirierende Rückmeldungen. Ihnen allen sei hier nochmals summarisch gedankt.

Einige meiner wichtigsten »Verbündeten« möchte ich aber doch namentlich nennen: An erster Stelle bedanke ich mich bei meinem Mann Thomas Dittenhöfer (Thoran), dessen umfassende Unterstützung ein wesentliches Fundament meiner Arbeit darstellt. Auch Karl-Heinz Göbel (Rosso), meinem Partner bei *Leisner + Göbel Coaching*, danke ich von Herzen dafür, dass er mit seinem unermüd-

lichen Engagement den Rahmen auch für die Rabenfrau-Seminare bereitstellt. Meine Schamanenfreundin Birgit Wozniak (Birke) hat als erfahrene, stets hellwache und interessierte Gesprächspartnerin großen Anteil an der Entwicklung all meiner Geschichten. Katharina Remer (Draca), die unermüdliche Erforscherin textilarchäologischer Überlieferungen, beschenkte mich mit einer Fülle wertvollster Informationen; ihr gebührt unser Dank, wann immer Raghna zur Spindel greift! Dem »Schatzgräber« und Experten für antike Texte Thomas Lautwein (ThoLa) verdanke ich auch dieses Mal eine Reihe nützlicher Tipps, Spuren und Quellenhinweise, auf die ich sonst kaum gestoßen wäre.

Was die fachliche Begleitung des Projekts von der ersten Idee bis zum fertigen Buch angeht, so geht mein herzlicher Dank wieder an meinen Literaturagenten Roman Hocke, den ich als ruhenden Pol inmitten der aufregenden Romanwelten sehr schätze, sowie an Uta Rupprecht, meine ebenso gestrenge wie kompetente Lektorin, mit der ich die Leidenschaft für das bestmögliche Ergebnis teile.

AUSBLICKE

Seit dem Erscheinen des ersten Bandes hat sich unter der Überschrift *ALTES WISSEN & NEUES BEWUSST SEIN* um das Rabenfrau-Motiv herum eine unerwartete Vielfalt von Aktivitäten entwickelt: Lesungen, Seminare, Gesprächskreise, private und öffentliche Foren, in denen es darum geht, verlorene Erinnerungen wieder zum Leben zu erwecken, um die Fragen der Gegenwart zu beantworten und die Aufgaben der Zukunft zu lösen. Mit zahlreichen Menschen teile ich die Überzeugung, dass wir vor einem tief greifenden Paradigmenwechsel stehen. Es macht mich glücklich, dass wir mit unserem wachsenden Netzwerk dazu einen Beitrag leisten können.

WEITERFÜHRENDE LITERATUR

Björn-Uwe Abels: Die vor- und frühgeschichtlichen Geländedenkmäler Unterfrankens. Verlag Michael Laßleben, Kallmünz 1979.

Norbert Benecke: Der Mensch und seine Haustiere. Die Geschichte einer jahrtausendealten Beziehung. Konrad Theiss Verlag, Stuttgart 1994.

Tom Cowan: Schamanismus – eine Einführung in die tägliche Praxis. Ariston Verlag, 1997.

Sigrid Dusek (Hg): Ur- und Frühgeschichte Thüringens. Ergebnisse archäologischer Forschung in Text und Bild. Konrad Theiss Verlag, Stuttgart 1999.

Marija Gimbutas: 1) Die Sprache der Göttin. 2) Die Zivilisation der Göttin. Zweitausendeins Verlag, Frankfurt am Main 1994/1996.

Michael Harner: Der Weg des Schamanen. Das praktische Grundlagenwerk zum Schamanismus. Econ Verlag, Düsseldorf 2002.

Bernd Heinrich: Die Weisheit der Raben. List Verlag, München 2002.

Edwin O. James: Der Kult der Großen Göttin. Edition Amalia, Bern 2003.

Gerda Lerner: Die Entstehung des Patriarchats. Campus Verlag, Frankfurt am Main 1995.

Jens Lüning: Steinzeitliche Bauern in Deutschland. Die Landwirtschaft im Neolithikum. Verlag Dr. Rudolf Habelt, Bonn 2000.

Ina Mahlstedt: Die religiöse Welt der Jungsteinzeit. Wissenschaftliche Buchgesellschaft, Darmstadt 2004.

Carola Meier-Seethaler: Ursprünge und Befreiungen. Die sexistischen Wurzeln der Kultur. Fischer Taschenbuch Verlag, Frankfurt am Main 1992.

Ernst Probst: Deutschland in der Steinzeit. Orbis Verlag, München 1991.

Reinhard Schmoeckel: Die Indoeuropäer. Aufbruch aus der Vorgeschichte. Bastei-Lübbe, Bergisch-Gladbach 1999.

Wolf-Dieter Storl, Claudia Müller-Ebeling, Christian Rätsch: Hexenmedizin. Die Wiederentdeckung einer verbotenen Heilkunst – schamanische Traditionen in Europa. Zweite Auflage. AT Verlag, Aarau 1999.

N
S
Thüringer
Rhön
Steinsberg
Strauchheide
mit dem Nebelstein
Ulmos Lager
Haselberge
Siedlung
Hohenfe
Geißsteine
Begräbnishügel bei
den Kerbäckerweiden
Herrenhof
auf dem
Eichelsberg
Dorf Leingarten
Haelgu
Hütte
Riedbach
Maian
Maian
0
10
20
30 km